PARMI LES LOUPS ET LES BANDITS

ATTICUS LISH

PARMI LES LOUPS ET LES BANDITS

Traduit de l'anglais (États-Unis)
par Céline Leroy

BUCHET • CHASTEL

La traductrice souhaite remercier
Guillaume Tricot et Khaled Osman pour leurs conseils.

Titre original : *Preparation for the next life*

ISBN : 978-2-283-02925-1

Pour Beth,
dans cette Vie et la Suivante

PARTIE I

1

Elle arriva par Archer, Bridgeport, Nanuet, travailla à différents points de l'Interstate 95 en jean et veste denim, claquettes de piscine aux pieds, sac en plastique et numéro de téléphone à la main, attendant dans un passage souterrain, le paquet de chips vide depuis longtemps, prise de vertiges.

Ils vinrent la chercher sur l'autoroute près d'un hangar tout blanc, un panneau indiquait un magasin de surplus militaires, il y avait des pneus dans les arbres. Une fourgonnette se rangea, un Roi des singes sur le tableau de bord, et elle monta dans le véhicule. Les hommes la conduisirent à un Motel 8 et l'installèrent dans une chambre avec un litre de soda orange et une demi-douzaine de femmes originaires du Fujian. Elle écouta les camions défiler toute la nuit et la clim ronronner.

Ils lui fournirent une blouse avec un écusson ainsi qu'une visière, l'odeur des particules de graisse incrustée dans le tissu. Tout le monde lui dit faut être rapide parce que patron il surveille. Elles ne parlaient pas les mêmes dialectes, alors elles utilisaient l'anglais. Le premier jour, ses vieilles baskets glissèrent sur de l'huile. Elle fit tomber une commande, les nouilles giclèrent comme des vers, et cette nuit-là elle se tourna côté mur, la mâchoire contractée, clignant des yeux.

Les Américains se garaient devant, leurs pick-up cliquetant au soleil, et entraient d'un pas lent et silencieux, affublés de leurs bandanas et de leurs débardeurs. Ils posaient un coude sur le comptoir et pointaient un gros doigt sur le menu et disaient je vais prendre ça. Les Noirs entraient en tenant ce qu'ils allaient dépenser au creux de la main, les billets en liasse et la monnaie.

J'peux avoir des ailes de poulet avec ça ? C'est quoi que j'peux avoir avec c'que j'ai alors ?

Elle savait dire OK. Quand ils montraient le menu, elle se débrouillait très bien. À Nanuet, ils voulaient le buffet à volonté. Elle comprenait. Il faut plus de ça. OK. Elle savait se dépêcher pour aller chercher quelque chose, travailler parce qu'elle n'avait pas le choix, travailler quatorze heures par jour tous les jours pendant dix, onze jours jusqu'à obtenir une journée pause clope, comme le patron l'appelait, parce que c'était toujours mieux que ramasser les déchets dans les rizières au sud du fleuve.

Au motel, elles laissaient la télé allumée pour travailler leur anglais. Elles se tenaient accroupies sur la moquette, remuaient les lèvres dans la lumière bleue, regardant les allées de supermarchés et les voitures puissantes. Incroyable, disaient-elles. Ce mardi sur Fox. Journée noire en Irak. Elles regardaient des soldats équipés de lunettes protectrices et d'antennes de radio, circulant entre des maisons en pisé dans le désert, un désert comme celui où elle avait vécu.

Chameau, disait-elle en tendant un doigt. Animal, très bon.

Trop dur, répondaient-elles. Pas possible absorber. Esprit comme une planche de bois.

Quelqu'un bâilla.

Il faut entraîner toute la vie.

Le soir, à la sortie du travail, elles traversaient le parking vers le seul véhicule encore garé là, la fourgonnette qui attendait de les reconduire au motel. Elles apportaient son repas au chauffeur, et il le posait sur le journal ouvert aux pages consacrées aux actualités hongkongaises. Durant le trajet du retour, elle contemplait les vastes pans de nuit qui se succédaient sous ses yeux, les espaces sombres de la forêt, la route couleur ardoise et le ciel. Il portait une chaîne en or, possédait une carte verte et conduisait phares éteints, guettant les flics.

Les femmes arrivaient de Début de Fête, Quatre Réunions, Montagne Reliée et Franchise Admirée. Elle leur expliqua qu'elle venait du sud du fleuve.

Mais tu viens d'ailleurs, répondaient-elles.

Je suis chinoise, comme vous.

On dirait pas.

Au soleil, on voyait que Zou Lei avait les cheveux bruns et pas noirs. Ils ondulaient légèrement. Elle avait le nez un peu busqué et des yeux sibériens.

Notre Chine est un grand pays, disait-elle.

Tu parles avec accent du Nord.

Nord-Ouest.

Elle appartient à une minorité, dit l'une des femmes.

Tu peux m'apprendre ta langue.

C'est inutile. Tu as la Terrasse du Peuple, Courant Paisible, Lac Placide, Méandre vers le Sud, Portail de Coton, Zhangpu, Convergence de la Paix, Shantou, Tranquillité Commune, Proéminence, Samyap, Jungcan, Large Paix, Trois Pays, le dialecte Proche-de-la-Famille-Zhang et une centaine d'autres. Lequel on t'apprend ?

Zou Lei réfléchit un instant. Alors dites-moi comment on dit le paradis est loin là-haut. Elle sourit et désigna le plafond taché. Le paradis est loin là-haut et la Terre est vaste.

Certaines acquiescèrent, quelques-unes sourirent, dévoilant de mauvaises dents. C'est vrai, c'est vrai, reconnurent-elles, et l'une d'elles soupira.

À la place, elle apprit à prendre une commande. Les fortune cookies étaient dans la boîte sous le calendrier de l'année de la Chèvre et le petit autel en plastique. Serviettes, pailles et baguettes étaient disposées sur l'étagère. Tu donnes une fourchette en plastique à tout le monde quoi qu'il arrive. Quand un client entrait, on lui demandait et pour vous, ce sera ? Puis on hurlait la commande vers le fond : poulet-broc, bœuf-broc, bœuf-mange-tout, trois vapeurs, comme ça, efficace.

Personne n'eut besoin de lui apprendre à passer la serpillière, à sortir la poubelle ou à couper les légumes en retirant les parties non comestibles. Ils remarquèrent qu'elle travaillait dur. Elle connaissait déjà la plupart des tâches à effectuer. À croupetons, elle lavait ses vêtements dans la baignoire, les essorait entre ses mains abîmées de campagnarde à la peau violette, et les suspendait à la barre du rideau de douche avec la lessive des autres qui gouttait, le jean à sequins trempé et les personnages de dessins animés délavés.

Au comptoir, elle glissait un morceau de carton au fond d'un sac, agrafait les languettes d'une barquette en polystyrène qu'elle déposait dans le sac sur le carton. Elle empilait ensuite les autres récipients avec un carton entre chaque. Elle agrafait la commande sur le sac qu'elle tendait par-dessus le comptoir à un type mince coiffé d'une casquette de base-ball rouge sur de longs cheveux blonds. Tu prends une commande en plus, dit-il, tu t'améliores vraiment. Je t'ai chronométrée.

Le patron déclara que les femmes avaient besoin de quelqu'un pour superviser leur bien-être, une grande sœur qui lui ferait ensuite son rapport. Il leur demanda de mémoriser une devise – Ce n'est pas une question de temps, c'est une question d'argent – et voulut qu'elles la répètent mille fois par jour aussi vite que possible.

Qu'est-ce que ça veut dire ? demanda-t-elle.

Ça n'a pas de sens. Sa signification est inconnue.

L'une de ces femmes était déséquilibrée, sujette à des accès de mutisme puis de loghorrée, elle racontait que la police l'avait obligée à avorter dans le Guangxi.

Quand il se mit à faire froid, certaines dormirent ensemble. Elles restaient accroupies devant le radiateur, leurs vêtements suspendus dans la douche, toutes malades, à tousser et cracher dans la poubelle.

À la télé, elle vit des filles surfer, conduire des camions, boxer et courir des marathons sous le soleil. Dès qu'arrivaient les livraisons, elle se précipitait dehors et chargeait les sacs de riz sur son épaule. Les femmes désapprouvaient, disaient de laisser faire les hommes, le cuistot et son cousin. Arrête de lécher les hémorroïdes du patron. Zou Lei leur répondait qu'elle aimait faire travailler ses jambes. La nuit, elle faisait des séries d'abdos, assise. Elle prit un journal dans la camionnette et lut les annonces de petits boulots dans d'autres États.

Elle partit pour Riverhead et y travailla jusqu'à la fin de l'hiver, séjournant dans un hôtel La Quinta avec un groupe de femmes qui parlaient le Trois Lumières et le mandarin des campagnes. Elles se partageaient une plaque chauffante.

L'Amérique est un bon pays, affirma une femme plus âgée. On a traversé l'océan sur un chalutier. La police de la mer nous a attrapés et nous a enfermés sur une île près de San Francisco. J'ai failli mourir pendant la traversée et c'est ça qui m'a sauvée. Ç'a été un coup de chance. Les autres ont été obligés de rentrer au pays, trente personnes, mais pas moi. Mon cousin a fait une demande d'asile. Certaines de ces consœurs ont déjà été déportées une fois. Maintenant elles reviennent, une fois qui devient deux, qui devient trois. Elles vont dans la péninsule du Yucatán, traversent la frontière au niveau de l'Arizona. Maintenant c'est difficile, bien sûr. C'est le désert, pas pour nous autres, les gens du fleuve. Dans mon village, nous parlons l'Herbe d'Eau. Nous sommes à cinquante kilomètres de

Vieux Champ et là-bas, ils ne comprennent pas un mot de ce que nous racontons.

Elle resta une année à Archer et six mois à Riverhead. La saison de la grippe porcine était passée et l'actualité internationale traitait de la guerre contre le terrorisme et des difficultés à obtenir une carte verte. Elle tourna la page et vit une photo en noir et blanc d'un prisonnier nu allongé par terre, un sac sur la tête. Elle tourna une autre page et examina les mots : bâtiment, couturière, restauration, beauté, salaire selon aptitudes.

Elle se rendit à Nanuet et passa une nouvelle blouse à écusson, enfonça une nouvelle visière sur son crâne. Les femmes vivaient dans une caravane posée sur des parpaings eux-mêmes posés sur des aiguilles de pin, et elles étendaient leur linge sur un fil. Durant sa journée pause clope, elle se rendait à pied au centre commercial, traversait l'autoroute en courant, enjambait la glissière centrale et regardait les vitrines de baskets fabriquées en Chine.

Le patron portait un bracelet en jade et conduisait un Astrovan crasseux. Il le fit laver par Zou Lei à l'arrière du bâtiment, là où se trouvaient les rampes de chargement, les bennes à ordures, le grillage et puis les bois. Elle laissa l'eau couler du tuyau, le regard porté au-delà des bennes, et s'imagina courant à travers bois.

L'année suivante, dans un autre État, elle partagea une chambre de motel avec huit femmes qui parlaient de manière codée y compris dans leur propre dialecte. Quand elle leur demanda de quel village elles venaient, l'une d'elles répondit : Cannelier. Les autres se tournèrent vers la femme qui avait parlé et dirent, pourquoi tu racontes des secrets à une étrangère ?

Elles avaient une grande sœur prénommée Sophia qui décidait quand elles pouvaient regarder la télé. Si quelqu'un frappait à la porte, elles avaient interdiction d'ouvrir, à moins que Sophia ne soit là et ne leur donne l'autorisation.

Dans l'argot rimé de ces femmes, Zou Lei finit par s'apercevoir qu'un voilier représentait l'argent qu'elles faisaient parvenir en Chine. Un cri était un téléphone, un corbeau un clandestin, et Andy la police.

Un homme avec des lunettes de soleil d'aviateur sur le nez ainsi qu'un dragon sur le poignet apparut, leur apporta un paquet de serviettes hygiéniques Stayfree. Le patron adorait la musique, dit-il. Everything I do, I do it for you. Vous connaissez cette chanson ?

Un jour, alors que Sophia n'était pas là, Zou Lei fit entrer la femme de chambre et lui demanda d'où elle venait et en quoi consistait son travail.

Honduras, répondit la femme, une croix tatouée sur la main. Elles avaient à peu près le même âge.

Zou Lei courut à la salle de bains et en ressortit avec les bras chargés des serviettes humides qu'elle jeta dans la panière. La jeune fille du Honduras lui sourit et dit gracias.

Et ton job, il fait l'argent ? lui demanda Zou Lei.

Non, pas beaucoup d'argent. Poquito argent. Tu as les papiers ?

Zou Lei répondit : À ton avis. Tu crois ?

Non. Elles rirent.

Maria lui apprit un genre de poignée de main. Zou Lei lui montra l'annonce dans le *Sing Tao* disant qu'on pouvait s'acheter un numéro de sécurité sociale.

En toquant à une porte en fer, elle trouva un travail où durant huit heures par jour, elle mettait des disques d'embrayage dans des cartons, le meilleur salaire qu'elle ait jamais reçu : neuf dollars brut de l'heure. Au déjeuner, elle mangeait du riz et de la dinde dans un Tupperware pendant que les Américains en habits de travail et bandanas faisaient la queue au camion-cantine. Elle gardait toujours son argent sur elle, dans un sac-banane autour de la taille, avec son téléphone portable, sa fausse carte d'identité, ce qu'elle ne devait pas perdre.

Un jour au milieu de l'automne, elle entra dans une bodega et se fit prendre en sortant.

On se calme. Tu as quelque chose dans les poches ? Un objet coupant ? C'est bon. On se calme. Un Hispanique avec un maillot de football lui leva les bras, regardant au-delà d'elle tandis qu'il lui retournait les poches. Il défit le sac-banane et le tendit à un gars dont le revolver était à moitié dissimulé par son sweat-shirt. Elle venait juste d'encaisser son chèque dans la bodega et elle suivit le sac des yeux. T'as besoin d'un traducteur ? T'as le cœur qui bat fort, je le sens. Cálmate. Tranquilo, OK ? Tu parles espagnol ? T'es quoi, chinita ? Chinoise ?

Pourquoi n'ai-je pas pris la fuite ?

Ils la palpèrent par-dessus ses vêtements et lui prirent son argent, lui mirent des menottes jetables et la firent monter dans une fourgonnette avec un prisonnier salvadorien. Cela prit tout l'après-midi. Hé, la p'tite, t'es timide ? Ils avaient des gens du Fujian, du Cambodge, des hommes du Guatemala. On la conduisit dans une cellule aux parois de verre avec un banc en inox et un sol en ciment et des néons allumés, et toute la nuit, un ballet de filles se succéda jusqu'à ce qu'ils finissent par la transférer. Elle massa les marques laissées par les entraves sur ses poignets.

Une Blanche avec du mascara qui avait coulé sur ses joues dit ces gros bâtards, y z'ont intérêt à me laisser sortir pour l'anniversaire de mon gamin.

Au milieu de la nuit, ils lui ordonnèrent de sortir. À travers le reflet sur la vitre, elle vit que quelqu'un la regardait, un Américain moustachu. L'interphone était branché. Ouais, toi. Debout. Elle s'exécuta. La porte s'ouvrit. D'un mouvement du doigt, il lui fit signe d'approcher. Elle quitta la cellule. Les couloirs étaient sombres dans toute la prison et elle ne savait pas ce qu'ils faisaient. Il n'y avait personne en dehors de l'adjoint et au bout du couloir, une silhouette tête baissée qui passait la serpillière avec une curieuse patience pleine d'abnégation, comme si elle n'était pas là, et Zou Lei comprit qu'il s'agissait d'un détenu.

Prends-en un. L'adjoint indiqua un sac de linge rempli d'uniformes orange élimés. Elle dut lui demander où se changer pour qu'il le lui indique. Elle s'enferma dans la salle de bains et, pendant un moment, fut seule avec le lavabo, le miroir, la cuvette en faïence des toilettes, et le carrelage. Sur le bureau de l'homme, une radio diffusait une publicité automobile. Elle retira son jean à la hâte, évita de se regarder dans la glace, enfila la combinaison, découvrit qu'elle était sans manches, remonta la fermeture éclair et se dépêcha de sortir, les bras plus froids que le reste du corps, tendant son jean à l'adjoint comme un cadeau. Il s'en empara.

Alors il lui prit le coude et l'entraîna plus profondément dans le bâtiment, son poids comprimant ses chaussures dans le sol ciré, les talons des claquettes de Zou Lei battant rapidement à ses côtés. Ils tournèrent dans un autre couloir. Elle n'entendait plus la radio. Les lumières étaient éteintes et il se dégageait une odeur animale. Ils parvinrent à une large fenêtre sombre et l'adjoint s'arrêta. Il déverrouilla une porte. De l'autre côté se trouvait une grande salle obscure. Il lui saisit à nouveau le coude et la fit entrer. On aurait dit un terrain de basket dans un gymnase. Elle distinguait tout juste les cellules numérotées de l'autre côté de la dalle en béton. Elle fit volte-face pour demander ce qu'elle était censée faire. Celle-ci. La dix-sept, dit-il et il l'enferma. Elle le sentit partir. Sa couverture dans les bras, elle plissa les yeux, trouva son numéro et avança. Au-dessus d'elle s'élevait un autre étage. Dans sa minuscule cellule numérotée, derrière une lourde porte en bois recouverte d'une peinture industrielle, elle tâtonna et trouva un socle en fer. C'était une couchette. Elle s'y allongea. Sa vue s'adapta à l'obscurité. Elle vit les graffitis sur les parpaings. Elle se releva pour aller fermer la porte. Il n'y avait pas de loquet. Elle resta étendue, aux aguets, les yeux fermés.

Je tiendrai le coup, dit-elle quand les lumières s'allumèrent et qu'elle vit où elle était – l'objet en acier accroché au mur était une cuvette de toilettes. En Chine, les conditions auraient été pires.

Elle quitta sa cellule et vit les autres sortir en traînant les pieds, obèses, le visage bouffi, hostile, rongé par l'acné, les afros hirsutes, qui s'installaient à la table de pique-nique au centre de la salle, les autres qui grouillaient dans les escaliers, se dirigeaient vers la vitre avant de revenir sur leurs pas. Elles jouaient avec la chevelure les unes des autres. Une jeune black lâcha un pet et dit, z'avez entendu ? Il y avait des femmes issues de communautés rurales avec du sang indien dans les veines et des croix sur les mains qui ne se lâchaient pas d'une semelle. On repérait facilement qui avait été ramassé lors d'une rafle de clandestins. Aucun doute sur qui elle était. Elle restait accroupie dans son coin, comme toutes les immigrées.

L'adjoint apparut et fit entrer une détenue surveillante avec un chariot de nourriture. Tout le monde se leva. Elle se tint à l'écart et laissa les Noires et les Américaines passer devant. Quand elle eut reçu son plateau, elle l'emporta dans sa cellule et mangea son sandwich au fromage et saucisson de Bologne, déterminée à ne pas poser les yeux sur les toilettes.

Elle passa la journée à faire des allers-retours jusqu'à la fenêtre de la grande salle, toujours en longeant les murs et ce jusqu'à extinction des feux.

Elle était là depuis deux ou trois jours quand elle s'aperçut qu'elle ne savait pas trop si c'était plutôt deux jours ou trois. Ça pouvait être l'un comme l'autre, ou plus. Elle essaya de compter les jours, mais pas moyen de les différencier. Il n'y avait pas d'horloge. Elle envisagea brièvement de se faire un calendrier, mais elle n'avait rien pour écrire. Il n'y avait qu'elles, les autres femmes et elle dans la salle bruyante, sale et verrouillée.

Elle essaya de dire à une femme, une Blanche au nez écrabouillé, est-ce qu'on regarde la télé ici ?

La télé ? Oh mais bien sûr qu'on a la télé. Elle est à côté du jacuzzi.

En revanche, il y avait un téléphone à pièces près de la fenêtre. On y avait scotché la carte d'un garant avec un numéro gratuit qui commençait en 800. Elle avait vu des femmes l'utiliser. Silvio à l'appareil, dit une voix quand elle eut composé le numéro et que la ligne fut connectée. Elle fit de son mieux pour lui expliquer qui elle était. Il demanda d'où elle appelait et elle ne le savait même pas. OK, pas de souci, il pouvait se renseigner. Si on l'avait ramassée à Bridgeport, ça laissait deux possibilités. Connaissez-vous le chef d'accusation ? Non ? D'après ce qu'elle disait, ça tombait peut-être sous le coup de ce nouveau truc, où quand on entre dans le pays en loucedé, si vous me passez l'expression, on n'a pas la possibilité de sortir en payant une caution. Ça s'appelle le Patriot Act. Il lui répéta le nom de la loi. Oui, elle acquiesça. Je connais.

Est-ce que vous avez quelqu'un qui puisse payer votre caution ?

Non, dit-elle. Dans le pays, c'est juste moi. Mais je travaille pour vous quand je sors, si vous me sortez, s'efforça-t-elle de lui dire. Je suis honnête. Je paye tout. Elle prononça ces mots dans le combiné qu'elle tenait serré dans sa main, la tête à moitié penchée.

Oh, dit-il. Je n'en doute pas. Mais si c'est bien de ça qu'il s'agit, je ne vous serai d'aucune utilité.

Elle écouta.

C'est comme ça.

Il devait raccrocher.

Pour garder le moral, elle reprit ses allées et venues le long du mur et additionna les kilomètres effectués pour se distraire.

Elle se mit à effectuer des fentes avant tous les trois pas en comptant dans sa tête. Elle entendit des hurlements, mais n'imagina pas qu'ils étaient dirigés contre elle. Elle fut surprise quand des femmes quittèrent la table de pique-nique et vinrent la trouver. Elle les contourna. Les femmes la suivirent, de plus en plus bruyantes. À présent, elles hurlaient pour de bon et tout le monde les observait. Elles lui hurlaient de s'arrêter. C'est quoi ton délire, là, tu fais pas ça. J'déconne pas, là. Zou Lei cessa de faire des fentes. Les hurlements cessèrent. On entendit celle qui lui avait hurlé dessus respirer fort.

C'est quoi c'te grosse pute complètement teubé qui fait genre qu'elle sait pas parler, là.

Quelque chose troublait Zou Lei, mais elle repoussa ce trouble de son esprit. Personne ne lui disait rien. Il n'y avait pas d'avocats. Puis une nuit, elle rêva que son père se présentait à la prison, petit, bronzé, anguleux, en uniforme, n'ouvrant pas la bouche. Les Américains qui s'inclinaient devant lui. Il la choisissait entre toutes et l'administration était bien obligée de la laisser partir. Le rêve revint sous une forme altérée dans laquelle il avait commis une terrible erreur en pénétrant dans le centre de détention d'où il était désormais incapable de sortir. Perplexe, elle s'assit sur sa couchette.

Elle regarda une femme qu'on venait de relâcher s'éloigner de l'autre côté de la fenêtre, marchant d'un pas léger un bras tendu derrière un gardien pour rejoindre l'avant du bâtiment où on lui rendrait ses vêtements avant de la laisser regagner les rues hivernales.

On les mit en rang pour aller consulter une assistante sociale qui lui demanda si elle avait des MST. On lui expliqua en quoi cela consistait. Elle pensait que ça voulait dire sida. Non, répondit-elle.

Êtes-vous enceinte ?

Elle secoua la tête.

Savez-vous quel jour nous sommes ?

Elle secoua la tête.

Nous sommes mardi. Parlez-vous anglais ?

Elle acquiesça, puis secoua la tête.

Êtes-vous affiliée à un gang ?

Elle ne savait pas. Non.

Elle voulut savoir si elle verrait un avocat. Personne ne lui avait dit de quoi on l'accusait ni pourquoi on la gardait en détention. Quand elle essaya de demander quel sort on lui réservait, un gardien lui ordonna de retourner de son côté de la salle.

Les Latinas se faisaient protéger par un gang qu'elles appelaient les Niñas Malas. Et toi t'es quoi ? demandèrent les Blanches aux cheveux filasses. Quelqu'un lança : Al-Qaïda. Moi chinoise, dit Zou Lei. Elle se mouilla les cheveux dans le lavabo et les attacha pour avoir l'air différente.

Elle n'aimait pas faire ses exercices dans sa cellule. Quand elle était seule, son esprit se retournait comme un gant. Elle rêvassait et quand elle revenait, des heures entières s'étaient écoulées. Une fois, son esprit vogua jusqu'à l'usine de disques d'embrayage où elle avait travaillé, et elle vit et entendit les autres travailler, discuter de tout et de rien. Elles disaient, vous vous souvenez de cette fille ? Que lui est-il arrivé ? Elle savait que ces femmes parlaient d'elle. Dans son imagination, c'était par un jour de ciel bleu et elle sentait l'odeur de l'asphalte, des champs et du camion-cantine.

Des Latinas lui posèrent la question, t'en es ? Yo, meuf, t'en fais partie, là ? Et au lieu de faire la sourde oreille, elle les regarda droit dans les yeux et déclara, moi être avec personne. Elle fit semblant de ne pas les voir, mais elle avait peur. La peur affluait et refluait comme un signal radio. Lorsqu'elle refluait, Zou Lei retombait malade. Elle décrocha le téléphone, écouta la sonnerie et raccrocha, regarda par la fenêtre et attendit que quelqu'un passe près d'elle. Cette salle fermée était la cause de sa maladie. Je ne la supporte pas, pensa-t-elle. Les gardiens en uniforme vert venaient faire un tour parmi elles de temps en temps. Parfois, un détenu surveillant passait, affichant une expression particulière sur son visage de mec-qui-porte-un-bouc parce qu'une des femmes sautait de la table de pique-nique et se précipitait vers la vitre pour frapper dessus et lui faire des signes.

À force de solitude, le regard de Zou Lei se remplit de douleur. Lorsqu'elle fermait les paupières, les larmes s'éparpillaient sur ses joues.

Plus tard au cours de cette journée artificielle, elle se tint avec d'autres qui discutaient sur les escaliers, rassemblées autour d'une jeune femme qui martelait ses propos en tapant du poing dans sa main. Zou Lei s'approcha autant que possible et tenta d'écouter. L'oratrice racontait qu'elle avait pris trente ans pour vol à main armée.

C'est lui qu'avait l'arme et j'étais avec lui.

Comme dit Jay-Z, des emmerdes, j'en ai eu quatre-vingt-dix neuf, mais jamais à cause d'une meuf.

C'est clair. Lui il a pris perpète.

Toi être toujours ici ? demanda Zou Lei.

Les autres la regardèrent, puis se tournèrent à nouveau vers la voleuse pour voir ce qu'elle allait répondre.

Si je vais rester ici ? Non, je vais dans la prison d'État.

Au bout d'une minute, la femme, comme agacée par des enfants, descendit des escaliers où elle était assise et s'éloigna des autres. Zou Lei l'approcha et lui demanda ce qu'elle voulait demander depuis quelque temps.

Y vont t'expulser, lui dit la femme. Chais pas. Peut-être qu'y te foutront dans la prison fédérale d'Uncasville.

C'est la réponse que Zou Lei finit par recevoir : personne ne sait ce qui va t'arriver.

Bon, et en gros, elle risquait combien ?

Sans doute autour d'un an. Zou Lei prit un air concentré en entendant ces mots. Une année, et après ? Un an et ensuite, ils décideront quoi faire de toi.

OK, dit-elle. Et ils font quoi à moi ?

C'est le problème. Ils peuvent faire ce qu'ils veulent, à cause de ton statut.

Je peux être toute la vie ici ?

Une bonne partie. Regarde comment ça se passe à Gitmo[1].

Mais ça n'était pas tout, découvrit-elle. Ça n'était que le début. N'importe quel gardien pouvait te prendre par le coude pour une longue promenade vers l'autre bout de la prison. Il pouvait te conduire à une buanderie pleine de détenus surveillants et dire, c'est la nouvelle auxiliaire. Et si j'vous la laissais ? Il pouvait attendre assez longtemps pour que ton sang se glace. Non, j'déconne. T'as fait dans ton froc ? Tu veux vérifier ? Et il te ramenait au quartier des femmes. En chemin, il pouvait dire, j'parie que tu vas être bien sage, maintenant. Il pouvait t'enfermer dans la salle de bains et revenir plus tard. En cas de résistance, il avait le droit de te tomber dessus comme si tu étais un homme, de te tacler, de te frapper la tête

1. Guantanamo.

contre le sol, de t'envoyer des décharges au Taser dans le dos pendant que tu rampais, de te tirer par la jambe pendant que tu hurlais face aux caméras qui filmaient tout en noir et blanc, de t'attacher à La Chaise, de te mettre le sac sur la tête et de t'abandonner là jusqu'à douze heures d'affilée pendant que tu suppliais qu'on te donne à boire. Il pouvait aussi compter les heures comme il voulait. Tu pouvais voir une assistante sociale qui examinerait tes yeux tuméfiés couleur prune et qui dirait, pourquoi vous êtes-vous battue avec le personnel pénitentiaire ? et qui écrirait Comportement asocial sur son formulaire. Ils pouvaient allonger ta détention quelle que soit la durée d'origine de ta peine, quel que soit le moment où on t'avait notifié ta peine et cela afin qu'ils se payent une rasade supplémentaire de ta vie. Il te suffisait de leur donner une occasion. À moins de te comporter d'une certaine façon, ils pouvaient te violer, et même là, ils pouvaient te choper quand ils le voulaient, t'oublier dans la buanderie. Ils le faisaient avec les gamines à moitié indiennes des gangs mexicains. Après, si tu pleurais trop, ils te donnaient de la trazodone. Et encore après, ils te montaient à l'étage, sanglée à un lit pliant, et te laissaient dans un couloir.

Toute personne se trouvant dans cet endroit suite à une rafle de clandestins avait enfreint le Patriot Act. Si on te soupçonnait de terrorisme, alors ça prenait une tout autre tournure. Il existait une cellule à l'étage supérieur dont on ne ressortait jamais. Elle n'avait pas remarqué ?

Les autres lui montrèrent ce qui se passait en haut, dans la cellule dont personne ne sortait jamais. Ils travaillaient à un projet. Il s'agissait d'une femme étendue sur une couchette. Les gardiens nous l'ont donnée. On prend soin d'elle. Tout de suite après le 11 Septembre ils l'ont mise dans une cellule avec, quoi, quinze mecs. Elle faisait partie d'Al-Qaïda pour de vrai. Je sais pas comment ils arrivaient à bander tellement elle est horrible. Regarde-la. Elle est vieille. Zou Lei regarda la femme. Elle avait du mal à dire si cette dernière respirait encore. On lui dit qu'elle était libanaise, une maman. On avait emmené son mari de New Haven jusqu'en Syrie pour l'interroger. Des excréments séchés sur les murs. Elle avait les pieds noirs, ses cheveux emmêlés et hirsutes qui lui tombaient sur le visage, tirant sur le gris, tirant sur le blanc. Elles lui jetèrent du papier toilette humide. Des tampons usagés. Une jeune black lui hurla dessus. Dégueu. Comment tu pues ta race ! et s'enfuit en gloussant.

La femme ne parlait ni ne bougeait. Les Américaines lui avaient découvert la tête et elle restait allongée les mains crispées sur le visage.

Zou Lei voulait partir.

T'as peur ? lui dit une détenue. Je te comprends.

Dans le Nord-Ouest, elle avait l'habitude de voir des hommes affalés sous les arbrisseaux dans les rues médiévales de la ville où elle avait grandi au milieu du désert, le dôme de la mosquée qui s'élevait au-dessus des maisons en briques d'argile. Les hommes s'allongeaient à même la pierre, à plat ventre contre le bord du trottoir, le visage brûlé par le soleil, la calotte encore sur le crâne, les sandales parfois tombées à quelques centimètres de là. La rue où ils s'installaient montait à la mosquée, et quand Zou Lei était petite, avant de savoir ce qu'était l'héroïne, elle croyait qu'ils avaient voulu se rendre à la mosquée mais, fatigués par la route, s'étaient étendus là pour dormir.

Que Dieu soit avec toi, dit-elle à la femme.

2

En se retournant pour regarder en contrebas depuis la mosquée, on apercevait l'extrémité de la ville, les dernières pierres du mur, puis les gravillons au sol et le sable rouge et le désert qui partait loin. La terre fuyait les pas des marcheurs et s'ouvrait sur les vastes étendues, sur les sommets enneigés posés sur l'horizon. Le désir de s'élancer vers ces étendues et de voler vers ces montagnes qui ressortaient si nettement dans l'air éclatant était considérable.

Jusqu'à ce que l'appel à la prière du soir retentisse depuis la mosquée, on n'entendait que le vent du désert. Tout était tranquille dans les vergers. Une charrette tirée par un âne passait, cataclop cataclop, un vieil homme au teint cuivré assis à l'avant armé d'un fouet, et à l'arrière, ses filles ou un chargement de melons, de pêches. Dans certains quartiers de la ville, on entendait les coups de marteau des rétameurs, et en descendant à l'ouest des vergers, on trouvait les abris de pierre où rugissait un feu et où un garçon torse nu, une calotte blanche sur le crâne, s'activait sur un soufflet et souriait au passant quand il levait les yeux vers lui, le visage noir de suie.

Sa mère à elle ramassait des pastèques dans le verger le long d'un fossé près d'un tronçon de route à moitié construit. C'était si tranquille qu'on entendait les mouches voler, le bruit sourd de la pastèque tombant dans la charrette, le grincement de la charrette quand l'âne aux longues oreilles se déplaçait. Les femmes travaillaient en boucles d'oreilles, jupes et foulards à motifs fleuris. À midi, elles priaient sur un tapis. Elles travaillaient lentement dans la chaleur sèche de l'immense désert et leur transpiration s'évaporait aussitôt. Elles se rendaient au robinet près du mur d'argile et buvaient dans une tasse en fer et on les entendait rire ensemble tandis qu'en groupe, elles se désaltéraient.

La ville se trouvait sur une route qui quittait le désert et continuait vers l'ouest. Les camions arrivaient d'Aksou et repartaient avec des peaux de mouton. Elle se rappelait l'odeur des animaux et du crottin et du feu de bois, tout un chacun exposant ce qu'il avait à vendre sur le bord de la route, les sandales en plastique rose que sa maman lui avait achetées, ses pieds sales. Jouer au football sur l'argile derrière la gare routière.

Quand les camions arrivaient, elle se précipitait sur le bas-côté pour voir de qui il s'agissait. Un jour ce serait lui, elle le savait – elle espérait et priait –, lui disait sa mère. Si Dieu le veut. Parfois, il y avait des moutons vivants sur le plateau d'un camion à cabine bleue. Parfois, un soldat ou un Mongol vêtu d'un treillis trouvé au surplus militaire ou d'un pantalon pattes d'eph en loques descendait du véhicule et s'accroupissait dans la semi-pénombre, mangeait des brochettes d'agneau pendant que Zou Lei traînait à proximité pour l'observer.

Tu viens de loin ?

Un homme adulte faisant semblant de ne pas la voir, clignant des yeux. Poussant un grognement, parfois, levant le menton plein de graisse vers le lointain. Secouant la tête. Acquiesçant. Repoussant les mouches ou n'y prêtant pas attention. La lumière du soleil renvoyée par la route, par les maisons en pisé, les seules constructions humaines, et partout ailleurs, la formidable immensité qui s'élançait vers le ciel.

Le Nord-Ouest était un territoire de tribus de bergers nomades qui ne reconnaissaient pas les frontières entre les nations. Elles faisaient commerce de moutons et de chevaux et parlaient les langues des uns et des autres. Dans les vignobles, elles cultivaient leur raisin. Homme se disait adam. Pomme, alma. Soie, yourte, chameau, et khan se prononçaient de la même façon en ouzbek et en ouïghour. Des Tibétains arrivaient à pied du Quinghai en transportant des couvertures et des objets en argent qu'ils vendaient, coiffés de chapeaux de cow-boy noirs et arborant des dagues dans leurs fourreaux. Ils ne laissaient personne les toucher. Les ancêtres de sa famille côté maternel étaient enterrés en Sibérie.

Ils partageaient les mêmes chants. Les filles formaient une ronde pour les chanter et regardaient par-dessus leur épaule, des pièces de monnaie autour du front.

La réverbération du soleil sur la terre dorée, les monts enneigés – l'Afghanistan visible dans ce ciel étincelant – sans nuage – la musique du shofar – un bleu d'une pureté merveilleuse recouvrait ce coin de la planète. Le dieu de sa mère au-dessus de leur tête, qui poussait les rivières à dévaler les sommets et faisait verdoyer pâturages et vignobles – les chevaux kazakhs en train de paître !

À Yining, l'architecture russe était européenne, avec des colonnes blanches, comme sur un palais français, et puis au-dessus des conifères, on apercevait le dôme flamboyant de la mosquée. Le peuple de sa mère était arrivé des steppes avant qu'elles ne soient collectivisées par les Chinois en provenance de l'Est.

Les Chinois fermèrent la frontière. Ils goudronnèrent la grande route et installèrent des bannières rouges ainsi que des grands panneaux pour le bien de tous. Dans la province de l'Altaï, ils établirent des plantations de coton. On força les nomades à réduire leur commerce. Désormais, ils étaient paysans, d'après les Chinois qui leur trouvaient du travail comme ramasseurs de coton. Tout était fait pour leur bien. Nous sommes une seule et même famille. Pour prouver que c'était vrai, on donnait cent dollars aux jeunes filles nomades qui divorçaient de leur mari pour épouser un Chinois. Les nouveaux haut-parleurs accrochés aux bâtiments médiévaux des villes du désert annonçaient que ces femmes étaient heureuses. Des cartes de rationnement seront distribuées. Le séparatisme est un grave délit.

Un convoi traversa le désert. En son centre, un énorme camion transportant sur son plateau une section d'un tuyau destiné à un pipeline. Les autres véhicules étaient vert camouflage, remplis de soldats assis à l'arrière. Le convoi roulait vite, produisant une colonne de poussière, et fonça sur un campement sans ralentir. Les gens qui vendaient du pain et de l'eau sur le bord de la route reculèrent. Zou Lei, qui avait cinq ans à l'époque, ouvrit la bouche et dit oh, s'avança pour apercevoir les soldats pendant leur passage rugissant et les observer tandis qu'ils s'éloignaient rapidement, entassés à l'arrière des camions sous leur casque en fer.

Une fille plus âgée accourut et tira Zou Lei à l'écart et la retint jusqu'à ce que le convoi soit passé, et que la poussière soit retombée. Puis elle la prit par la main et la conduisit dans une des demeures en pisé dont le toit se constituait de bois mort et gris trouvé dans le désert.

Elle jouait trop près de la route, alors je l'ai grondée. Un gros camion arrivait.

J'ai entendu, dit la mère de Zou Lei. Elle se tenait près d'une table dans l'entrée, à moitié au soleil, en train de préparer des lagman. Le soleil coupait la table en deux. Sa mère pétrissait la pâte des nouilles, l'humidifiait avec l'eau d'une cuvette en plastique bleu.

C'était le plus gros camion que j'aie jamais vu. Et elle voulait se faire écraser.

Comment ?

Elle voulait monter dessus. Elle courait et si je ne l'avais pas attrapée, elle aurait foncé dessus.

La mère scruta sa fille.

Qu'est-ce que tu as fait ? demanda-t-elle à Zou Lei. À l'autre gamine, elle dit, tu lui as donné une fessée ?

Je lui ai donné une tape sur la jambe.

Donne-lui en une autre maintenant pendant que je regarde. Pas sur l'oreille, juste sur la jambe.

La fille frappa Zou Lei sur la jambe de son pantalon orange délavé.

Tu dois y mettre plus de caractère que ça. Avec elle, ça ne sert à rien, sinon.

La fille frappa Zou Lei plus fort sur les fesses et Zou Lei fut projetée deux pas en avant et se protégea avec les mains.

Ne recommence pas ! dit la petite fille.

Écoute-la bien ! dit sa mère.

Je lui ai dit que son père était parti sur la steppe avec l'armée. Il n'est pas dans le camion. S'il était dedans, il en descendrait. Même s'il travaillait, il demanderait à l'officier un congé pour voir sa famille. Et s'il ne pouvait pas l'avoir, il lui ferait au moins signe pour qu'elle le voie. L'armée lui autoriserait au moins ça, un signe.

Sa mère s'humecta les mains et fit une cordelette avec la pâte.

Va jouer avec elle, d'accord ? Ou chante quelque chose. Tu connais des chansons ?

Je ne sais pas chanter, mais je peux danser, répondit la petite.

Elle effectua des mouvements avec les mains, le bout des doigts joints, fit pivoter ses poignets, onduler ses mains.

C'est tout ce que je sais faire.

Elle tenta de l'apprendre à Zou Lei qui ne voulait rien apprendre.

Fais comme si j'étais un loup, dit Zou Lei.

Durant l'après-midi, après le départ de la petite fille, alors que sa mère se reposait sur les tapis et que bouillaient les nouilles – il ne restait plus qu'elles deux dans la demeure –, Zou Lei rampa vers elle et joua avec ses cheveux. Sa mère chassait les mouches. Pendant un moment, elles jouèrent à des jeux inventés dans lesquels elles se tenaient les mains et sa mère disait, où est le pain, et le sel ? Dans les montagnes. Dans la rivière. Dans les prés avec les chevaux.

La lumière virait à l'orange doré et la chaleur retombait. Un autre camion cahota difficilement sur la route et elles l'écoutèrent passer. Sa mère sortit les nouilles pour qu'elles refroidissent avant qu'elles les mangent avec un poivron vert et un oignon.

L'obscurité les recouvrit et dans les interstices laissés par les branches du toit, elles voyaient le ciel. Dans l'entrée, le soleil qui se couchait sur les montagnes envoyait ses rayons en ligne droite jusqu'à leurs yeux, sautant de crête en crête à travers la vaste cuvette du désert remplie d'ombres bleues.

Tout ce que nous avions quand je ramassais du coton, c'était de la soupe, lui raconta sa mère. C'était avant ta naissance. Tu étais encore dans la bourse de coton de ton père. Il m'a demandé si je te voulais. J'ai dit oui et il m'a fait don de toi. Tiens, mords là-dedans – sa mère avait ramassé des pêches sur le bord de la route –, on va la nettoyer. N'avale pas de sable. Assieds-toi là. Il rentrera bientôt à la maison, si Dieu le veut. Maintenant je vais te raconter une belle histoire. Laisse-moi te raconter pourquoi nous devrions être heureuses. Tu veux que je te raconte ? Alors écoute.

Tu savais qu'il existe un lieu plus merveilleux que tous les autres ? Très bien, je vais t'en parler. D'abord, il est situé tout là-bas, par-delà tous les bandits et les loups. Loin, très loin, à au moins trois mois à cheval. Les autorités n'en parlent pas parce qu'elles veulent le garder pour elles. Mais les gens savent qu'il existe. Et tu sais quoi, là-bas, tout le monde est joyeux. Forcément, puisque les habitants passent leur vie à faire la fête et à chanter. Ils ne manquent de rien. Ils ont tout ce dont ils ont besoin. Ils ont tous des chaussures, des vêtements et une jolie calotte. C'est un lieu béni de Dieu au fond d'une vallée verdoyante protégée par les montagnes et les rivières. Le bétail a de quoi paître, les raisins poussent sur les vignes et, l'été, les gens montent à cheval jusqu'à la forêt de mélèzes où il fait frais. Ils chassent autant qu'ils veulent et ensuite, ils redescendent là où le soleil brille sur l'herbe verte. Il te suffit de tendre les mains pour qu'elles se remplissent de mûres. L'air résonne de la douce musique des pinsons perchés dans les arbres. Tout le monde mange du yaourt, de la crème, du lait, du pain et de la viande – autant qu'ils le désirent. Le feu chante et la graisse rissole et les couvercles tombent des marmites. Là-bas, il n'est pas rare de s'offrir une chèvre rôtie entière. Il n'y a pas besoin d'être riche. Si quelqu'un veut quelque chose, il l'obtiendra. Il n'a qu'à dire, j'ai envie de pain ! et le pain surgit aussitôt du four. C'est comme ça qu'on se nourrit, là-bas.

Les femmes sont aussi belles que le soleil et la lune, ainsi que le dit le proverbe – des joues rouges comme des pommes et un front blanc comme le lait. Bras dessus bras dessous, sœur et cousine, elles vont cueillir des fleurs pendant que les hommes les observent, pleins de désir, attentifs à leur rire de rossignol. Les hommes ne peuvent s'empêcher de chanter pour elles, de leur faire la cour. Une jeune fille n'aura qu'à jeter son peigne à terre et ils seront vingt à se battre pour le lui ramasser. Si elle bâille, les hommes lui feront de l'ombre et invoqueront le vent par ces mots pour la rafraîchir : par ici, la brise, souffle ! Tout cela est bien beau, mais qui va éplucher les pommes de terre pour le repas de ma mère pendant que je reste allongée là ? dit-elle, et les hommes se bousculeront pour lui éplucher ses pommes de terre.

Pendant que les uns et les autres mangent, prennent du bon temps, on joue aussi de la musique, on danse et chante dans la réjouissance générale. Tout au long de la journée, les hommes organisent des courses à cheval, à pied, et des tournois de lutte. N'importe lequel de ces hommes pourrait passer pour un prince tant par l'allure que par le courage. Ils vont et viennent au galop sur la steppe, filent chacun leur tour dans un fracas tonitruant, et pour chacun, les gens se lèvent et lancent des hourras d'une seule et même voix. La steppe retentit d'encouragements. Il faut imaginer cette clameur formidable qui jaillit de milliers d'entre nous d'un coup, son écho retentissant dans le monde entier. Il fait fleurir les coquelicots jaunes et rouges partout sur les flancs verts des montagnes, les rivières en fondent d'admiration et se déversent des sommets enneigés.

Si un fonctionnaire exige un impôt, on lui répond, la semaine prochaine ! et, notant la réponse dans son registre, il le croira. S'il ne le croit pas, la personne s'arrachera un cheveu et dira, vous n'aurez même pas ça ! et le fonctionnaire s'en ira en sachant qu'il a trouvé quelqu'un à qui parler. Les portes des prisons sont grandes ouvertes et les prisonniers en sortent en chantant, pleins de reconnaissance avant de retrouver leur famille.

La mère de Zou Lei lui toucha le visage dans le noir.

Tu es réveillée ?

Elle l'était. Elle apercevait les étoiles à travers le toit mais sa mère et elle ne se voyaient pas. La nuit, les tapis, la surface même sur laquelle elles reposaient, disparaissaient. Il était facile de s'imaginer au-dessus d'un précipice et il n'était pas sage de se mouvoir avant le lever du soleil qui rapportait la Terre avec lui. La nuit, Zou Lei se réveillait et croyait que la maison était vide, puis elle entendait un bruit et un ruban de ciel nocturne apparaissait, et sa mère revenait à l'intérieur après être sortie pour aller au bord de la route, pensant qu'un camion s'était arrêté.

Elle raconta à Zou Lei l'histoire d'une petite fille dont le père, enlevé par une sorcière, ne pouvait être retrouvé qu'en effectuant un grand voyage vers l'ouest. La mère de Zou Lei s'agitait, parlait avec les mains pour décrire le nez long comme une saucisse de la sorcière. Dehors, une tempête de sable rendait les ténèbres nuageuses. Le matin, il leur fallut balayer le tapis, épousseter le sable de leurs cheveux, descendre au point d'eau et se laver les pieds avant de prier sur le tapis, les mains sur le visage, sa mère les yeux fermés, remuant les lèvres.

Sa mère lui raconta que Petite Maligne prit sept graines de mûre, une graine pour vivre dans chacun des sept déserts qu'elle devait traverser. Dans le noir, Zou Lei voyait les collines de rocailles, les gorges et les grottes, des lieux semblables à la lune, la rivière asséchée, la brousse à l'infini, le désert doré. Les bandits se prirent d'affection pour elle. Il y avait un désert de verre et un autre de fer, gesticulait sa mère. Petite Maligne usa ses semelles jusqu'à la corde. Un périple de sept ans. Il ne lui restait plus de graines, plus d'eau dans son outre. Le désert de fer lui déchira la plante des pieds jusqu'à faire couler le sang frais qui se mettait à bouillir avant de s'évaporer sur le fer brûlant. Mais elle poursuivit sa route sans se départir de sa foi en Dieu et jusqu'à ce que le soleil la rende aveugle. Tandis que la mort approchait, elle tendit la peau de son outre sur ses genoux pour faire un tambour et se mit à psalmodier : Je suis un fantôme désormais. Elle frappa sur son tambour sept jours durant. Un oiseau apparut dans le bleu si bleu du ciel et projeta son ombre sur elle. Aussi longtemps qu'elle chanta, il vola en sa compagnie, courant à travers les steppes sur ses pattes de loup. Ils arrivèrent à une rivière bleue et pure dans laquelle elle plongea et quand elle en ressortit elle avait recouvré la vue et regardait la vallée de Fergana.

Son père rentra à la maison – personne ne le vit arriver –, elles entendirent sa voix à la porte et il était là – ce qui ne semblait pas irréel. Il la souleva et la serra dans ses bras. Maman lâcha son panier. Oh, mon Dieu ! Elle l'attira à l'intérieur. Il sentait l'essence. Je vais cuisiner pour toi. Merci à Dieu ! Elle l'attrapa par le bras, s'essuya les yeux de ses doigts sales brunis par le soleil.

Ne pleure pas. Ne regarde pas à la dépense. Vois un peu ! sourit-il et il sortit les cartes de rationnement de sa poche de chemise militaire, et les tendit à sa femme. Farine, huile, pommes de terre – tout ça pour nous.

Il tira son barda à l'intérieur et Zou Lei regarda se contracter les muscles sur ses avant-bras.

Elles firent sa lessive dans le fossé à côté du verger. Zou Lei et sa maman essorèrent son uniforme vert foncé tout mouillé.

Sa mère lui donna un couteau et un économe.

Comme ça, lui dit son papa chinois à la peau tannée, et il lui montra comme faire une spirale avec la peau d'une pomme de terre. Il creusa un trou derrière la maison avec sa pelle de l'armée et tua une chèvre. Rapporte-moi une des bassines de maman. Il suspendit la viande pourpre et crayeuse en hauteur derrière la maison – il travaillait toujours, même quand il était en permission, une cigarette aux lèvres, le sel séchant sur sa chemise.

C'était l'été dans le Taklamakan. La nuit, ils laissaient le thé refroidir dans la bouilloire. Le jour, le ciel était dégagé, amplifiant les montagnes au loin, les sommets aux neiges éternelles. La vitesse d'évaporation laissait croire que le désert était moins chaud. Les grandes personnes s'asseyaient sur de petits tabourets en bois devant la maison et, l'après-midi, buvaient le thé de la veille. Le vent se mit à souffler en soulevant des rideaux de poussière qui parcouraient la rue tels des géants vêtus de longues tuniques.

Zou Lei revint de jouer en courant. La tempête se lève !

On dirait.

Son père prit son tabouret. Viens. Ils entrèrent dans la maison et elle l'aida à fermer la porte.

Elle s'annonce violente ! rit sa mère.

La porte claqua, alors son père mit la table devant mais elle claqua encore. Une nuit d'un bleu sombre tomba tandis que la tempête de sable balayait les maisons. Ils allumèrent la lanterne et éloignèrent leur repas de l'endroit où s'infiltrait le vent. Sa mère coupa le pain en trois morceaux.

Mange pour ne pas avoir mal aux mains.

Le pain était chaud. Zou Lei s'appuya sur le bras bronzé de son père.

Dans notre armée, on dit, ne traîne pas. Celui qui traîne nettoie la marmite.

Est-ce que tu traînes ? lui demanda sa femme.

Moi ? Non. Qu'est-ce que tu crois ?

Je ne sais pas. Je réfléchissais et imaginais mon mari nettoyant la marmite.

Ta maman aime bien réfléchir.

Oui, j'aime réfléchir. Je réfléchis tout le temps.

Moi, je ne réfléchis pas trop souvent.

Oh, tu serais bien le premier homme à ne pas trop réfléchir.

Non, je ne fais que suivre les ordres.

Oh, tu es bien le premier homme dans ton genre !

La porte cessa de claquer. Il se fit tard. La lueur de la lanterne ne faiblissait pas, rouge de l'autre côté du rideau suspendu. Tandis qu'il leur parlait de son travail, son père ressemblait à un tigre avec sa coupe en brosse et son corps musclé. Dans les montagnes, c'était étrange et plat, un petit lac. Son régiment avait bivouaqué là où naît le fleuve Jaune. Nous portons des fusils, mais nous portons aussi des pelles. Travailler sur le pipeline, c'est comme aller à la mine, mais même si c'est dangereux, nous sommes très investis parce que nous voulons que le pays se développe. Un Kazakh avait voulu lui donner son cheval parce qu'il avait arbitré un conflit autour du bétail, mais son père, en tant que soldat, ne pouvait pas accepter. Nous sommes ici pour servir le peuple. Cet homme ne savait pas qu'il faisait partie de ce peuple, mais c'est le cas. Le peuple inclut tout le monde. Puis l'homme a fait venir sa fille habillée d'une jolie robe, et tous les compagnons ont ri de mon embarras. Elle était très jolie ? demanda Zou Lei. Son père la prit sur ses genoux et elle écouta sa voix résonner dans sa poitrine. Sa mère était à moitié allongée sur le côté, et écoutait elle aussi, les fleurs de sa jupe se transformant en oiseaux sur le tapis déroulé sous elle.

Zou Lei sortit courir avec lui – ses sandales roses produisaient un bruit de claquettes – et il se retourna et descendit la colline à reculons, prenant à cœur d'enseigner la course à sa fille. Le terrain se déployait au-delà du parking où le bus s'arrêtait.

Son père en équilibre sur les barres parallèles, balançant les jambes, les gardant bien tendues, montant et descendant à la seule force des bras. Il se dégagea d'un bond. Elle se souvenait du bruit de ses bottes quand elles touchaient terre. Tout ce qu'il faisait était simple et précis. Il s'épousseta les mains, l'aida à s'accrocher aux barres.

Elle fut soulevée. Le visage de son père tanné par le soleil, sa coupe en brosse, l'odeur de ses cigarettes, sa sueur séchée par le désert – un cristal de sel blanc au milieu de sa poitrine. Une de ses sandales en plastique tomba. Elle baissa les yeux et vit pendre le pied sale. Ne baisse pas la tête, dit-il en la redressant. Elle avait peur mais pouvait se maintenir grâce au soutien de son père. Son foulard tomba. Utilise tes bras. Il la fit monter et descendre – elle s'entraîna. Ha ! rit-elle. Tu as réussi. Il la reposa au sol. Sautillant à cloche-pied pour ne pas toucher le béton brûlant, elle s'agrippa à son papa. Il attacha la bride sur son petit pied sale. Bon travail, soldat, dit-il. Il alla ramasser son foulard par terre.

Ça vient, dit-il. Petit à petit. Sa mère avait les mains couvertes de farine, elle cuisait du pain dans un four en terre cuite que son père avait construit tout seul devant leur maison.

Melons, pêches, pommes, amandes, dattes, des Ouïghours qui attendaient à l'ombre, qui attendaient du travail, attendaient de boire de l'eau, des minarets au-dessus des toits. Un vent chaud souffla sur la route. Zou Lei plissa les yeux. Elle portait un sac en plastique avec du pain dedans. Le bus arriva et le nuage de poussière s'éloigna. Des femmes à la peau noircie par le soleil en descendirent, protégées d'un foulard, l'argent dans la main. Combien pour le pain ? Zou Lei glissa les fractions d'un dollar dans sa poche.

Elle vit les bannières rouges qu'on suspendait dans la rue médiévale, vit l'armée passer et les enfants pieds nus réapparaître après le passage du convoi. Des cadres de l'armée chinoise en lunettes de soleil, casques de chantier et chaussures en plastique noir posaient dans le désert, mains dans le dos, se faisaient tirer le portrait par d'autres hommes qui leur ressemblaient trait pour trait sans rien avoir de commun avec son père, pour prouver qu'ils étaient venus jusque-là et que c'était une réussite.

Les haut-parleurs lançaient : Abolir le retard ! et jouaient une musique triomphale. Elle assista à une bagarre à cause du bétail. Un homme frappa son voisin, jeta un mouton dans un camion et les autres bêtes suivirent en bêlant. L'odeur du feu de bois et des brochettes d'agneau traversa la route. Zou Lei en salivait. Elle cassa ses sandales en tapant dans un ballon de football et sa maman la frappa.

La Russie est par là, lui montra son père. Et par là, ce sont les pays musulmans. De l'autre côté, c'est la Chine. Il alluma une cigarette. Les soldats russes sont forts, ils ont des équipements sophistiqués. Protéger la frontière des Russes, c'est pour ça que nous sommes ici. Les musulmans ont un mode de vie arriéré. Ils ne font pas de bons soldats parce qu'ils sont trop indépendants. En plein milieu de la guerre, ils peuvent décider de partir s'occuper de leur troupeau. L'Amérique a le meilleur équipement, c'est le pays le plus riche. En Amérique, un soldat possède une voiture. Ici, seul le général en a une. Notre équipement est de qualité moyenne et il n'est pas très sophistiqué. Notre avantage, c'est la taille de la population. Les conditions de vie s'amélioreront lentement, lentement. Pour gagner, tout doit trouver son équilibre. Comme dans la lutte. Si je suis trop faible, tu me renverses. Si je suis trop fort, je me renverse moi-même. Il faut se tenir entre les deux. La Chine est entre les deux, et c'est bien. Dans trente, quarante ans, nous serons capables de battre l'Amérique ou la Russie.

Les bus firent venir des Ouïghours de l'Ouest, certains arrivaient de Fergana. Un barbier installa une chaise sur le bord de la route. Zou Lei regarda la lame du rasoir dépliée passer sur l'arrière du crâne de l'homme, les touffes de cheveux qui tombaient, glissaient sur le bord du trottoir en pierre quand venait la brise. Les hommes étaient assis en cercle. Ils tendaient leur avant-bras bronzé et lui donnaient des pièces. Vous venez du pays du lait et du miel, disait-elle. Ils portaient des calottes, le regard lointain, rasés de frais, mangeant le pain de sa mère. Qui t'a raconté ça ? Tous, nous ramassons du coton à Fergana. Ils nous y obligent. Alors maintenant, tu vas aller raconter ça à ta mère.

Papa, tu peux courir jusqu'à où ? demanda-t-elle.

Courir courir, ou courir à petites foulées ? C'est pas pareil.

Disons, jusqu'à ces montagnes, là.

Sans courir, tu veux savoir si je pourrais y aller à pied ?

Tu pourrais y arriver ? Est-ce que n'importe qui pourrait y arriver ?

Je crois. Avec de la détermination, oui. Et suffisamment d'eau.

La décennie prit fin et, tout à coup, la foule avait envahi les rues. Leurs voisins disparurent. Alani ne venait plus à l'école. Le football fut considéré comme fondamentaliste, alors ils cessèrent d'y jouer. Ils envoyaient le ballon dans le panier de basket. Son père fut mobilisé et les quitta.

*

Prends ça, dit sa mère en lui tendant le plov à apporter aux clients qui mangeaient devant la maison.

Dans les rues transversales, les garçons se lançaient dans des tournois de lutte. Tyson ! hurlaient-ils. Des graffitis en arabe gravés dans les briques d'argile. Je suis Rambo !

Une fille lui jeta des pierres. Ta mère est mariée à un sale bouffeur de porc.

Les routiers arrivaient de Gilmet et parlaient de ce qu'ils avaient vu. Ils commandaient des nouilles froides et de la bière. Un Karamlik décapsula une bouteille avec ses dents. Là-bas, les trafiquants se font décapiter. De la résine d'opium cachée dans les fours à pain, en général. De ce côté-ci, ils se contentent de vous envoyer au goulag, rien de plus. Des membres des gangs et des séparatistes. Imaginez ne pas pouvoir parler pendant cinq ans. Vous n'avez pas vu les puits de pétrole dans le désert ? Je les ai vus transporter un morceau de tuyau si grand qu'on pourrait vivre dedans. Des campements militaires sont installés par là-bas. Ils ont tout ce qu'ils veulent. On leur envoie des filles des villages. Ils ont une tente et un médecin pour rester en bonne santé.

Elle leur apporta plus de bière. Une tempête de sable se leva et ils s'abritèrent à l'intérieur, s'assirent sur les tapis. Ils demandèrent du yaourt, de la vodka. Ils firent venir sa mère.

Quel âge a-t-elle ?

Va dans la cuisine et n'en sors pas.

Quand elles reçurent un avis du régiment, elles attendirent au soleil de 11 h 20 à 14 h 40, la pause officielle pour les employées de la poste, le temps que la femme chinoise et ses collègues portant des calots d'infirmières mangent des dumplings, s'éventent et discutent derrière une fenêtre à barreaux. La mère de Zou Lei était assise sur le trottoir et se tenait la tête. Quand le portail s'ouvrit, elles entrèrent. La femme au calot d'infirmière expliqua que d'après l'avis, quelqu'un du régiment était mort.

Mais, mademoiselle, il n'y a pas de nom. Peut-être que ce n'est pas lui.

Peut-être rien du tout. C'est la personne que vous avez dans le régiment, hurla la femme. Si vous avez quelqu'un d'autre, alors c'est lui aussi.

La mère de Zou Lei fondit en larmes.

L'avis devait être tamponné, leur dit-on.

Où dois-je le faire tamponner ?

La femme lui arracha le papier des mains, martela un tampon dessus et l'emporta.

Pourquoi vous ne me le rendez pas ? pleura sa mère.

Vous allez en faire quoi ?

Mais sa mère frappa du poing, secoua les barreaux et hurla jusqu'à ce que la femme le lui rende. Dans la rue, quelqu'un leur dit d'aller dans tel et tel bureau. Personne ne leur expliqua comment son père était mort. Il fallait dix-sept heures de bus pour atteindre la capitale de la province. Là-bas, elles découvrirent que l'avis était essentiel pour obtenir le capital décès, une petite pile de billets qui représentaient des profils héroïques ou des minorités ethniques pour certains. Sa mère les roula et les coinça dans son bas pendant que Zou Lei gardait la tête baissée.

Maintenant, elles vivaient dans une grande ville de l'Ouest, l'arrêt routier disparu, en faillite, elles n'avaient pas tenté leur chance, seules depuis la mort du père. L'argent filait. Elle avait quinze, seize ans, et elle avait faim. Elle lui écrivit. Elle se coupa les cheveux comme lui pour ne pas l'oublier. Un soldat dans tout ce que je fais. Plus d'école. Il n'y avait pas de cartes de rationnement, à moins de les acheter à des gamins en jogging, des orphelins qui dealaient du haschisch. Elle vendait des objets sur une couverture. Des cassettes. Une trompette ternie venant d'un mariage tadjik. On avait installé des éclairages urbains dans la rue pour que le marché puisse se poursuivre après la tombée de la nuit. Une odeur de chèvre grillée arrivait d'un autre stand. Les Chinois étaient plus nombreux par ici. Tu aimes la musique disco ? Elle aimait le foot et y jouait chaque fois qu'elle le pouvait. Le président américain s'appelait Clinton. Dans un champ jonché de détritus derrière le marché, elle trouva un couteau cassé et le lança aussi loin que possible.

Bronzée, les joues rouges, la peau du visage qui pelait, elle avait dix-sept ans. Ils étaient tous bronzés, ceux qui jouaient au foot tout au bout de la route de la Libération, la poussière tombant de leurs frusques de l'armée. Tariq avait le ballon et elle courut en décrivant un arc de cercle comme si quelque chose de très léger la maintenait à cet emplacement. Il frappa dans la balle et elle se détourna pour l'intercepter. Elle ne s'arrêtait jamais de bouger. Elle envoya le coude dans le visage d'un garçon tandis qu'ils se battaient comme deux mantes religieuses, mais avec les jambes, pour avoir le ballon. La lumière du soleil était radieuse, une lumière purifiante surgie de l'hiver. Une odeur de cuir régnait partout, une aigreur, de poussière de charbon et de fumier. C'était la lisière de la ville. Le mur avait quatre cents ans et au-delà s'étendait le désert.

Une femme farouche se tenait dans l'ombre maigre d'un genévrier, son bébé assis sur le bord du trottoir, un tout petit garçon crasseux qui enfonçait les doigts entre les hexagones bleus qui s'effritaient pour tenter d'en soulever un et de déloger un scorpion.

La route commençait au milieu de nulle part, dans le désert, construite pour que les tanks y roulent par rangées de quatre. À présent, c'est elle qui l'empruntait en dribblant. On construisait ou l'on détruisait et les pierres utilisées formaient des tas, d'énormes plaques de béton armé hérissées de leurs tiges, une dent arrachée à la terre, des excavations dans la poussière. Les bas-côtés se désagrégeaient. Une autoroute l'enjambait et s'arrêtait en plein air. Dans un vaste fossé, une mer de pneus et un homme qui s'y frayait un chemin, examinant leur bande.

Les espaces étaient larges et longs, s'étendaient dans les quartiers animés de la ville près de la gare, un carnaval de bus marron clair où finissait le tunnel, les panneaux en ouïghour et en chinois, les migrants en quête de travail qui dormaient là où il y avait de l'ombre. Parmi les vieilles maisons de pisé se trouvait le bâtiment de la sécurité publique et une prison, tous deux couverts de carrelage, comme un intérieur de salle de bains, mais à l'extérieur. Le soleil étincelait sur le minaret d'une mosquée au-dessus des chantiers de construction. Le dôme était bien plus bas, mais on sentait sa présence, une bulle remontant à la surface.

Elles allaient à nouveau déménager, cette fois vers l'intérieur, vers une des usines qui avaient toujours besoin de migrants, à Shenzhen. Une aide financière était promise, une motivation pour les femmes ouïghoures. On leur avait dit qu'il s'agissait d'une usine de jus de fruit, mais très peu de choses seraient comme prévu. L'humidité de la terre de rizière au sud du Yang-Tsé-Kiang fut le premier indice d'un problème. Une chaleur différente de celle à laquelle elles étaient habituées dans le désert. De la brume partout, pas d'horizon, les champs mornes fondus dans le ciel. L'usine produisait des dérivés de polyéthylène et, comme unique équipement de sécurité, offrait des masques chirurgicaux. Si elles levaient la tête, les patrons taïwanais s'assuraient qu'elles la baissent très vite. Ils n'étaient pas obligés de les payer. Elles étaient clandestines dans leur propre pays, ainsi qu'elles allaient le découvrir. La Chine était grande à ce point.

Elles tombaient malades, ce qu'elles mangeaient les rendait malades, des bactéries dans l'eau, de la viande aux origines douteuses sur les tables disposées le long des routes, les mouches et le sang. Pas d'imams dans la campagne ; mais la grippe aviaire, la malaria et les schistosomes. Le cri du sifflet dans l'oreille chaque fois qu'elles s'assoupissaient. Elles se donnaient des claques. Des croûtes sur tout le corps à force de gratter leurs piqûres. Sa mère refusait de manger du porc. Elles s'accroupissaient dans les latrines humides du village à côté des autres filles. Pêchaient dans les étangs pollués. Elles mangeaient du poisson dès que possible, un fermier mit le pied sur une brème vivante sur le plancher boueux du bus. Sa mère devait rentrer en moto-taxi, les bras autour de la poitrine du chauffeur. Il y avait des chiens sur la route, une chèvre morte sur un tas d'ordures où elle cherchait du papier et du plastique. Parfois elles mangeaient de l'agneau, mais surtout du chou, cuisinaient avec des palets ronds de charbon qu'elles ramassaient dès qu'elles en trouvaient, ceux à moitié brûlés. De la moutarde brune, des pommes de terre, du riz et des os de toutes sortes sauf de porc.

De l'usine, où elles ne supportaient pas d'être enfermées pour leur propre sécurité, au dénuement absolu il n'y avait qu'un pas, vivre dans les champs à collecter le papier et le plastique pour le recyclage. Impossible de payer les frais nécessaires pour envoyer sa mère à l'infirmerie. Beaucoup de filles seraient parties travailler dans les bars de karaoké pour chanter et danser avec les cadres du Parti, mais à deux heures du matin, Zou Lei ramassait les bouteilles de bière au milieu des déchets, barquettes en polystyrène dégoulinantes d'huile pimentée et baguettes jetables abandonnées entre les tentes en plastique tissé et sous les ampoules électriques encore allumées dans la rue en terre battue, puis parcourait un kilomètre sur la piste en devinant tout juste la présence des murs et des cahutes dans le noir, avant de tourner pour atteindre les rizières. Les décharges où les fermiers déversaient leur merde. La puanteur atroce dans le noir. Elle s'arrêtait pour poser sa cargaison cliquetante, seule dans l'allée de terre qui menait aux gigantesques carrés d'eau.

Si tu voulais le paradis, disaient-ils, peut-être que tu n'aurais pas dû venir. Il reste toujours l'Amérique, si tu penses que tes pieds pourront te porter jusque-là.

Elle retrouva sa mère dans la foule qui sortait d'une mosquée. Elles se rendirent sur le boulevard de la Libération et il y avait des paysans, des fils de nomades qui tiraient d'énormes charrettes en bois sur la chaussée défoncée. Des gens du désert avec des dents en or, leurs mains et le visage tannés par le soleil. Des hommes avec des calottes blanches et des vestes de costume noires qui tendaient des galettes de pain en disant qu'elles étaient à vendre. Il y avait des barquettes de dattes et de noix, des tranches de pastèque, le drapeau rouge d'un agneau tout juste tué, les moyeux des brouettes qui se prenaient dans les jambes des passants qui traversaient la place, s'entrecoupaient et s'entremêlaient, des centaines de croisements. Le soleil de fin d'après-midi se reflétait sur une surface brillante au bord d'une fontaine en mosaïque, un côté pour les ablutions des hommes, un côté pour celles des femmes. Deux policiers pareils à des phoques avec leur grosse tête gominée passèrent.

Sa mère lui rapporta ce qu'avait dit l'imam dans son prêche. Du haut-parleur sortaient les mots : Si vous suspectez des activités fondamentalistes, adressez-vous à vos chefs religieux. Zou Lei fit un signe de tête à un groupe de jeunes hommes et de garçons en tenue de sport. L'un d'eux avait un boa constrictor autour du cou, des lunettes de soleil effet miroir et ne portait pas de chemise.

Qui sont-ils ?

Les enfants de la police.

Elle vit des lames de rasoir et des seringues dans un seau sous une charrette où sa mère achetait des pommes. Zou Lei s'approcha du serpent et le toucha, la surface lisse et perlée glissait sous ses doigts.

Tu ne peux pas t'attendre à obtenir ce que cette vie peut offrir, dit sa mère.

Elles retournèrent là où elles vivaient, une pièce en béton puant à côté de latrines, s'allongèrent sur le même lit sans parvenir à dormir. Elle apprendrait à marcher au pas. Elle s'entraînerait dans le champ.

Au cours de la nuit, elle se réveilla. L'ampoule à nu était allumée et sa mère tournait en rond. Elle psalmodiait dans ses mains, les cheveux défaits, se balançait d'avant en arrière, touchant quasiment le mur. Zou Lei regarda sa mère tourner ainsi, être prise de vertige et vaciller. Je suis sur mon cheval. Je suis dans les mélèzes. Zou Lei essaya de la faire se recoucher. Elle prétendit avoir vu un cerf. Zou Lei tendit la main vers l'interrupteur. Ils vont nous faire payer la lumière.

J'ai parcouru des milliers de kilomètres, dit sa mère. Je devrais être épuisée, mais non.

Elle se recoucha, repoussa sa fille de sa main épaisse.

*

Elle passa au tribunal. Où la moquette était marron. Quelqu'un lui dit de se bouger le cul et de se lever. Une femme blanche en jupe à rayures fines qui tenait une chemise cartonnée déclara, le procureur n'a pas d'objection à formuler. Personne ne lui expliqua pourquoi. Plus tard, on lui dit simplement qu'elle était libérée. Prends tes affaires là-bas, lui montra le gardien. Un sac en papier contenant son jean était posé sur le comptoir. Elle récupéra ses vêtements et se changea sous les néons, ne compta son argent qu'une fois dehors. La porte en verre s'ouvrit dans un bruit de sonnette et elle passa devant les panneaux d'affichage avec l'avis punaisé qui disait en quatre langues : Pour rendre visite à un détenu, et se retrouva dans l'espace ouvert de la petite ville – il était sept heures du matin – les voies ferrées, les barbelés et l'eau.

Dans le bus, elle appuya la tête contre la vitre pour regarder s'éloigner la ville. Elle vit les rangées de maisons écaillées, l'église Notre-Seigneur de la Guérison. Le bus coûtait moins cher que le train. Le chauffeur parla dans un micro, les yeux rivés sur le rétroviseur. Il est interdit de fumer, merci. Le marginal au chapeau de cow-boy noir, une croix gammée sur le cou, dit, t'as un briquet ? Quand Roy Rogers passa à la radio, tout le monde se remit à manger sauf elle. Elle ferma les yeux sur l'autoroute 95, la musique qui sortait du casque d'une autre personne à l'oreille. Quand elle rouvrit les yeux, ils roulaient entre des barres d'immeubles, et à Port Authority, elle vit des policiers en gilet tactique et des soldats armés de fusils d'assaut.

3

Il fut pris en stop avant l'aube, plus bas, là où se dressaient les arbres sombres en forme de flèches le long de l'autoroute.

Vous désertez ? demanda le conducteur.

J'aurais dû, répondit Skinner.

Le soleil apparut d'un coup et la lumière inonda la cabine. Elle peignait la forêt sans fin le long de la route d'une couleur de cerise. Il la regarda s'étendre. Lentement la route s'incurva, comme suivant la courbe d'une planète. Depuis la cabine, il surplombait les voies. Le grondement régulier.

Ce n'était pas un type imposant, mais il avait une grosse tête et de grosses mains qui le rendaient plus impressionnant qu'il n'était. Il posa une ranger sur le tableau de bord sans demander si ça dérangeait. Le routier avait fait garnir la cabine en velours et chrome.

Vous vivez dans le coin ?

Seulement quand je suis pas à la maison, répondit le chauffeur qui se mit en tête de lui montrer une photo de ses gamins et de sa femme blonde sans charme qui posaient devant un fond à volutes. Là c'est Kyle et là c'est Connor. Ils sont toute ma vie. Mes gosses, c'est ma vie.

Skinner laissa retomber la photo sur le tableau de bord. Le routier la reprit de sa main pâle pleine de taches de rousseur et la rangea dans son portefeuille.

Vous avez l'intention de vous arrêter à un moment ?

Pour quoi faire ?

Pour un McDo, chais pas ?

Je ne mange que quand j'ai atteint ma destination.

Ça doit être chiant.

Ça dépend comment on voit les choses, répondit le routier.

Skinner l'avait agacé d'une façon ou d'une autre. Le chauffeur lui dit : Deux solutions : soit je roule, soit je m'arrête. Si je dois m'arrêter, vous pourrez toujours lever le pouce pour trouver un autre véhicule.

C'est bon, dit Skinner. Faites comme vous le sentez.

Skinner mit l'autre ranger sur le tableau de bord et regarda la route. Alluma une cigarette. Il mit ses lunettes de soleil. Ainsi protégés, ses yeux allaient des voitures au bas-côté, au rétroviseur et revenaient aux voitures. La circulation s'intensifia tandis qu'ils roulaient vers le nord. Il reposa les pieds par terre et se redressa. Le paysage fit apparaître des arbres nus et des collines brunes. Il alluma une autre cigarette. Le conducteur et lui fumaient, la radio passait de la musique country.

Une voiture noire les doubla en leur faisant une queue-de-poisson et fila, zigzaguant entre les autres voitures. La mâchoire de Skinner se contracta. Son pied se mit à tressauter.

Vous avez besoin de pisser ou quoi ?

À la radio une femme chantait : La famille, ça la rend fière.

Non, fit Skinner.

Il remit le pied sur le tableau de bord.

C'est confortable ces trucs ?

Plutôt.

Il passa un pouce sous la languette, tira sur les lacets.

Elles tiennent bien le coup. Mais cette paire est récente. La dernière, elle était tout éclaboussée de cervelle.

Le chauffeur le regarda.

Il a fallu six mois pour que cette saloperie d'armée me refile une nouvelle paire. On est où ?

Encore en Virginie, je crois.

Skinner avala un comprimé blanc hexagonal avec du Gatorade. Il regarda passer l'enseigne d'un McDonald's. On commençait à voir la neige sur les collines et il fit plus froid dans la cabine. Il s'emmitoufla dans sa couverture verte, ses grosses rangers marron qui dépassaient, la tête appuyée contre le bord du siège, les lunettes toujours sur le nez, le visage pâle malgré le bronzage, les grandes mains aux ongles cassés. Il semblait avoir perdu connaissance. Le routier lui jeta un coup d'œil. Le soleil apparaissait par intermittence comme dans un jeu d'ombres chinoises, comme un film en accéléré, et ça avait à voir avec les nuages.

Il dormit pendant la traversée de la Pennsylvanie où vivaient sa mère et son frère, et il se réveilla sur un morceau de hip-hop. Le ciel avait viré au gris. Il se frotta le visage.

Le chauffeur éteignit la radio.

Avachi, Skinner regarda la route, catatonique.

À votre avis, on en a encore pour combien de temps ?

Un bon moment.

Il fouilla le plancher désordonné et trouva la bouteille de Gatorade. C'est bon. Je faisais ça tout le temps. Il pivota sur le côté, et la remplit. Je préfère pas voir ça, dit le routier. Vous verrez rien. Il vissa le bouchon et glissa la bouteille chaude remplie de liquide couleur bière dans son sac de combat.

Ils mirent un long moment à approcher de la ville, un sentiment identifiable, la route qui empire, voies étroites, circulation rapide et dense, les bruits sourds de la chaussée inégale. Les graffitis surgissaient peu à peu, ici d'un coup, là, jusqu'à ce qu'ils se multiplient. Skinner alluma une autre cigarette et s'assit, courbé en avant, le pied tremblant.

Je crois que vous l'avez ratée, vieux. Elle doit être derrière nous.

Ils bifurquèrent vers l'ouest quasiment au moment où le soleil se couchait. Le ciel s'était dégagé et ils roulaient vite le long de grillages, de maisons, l'autoroute parallèle se rétrécissant, disparaissant, réapparaissant, se divisant. Il fouillait l'horizon du regard. C'est là. Il vit la fameuse silhouette de la ville moins deux tours. Elle était encore très loin et quand la route descendit elle se volatilisa. Puis il la vit de nouveau, une silhouette précise, le coucher de soleil en fusion derrière.

La ville disparut derrière la chaussée, les gravières, une montagne de sable, les échelles latérales d'une grue. Une étendue d'eau aperçue brièvement. La silhouette de New York réémergea. Ils étaient proches à présent. Cheveux blonds et seins bronzés sur un panneau publicitaire. Gentleman's Club. Il se frotta les mains. Z'avez noté l'adresse ? Le routier ne répondit rien.

Ils foncèrent sur une bretelle, des barres d'immeubles se dressèrent autour d'eux comme des rideaux, des graffitis sur la brique. Les piles de l'autoroute filaient de l'autre côté de la vitre. La voie rapide s'éleva au-dessus de leur tête comme un avion au décollage. Ils sentirent la force gravitationnelle du semi-remorque qui se rabattait sur la droite, rétrogradait, roulait sans effort et ralentissait avec fluidité pour entrer dans la station-service. Freins à air comprimé. Leur corps fut ballotté vers l'avant. Le chauffeur passa en première et se rangea tout doucement le long d'une pompe et quand il coupa le contact, il y eut un court silence alors même que le moteur semblait continuer de tourner dans la tête de Skinner.

Le routier ne l'emmènerait pas plus loin, lui dit-il – ce qui lui convenait, car de là, il savait où aller – et ils descendirent du véhicule. Pendant que le chauffeur faisait le plein, Skinner entra dans la boutique. Il prit un sachet de bœuf séché sur un tourniquet ainsi qu'une canette de Red Bull dans une armoire réfrigérée. Sur le chemin de la caisse, il s'arrêta devant les magazines. Un Haïtien à la peau noire tirant sur le bleu lisait les petites annonces de ventes de voitures. Skinner tendit la main devant lui pour attraper un exemplaire d'*Iron Man* avec en couverture un culturiste soulevant tellement de poids que la barre fléchissait et que les veines qui striaient son cou semblaient prêtes à éclater. Skinner s'approcha de la vitre blindée et laissa tomber sa carte de crédit dans le réceptacle.

Donnez-moi aussi un paquet de Marlboro.

Il retourna dehors et sortit ses sacs de la cabine. Il enfila sa veste de treillis à imprimé camouflage et remonta la capuche noire sur sa tête. La bouteille de pisse, il la laissa près du trottoir pour que quelqu'un d'autre en profite. Le routier, qui n'avait qu'un tee-shirt sur le dos, faisait toujours le plein. Skinner alla lui demander s'il savait par où partir.

Par là, plus ou moins.

Skinner ajusta les bretelles de son sac à dos, jeta un coup d'œil à l'autoroute. Puis il souleva le sac marin à ses pieds, le secoua, s'en saisit, l'empoigna. Il l'examina. Le fit tourner. Puis il le passa sur son épaule.

Très bien. Merci pour la route.

Pas de quoi.

Le chauffeur tendit le bras à la dernière minute et ils échangèrent une poignée de main.

Bonne chance.

À la prochaine.

Skinner contourna le camion et disparut.

À présent, il coupait à travers des tours d'habitation monumentales, sa silhouette déformée par ce qu'il portait, un homme chargé d'un fardeau qui avançait d'un pas régulier dans le formidable paysage stérile d'ombres gigantesques, de squelettes de bâtiments et de lumières froides qui filtraient de plus haut. Une voiture esseulée était garée le long d'une rangée de devantures qui explosaient sous les graffitis – énormes, véhéments, flamboyants –, les lettres gonflées comme des muscles sur le point de rompre, comme de la fumée qui enfle, grossit, tourbillonne jusqu'à former une bulle sur les murs d'acier et de béton, comme si partout le feu avait pris. Il traversa l'espace à découvert, une silhouette solitaire portant son équipement, et pénétra dans une nouvelle zone d'ombre.

Il marchait près de logements si petits qu'on pouvait passer la main par la fenêtre et atteindre la porte. Ils avaient été incendiés, les ouvertures condamnées et autour, il y avait des décharges. Néanmoins, certains étaient encore habités. Tout en avançant, il mâchait son bœuf séché. La canette de Red Bull qu'il avait vidée avant de la balancer dans un baril d'essence, l'avait gelé jusqu'à la moelle. Depuis, son cœur battait à tout rompre, ses rangers claquaient sur le béton, de la vapeur sortait de sa bouche et il transpirait dans le froid.

Hé, lança-t-il en apercevant des gens à qui il essaya de demander son chemin. Papi, c'est comme ça qu'ils l'appelèrent. Là-bas – ils désignèrent les feux de signalisation plus loin. Magasin d'alcool, groceria, Iglesias de Dios. La musique espagnole parvenait d'un lieu indéterminé. Les feux arrière des voitures le frôlaient à toute vitesse en direction du pont. Il passa sous l'autoroute, sous une grande voûte d'obscurité, l'acier heurté par les véhicules qui circulaient au-dessus et il grimpa les escaliers éclaboussés de merde de pigeon, arriva au niveau des toits, au niveau des panneaux publicitaires – achat de véhicules – et il vit Manhattan de l'autre côté de l'eau noire, une vue de carte postale de par ses lumières et ses dimensions, le ciel plein d'une énergie violette.

Il sortit son téléphone portable et prit une photo. De la vapeur s'élevait de sa tête après avoir foncé dans les escaliers. Puis il se tourna et prit une photo de lui avec en fond, l'Empire State Building éclairé de vert. Le flash lui donna l'air pâle et distrait.

À l'autre extrémité, le pont descendait en spirale dans un terrain vague et il tomba sur une avenue sale et sombre qui partait en une longue ligne droite sur des kilomètres, de mieux en mieux éclairée jusqu'à n'être qu'une concentration de lumières au loin et il la contempla, baissa les yeux vers elle, ployant sous son propre poids.

Il passa devant une peinture murale où des gens à la peau basanée travaillaient dans les champs, vêtus de blanc et arborant des chapeaux de paille, portant des bébés dans le dos. Il longea un autre mur où s'affichaient les portraits de jeunes hommes avec leur année de naissance et de mort. Vous êtes dans nos cœurs. Une Armée du salut. Un pâté de maisons plus loin, il dépassa deux jeunes femmes avec poussette sur un trottoir défoncé où scintillaient des éclats de verre. Le Royaume de Dieu Tout-Puissant inscrit sur un caisson lumineux. Un type équipé d'une oreillette de téléphone portable qui sortait d'un magasin de vins et spiritueux disait : Venez en ville voir comment on bosse. Voir comment on assure. Skinner passa devant un restaurant de poulet frit. Les gens qui arrivaient en flânant dans sa direction, il les contournait. Il était d'une mobilité remarquable malgré la charge qu'il transportait, se faufilait et se faisait à peine remarquer avec son treillis à l'air poussiéreux et ses rangers, comme s'il avait travaillé dans une ferme, la tête dissimulée par la capuche noire.

Une voiture blanche très chic se gara et une grosse femme en courte veste de cuir rouge en descendit. Au coin de la rue, cinq types avec des bonnets de ski la regardaient. C'te bombasse, dit l'un d'eux. Skinner s'arrêta et discuta avec eux une minute. Ils indiquèrent à Skinner où ça bougeait.

Quarante-deuxième.

C'est là que sont les hôtels ?

C'est là que ça bouge. Par ici, pas trop. Mais là-bas, c'est un truc de ouf. Pour les hôtels, chais pas. Les bières, les meufs, l'herbe, les trucs cool, ça je sais, et c'est tout dans le centre.

Un quatre-quatre équipé d'ampoules halogènes roula vers eux et Skinner tressaillit.

T'as de tout, quoi. Des trucs de ouf. Des hôtels, des motels, de la chatte, des meufs à bite…

Des meufs sans bite…

De la chatte, ça m'intéresse.

Si t'as d'la maille, gros, tu ramasses tout ce que tu veux.

Il prit le train et fit le trajet les jambes plantées dans le sol, regarda défiler les stations. Les gens le contournaient quand les portes s'ouvraient. Il descendit et prit l'escalator qui regagnait la rue dans un spectacle de projecteurs de stade argentés et d'écrans de contrôle.

Pendant une demi-heure, il parcourut Broadway, jetant des regards à l'intérieur des bars avant d'entrer. Il s'installa à une des tables hautes sur le devant où les gens buvaient. Il y avait un écran plat, un serveur. Laissez-moi vous servir un verre pour commencer, et puis un petit amuse-bouche pour commencer, un petit guacamole pour commencer. Il vida une série de shots. Ça marche ! Il but une margarita comme s'il avait quelque chose à fêter. Quand il eut terminé les chips de maïs, le serveur prit sa carte de crédit et retira électroniquement quarante dollars de son compte. Il resta assis, le regard alternant entre le bar et la télé. L'ivresse finit par se dissiper. Une blonde entra, mais elle était accompagnée de deux gars. Ils portaient tous des mallettes. La femme parlait fort. Elle dit, il faut capitaliser là-dessus. Ils changèrent de chaîne sur l'écran plat. Quelqu'un applaudissait. Quelqu'un versait du jus d'orange. Les résultats du golf. Skinner prit ses sacs et retourna dehors.

Quelque part, de la musique tonitruait derrière des vitres fumées. Deux limousines passèrent à proximité avec leurs bandes réfléchissantes et leurs lumières phosphorescentes, une Philippine les lèvres peintes en ultraviolet assise à l'avant, et il suivit le véhicule des yeux alors qu'il tournait au coin de la rue entre les théâtres.

Après avoir parcouru Times Square du nord au sud, il recommença mais d'est en ouest, s'arrêtait devant les bars ou les lieux qu'il prenait pour des bars, faisait machine arrière, reprenait sa route, regardait la vitrine d'un sex-shop rien qu'une minute, puis avançait de nouveau, le poids sanglé à lui, suspendu à lui, qui tressautait à chaque pas, la bretelle grinçant comme une selle de cheval. Il fumait une cigarette qu'à l'occasion il gardait entre les lèvres pour avoir les mains libres et soutenir le sac qui se faisait plus lourd.

Sur la 11e Avenue, il jeta son mégot et entra dans une sandwicherie où les chaises avaient été retournées et où un Mexicain passait la serpillière. Aucune nourriture en vue. Une jeune femme avec des anglaises, un chemisier d'uniforme vert et bleu, une chaîne en or et des boucles d'oreilles était accroupie sous le comptoir en train d'inventorier les gobelets et les serviettes.

Vous êtes fermés ?

Elle se releva et finit d'inscrire la quantité de stock utilisée sur son bloc de papier avant de répondre à Skinner. Elle avait les cheveux tirés en arrière qui lui faisaient un front haut et bombé comme un œuf, et sous son chemisier, on devinait de gros seins et une taille fine.

Je peux vous donner des restes, dit-elle, mais on peut rien vous préparer.

Vous savez s'il y a des hôtels dans le coin ?

Un tas. Quel genre vous cherchez ?

Genre motel basique.

Elle mentionna le Marriott.

C'est pas un gros hôtel super cher, ça ?

Donc vous voulez moins bien que ça.

Ouais.

Elle lui dit d'attendre et disparut à l'arrière. Le Mexicain aux larges épaules s'écarta et la regarda s'éloigner.

Skinner s'assit en attendant, retira sa casquette et se gratta le crâne. Le mur était garni de miroirs et il voyait ses cheveux courts et sombres trempés, le tatouage sur son cou, et ses yeux enfoncés qui lui renvoyaient son regard, multiplié un million de fois. Il ne semblait pas se reconnaître et tourna son attention vers autre chose.

Elle revint avec une page de l'annuaire.

Voilà. Vous les appelez ou sinon, allez voir sur place. Elle montra l'adresse qu'elle avait entourée au stylo-bille. L'écriture était féminine. Il l'aurait bien imaginée signer Bisous avec un cœur sur le *i*. Et comment je m'y rends ?

C'est de l'autre côté en descendant, et elle dessina des angles droits avec les mains.

Ben merci. C'est vraiment super sympa.

Pas de souci.

Dites voir, du coup, je pensais. Pourquoi vous me laisseriez pas vous rendre la pareille ? Un flot de paroles sortit de lui qu'il tenta de transformer en proposition de rencard. Genre après le boulot, par là. Un truc tranquille, dit-il. Juste comme ça, quoi. Je suis plutôt réglo comme mec. Il la regardait de ses yeux creux pour voir comment il se débrouillait. Je viens juste de débarquer, il y a une heure, littéralement. Allez, deux heures. On pourrait aller boire un verre ou quelque chose et vous pourriez me parler de vous.

Merci, mais non.

Certaine ? J'ai quitté l'armée juste hier. Je débarque. Tout ce que je veux c'est vous offrir un verre pour vous remercier. Qu'est-ce que vous en dites ? Je veux dire, vous parlez pas à un mec dangereux, là.

J'avais compris.

Alors pourquoi vous dites non ? Je demande, c'est tout.

Et je vous ai répondu, c'est tout. Vous avez ce dont vous aviez besoin, maintenant vous pouvez y aller.

Nan, mais sans déconner – il secoua la tête – je voulais pas vous soûler, là. Je suis pas comme ça. Je suis à côté de la plaque, c'est tout. Mais genre, tout va bien là-haut, hein. Bon et si je vous passais un coup de fil ? Un autre jour, genre, on se prend un p'tit verre… C'est vrai, la vie est courte, quoi, vous êtes pas d'accord ?

Non, impossible. Dans le miroir, il voyait le Mexicain qui l'observait.

Allez, quoi, il rit, découvrant ses dents tachées par la nicotine.

Merci, non.

J'ai marché genre quinze bornes avec tout mon barda, là. Je me suis battu pour mon pays. Vous êtes sûre ?

Elle ne sourit pas.

Pourquoi pas ? J'ai un truc qui cloche ?

C'est à vous de savoir. C'est pas mon problème.

Wow. Ça, ça fait mal. Non, quoi, je veux dire, juste un rencard inoffensif.

Ce n'est pas mon problème. Je n'accepte pas de rencard.

D'accord.

Vous avez votre réponse. C'est comme ça.

OK, bien reçu.

Un panneau lumineux au-dessus d'une banque indiquait qu'il était une heure du matin et qu'il faisait moins neuf degrés. Il avait bu et le bar fermait. Il s'engagea sur Broadway, les yeux réduits à une fente. Le vent repoussait la vapeur qui s'élevait des plaques d'égout.

Il croisa un McDonald's ouvert sous une marquise de théâtre au néon. Il entra en se cognant dans la porte et posa son sac marin. Ça ferait l'affaire. Il faisait chaud. Il avait le dos des mains rouge très vif. Il traîna son sac marin jusqu'au comptoir et jeta un coup d'œil au menu. Une femme maigre, cheveux effilochés et hanches étroites, attendait qu'il passe commande, la jambe tressautant légèrement. Elle roula des yeux en direction du plafond. Un maxi ? demanda-t-elle. Ouais, dit-il et il s'essuya le nez. Elle regarda autour de lui. Il sortit sa carte de crédit. Les enceintes déversaient Sherry Baby. Il posa ses sacs sur une banquette et revint chercher son plateau, s'assit et s'empiffra avec ses doigts sales, fit dépasser ses pieds de sous la table – il rota –, se brûla la langue avec le café. Les frites étaient froides, il les trempa dans le café et les mangea par poignées.

Quand il eut terminé, il repoussa son plateau et feuilleta son magazine *Iron Man*. Ses paupières se fermèrent, il les rouvrit. Il se leva. Il prit ses affaires et passa devant la rangée de SDF assis aux tables pour aller aux toilettes et urina dans une cuvette dégoulinante de merde.

On toqua à la porte. C'est occupé, dit-il.

Il retira sa veste, son sweat à capuche et son sous-pull thermique et posa le tout sur ses sacs. Sous ses vêtements, son maillot de corps trempé de sueur puait. Il l'enleva, se dénudant en partie, et l'essora dans le lavabo. Son corps dégageait une odeur métallique. Il avait un bronzage de paysan. Son torse à la teinte blanc-gris était moucheté de boutons d'acné. Il se lança dans une toilette sommaire. Il avait des tatouages verticaux sur les avant-bras. Avec un petit tas de serviettes en papier, il se lava les aisselles. Son visage et ses mains étaient couverts de coupures à moitié cicatrisées. Puis il déboutonna son jean et s'essuya. Soulevant ses bourses, il se passa une serviette chaude entre les jambes, les yeux à moitié fermés. Eczéma de l'aine. Il grinça des dents. Sur ses triceps, des caractères chinois.

Sur son dos, au-dessus de sa cicatrice, le tatouage d'une tête de mort ailée s'étirait jusqu'à ses épaules. Il avait une étoile sur le cou réalisée avant son enrôlement, et un drapeau américain sur l'épaule, l'originalité consistant à donner l'impression qu'il portait son uniforme même quand il l'enlevait. Il tira fort sur la peau du ventre et contracta les muscles de l'abdomen pour tenter de faire ressortir ses tablettes de chocolat. Il leva les bras et contracta ses biceps. Il voyait les idéogrammes chinois envelopper le triceps. Il voyait aussi la cicatrice rose vif qui lui entourait les côtes. Il se tourna pour regarder son dos dans le miroir. À l'emplacement de la cicatrice, la peau n'avait pas du tout la couleur de la chair. On aurait dit un jouet en plastique fondu.

Il mit de l'ordre dans ses affaires, changea de chemise. Sur celle-ci, on lisait : Army Strong. Dans son sac de combat, il avait un revolver emmailloté dans une serviette de l'armée d'un vert délavé, un Beretta neuf millimètres qu'il sortit pour l'examiner. Il enleva le chargeur, tira sur la culasse, vérifia la chambre avec un doigt, relâcha la culasse, tira sur le cran de sécurité, désarma, réinséra le magasin, et remit le cran de sécurité. Il enveloppa de nouveau l'arme dans la serviette et la rangea dans son sac.

Quelqu'un tapa à la porte et il fit semblant de ne pas entendre.

De nouveaux coups retentirent.

Oh, on se calme, dit-il.

De retour sur la banquette, il défit ses rangers et changea de chaussettes, massa ses pieds qui pelaient. On avait éteint la musique. La cuisine était en train d'être nettoyée. Il posa la tête sur ses bras. Quelqu'un donna un petit coup sur la table avec une matraque, un homme en pull bleu marine avec des pièces en nylon sur les coudes et des galons de sergent, des menottes qui pendaient à sa ceinture et ce qui ressemblait à un Smith & Wesson.

Skinner fit un effort pour se lever. Soupira.

Me dites pas que vous connaissez pas le règlement, dit le vigile. Faut connaître le règlement. Eux autres, là, ils connaissent pas, mais vous vous devriez.

Skinner le regarda puis détourna les yeux.

Ils étaient entourés d'épaves humaines. Un type au visage triangulaire pas rasé sous une casquette des Mets s'avança d'un air important vers un garçon efféminé en pattes d'eph, et dit : Yo, fillette, t'as pas vingt-cinq cents ?

L'horloge murale indiquait trois heures et des poussières. La moitié des lumières étaient allumées comme pour économiser l'énergie, et l'on voyait le champ noir et ambre de la rue à travers la vitre. Un véhicule passa, juste un, et des détritus furent aspirés et s'envolèrent, tourbillonnant, dans son sillage.

Il ressortit son magazine mais ne parvint pas à lire.

À quatre heures, les vigiles évacuèrent les lieux. Tout le McDonald's se mit debout et chemina lentement vers la porte en une colonne mouvante puant la pisse et les odeurs corporelles. Il prit ses sacs et se traîna à leur suite. Il faisait un froid mordant. Il avait tellement envie de pisser que c'en était stimulant. Le vent souleva une page de journal du caniveau qui se colla à son mollet. Il avait entendu quelqu'un, sans doute le vigile, dire qu'un autre endroit plus bas dans la rue restait ouvert. Le ciel était noir et, à l'intersection, on avait cette impression surréaliste d'être à la montagne à cause des immeubles gigantesques et silencieux dans la lumière de poussière d'argent.

Personne ne le suivit. Peut-être qu'ils descendaient dans le métro ou attendaient dans la rue. Il trouva l'autre McDonald's et la porte s'ouvrit quand il la poussa, et après qu'elle eut claqué dans son dos, il eut chaud. Il laissa tomber son barda. On nettoyait les sanitaires des messieurs, alors il alla chez les dames et soulagea sa vessie, un de ces jets interminables au riche fumet. Il s'acheta un autre café et souffla sur le rebord du gobelet en plastique, la langue brûlée. Un Hispanique au nez cassé, avant-bras tatoués, et à la démarche de racaille passait la serpillière par sections. Les escaliers qui menaient à l'étage étaient fermés par une chaîne et il n'y avait pas d'autre client.

Tu crois que tu pourrais me laisser crécher là-haut ?

Vas-y, dit le type. Il défit la chaîne, le conduisit à l'étage. Tu peux poser tes trucs là. C'est pépère jusqu'à neuf heures. Après t'as jusqu'à dix heures.

Ça roule. Sympa, vieux. L'ex-taulard s'éclipsa et Skinner entassa son barda par terre et s'allongea sur un banc.

4

En arrivant, elle avait essayé de rester éveillée toute la nuit à Port Authority, voulut éviter d'être repérée par la police. Elle s'assit par terre le front sur les bras et les genoux repliés vers elle à côté d'un distributeur automatique bourdonnant. Ils patrouillèrent, elle entendit leurs radios, alors elle se leva et se mit en mouvement. Dans les toilettes, une bande de PQ traînait par terre et une Noire surexcitée se passait du savon liquide sur les bras et les jambes comme si c'était de la crème hydratante. Zou Lei s'engagea dans un tunnel et attendit le métro dans la station déserte. Il arriva, elle monta à bord et s'assit au bout du wagon en tenant son sac en plastique rempli de ses vêtements.

À deux heures du matin, tous les passagers étaient noirs ou mexicains et de sexe masculin, assis les genoux écartés, dormant la bouche ouverte. La porte qui séparait les wagons s'ouvrit et le rugissement s'engouffra à plein volume à l'intérieur et des hommes entrèrent en file indienne, se balancèrent entre les barres verticales, le jean tombant plissé sur les chevilles, bandana Durag sur le crâne, foulard sortant de leur poche.

Elle croisa les bras et regarda droit devant elle, scrutant le défilé des lumières.

Son dos ne la portait plus et elle gardait le menton levé en le soutenant d'une main. Quand elle se réveilla, son sac avait glissé de ses genoux et ses affaires s'en échappaient. Elle le ramassa et fourra de nouveau ses vêtements à l'intérieur pendant que le train fonçait bruyamment dans le tunnel.

Elle vit venir l'aube depuis les voies aériennes, le cortège de réservoirs d'eau qui ressortaient sur le ciel bleu foncé. Elle avait le visage fripé à force d'utiliser ses vêtements comme oreiller. Des ouvriers du bâtiment montaient à bord, leurs chaussures de sécurité et leur jean couverts de poussière. Elle s'assit bien droite et croisa les jambes et puis le tangage du train fit basculer sa tête en avant. Les gens se mirent à parler. Elle se leva et étudia le plan, s'efforçant de garder l'équilibre, appuyée à quelqu'un. Elle suivit du doigt la ligne colorée sous le plastique.

Cette ligne Chinatown ?

Une Salvadorienne en casquette blanche et boucles d'oreilles en or, dont les baskets touchaient à peine le sol, retira ses écouteurs et dit : Qué ? Sí.

Zou Lei se rassit. Elle sortit un peigne de son sac et le passa dans ses cheveux qu'elle attacha en queue-de-cheval. Un homme en salopette l'observa depuis l'autre bout du wagon puis referma les yeux.

Elle descendit à une station où les poubelles débordaient. Au départ du train, on entendit l'écoulement d'un soda qu'on déversait sur le béton. Elle vit une personne avec plusieurs manteaux sur le dos mais pas de chaussures aux pieds fouiller dans les détritus, et en sortir les bouteilles.

La rue était une enfilade de bennes à ordures. Elle longea un bâtiment municipal dédié au traitement de la douleur, les bancs installés devant étaient fendus. Un pâté de maisons plus loin, elle vit le pont de Manhattan enjamber des immeubles vers un ciel bouché par des nuages gonflés de grêle. Sous la voûte du pont, des escaliers de secours, du linge en train de sécher, des mots calligraphiés au stylo-feutre qui se déroulaient sur la ferronnerie, des graffitis qui explosaient sur les toits.

Elle entra dans un café et se tint sur le côté, toujours accrochée à son sac en plastique, et regarda les employés préparer un café, y ajouter du lait condensé. Vous avez journal ? Pas ici, lui répondit-on. Une rame de métro arriva dans un fracas de collision sur les voies au-dessus d'eux. C'était une boutique minuscule. Quelqu'un passa devant elle, un dollar à la main. Où est meilleur endroit pour travail ? demanda-t-elle. On scella le gobelet de café avant de le tendre par-dessus le comptoir. Dehors, dirent-ils. Dehors, c'est là le mieux.

Une chaîne heurtait de l'acier rouillé dans la rue froide. On défaisait les cadenas, remontait les rideaux de fer, les stands ouvraient. Elle remonta la rangée de restaurants où des canards laqués pendaient à des crochets dans les vitrines graisseuses et où des autels étaient érigés derrière le comptoir, et demanda s'ils embauchaient.

Parfois le patron était l'homme debout à côté de la personne à qui elle parlait et n'ouvrait la bouche que si elle lui posait une question directement, c'est vous le patron ?

Ils ne prenaient personne, mais regardez les petites annonces.

Sur East Broadway se trouvait un bâtiment condamné où l'on pouvait dormir pour dix dollars si on appelait au numéro. Quand elle appuya sur les touches de l'interphone, personne ne répondit. Elle regarda à travers l'avis qui avait été à moitié arraché de la fenêtre et attendit de voir s'il se passait quelque chose. Elle sautilla sur la pointe des pieds, le visage rouge, se tapant les bras et les cuisses à travers son jean. Un bus démarra derrière elle de l'autre côté de la rue et dévoila une publicité pour un trajet New York-Virginie. Elle l'examina et y réfléchit.

Dans un sous-sol où elle était descendue pour se réchauffer, elle entendit un bruit métallique creux et au bout d'un couloir qui sentait la bière elle découvrit une montagne souterraine d'aluminium et de verre pilé, la consigne qui rachetait les bouteilles et les canettes que les gens ramassaient dans la rue.

Elle lut les affiches faites à la main scotchées aux feux de signalisation, celles avec le bas de la page frangé pour qu'on puisse arracher le numéro de téléphone.

Au crépuscule, elle vit un petit brasero sur le trottoir où, à l'aide de pinces, des vieilles femmes en veste matelassée jetaient dans les flammes des offrandes en forme de faux billets.

Le deuxième jour après sa sortie de prison, elle alla jusqu'à l'Imperial Dragon Kitchen dans South Jamaica pour chercher du travail – la grande avenue déserte où des vêtements jonchaient la chaussée, les pigeons sur les feux tricolores, tôt un vendredi matin. La longue attente, dans le froid glacial – les bras autour du corps, elle se donnait des claques sur les cuisses, soufflait dans ses mains.

Trois gars affublés de bandanas Durag la reluquèrent.

La rue sentait l'huile capillaire et les draps sortis du sèche-linge. Les pigeons étaient des mouettes, s'aperçut-elle. À la une du *Sing Tao*, un carré bleu. On aurait dit le ciel de la Chine occidentale, la même couleur que le panneau au-dessus d'un restaurant ouïghour montrant des pâturages vallonnés, un bœuf collé au premier plan et des mots dorés en arabe qui s'écaillaient. On aurait dit le ciel de New York ce jour-là.

Elle les regarda enlever le cadenas et remonter le rideau de fer avant de traverser la rue sous le soleil hivernal et de passer la tête à l'intérieur. Il y avait un rat au centre de la pièce.

Pas encore ouvert. Son interlocuteur portait des chaussures en plastique noir et avait de l'acné.

Et pour le travail ?

Quel travail ?

Celui dans le journal.

Deux autres femmes entrèrent en se plaignant du froid, chargées de leur déjeuner dans des sacs plastique et se glissèrent derrière le comptoir où était posé le chat porte-bonheur.

L'annonce disait de se présenter en personne.

Il lut en se curant le nez. Un long poil surgissait d'une verrue sur son menton. Il extirpa l'ongle long de son nez, regarda ce qui s'y trouvait, voulut s'en débarrasser d'une pichenette, mais la morve resta collée, puis il tapota son ongle sur l'annonce. Là, dit-il. Le numéro. Vous appelez ce numéro.

Elle téléphona, tomba sur un répondeur et n'obtint que de la musique, alors elle se mit à marcher dans le soleil pâle de l'hiver et ne s'arrêta pas en arrivant au métro. À la place, elle accéléra le pas, passa sous les voies, traversa une rue avec un terre-plein qu'elle emprunta, le regard porté vers la vaste étendue qui s'ouvrait à elle et remonta vers le nord en s'orientant grâce au soleil. Elle longea tous ces endroits où il était possible d'acheter un café accompagné d'un petit pain et continua jusqu'à ce qu'il n'y ait plus de magasins, plus de gens, seulement des immeubles et le ciel. Elle marchait d'un pas rapide, le sac en plastique contenant ses vêtements qui se balançait dans son poing. Un bus arriva, elle le laissa repartir. Elle poursuivit sa route tout l'après-midi, se déplaça le long d'immeubles reliés par des parapets qui dessinaient une toile de fond, pareils à la grande enceinte d'une forteresse. Les graffitis se répétaient sur des kilomètres. Stigz. Luni. Blip. Crew. Pneu et roue. Audiotronic. Un chien se leva et lui colla aux basques de l'autre côté d'un grillage jusqu'à ce qu'il atteigne les limites de son enclos et elle continua.

Son ombre se modifia, les graffitis se modifièrent. Elle traversa Metropolitan Avenue et s'engouffra dans un passage souterrain assourdissant. Quand elle eut trouvé comment accéder à la route allant vers le nord, un avion passa au-dessus d'elle pareil au faucon qui avait conduit la petite fille au tambour hors du désert. Le soleil se blottit derrière son autre épaule, il n'éclairait que la moitié de la rue. Elle devina la présence d'un bois au-delà des maisons. Aux fenêtres, il y avait des fleurs, des volets cassés, un drapeau portoricain, et au milieu d'un jardin, la statue en pierre d'un saint dans une vitrine en verre. Sur un garage, un poster pour Tito Swing a La Semana.

Sur la 110e Rue, quelqu'un l'interpella d'un Chinita et lui envoya des baisers. C'était le soir et on entendait de la musique.

Elle entra dans une pizzeria, une affichette écrite à la main sur la porte disait : Baño sólo para clientes. Un des hommes de petite taille au torse puissant, casquette portée de biais, qui travaillait la pâte derrière le comptoir lui demanda si elle avait frío.

Fatigue, dit-elle. J'ai beaucoup fatigue.

Elle posa les coudes sur le verre et regarda les mains de l'homme saupoudrer la pâte de farine.

Por qué ?

Vous connaissez Jamaica ? Je marche de là, très loin.

Non, dit-il, c'était trop loin. Elle n'avait pas pu faire ça.

Je viens très loin.

Vraiment ? demanda-t-il en espagnol.

Oui. Pas mensonge.

Peut-être, lui accorda-t-il.

Avant ça, prison.

Ça, à voir sa dégaine, il voulait bien le croire, un petit bout de bonne femme en jean, sans rien sur la tête, avec un sac en plastique au poing.

Ils la laissèrent utiliser les toilettes. OK, mamacita, dirent-ils. Elle fit couler de l'eau chaude dans le lavabo et se lava les mains avec le savon à la noix de coco, utilisa des serviettes en papier. Ferma les yeux. Il y avait des fleurs en plastique. C'était une pièce minuscule et agréable. La pizza cuisait de l'autre côté de la cloison, dans la boutique étroite, dans les fours.

Au téléphone, un homme lui dit de venir dans le Queens. Il disait Queensie. Il vint la chercher à une station-service sur Roosevelt Avenue d'où on apercevait une cité, la gare de triage, les stades ainsi que les mâts de charge de l'autre côté du fleuve. Ils accélérèrent sur un boulevard qui suivait plus ou moins la voie d'eau. Elle avait chaud dans le minivan. Elle n'avait pas dormi et avait mal à la tête. Elle regarda s'enchaîner les entrepôts de matériaux de construction derrière la vitre, crut qu'elle allait s'endormir.

Il tourna dans une ruelle et elle se redressa. C'était un gros homme imposant enveloppé dans une parka coûteuse, son ventre touchait le volant, et il tourna, accéléra, les entraînant à vive allure le long de murs couverts de graffitis et de cours d'immeubles. Il ralentit au niveau d'un chantier de construction, il dit : Bâtiment. Elle voulut prendre son sac, mais il tendit sa grosse main douce pour la retenir sans vraiment la toucher. Non. Pas encore. Il ralentit de nouveau. Bâtiment. Tout neuf. On voyait de vieilles planches et des échafaudages. Peut-être je vais acheter. Peut-être investir dans immobilier. Il insistait pour parler anglais avec elle de sa voix douce et délicate que chez eux, on qualifierait de suave, et elle se demanda s'il venait de Taïwan.

Ils se garèrent dans une allée entourée de murs de brique fatigués non loin de la voie express. Elle descendit du véhicule et se tint dans le froid les bras croisés, le vent faisant tomber les mèches de ses cheveux sales sur son visage aux traits tirés, et attendit, son sac passé sur l'épaule, que l'homme trouve les clés. Elle vit du linge sécher aux fenêtres. Il ouvrit la porte à la peinture écaillée et la fit entrer, monta un escalier, espaces confinés, tabac froid, lumière couleur béton qui filtrait par un coin. Personne dans maison, dit-il. Elle entendit le silence entre les poutres et le Placoplatre, sa respiration après la montée des escaliers. Ils étaient seuls et elle resta en retrait pour le laisser avancer. Au deuxième étage, ils se frayèrent un chemin entre les claquettes pour la douche et les sandales en plastique. C'était le genre d'appartement illégal standard divisé en cagibis et pouvant loger au moins huit personnes. Le premier cagibi se composait d'un range-chaussures, de contreplaqué et d'un film plastique transparent. La porte de fortune était fermée par une chaîne de vélo. À travers le plastique, elle vit un matelas. Elle approcha les yeux de la pellicule et regarda : une canette de thé Kirin pour l'après-midi.

Une alcôve servait de kitchenette. Dans sa parka, l'homme remplissait l'espace à lui tout seul, tournait sur lui-même, regardait certaines choses pour qu'elle les regarde aussi – le placard ouvert, le capharnaüm figé. Pas de murs visibles, uniquement des cartons, des sacs-poubelle boursouflés de vêtements, des bagages. Des champignons qui flottaient dans un wok.

Réfrigérateur, dit-il. Il essaya de tirer sur la porte et se cogna la jambe. Évier, dit-il. Tout très complet. Il ouvrit le robinet et mit ses gros doigts sous l'eau, les frotta comme un homme qui caresse de la soie. Il la regarda. Leva ses doigts à son visage et goûta l'eau, essuya ses lèvres brunes, se pencha en avant et prit de l'eau au robinet, se redressa les joues gonflées, cracha dans l'évier, s'essuya de nouveau les lèvres, secoua ses doigts boudinés pour se débarrasser des dernières gouttes.

Eau, dit-il. Chaud, froid, tout.

Salle de bains, désigna-t-il. Du linge qui égouttait dans une entrée.

Il s'approcha d'elle, les manches de sa parka produisirent un chuchotement et elle recula. Voilà. Il replia un paravent qu'elle n'avait pas remarqué et désigna le matelas noirci qui se trouvait derrière.

Rien qui manque, je crois. Regarde. Tu as fenêtre. Il s'insinua à l'intérieur et tira sur la chaîne liée à l'ampoule nue pour montrer que la lumière fonctionnait, abaissa le store qui remonta d'un coup. Elle vit les maisons grises sur la pente raide à l'extérieur, les fils à linge, les antennes et les branches d'arbres. Les cloisons de son cagibi étaient en contreplaqué. Il n'y avait pas de cadenas pour fermer le paravent.

Matelas un peu sale. Tu peux mettre drap, je pense. Le retourner. L'été, il faut ventilateur. Tu n'as pas besoin beaucoup, je pense. C'est OK pour toi. Tu n'as pas mari, sourit-il. Tu n'as pas bébé.

Il l'attendait, debout sur le matelas mal en point.

À la porte, elle secoua la tête.

C'est bien, dit-il.

Elle mit la main dans sa poche droite et palpa son argent.

Vous donner la clé.

*

Quand elle entendit la porte se fermer en bas, elle entra dans son abri et s'assit sur le matelas, pensant qu'elle allait enfin dormir. Elle retira ses baskets, ses chaussettes. Elle se tourna sur le côté et l'un des ressorts dur et rouillé qui dépassait de la toile accrocha son jean. Elle se décala. Elle se mit à genoux et vérifia combien il lui restait d'argent, frottant chaque billet de ses doigts brillants et calleux pour s'assurer qu'elle n'en oubliait pas. Ses lèvres remuaient, comptaient. Elle sortit les petites annonces de son sac, les étala devant elle et se concentra sur ce qui était écrit.

Elle retourna sur Roosevelt Avenue et, marchant d'un pas alerte, bras croisés et épaules voûtées, elle se dirigea vers l'intersection où se trouvait le métro. Une nuée de gens en descendaient. Devant un Dunkin'Donuts, elle vit des Pakistanaises porter leurs enfants. Puis les perdit de vue. On la bouscula. Elle suivit le mouvement de la foule, et en levant les yeux, elle vit qu'ils allaient dans Chinatown, un taillis de panneaux verticaux, de voiles de sampans et de jonques, trop nombreux pour être lus, une psalmodie bruyante qui s'élevait. Pas d'anglais. Il y avait des haut-parleurs, des slogans porte-bonheur et des bannières pour l'année du Chien. Des voix partout autour d'elle, qui appelaient, l'interpellaient. Ici, viens voir par ici ! Quelqu'un crachait dans la rue. Ça criait et courait autour d'elle, bousculait et implorait, lui attrapait la manche. On lui mit des prospectus dans la main qu'elle laissa tomber. Bouches édentées, plus jeunes qu'elles n'y paraissaient. Des clandestines originaires des villages des veuves. Gel nettoyant, massage de pieds, douche thaïe, bus pour Atlantic City. Un néon indiquant un bar karaoké s'alluma dans la nuit. Elle vit les visages innombrables d'inconnus, les ouvriers à coupe en brosse, des cageots de colza transportés à l'arrière d'une fourgonnette. Les pieds qui marchaient vers elle, les baskets que tout le monde portait, les chaussures de chantier, les bottes à talons aiguilles des femmes. Les ouvriers au faciès carré qui fumaient des Golden Crane, en Gore-Tex, en surplus militaire. Les femmes avaient les cheveux noirs, des vestes en cuir noir, des sacs à main noirs, des crinières de lionnes teintes en orange, cheveux peignés, cassés et teintés. Des visages blanchis au révélateur photo. Elle sentit l'odeur des seaux et des tuyaux. Elles se pressaient devant les balances. Tu me donnes une livre. Tu m'en donnes deux pour le prix d'une. Tu m'en donnes trois. Sois un peu honnête.

Cette foule était une rivière où voguaient des filles comme des bateaux de fleurs. Les mères examinaient les oranges sur les étals du marché. Les filles faisaient semblant d'être sages. Elles devaient laisser parler leur mère. Elles regardaient autre chose, ce qui se passait dans la rue. Ces filles faisaient partie d'une autre société. Elle vit une jeune Chinoise seule, avec une oreille encroûtée et de faux seins, le visage rougi, luisant de sueur, défoncée.

La foule déambulait sous les voies du métro. Les panneaux publicitaires mettaient en garde contre l'hépatite. De grands Africains bleu-noir gesticulaient, vendaient des marchandises dans la rue. Peu de place pour marcher à cause des vendeurs. De la gélatine de calamar en bloc grésillait sur un gril. Elle sentit l'odeur du charbon. Les brochettes de poulet coûtaient un dollar. Mais tu ne peux rien acheter tant que tu n'auras pas de travail, se dit-elle. Dans la cohue, elle aperçut un visage américain, un type avec des tresses sur le crâne, qui lançait des regards obliques, se faufilait entre les gens, et qui se mit à la mater. Elle s'éloigna, se dirigea vers les barres d'immeubles qui existaient avant l'arrivée de tous les Asiatiques dans son genre, les boat people et ceux des campagnes avec leurs dents en or, ceux qui avaient grandi sous le communisme, contracté un emprunt et construit quelque chose. Les sacs-poubelle noirs humides s'élevaient pareils à des murs le long du trottoir, un chenal qu'il fallait traverser. Il y avait trop à voir et elle remarqua de petites choses. Elle vit une coiffure, une iroquoise noire, le crâne bronzé rasé sur les côtés, et puis elle vit le visage de l'homme, et son intuition avait vu juste, il était mexicain et effectuait des livraisons pour un homme avec un bracelet en jade qui connaissait assez d'espagnol pour lui dire quoi faire. Elle passa devant des canards suspendus à des crochets en acier dans des vitrines enfumées de graisse où elle demanderait du travail. Tout le monde lui ressemblait, se dit-elle, et elle ne voyait pas la police.

Elle était venue à New York pour une raison. Jamais plus elle ne se ferait arrêter. Elle s'installerait dans les quartiers où tout le monde était aussi clandestin qu'elle, elle se fondrait dans la masse et ferait profil bas. Vivre comme une Américaine, tu peux oublier. C'était déjà bien d'être libre de ses mouvements. Elle préférerait se faire entuber, risquer la tuberculose, supporter la surpopulation. Elle savait se débrouiller. Dans la rue, elle guettait les agents en civil. Le journal rapportait des histoires d'expulsions du territoire, de détentions dans des lieux tenus secrets, d'abus subis par les détenus. On soupçonnait un chauffeur de taxi d'origine syrienne vivant à Morristown d'être retenu au Metropolitan Detention Center à Brooklyn. Le Bureau fédéral des prisons avait une liste de personnes enfermées, mais elle n'était pas complète. Un avocat engagé par la famille affirmait qu'on ne disparaissait pas comme ça.

Zou Lei interrompit sa lecture pour faire des redressements assis.

Je serai rapide, pensa-t-elle. Ils ne m'auront jamais.

Elle devait simplement gagner de l'argent. Payer son loyer. Manger des shishkawaps. L'air frais était gratuit.

Qu'est-ce que tu veux ? demanda la fille en anglais au McDonald's. Je parle pas mandarin.

Eau chaude. Pas thé, juste eau chaude.

Quoi ?

Tasse avec eau chaude.

Qu'est-ce qu'elle veut ? demanda le garçon avec la visière.

Laisse tomber, j'ai pigé. La fille fit un geste de la main, replia ses doigts aux ongles crochus, peints à l'acrylique, puis remplit un gobelet en polystyrène et mit un couvercle dessus.

Zou Lei replia les doigts sur le gobelet et le fit glisser sur le comptoir.

Vous donner moi cuiller ?

La fille lui donna une cuiller.

Un dollar dix-neuf.

Merci.

Non, un dollar dix-neuf.

Merci. Zou Lei recula en tenant le gobelet.

Le garçon qui s'était aspergé d'un produit pour que ses cheveux hérissés au-dessus de sa visière paraissent mouillés, revint. Qu'est-ce qui se passe ?

Elle a eu de l'eau – pour se faire un thé, j'imagine. Et là elle a pas voulu – laisse tomber.

Annule, dit le garçon. Annule, annule.

Elle trouva du travail sur Main Street dans une aire de restauration en sous-sol cachée sous un magasin Tout-à-quatre-vingt-dix-neuf-cents, cachée au milieu des panneaux gigognes en chinois. À moins de la chercher, impossible de découvrir son existence. Zou Lei descendit rapidement les marches dans son jean moulant et passa d'une minuscule cuisine à l'autre en expliquant qu'elle était en quête d'un travail.

Une femme lui demanda si elle s'y connaissait. Tu peux préparer ces nouilles, là ? Tu connais cette saveur ? Un dollar le bol. Pas assez pour le profit, personne n'a d'argent. Je ne gagne pas d'argent, alors comment je te paye ? Tu ne gagnes pas d'argent en travaillant ici. C'est varié, tu prends la poubelle et tu la sors. On ne propose pas de viande. Argent gâché. Que des légumes, tu regardes, du kabocha. Pas comme chez nous. Le client s'en fout de toute façon, donc je m'en fous. Il paye un dollar, il sait déjà qu'il n'aura rien de spécial. Il se dépêche, il mange, au revoir. L'important, c'est que c'est un dollar. On vend les saveurs du Sud légères comme l'air – les nouilles – tu vois, là. Cent, ça rapporte quinze, le tout préparé ici à Brooklyn. Quand je vends, je récupère environ trois fois le coût, et toujours, je ne gagne presque rien. Tu travailles pour pas cher ?

La patronne, qui portait une casquette de base-ball, était plus petite qu'elle et parlait avec la bouche contractée en un O serré autour de dents qui se chevauchaient. J'ai appris le business sur le Mékong. Entre deux clients, Zou Lei prit un torchon et nettoya l'inox du comptoir de service, ce que la femme fit semblant de ne pas voir. Elle portait un pendentif en or, parlait au téléphone grâce à un kit mains libres. Onze heures plus tard, une fois la bonbonne de propane fermée et la flamme éteinte, Zou Lei demanda, est-ce que je reviens demain ?

Tu peux, dit la femme.

Quand les livraisons arrivèrent, elle dit à Zou Lei, regarde, je te montre, et pointa avec sa louche l'endroit où l'homme avait déposé les cartons Goodyear Farms au sommet des escaliers. Zou Lei les descendit par deux et les empila derrière le comptoir. S'ils glissaient, elle les rattrapait avec le genou, souriait et trouvait une meilleure prise.

Elle retourna aux escaliers et réapparut en se dépêchant entre les piliers, à pas rapides, courbée par le poids d'un seau, un bras loin du corps, l'autre tendu vers le bas, l'anse en fil de fer qui lui cisaillait les doigts. Arrivée à mi-chemin, elle le posa sur le tapis en caoutchouc troué pour que l'eau s'évacue à travers et elle s'assouplit la main. Quelque chose se heurta au plastique à l'intérieur. Elle contourna le seau, le souleva de l'autre main et le porta jusqu'au bout. La patronne fit sauter le couvercle et tâta les grenouilles avec sa louche.

Regarde, encore en vie.

Durant sa pause, Zou Lei montait à l'étage et observait les marchandises dans les caisses pendant que les vendeurs parlaient dans leur dialecte dont elle ne comprenait que des fragments faisant à moitié sens. Elle aperçut une silhouette avec une veste en jean et une queue-de-cheval sur un écran de télé et c'était elle. Ils vendaient des radios à piles, les mots en rose et bleu sur l'emballage plastique signifiaient « Le son du bonheur ». C'est pratique, disaient les vendeurs. Et pas cher. Et vous pouvez apprendre l'anglais avec. Ou bien elle sortait dans l'allée pour respirer l'air frais et effectuer des fentes sous l'escalier de secours, mais des ados du Fujian aux cheveux en queues de rat la regardaient, essayaient d'attirer son attention et quand ça ne marchait pas, se moquaient d'elle. Elle veut un cul musclé pour baiser plus étroit.

Plus tard, elle poussa une autre porte et se retrouva dans un espace du bâtiment entre le sous-sol et la rue où elle pouvait être seule.

Le Mékong, c'est dans le Sud, lui dit la patronne. J'ai vécu du côté chinois. J'ai vécu en Amérique du Sud, en Équateur. J'ai tout vu. Ils sont en guerre là-bas. J'ai fait de l'argent avec la guerre, c'est mieux avec la guerre, mieux qu'ici. Parce que les gens veulent acheter des DVD, ils veulent oublier leur vie.

De ses mains calleuses, Zou Lei plongeait les grenouilles dans une marmite et allumait le propane. Elle aplatissait les cartons d'un coup de pied et les entassait dans les poubelles. Je t'inclus un repas par jour, dit la patronne. Quand Zou Lei reçut sa paye, elle fit sa lessive et arriva au travail le lendemain en mordant dans un morceau de pain tordu cuit dans de l'huile et en buvant du lait chaud. Le business, c'est une blague, dit la femme. La radio était branchée sur une station cantonaise. Zou Lei rapportait des sachets de condiments chez elle le soir.

Au cours d'une pause, elle effectua un appui renversé contre le mur et s'essaya aux pompes à la verticale, ne serait-ce que de quelques centimètres. D'abord elle retira son téléphone dont elle sentait qu'il glissait de sa poche arrière et le posa sur les escaliers. Puis elle reprit sa position en équilibre sur les mains. Elle perdit sa casquette et son chemisier lui arriva aux aisselles, exposant son ventre plat et musclé. Elle se remit debout, puis s'accroupit, s'épousseta les mains et recommença l'exercice.

Elle partit courir autour du pâté de maisons, mais il n'y avait pas de pâté de maisons. Le quartier autour de chez elle se déployait sur plusieurs niveaux. Murs et clôtures. On descendait une rue et elle se refermait derrière soi, vous masquait, les cours et les ruelles, la paille dans la boue congelée. Les briques des bâtiments avaient perdu de leur éclat, se transformaient en pierres ponces grises. Les planches et les barricades dans les venelles qui viraient elles aussi au gris à cause du climat, les monceaux de broussailles grises effeuillées, les cosses asséchées qui proliféraient sous les fenêtres, entremêlées aux grillages rouillés. On levait les yeux vers un vieux mur depuis une allée transversale, et il y avait un arbre sur le mur, point de départ d'un autre niveau, un bâtiment, un de ces nouveaux immeubles d'habitation en copropriété, les fondations à hauteur de regard. On pouvait escalader le paysage. Maisons et murs servaient d'escaliers. C'était un flanc de colline en espalier, un labyrinthe pentu.

Des maisons d'un blanc sale étaient coincées sous d'autres bâtiments, des vœux inscrits en rouge sur les portes : Le Nouvel An chinois est juste derrière nous. Sur le tableau de bord de leur Caravan ou de leur Quest, des bouddhas. On pouvait toujours voir leur linge étendu dehors. Ils réalisaient des projets. Des plantes de plus en plus hautes, de petits dessins, un chat porte-bonheur, des sacs en plastique tissés pour faire des cordes, des cordes accrochées aux poutres, une invention à la fonction inconnue.

L'allée délabrée embaumait l'encens. Il arrivait qu'on croise une Corolla volée. Il arrivait qu'on la voie tourner en rond si une fille se trouvait dedans. Au fond, là où s'écoulait la rouille et où les grils pleuraient du charbon sur les briques, rien n'était laissé à l'abandon, un assortiment de planches et de seaux de plâtre, une petite pyramide. Quand on entendait des voix s'échapper d'une fenêtre ouverte, elles disaient… que disaient-elles dans le dialecte du Zhejiang ?

Les ouvriers qui rentraient chez eux – ils étaient peut-être épuisés, ou sournois, avec une cigarette au bec, cigarette qu'ils fumaient au coin des lèvres, de la peinture sur les mains. Ils parlaient dans des téléphones portables, attendaient dans des pick-up. Des rallonges orange enroulées à l'arrière, une équipe de cinq ou six qui buvaient du café, de la vapeur montant du pot d'échappement, moteur au point mort – des célibataires, des cousins, un seul nom de famille.

Le soir, ils revenaient à l'appartement et mangeaient leur plat à emporter, et elle entendait leur radio à piles réglée sur la Voix du Continent, les entendait parler le mandarin standard. Chanter des ballades. La lune est ronde, la lune est ronde.

En plus des Chinois, il y avait des Guatémaltèques et des Honduriens, et d'autres d'Amérique centrale qui avaient quitté ce qu'ils appelaient les problèmes de leur pays. Ils étaient ici et partout, ici pour travailler, de l'autre côté de la voie express, au-delà des stades et de l'unisphère construite à l'occasion de la Foire internationale dans le parc de Flushing Meadows sur l'autre rive du fleuve. On les retrouvait à Corona, sauf dans ce qu'on appelait le trou dans le donut, le rond de territoire contrôlé par les Italiens. L'été, dans le parc, elle savait qu'elle verrait les SDF du Salvador la peau noircie par le soleil, elle les verrait jouer au foot avec une bière, leur caddie garé sous un arbre comme un cheval en train de brouter, les pans de leur chemise drapés dessus. Les Chinois en jean et veste en jean, elle les voyait à l'instant qui rentraient chez eux couverts de poussière de plâtre, ou encore la brebis galeuse défoncée, au fond de ce labyrinthe de venelles.

On rencontrait des Indiens, ils faisaient l'accueil, travaillaient dans les technologies de l'information. Ils possédaient une série de commerces sur l'artère principale : vidéo, coiffure, épiceries penjabies. Panneaux au néon, véranda au premier étage et antennes paraboliques. Des Pakistanais qui vivaient au-dessus de leur magasin de l'autre côté de Cherry, à côté du store en lambeaux du Little Kabul.

Sur Franklin, on pouvait tourner dans la mauvaise rue, et à la ruelle suivante, dans cette cour envahie de chats, aux arbres bouffés par le cancer, ceux qui avaient l'air recuits, fondus, refroidis et qui avaient durci dans cet état. Le genre de grand portail qu'on voit autour des fourrières. Les ordures dans l'appentis, l'arrière du bâtiment, un drapeau américain troué. Chaque module doté d'une porte en fer peinte de la couleur du dentifrice Crest. Ça disait Dingo à la bombe aérosol. Sur les fondations à hauteur de poitrine, Épave, Remy, Slugz, '92. Les graffitis s'effaçaient. Des Asiatiques vivaient dans les petits immeubles, mais on lisait le mot Meurtre tracé à la peinture fraîche et où menait donc la ruelle ? On aurait pu se hisser à travers les fenêtres accessibles du premier étage que personne ne surveillait, mais on n'avait pas envie de le faire.

Il régnait dans ces rues ce que certaines personnes appelaient une culture, celle qui préexistait aux Asiatiques. Franklin toujours dans la place, disaient-ils. Ça partait d'aussi loin que Hillcrest et s'étendait jusqu'à Woodside et Sutphin. Ils étaient hispaniques, noirs et irlandais, avaient le crâne rasé et ils comparaient leur degré de violence au vôtre. Ça continuait encore jusqu'aux Rockaways et au « South Suicide Queens » comme dans la chanson d'Onyx. Ils parlaient gros caïds, fêtes de quartiers mémorables et amitiés indéfectibles entre les cinq boroughs.

À partir de là, le bus descendait à fond de train et l'espace s'ouvrait sur un champ, un cimetière, sur un genre d'ombre plus vaste. On apercevait des femmes en burqa noire qui attendaient le bus, peu désireuses de parler à des inconnus. Ou bien qui n'attendaient pas, emportaient ce qu'elles avaient avec elles et continuaient à pied, emmenaient des petites filles en burqa, poussaient un caddie contenant un sac de riz de neuf kilos parfumé au jasmin. Elles recevaient des aides alimentaires, un statut de réfugiées. Quel que soit le morceau de peau laissé apparent – les mains, le contour des yeux –, il avait été tanné par le soleil dans un champ de pétrole en feu.

Le champ était beaucoup plus immense qu'on ne l'aurait imaginé. Elle courut, courut longtemps, sous les arbres, évita les fossés, les zones où des engins de chantier avaient imprimé la marque de leurs pneus dans le sol, elle courut dans l'instant subliminal qui précède l'aube en hiver, la glaise grise et granuleuse qui venait lui lécher les pieds, les maisons qui faisaient sentir leur présence au-delà des arbres. Devant elle, toutefois, seul le lointain s'étirait. Elle traversa une rue, le parc continuait. Pendant qu'elle courait, le ciel se modifia : l'aurore. Elle finit par s'arrêter quelque part sur le losange d'un terrain de base-ball, apparemment pas plus proche des tours d'habitation qui se dressaient comme des montagnes sur l'horizon, exerçant sur elle le même magnétisme que celui qu'elle avait connu enfant.

Son survêtement était trempé de sueur, alors elle revint en courant, le soleil dans le dos. Les Chinois faisaient du tai-chi dans les jardins botaniques.

5

Son corps tressaillit. Il grogna. Le banc était glissant et il déplaça ses jambes prises dans leur jean sale, une chaussette lui tombait du pied, le treillis, la veste de camouflage et le drapeau américain, son corps et son équipement éparpillés.

Son cerveau turbinait mais il n'était pas réveillé. La lumière blanche du soleil se déversait par la fenêtre et lui parvenait à travers ses paupières. Il faisait une chaleur à crever. Ils roulaient et il voyait la route défiler, sentait les vibrations. Le métal était brûlant au toucher. Le bruit était assourdissant, les vibrations l'enveloppaient et lui remplissaient les oreilles, la chaleur aussi. Une rangée de palmiers surgit dans la laideur du désert.

Il observait le bas-côté qui se précipitait sans cesse vers lui, tressautait dans sa mire métallique, les pauvres gens à la peau sombre sur le bord de la route, leurs animaux et les chèvres, les petites chèvres blanches, les tentes et les tapis pour y vendre tout ce qu'ils pouvaient, du pain, des souvenirs, du haschisch, et puis l'étendue de rien, la terre plate.

Dans son rêve, il savait ce qui se passait. À leur arrivée la première fois, ils n'avaient pas su, ils avaient encore tout à apprendre. Leur unité avait assuré la sécurité d'un colonel sur des missions de reconnaissance d'une journée aussi appelées

MR qui duraient jusque dans la nuit, et avait assisté à très peu de combats. Si c'est ça la guerre, je suis déçu, dit Nowling en couvrant la zone à protéger dans la chaleur spectaculaire. Ils levèrent les yeux vers la file de véhicules près des hauts gradés agglutinés autour du colonel en tenue de camouflage impeccable qui désignait certaines caractéristiques du paysage. À l'occasion, ils entendaient le bruit d'affrontements et, la nuit, ils regardaient l'éclair des échanges de tirs et sentaient les grondements sourds dans le sol. Il était difficile de dormir. Les gars disaient ma copine me manque. J'ai envie de baiser. Ils avaient la charge d'un check-point et ouvrirent le feu sur une voiture. Leur toubib de Opa-Locka en Floride vida un sachet de produit antihémorragique dans la poitrine d'un Irakien. La tête de la maman avait disparu. Livide, Sconyers courut chercher une peluche pour leur fille. Ils versèrent l'eau d'une gourde sur les mains du toubib et le liquide s'évapora en gouttant sur la route. Quelqu'un prit une photo du siège avant du véhicule.

Ils virent des militaires de sociétés privées et des types des Forces spéciales en chapeaux de brousse arborant d'autres armes que les leurs, des fusils de précision à canon long. Dominguez raconta qu'il leur avait parlé et que c'étaient des Britanniques. Le colonel avait disparu. Les rumeurs abondaient, ce qui se préparait, ce qu'on disait sur CNN. Ils croisaient la route d'autres unités, des soldats qui avaient été pris dans de violents combats dans des maisons et ils éprouvaient de la rancœur, comme s'ils voulaient taper quelqu'un et que ce quelqu'un, c'était vous. Le capitaine Friedman leur dit de se montrer respectueux. Il les briefa sur les individus les plus recherchés en Irak à ce moment-là. Puis on ordonna à chacun d'écrire une carte postale officielle à sa famille. Ils découvrirent un hangar rouillé dans le désert censé contenir des armes chimiques. Les Forces spéciales se retirèrent en fumant des cigares pendant qu'eux pénétraient dans le bâtiment. Des barils pourrissaient dans la fournaise. On scinda la compagnie. Ils construisirent des latrines à partir des barils et brûlèrent leur merde avec du diesel, masque à gaz sur le visage.

Ils apprirent qu'on leur confiait une zone de six cent cinquante kilomètres carrés. Les choses s'accélérèrent. On les divisa en sections, les sections en escouades, les escouades en groupes et les groupes en sous-groupes. La nuit ils menaient des raids dans les villes le long du canal. Avant de se lancer, ils se tournaient autour pour vérifier l'équipement des uns et des autres, enfournaient du tabac à chiquer, se donnaient une tape sur le casque et hurlaient bouffez-les ! La journée, ils patrouillaient dans le secteur en voiture, voyaient des Irakiens courir le long de la route et les interpellaient. Ils tombèrent sur des maisons en pisé en train de brûler, une fumée noire qui s'en élevait, des vêtements dans la rue. La mosquée fut détruite. Cette odeur, tu la connais. Surgi de nulle part, quelqu'un beuglait contact à neuf heures ! et ils déchargèrent sur les toits. Ils y allèrent à feu roulant, passèrent toute une bande de munitions dans la M240. Seulement après ils vérifièrent que personne n'était touché, et furent incapables de prouver qu'ils avaient essuyé des tirs. L'adrénaline, c'est pas de la blague, dit Dominguez.

Dans les sous-sols, ils trouvèrent des équipements électroniques, des torchons raidis, un livre de prières qui tombait en poussière. Les enfants les dévisageaient. Les cadavres étaient rares au début, mais ensuite, ils en virent partout. Certains momifiés par les flammes. Une bombe explosa et recracha quelqu'un par une porte. Cette odeur, ça brûle les cheveux. Un camion les dépassa, rempli d'hommes barbus affichant une expression satisfaite. Pourquoi on les laisse partir ? demanda Sconyers. Je comprends pas – Sconyers qui avait un exemplaire du rapport de la Commission sur le 11 Septembre dans son sac de combat.

Parce qu'on est dans l'armée. Parce que c'est leur pays. Parce que tout ça est pas censé être logique.

Une nuit, ils remontèrent à la nage la tranchée d'un égout pour sécuriser les lieux afin que les Forces spéciales puissent capturer un individu hautement recherché. La mission fut annulée et ils durent rentrer par le même chemin. Arrivés au hangar, ils se déshabillèrent et se débarrassèrent de toute cette merde avec l'eau de leur gourde. Puis, ils nettoyèrent leurs armes. Personne ne ferma l'œil. Ils avalaient des compléments alimentaires brûleurs de graisse. Quel que soit le bruit produit par la ville, il leur parvenait toujours. Nowling ouvrit la bouche et le tabac à chiquer s'écoula en un long filet brillant de bave, puis il vomit. On est quel jour ? Le quatorze, je crois. Le sergent Hells Angels dit, je compte sur vous pour tenir le coup, les gars. Tous les soldats lâchèrent un hooah. En allant en ville, ils essuyèrent des tirs et ça n'était pas leur imagination. Une attaque éclair. Les échanges de coups de feu s'intensifièrent. Ils savaient que des gens étaient postés sur les toits. Ils visaient tout, les plaques balistiques, les chaussures et les casques en Kevlar. Le sergent Rogers prit une balle dans le bras. Je peux encore bouger les doigts. Médaille assurée, bordel. File-moi une taffe. Hé, Jones, prem's pour la médaille.

Bouge pas, dit leur toubib.

Le toubib m'en veut à mort. Tu crois que je rentre à la maison ?

Quinze jours après leur arrivée sur zone, un véhicule non blindé roula sur un EEI et ils perdirent Chidester. L'explosion jaillit de la route et s'envola, à croire qu'elle avait des ailes de chauve-souris. Dans le véhicule qui suivait, les oreilles de Skinner éclatèrent comme des enceintes trop saturées.

L'évacuation des blessés se fit dans le désordre. Il y avait un tas de lave noire séchée par terre et son esprit se focalisa là-dessus plutôt que sur les tâches qu'on lui avait assignées. De retour à la base, la section était en piteux état. On ordonna à Lawson de laver le sang et Lawson répondit, je ne vois pas la nécessité de le faire. Les oreilles de Skinner sifflaient toujours. On leur ordonna de ressortir aussitôt et ils passèrent la nuit en vigie, scrutant le terrain en infrarouge. Il paraît qu'on va bombarder la ville par voie aérienne. Seigneur, laissez-moi tuer quelqu'un ce soir. Ils passèrent des jours torse nu sur la base, la peau pâteuse d'avoir macéré sous leur équipement de protection, et le corps couvert de cloques à cause de la chaleur, lunettes de soleil sur le nez, fumant leurs cigarettes, les yeux rivés sur leurs pieds qui pelaient.

Bombardez-les tous, ces gros connards.

Ça arrivera pas.

Balancez-leur Willie Pete[1] et brûlez-les vifs, tous autant qu'y sont. Et si, ça arrivera. C'est pour ça qu'on est ici à rien faire.

En fait, il y avait des tensions entre le capitaine Friedman et le bataillon. À son retour, il dit, vu le genre d'attaques qu'on a subies, ça discute au sujet de nos chances de survie. Il choisit ses mots avec précaution. Il faudra s'adapter. Ils rompirent les rangs. À la fin du mois, un deuxième monument funéraire fut installé à côté des barils pourrissants. Donc en fait, Lugo n'avait pas survécu non plus. Pourquoi fallait que tu me dises ça ? demanda Lawson. Il rejeta le bras que l'aumônier avait posé sur ses épaules. Le colonel débarqua et parla de méthodes de combat visqueuses. Il a dit vicieuses, là ? Quand il fut parti, leur capitaine leur expliqua la meilleure façon d'honorer leurs morts. Ils installèrent un blindage de fortune sur leurs camions et retournèrent en ville.

1. Phosphore blanc.

La puanteur était inimaginable. Ils passèrent devant des villas dotées de terrasses avec balustrades en fer forgé et Skinner chercha du regard les familles qui avaient vécu là. À la place, il vit des hommes barbus équipés de téléphones portables, de montres brillantes. L'un d'eux avait perdu un œil, ça se voyait. À certains endroits, les murs perforés ressemblaient à de la dentelle. À travers les trous, on apercevait du mouvement, on entendait du bruit et puis on voyait des chiens qui déchiquetaient quelque chose dans les gravats. Un escalier isolé encore debout qui ne menait nulle part. Sergent, je tue qui aujourd'hui ? demanda Lawson. Ils atteignirent un bus posé sur ses essieux. Une femme à la tête couverte sortit vider un seau dans le lac de merde par terre. La journée n'en finissait pas. Skinner se déplaça dans la lumière aveuglante, portant son matériel contre lui, allant et venant, surveillant les alentours, passant le pouce sur la sécurité de son arme, se dressant dans les décombres, se sentant épié, mâchonnant le tuyau de sa poche d'hydratation, aspirant l'eau, goûtant le plastique chaud riche en bactéries.

Le temps filait ou passait au ralenti. Il nous reste combien de temps à tirer ? demanda Nowling, et les gars lui répondirent de la fermer. Attends voir. Il compta sur ses doigts courtauds, mais n'aboutit à aucune conclusion. Pendant une semaine, une autre unité bivouaqua avec eux. Skinner surveilla leurs prisonniers basanés en route pour Abou Ghraib qui mangeaient leur ration individuelle avec leurs menottes en plastique comme des contorsionnistes. Le monde extérieur semblait loin et irréel. Il les regardait prier, murmurer les yeux fermés, le front pressé contre le sol. En ville, un haut-parleur au son éraillé lançait l'appel à la prière.

Allah peut pas vous aider, dit un soldat du Sud profond. Chuis là, maintenant.

Ils tuèrent la chèvre d'un fermier et Broadbent la fit cuire dans un baril, à la jamaïcaine. C'était censé être la veillée funèbre de Chidester. Le traducteur pouvait leur avoir du haschisch. C'était un genre de célébration. Ils racontèrent des anecdotes sur Chidester, sur l'homme qu'il avait été.

Au milieu de la nuit, le capitaine Friedman sortit du hangar et vint droit sur eux.

Est-ce que les enfoirés parmi vous qui boivent de l'alcool de ces putains de hadjis voudront se joindre à moi pendant que j'informerai les familles de vos potes qui se feront buter à cause de vous ?

Skinner baissa la tête.

Profitez bien de votre petite sauterie de merde.

Le capitaine s'éloigna et ils tournèrent les yeux vers la lueur orange foncé qui flottait dans le baril. Leur traducteur leur vendait des pilules. Le pantalon de Dominguez était trop grand. J'ai dû perdre au moins dix kilos. Tout le monde était maigre.

Lors d'une dispute, deux gars menacèrent de se balancer des grenades à la tête. Voilà le topo, dirent les chefs d'escadron. Les gosses à problèmes, la prochaine fois, c'est toute l'unité qui leur foutra sur la gueule. J'ai bien dit toute. Et si ça marche pas, ils se boufferont de la grenade pour de bon. Et c'est moi qui la leur ferai avaler.

En plein jour, ils tombèrent sans crier gare sur un gamin qui dissimulait un engin explosif sous un sac en plastique au bord de la route et ils le prirent en photo.

Je supporte pas l'angoisse, dit Jones au toubib. Je serais capable de n'importe quoi pour qu'on en finisse.

Alors il faut que tu t'adresses à l'infirmier qui s'occupe du stress au combat, pas à moi.

Une rumeur circula qu'on allait les envoyer ailleurs, mais ils savaient que c'était faux. Ils ne croyaient rien de ce qu'ils entendaient. Ils reçurent un nouvel approvisionnement. Vous faites une chaîne, dit le conducteur. Moi, le moteur doit tourner pour brûler de l'essence. Les munitions formaient un cube de quasi trois mètres de côté. Le Texan avec la radio nettoyait les contacts de la batterie avec la gomme d'un crayon et vérifiait trois fois qu'elle était chargée avant de sortir. Les températures continuèrent de grimper, si c'était possible, et il y eut un cas d'insolation, Pomerant. De l'opinion générale, il faisait semblant. Ils étaient de moins en moins nombreux. Un bâtiment explosa alors qu'ils se tenaient devant et Danzig, un gars qui avait fait de la lutte au lycée, disparut. Le cerveau de Skinner interpréta un morceau de métal tordu comme un corps calciné et crucifié, alors que ça n'était pas ça. Un tireur d'élite logea une balle dans la tête de leur sergent-chef. Il se précipita sur son casque en Kevlar comme sur un ballon de foot mal envoyé, l'attrapa et le remit. Des types s'écartèrent d'un bond comme s'il était couvert de guêpes.

Ils partirent détecter des EEI à pied, sur les routes le long du canal. Skinner n'arrêtait pas de penser, c'est la dernière chose que tu verras, la terre rouge et le soleil qui tape dessus.

Un gars portant des lunettes de soleil de marque prétentieuses ainsi qu'un jean moulant vint à leur rencontre dans la chaleur miroitante. Il tirait un petit garçon sale par le poignet. Le gamin était pouilleux, avait les cheveux pleins de terre poudreuse. L'homme fit semblant de ne pas remarquer les armes braquées sur sa poitrine. En montrant les habitations dévastées, il dit :

Ces gens sont ennemis. Je suis ami. Vous venir à moi pour coopération.

Il sentait le parfum, une fragrance de boudoir, féminine, écœurante, lourde.

Je te connais pas, dit Graziano en frottant sa mâchoire couverte d'une barbe noire.

Toi connaître. Crois-moi.

Skinner vit l'intérieur d'une salle verte qui avait servi d'école. Le mobilier avait été entassé contre les fenêtres. On apercevait les bâtiments carbonisés de l'autre côté de la rue entre les pieds entremêlés des bureaux. Les mouches grouillaient dans les yeux et la bouche des enfants à terre. Il porta son mouchoir à son nez pour pouvoir respirer.

Quand ils roulaient et que le vent chaud soufflait sur eux, il le nouait sur son visage pour se protéger du sable. Il l'utilisa en démontant son arme pour essuyer le percuteur, laissant les traces noires sur le tissu qui sentait la cordite et l'huile synthétique.

Jambes croisées, il fit tomber les cartouches de ses chargeurs, et, à son rythme, il nettoya chacune individuellement avec son mouchoir, la cigarette aux lèvres, les ongles noircis par la cordite, puis les réinséra l'une après l'autre, se servant dans le bol de bonbons qu'était son casque et les remit dans les chargeurs qu'il tapotait contre son casque quand il le portait avant de les enclencher dans son arme.

Ils surnommaient leur capitaine Freebird. Repos, dit-il. Il se tenait devant un tableau blanc sur un chevalet, marqueur à la main. Leçons retenues. On sait qu'ils communiquent. On sait pour les téléphones portables et les haut-parleurs de la mosquée. En restant plus de cinq minutes au même endroit, vous entrez dans la zone rouge. Un compte à rebours doit se déclencher dans la tête de chacun. Les routes qui sont meubles, ils peuvent les creuser, alors évidemment, pour nous, ce sont des secteurs dangereux. Dès qu'une route enjambe un ruisseau ou une conduite d'égout, ils peuvent mettre quelque chose en dessous. Il faut aussi surveiller les bas-côtés. S'il n'y a pas de visibilité, ça veut dire qu'ils peuvent s'approcher de la route à votre insu. Par ailleurs, les munitions sont de plus en plus puissantes. Il dessina un cercle sur le tableau. Dans ce rayon, on risque la mort avant même d'avoir visualisé quoi que ce soit, alors il faut y être particulièrement attentif. Cherchez des dispositifs d'amorce dès que vous apercevez un tas de cailloux, des cahutes, n'importe quoi. Des cordons détonants qui sortent du sol. Des ordures, des sacs plastique, tout ce qui peut recouvrir quelque chose. J'ai besoin que vous vous parliez. On est tous lancés dans cette course. Notre zone de sécurité est ici. Il essaya de la dessiner sur le tableau mais le marqueur n'avait plus d'encre. Saloperie. Il le jeta par terre. Sortez-moi votre Ka-Bar, sergent-chef. Merci. Vous autres au fond, levez-vous pour voir ce que je fais. Les gars d'une vingtaine d'années se levèrent. Il traça une ligne dans le sable. Voilà Tomahawk. Ici, Hogan. Il dessina une autre ligne. Là, la ligne infranchissable. La boîte de munitions, c'est la mairie. Le rocher, c'est la poste. La gomme, c'est la ferme des chèvres. Il prit sa montre G-Shock, la posa au sol et s'accroupit au-dessus avec le poignard. Tout le monde voit ? C'est ça qu'on veut faire. On ne peut pas faire tout ce qu'on veut, alors voilà.

Un camion-citerne arriva avec un convoi et leur apporta du diesel. Le paysage morne ondulait dans les émanations. Ils déchargèrent quatorze kilos de biscuits en miettes envoyés par la USO[1]. Sconyers, dont les tatouages colorés qui lui couvraient les bras figuraient une carpe et des oiseaux à long cou, reçut un livre de ses parents enseignants en Virginie-Occidentale. Il mit ses lunettes de soleil, alla derrière le hangar et tint le livre entre ses mains. Un grand nuage de poussière s'éleva dans le sillage du camion-citerne lorsqu'il repartit. Skinner but du Gatorade chaud, lut le magazine *Muscle & Fitness* et dormit par intermittence.

Il se réveilla confus et désorienté. Il y a un truc qui a changé, insista-t-il. Bien vu, dirent-ils. L'autre escadron avait été au

1. United Service Organizations.

contact et c'était grave. Ils fumèrent en attendant leur retour. Ça pue, disaient-ils, mal rasés, l'œil rivé sur l'horizon rougeoyant. Il faisait nuit et le camion n'alluma pas ses phares avant d'être dans l'enceinte de la base. Ils virent du sang et de la peau pâle à la lumière de leur générateur diesel. Dominguez se fraya un chemin en disant non, non, non, vieux, pendant qu'ils déchargeaient le corps de Lawson. Prenez mon putain de sang. Je suis groupe O. Ils s'avancèrent pour maintenir la tête de Lawson et, sans faire exprès, plongèrent la main dans son crâne béant. Quelqu'un retira la sienne violemment et Skinner sentit une matière humide atterrir sur ses rangers.

Freebird fut relevé de ses fonctions. Je réévalue mon espérance de vie, dit Sconyers. Le nouveau commandant répéta les propos du colonel comme un perroquet sur les stratégies de déni d'accès. Graziano déclara, quand on est dans une unité qui part en éclaireur, de toute façon, on est en sursis, et il les regarda d'un air de défi. Ils matelassèrent l'intérieur du véhicule avec des gilets pare-balles qu'ils avaient en trop, partout où il y avait des trous.

En selle, les Hell's Angels, lança le sergent.

Après avoir vérifié la batterie, le Texan tendit sa radio à Graziano.

Son signal d'appel c'est Hache d'arme.

Skinner s'éloigna des autres. Personne ne dit au revoir, ils firent comme s'ils ne partaient pas. Il grimpa dans le camion avec tout son équipement. Il tendit la main à Sconyers et le souleva pour l'aider à monter. Petit, indépendant, originaire de Géorgie, Nowling monta seul. Le sergent des Hell's Angels prit le volant. Graziano claqua la portière blindée et grinçante. Le moteur démarra et tout se mit à vibrer. Il regarda dans le vide. Ils sortirent entre deux haies de fusils. Il se tourna pour voir. Derrière eux, la route se déroulait et les monticules noirs où se trouvaient les sacs de sable et les M240 rapetissèrent.

N'ayant rien d'autre sur lui, il avala le café instantané de sa ration.

Dans son rêve, la terre jaune était trop aveuglante pour la regarder. Il vit une femme en burqa noire sur la route. Ils roulèrent à grande vitesse sur plusieurs kilomètres et le nuage de poussière qu'ils soulevaient dérivait derrière eux. Ils dépassèrent un panneau en arabe. Nowling cria vers l'avant, c'était pas la ligne rouge ? Manifestement si. Personne ne répondit. Ils pénétrèrent dans une zone de maisons éventrées et carbonisées. Sconyers articula, c'est quoi ce bordel ? En regardant par les trous sans fenêtres, on voyait le soleil briller à l'intérieur, ni sol ni plafond, rien qu'une coquille. Parfois l'obscurité, des débris de métal blanchis par la cendre. Ils contournèrent un camion HS. Ils manquèrent un virage. Graziano appuya sur la radio. Authentifiez : c'était Omaha ? Le sergent s'arrêta et recula. Ils descendirent d'un bond pour couvrir leur véhicule, pointant leurs fusils en direction des toits, aveuglés par le soleil, puis remontèrent dans le camion pour tourner dans une ruelle, les murs tout près de chaque côté. Skinner couvrait les terrasses qui les surplombaient, cou tendu. Ils cahotèrent sur de la caillasse et il maintint son casque en place. Il y avait des carrefours envahis de soleil. Ils avancèrent toujours tout droit dans la ruelle de plus en plus étroite jusqu'à racler les ailes du camion. Personne ne disait rien. Les voix à la radio se chevauchaient et Graziano disait : Hache d'arme, répétez la dernière.

Attendez, un.

Le sergent des Hell's Angels ralentit. Le passage était apparemment obstrué par une voiture renversée sur le côté, avec le capot découpé d'où sortaient des câbles et des éléments métalliques. Le camion freina et ils furent légèrement projetés en avant. Putain, on est coincés. Skinner vit quelque chose bouger à la limite de son champ visuel mais ça pouvait être dû à la caféine. Il regarda à travers les trous dans le bâtiment pour voir s'il y avait du mouvement.

Recule, dit Graziano, je te guide.

Il était impossible de manœuvrer dans la ruelle. Chaque fois que le sergent accélérait, il emboutissait le mur au bout de trente ou soixante centimètres. Il leur fallut trois minutes pour parcourir l'équivalent de deux longueurs de véhicule.

On s'est engagés de combien ?

Nowling courut évaluer la distance.

Deux cents mètres après le dernier croisement.

Et si on défonce la voiture devant ?

Elle reprendra pas la route, de toute façon.

OK, dit le sergent en posant sa voix. Couvrez-moi le temps qu'on sorte de ce merdier.

Skinner descendit du camion, les entrailles soudain fragiles et délicates. Dans son sommeil, Skinner essayait de dire je vais pas y arriver. Dans son rêve, quelqu'un le frappait violemment à la poitrine – il ne savait pas qui – et disait : Oh, debout là-dedans ! On y va – puis il tendit une grenade. Il lui était presque impossible de soulever la poitrine pour respirer. Protégé par sa genouillère de receveur, il posa un genou à terre et visa le trapèze de soleil entre les murs. Derrière lui, il entendit Graziano dire à voix basse marche arrière tout droit, tout droit. Tout droit. Stop. À gauche. Encore un peu. Il entendit le Humvee creuser dans la brique en terre et le moteur s'emballer. Le sergent jura, bordel. Il essuya la sueur sur son visage avec le mouchoir vert plein d'huile synthétique. Dans sa tête, il avait déjà opéré le compte à rebours plus d'une fois. Le trapèze changea de forme, alors il cligna des yeux et regarda en aval, mais ne parvint pas à identifier ce qu'il voyait. Cependant, c'est bien l'œil qui le premier repère forme, éclat, mouvement et il ne s'était pas trompé. Skinner chercha ses compagnons du regard. Son plus proche ami se cachait dans une alcôve. Est-ce que je les vois là-bas ? hurla-t-il. Son visage était un ovale blanc sous son casque.

Ils sont là depuis tout ce temps. On est morts.

Dans son sommeil, Skinner hurla et frappa le banc.

Quand éclata la fusillade, il fut incapable d'évaluer sa gravité. Cet état d'ignorance dura une seconde. Puis il sentit les ondes de choc des balles qui l'effleuraient et il devint évident qu'il était à deux doigts de se faire tuer. Il crut qu'on l'attrapait par son harnais. Entre-temps, lui aussi avait ouvert le feu. Il faudrait quelqu'un sur la M240 dans le camion, pensa-t-il, mais ça n'arriva pas. Il n'arrêtait pas de vérifier qu'il voyait au moins un autre uniforme comme le sien. Si je les vois, c'est qu'on est toujours là. À cet instant précis, quand il porta la main à sa poitrine, il sentit encore ses chargeurs. Mais ça ne tirait pas assez de son côté et, durant tout ce temps, il perçut que les forces en présence n'étaient pas égales et que la balance penchait de plus en plus en faveur de l'ennemi. Il sentit que tout partait à vau-l'eau, et que leurs adversaires avaient une puissance de feu supérieure. Puis il regarda de nouveau autour de lui et ne vit aucun uniforme. Il n'avait rien entendu quand ils l'avaient appelé et avaient reculé d'un bond. Alors il dut courir seul, et il faillit se faire tuer quand il passa devant eux alors qu'ils le couvraient – ils frôlèrent donc un autre accident terrible au milieu d'un gigantesque désastre.

Ils s'abritèrent dans un bâtiment où ils n'auraient pas dû se trouver. L'ennemi était si proche qu'il pouvait être vu, chaque individu dans ses moindres détails, en train de désigner l'abri des Américains. Du renfort était en route, mais cette mission de secours fut annulée. C'est en voyant les balles traçantes qu'il sut pour la première fois depuis combien de temps ils étaient là, et aussi incroyable que ça paraisse, ils étaient là depuis douze heures. Ça et la soif.

Il entendit un craquement qui renvoya un écho. Un autre. Tac. Tac. Tac. Tac. Pan pan pan pan pan. Puis le silence. Il n'y avait rien à voir. Pan pan pan. Une enfilade de lumières. Suivie d'une explosion qui se propagea dans le sol et il la sentit dans ses jambes, ses oreilles, sa poitrine. Une vague étrange qui perturba son pouls.

Graziano rampa vers lui et donna un coup sur son casque et lui hurla quelque chose en montrant une forme noire irrégulière puis une autre qui surgissait du champ de bataille. Tu vois ton champ de tir ? Et il s'éloigna en rampant.

Sconnie, croassa-t-il.

Skin, c'est toi ?

Le renfort aérien, on va l'avoir ou quoi ?

Je crois qu'ils attendent.

T'as de l'eau ?

Puis la terre déversa des lumières vertes. Elle en vomit des flots entiers, incandescents. Le bruit advint – rugissant perçant strident. Dans cette lumière de soudure à l'arc, des silhouettes bien réelles semblèrent se mouvoir – la poussière en suspens. Des ombres couraient. Le martèlement assourdissant qui tonnait sans jamais s'arrêter. Les lumières tranchantes traversaient d'un coup l'obscurité, filaient en un éclair – il tourna brusquement la tête – avant de disparaître en décrivant une courbe pareille à celle d'une balle de base-ball. La terre et l'air subissaient ces chocs répétés. Il oublia sur quoi il était allongé, le toit ou le sol. La réverbération des détonations continua. Dans ces poches de son, il y avait la surdité et la cécité dans un noir soudain et total. Tout ce qui n'était pas énorme était oblitéré. Le volume du boum-boum sourd et mat augmenta comme un exercice visant à lui éclater les tympans. Les étoiles vertes retombaient en coulées comme d'un tuyau d'arrosage. Il les sentit dans le sol. Hypnotiques et cinétiques. L'énergie sifflante et l'acoustique explosive se rapprochaient.

Puis l'endroit d'où était venue la voix de Sconyers sauta et ils furent recouverts de sable.

Il se jeta à terre. Quand il revint à lui, il s'efforça de contrôler son corps et son cœur qui s'emballait. Au début, le McDonald's ne lui évoqua rien. Il hyperventilait et tentait de creuser dans le carrelage avec ses mains.

Son cœur battait très fort comme si on lui avait injecté de l'atropine.

Quand son ami avait explosé, Skinner avait été touché dans le dos. Après que les débris eurent cessé de pleuvoir sur eux, il rampa jusqu'à Sconyers, sentit son corps dans le sable et voulut le dégager. Il n'arrivait pas à le soulever. Au contraire, son poids et leurs protections l'avaient fait retomber. Le sable se gorgeait du sang de Sconyers. Il le laissait mourir. Il tenta de soulever Sconyers, et Sconyers tentait de l'aider. Le sable se transforma en puits mouvant, clapotant et débordant de sang dont ils furent imbibés. Son pantalon, son short de combat, ses jambes, ses chaussettes en étaient trempés et produisaient un bruit mouillé. Il avait du sang plein les mains et les bras, plein son arme, et son visage, sa bouche, ses yeux, il en sentit le goût, le sang de son ami. Le sang lui-même pesait son poids et le sable pesait aussi son poids, et ils se mélangeaient en une boue sanguinolente qui les tirait vers le sol.

Puis les autres l'aidèrent, et le corps de Jake apparut, et ils coururent avec lui qui se balançait entre leurs bras. Ils le déposèrent sur une couverture. On dut ordonner à Skinner de se ressaisir. On le renvoya vers cette étendue désolée et rugissante, trébuchant, à peine capable de courir, pour aller chercher le reste du corps, et il courut plié en deux, trébucha, la respiration sifflante d'épuisement, incapable de retrouver l'emplacement. Et il s'effondra parce que son propre corps finit par comprendre que lui aussi était blessé. Graziano arracha du plastique de sa sacoche et le fourra sur le trou dans sa poitrine.

Il s'arrêta.

Il n'y avait personne ici – il se recroquevilla, raidi par le froid, dans l'attente que les choses reprennent leur place. Muscle après muscle, il se détendit, fit retomber sa tête contre le siège en plastique, expira, s'assit à même le sol, aveuglé par un soleil pâle et nouveau. Il y avait de la lumière et le calme régnait au milieu des tables modulables. Le son doux de coups de balai réguliers lui arrivait par la vitre fermée au verre épais.

Peut-être la salle commune d'un hôpital.

Les bruits de l'extérieur correspondaient à la circulation d'une rue, en Amérique.

Il prit la décision de remettre ses chaussettes sales, celles qu'il avait perdues. Puis ses rangers. Il plia sa couverture et la rangea de ses mains tremblantes qui semblaient vouloir s'envoler à tire-d'aile. Il utilisa le lavabo des toilettes et avala un comprimé.

Une minute plus tard, il prenait son barda et, après en avoir équilibré le poids, redescendit les escaliers. Une marée humaine enflait aux portes et il dut se frayer un chemin pour sortir.

Il fit tomber ses sacs sur le trottoir, et resta planté là pour fumer une cigarette dans le soleil froid.

Skinner et Jake avaient été évacués et sauvés. Ils étaient vivants en regagnant la base. Ils avaient encore un pouls à l'hôpital militaire fortifié par des sacs de sable, dans l'enceinte du camp au milieu du désert. Skinner dans des douleurs insupportables, le convoi retardé pour raisons tactiques, les tirs tac-tac-tac qui arrivaient de la rue, assourdis, une voix calme à la radio aussi fulgurante que des douilles brûlantes qu'on leur cracherait dessus, l'artilleur qui hurlait, tout le monde en panique, Skinner qui criait, grognait – le chauffeur beuglant qu'ils devaient reculer et tenter une autre route parce qu'ils essuyaient trop de tirs. D'autres soldats furent tués sur le coup. Ils entendirent la mort à la radio. Ils allaient tous mourir. Puis ils rejoignirent le bataillon et leur corps allait mourir. Jake, une moitié de corps, fut jeté sur un lit de camp en toile dégoulinante dans l'hôpital militaire vert, les générateurs ronronnaient, ses organes génitaux exposés sur sa propre viande, à l'intersection où ses cuisses s'étaient trouvées, sa chair sur laquelle passait une brosse tournante pendant qu'un jet d'eau nettoyait la blessure. L'armée les renvoya dans un gigantesque hôpital militaire sur la côte Est. On garda Jake en vie à Walter Reed.

Six semaines plus tard, Skinner rejoignit une section en rééducation dans l'État de Géorgie et se tint aligné avec des types en fauteuil roulant. Il ratissait du sable dans un terrain de volley-ball, prenait des analgésiques pour ses maux de tête et s'éternisait à la cantine où il versait de la sauce sur son pain de viande, regardait la guerre à la télé. Les jours d'été étaient sombres et orageux, et les arbres touchaient presque le sol à cause du vent.

Un médecin, un gars du Colorado qui ressemblait au capitaine d'une équipe lycéenne de lutte, lui annonça qu'il allait mieux. Vous êtes à quatre sur une échelle de cinq. Votre unité sera heureuse de vous retrouver. Bonne nouvelle, non ? Il appelait Skinner champion. Vous allez à nouveau pouvoir porter un M4, champion. C'était un brun au physique musclé d'athlète, joues creuses, et cette gentillesse hypocrite de celui qui appartenait à une fraternité. Il laissa tomber le dossier sur le bureau de la salle de consultation, lança : Suivant ! et Skinner sortit en traînant les pieds.

Personne ne lui donna les résultats de son scanner cérébral. Il souffrait de migraines insoutenables et voyait double. L'armée lui prescrit des lunettes de lecture. Personne n'évoqua le moindre SPT ou TC. À son retour à la guerre, il serait considérer comme un soldat à problème disciplinaire. Durant la saison froide, dans la nuit bleue du désert quand les vents des steppes arrivaient du Kurdistan et que son escadron dormait blotti dans un hangar après une patrouille de dix-huit heures, il se tenait accroupi tout seul dehors pour fumer un mégot de cigarette et regarder dans le vide au-delà de la base. Il avait des troubles de l'élocution. Il ne savait pas comment se diagnostiquer. Il reçut un blâme pour avoir laissé une cartouche dans la chambre de son arme quand elle était censée être vide. On le surprit à se déplacer sans avoir mis le cran de sécurité. Par mesure de redressement, on lui ordonna de faire des exercices en tenue NBC et masque à gaz.

En permission, il rendit visite à sa famille et s'en prit physiquement à son petit frère. Sa mère le jeta dehors. Il retourna à la base et se dit que les choses iraient mieux quand il quitterait l'armée. Il s'excusa auprès de son frère et son frère lui pardonna, mais pas sa mère. L'armée lui laissa croire qu'il était éligible au Programme de réinsertion destiné aux soldats, et il prévoyait déjà d'acheter une voiture pour aller voir Jake quand on l'informa qu'on allongeait la durée de son service actif. La nouvelle fit des ravages. Sa mère pleura au téléphone et lui dit qu'elle était désolée.

Le bataillon distribuait des antidépresseurs comme s'il s'agissait de bonbons, en route pour le Post Exchange pour récupérer les magazines, les iPods, les protéines en poudre et les boissons énergisantes qu'ils emporteraient avec eux à la guerre.

De retour en Irak, il devint mauvais soldat. Il se trouvait dans une nouvelle zone d'action, tout près de l'Euphrate, et des voitures explosaient à l'heure de la prière. La guerre civile avait commencé. Il n'arrivait pas à fonctionner. Il s'endormait pendant son tour de garde. Un sergent joueur de rugby connu pour être dur lui mit une raclée en tenue de combat en plein cagnard un après-midi, le traita de connard, de bouffeur de merde, de gogol, etc., etc.

Skinner vidait cinq gourdes d'eau et l'eau n'en finissait pas de s'échapper de son corps, il avait le regard flou, sa sueur brillait au soleil, la combinaison en caoutchouc étalée sur le sable à ses pieds comme une coquille vide, une peau humaine.

La guerre avait affecté tout le monde, la guerre elle-même avait été affectée, et la bizarrerie de Skinner se remarquait à peine. On la mettait sur le compte de la guerre comme si c'était logique. La guerre devenait sans cesse plus étrange. Dans son unité, on le rangea dans l'équipe des sacs à merde. Sacs à merde qu'ils raccourcissaient en merdeux. Ils lançaient, yo, merdeux, quand ils se saluaient d'un fist bump et c'était comme de dire on est encore vivants. Ils développaient des superstitions, des rituels de plus en plus exigeants. Une vie tribale se mit en place. Certains gangs de l'infanterie furent impliqués dans des meurtres. Ils laissaient tomber des câbles ou des armes sur des cadavres. Un artilleur d'Akron, dans l'Ohio, devint le capo d'un escadron de la mort.

Déséquilibré, Skinner additionnait les jours dans la zone de combat, combinant les problèmes : coupures qui ne cicatrisaient pas, mal de dos, diarrhée, ouïe défectueuse, double vision, maux de tête, fourmillements dans les mains, insomnie, apathie, rage, chagrin, haine de soi, dépression, désespoir.

Les gens se moquaient de lui, le regardaient essayer de soulever la citerne d'eau.

Deux Irakiens approchèrent Skinner, manifestement pour essayer de lui dire qu'ils n'étaient pas des insurgés. Se sentant menacé, Skinner envoya des coups de pied dans le vide, finit par heurter un des hommes qui tomba à la renverse et Skinner tira avec son M4 et le tua. L'autre voulut s'accrocher à l'arme. Les compagnons de Skinner arrivèrent en courant. Ils abaissèrent de force le canon du fusil jusqu'à ce qu'il soit braqué sur l'homme qui frémit et cria. Skinner pressa la détente, le tuant de sang-froid.

Sa guerre se déroula en tours de garde de dix-huit heures d'affilée où il sentit le battement de son cœur gonflé d'adrénaline, réfléchit au nombre nécessaire de ces battements pour parvenir à la minute suivante, à l'heure suivante, aux dix-huit heures suivantes. Ses pensées étaient laminées par les médicaments, l'épuisement, les images qui tournaient en boucle dans sa tête. Mais la guerre conduisait au mode de pensée mystique d'un patient en hôpital psychiatrique. Il trouvait de nouvelles façons de gagner du temps. Il ne mourrait pas ce jour-là s'il faisait dix soulevés de terre avec son fusil.

Quand on le renvoya aux États-Unis à la fin de sa mission, il tomba sur Freebird devant un centre commercial avec sa famille, et le type ne rendit même pas son salut à Skinner. Il se contenta de le dévisager avec agressivité et de cracher sur l'asphalte jusqu'à ce que Skinner s'éloigne.

Jake lui envoya un mail :

Skin mon pote ça fé un bail. je voulais t'écrire mais l'a fallu apprendre d'abord. avec une machine où j'me sers de ma bouche. si tu m'voyais. jai l'air d'un teubé parce que jai le cerveau bloqué. trop horrible d'être bousillé à ce poing. surtout quavec les grognements que je fé le doc y me parle comme à un môme de 5 ans !!!! j'aimeré bien le voir faire notre taf.

je supporte plus quand les gens y parlent de héros courageux, toussa. Je referé tout pareil

mon fauteuil, lordi, cé tout des donations et ça ma fé chialer.

notre plan d'aller à ny tous les 2 – plus possible pour raisons évidentes. jai décidé que ma prochaine guerre, ça serait la fac – je veux me libérer le cerveau. tellement concentré sur la rééduc que pas encore eu le tps de voir plus loin. les boules d'oublier les images de ce qu'on a vu – dingue. oui de la colère. mais ôssi un cadeau que personne peut imaginer.

je t'aime mon frère

jake

Rendu à la vie civile, Skinner assista à une réunion dans l'auditorium de la base où on expliquait aux GIs comment mettre en valeur leur expérience militaire dans un CV. C'était une journée d'hiver ensoleillée et les soldats démobilisés portaient des vestes polaires par-dessus leur treillis et des bonnets noirs comme les braqueurs de banques dans les films. L'air, dans le ciel bleu dégagé, était froid. Les arbres dénudés comme un fagot d'osier allaient tisonner le ciel. Durant la pause, les futurs civils sortaient fumer en groupes, certains appuyés sur des cannes, tenant à la main des brochures en papier glacé où on lisait : Guerrier un jour, Guerrier toujours.

Il apprit que Jake n'irait pas à la fac. Il avait subi trop d'opérations et, finalement, une infection qu'il avait déjà surmontée une fois revint en force et attaqua l'enveloppe de sa moelle épinière. Ses parents arrivèrent de Virginie pour être à son chevet durant les dix derniers jours qu'il avait à vivre dans le coma. La machine qui respirait pour lui montait et descendait sur son piston. Ses parents dormaient sur des sièges dans la salle d'attente près des ascenseurs, juste après le bureau des infirmières. Ils se penchaient au-dessus du lit de Jake et caressaient le bras tatoué de leur fils, examinaient son visage jauni à la recherche d'un signe d'un retour à la vie. Son profil était devenu aquilin. On lui avait fait une trachéotomie et un tuyau entouré de gaze et maintenu par du sparadrap lui entrait dans la gorge par un trou. La chambre avait l'odeur de la peau quand elle est couverte de sparadrap pendant des mois et qu'elle commence à se désagréger. Il ne reviendrait pas, alors ils décidèrent de le laisser partir. L'infirmière appuya sur trois interrupteurs et ils patientèrent près du lit pendant qu'il cessait de vivre.

On t'aime, Jake, dit son père, portant encore la cravate avec laquelle il enseignait l'histoire au lycée, nœud desserré sur une chemise à carreaux. Il envoya un mail aux amis de Jake.

Skinner reçut la nouvelle avant de se rendre seul à New York, se raccrochant à l'idée que s'il faisait assez la fête, il finirait par passer du bon temps et retrouverait l'envie de vivre.

Broadway en plein jour. Des marées humaines sortant du métro, se déplaçant par grappes qui se scindaient en fragments et traversaient d'autres colonnes de gens comme une passoire. Une odeur de bretzel arriva jusqu'à lui. Une Denali noire, la main du conducteur visible, posée sur le volant, une main d'athlète, une montre coûteuse. Toutes les filles chaussées de bottes d'Eskimo. Leur chevelure qui tressautait dans leur dos. Ils étaient si nombreux que c'en était incroyable. De petites employées de bureau qui fumaient au bas des immeubles, des types en bras de chemise qui sortaient fumer avec elles, de jeunes gars en futal, des gars ordinaires qui ne s'étaient pas engagés dans l'armée à la sortie du lycée, et il entendit le son normal de leur voix en passant à côté d'eux, et l'ensemble de ce tableau lui parut curieux.

Il séjourna dans une auberge de jeunesse à Port Authority, il but, surfa sur le web. Il croisait des drag-queens titubant sur le trottoir défoncé quand il sortait se prendre des bières. Il acheta un sachet d'herbe qu'il fuma devant sa fenêtre ouverte, emmitouflé dans sa couverture de l'armée en écoutant les sirènes. Il vérifia ses mails, tapa : Salut mec quoi de neuf, et appuya sur envoi. Dans son unité, personne ne répondit. À un pâté de maisons, près des peep-shows et du Foo Ying Kitchen, il trouva une boîte de strip-tease, les mêmes cheveux blonds et nichons bronzés qu'il avait vus sur l'autoroute en arrivant. En quelques jours, son compte en banque avait déjà fondu de mille dollars. Génial, dit-il, et il porta un toast en brandissant un Red Bull. Ses vêtements étaient étalés sur son lit – un jean American Eagle, des chemises un peu chics pour lever des nanas –, achetés grâce aux centaines de dollars gagnés avec sa prime de risque. Il s'habilla et sortit boire. Au Blarney Rock, qui arborait un drapeau américain derrière le bar et un autel dédié aux tours du World Trade Center avec des photos des victimes, quelques gars lui payèrent des bières et trinquèrent avec leurs bouteilles en lui disant qu'il était de la famille. C'est tout ? pensa-t-il. Mais il resta poli, regarda le match. Quand il tomba, ils proposèrent de le raccompagner. Il partit sans prononcer un mot. Prends soin de toi, frère, lancèrent-ils. Ils le laissèrent s'éloigner. Sa mère lui envoya un mail de Pittsburgh où elle lui expliquait qu'il gâchait sa vie. Il avala ses médicaments avec de la bière et se coucha, sa ranger beige contre le mur, son bras tatoué sur le visage, les idéogrammes chinois qui disaient : On n'a rien sans rien, et dans sa tête, il regarda Sconyers convulser. Les autres à l'auberge lui dirent, t'as fait du bruit en dormant.

6

Trois ou quatre jours après son arrivée en ville, juste après avoir pris ses médicaments, il descendit dans le métro et monta dans le premier wagon qui arriva et ne bougea plus jusqu'à ce que, sorti du tunnel, il surgisse dans la lumière des voies aériennes et longe l'arrière de panneaux publicitaires, les gares de triage, les réservoirs d'eau. Au bout de quelques arrêts, il colla son visage à la vitre pour regarder les toits venir à sa rencontre. Les arrêts s'enchaînèrent. Il était loin. De l'autre côté du champ de toitures, il aperçut des grues. En contrebas, il vit une voiture emprunter une rue sale et entendit la salve d'un marteau-piqueur dans un garage automobile.

En théorie, avec le plan, il aurait pu deviner où il se trouvait et comment rentrer. Il préféra se dire, non, allons jusqu'au bout.

Arrivé au terminus, il descendit parce qu'il n'avait pas le choix et alla dans la rue.

Il y avait un monde fou et une femme le bouscula avec ses sacs de courses en sortant de Caldor. Il leva sa tête encapuchonnée et la regarda, elle s'excusa. Sur le bord du trottoir, il remarqua des gens assis à l'asiatique, accroupis, qui vendaient des portefeuilles, des ceintures, des casquettes New York, des sacs à dos et des DVD. Des gens criaient, ça faisait beaucoup de bruit. Un camion s'arrêta et bloqua le croisement, le moteur qui tournait, et Skinner entendit le diesel pétarader dans le bloc de ferraille tremblant. Quelqu'un klaxonna et Skinner tressaillit.

Il alluma une cigarette et regarda des Mexicains décharger des porcs sur leurs épaules. Ils transportèrent les lourdes carcasses froides et blanches vers l'arrière du marché chinois.

Partout, des panneaux verticaux en chinois. Quelqu'un voulut lui donner un prospectus mais il dit, je comprends pas, et le laissa tomber. Il entra chez un marchand de journaux et se prit un Red Bull. Il alla regarder les magazines au fond du magasin. Les présentoirs étaient remplis de magazines pornos. Il vit une fille bronzée, les cheveux mouillés plaqués sur son visage et le mascara qui coulait.

On le bousculait sans cesse et ça l'énervait. Il se fraya un chemin avec brusquerie entre les gens qui entraient chez le marchand de journaux, et une fois dehors, il but son Red Bull en suivant le mouvement de la foule.

Une autre femme d'un mètre vingt lui tendit un prospectus.

Ma-ssa-djeu, dit-elle.

Le bout de papier disait : Massage 1 heure.

Super, dit-il, et il le fourra dans sa poche.

Les ordures dans la rue avaient une odeur particulière. Dans les vitrines, il vit des rôtis de porc rouges suspendus à des crochets en acier. Une mère était accroupie pour aider son petit garçon à uriner dans le caniveau. Quand il jeta sa canette vide dans une poubelle, un immigré équipé de protèges-manches fleuris passa derrière lui et la ramassa avec une pince. Il entendit la psalmodie de toutes ces voix qui se chevauchaient. Les femmes portaient des vestes en cuir noir et des bottes à talons aiguilles ornées de boucles et de franges. L'une d'elles le regarda droit dans les yeux, les siens rehaussés d'un trait d'eyeliner, sa crinière teinte plus ou moins en rouge, et puis il la perdit dans la cohue.

Il descendit l'avenue, passa sous le métro aérien, et tourna dans une ruelle, longea une entrée où sur chaque marche de l'escalier qui menait à un salon de massage au premier étage, on pouvait lire : Douche sur table. La nuit, ces marches devaient être aussi éclairées qu'un podium et alors il aurait pu deviner quelle activité y était pratiquée, mais là, en plein jour, il fallait parler chinois pour le comprendre. Il parvint à la cité derrière les voies ferrées. De là, il vit le pont et l'eau, alors il s'engagea dans une autre ruelle jusqu'à se retrouver de nouveau sur l'avenue au milieu de la multitude.

Il sortit le prospectus de sa poche et le lut. Le monde l'emportait comme le tapis d'un convoyeur et le faisait passer une fois de plus devant ce qu'il connaissait déjà. Après avoir retraversé l'avenue sous le métro aérien, il vit un groupe d'hommes réunis devant ce qui ressemblait à un bâtiment condamné, en train de fumer des cigarettes. Un néon gris sans jus annonçait un Bar Karaoké dans un des étages supérieurs. Skinner essaya de jeter un coup d'œil à l'intérieur par les épaisses portes aux vitres sales.

Les hommes l'observèrent. Il fait quoi l'étranger ? Regardez comment il est fringué. Un flic ? Un inspecteur de la santé publique. Un type qui a du temps à tuer. Faites pas attention à lui.

Skinner ouvrit la porte et entra.

Il y avait de l'activité dans le bâtiment et l'électricité fonctionnait, il le sentit tout de suite. Une porte au fond était ouverte et un jeune homme, d'après le son de sa voix, se trouvait dans la ruelle et parlait au téléphone dans une langue asiatique heurtée et sonore. Des escaliers montaient et descendaient. En explorant le premier étage, Skinner découvrit un labyrinthe rempli de marchandises type magasins Tout-à-quatre-vingt-dix-neuf-cents. Sacs à dos et parapluies suspendus au plafond. Vendeurs qui mangeaient des nouilles dans des barquettes en polystyrène et parlaient fort, mais qui se turent quand il déambula dans l'allée. Quand il les regarda à son tour, il s'aperçut qu'ils l'observaient sur les écrans des caméras de surveillance.

Y a quoi par là ?

Ils l'ignorèrent ostensiblement. Il les vit échanger des regards, et une femme le dévisagea comme s'il était un monstre. Un homme avec une chaîne en or tourna en rond derrière lui en faisant semblant de ne pas le surveiller. Comme Skinner répéta sa question, une femme d'environ quarante ans au visage épais et qui tricotait, secoua la tête. Puis elle pivota vers les autres et dit : Impotant.

Pas paler anglais, OK ? Bien patir.

Il fourra sa grande main aux ongles cassés dans un carton, sortit un soutien-gorge rembourré et l'y replongea.

Reprenant son ascension, à pas lourds à cause de ses rangers, il ne vit rien sur le palier du deuxième étage si ce n'est une porte fermée et une table couverte d'ordures et de ces condiments distribués avec les plats à emporter. Il redescendit vers le premier étage à petites foulées et passa la tête dans la ruelle, le nez piqué par une odeur de poubelles, les yeux tournés vers les escaliers de secours, et les oreilles attirées par le bruit de la ventilation. Le jeune homme au téléphone avait disparu. Skinner regagna l'intérieur et cette fois, se dirigea vers le sous-sol.

En bas se trouvaient une multitude de snacks. Les plaques grésillaient et il y avait beaucoup de bruit. Des serviettes en papier mouillées traînaient par terre, le lino pourri jusqu'au bois de construction en dessous. Il fit le tour des tables pliantes rouillées où des Asiatiques en jean étaient assis, clés attachées à leur ceinture, et regardaient fixement leur téléphone.

Vous vouloir quoi ? hurla une femme.

C'est où pour les massages ?

C'est où le ma… quoi ?

Là où on se fait masser ? Les filles ?

Non ! Pas filles ! hurla-t-elle. Nouilles !

Skinner essaya de voir dans sa marmite.

Bon alors c'est quoi comme nouilles ?

Elle pointa le panneau accroché au-dessus d'elle avec sa louche. Là-haut, lui dit-elle.

Le panneau disait : Volaille de terrain, avec saveur familiale du Nord, épice $ 2.75.

Il s'enfonça encore dans le labyrinthe de tables et de piliers qui maintenaient le plafond fléchissant, au milieu du grésillement du gaz, des cris et du fracas des woks. Quand il eut tout exploré, il s'approcha d'une porte coupe-feu en acier avec une enseigne d'issue de secours à moitié allumée et de travers, porte qu'il avait remarquée plus tôt et qu'il examina de nouveau. Les contacts de l'alarme étaient couverts de peinture. Il n'y avait pas de poignée de son côté, mais il s'aperçut que le verrou n'était pas engagé. Après avoir jeté un bref coup d'œil par-dessus son épaule, il passa le doigt dans le trou et tira. Rien ne se déclencha. Il tint la porte entrebâillée, se pencha à l'intérieur et vit un couloir en parpaings.

Le revêtement du plafond était à moitié arraché et le sol était jonché de dalles cassées, voilées, pourries, tachées par les fuites d'eau. Il entra. La porte coupe-feu claqua derrière lui. Il resta un moment immobile, l'oreille tendue. Le fond de l'air était froid. Une toile de plastique était tendue sur une fenêtre dans le mur en parpaings et se gonflait quand la pression de l'air changeait. À travers la toile, il entendait la rue.

Quelque chose bourdonnait, à peine audible, et il tourna la tête en direction du son. Il avança d'un pas, les débris de béton craquant sous la semelle de ses rangers. C'est l'électricité, se dit-il. Il s'engagea dans le couloir, dépassa les colonnes d'alimentation qui montaient du sol, et le bourdonnement se fit plus distinct. Il franchit un encadrement de porte sans porte et devina la lueur d'un néon. Le couloir faisait un coude et après avoir passé l'angle, il vit quelqu'un.

Elle était assise sur les escaliers de secours, vêtue d'un jean moulant élimé. Elle avait les mains décolorées par le travail, sa chevelure noire maintenue dans une queue-de-cheval et il aperçut ses cuisses repliées sous elle. Un muscle se dessinait sur sa nuque jusqu'à sa mâchoire. Elle avait remonté le haut de sa casquette et elle le regarda.

Salut, dit-il.

Elle l'observa qui s'approchait.

Relax. J'ai pas tourné au bon endroit, c'est tout.

Tu as perdu, dit-elle.

Il se rapprocha un peu.

Ouais. Je me suis perdu.

Elle ne l'avait pas quitté des yeux. Au début, elle avait cru qu'il était flic. À présent, elle examinait son treillis.

Tu es l'armée ?

Il baissa les yeux vers ses vêtements.

Ouais. Je suis démobilisé. J'étais dans le Sud y a encore deux jours. Je viens d'arriver. C'est ma première fois à New York.

Elle l'écouta, cala une mèche de cheveux derrière son oreille.

Tu vis ici ?

Je vis ? demanda-t-elle.

Ouais, tu – est-ce que tu vis – il désigna le sol – ici ?

New York ? Oui, je vis New York.

Ça te plaît ?

Oui, bien.

Apparemment, c'est une ville cool pour faire la fête.

Fête ?

Tu sais, genre boire des bières, danser, tout ça, quoi. Enfin, la fête, quoi…

Il chanta dah dah da-dah et effectua une petite danse idiote.

J'aime, sourit-elle. Très bien.

Leurs regards se croisèrent rapidement avant de se poser ailleurs.

Il sortit une cigarette.

Tu fumes ?

Non.

T'es une fille sage, hein ?

Je cours.

Tu cours ? Genre, tu fais de la course ?

Oui, je cours.

Pourquoi tu voulais savoir si j'étais dans l'armée ? demanda Skinner.

Pourquoi ? Pourquoi je demande ?

Ouais… pourquoi ?

Parce que ma famille, on est armée.

Tu étais dans l'armée ? Quelle armée ?

Moi pas. Mon père. Dans Armée populaire de libération en Chine. Mon père sergent.

Tu déconnes ? C'est pour ça que t'es musclée ? T'as l'air musclée.

Musclée ? Oui ! Elle se leva et fit une fente. Tous les jours je cours, fais gymnastique. Comme ça – elle fit toucher ses genoux au sol et se releva.

Skinner la regarda plier les jambes.

Je fais beaucoup ça. Et… et yangwotui.

Quoi ?

Yangwotui, dit-elle. Pousse avec bras, comme ça – elle mima des pompes.

La plupart des filles n'y arrivent pas.

Moi oui ! Je peux.

Chais pas. Faut que je voie.

Je montre à toi.

Elle s'accroupit, se frotta les mains pour en enlever les grains de béton et bloqua un pied derrière son autre cheville. Skinner regarda le téléphone portable qui se dessinait dans la poche arrière de son jean. Elle exécuta une pompe parfaite. Puis elle prit une inspiration et en fit une série.

Wow, dit-il.

Elle se leva, sourire aux lèvres en se frottant les mains.

Dix, dit-elle.

C'est génial.

S'il te plaît ! dit-elle en s'écartant et, d'un geste du bras, elle lui laissa la place.

Quoi, moi ?

Oui ! Toi pompe ! S'il te plaît !

T'en veux combien ? demanda-t-il en retirant sa veste de treillis.

Oh ! Cent ! En armée de Chine, les garçons font cent. Toi peut-être mieux qu'eux, je crois peut-être cent vingt !

C'est tout ?

Il se mit à terre et se lança.

Elle observa sa nuque qu'il gardait droite et son crâne à la coupe rase, les arêtes de ses épaules qui se rapprochaient puis s'éloignaient, son énergie cinétique tandis qu'il soulevait et abaissait son corps. Il comptait d'une voix rapide et douce. Elle l'examina depuis l'étoile sur son cou jusqu'au pivot formé par ses rangers. Au milieu de sa colonne vertébrale, son tee-shirt était humide. Il marqua une pause, ses bras tatoués tendus et ses triceps qui tressautaient, inspira et reprit. Son cou vira au rouge. Sa voix resta égale alors même que le décompte devenait douloureux. Enfin, il poussa un grognement, son dos se voûta et il se releva lentement.

Cinquante, c'est bon ?

Tu es fort ! Elle leva les pouces.

Je sais pas. Avant, oui.

Si, fort ! Très fort ! dit-elle.

Ça n'a rien d'impressionnant.

Elle lui palpa le bras. Il contracta les muscles et elle les tâta.

Tu as mot chinois ?

Il remonta sa manche et lui montra.

Ça dit qu'on n'a rien sans rien. Tu arrives à lire ? C'est ce que ça dit ?

Un peu comme ça, oui, dit-elle.

Tu veux toucher ? demanda-t-il en désignant sa poitrine du doigt. Prudemment, elle lui toucha le buste.

Et toi, tu me montres ?

Oui. Elle contracta le biceps. Ils regardèrent son bras pendant que Skinner le palpait par-dessus la manche longue de son sous-pull.

Et les jambes ?

Jambes ? OK.

Elle fit un pas pour fléchir le genou et il plaça sa grande main sur sa cuisse. La vache, soupira-t-il. Elle le laissa remonter la main sur sa hanche. Bien ? demanda-t-elle, elle contracta encore un peu ses muscles.

Bon sang.

Au bout d'une seconde, elle se dégagea.

Skinner la dévisagea.

Je travaille maintenant.

Tu dois partir ?

Oui, partir.

Il attrapa sa veste sur les escaliers et lui courut après. Elle le conduisit à travers le couloir délabré et ouvrit la porte coupe-feu.

Hé, attends.

Zou Lei ralentit.

Je voulais te demander quelque chose, dit Skinner.

*

Le matin, dans une rue transversale escarpée bordée de buissons et de grillages qui rappelle un chemin de montagne au-dessus d'une grande route, Zou Lei aperçoit une femme affublée d'un chapeau de paille conique et à la chevelure divisée en trois rivières noires qui lui arrivent jusqu'à la taille, dans le dos et sur chaque épaule. Elle pousse un chariot de linge dans lequel ses bouteilles surgissent en indiquant des directions opposées, goulots imbriqués. Les mèches de cheveux tombent comme un châle noir élimé. Une femme mince dont le visage caché n'aide pas à lui donner un âge. Ne reste que le simple romantisme de sa chevelure, comme si elle s'était faite belle pour un amant et qu'elle l'attendait depuis des années, depuis une vie entière.

Le téléphone portable sonna dans sa poche au moment où elle hachait des légumes dans une salle carrelée blanche équipée d'un évier. Elle laissa tomber son hachoir, s'essuya les mains sur son tablier et prit son téléphone.

Wai ? dit-elle. A-llô ?

Elle contrôla les barres de réseau et écouta, mais il n'y avait rien au bout du fil.

Elle profita de sa pause pour sortir dans la ruelle et tenter de rappeler. Le téléphone pressé contre son oreille, elle fit les cent pas sous les escaliers de secours, les bras autour du corps, levant les yeux au ciel. Il était étrange et incandescent, comme du magnésium brûlant derrière un bouillonnement de nuages jaunes. Elle entendit un déclic et la voix de Skinner dit salut.

Hai ! dit-elle. Je rappelle. Je peux pas décrocher avant. Tu m'appelles, non ?

Elle retira un résidu de courge collé au talon de sa main gonflée par le travail en la frottant contre sa cuisse et rit à une remarque de Skinner. Elle s'adossa au mur de la ruelle, appuya sa basket sur les briques derrière elle. Il disait on pourrait se voir. Elle acquiesça.

Si tu es libre, dit-il.

Oui, je suis libre. Après la fin du travail, je suis libre.

En l'écoutant parler, elle cala une mèche derrière son oreille et sourit, des fossettes apparurent sous ses pommettes, découvrant ses dents bien plantées, les rides creusées par son sourire autour de la bouche aussi fines qu'une feuille de papier.

7

Ils étaient entourés de néons et de phares, avançaient dans l'obscurité, passaient de l'ombre à la lumière au milieu des panneaux en chinois et des enseignes lumineuses, Skinner criait presque. Les Asiatiques les évitaient. Zou Lei marchait à grands pas les bras croisés sur la poitrine, ses cheveux flottaient autour de son visage et elle riait.

C'est histoire drôle !

Et moi, je lui fais, pas question, mec !

Lui est animal.

Je lui dis, genre, fais pas ça ! Je lui dis, allez, réfléchis !

Leur entrain conjugué poussait les gens à s'écarter de leur route. Ou bien les gens ne bougeaient pas et dans ce cas, c'était Zou Lei et Skinner qui les esquivaient chacun d'un côté avant de se retrouver, et Skinner poursuivait :

Donc je lui fais, respire !

La conversation continuait tandis qu'ils se frayaient un chemin entre les silhouettes, pareilles à des cibles de papier, qui s'interposaient entre eux.

Il s'arrêta soudain, Zou Lei fit de même et quelqu'un la bouscula, ce qu'elle ne remarqua même pas. Elle attendit, dégageant les mèches de ses yeux pendant que Skinner allumait une cigarette.

Un panache de fumée surgit entre ses mains en coupe, s'éleva dans l'obscurité avant de se volatiliser, et Skinner garda la cigarette entre ses doigts. Ils se remirent en marche.

Ça va mieux ! J'ai besoin de ça pour mon histoire.

Elle rit, c'est drôle. Incroyable.

Regarde, je lui dis. Regarde ce que tu fabriques !

C'est un fou !

Ouais, plus ou moins, t'as pigé. Je sais pas pourquoi. Lui non.

Arrivés à l'autre bout de Chinatown, il dit :

J'ai aucune idée d'où on est. Toi ?

Il s'arrêta de nouveau, jeta un regard circulaire et Zou Lei elle aussi observa les barres d'immeubles, la gare de triage, l'autoroute et les grues.

On s'en fout ! Il reprit sa marche.

On s'en fout ! Elle rit et brandit un poing.

On s'en fout. Pas grave. Ça change rien. On va traverser par là en marche forcée aussi vite qu'on peut. Pas grave s'il y a un pont ou un nid-de-poule. On va faire les trucs comme à l'armée. Pas grave si ça prend quinze heures. On n'a qu'à dire qu'on fait les cons.

On sera des fous !

Ouais, c'est ça, on va faire les dingos ! On va buter des ânes !

Oh mon Dieu !

Là, je sens le bras du type et il tremble de partout tellement il a la trouille.

C'est drôle.

C'est trop débile. On a fait des tonnes de trucs tellement débiles. J'espère vraiment que tu bosses pas demain, parce que nous deux, on revient pas.

Ils montaient sur un pont qui enjambait le fleuve jusqu'à une zone industrielle sur les berges, pleine de mâts de charge et de containers. Elle jeta un regard en arrière vers les petits panneaux en chinois derrière eux.

Je crois on peut faire demi-tour et rentrer.

C'est vrai, mais tu vois, c'est ça le problème. Tu réfléchis pas encore comme un soldat.

Je dois être plus folle.

Folle ! Faut te mettre dans l'esprit. T'inquiète. Je sais que t'as peur, mais je suis là, je t'aiderai.

Il lui donna une petite tape dans le dos. Puis il essaya de passer un bras autour d'elle.

Mon Dieu. Nous on est tellement fous. Tu me tues avec ce bras.

C'est bon. Je suis là pour te réconforter.

Trop lourd. Ce bras est fou. Mon Dieu, je peux pas marcher. Fais comme normalement.

OK, mais faudra que je te réconforte plus tard.

C'est loin.

C'est le trou du cul du monde.

Ils longeaient les stades et les espaces verts. Le ciel avait une teinte légèrement plus claire et tout au sol était noir. La braise de sa cigarette apparaissait par intermittence avec le balancement de sa main. Il portait la cigarette à sa bouche, qui rougeoyait avant de décrire un arc de cercle et de rebondir.

Arrête-toi deux secondes, dit-il.

Quoi ?

Arrête-toi deux secondes. Viens. Viens là.

Pourquoi ?

Viens. Plus près que ça.

Pour faire quoi ?

Parce que chuis fou. Je veux toucher les muscles de ta cuisse encore une fois.

Maintenant non.

Allez, t'as été cool tout à l'heure. Je veux juste sentir comment ça fait.

Il y a froid maintenant. Trop froid. Trop froid pour arrêter. Allez. On marche.

Une voiture vint vers eux et le visage pâle de Skinner fut traversé par les ombres étirées de ses doigts qu'il avait levés pour se protéger de la lumière aveuglante.

Allez, on va.

Oui, m'dame. Bien reçu.

Bientôt on arrive quelque part.

Tu sais où on est ?

Assez près.

Après la 111e Rue, les phares venant dans leur direction se firent plus nombreux, tressautant sous les voies du métro aérien, et ils marchèrent uniquement sur le trottoir. De loin, ils entendirent un grondement qui allait crescendo jusqu'à parvenir à leur niveau quand la rame apparut dans un fracas métallique au-dessus de leur tête, crissa, freina et s'arrêta bruyamment. Il y eut une expiration et toutes les portes s'ouvrirent, la lumière blanche et froide des wagons tomba de toute sa hauteur depuis le quai et une voix se fit entendre dans le haut-parleur. Le métro repartit avant qu'ils puissent l'atteindre, produisant des étincelles bleues, et un petit groupe d'hommes silencieux aux traits amérindiens avec filets à provisions à la main et chaussures de chantier aux pieds descendit l'escalier en Z qui regagnait la rue.

C'est ici que tu voulais m'emmener ?

Le carrefour sentait les bananes plantain frites et le poulet.

Je viens ici avant.

Les hommes reluquèrent Zou Lei et l'un d'eux claqua la langue à son adresse pendant que ses amis et lui traversaient le croisement et passaient devant un camion dont le moteur gargouillait et les phares les éclairaient, projetant leur ombre sur le mur de ciment d'un bar lounge.

Il y a des bars, dans le coin, dit Skinner. Tu veux bien boire un verre avec moi ?

Toi comme tu veux.

Ils entrèrent dans un bâtiment d'un étage sans fenêtres résonnant de chansons hispaniques et plongé dans une lumière rouge. Des hommes en chapeaux de cow-boy et ceinturons à boucle se balançaient imperceptiblement dans le noir. L'un d'eux chancela et ses amis le redressèrent. On ne l'entendait pas à cause de la musique mais on voyait sa bouche s'ouvrir et ses yeux se fermer, hurlant ou pleurant.

Skinner et Zou Lei attendirent au bar jusqu'à ce que la barmaid de petite taille, elle aussi en chapeau de cow-boy, vienne les voir.

Deux bières, dit-il en levant deux doigts. Coors.

Corona, dit la femme.

Skinner prit sa bouteille et en but la moitié à la seconde où elle fut posée devant lui.

Zou Lei lui parlait, mais il ne l'entendait pas. Elle brandit sa bouteille et ils trinquèrent, puis elle but. Il passa un bras autour d'elle. Elle s'écarta légèrement, rendant l'initiative de Skinner maladroite.

Je te réconforte ! hurla-t-il mais elle secoua la tête et il laissa retomber sa main.

On est encore fous, dit-il. Je sais qu'on est fous.

Je peux pas entendre.

Je sais, c'est l'hallu.

Des lumières aux couleurs de l'arc-en-ciel flottaient autour du jukebox qui affichait l'image d'une sainte au milieu des chansons.

Tu aimes la musique ?

Il jeta un regard circulaire dans l'obscurité bruyante. Au son de sa voix, il la regarda dans les yeux et dit ah ouais.

Il attira son attention sur l'écran haute définition au-dessus du bar qui diffusait un match de boxe professionnelle entre deux Mexicains en short à pompon et bottes. Il observa son profil pendant qu'elle regardait le match.

Jolie télé, hurla-t-elle.

Elle acquiesça sérieusement, le bleu du ring reflété sur son visage.

Skinner remarqua qu'un homme avec un bandana le dévisageait. La barmaid leur servit une autre tournée.

Hé, à celui qui la boira le plus vite. Hé, regarde !

Il but sa bière d'une traite devant Zou Lei.

À toi maintenant.

Il la vit pencher la tête en arrière et sa gorge remua tandis qu'elle vidait le contenu de la bouteille qu'elle reposa ensuite sur le bar à côté de l'autre.

Moi pas soûle.

Mais en bonne voie.

Ils avaient créé une petite forêt de bouteilles en verre transparent.

Dans la Chine, la bière plus grosse encore – grosse grosse comme ça ! Elle tint les mains écartées pour montrer la taille des bouteilles. Je peux pas boire. Ici, petite comme ça, c'est rien.

Très bien. Alors bois une autre tournée avec moi.

Moi toujours pas soûle.

L'homme au bandana s'était approché d'eux.

Ta copine est la plus jolie fille du bar.

Merci.

La plus belle du bar. Franchement.

Skinner trinqua avec lui. L'homme se pencha vers Zou Lei et trinqua avec elle.

Je lui ai dit que tu étais la plus jolie fille du bar.

Elle leva sa bière et lui aussi.

Que Dieu vous bénisse tous les deux, dit l'homme. Sous son bandana, il affichait un visage sérieux, et même s'il ne pouvait pas avoir plus de vingt-cinq ans, il avait la poitrine et le ventre boursouflés de graisse. Zou Lei voyait bien qu'il ne faisait pas beaucoup de pompes.

Pendant trente secondes, ils se concentrèrent sur la télé où le match venait de s'achever, le pourtour du ring grouillait de spectateurs et autres. Peu après, l'homme sérieux recula et retourna auprès de son ami.

La musique latina était si forte qu'on pouvait nager dedans.

Zou Lei pointa une de ses oreilles du doigt.

Quoi ? Il est fou ?

Non, musique !

Elle imita la cloche d'une vache. Ça fait comme animal qui vient ici ! Et elle imita les pattes d'un animal avec les mains.

M'en parle pas !

Tu tues cet animal !

Non. C'était pas moi, je te jure !

Il passa un bras autour de ses épaules, la serra brièvement contre lui et la relâcha avant qu'elle n'ait le temps de lui faire une remarque. Une minute plus tard, il tendit une main dans son dos et tira sur une mèche de ses cheveux ondulés.

Au centre de la piste, un homme en chapeau de cow-boy noir dansait avec une femme qui semblait avoir accouché de beaucoup de filles et de garçons soûls à la naissance et qui le resteraient jusqu'à la fin de leurs jours. Elle devait avoir la cinquantaine, et portait une jupe noire très courte. Montée sur ses talons hauts, elle était plus grande que son partenaire, sur l'épaule de qui elle avait posé une main. Au moindre mouvement, on entrevoyait la partie supérieure de ses bas en nylon.

Je l'ai pas tué, dit Skinner. Encore une tournée ?

Tu es fou.

Je l'ai pas tué. Je tire seulement quand il faut.

Tu es garçon fort.

Il l'attira à lui et ils oscillèrent ainsi enlacés, les bras de Skinner autour de la taille de Zou Lei et le visage contre l'arrière de son crâne, le nez dans ses cheveux.

OK, assez.

La barmaid ramassa leurs cadavres de bouteilles pour les mettre dans une bassine, penchée en avant, ses seins tombants sous la lumière rouge.

Une autre, hurla Skinner tandis que Zou Lei tentait de se dégager de son emprise.

À nous !

À toi !

Au bourrage de gueule dans des endroits trop spé !

À l'Amérique ! cria-t-elle. Ton pays !

Ils burent.

T'es cool, lui dit-il.

Zou Lei avait les joues rouges à cause de l'alcool, au point qu'elle semblait avoir pris des coups de soleil.

Mon pays est l'ami de ton pays. C'est comme un. Les frères l'un à l'autre, on vient ici faire notre vie. Pas grave ce qui arrive, on est toujours frères.

C'est clair.

Il lui passa une fois de plus les doigts dans les cheveux et elle le laissa faire.

Quand il voulut donner sa carte de crédit à la barmaid, elle la lui rendit et lui indiqua quelque chose derrière lui. Ils allèrent au bout du bar en se demandant ce qu'ils y trouveraient. Un distributeur de billets ATM enchaîné au mur. Zou Lei alla aux toilettes pendant qu'il payait la note. Elle se posta devant le lavabo dans la minuscule pièce verte. Sur le mur peint, on avait gravé : Cholo BCB, Mi Corazón. Un cœur transpercé d'une flèche.

Ils étaient dehors à présent, avançaient à pas vacillants sous le métro aérien et riaient. Il exécuta sa petite danse.

Cours ! hurla-t-elle.

Elle s'élança et il partit à sa poursuite jusqu'en haut des escaliers, par-dessus le tourniquet puis à nouveau dans les escaliers. Ils s'engouffrèrent dans un wagon en riant, hors d'haleine.

Merci beaucoup. C'était exactement ce dont j'avais besoin. On se met au point une série d'exercices quand on sera arrivés ?

Je te teste.

Tu me testes ? J'ai intérêt à assurer, on dirait.

Tu dois travailler dur.

Il se passe quoi si je me plante ? Je fais des pompes en plus ?

Des pompes, mille !

Le métro les ramena par le chemin qu'ils avaient emprunté dans une impression de néant rural, comme s'ils traversaient une autre partie du monde et qu'il n'y avait que désolation au-delà des maisons sous les lampadaires très espacés.

Au dernier arrêt, sous terre, ils gravirent les escaliers pour refaire surface dans la rue. Sur la dernière volée de marches, ils croisèrent trois types encapuchonnés portant des jeans trop larges qui descendaient à petites foulées.

Pourquoi tu me mates, là ? dit l'un d'eux.

Skinner se retourna. Les types le dévisageaient.

T'en veux une, bâtard ?

Viens me chercher, répondit Skinner.

Vas-y toi, bâtard.

J'ai un gun dans le sac, bâtard.

Zou Lei redescendit et tira Skinner par le bras.

Mais allez, vas-y, bâtard.

Le type au sac à dos remonta quelques marches. Il avait de longues tresses noires qui se balançaient comme celles d'un Apache. Skinner resta immobile et ne dit pas un mot.

Écoute ta pute, bâtard.

Viens me chercher, bâtard !

Y pisse dans son froc, c'te bouffon, là. Allez, dégage, sale bâtard, dégage.

Ta pute t'a sauvé la life, bâtard.

Les types disparurent dans les escaliers.

Viens me chercher, répéta Skinner.

Zou Lei lui tira encore la manche et il la suivit dans la rue.

Fais pas ça, dit-elle.

Fallait pas me casser les couilles.

Viens.

Il garda le silence tandis qu'ils s'avançaient sur le carrefour qui faisait penser à la grande scène d'un théâtre vide, des prospectus jonchant le trottoir, des panneaux en chinois dans le noir.

Tu fais pas attention à eux.

Ch'fais pas attention.

Il la rattrapa. Elle remarqua qu'il avait allumé une cigarette.

Hé ! dit-elle et elle lui donna un coup dans le bras.

Je te jure, ch'fais pas attention.

Ils entendirent un véhicule approcher, Skinner baissa la tête jusqu'à ce que la voiture ait surgi du fond de la scène de théâtre et leur ait foncé dessus, les phares les baignant d'une lumière qui s'éleva en les dépassant. Leurs ombres, projetées sur les rideaux de fer des magasins, semblèrent prendre leur envol avant de retomber au sol.

Regarde, dit-il en levant un doigt. Un McDo d'ouvert. T'aimes ça ?

Bien sûr, j'aime.

Bon alors on y va.

OK ! On y va.

Il lui tint la porte ouverte et jeta sa cigarette dans la rue, Zou Lei entra en se frottant les bras et se dirigea vers le comptoir, il la suivit et resta derrière elle, assez près pour que ses cheveux lui chatouillent le visage pendant qu'ils examinaient le panneau lumineux avec les menus, les yeux injectés de sang.

Elle voulait l'inviter mais il lui dit de garder son argent. C'est pour moi. Elle ne paye pas.

Ensemble ? demanda la fille derrière la caisse qui, cette fois, n'était pas chinoise.

Ouais, mais elle ne paye pas. Elle est juste contente.

Prochaine fois moi je t'invite, dit Zou Lei. Vraie nourriture chinoise.

Ils patientèrent tandis que la fille tendait la main vers une goulotte d'où tomba un burger.

Mâkeudo tu dis. C'est le nom Mâkeudo. C'est trop cool. Le type cool dit Mâkeudo. Tu es cool ? Je t'apprends un en chinois : maidanglao.

Maille. Dong. Lao. Maille-dong-lao.

Ça veut dit Mac-do-nal. Tu dis parfait. Je crois que tu es chinois, peut-être moitié.

Comment on dit est-ce que tu veux être ma copine ?

Copine : niupengyou.

Niou-pong-yow.

On les avait servis et ils ouvraient leur commande assis sur une banquette.

Donc, si un mec aime bien une fille en Chine, il lui sort niou-pong-yow et c'est comme ça qu'elle sait ?

Il donne cadeau, peut-être juste pour montrer sentiments. Si eux riches, peut-être il achète télé ou frigo. Des fois le garçon achète petit animal, labin.

Un lapin ?

Les oreilles font tu-tu-tu, le nez rouge, les poils sortent du nez comme chat. Oui, lapin. Tu peux garder dans prison.

Dans une cage ?

Oui, une cage et tu donnes les légumes pour manger. Quand il est plus gros, même ils le mangent. Coupe la tête – piiyah – et cuisiner.

Ils font des burgers de lapin ?

Peut-être. Je crois tu peux faire burger comme tu veux.

Donc en Chine, tu peux aller au McDo et demander un McLapin ?

Peut-être bientôt, je crois. Semaine prochaine.

Il posa son burger, sortit son téléphone et s'assit à côté d'elle.

Viens près de moi pour qu'on soit ensemble sur la photo. Je veux garder un souvenir de cette nuit.

Il passa un bras autour de sa taille et l'attira à lui. Il prit la photo, puis retourna le téléphone et regarda l'image. Dessus, Zou Lei avait la tête penchée sur sa veste de treillis. Elle avait l'air vieille et belle.

Sous la table, ses jambes paraissaient jeunes mais elle ne voulait pas lui lâcher la main pour qu'il la touche.

Retourne autre côté.

T'es chiante.

Je te dis, je teste.

Et si je réussis le test, il se passe quoi ? Tu seras ma copine ?

Oui, je peux, peut-être.

À quoi j'ai droit si tu deviens ma copine ?

Copine.

Oui, mais ça fait quoi ? Genre, exactement ?

Elle éluda la question.

Tu ne poses pas cette question.

Argh, allez, désolé.

Mange ou tu seras faim.

Tiens, et il renversa sa grande frite entre eux. Sers-toi. Il posa son burger et s'essuya le visage. Je prendrais bien un autre Coca. Il se tourna sur la banquette, jeta un regard vers le comptoir pour voir s'il y avait la queue. Elle vit l'étoile tatouée sur sa nuque et sa mâchoire rougie par le passage du rasoir.

T'en veux un ?

Elle remua la glace dans son gobelet. J'ai déjà, dit-elle.

Il l'observa mettre des frites dans sa bouche féminine avec ses mains calleuses et gercées, le dos droit, les jambes croisées sous la table.

Je sais pas quelle heure il est, dit-il lorsqu'ils ressortirent. L'obscurité s'était épaissie, peut-être à cause d'un lampadaire qui s'était éteint. Elle dit qu'elle n'avait pas besoin qu'il la raccompagne, mais il dit pas question que je ne vienne pas avec toi, et ils entamèrent la longue ascension de l'avenue. Ils étaient sous le métro aérien, après les panneaux au néon éteints, voyaient les bâches sur les stands, les tréteaux en bois qui accueillaient fruits et légumes durant la journée. Skinner marcha sur un fruit écrasé pareil à des organes luisants.

Ils tournèrent à un coin de rue près d'un parking et empruntèrent une ruelle entre des immeubles aux entrées en forme de voûtes. Des noms et des numéros avaient été bombés à la va-vite et à plusieurs reprises sur les fondations en béton qui leur arrivaient à hauteur de poitrine, en deçà des premières briques. La rue formait un coude. Ils tournèrent à un autre coin de rue, redescendirent la colline. Zou Lei les conduisit sous les arbres. Du linge séchait sur des fils aux balcons du deuxième étage. Dans le noir, il aperçut un drapeau avec un croissant de lune. La descente était très pentue. Une lumière bleue vacillait à une fenêtre et ils entendirent des coups de feu, des sirènes et de la musique en sourdine.

Quelque part plus bas, ils prirent encore un virage dans une longue rue bordée de maisons qui conduisait à la voie express. De grands pans d'obscurité s'y étiraient. Ils passèrent devant des carports et des antennes paraboliques.

Tu vis ici ?

Elle s'était arrêtée pour sortir sa clé.

Oui. Je rentre maison.

Laisse-moi venir avec toi.

Non.

Ça sera sympa, promis.

Non. On dit au revoir.

Il essaya de la toucher mais elle lui attrapa l'avant-bras.

Quoi ? J'allais juste te tenir la porte.

Elle le laissa lui prendre la main.

Tu sais pas comment c'est, dit-il.

Je sais.

Laisse-moi faire ça. Que ça. J'ai rien fait de plus la dernière fois.

OK, c'est assez. Sois gentil garçon.

D'accord, dit-il.

8

Elle retira son jean et s'accroupit sur le matelas, les jambes nues sous son tee-shirt, et fouilla dans le sac en plastique qui contenait ses affaires. Elle enfila un pantalon de jogging, remonta le bas au-dessus des genoux comme un short, ses mollets musclés qui se contractaient à chaque pas, dès qu'elle se penchait, s'accroupissait. Elle emporta son jean à la salle de bains et fit couler l'eau dans la baignoire. Du détergent avait été rangé derrière les toilettes. Elle prit la boîte, la tapota pour que les blocs de poudre se désagrègent et versa l'équivalent d'une poignée granuleuse bleue et blanche sur son jean. Un cafard décorait le mur. En chantonnant, elle serra le jean entre ses poings et se mit à frotter.

Le cafard agita ses antennes dans sa direction. Tu n'as rien d'exceptionnel, lui dit-elle.

Elle ferma le robinet, essora son jean, le suspendit à la tringle du rideau de douche.

Toujours en chantonnant, elle s'essuya les bras, jeta les peaux mortes dans la poubelle de la cuisine. Elle se rinça les mains et regarda dehors, vers la voie express. C'était le milieu de l'après-midi, les bruits de la circulation semblaient lui parvenir à travers du coton. Elle sortit la poubelle et balaya le sol, déposa ses sandales devant son cagibi. Elle retourna voir son jean. En l'essorant aux chevilles, de l'eau coula sur ses poignets. Elle le décrocha de la tringle et sortit.

La veille, elle avait acheté un sweat-shirt dans la rue à un Africain pour trois dollars. Je suis un type cool, maintenant, dit-elle en relevant la capuche sur sa tête comme lui, se parlant en anglais comme si Skinner était là pour l'écouter.

Elle descendit une rue où les arbres faisaient une voûte au-dessus d'elle, passa devant de petits immeubles perdus dans les arbres, un drapeau américain presque en haillons, les couleurs délavées, une vieille voiture blanche rectangulaire derrière un portail rouillé. Les fondations étaient taguées à la bombe. Au bout du tunnel d'arbres, le passage d'un bus. Le son arriva jusqu'à elle.

À la laverie, elle dépensa son dernier *quarter* pour sécher son jean, appuyée contre le sèche-linge, sentant la chaleur transmise par la machine le long de son corps, hypnotisée par le cliquetis, le soulèvement et la chute, le soulèvement et la chute de ses vêtements à chaque tour du tambour.

Une Portoricaine lui dit je peux ? et Zou Lei se décala.

Un homme massif en doudoune entra en s'aidant d'une canne. Son visage grêlé était très blanc. Il s'assit jambes tendues, le seul homme présent, les yeux cachés par la visière de sa casquette. La Portoricaine lui amena son enfant. Tiens-le. Le laisse pas courir.

Quand le tambour cessa de tourner, elle ouvrit la porte et enfonça une main à l'intérieur pour tâter son jean.

Bon, pas mal. Et s'il rétrécit, c'est encore mieux quand on l'enfile. Oh, tu ferais mieux de ne pas jouer les folles ! Je le suis un peu. Plie-le, lisse-le. Fais en sorte qu'il soit impeccable. Tout faire dans l'esprit militaire.

En short, il avait les mollets blancs. Des mollets maigres dont les muscles ressortaient quand il déambulait dans la salle de gym, sur le sol en caoutchouc bosselé. De dos, il avait un torse coupé en V. Sans son sweat à capuche ni sa veste de treillis, juste en maillot de corps, on voyait qu'il avait les bras légèrement arqués comme un singe, sa démarche de sportif s'était raidie suite à sa blessure dans le dos.

On lui donna une serviette blanche qu'il garda de machine en machine, son reflet ondulant sur le mur couvert de miroirs, un morne buste à la peau olivâtre arborant un insigne jaune au niveau de la poitrine. Dans son dos, on lisait : Troisième Bataillon – Desert Tour – Tous à Ramadi – On met l'ambiance. Il chargea les disques sur la machine pour faire travailler ses jambes, une à la fois comme s'il se préservait en vue d'heures de labeur encore indéfinies. Il s'assit sur le banc, cala ses rangers sur la plateforme recouverte de papier de verre noir, et retira les freins des deux côtés. Les disques s'entrechoquèrent. Des rainures très marquées apparurent le long de ses mollets tandis qu'il laissait la charge descendre sur lui et, raidissant les jambes, la fit décoller de nouveau. Cette série achevée, il se remit debout et changea le poids. Il retira un disque qu'il rapporta au rack de rangement et l'enfila sur l'une des barres. Dans le miroir, on voyait ses gros avant-bras tatoués, sa tête baissée comme s'il était d'humeur maussade, mais ça n'était pas vraiment ça. Il ne voyait pas certaines choses. Sa serviette tomba et il marcha dessus.

T'en as encore combien à faire ?

Pas mal. J'ai beaucoup de trucs à travailler. Son attention semblait partir sur le côté à la suite de son regard décentré. Faut que j'avance.

Pas de souci. C'est ta serviette ?

Quoi ?

Peut-être que la question l'avait mis en colère et du coup, on le laissa tranquille. Il continua à s'exercer sur la presse à cuisses pendant une heure. Chaque fois qu'il changeait les disques, il allait au rack, marchait sur la serviette qu'il laissa là où il pouvait marcher dessus. Finalement, il l'envoya valser d'un coup de ranger sans la regarder tandis qu'il transportait un disque de vingt kilos contre sa poitrine et elle atterrit dans un coin hors d'atteinte.

Puis, quand il en eut fini avec la presse à cuisses, il ramassa la serviette et la jeta dans le panier à linge sale sur le chemin des vestiaires. Ses vêtements étaient entassés au fond d'un casier sans cadenas. D'autres individus se trouvaient derrière lui dans les vestiaires. Quand il retira son maillot de corps, révélant ses côtes et sa colonne vertébrale, il y eut une petite pause dans les conversations. Les types se conseillaient les meilleurs endroits où aller faire du vélo le week-end – sur le Henry Hudson Trail jusqu'au pont George-Washington ou même vers les Palisades où on peut parcourir plus de quinze kilomètres si on en a l'énergie – et, le temps d'un instant, le dialogue retomba.

Il enfila son tee-shirt Army Strong, le noir. Remonta sa capuche sur sa tête. On aurait dit un moine. Les pilules s'entrechoquèrent quand il fouilla sa veste à la recherche de son portefeuille Velcro. Il sortit du vestiaire à pas lourds, rangers toujours aux pieds. Remarquant ses lacets défaits, il s'agenouilla sur le sol inégal et caoutchouteux pour les refaire.

Il se rendit au comptoir des compléments alimentaires où ils vendaient aussi des boissons protéinées. La sueur sortait par tous les pores de sa mauvaise peau. On lui demanda ce qu'il voulait. De quoi augmenter la masse musculaire, pointa-t-il du doigt. Il fit le tour de la salle des haltères en buvant le liquide épais et crayeux dans son gobelet en carton.

Il alla au banc de musculation et posa sa boisson par terre. C'était le milieu de l'après-midi et il n'y avait personne à l'exception d'une femme caribéenne qui pliait des serviettes. Il se pencha vers la barre et effectua des flexions du biceps.

Entre deux séries, il avala les dernières gorgées de sa boisson protéinée.

Un responsable apparut à l'autre bout de la salle couleur acier et blanc, et s'approcha de lui. Skinner, qui semblait regarder plusieurs choses à la fois, ne cessa pas ses exercices. Le responsable mesurait plus d'un mètre quatre-vingts. Il avait des bras musclés et portait un jean taille haute qui lui dessinait bien chaque fesse.

Monsieur, excusez-moi.

L'homme ne savait pas trop si Skinner l'écoutait. Le sweat à capuche lui cachait le visage, l'enveloppait, dégageait une chaleur poisseuse, et son corps puait la sueur et le métal des haltères.

Monsieur, s'il vous plaît.

L'air siffla entre les dents de Skinner. Il reposa la barre sur le rack.

Ouais.

Le responsable, qui devait peser au moins vingt-cinq kilos de plus que lui, dit :

Les rangers sont interdites en salle, monsieur.

J'ai presque fini.

Terminez vote série, et après, il vous faudra mettre des chaussures de sport adéquates.

Il m'en reste genre cinq, et j'ai terminé.

Mais l'homme insista pour qu'il se change dans la foulée. Il se rendit donc aux vestiaires, retira ses bottes et les balança dans son casier. Puis il retourna s'entraîner en chaussettes jusqu'à ce qu'on vienne de nouveau lui parler.

Ils se débattaient devant une porte. Elle le repoussa et descendit son sweat-shirt. Allez, allez. C'est bon. Je le ferai plus. Il la fit reculer vers la porte jusqu'à ce qu'elle le repousse une fois de plus. Non mais attends, attends, fais-moi confiance.

Il faisait froid. Il essaya de se frotter contre elle. Elle leva un genou. Il recula d'un bond. Elle pointa un doigt sur son visage : je suis ta sœur. J'ai pas de sœur. Elle le tint par les poignets et quand il se dégagea de son emprise, elle esquiva et rit. Il la serra dans ses bras et elle repoussa ses mains, l'obligea à les garder le long du corps. Pas toucher. Laisse-moi juste faire ça. Non ? C'est quoi le problème ? Eux ils regardent. Il se tourna pour voir de quoi elle parlait, mais il n'y avait personne.

Très drôle. Allez. Il s'appuya contre elle. Il passa une main sous son pull et réussit tout juste à lui effleurer la poitrine alors qu'elle se débattait.

Arrête, ordonna-t-elle. Elle le repoussa encore et lui donna un coup de pied dans la jambe. Il se tourna sur le côté et elle le frappa au bras.

Pas la peine de se battre.

Elle l'attrapa par ses vêtements comme pour l'étrangler ou pour les lui déchirer. Elle se prit le poing dans la bretelle du sac de combat.

Deux secondes.

Il se recula et réajusta son sac.

C'est bon, reprise.

Non. Tu es mauvais garçon.

Nan, mais allez, quoi.

Non.

Sérieux, reviens.

Non. Tu es garçon sauvage. Pas de contrôle.

Il la suivit qui regagnait l'avenue principale pleine de monde et de lumière. Elle fit comme si elle étudiait les étals du marché, examinant ceci ou cela. Elle gardait les mains derrière le dos.

Regarde la pomme.

Il l'avait rattrapée.

Tu m'en veux vraiment ?

Elle observa la foule d'acheteurs.

Regarde la pêche. Poire. Melon. Non.

Ils se tenaient à la lisière de la lumière projetée par les ampoules nues installées sur le marché pour que les gens puissent voir les produits, lui dans son ample treillis clair, leur capuche respective baissée, leur forte tête comme celle de deux animaux ayant quitté l'obscurité par curiosité.

Je porte peut-être cent mille ou deux cent mille de ce melon, dit-elle. Moi et ma mère.

Elle tapota l'un d'eux, doigts repliés.

Il passa une main dessus.

Ça fait quelque chose.

Regarde le poisson, dit-elle en le désignant.

Les poissons étaient gros et lourds. Elle lut le panneau en carton planté dans la glace. Six dollars. Mmm, dit-elle.

T'aimes ça, le poisson ?

C'est cher.

Ils avancèrent en marge, le flot des clients se coulant dans la nuit autour d'eux. Il saisit sa chance et passa un bras autour de Zou Lei. Elle dit, non, comme ça, et prit son bras dans le sien.

Tu veux qu'on aille boire un verre ?

Mais elle répondit, non, on va là-haut.

Au sommet de la colline se trouvait un chariot argenté surmonté d'un minaret tournant d'où sortaient des panaches de fumée tourbillonnants, presque invisibles dans la nuit. Cette fumée avait une odeur. Sur le côté, on avait peint les mots Shao Kao du Xinjiang, Un Dollar. Le vendeur, qui gardait un sac de charbon près de sa glacière, portait un masque chirurgical et un pantalon de treillis. Il éventait le gril avec un bout de carton. Ils regardèrent chauffer les braises pareilles à des dents rouges. Une par une, le vendeur retourna les brochettes.

Liangge yang ! chantonna Zou Lei.

Deux agneaux, répéta le vendeur en chinois, de sous son masque.

Qu'est-ce que tu lui as dit ? demanda Skinner.

Je commande des brochettes agneau. Je te dis avant, je t'invite pour la vraie nourriture chinoise.

Lade bilade ?

Lade.

Qu'est-ce qu'il dit ?

Il demande si il fait avec épices ou pas.

Le vendeur prit une pincée d'épices dans une tasse et en saupoudra le gril. Lorsque la viande fut prête, il coupa les extrémités des brochettes avec des ciseaux à viande. Deux agneaux ! Il les tendit à Zou Lei comme un bouquet et prit son argent.

Ton nanpengyou ? demanda-t-il.

On peut dire ça.

Les Américains ont du blé, pas vrai ?

Aucune idée.

Tout le monde sait ça sauf toi. Pourquoi tu le fais pas payer ?

De quoi tu te mêles ?

Le vendeur abaissa son masque et révéla un visage étroit. Il s'adressa à Skinner. Toi, dit-il en se frottant deux doigts. Argent.

Comment ça ? dit Skinner.

Le vendeur se remit à attiser les braises, retourner la viande et à regarder dans sa glacière.

Tu te sens drôlement concerné, dit Zou Lei.

Je m'inquiète pour toi, ma sœur.

Ah, c'est ça.

C'est ça, ouais.

Occupe-toi de ton feu, là. Fais pas brûler tes petites brochettes, dit Skinner.

L'homme émit un son compréhensif, comme s'il chantait une berceuse pour endormir un enfant.

Zou Lei prit Skinner par le bras et l'emmena au bout de la rue. Il y avait des immeubles d'habitation et des arbres. Ils s'écartèrent de l'avenue. Le béton étincelait là où il n'était pas dans l'ombre. Ils mangèrent appuyés contre des échafaudages.

C'était quoi son problème ?

Peut-être il est colère. Les Chinois ils sont pauvres. Peut-être il n'a pas argent pour la femme, la famille.

Il peut pas se payer une fille.

Ou ils n'ont pas argent pour vivre ensemble. Beaucoup familles séparées.

Du coup, il a la haine.

Oui, peut-être. Peut-être il est jaloux.

J'ai pigé, dit Skinner.

Ils mangeaient, le menton gras.

Tu as déjà mangé ça avant ?

Ouaip, dit-il en mâchant. Genre dans les échoppes des hadjis, ces endroits-là.

Tu aimes ?

Tu déconnes ? J'adore. C'est hyper bon. Même si ça me fout un peu en l'air.

En l'air comment ?

Il mâcha.

Genre la digestion, quoi.

Tu n'as pas habitude. Mais si tu peux être habitué, c'est très bien pour la santé. Les gens qui mangent ça est très très très grands.

Elle leva la main bien au-dessus de leur tête.

Ici pas le meilleur. Chez moi, c'est le meilleur. Tu peux pas croire. L'agneau est tué frais. Le matin, lui vivant, il court en liberté. L'après-midi, il est pendu mort. On coupe la viande, allume le feu.

Il acquiesça.

Tu as jamais mangé aussi bon dans ta vie. Le pain, c'est ma mère qui fait.

Elle poursuivit :

Chez moi c'est la montagne, la forêt. Rivière. Tout.

Il observa sa silhouette. Elle commença une nouvelle phrase puis se tut.

Quoi ?

Devine.

Donne-moi un indice.

Je suis pas chinoise.

Je pensais que si.

Non. Une moitié.

Elle se pencha en avant, le bas de son visage à la lumière. Il regarda son menton.

T'es quoi, alors ?

Tu devines.

Il ne savait pas.

Le peuple musulman. Il mange de l'agneau.

Elle sourit largement, mordit dans sa brochette et fit glisser un morceau de viande sur le bâtonnet avec les dents.

Tu te fous de moi ?

Elle se déplaça dans le noir en lui souriant.

Il haussa les épaules.

Elle lui donna un petit coup dans le tibia du bout de sa basket.

C'est surprise ?

Non. Je savais que t'avais un truc de différent.

Peut-être tu ne veux plus jouer.

Pas du tout.

Tu veux prendre dans les bras.

Oui, ça je veux. Arrête de bouger et je te montre en deux secondes.

*

Ils étaient dans le KFC d'un quartier chaotique peuplé de Noirs et d'Hispaniques. Ils s'y étaient rendus à pied, avaient traversé une zone plantée de grands arbres et de petites maisons, avec pour seul espace piétons une étroite bande de trottoir, marchant parfois en file indienne, Zou Lei en tête, enjambant du carton détrempé où des gens auraient pu camper. Les vitrines des restaurants étaient embuées, et des gangs d'ados en tenues rouges assorties et coiffés de grosses afros s'interpellaient d'un bout à l'autre des lieux. Elle garda une banquette, le visage brûlé par le vent, les yeux brillants. Il revint du comptoir avec leur dîner, ses rangers ratant de peu les pieds en Jordan rouge et noir qui dépassaient dans l'allée.

Il posa le plateau devant elle. Elle applaudit.

Il manque rien !

Je sais. Tiens, ton Coca.

Il s'assit et un objet lourd dans son sac, qu'il avait une fois de plus emporté avec lui pour venir la voir, émit un bruit métallique en heurtant le siège. Il se débarrassa du sac d'un coup d'épaules et le glissa sous la table entre ses rangers. Il plongea la main dans le seau rempli de poulet. Elle se pencha en avant, mangea avec les deux mains. La peau du poulet partait toute seule, il en mit un morceau dans sa bouche et s'essuya le visage. Il s'essuya les mains qui, même lavées, semblaient avoir manipulé du charbon, le contour des ongles surligné de noir.

À la table voisine, une femme hurlait, c'est quand que t'arrêtes de me raconter des conneries, là ? Et une vague de huées s'éleva dans le fast-food. Ravi, un des ados se mit à beugler et tapa du pied avec sa Jordan.

Tu veux de la glace ? demanda Skinner.

Glace ! Peut-être, acquiesça-t-elle. Peut-être que c'est bien.

Moi je le sens bien, en tout cas.

Il alla leur chercher un cône chacun. En cours de dégustation, il vint s'asseoir à côté d'elle et tendit la main sous la table pour lui toucher la cuisse. Il ne rencontra pas de résistance, comme si la chaleur du restaurant avait amolli les articulations de Zou Lei.

Bébé, elle te plaît cette glace ?

C'est bien !

Elle lécha le bord du cône. Il la regarda, sa propre bouche dessinant une ligne droite. Lentement, il remonta la main le long de sa jambe. Il déglutit. Il plaça sa main entre ses jambes et exerça une pression.

Et ça, c'est comment.

Il lui jeta un coup d'œil.

Elle acquiesça, concentrée sur son cône comme s'il n'était pas là. Il déglutit une fois de plus. Elle regardait droit devant elle. La main de Skinner s'activait sous la table. La chaleur à travers son jean. Il fit semblant de manger sa glace. Une minute plus tard, elle poussa un soupir et se déplaça vers l'avant, dérobant son visage à la vue du restaurant bruyant et de Skinner. Elle rougit, comme honteuse, et écarta les jambes. Il entendait sa respiration. Sentait son jean humide. Il ne s'arrêta pas, jetant des coups d'œil sur le côté. Puis elle fut parcourue d'un frisson – visible. Elle tressaillit et s'affaissa, sans forces, contre son bras.

Dehors, il la tint par la taille et lui dit :

Peu importe où on va, mais il faut qu'on aille quelque part. Tu me suis ?

Il se pressa contre sa jambe.

Oui, je suis.

Il regarda autour de lui à la recherche d'une voiture noire qui pourrait être un taxi.

Tu apportes le truc.

Quel truc ?

Le… le biyintao ?

Quoi, une capote ? Ouais, j'ai. En voilà une. Attends que je chope cet imbécile.

Une berline Lincoln s'arrêta à leur niveau, la grande antenne se balançant sur le toit, et ils s'installèrent sur la banquette arrière en cuir, une croix de bois et un désodorisant suspendus au rétroviseur et les basses profondes d'un morceau de reggaeton sortant des enceintes.

Vieux, on voudrait aller dans un hôtel près d'ici, genre pas loin. Vous voyez ce que je veux dire ? Genre, y a quoi dans le coin ?

Le chauffeur, qu'ils voyaient à peine, lui dit qu'ils les emmèneraient sur Queens Boulevard.

On peut pas aller chez toi, c'est ça ? Skinner demanda à Zou Lei.

Non, ils ne pouvaient pas parce qu'elle avait des colocataires.

C'est bon, Queens Boulevard.

Mais dès que le chauffeur démarra, Skinner dut lui dire de s'arrêter. Attendez, trente secondes. Il bondit hors du véhicule et Zou Lei le regarda courir vers le KFC. Puis il revint chargé de quelque chose, le sac de combat dans lequel se trouvait son arme, et qu'il avait oublié sous leur siège.

La première fois qu'il retira sa chemise devant elle – dans le motel de Rego Park où ils atterrirent –, elle vit son torse gris tirant sur le jaune à la lumière d'une lampe qui donnait à sa peau un éclat plus chaud que celui qu'elle avait naturellement. Elle n'avait pas fait attention. Mais ensuite, sa main s'était déplacée de son épaule à son dos. Elle la retira et ils cessèrent de s'embrasser un moment. Elle le poussa en douceur pour qu'il se retourne et qu'elle puisse l'examiner à la lumière. Il dit, ah ça.

Elle n'avait pas compris ce que c'était, n'avait pas fait le lien avec la guerre. Elle avait cru que c'était une marque de naissance ou une maladie contagieuse.

Tu ne risques rien avec ça.

Elle dit OK. Elle toucha. La chair était froide.

Ça fait de la douleur ?

Pas vraiment.

Elle posa la paume sur la chair entaillée froncée douce bosselée noueuse.

Tu étais dans la guerre ?

Il dit ouais.

Elle émit un tsss.

Ils ont tiré dans ton corps ?

Shrapnel, dit-il, le dos éclairé.

Elle le contempla encore un instant. Soupira. Elle glissa la main au-dessus de cette peau ravagée et caressa les ailes de la mort déployées sur les épaules de Skinner.

9

Sur Craigslist, il trouva une chambre dans le secteur de Zou Lei, à la station suivante sur la ligne Long Island Railroad. Il prit le bus à Chinatown sur Franklin et descendit à la 160e Rue. Toutes les maisons étaient petites sous les lignes haute tension auxquelles pendaient des baskets. Les trottoirs étaient défoncés, créant l'illusion de flaques d'eau sur le sol, comme après la pluie. À travers les arbres, on apercevait les voies ferrées et les graffitis sur les pierres.

L'une de ces maisons avait un jardin grand comme un timbre-poste rempli de statues et de figurines – elfes, vieux sages, Christ en croix, leprechauns, animaux, fleurs en plastique, luge, un moulin à vent qui tournoyait. Des carillons éoliens habillaient la véranda et on avait mis l'autocollant d'un drapeau américain sur la maison suite au 11 Septembre. C'était là qu'il allait. Derrière les rideaux en dentelle accrochés aux fenêtres, la maisonnée paraissait morte. Il y avait aussi des anges. Les stores vénitiens à l'étage étaient cassés.

Après avoir contourné un pick-up – aucun autocollant sur ses pare-chocs – garé sur le trottoir craquelé, il s'approcha de la porte latérale et frappa.

Comme il ne se passait rien, il appuya sur la sonnette, mais peut-être qu'il n'aurait pas dû parce qu'au même instant, il entendit quelqu'un dire, j'arrive.

Il fut accueilli par une gigantesque jeune femme vêtue de noir et mesurant au moins une tête de plus que lui.

L'antipathie fut aussitôt réciproque et ils détournèrent le regard. Elle ne le salua pas. Tout ce qu'elle dit fut, ma mère est dans la cuisine, et lui tourna le dos, son énorme tee-shirt noir se fondant presque dans le vestibule obscur. Elle avait été là et ne l'était plus.

Il entendit un clomp-clomp-clomp et vit ses pieds froids, nus et blancs monter rapidement trois marches, comme si elle voulait lui échapper, fuir vers la porte de son appartement qu'une ligne lumineuse découpait. Elle poussa la porte, laissant entrapercevoir l'intérieur de la pièce avant de la refermer à la volée : une lampe jaune, une table en bois. Il grimpa lourdement les marches à sa suite et la suivit.

Assise à la table en bois se trouvait une femme, cigarette aux lèvres.

Ça n'était pas très poli, c'est tout ce que je dis.

C'est bon, y a pas mort d'homme, dit la jeune géante sans regarder Skinner.

Tu lui as claqué la porte au nez.

Non, c'est pas vrai, dit la fille en évitant la grosse table et le cercle de lumière jaune avant de disparaître dans un couloir dont les murs étaient décorés de vieilles photos sombres, et alors qu'elle était invisible, elle prononça une autre phrase sur ce même ton indifférent, mais il ne la comprit pas et de toute façon, il n'était même pas sûr qu'elle s'adressait à eux.

Ouais, c'est ça. La femme roula des yeux. Entrez, dit-elle à Skinner. Ne soyez pas timide. Entrez, entrez.

Elle était énorme. Facile cent quarante kilos, évalua-t-il. Elle portait un peignoir en velours violet, ses épaules étaient bien en chair et ses mains gonflées, et depuis l'autre bout de la cuisine, il entendait l'air entrer dans ses poumons et en sortir sous forme de fumée de cigarette. Sa peau avait été passée à la sableuse. Elle était vérolée, grise et rêche. Ses cheveux tirés sur les côtés formaient une espèce de banane au-dessus de son crâne qui pivotait comme la quille d'un navire chaque fois qu'elle se tournait, les yeux plissés sous l'effet de la fumée, l'observant tandis qu'il approchait.

Euh, b'jour, dit-il.

Salut, dit-elle. Puis elle fit un geste du regard. Elle l'envoyait s'asseoir en face d'elle à la table.

Il tira la chaise où il se laissa tomber, affalé, genoux écartés. Il regarda au-delà de la table vers la femme.

Elle aussi le contemplait.

Comment ça va ? demanda-t-il.

Ça va. Elle tenait sa cigarette près de sa joue, son gros coude sur la table. Vous êtes arrivé sans problème, donc ?

Vous voulez dire jusqu'à la maison ?

Jusqu'ici, oui, pour trouver l'adresse.

Ouais, faut croire, dit-il. Sans problème.

En fait, je pose la question parce que ça a l'air d'en être un. Ça fait loin pour certaines personnes.

Pas tant que ça.

Bon, tant mieux. Et vous êtes là.

Du moment que je sais où se trouve ce que je cherche, je finis toujours par savoir comment y aller.

Comme j'ai dit, tant mieux, vous êtes arrivé.

Sans problème.

C'est bien.

Et puis quand vous vous êtes tapé plusieurs fois votre barda sur plus de trente bornes, venir dans le Queens, c'est rien.

Votre bar quoi ?

Votre barda. Une course de trente bornes avec le sac sur le dos. Dans l'infanterie ?

C'est là que vous étiez ?

C'est là que j'étais, oui.

Vous étiez dans l'armée ?

Oui, enfin j'ai été démobilisé il y a à peu près trois semaines.

Vous avez été démobilisé.

C'est ça, je suis démobilisé.

J'ai vu l'uniforme, votre veste – j'ai bien pensé que vous étiez soldat, mais je savais pas trop si c'était à vous ou à quelqu'un d'autre que j'avais parlé.

Non, c'était moi.

Bon, dit-elle. On vous doit une fière chandelle. Voilà ce que je crois.

Je reviens de trois missions en Irak, précisa-t-il.

Trois missions ?

Pas une. Pas deux. Trois.

Elle secoua la tête. Mon Dieu. J'vous jure. Elle regarda pardessus son épaule vers le frigo. Je vous offrirais une bière si j'en avais une. Si je tenais encore un bar.

Ils ont rallongé la durée légale de mon service actif.

Ils vous envoient dans de ces endroits.

Ouais, jamais ils vous lâchent, même quand vous êtes censé en avoir fini.

On a entendu parler de ça. C'était aux informations.

Un médecin, un conseil de médecins ou je sais pas quoi peut dire que vous devez être démobilisé parce que vous allez être père ou une autre connerie, mais ils vous laissent pas partir même si, d'après votre contrat, ils sont censés le faire. Légalement, ils vous baisent. Légalement, ils disent on s'en branle du bout de papier, on rempile.

Il n'y a pas assez de monde pour faire la guerre.

J'étais censé me tirer de là beaucoup plus tôt, mais ils arrêtaient pas de m'y renvoyer. J'ai dû faire trente-six mois de service actif.

Eh ben…

C'est censé être normal.

Enfin, vous avez pu partir, Dieu merci.

Il secoua la tête.

Vous êtes en un seul morceau, dit-elle.

Ouais.

Vous avez servi votre pays, et Dieu merci, vous êtes en un seul morceau, et maintenant vous êtes libre. Elle tendit la main et tapota sa cigarette dans le cendrier au centre de la table.

La femme dit, on a un ami, un ami de ma fille, chez les Gambia – un peu plus loin dans la rue –, un de leurs fils est dans l'armée – l'armée ou les Marines, un des deux – et il va partir là-bas, en Irak. Il y est déjà, maintenant que j'y pense. Il est dans la 82e aile, la 82e je sais pas quoi.

Aéroportée.

C'est peut-être bien ça. C'est l'élite, c'est tout ce que je sais. Une section spéciale où ils prennent que les meilleurs. Quand elle m'a raconté ce que font ces hommes, je n'arrivais pas à y croire. Ils font de la course, des pompes et les trucs habituels, et déjà c'est pas facile, mais en plus, elle m'a dit qu'on vous met des cailloux dans le sac à dos jusqu'à ce que les hommes se mettent à vomir. Ils ont le plus grand nombre de batailles ou de victoires au compteur, à ce qu'elle m'a dit.

Peut-être, j'sais pas.

Ils sont célèbres même en dehors de l'armée, mais je me souviens plus du nom. Ils ont une devise. Sa mère porte le tee-shirt où c'est écrit quand elle vient. Barbara. Elle en est toute fière. J'imagine que vous savez pas c'est quoi cette devise ? J'aurais aimé m'en souvenir. Bref, elle m'a raconté ça. Je lui dirais bien de me prendre un tee-shirt, mais je crois pas qu'ils aient ma taille.

Il ne répondit rien.

Comme j'ai dit, je vous aurais bien offert une bière. Elle leva la tête pour que sa voix s'entende dans le couloir et appela : Erin ! et quand il n'y eut pas de réponse, elle tourna la tête sur le côté vers son autre épaule, essayant d'entraîner son corps vers le frigo. Elle poussa la table, qui tressauta, mais sa chaise, elle, ne bougea pas. Il l'entendit inspirer pour se préparer à pivoter. Son pied glissa sur le lino.

Vous voulez me rendre un service ? Allez voir dans le frigo, je devrais bien avoir une bière là-dedans, au moins une.

Il se leva et quand il l'ouvrit, il pensa à ces frigos partagés par un grand nombre de personnes. Il sentait la mayonnaise en train de tourner. Un pack de vingt-quatre Michelob trônait sur toute une étagère. Il passa la main dans l'ouverture déchiquetée du carton et n'y rencontra rien jusqu'à ce qu'il enfile complètement le bras et trouve une unique canette froide au fond.

Il la décapsula, retomba sur sa chaise, marmonna un merci, projeta la tête en arrière et en vida la moitié. Il s'essuya le menton. Un rot lui remonta dans la gorge – sonore.

Ça va mieux ?

Oups.

Pas de souci. J'ai élevé deux fils et un mari. On se serait cru à l'ère préhistorique.

Je vois, dit-il.

Je vous jure, ils se croient dans *Conan le Barbare.*

Elle sourit. Une canine manquait.

Me comprenez pas de travers, ce sont de bons Irlandais, dit-elle gravement.

Il leva sa bière vingt centimètres au-dessus de la table et la reposa. J'entends bien.

Bref ! dit-elle et elle écrasa son mégot de cigarette. Vous êtes ici pour la chambre. Elle se mit à la décrire de sa voix forte et rauque. Elle était propre, lui dit-elle. La peinture avait été refaite. Autrefois, c'était un quartier irlandais, ici. Maintenant c'est tout ce que vous voulez sauf ça.

Il termina sa bière qui se mélangea aux médicaments qu'il avait pris, créant une sorte d'étau à la base de son crâne.

Chinois, dit-il.

Quand elle lui proposa de descendre jeter un coup d'œil, il répondit que ce n'était pas nécessaire.

Je préférerais que vous y alliez.

Moi, du moment que j'ai quatre murs, ça me va. C'est une chambre ?

Allez voir par vous-même, allez. Faites-vous votre opinion.

Donc il dit oui, m'dame, et descendit les escaliers dans la nuit noire du sous-sol, la paume caressant le mur jusqu'à ce qu'il sente l'interrupteur.

Il y eut un déclic morne et les ampoules encastrées dans les dalles de plafond s'allumèrent. Il sentit l'odeur de nettoyant Pine Sol. Il régnait un tel silence qu'il entendait le frigo et la chaudière cliqueter. Le bruit de ses pas. Les traces blanches d'Ajax dans l'évier en inox à côté de la cuisinière avec ses quatre plaques électriques. Il ouvrit la porte de la chambre et son ombre s'étira par terre jusqu'à atteindre la literie à motifs. L'espace était propre et vide. Il y avait un balai en plastique et une pelle à poussière.

Sa bière toujours à la main, il remonta à l'étage.

La femme accueillit son retour en sortant une nouvelle Slim de son paquet.

Alors, qu'est-ce que vous en dites ? Maintenant que vous avez vu, qu'est-ce qu'on décide ?

Ça roule pour moi.

C'est un oui ? OK. Posez donc votre canette, bon sang. Mettez-la là – la poubelle est là. Asseyez-vous. Prenez une chaise. Elle alluma sa cigarette et jeta le briquet Bic sur la table comme un jeton de poker. Elle regarda Skinner. Lui indiqua le loyer. Il savait déjà. Je sais que vous savez, je récapitule, c'est tout. Dès qu'on aura votre argent, vous aurez la clé.

Il dit quelque chose comme, pas de souci.

Un ruban de fumée s'élevait de sa cigarette. Il remarqua qu'à l'extérieur, la nuit était tombée.

Elle lui expliqua quelques petites choses. Une famille vivait ici. Elle ne se mêlait pas des affaires des autres. Je ne m'attends pas à ce que les hommes se comportent comme des anges. C'est pas ce que j'attends d'eux, mais il y a des limites. Je n'hésiterai pas à mettre un homme dehors – non pas en temps normal, mais si la situation l'exige, je le ferai.

Skinner dit, je comprends, ça se respecte.

Elle dit bien, et il lâcha un autre pas de souci, comme vous voudrez, à tout ce qu'elle disait.

10

Il venait la chercher à son travail et attendait qu'elle ait terminé pour la raccompagner en prenant un faux taxi parce que le bus mettait trop de temps. Elle s'avança dans les escaliers moquettés qui conduisaient au sous-sol, Skinner derrière qui disait, vas-y. Elle vit les murs nus dans l'ombre grise, la cuisine vide. Elle entra dans sa chambre et il alluma la lumière. Dans le placard, la chaudière sentait le cuivre. Zou Lei s'assit en tailleur sur le lit, se pencha en arrière en appui sur les mains et le regarda pendant qu'il retirait ses rangers et se débarrassait rapidement de son treillis.

Le loup il arrive. J'ai peur.

Beaucoup plus tard dans la nuit, ils ouvrirent la porte de la chambre pour évacuer la chaleur qu'ils avaient générée. Uniquement vêtue de son tee-shirt, elle le suivit dans la cuisine où, par contraste, il faisait froid. La lumière était aveuglante et la chambre se reflétait dans le rectangle noir de la fenêtre au-dessus de l'évier. Il chercha de la nourriture dans le placard. Rien ici, dit-il, les tempes brillantes de sueur. Elle but au robinet. On mange de l'eau, sourit-elle en s'essuyant le menton. Non, on n'en est pas encore là. Il commanda une pizza et ils mangèrent assis à la petite table ronde près du frigo. J'étais mort de faim, pas toi ? Elle le laissa la nourrir.

Elle lui lécha la main. Ils n'en laissèrent pas une miette et Skinner, toujours en caleçon, se carra dans sa chaise, s'alluma une cigarette, son genou blanc et dur contre la cuisse de Zou Lei.

En retournant dans la chambre pour prendre son jean, elle vit ce qu'ils avaient fait au lit, le drap malmené. L'équipement militaire et les vêtements éparpillés par terre. Il dormait dans sa couverture de l'armée. Sur la table de chevet se trouvaient ses cachets, son magazine de culturisme ainsi qu'une bandelette de quatre préservatifs dans un emballage bleu. La pièce portait leur odeur, celle de leur sueur, du latex, et du tabac. La chambre était jonchée de canettes de bière vides qu'il utilisait comme cendrier. Sous le lit traînait un préservatif jaune usagé. Un autre était entortillé dans la couverture. Le regard de Zou Lei glissa sur les cigarettes, son jean. Les rangers étaient là où il les avait laissées. Une culotte en coton délavé bleu était tombée dessus, la sienne.

Il arriva derrière elle, passa un bras autour de sa taille et enfouit son visage dans son cou. Elle lui tint la main. Son visage sentait le tabac. Ils se balancèrent d'avant en arrière dans cette position.

Oh, ça donne envie dormir à moi, dit-elle.

Mais elle s'obligea à remettre son jean, sa capuche et sa veste en jean, s'attacha les cheveux avec un élastique et enfila ses baskets usées. Elle vérifia l'heure sur son téléphone qu'elle remisa dans sa poche arrière où il ressortait sur son fessier musclé.

OK, je pars.

Je viens avec toi, dit-il. Attends-moi.

Ils sortirent dans la nuit silencieuse et descendirent Franklin Avenue jusqu'à ce que les bicoques américaines cèdent la place aux immeubles de la cité, à la gigantesque cathédrale de Chinatown, puis ils franchirent la colline entre les arbres sombres et redescendirent par le long pâté de maisons qui s'étendait jusqu'à l'autoroute comme une jetée dans la mer.

Maintenant, tu dois tout traverser dans sens inverse, dit-elle.

Pas grave. J'arrive pas à dormir de toute façon.

Elle lui dit de faire attention. Ils se dirent à demain. Il fit le guet jusqu'à ce qu'elle entre chez elle et qu'il entende la serrure cliqueter.

Elle monta à l'étage sans faire de bruit, convaincue que les autres locataires étaient réveillés et contrôlaient l'heure de son retour. Si elle perdait l'équilibre en retirant ses baskets dans le noir, ils penseraient qu'elle était soûle. Et aussi discrètement que possible, elle ouvrit sa porte en accordéon. Les cloisons des cagibis ne montaient pas jusqu'au plafond, comme des cabines de vestiaires, et quand elle tira sur la chaîne pour allumer la lumière, cela dérangea son voisin qui marmonna de l'autre côté du contreplaqué. Elle éteignit la lumière et s'agenouilla sur son matelas défoncé, sur son dessus-de-lit acheté à Chinatown qui représentait des oursons en peluche avec des nœuds papillon. À tâtons, elle mit son téléphone à charger, l'objet qui la reliait à lui, et l'écran émit une lumière indigo entre ses mains pendant quelques instants, brilla entre ses doigts.

salut maman je suis à NY comme prévu et tout va bien. rien de particulier ni de mauvais à raconter, tu te souviens quand fox news racontait n'importe quoi avant je sais que t'as raison pour la fac, le gi bill, tout ça. j'ai la maturité pour savoir reconnaître quand t'as raison mais j'ai pas la maturité pour le faire. J'ai de quoi m'occuper – un truc que j'ai appris dans l'armée.

Brad

*

Tu as le plat ? La marmite ?

Nue sous son tee-shirt, elle ouvrit le placard sous l'évier. La seule chose qui s'y trouvait était une bouteille d'Ajax. Elle ouvrit le frigo, n'y vit que la boîte à pizza et le referma.

La porte de la salle de bains était ouverte, il lui tournait le dos, jambes écartées, cigarette aux lèvres qui oscillait pendant qu'il parlait. Il urinait bruyamment et elle n'entendait pas ce qu'il disait. Lorsqu'il eut fini, il se secoua et se tourna, toujours en train de se secouer, puis il remonta son caleçon en avançant vers elle.

Les casseroles et les poêles ?

Je vérifie mais je trouve rien.

Il passa dans la cuisine où il ouvrit et ferma les placards les uns après les autres en claquant les portes.

Elle se tenait sur la pointe des pieds pour regarder à l'intérieur, ses mollets nus contractés. Son tee-shirt, qui disait Amoureuse et Juteuse, lui remontait sur les fesses.

Ça répond à ta question ?

Elle fit un tsss et croisa les bras.

Garçon typique. Pas de plat. Tu vas manger quoi ? Peut-être que j'achète pour toi. Marmite, plat, bol.

Dans la journée, il acheta de la bière et des préservatifs à une station-service sur Northern Boulevard et ils burent ensemble à la table ronde dans sa cuisine. Il ne fit pas de courses. L'ivresse la gagna et elle lui caressa les cheveux. Trop mignon. Elle désigna les étagères vides. Pas casserole. Rien du tout. Tu es juste comme les hommes. Montre tes muscles. Il contracta un biceps qu'elle palpa. Comme mon père. Tu vois ? Agis comme un homme. Elle se pencha et le regarda fixement, les yeux humides. Homme bien. Skinner ne la contredisait pas, comme on fait avec les gens qui boivent. Il donne tout à moi. À nous. À ma mère. Il fera tout pour nous, même s'il a rien. Lui est pauvre. Elle raconta l'une de ses anecdotes sur les hauts faits de son père. Elle n'en avait pas beaucoup car il n'avait pas vécu longtemps avec elle.

Il donne tout à moi.

Je sais, acquiesça Skinner.

Les larmes coulèrent de ses yeux.

Tout va bien.

Elle voulut boire une autre gorgée de bière, mais constatant que la canette était vide, elle en ouvrit une autre. Wow. Skinner coinça sa cigarette sur le côté de sa bouche et la lui prit des mains. Elle la lui reprit et avala une gorgée. C'est bon, dit-il. La bière, ça manque pas, t'inquiète. Il la lui reprit pour la mettre hors de portée.

Elle sanglota, le visage sur ses bras croisés appuyés contre la table. Il s'approcha, lui serra l'épaule et la secoua doucement. Tu vas t'en sortir. Elle dit quelque chose qu'il n'entendit pas. Elle répéta :

Mon père, je verrai plus jamais.

C'est nul, je sais.

Il l'aida à regagner la chambre et l'enveloppa dans sa couverture militaire.

Au bout du compte, elle était heureuse. Elle avait perdu son père depuis longtemps. Je bois trop. Elle montra les canettes vides dans la chambre. Verser du sang, pas des larmes était la devise du Nord-Ouest – sauf quand on buvait. Ou alors, il était toujours possible de s'épancher le temps d'une chanson. Mais elle ne chantait pas. Elle chantait le nom de Skinner au travail et la patronne disait, qu'est-ce qui te rend si heureuse ?

Les grenouilles, répondait-elle.

Elle se révélait par ses actions, en allant chez lui dans le sous-sol chaque jour après le travail puis en rentrant chez elle la nuit tombée. J'ai beaucoup énergie. Elle ne lui acheta ni poêle ni casserole. Elle n'était pas du genre maternel. Un jour, elle ramassa les canettes vides et les apporta à la consigne, mais c'était une simple initiative de sa part, elle ne pensait pas devoir faire le ménage derrière lui. Avec le dollar et la petite monnaie qu'elle récupéra, elle acheta une brochette de poulet à partager avec lui, une moitié chacun, la viande refroidie au moment où elle était arrivée après le trajet entre les petites maisons couvertes de graffitis en espagnol. Elle accumulait les kilomètres et c'était bien. Le printemps arrivait, la grande roue de la ville recommençait à tourner.

Impossible de me débarrasser de toi. C'est peut-être toutes ces pizzas que je t'achète. Ou alors c'est tout le plaisir que je te donne, dit-il. C'est ton treillis, lui dit-elle. Ta veste de l'armée. C'est ta couverture. Ce sont tes rangers. J'adore tes rangers.

Et ça, dis, t'en penses quoi ? demanda-t-il en remontant sa chemise. C'est le shrapnel que j'ai dans le dos ? C'est ma guerre ?

J'adore ta guerre, dit-elle.

11

Quand je suis petite, mon père me raconte tout comment devenir soldat. Il y a beaucoup devoirs à exécuter. Tous les hommes vivent dans les mauvaises conditions, mais ils doivent pas être dérangés par ça. Les gens vivent dans mauvaises conditions, donc le soldat doit être pareil. Il peut pas avoir plus que les autres. Il travaille pour donner vie meilleure. Donc ils disent, nous sommes comme les cousins de la campagne. Quand il vient à la ville, il vient pour être avec nous, alors on le nourrit. C'est seulement quand il est nourri que l'armée mange son dîner. Donc l'armée est toute maigre et la société plus grosse.

Il y a longtemps, tout le pays est dans le désastre et on a des ennemis à l'intérieur et à l'extérieur de la frontière. Les États-Unis, l'Union soviétique, le Japon, tous ils attaquent parce que notre pays est faible. Mais les criminels ils profitent de la faiblesse pour nous voler. L'armée elle nous sauve et punit les criminels.

Le peuple et l'armée sont tous ensemble, même s'ils sont pas pareils. Tout le monde quand il a dix-huit ans est supposé servir l'armée. Je veux servir l'armée quand j'ai dix-huit ans. En fait, je ne peux pas. Il y a tellement de Chinois, c'est dur d'être dans l'armée. Même si très dur, c'est un bon job et tout le monde veut aller avec elle.

Je sais pas comment c'est armée américaine, mais dans Armée populaire de libération, c'est très strict. Les soldats viennent des endroits pauvres, alors ils ont habitude. Certains ils ont jamais vu les toilettes avant dans leur vie. Ils ne savent pas lire.

Mais dans cette époque, la qualité des soldats, très haute. Ils peuvent survivre juste avec petite ration de nourriture. Je ne sais pas si armée américaine peut faire ça. Les Américains ont le corps grand et je crois eux ils auraient trop faim. Mais en Chine, c'est l'habitude.

La situation change quand moi je suis petite. Avant, on manque la technologie. Maintenant la technologie est plus forte. On peut utiliser cyberattaques – c'est très populaire aujourd'hui. Et on a beaucoup armes nucléaires, presque pareil. On dépend moins sur le soldat individuel. Peut-être quand on devient plus fort, l'individu est plus faible.

Quand un désastre se passe dans notre pays, armée peut faire son mieux pour sauver les gens. Si la rivière inonde ou la terre glisse. Ça arrive beaucoup de fois dans notre histoire. Quand ça arrive, personne ne nous sauve sauf armée.

Vraiment, tout le peuple doit dire merci parce que sinon, on ne pourrait pas exister. Quand un fermier il conduit un camion plein de légumes, l'essence pour le moteur vient du pipeline. Je crois si tu es une femme au marché et tu achètes des légumes, tu dois remercier mon père.

Je crois les gens ils ne se rappellent pas ça. Même moi j'oublie, mais je ne devrais pas. Tout vient de quelque part.

Je dis mon père, mais bien sûr, ce n'était pas que lui. Je veux dire la région militaire Lanzhou et le Programme de développement de l'Ouest sont responsables d'apporter le pétrole. Ils ont fait tout pour que nous on l'a plutôt que la Russie.

Ils ont construit le pipeline au début sans équipement sauf des pelles, des piques et des paniers. Le pétrole caché sous une chaîne de montagnes appelées les montagnes Oignons. Si tu peux imaginer, ils creusent dans les montagnes. C'est un peu comme quand les Chinois ils construisent les rails pour le train ici, sauf que là, ils servent leur peuple à eux. Tellement de dynamite était utilisée que les bergers étaient superstitieux. Ils croyaient qu'un diable essaye de les terrifier. Puis ils ont l'habitude au bout d'un moment. Ils appellent les soldats les Tonnerres. Ça donne une idée à mon père. Il m'appelle Tonnerre pour porter chance.

En Chine, si tu demandes quel est le travail plus dangereux, tout le monde dira que la mine est numéro un. La vérité, c'est que ce job est pire. Parfois tu peux travailler et quelqu'un met de la dynamite juste à côté de toi, et tu ne le sais même pas jusqu'à l'explosion. La montagne elle peut s'effondrer n'importe quand. Une fois, elle est tombée et a piégé beaucoup d'hommes. Mon père il a la chance qu'il était allé boire de l'eau. Juste à l'endroit où il était avant, c'est tombé.

Immédiatement, ils essayent de sauver ceux qui sont piégés. Je pense dans un pays riche quelqu'un apporterait équipement spécial. Aujourd'hui, peut-être en Chine ils peuvent avoir aussi cet équipement mais avant, c'est impossible. Tout ce qu'ils peuvent faire c'est creuser avec les outils dans leurs mains. Bien sûr, il n'y a pas de moyen que ça marche et les amis meurent. En fait, ils sont obligés les laisser mourir. Les dirigeants ne peuvent pas gâcher du temps pour les sauver. Ils ont les ordres de retourner au travail. C'est la même chose comme la guerre. Le pays fait la guerre pour la modernisation, et beaucoup de gens doivent abandonner leur vie.

Mon père aussi il a dû abandonner sa vie. Donc, avec ce qu'il a fait, il m'a appris ce que c'est un héros.

Regarde, c'est moi et toi.

Ouaip.

Au McDo.

Je l'ai mise en écran de veille.

Elle tendit la main par-dessus son bras, son sein vint se coller à lui, et cliqua pour voir la photo suivante. C'était Skinner avec la nuit new-yorkaise en fond. Empire Building, dit-elle. Elle étudia le visage blanc et solitaire pris dans le flash de l'appareil, encadré par le ciel noir et la ville aux lumières de Voie lactée, une semaine avant leur rencontre.

Puis elle cliqua de nouveau et vit un paysage morne et du ciel, du bleu au-dessus de palmiers bruns, sombres, l'ombre floutée d'un véhicule, une silhouette marchant à grands pas dans un vêtement long. Elle cliqua encore et vit un brouillard de poussière en suspens au-dessus de bâtiments en terre. Une mosquée, un camion roulant dans la lumière aveuglante. Une chèvre gisant sur des gravats de briques dans un fossé, les contours estompés d'un enfant portant un seau, et d'un soldat regardant dans la direction opposée.

Il avait sombré dans le silence. Elle continuait de cliquer.

Ce sont les gars.

Un visage en colère sous un casque. Elle cliqua. Une personne qui adressait un doigt d'honneur à l'appareil. Un rire. La photo d'un véhicule militaire écoutilles ouvertes et du matériel éparpillé partout comme s'il avait été déchiqueté par un ouragan. Des soldats tête baissée. Ils semblaient confus et désorganisés. Un homme concentré parlait dans la radio.

La photo suivante montrait un soldat assis sur une cuvette dans les latrines en bois et qui tenait un rouleau de papier toilette entre ses mains sales de mineur. Il parlait en regardant l'appareil photo.

Putain. C'est Sconnie.

Il y avait la photo d'un pied humain sur le sable et une autre où le membre en question était montré de plus loin et où il était impossible de dire qu'il s'agissait du pied de quelqu'un. Mais on pouvait voir autre chose, un tas de vêtements détrempés. Au milieu du tas, Zou Lei devina une barbe, un visage – crut-elle. Des soldats flous qui fumaient. Elle vit des animaux, des chiens. Une femme au corps caché sous une robe comme celle d'une nonne, mais le visage à découvert, apeuré, en train de crier, ses mains épaisses levées pour maudire le photographe, avant de retomber.

Elle enfonça une fois de plus la touche. Elle vit une section entière endormie, comme des sans-abri, les hommes allongés dans de petites tombes qu'ils avaient creusées dans l'argile, allongés dans une flaque de camouflage, les rangers de chaque homme à côté de lui.

Alors qu'elle continuait de cliquer, le désordre de l'ensemble parut se réagencer mais en sens inverse. Elle les vit avec leurs lunettes de soleil, posant avec leurs armes, habillés comme pour aller à la plage en tongs et serviettes de bain, lunettes et fusils.

Il y avait les photos d'un jeune homme endormi la bouche ouverte, de quelqu'un qui tenait un hot-dog devant son entrejambe et l'approchait des lèvres d'un autre.

Ni elle ni Skinner ne rirent. Elle murmura, continua de cliquer. Une photo apparut d'un jeune homme torse nu en mouvement tout près de l'appareil. Il était en excellente condition physique. Des lignes soulignaient tous les muscles de son torse. Une lumière dorée baignait le sujet de la photo. Il y avait un air de ressemblance avec l'homme assis à côté d'elle sur le lit. Un cousin, pensa-t-elle. Mais ses tatouages étaient les mêmes.

Ouais, c'est moi, dit-il. Je ne suis plus aussi en forme, je sais.

Apercevant un magazine sous son lit, elle dit, humm, c'est quoi, ça ? Elle s'en saisit et le feuilleta. Il contenait des images haute définition de gens qui couchaient ensemble. Deux femmes qui couchaient avec un homme, et deux hommes qui couchaient avec une femme.

Oh, rien de passionnant. Enfin, tu vois le genre, quoi.

Oui, elle savait qu'il s'agissait de pornographie. Ce type de magazine existait en Chine, avec des Japonaises ficelées à l'aide de cordes à linge, des mains masculines venant leur pincer les tétons. On y lisait aussi des articles instructifs sur la mécanique, la signification et l'hygiène requise de différents actes sexuels, tels que le jeu du pipeau, décrit comme la meilleure façon pour une femme dévouée et à genoux d'exprimer toute son admiration au yang puissant de l'homme. Les célibataires lisaient ces histoires quand ils rentraient chez eux après une journée à bosser dans un restaurant et qu'ils avaient besoin de se soulager. Typique des hommes. Le bruit qu'ils faisaient en se masturbant s'entendait à travers les cloisons en contreplaqué quand elle essayait de dormir.

Le magazine occidental qu'elle regardait à présent était un *Club international.* Le sourcil haussé, elle examinait des scènes de double pénétration et, sceptique, s'attarda longuement sur une femme qui tirait la langue avec une expression fière et satisfaite après que des hommes avaient éjaculé dans sa bouche.

Zou Lei finit par jeter le magazine par terre. Ce genre de choses convenait à d'autres, mais pas à elle.

Tu es sûre ? demanda Skinner et elle lui donna un coup. Mais il était sérieux.

Des fois, on peut pas savoir.

Mais bref, dit-il, regarde ça. Vise un peu. Il se colla la cigarette entre les lèvres et fouilla au sol, les yeux plissés à cause de la fumée, trouva son *Iron Man* et le lui ouvrit. Tu vois, c'est ce que je fais en ce moment. Elle s'approcha des images de culturistes : des athlètes qui divisaient leur anatomie en sections logiques et appliquaient de la résistance à chaque section selon un emploi du temps strict. Le culturiste en couverture avait les muscles bandés et gonflés, la peau tendue et rougie, ses dents dévoilées dans une grimace affichant l'effort ultime, son visage rouge et contracté, couvert de veines saillantes comme si même son front était un muscle.

Bien, dit-elle, combien de poids ?

Il doit soulever autour de trois cents kilos. Tu vois comme la barre se courbe. C'est pas avec des rations militaires qu'on devient comme ça.

Comment il fait ? Il prend la drogue ?

Il lui montra la page des compléments alimentaires. Créatine, glucosamine, ça augmente la masse musculaire – ce sont des bombes à protéines. Quand ça fait effet, tu deviens énorme.

Elle fit semblant de s'enfoncer une aiguille dans le bras et reproduit un bruit de détonation avec la bouche.

Exactement cette came-là. Il tapota la page avec le filtre de sa cigarette. Faut pas que j'oublie de me la procurer.

Tu ressembles à lui après ?

Sans doute que non.

Elle prit le magazine des mains de Skinner et tourna les pages jusqu'à Miss Fitness Arizona, en lycra turquoise et Reebok blanches qui travaillait ses mollets sur une machine Cybex. Puis elle effectuait des squats avec des haltères, ses yeux sombres levés vers le plafond. Elle avait l'air d'origine mexicaine ou moyen-orientale. On la voyait sur la plage en bikini – le pouce passé dans la ficelle de son maillot –, un soupçon de gloss sur les lèvres, de l'eau jusqu'aux cuisses.

Zou Lei contracta les jambes et se regarda. Hé. Ils rirent. Pas mal.

J'aime cette fille.
Tu lui ressembles.
Elle a les habits très beaux.

*

Un jour où elle ne travaillait pas, Zou Lei avait dit à Skinner de la retrouver sur Roosevelt Avenue. Sa coupe, désormais longue et hirsute, n'avait plus rien de militaire. Le ciel était dégagé après un passage pluvieux et les déchets se désagrégeaient dans la rue.

Ils quittèrent Chinatown à pied jusqu'à voir les marquises chinoises rouge laque et les escaliers de secours de loin, puis poursuivirent leur chemin. Ils n'avaient rien prévu de particulier, se contentaient de marcher, longeaient la voie express et les garages automobiles dont les panneaux étaient en chinois. Leur promenade les conduisit à un cimetière, à une rangée de petites maisons au toit pentu et dont le revêtement se détachait.

La lumière était vive, l'atmosphère fraîche puis chaude – une journée trompeuse car c'était encore l'hiver. Elle crut sentir le printemps dans la rue, dans l'air qui s'élevait de l'asphalte et du sol entre les briques cassées.

Ils trouvèrent leur rythme, parcoururent des kilomètres et Zou Lei laissa son esprit dériver, leurs sabots battant le tambour de la terre tandis qu'ils marchaient.

Lorsqu'ils parvinrent au sommet de la montée, là où Jewel Avenue traversait des champs et d'où ils avaient un point de vue unique sur tous les environs – les vieux immeubles d'habitation, les étendues d'eau, les toits et le lointain –, ils s'arrêtèrent pour observer le paysage. Ils étaient au centre d'une roue. Skinner passa un bras autour d'elle.

Sacré panorama, dit-il.

Dans ce paysage, elle vit ce qui était possible. La ville débordait. Elle couvrait une surface gigantesque et s'étendait dans le monde. L'horizon ne s'achevait nulle part. Les immeubles se faisaient toujours plus nombreux, ils s'élevaient sur des kilomètres et couvraient la terre jusqu'au lointain. Elle vit des zones arborées, l'ombre de bois et, de là, l'embrouillamini complexe de branches au milieu des maisons. Les autoroutes – énormes, industrielles et solitaires – se déroulaient sur sa gauche. À sa droite, il semblait y avoir une autre ville encore, puis, au-delà, la silhouette de Manhattan, identifiée grâce à l'Empire State Building qu'elle pouvait cacher en mettant le bout d'un doigt devant. Et entre les toits des immeubles, elle apercevait l'un des ponts en suspension qui reliaient Manhattan aux autres boroughs. C'était dix villes en une. Depuis ce point culminant, elle voyait ce qui lui était normalement dissimulé. Vers le fleuve au nord, elle repéra un dôme vert qui ne pouvait être qu'une mosquée. Elle vit sa flèche juste à côté parmi la confusion de toitures, d'escaliers de secours, de réservoirs d'eau. Elle disparut puis reparut suite au passage à quai d'un métro mille pattes. Vers le sud, des éclats métalliques festonnaient la stratosphère bleue : des avions qui arrivaient droit sur eux. En les survolant, ils s'allongeaient et devenaient des navettes commerciales qui suivaient le fleuve pour rejoindre l'aéroport. Elle vit la forme compliquée de la côte, l'absence de contraste entre la ville brune et la mer, comme si elles appartenaient à un même élément, ce qui était le cas, cette géographie terrestre sur laquelle on pouvait se déplacer au cours d'une vie.

Elle lui demanda où il avait été sur le disque de ce territoire qu'ils observaient. Tu vas là ? C'est Bronx.

Je suis arrivé là. J'ai fait comme ça, dit-il en indiquant la trajectoire qu'il avait suivie à pied sur l'horizon marron. Jusqu'à là-bas où tu vois les bâtiments.

Moi je vais comme ça : je descends, je descends, je descends jusqu'à Chinatown. Tu ne peux pas voir. Je commence là-haut – elle se tourna de trente degrés vers l'est – où il y a le Connecticut, tout du long. Je suis allée loin loin loin là-bas, Long Island, Riverhead…

Elle plissa les yeux face au soleil. Regarde ! Elle tapota son bras et l'obligea à regarder dans la direction qu'elle pointait à l'ouest. Je travaille là, où c'est Nanuet.

Qu'est-ce que tu faisais là-bas ?

Restaurant. Elle s'accrochait à son treillis. Si tu continues par là, vers ouest ouest ouest, tu es à l'océan, puis la Chine. Personne te comprendra. Tout le monde sera déroutant. Peut-être que c'est différent pour toi. Dans le matin, tu te lèves tôt pour chercher l'eau. Allumer le feu. Les gens ils sont un milliard. Plus grand qu'ici. Monter dans le bus. Le train. Le camion. Le chameau. Dormir par terre. Voir la montagne.

12

Elle le regarda avec ses vieilles rangers et le drapeau américain sur sa manche – et se mit à chercher un nouveau boulot pour augmenter ses revenus les jours où elle ne travaillait pas au stand de nouilles. Elle dut prendre le métro où patrouillait la police, mais elle avait l'impression qu'elle pouvait se permettre ce risque.

Parmi ses différents petits boulots, elle ramassa des bouteilles et des canettes pour le Beer Center, un recycleur sur Parsons Boulevard en face d'une usine qui fabriquait des courroies de ventilateurs et de distribution.

À deux reprises, elle distribua des coupons pour le magasin Western Beef, jeta les brochures enroulées sur le porche des maisons alignées au-dessus de la Grand Central Parkway. Ces brochures étaient glissées dans des manchons en plastique. Elle en sortit des brassées d'une fourgonnette noire et les empila dans un caddie grinçant et parcourut le quartier de long en large, la seule employée à courir.

Les autres étaient des SDF toxicos en jeans True Religion. Celui qui gérait l'équipe portait une chaîne en or et n'avait plus de voix. Ou disons qu'elle était rauque et le resterait. Zou Lei travaillait plus que les autres, mais n'était pas plus payée.

Cet homme parlait d'égal à égal avec les gars. Sur le chemin du retour, ils voulaient toujours acheter une bouteille.

Pointant du doigt un caviste à travers le pare-brise, ils disaient, j'descends là ! et le boss se garait.

Un jour, elle descendit aussi et ne remonta pas. Elle trouva un numéro de téléphone dans un journal chinois et se mit à vendre des DVD.

Son fournisseur prenait des précautions pour ne pas se faire arrêter. Il refusa de lui donner son nom pour qu'elle ne puisse pas le dénoncer si les flics la chopaient. Elle savait seulement qu'il était de Wenzhou dans la province du Zhejiang et que les gens de Wenzhou savaient comment survivre. Au téléphone, il lui dit de le retrouver dans une entrée d'immeuble et elle se rendit à l'adresse indiquée. Il arriva au volant d'une Expedition, casquette de base-ball sur le côté, et lui refourgua la marchandise. Il ressemblait à un patron d'usine chinoise en hiver – habillé en noir de pied en cap, jusqu'au gilet, mitaines aux mains et fumant des Mild Seven. Il avait la figure de travers, conséquence d'une ingestion de pesticides quand il était petit, ce qui lui donnait l'air futé de celui qui n'allait pas se faire avoir une seconde fois.

Quand elle partit faire sa tournée, elle prit le train dans son jogging bleu marine, le sac en bandoulière, les films piratés dans leur enveloppe de plastique en éventail entre ses mains comme des cartes à jouer et murmura :

Déwédéés, déwédés. Bonjour, déwédés.

Vous avez quoi ? demandèrent les clients fraudeurs.

Non, dirent-ils en lui rendant les films. Un travailleur, lunettes de vue sur le nez, secoua la tête, pas intéressé par les films de kung-fu comiques tels que *Rêve de retour à la dynastie Tang*.

Après avoir réalisé une vente, elle descendit à Tremont Avenue dans le Bronx, se posta sur le quai pour repartir dans l'autre sens, compta l'argent et le rangea en sécurité. Les graffitis sur les carreaux de la station disaient Le Ca$h ça $ent. Brute. LLL. Byron. Impitoyable ALIAS Jie Burn.

Elle monta dans le train et alla jusqu'à Brooklyn, descendit dans le centre près des bâtiments de la Cour fédérale. Elle vit des flics équipés de gants en néoprène et de passe-montagnes, et des Arabes qui vendaient des shishkawaps, de la fumée de charbon qui s'élevait dans la rue, les barricades policières devant de grands bâtiments blancs qui ressemblaient à la Maison-Blanche.

Pendant un moment, elle se déplaça comme si de rien n'était, surveillant les agents pour voir s'ils mettaient des amendes aux vendeurs de rue.

Ensuite elle entra dans un Wendy's et passa de table en table en montrant subrepticement ses films. Des couples de Noirs obèses lui dirent non poliment. Une femme dont l'enfant était habillé comme son petit ami, jusqu'aux minuscules baskets et à la casquette en jean, dit au petit garçon : Jamal, arrête de jouer.

Un homme demanda si elle avait des films de kung-fu.

Ils regardèrent la sélection ensemble. Ça c'est du kung-fu, lui dit-elle. Il dit c'est pas mal, mais je veux du Jackie Chan.

Jet Li est bien, essaya-t-elle de lui dire.

Pour moi, le seul l'unique, c'est Jackie Chan.

Et celui-là ?

Elle brandit un film hongkongais intitulé *Société secrète* en chinois et *Le porte-flingue* en anglais.

Faut que ça soit du Jackie Chan, dit-il. Je vais te dire le problème dans ce film. C'est les effets spaciaux. Dans un Jackie Chan, pas d'effets spaciaux. Les cascades, c'est lui tout seul. Regarde – et l'homme effectua une série rapide de blocages et de coups en se donnant des claques sur les bras et en hurlant : Haa !

Il émit un rire sifflant. T'as vu ça, bébé ? Regarde ! Il lui montra ses articulations aussi calleuses que les paumes de ses mains. Ça vient du style Shaolin. Il lui prit la main pour qu'elle le touche. J'me suis jamais écrasé devant tous les gros bras du quartier.

OK. Je trouve pour vous. Prochaine fois.

Moi, j'leur dis, si t'as un problème, envoie la sauce, chaton !

Elle sortit du fast-food. La rue résonnait des coups de marteau venant du chantier de construction, un énorme camion avec un rouleau de câble était garé là. Un Pakistanais de Lahore, la ville à l'autre bout de la route de Karakorum et qui descendait de l'ouest de la Chine, vendait des fruits à l'angle de Fulton Street. Sa barbe était rouge. Il priait sur un morceau de carton. Elle regarda un véhicule du NYPD passer près de lui et le conducteur regarda l'homme, mais pas elle. La certitude qu'elle ne risquait rien lui parcourut tout le corps.

Les Afro-Américains à la large carrure qui déambulaient sur Fulton Street en regardant les vitrines de Jimmy Jazz portaient de grosses vestes en cuir où étaient dessinés des ailes et des aigles et des griffons sur les épaules, un peu à la manière du tatouage de Skinner.

Il est avec moi, pensa-t-elle.

Le NYPD ne l'arrêterait pas. S'ils la passaient au scanner, ils verraient un drapeau américain. Elle tapa sur son tambour, celui de la légende, et l'ombre de Skinner apparut devant elle. Il la soulevait au-dessus du sol d'acier pour que ses pieds ne soient pas déchiquetés. Il l'empêchait d'être réduite à néant et souillée dans une cellule pleine de merde.

Sur Pennsylvania Avenue, il y avait de petits immeubles, la gigantesque étendue du ciel d'hiver, un grillage et de l'autre côté, un ballon de basket délavé. Elle se faufila dans une ouverture, marcha sur des cadavres de bouteilles, et descendit la colline en coupant à travers les carrés d'herbes mortes, une silhouette en capuche et jean, persuadée qu'elle ne tomberait pas, et se posta sur le terre-plein au milieu de l'échangeur. Dès que le feu passait au rouge, elle longeait les voitures côté conducteur en tendant ses films.

Une femme avec une casquette sous une capuche et emmitouflée dans une veste en tissu écossais vendait des roses. Le feu changea et elles revinrent au terre-plein.

Con cuidado, lui dit la femme.

Oui. Sí.

Et fais attention à la policía. Siempre.

La femme avait un joli visage, mais des points noirs douteux lui constellaient les joues. Elle expliqua qu'elle avait un caddie pour pouvoir tout emporter si les flics arrivaient, et elle sembla dire ensuite qu'elle avait aussi une fourgonnette, mais Zou Lei ne voyait rien. Les flics lui mettaient des amendes : cent, cent cinquante, des fois deux cents.

Oui. Sí. Mais, et ça ?

La femme regarda ce que Zou Lei lui montrait. La femme portait une autorisation de vente en extérieur glissée dans une pochette pendue à son cou. Elle la tint dans sa mitaine et dit quelque chose à son propos. Puis elle la rangea dans la poche de sa veste.

Ça coûte argent ? Beaucoup dinero ?

La femme secoua la tête, parla en espagnol. La carte était une fausse.

Zou Lei sautillait sur la pointe des pieds entre deux feux rouges, se frottait les mains.

Mucho frío.

Zou Lei acquiesça, Oui, sí, elle savait.

Elle se disait, j'en vends encore un.

Tu peux tout faire – vendre des jouets, des oranges, de la glace l'été, des cartes téléphoniques pour que les gens puissent appeler chez eux. À Singapour. Aux Philippines. Au Yémen.

En Irak. En Côte d'Ivoire. Au Salvador. Tu peux distribuer des prospectus pour des buffets à volonté, compramos oro – te trouver un caddie à pousser dans les montées et les descentes maintenant que cet homme est avec toi.

Elle pourrait contracter un emprunt, acheter un camion et être vraiment libre. Elle rêva que Skinner et elle vivraient un jour ensemble sur la route, voyageraient de ville en ville, vendraient leur marchandise. Elle s'imaginait avec lui, couteau à la ceinture, chapeau de cow-boy sur la tête, parcourant à cheval une terre gorgée de soleil hors d'atteinte des autorités.

13

Il voulait montrer que lui aussi travaillait. Je vais suivre le programme qu'ils indiquent là-dedans, commencer par deux sessions d'entraînement par jour. Prendre mes protéines. Il n'avait plus qu'à trouver une salle de gym sans règles à la con et ce serait bon.

Il venait d'un endroit appelé Shayler qu'il décrivit comme plutôt basique. Il y avait des bars, des églises luthériennes, et une supérette 7-11. Quand il parlait de chez lui, il disait la mézon. Les habitations couvraient une colline, comme un terril de région minière près de la Virginie-Occidentale. Sous l'autoroute qui traversait la ville s'élevaient des montagnes de gravier gris. Beaucoup de bars, beaucoup de boisson. Dans ces villes de l'industrie métallurgique, le football comptait énormément. Les gens y étaient assez racistes. Mais n'étaient pas complètement braqués non plus. Ils pouvaient devenir amis avec n'importe qui. Ils étaient comme ça, c'est tout. De vrais patriotes. Un raton laveur vivait sous sa maison. Ils étaient pauvres. C'était une région pauvre, dans l'ensemble. Sa mère, une femme mince et énergique aux cheveux blonds coupés court, passait son temps dans leur caravane à lire des *Reader's Digest* et à boire de la vodka dans un gobelet en plastique bleu.

Elle s'enthousiasmait pour tout ce qui sortait de l'ordinaire. Rien ne sortait jamais de l'ordinaire, la plupart du temps – en dehors des cuites. L'année de ses cinq ans, ce qui devait sans doute constituer son premier souvenir, sa mère lui avait montré l'image d'un chien de quatre-vingt-dix kilos à la télé et avait dit, regarde ça. T'as déjà vu ça quelque part ? Il se serait engagé dans l'armée même si les recruteurs n'étaient pas passés dans son lycée. Le 11 Septembre était la raison principale, mais il serait parti de toute façon, juste histoire de faire quelque chose.

Il lui parlait avec son bras tatoué autour d'elle et tenait sa cigarette à l'écart entre deux bouffées. Il avait joué au football au lycée, dit-il, et il se rappelait le stade et les scores inscrits sur les panneaux et l'équipe cent pour cent noire qui venait du quartier des gangs en haut de la colline et contre laquelle ils avaient joué. Une station-service devant le stade où tout le monde faisait demi-tour. Toutes les voitures blanches qui descendaient la colline vers les bars de Blancs et toutes les voitures avec des Noirs dedans qui remontaient la colline vers les bars de Noirs sur Lafayette Hill.

Tu as eu beaucoup de mecs ?

Non.

Comment ça se dit, déjà ?

Nanpengyou.

Nan-pong-yow. Alors, beaucoup ?

Non. Je me bats avec les garçons. Et ton père ?

Quoi mon père ?

Tu me parles pas lui ?

Skinner lui dit qu'un jour, il devait avoir autour de dix-sept ans, il était dans un bar de l'autre côté du fleuve et il s'aperçut que le mec qui pissait dans l'urinoir à côté de lui était son père. Il le décrivit pour elle : veste et pantalon Carhartt, une poignée de main incroyablement vigoureuse, il buvait au comptoir avec deux femmes. C'était son père. Et le tien ?

Ah ouais, j'avais oublié. Tu m'as déjà tout raconté. Le soldat chinois. Et tu veux savoir pour les filles ? dit Skinner. Il y avait cette nana qui lui plaisait, mais toute l'école avait su. C'était devenu l'histoire dont tout le monde parlait. Il n'avait jamais approché la célébrité de plus près. Quand il la croisait devant l'école, ils se dévisageaient avec toute cette pression sociale pesant sur eux. Elle se contentait d'un Saaaluuut, Brad. Rien d'autre n'arriva. Jamais il ne lui dit, tu me plais. Ça ne servait à rien de le dire puisque tous les autres le savaient, y compris elle. Ils étaient en dernière année de primaire et le moulin à rumeurs commençait à tourner.

Elle a cassé ton cœur ?

Ah ça, ouais. En deux morceaux.

Elle hésita à lui raconter qu'elle avait fait de la prison. Tu sais, je suis surprise que je te plais.

Pourquoi ?

Parce que je suis vieille.

Mais non.

Immigrée.

Et alors ?

Tu peux avoir fille américaine. Cheveux jaunes. Grande et belle.

Je sais pas si t'as remarqué, mais je suis pas hyper grand. Ce genre de nana voudrait jamais sortir avec moi.

Mais si. Bien sûr. Elle t'aimera.

Il y a que pour certaines personnes que l'amour fait tourner le monde, dit Skinner.

C'est quoi qui tourne le monde ?

Franchement ? La guerre.

La guerre ?

Ou plutôt, je dirais d'abord l'argent. L'argent, et ensuite, la guerre. Tout le monde se la joue, genre, on est patriote, le drapeau, toutes ces conneries bien-pensantes.

La société a besoin hommes et femmes courageux pour se battre.

À sa demande, il roula sur le côté pour qu'elle puisse de nouveau regarder sa cicatrice.

Elle dit que ça allait mieux, ça se voyait.

Au parc, elle posa un pied sur un banc derrière elle et effectua des fentes en équilibre sur une jambe qui portait tout le poids du corps, les mains derrière la tête, les yeux levés vers le ciel au-dessus du Queens, comptant tout bas pour voir si elle ferait toutes ses séries ce jour-là. Elle avait des jambes puissantes. Elle ne fréquentait pas de salle de sport, elle avait le parc. Elle s'était fait un programme d'entraînement, des heures, des jours, des séries, différents exercices trouvés dans le magazine de Skinner, la page avec Miss Fitness qu'elle avait arrachée et rangée dans son sac chez elle. Elle était aussi prête à apprendre de tous les gens qu'elle voyait, ceux qui n'avaient plus que leur imagination pour eux avaient inventé beaucoup de choses dont elle pourrait profiter. Les Latinos apportaient leurs gants de chantier au parc et faisaient des enchaînements de gym suédoise appris en prison, différentes sortes de tractions, des pompes en prise large ou les mains très en avant, des pompes décalées sur un côté, des pompes diamant, des pompes sur un bras, des pompes cubaines, des pompes inclinées, les pieds sur un banc. Puis ils se mettaient à courir, les bras plus épais et gonflés. Elle faisait des pompes et du step-up sur un banc et des exercices pour les lombaires à la barre, puis elle se mettait par terre, faisait un grand écart, se soulevait du sol, se relevait et effectuait un saut cuisses serrées.

Des types cradingues donnaient des coups de pied dans les mauvaises herbes à la recherche de sachets de dope, lançant leur jambe comme une faux. Les femmes en bas de jogging lâches sortaient leurs pitbulls, discutaient d'une voix rauque avec les hommes des maisons situées sur Elder Avenue, fumaient tout en parlant. C'est un red nose. Moitié red nose, moitié american pit. Ils sont jumeaux. Celui-là c'est Lucky. Celui-ci Flash. Il aime sa maman. Faites gaffe. Il est gentil, mais il mord.

À travers les losanges du grillage, une femme qui tenait une canne d'hôpital et un sac à main se mit à crier sur une vieille dame toute voûtée qui faisait la moitié de sa taille. Vous avez perdu mes clés ! Vous avez perdu mes clés ! Je peux pas rentrer sans mes clés.

Les Chinois se disposaient en rang comme à l'armée et on entendait jouer des valses. Une voix enregistrée disait, yi… er… san… si. Ils écartaient les bras et soulevaient des poignées d'eau et de terre imaginaires, levaient les bras et écartaient les doigts pour que tout retombe sur leur visage tourné vers le ciel, en cadence. Dans les villes chinoises, les moines voyageurs descendaient des camions transportant des céréales et effectuaient ces mouvements en chaussons et bandes molletières. Ils cassaient des briques sur leur crâne rasé et se donnaient les uns les autres des coups de marteau dans le ventre. Ils dirigeaient leur qi vers un point au-dessus du cœur et pliaient des épées contre leur poitrine. De jeunes disciples fougueux parcouraient deux cents mètres sur les mains, faisaient des pompes ainsi en équilibre, et toujours dans cette position, sautaient et tapaient dans leurs mains en poussant des cris d'effort. Les villageois les regardaient bouche bée, les racines de leurs dents visibles au milieu de ce visage assagi par le soleil. La police chinoise surveillait les villageois pour s'assurer qu'ils n'étaient pas trop nombreux à se réunir dans un seul lieu à la fois et que toutes leurs activités étaient saines, politiquement saines.

Pour la première fois de sa vie, Zou Lei vit à Kissena Park des adeptes d'un culte interdit, les Falun Gong. Ils portaient des joggings blancs assortis et se tenaient en cercle pour faire tourner la roue du Dharma sur une musique New Age sortant de leur lecteur CD. Cette roue se retrouvait dans le cosmos, et ils en portaient également une en pendentif sur leur poitrine. Selon leur système de croyance, faire tourner cette roue leur apporterait la santé, guérirait leur cancer et changerait l'histoire. Dans le Queens, ils étaient libres de changer l'histoire. En Chine, on les envoyait dans des centres de détention, des camps de travail. Par leurs exercices, disaient-ils, ils finiraient par bouter hors du pouvoir les hommes d'affaires encravatés de Beijing. Les membres de ce culte avaient de nombreuses preuves écrites et photographiques de ce que les autorités chinoises se permettaient de leur faire au nom de la sécurité d'État : kidnappings, tortures sexuelles, trafics d'organes, et ainsi de suite.

14

Dans un programme radio en cantonais, elle entendit une publicité pour un centre commercial appelé Flushing Mall situé sur la 38th Road, derrière le Sheraton de LaGuardia. La patronne lui dit que c'était là qu'ils gagnaient de l'argent. Après le travail, Zou Lei remonta la foule à contre-courant vers Roosevelt Avenue et coupa à travers un parking. De l'autre côté de la rue, elle entra dans un bâtiment – un espace général de vente – dont le toit était couvert d'idéogrammes dorés et qui jouxtait un Holiday Inn géré par des Indiens.

Les lieux étaient envahis de gamins, des filles de quinze ans qui criaient, qui défilaient en balançant leurs bras tendus, hurlaient, grondaient les garçons. Ils étaient assis sur les tables et envoyaient des textos, bottes d'Eskimo aux pieds, leur jean taille très basse. Des hommes levaient la tête comme des chevaux, le crâne allongé aux joues creuses, et observaient. Puis ils replongeaient le nez dans leur bol, les yeux au-dessus du bord. Sacs en plastique, cheveux noirs et baskets, ils mangeaient avec leurs longs doigts effilés. Des spots éclairaient les comptoirs. On voyait le visage figé des femmes en tablier, debout, dans l'attente, dans l'attente de servir quelqu'un, et derrière elles, les cuisines qui fumaient comme des bains publics.

Elle s'approcha du premier comptoir et dit qu'elle cherchait un job.

C'est à lui qu'il faut s'adresser. Là-bas.

Le boss avait les cheveux gominés et peignés en arrière. Il était assis devant un plateau où s'entassaient des serviettes en papier détrempées, des tendons, du lotus, des tripes régurgitées ; il portait le col de sa chemise rose relevé. Dans l'ouverture en V de la chemise pendait un morceau de jade. On m'appelle Polo, dit-il. Il toussa. S'essuya la bouche et son nez rougi. Il arborait un bracelet de perles en bois au poignet, avait les mains larges d'un gars du Nord. Il était mince, grand et placide.

Où tu travaillais avant ?

J'ai travaillé partout. D'ici en Caroline. Dans les fast-foods. Je peux tout apprendre, je travaille très dur. Je suis rapide, je cours. Ouvrir, allumer le feu, verser de l'huile, mettre de l'eau à chauffer, couper la viande, la hacher, la débiter, préparer le riz, la sauce, aller chercher les légumes, faire la pâte, les dumplings, les frites, transporter les marchandises à l'intérieur – parce que je suis forte, même si je suis une femme. J'ai suivi un entraînement militaire. Je reçois des ordres, hurle des ordres, sers les commandes à emporter, fais la caisse, sors la poubelle, balaye par terre, lave par terre, lave le comptoir, la vaisselle, les bols, casseroles, louches, hachoirs, pelles, baguettes, cuillers, j'éteins le feu, la lumière, ferme. Tous les jours, je travaille dur, je dors bien.

Tu comprends le cantonais ?

Bien sûr, mentit-elle.

Il se leva, abandonna son plateau. Elle le ramassa et débarrassa pour lui.

Laisse ça, dit-il.

J'aime travailler, répondit-elle.

Il la conduisit derrière le comptoir. Les autres femmes la dévisagèrent. À la lumière des spots, elle aperçut des ombres à paupières, des crinières de loup, longue mèche devant, cheveux courts et hérissés derrière.

J'ai besoin de gens capables de gérer le grand menu. On augmente le nombre de plats. Sa voix se noyait dans le bruit du ventilateur pendant qu'ils traversaient la cuisine. Quelqu'un, les avant-bras pâles et humides de sueur, remua un wok, le souleva et un panache de flammes s'en éleva d'un coup.

Ils sortirent de la cuisine et remontèrent un couloir qui sentait les poubelles, comme s'il y en avait des bennes entières, un mélange de tripes et de riz. Des traces de coups de pied, des empreintes de chaussures sur les murs. La saleté caramélisée, les ordures. Elle le suivit dans une réserve où il se mit à chercher des papiers dans une caisse de légumes vide Sun Disc.

Tu veux le job, non ?

Bien sûr.

Un certificat de l'inspection sanitaire était scotché à côté du calendrier Han May. Il était au nom d'Eugene Cheung D.B.A. Fong et Associés. Elle entendait les gens travailler de l'autre côté des cloisons.

Quel est ton nom de famille ?

Zou.

Prénom ?

Lei.

Elle le regarda écrire sur un morceau de papier déjà couvert de mots et de numéros de téléphone, soulignés, entourés, biffés.

Pas cette Lei.

Pas le bourgeon Lei ?

Non. Non pas comme le brin d'herbe.

C'est éclair-tonnerre Lei ? Il l'écrivit correctement.

Oui.

Ce n'est pas un nom pour une fille. Tu es un garçon ?

C'est le nom qu'on m'a donné.

Ils voulaient un fils, j'imagine. Ou alors ils ne comprennent pas les idéogrammes. Beaucoup de Chinois ne connaissent pas bien les idéogrammes. Pas vrai ?

Elle ne répondit rien.

Les Chinois veulent un fils. En Amérique, ce sont les filles qui ont le pouvoir, non ? Tu en as entendu parler ?

L'égalité homme-femme.

Tu crois au pouvoir des filles ?

Oui, dit-elle.

Je m'en doutais, sourit-il. Le business se développe. Ce secteur grossit. Beaucoup d'argent investi. Comme ce n'est que le début, nous essayons de nous adapter pour pouvoir surfer sur cette nouvelle vague. Nous importons les saveurs de l'océan, le bœuf, l'anguille, tout ce qui est sa-cha. On veut que notre équipe soit comme une armée. Il brandit une main griffue pour montrer ce qu'il voulait dire. Accaparer le marché, prendre une part de plus en plus grande, très grande.

Il écartait les doigts un peu plus à chaque mot. Il donnait l'impression de diriger un orchestre. C'est le moment de saisir l'opportunité, la véritable opportunité. Regarde : les prochains Jeux olympiques auront lieu en Chine. C'est formidable !

Et la paye ?

Elle est rationnelle.

Salaire minimum ?

Bien sûr. C'est la loi. Je dois respecter la loi. Tu dois respecter la loi. Dans une société, tout le monde doit respecter la loi.

Il lui demanda son permis de travail, sachant depuis le début, pensa-t-elle, qu'elle n'en avait pas.

C'est grave, dit-il. Si je t'embauche, je prends un risque.

Pas vrai ? insista-t-il, voyant que Zou Lei ne réagissait pas.

Je prends un risque. Très sérieux. Si je prends un risque, alors qui est responsable en cas de problème ? Il faut que ce soit toi qui prennes cette responsabilité. Si je me montre flexible avec toi, tu dois l'être avec moi. Ça paraît juste. Je vais donc adapter ton salaire. Il écrivit cela sur le papier, l'entoura. Voilà ton salaire.

Elle fit le compte dans sa tête.

Un dollar de plus, dit-elle.

Il sourit, non.

Je suis flexible, lui rappela-t-il.

Je t'assure. Il ne faut pas être déçue. Je te dis la vérité. Ça représente beaucoup d'argent.

15

Pour son premier jour, Zou Lei arriva en avance dans l'aire de restauration et attendit une demi-heure avant d'entendre les ventilateurs de l'aération se mettre en route dans les cuisines au fond. Puis d'un coup, les lumières s'allumèrent. Elle entendit le froissement d'un sac en plastique et quelqu'un qui entrechoquait des objets et elle vit une femme au visage pareil à un masque qui se déplaçait sous l'éclairage.

Bonjour, dit Zou Lei. Je viens travailler.

La femme renifla et but une gorgée d'un liquide jaune dans une bassine en plastique. Zou Lei regarda autour d'elle. Elle attendit. Elle ne voyait pas l'homme qui l'avait embauchée. Elle se faufila sous le comptoir.

Personne t'a invitée, dit la femme, un wonton entre les lèvres.

Je viens travailler.

Souviens-toi de ça.

Ils la firent attendre. La caissière arriva et dit, tu veux bien te pousser ? Lança son sac sur une étagère sous le comptoir. À l'arrière, un wok recevait des coups de raclette. Ils sortirent le tofu de poisson. Le tofu puant c'est hyper bon, dit la caissière, des paillettes dans sa crinière de loup. Elle tint une brochette entre ses lèvres acryliques. Elles parlaient dans un argot que

Zou Lei ne comprenait pas. Tout était numéro neuf. Elle apprit que ça voulait dire bite ou queue. Tu peux pas rester plantée là. Zou Lei se déplaça une fois de plus. Le cuisinier arriva et posa violemment une autre marmite sur la table de cuisson vapeur, des marques de brûlure violettes sur les bras.

Va accrocher ça. Tu ne peux pas travailler comme ça. Ils voulaient parler de sa veste. Le porte-manteau était sous la caméra de surveillance. La femme jeta sa soupe. Moi, superviseur. Elle avait un visage blanc et brillant, des sourcils obliques peints sur le front – une Cantonaise. Ton tablier est où ? Viens. Elle montra les bacs à friture à Zou Lei, la vinaigrette, le congee, la pâte de viande – elle soulevait les couvercles en métal et pointait du doigt, donnait un coup dessus avec une louche : Crème anglaise ! Oublie pas ! Fit glisser un carton de sous un casier. Tu as besoin sac-poubelle, tu trouves là. Elle remisa le carton d'un coup de pied. Jambe frite, désigna-t-elle ensuite. De la viande flottait dans l'eau. Boulette de poisson. Elles contournèrent un seau. Le ventilateur tournait. Le cuisinier remuait un wok au-dessus du gaz. Évier, wok, couteau, brosse à nettoyer. Tu haches sur cette table, pas là.

Viens ! dit-elle. Elle emmena Zou Lei dans la réserve où étaient suspendus des torchons, l'amidon en bidon de quatre litres.

Emploi du temps, montra-t-elle du doigt. Un écritoire à pince avec un stylo-bille attaché à une ficelle. Tu vérifies tous les jours avant de partir.

Tu dis quoi ?

Quoi.

Je comprends pas trop bien, dit Zou Lei.

J'ai déjà dit.

Mais quoi ?

Demande à quelqu'un si tu ne comprends pas.

On lui donna un uniforme composé d'un chemisier, d'une visière et d'un tablier orange. Tu dois payer pour ça.

Quand elle dit, quoi ? ils crurent qu'elle voulait faire des histoires.

Nous avons tous payé. Rien n'est gratuit dans cette vie.

Ils l'envoyèrent récupérer les plateaux avec un chariot. Un bruit assourdissant régnait dans le sous-sol. Elle ramassa les plateaux de toute l'aire de restauration. Non, seulement les nôtres ! lui dirent-ils à son retour. C'est pourtant évident. Mais personne ne lui avait dit. Elle transpirait. Elle avait les mains couvertes de la nourriture mangée par d'autres. C'est pas grave, dit la petite, celle qui s'appelait Sunnie. Sépare-les et remets les autres à leur place.

Elle rattrapa ses erreurs – s'évertua. Elle transportait la vaisselle dans des bassines. Des enceintes diffusaient de la techno chinoise au-dessus d'eux. Attention ! lui dit brusquement la caissière. OK. Elle contourna le seau. La bassine était presque trop lourde pour elle. Ses doigts glissaient – elle rajusta sa prise en s'aidant du genou – et vida le seau dans l'évier. Ils criaient des ordres depuis l'avant. Sa-cha. Le cuisinier répétait : Sa-cha.

Tu sais comment nettoyer ? Elle acquiesça. Elle fourra les baguettes dans un pot troué. Certaines se coincèrent dans les trous. Elle secoua le pot pour les remettre en place et passa le jet d'eau. Elle éclaboussa son tablier orange. De la vapeur s'éleva. Le cuisinier lui arracha le tuyau et aspergea les plats. Les gerbes d'eau envoyaient un son mat dans l'évier. Il versa du liquide vaisselle et des bulles sortirent de la bouteille, s'accumulant sur le côté, tremblotantes, lourdes, irisées. Il s'éloigna. Elle lava les plats avec une éponge à gratter. Vite, vite, vite ! hurla-t-il. Il déplaça des marmites, nettoya la table en inox, l'essuya vigoureusement avec son torchon. Elle sortait les assiettes, une, deux, trois, dégoulinantes d'eau. Ses bras étaient trempés. L'explosion du jet tambourinait sur l'évier en inox. Tout était trempé, les sabots en plastique à ses pieds, trempés. Elle sentait la crasse se faufiler dans les fissures et les moulures, le conduit d'évacuation engorgé.

Le coup de feu était passé. À l'avant, ils buvaient des sodas dans des gobelets.

Personne ne lui dit rien. Elle se versa un Coca-Cola entier, sans glace et le but d'une traite, le souffle court. Qu'est-ce que ça faisait du bien. Le sucre passa dans son corps d'un coup comme un rayon de soleil sur le désert.

Elle prit de la viande sur la table de cuisson vapeur et prépara à Skinner un repas surprise. Elle remplit une barquette en polystyrène de riz, de bœuf et de dumplings qu'elle mit ensuite dans un sac en plastique qu'elle cacha sur l'étagère près de la Maïzena en attendant de le lui apporter après le travail. Comme elle n'avait qu'une fourchette en plastique, il dit, non, laisse tomber, et mangea le plat froid avec ses doigts, ainsi qu'il l'avait tout le temps fait dans l'infanterie. Quand ce fut au tour de Zou Lei, elle se pencha en avant et mangea à sa manière comme n'importe quel ouvrier asiatique qui se sert de sa fourchette comme d'une pelle. Ils durent manger chacun leur tour pour ne pas se cogner la tête au-dessus de la barquette. Elle lui donna un petit coup de coude et il la regarda.

Tongkuai.

C'est bon ?

Oui. Tongkuai est chaud. On a très chaud ici. Elle désigna le sous-sol aux murs peints en violet, isolé de la nuit froide et noire de l'autre côté de la fenêtre.

L'insigne sur son uniforme disait : Ah Genuine, et deux sortes de personnes travaillaient avec elle. Les jumelles à la caisse, Angela et Kay qui étaient allées au lycée à New York et s'exprimaient dans un argot hybride où DG voulait dire se masturber. Elles appelaient les immigrés des mouches, des saute-grillages, des boat people, ou des saiwooks – cargaisons –, en référence à tous ceux qui étaient morts dans les camions qui traversaient la frontière. Les parents des caissières étaient venus ici légalement. Sur un ton de défi, elles reconnaissaient ne pas savoir lire le chinois. Quand elles envoyaient des textos, elles utilisaient un mélange d'idéogrammes cantonais et d'acronymes anglais. Elles portaient un filet sur les cheveux et des soutiens-gorge qui soulignaient leur poitrine.

Sassoon, la plus âgée d'entre eux, était là depuis quinze ans déjà, arrivée à une époque où les Asiatiques étaient encore minoritaires dans ce quartier, au tout début de la vague d'immigration, plus ou moins au moment de la première guerre du Golfe. Les Noirs s'étaient moqués de son anglais. Elle vivait parmi eux et les appelait jiekwans quand elle parlait à d'autres gens comme elle, des gens qui comprenaient son cantonais, des gens qui possédaient une carte verte.

Chez elle, dans le Guangdong, elle avait de la famille éloignée à Grand Filet et Plante d'eau douce, où ils vivaient pieds nus, le pantalon retroussé autour des genoux, travaillant avec leur buffle d'eau dans les rizières, leur faciès de paysans plissé et couturé par des années de labeur au soleil. Les excréments humains servaient à fertiliser les champs. Sassoon souffrait d'une hépatite. Elle avait aussi de la famille à Hong Kong. Elle s'appliquait du Beauty White pour se blanchir le visage. Même en hiver elle se protégeait du soleil avec son exemplaire du *Sing Tao*. L'été, elle portait une ombrelle. Elle allait chez l'esthéticienne, se faisait teindre des mèches en rouge, masser la peau avec de la crème et rajeunir les ovaires.

Elle était célibataire depuis que son mari, qu'elle n'aimait pas, était rentré en Chine. Son frère avait monté une entreprise avec un autre homme, un cousin, et ils installaient des fenêtres. Une fois par semaine, elle leur cuisinait du poisson baignant dans une sauce marron avec les arêtes, le tout gardé dans un bol bleu et blanc couvert par une assiette et mis au frigo.

Elle n'aimait pas parler avec les gens qui ne la comprenaient pas parce qu'elle devait recourir au mandarin ou à l'anglais qu'elle ne maîtrisait pas bien, ce qui sous-entendait qu'elle manquait d'instruction. Mais elle ne résistait jamais à l'opportunité de discuter avec Polo, attablé seul dans l'aire de restauration, lisant son journal qu'il tenait haut entre ses belles mains huilées, la une visible par tous.

Durant la pause, Sassoon et les caissières allaient s'asseoir à la table de Polo. Elles se servaient de la nourriture au buffet, la même chose que les clients. Angela jouait les difficiles. Elle disait que la viande la dégoûtait. Sassoon, qui surveillait sa silhouette, n'avalait que de la soupe. Le cuisinier, Rambo, s'asseyait aussi avec le patron et mangeait des montagnes de riz chaud. Rambo portait une chaîne en or et avait le crâne rasé, des avant-bras musclés à la peau terreuse et brûlée de partout. Il avait deux dents en or et un dragon tatoué sur l'avant-bras. Un ou deux hommes plus ou moins impliqués eux aussi dans l'affaire déjeunaient soit avec Rambo, soit entre eux.

Ces hommes qui venaient de différentes régions du nord-est de la Chine où se trouvaient les mines de charbon, remboursaient des emprunts sur des propriétés dans le Queens. L'un d'eux avait travaillé dans une entreprise de sécurité privée pour une mine de charbon. Ils parlaient de rentrer en Chine où l'on pouvait désormais faire fortune, et d'ailleurs, ils y retournaient régulièrement, de même que Polo, pour les affaires.

Polo leur montrait la qualité de son anglais, et Sassoon, qui mangeait la bouche ouverte, le visage luisant à force de se blanchir la peau, l'observait. Rambo ne parlait qu'aux hommes. Polo parlait à toutes sortes de personnes dans toutes sortes de langues selon leurs origines. Il croisait les jambes et se positionnait de biais, s'adressait aux gens de biais, donnait ses explications. Il était informé et pragmatique, leur parlait en regardant juste au-dessus de leur tête. Puis il riait de tout ce qu'il savait. Vous apprendrez. Il faut du temps. Les compétences s'acquièrent lentement.

Ou bien il ouvrait son journal, lisait et la tablée restait silencieuse.

C'était donc le premier type de personnes qui travaillaient au restaurant, et c'étaient eux qui décidaient. Le second type, une classe subalterne, ne mangeait pas à la table de Polo. Dans la cacophonie de la cuisine, l'une d'elles regardait l'heure et hurlait, jie bun ! et les membres de ce groupe allaient chercher leur bol. Ils mangeaient à tour de rôle. Ils sortaient dans l'aire de restauration en emportant une grande marmite remplie de pousses de haricots qu'ils se partageaient. On leur donnait du riz sorti de l'autocuiseur de soixante-dix litres. En tant que membre de cette classe subalterne, Zou Lei mangeait quand c'était son tour. Ce groupe se composait uniquement de femmes sans papiers. Elles mangeaient voûtées, la tête baissée, à la table près de la sortie.

Deux Mexicains au visage et aux bras extrêmement bronzés, y compris en hiver, sortaient de la cuisine où ils découpaient des légumes et venaient partager leur repas avec elles de temps en temps. Ils portaient leurs vieilles casquettes de base-ball à l'envers. Ou bien ils allaient s'asseoir à une autre table, également à proximité de la sortie, et se parlaient tout bas en mixtèque.

Les autres femmes étaient plus âgées, ou du moins en avaient-elles l'air, et de petite taille parce qu'elles avaient souffert de malnutrition dans leur enfance. Certaines parlaient avec une grosse voix dure et rurale. Elles avaient en commun de ne pas posséder de permis de travail. La plupart venaient du Sud, Zou Lei était l'exception.

Une femme qui lavait la vaisselle avec un foulard sur la tête dit :

Tu ne me comprends pas parce que je viens de la Préfecture Source Minérale, très campagne. Terre-poussière. Terre-poussière. Nous étions de la poussière, nous vivions dans la poussière et c'est elle qui nous donnait cette vie. Avant, nous avions des champs. Nous avions de quoi manger sans compter. C'était la campagne là-bas. Et puis ils ont détruit les champs et mis des immeubles partout. Il n'y a plus de champs où planter. Ils ont mis des usines et rien ne pousse. La vie est réduite à rien. Il n'y a pas de travail. Les gens pêchent s'ils peuvent. Les usines, on ne peut pas y travailler non plus. Les emplois vont aux minorités, aux Dai et aux Wey avec leurs turbans, aux comment-qu'ils-s'appellent.

Comment-qu'ils-s'appellent qui ?

Les Ouïghours.

C'est quoi les Ouïghours ?

Des qui sont pas de la ville. Des arriérés. Ils prennent la nourriture avec leurs doigts, sans baguettes, la mangent wa-la-wa-la. Ils portent des couteaux. Le gouvernement leur laisse avoir tous les enfants qu'ils veulent. Nous, un seul, et eux, beaucoup. Après, ils leur donnent le travail dans les usines parce qu'ils le feront pour rien. Ça fait baisser la norme pour tout le monde.

Ils portent des turbans comme ça.

Non, dit Zou Lei.

Si. Comme Oussama ben Laden, ils portent des turbans. J'en ai vu à la Colline de Bouddha, à l'usine là-bas, une énorme usine étrangère, une grosse avec deux grands bâtiments, des patrons étrangers, beaucoup d'hommes riches de Taïwan. Des hommes à gros poignets, des puissants. Ils déversent du poison dans les champs. Nous ne pouvions plus vivre et nous autres, les gens ordinaires, nous les avons retenus en manifestant. Leurs Ouïghours avaient des turbans grands comme ça, et trois quatre fois par jour, il fallait tout arrêter pour qu'ils puissent prier vers La Mecque – des superstitions houligouli-houligouli. Comme ils ne rapportaient pas d'argent, ça a entraîné la ruine, et plus d'économie.

Non, c'est pas vrai.

Et comment tu le saurais ? Regarde-toi, tu prends un air, on dirait que tu caches quelque chose – hein ? Tu sais quelque chose, pas vrai ? Je parie que tu es ouïghoure ! Tu l'es ? Tu vois, je le savais !

C'est quoi une Ouïghoure ?

T'as qu'à leur expliquer. Informe tes nouvelles collègues. C'est toi l'experte.

L'imam porte turban. Les hommes portent calotte. Les femmes portent foulard.

Ils sont étrangers ?

Ils viennent d'Afghanistan par là-bas, mais ils appartiennent à notre Chine. Dis-leur, toi ! Et il est où, ton foulard ?

Pourquoi tu dois porter un foulard ?

Tu ne veux pas que les gens sachent qui tu es.

Je suis moitié Han.

Tu vois, très vicieuse. Exactement comme eux. Tu es moitié Han, maintenant. Je parie que tu dis ça parce que tu as peur qu'avec nous, tu sois discriminée.

Mais la plupart ne se souvenaient pas de ce qu'elle était. Elles ne voyaient pas qu'elle courait quand les autres marchaient, qu'elle arrivait tôt et partait tard, qu'elle faisait semblant d'être à l'armée. Ce qui la faisait remarquer, ce qui la rendait différente : elle appartenait à une minorité du Nord et ne parlait pas cantonais. Ils la prenaient pour une Mongole ou une Russe – tout était bon pour expliquer son apparence différente et sa façon de parler. Ce qu'ils voyaient surtout, c'est qu'elle n'était pas constituée comme les autres Chinoises. Un jour, Polo passa les femmes en revue et dit que Zou Lei détonnait. Elle est en bonne santé. À l'américaine ! Il rit hahaha. Il dit à la caissière qu'elle avait l'air maigre. Pourquoi tu ne fais pas du fitness comme Jack LaLanne ? Et les Cantonaises grimacèrent.

Ils lui donnèrent un carton de sachets en plastique et lui firent mettre dans chacun un sachet de sauce de canard, un autre de sauce au soja, une serviette et une fourchette en plastique. On verra combien de temps ça te prend pour en faire cinq cents. Comme ça – tu souffles pour ouvrir le sachet. Il est l'heure d'arrêter. Tu le feras plus tard. Elle rapporta la vaisselle. Elles hachaient du chou.

J'essaye, dit-elle.

Non, dit Rambo, toi tu es la vaisselle, les poubelles, les dumplings et le ménage.

Elle remplaça Sunnie au comptoir de service, une louche à la main, sur la pointe des pieds, le regard porté au-delà des lumières vers les gamins avec leur casquette de travers, plus gros que leurs parents, attentive à ce qu'ils disaient : Lui c'est mon pote, quoi, comme mon frère, quoi. Zou Lei les regarda passer – elle les regarda pendant qu'eux aussi la regardaient, l'examinaient, la mataient, et parlaient d'elle, la dévisageaient jusqu'à ce qu'elle détourne les yeux.

C'est de toi qu'ils parlent. Y racontent qu'ils t'ont vue t'entraîner dans le parking. Mais genre, c'était toi ? C'est ouf. Hé, c'est la nouvelle employée. C'est elle. Faut que je le raconte à quelqu'un.

La caissière envoya un texto à sa sœur.

Et genre, tu t'entraînes à quoi ? À l'oral ?

Gymnastique, dit Zou Lei.

La caissière lâcha un rire perçant en lisant quelque chose sur son téléphone.

16

Leur cantonais était difficile à comprendre, le carrelage en renvoyait l'écho. Ils lui tournaient le dos. Elle tournait le dos à l'évier. Va chercher le gwat, disaient-ils – croyait-elle. C'était comme d'entendre parler quelqu'un à travers un prisme. La langue prenait différentes formes, selon que les locuteurs venaient de l'intérieur des terres ou de la côte. Sunnie apparut. Elles tirèrent des bassines de sous la table de métal. Sassoon y plongea une main et en sortit une poignée d'organes de poulet qui lui glissaient entre les doigts. Prends les bijoux. Je cuisine les bijoux, disaient-ils, et ils retiraient la membrane. Prends la soie, disaient-ils. Inutile de gâcher. Prends la main de Bouddha. Laisse-moi passer. Une main couverte de graisse saisit un couteau. Elle entendait qu'on découpait quelque chose en rondelles et crut qu'ils appelaient ça gwat mais c'était des carottes. Qu'est-ce qu'on fait ? On fait du crabe poilu, richesse de toute la famille. Façon très ennuyeuse. Sunnie revint avec des bols et les posa sur la table. Un pour mettre le gras, le bijou, le tendon, le lotus, le parapluie, bijou, fœtus de poulet. Ils désignèrent Sunnie avec le couteau, tu ne fais pas l'arithmétique. Elle dit, je vais en chercher un autre. Trois un de plus ! Tu vois ? Elle ne fait pas l'arithmétique ! Sunnie dit OK et repartit. Une fois trois égale trois. Zou Lei réalisa qu'ils parlaient de bols. Les femmes n'arrêtaient pas de manipuler de la viande. Une odeur de menstrues. Je sens que tu es en pleine tension mensuelle, disaient-ils, arborant des éclats d'or jaune, de petits yeux. Ils fouillèrent dans les bacs sales par terre et sortirent un radis, le débitèrent avec un couteau. Des lamelles collées à la surface métallique à cause des champignons qu'ils découpaient, la boue accrochée à une racine. Le lotus, une fois tranché, ressemblait à un sinus de porc en coupe. Il est encore sale. Tu ferais mieux de le nettoyer sinon tu vas embrasser les pieds de Bouddha. Elle utilisa un bout de carton comme balayette pour nettoyer par terre. La poussière s'accroche comme à une fille de la campagne.

Il dit que tu t'es trompée dans la commande. La commande c'est lamelles de bœuf, poulet, porc et huître. La dinde à part. Quand il y a commande, s'il y a accompagnement, il faut demander. Tu peux avoir l'accompagnement de congee ou de riz. Si c'est viande, tu demandes quelle sauce. L'huître seulement avec l'accompagnement de riz. S'ils veulent poulet avec huître, tu demandes à Rambo pour qu'il ajoute derrière. Quand elle dit commande, elle doit dire la commande d'abord et après l'accompagnement. Si c'est accompagné avec les nouilles, elle dit bœuf et nouilles. Pour aller plus vite, elle dit seulement porc. Elle dit cent fois par jour, pas répéter, sinon tout le monde devient fou. Un seul mot, c'est bien, tout le monde sait. Simple ! Congee encore un. S'ils veulent vermicelles, s'ils veulent tendon, garde pas le secret. Tu le dis derrière.

Elle ne s'entraîna pas durant sa pause. De toute façon, elle n'avait pas le temps. Elle plongea ses baguettes dans la marmite commune et se servit un nid mouillé de légumes qu'elle jeta sur son riz avant d'aspirer le tout, et durant le temps qui lui restait, elle ne cessa d'aspirer et de mâcher son riz.

Quand les livraisons arrivaient, elle déchargeait les cartons avec les Mexicains, et en dehors du travail, elle doublait parfois la distance parcourue le soir en allant courir vers Corona à l'ouest. Ensuite, elle prenait éventuellement le train et rejoignait Skinner, profitant d'une correspondance gratuite avec le bus quand elle était fatiguée. Ses baskets partaient en lambeaux, les semelles complètement aplaties. Elle scruta la vitrine du Foot Locker.

Un jeune black aux épaules larges portant l'uniforme du magasin parlait à son ami et sortit pour voir s'il pouvait l'aider. Il s'humecta les lèvres et dit, vous cherchez quelque chose ? Elle se tenait bassin en avant dans son jean en train de lire les prix. Je peux vous renseigner ?

Son sourire souligna les rides d'expression autour de sa bouche. Mais elle calculait les jours jusqu'à sa paie.

OK, je vois. Permettez-moi de vous proposer d'entrer dans mon bureau où il fait plus chaud ?

Même là, avec le loyer à payer, il ne lui resterait quasiment rien.

Attendez, attendez – pas la peine de partir. Je suis là pour vous renseigner et vous servir.

Avant de la laisser partir, il insista pour lui serrer la main qu'il baisa et qu'elle retira brusquement en riant. Il la rappela tandis qu'elle s'éloignait dans la rue :

On se reverra ! Pensez-y, m'dame !

Le matin, elle courait loin dans le parc, traversait une route qui le coupait et continuait dans la direction des grands bâtiments isolés qui lui faisaient penser à des montagnes. Elle parvenait à un terrain de basket où des Afghans, jeunes et vieux, jouaient au foot en sandales en cuir par moins cinq degrés. Les hommes avaient des barbes d'imams et les garçons couraient dans un style désarticulé à cause de défauts de naissance dus à une exposition à de l'uranium appauvri.

Quand elle reçut sa paie, elle acheta une paire de baskets d'une sous-marque dans un magasin Tout-à-quatre-vingt-dix-neuf-cents. Elles lui faisaient mal aux talons et Zou Lei mit du scotch dessus pour être plus à l'aise.

À un moment où elle était seule, elle se baissa sous la table de cuisson vapeur où elle prit une barquette en plastique, puis, après avoir jeté un regard alentour, souleva un couvercle en inox pour voir ce qu'il y avait dessous. Il n'y avait rien si ce n'est de l'eau et elle laissa retomber le couvercle – dans un bruit de cymbale –, retirant vivement sa main brûlée par la vapeur. Elle attrapa une louche et souleva le couvercle suivant à l'aide du manche. De la vapeur s'échappa. Entendant quelqu'un venir, elle referma le bac et fit un pas de côté. Le cuisinier, Rambo, arrivait plié en deux en marchant rapidement comme s'il essayait de rattraper la marmite qu'il tenait devant lui avec des torchons. Elle recula pour lui céder le passage. Il posa sa charge, prit un couvercle, et l'abattit sur la marmite. De là où elle était, Zou Lei regarda la chaleur monter du riz. Rambo saisit sa louche et fit voler les couvercles des bacs, les réceptionnant comme un jongleur d'assiettes chinoises dans un cirque. Elle fit semblant de ranger les tasses. Il s'accroupit et alluma un brûleur. Elle remisa la barquette et alla chercher son torchon dans le casier avec les vestes, les sacs à main et l'amidon. Par terre se trouvaient les sacs de courses remplis de légumes des uns et des autres. Baies de goji, pousses de choux chinois. Quelqu'un était venu avec du café. Elle ressortit et vit la caissière manger une pâtisserie – des miettes sur une serviette, des auréoles de café sur une serviette –, ça sentait le lait et le sucre.

Qu'est-ce tu fabriques derrière ? Tu te caches ?

Elle avait voulu se servir des lamelles de bœuf.

Lorsqu'elle se rendit à la cuisine pour laver la vaisselle durant le coup de feu, Rambo la salua.

En partant du travail le soir, elle coupa par le parking pour rejoindre Roosevelt Avenue. Entre les barres d'immeubles de l'autre côté de la rue, quelqu'un traversa son champ de vision en courant. Elle regarda une silhouette en jogging se jeter par-dessus un grillage et courir jusqu'à une porte blindée et commencer à donner des coups de hanche dedans. La porte s'ouvrit d'un coup et un groupe de personnes en casquette sortit, hilares et bruyants. La fille se mit à sauter et taper dans ses mains et une autre se joignit à elle, tapa dans ses mains exactement au même moment – elles glissèrent sur le côté comme si on leur avait donné le signal, effectuèrent deux trois pas de danse synchronisés – l'acclamation parvint jusqu'à Zou Lei de l'autre côté de l'avenue – puis elles rallièrent les autres, le groupe de gamins passant sous les lampadaires avant de se fondre en une brigade d'ombres, leur énergie seule se déplaçant dans la nuit, une ou deux voix portées jusqu'à Zou Lei.

Après quoi, elle eut un coup de veine sur Junction Boulevard. Elle se trouva des vêtements dans des bacs devant un magasin de fripes, tout à trois dollars. Elle acheta un jean à la Colombiana. L'étiquette, qu'elle ne pouvait pas lire, disait Euphoria, mais le pantalon était comme neuf et coupé pour elle. Une nuit, elle fit trois cents squats chez elle, l'enfila, et il lui allait bien, moulant comme il fallait.

Polo parlait à Sassoon.

Tout le monde possède ses propres caractéristiques. Tu regardes et : un, deux, trois, quatre… Le premier a le style de Taïwan, le style de Hong Kong, un autre celui du Japon. Polo s'arrêta pour réfléchir. Encore un autre a celui de la

Thaïlande, le deuxième de Singapour, le troisième de Corée. Etc. et ainsi de suite. Le style le plus moderne.

Mais nous, nous, on est quoi ? À ton avis.

Sassoon attendit qu'il réponde.

Nous, on offre les saveurs modernes, dit-il. À la pointe. C'est notre caractéristique. Tu regardes : Sa-cha. Soupe épaisse. Huîtres. On tend vers Hong Kong-Taïwan. C'est la pointe. Pas juste l'odeur. Mais la saveur. Et la culture. La grande assiette. Pourquoi une grande assiette ? Parce que c'est moderne. Regarde celui qui mange – il paye, il mange, mais l'assiette est petite ! Comme il y a vingt ans ! Exactement comme au village ! Je me sens si pauvre ! Pourquoi je paye ? Je ne suis pas satisfait. Je veux une grande assiette. La grande assiette génère une atmosphère de liberté. La culture moderne. Ah ! Maintenant je suis si libre, si magnanime, si détendu.

Tu comprends ? Il observa son interlocutrice avant de poursuivre.

Tu connais les sushis ? Haha ! Il fit un crochet avec ses doigts et les porta à sa bouche. Les sushis, c'est le progrès. Là – il désigna un autre comptoir – ils donnent des sushis. Tu aimes manger des sushis ? Comment tu les connais ? Je suis plus vieux et je viens juste de les découvrir. Je t'inviterai. Tu peux goûter. Qu'est-ce que tu en penses ? Hahaha.

Tu dois réfléchir à la signification. La signification est très profonde, c'est une autre caractéristique. Si tu comprends cette caractéristique, tu peux progresser, tu peux étendre ta part de marché. C'est ton capital. Sinon, personne ne sera au courant.

Peu à peu tu apprends. Tu dois continuer de travailler. Tu auras ta propre affaire.

Trop vieille, dit Sassoon.

Dans la coiffure, peut-être ? Dans la beauté ? Tu auras ton affaire et tu me feras de la concurrence ! Il leva la tête surmontée de sa banane et rit hahaha.

Trop vieille. Je cherche un mari. Un riche. Un mari qui fasse le travail.

Et toi, qu'est-ce que tu feras ?

De la gym !

De la gym ! Quoi ? Disco, aérobic... Il sourit, leva les bras, tendus sur les côtés.

Perdre mon poids. J'adore perdre mon poids, dit Sassoon. Elle se dandina sur son fauteuil.

Ah, dit le boss.

Un garçon de Cardozo parla à Kay ou Angela par-dessus la caisse. T'as la trouille de l'image que tu donnes. Y a pas de filles ici. Faut pas avoir peur. Je te protège. Tu vois, moi aussi faut que je la protège, mon image. Ouais, c'est ça. Ouais, c'est ça, dit-il. Ouais, c'est ça. Ouais, c'est ça. C'est moi que j'te l'ai dit en premier. Et nanani. Et nanana. Mais ouais. Ils te laissent palper le fric. Tu me laisses palper le fric ? Laisse tomber. Dingue. Un truc de dingo-hoho ! C'est eux les gros malades. Mou aaah ! Faut pas parler autant. Ton mec il est dans le gang. Alors pourquoi tu parles ? Je sais que tu palpes. Parle des trucs que tu connais. Tu palpes le fric. Alors ta gueule. T'es à la caisse toute la journée... ça fait trop de tentations pour une meuf comme toi. Laisse-moi prendre vingt, quoi. Laisse-moi prendre cent, quoi. Laisse-moi prendre un p'tit billet, quoi. Sérieux t'es lourd avec ça, là. Y a une caméra de surveillance. Y a quatre caméras braquées sur moi toute la journée. C'est du porno. J'te jure. Du hard, même. Et y mate ton porno, l'autre. Il est malade dans sa tête, lui. Mais il doit te soupçonner. Ici, ça palpe un max. C'est combien un max ? Vingt dollars ? De la thune comme des rouleaux de printemps ? Genre vachement plus. Des tas ? Sans dec ? Le boss il a grave des thunes. Il crèche dans le New Jersey. C'est quoi sa bagnole ? Une Escalade. Escalade... Tu sais, genre la grosse noire, là. Tu la kiffes sa race, l'Escalade. Bah ouais. Elle sourit et passa la langue sur ses dents. T'es sur lui ou quoi. Elle chantonna un petit air. Ben p't-être. Nan, j'y crois trop pas. Je pourrais prendre le volant. Elle leva un poing et fit semblant de conduire, balançant légèrement son corps d'un côté et de l'autre.

Les hommes déclarèrent : Elle est en bonne santé.

Les trois hommes étaient assis à l'autre bout de l'aire de restauration par rapport au comptoir et observaient les femmes qui débarrassaient les plateaux, en calotte et tablier orange.

C'est le genre de fille, tu lui donnes un steak, elle le mange. Nos Chinoises ne sont pas comme ça. Elles sont modestes, c'est leur caractéristique. Quand elles montrent leurs fleurs et leurs branches, c'est différent.

Mademoiselle, mademoiselle, faut pas s'énerver comme ça. Je suis assis sur une chaise, vous êtes assise par terre. Je mange de la pastèque, vous mangez de la viande.

Dans leur dialecte du pays minier, les phrases de ces hommes rimaient. Ils avaient discuté d'immobilier, d'impôts, et de comment faire passer un PV dans un tribunal américain.

Elle fera un joli petit lot pour Polo.

Elle n'a pas le sang assez rouge.

C'est un homme de grande qualité. Ça ne l'intéresserait pas, moi, je vous le dis.

Mais si ça arrivait, tu-sais-qui se pendrait, celle à la face de fantôme.

Il a peur de ce léopard.

Qing, l'homme qui travaillait avant dans la sécurité privée, et dont le nom signifiait « murmure » en chinois classique, leur raconta une histoire. Il était une fois un directeur des ressources humaines dans notre mine. Comme il était lié à un clan, nous gardions nos distances. Mais nous connaissions sa petite amie, sa fiancée. Ils n'étaient pas encore mariés, vous voyez. On l'a ramassée sur la route, emmenée dans un endroit calme. On lui a proposé une chaise. On lui a dit de s'installer confortablement. On avait fait un grand feu. On l'a aidée à retirer son manteau et son pantalon. Il fait trop chaud pour porter autant de vêtements, on lui a dit. Il faut faire attention à sa santé. On ne veut pas que tu attrapes la fièvre. Dans notre village, on fait pousser des haricots, le produit qui a rendu célèbre notre village après le charbon. Puis nous avons sorti un entonnoir. Ça te rappellera ton amant, on lui a dit. Tes larmes sont des larmes d'impatience. On a chauffé un kilo de haricots jusqu'à ce qu'ils fument au-dessus du brasier. Avec l'entonnoir, nous les avons déversés dans la femme.

Un des hommes dont le nom signifiait Cloche ou Battant voulut savoir si l'histoire était vraie.

Je ne sais pas, dit Qing. Qu'est-ce que tu crois ?

C'est pour ça que chez nous, il n'y a pas de 11 Septembre, dit le troisième.

Nous avons eu un 11 Septembre. Une nation aussi grande que la nôtre a connu plus d'un 11 Septembre, mais tu n'en entends pas parler. C'est pour ça que nous rattrapons l'Amérique. Parce que nous ne permettons pas à des populations arriérées de nous ralentir. Ici, ils ont des Noirs, des Noirs partout – qui prennent de la drogue, qui jouent avec des armes. S'ils étaient pris en charge par une main de fer comme chez nous, l'Amérique serait un opposant beaucoup plus puissant.

Un pays ouvert.

Trop ouvert. Les femmes sont ouvertes. Tu leur achètes du soda et elles écartent les jambes.

Certaines de nos filles asiatiques deviennent comme ça aussi.

La société change progressivement parce que la qualité de vie augmente, le niveau matériel augmente. Il y a des gens de différents niveaux. On ne peut pas confondre une personne de basse qualité avec une personne civilisée. Quand les gens ont les idées claires, alors la société a les idées claires. Mais certaines personnes mélangent tout dans la société, racontent des mensonges, ce genre de choses, et c'est ça qui retarde le pays.

Skinner écoutait sa voix au téléphone en fumant une cigarette, assis en caleçon, ses jambes fermes et blanches écartées et son pied nu qui tressautait, il l'écoutait, regardait autour de lui, l'écoutait, acquiesçait à l'occasion dans la chambre vide.

Viens ici, on fera un truc à la coule.

Elle lui parla à l'oreille et sa voix disait qu'elle ne pouvait pas.

Allez. Mais si, tu peux – il rit, ses dents jaunes.

Je dois travailler. Après le travail je viens. Elle devait travailler. Après un autre refus et un au revoir, il se roula un joint et sortit le fumer sur l'avenue. Il déambula sous les arbres dénudés et les lignes électriques.

Devant lui, les magasins de vins et spiritueux et les restos chinois de vente à emporter sur la 163e Rue, les maisons comme en Hollande, les boutiques rideau baissé et les graffitis mexicains. Il fit demi-tour avant de les atteindre. Il retourna dans le sous-sol, l'odeur fétide de l'herbe accrochée à son treillis. Il avala une pilule et s'assit, à la dérive.

Sassoon se mit à jeter des choses par terre et à hurler et à exiger que Zou Lei l'accompagne. Dans le couloir où se trouvaient les bennes à ordures, elle lui hurla dessus. Les hommes du Fujian qui travaillaient dans la cuisine adjacente ouvrirent une porte et assistèrent à la scène.

Tout le monde doit faire attention, non ? Tu connais le dicton, chacun pour soi. L'homme, la femme, l'enfant aussi. C'est ça la vie. Tu veux me prendre mon temps, tu me donnes quoi ? Pense un peu. C'est l'Amérique. Tout le monde vient ici pour la même histoire. Un prend le bateau, le bateau de pêche, un prend le bus, monte dans un camion, se cache, celui qui fait passer les gens, le Mexicain. Ils meurent là-dedans. Payent beaucoup d'argent, à vie. Un est légal, l'autre est pas légal. Tout le monde a le problème, ils pleurent les larmes – tu connais pas ça ? Je suis la Cantonaise. Celle-ci, elle vient de même ville que moi. Même famille. Elle demande rien à moi, d'accord ? Je ne te connais pas. C'est ça la vie. Tu fais la même chose avec moi. Tu expliques pas, d'accord ? Tu fais. L'Amérique. Les choses sont mortes, les gens vivants. Tous les jours les mêmes choses, les choses mortes. Couper les légumes, couper, peler, laver. Peut-être je te dis couper la viande, tu coupes morceau gros comme ça, alors que morceau doit être plus petit. Tu te trompes. C'est pour ça que je te mets à la vaisselle. Tu es censée apprendre, tous les jours, tous les jours, les gens sont vivants, ils sont censés changer, non ? Tu ne peux pas faire correctement, avec le bon sens de base, j'ai pas besoin de toi. C'est le feu. Le feu. Embaucher une autre. Celle qui est intelligente avance.

Il nettoya la chambre d'une partie de ses détritus. Il inspecta son arme, la remit dans le sac de combat. Il posa proprement ses rangers à côté de son lit.

Ils eurent de la neige. En levant les yeux, on voyait une plaine neigeuse comme une image inversée dans les montagnes. La chute de neige recouvrit les parkings et les toits et le dessus des voitures et les terrains jouxtant l'autoroute. Les chasse-neige passaient la nuit dans un grondement. Elle traversait les caniveaux pleins de neige fondue avec des sacs plastique par-dessus ses nouvelles baskets bon marché qui partaient déjà en quenouille. Le travail l'avait fatiguée. Elle s'endormit dans le lit de Skinner – dans sa chambre, la chaudière dans le placard – une flaque au sol sous les sacs plastique.

Il lui retira ses chaussettes et les posa par terre comme des tranches de bacon. Des cristaux de neige émaillaient les chevilles de son jean. Il lui déboutonna son pantalon moulant et le lui enleva. Malgré le téléphone dans la poche et les revers trempés, le vêtement était léger. Il tira la couverture de l'armée sur elle.

Elle sentait qu'il neigeait dans son sommeil – des cieux énormes qui produisaient de la neige au-dessus d'eux, la neige qui tombait sur la grille au-dessus de la fenêtre donnant sur le trottoir.

Il s'assit à côté d'elle, alluma son ordinateur, écouta de l'arena rock et un son – à peine plus qu'une prémonition – lui parvint à travers la musique. Il plissa les yeux et regarda sur le côté vers la porte. Il se passait quelque chose. Il enleva ses écouteurs comme quelqu'un à qui on retire son pacemaker et il tendit l'oreille vers le reste de la maison.

Elle aussi l'avait entendu. Elle se réveilla, ses cheveux bruns dans les yeux, désorientée.

J'entends des choses.

Puis, au-dessus, une salve de pas lourds en train de courir. Une voix d'homme qui criait. Une autre voix dont les cris retombèrent avant de reprendre. Le niveau sonore augmenta. Ils entendirent des pieds de meubles qui raclaient le sol. Puis il y eut un impact contre un montant de porte et le bruit sourd fit trembler la charpente de la maison. Zou Lei se leva et repoussa la couverture. Le hurlement se transforma en voix de femme qui hurlait.

Skinner se leva et alla écouter à la porte. Elle le rejoignit sur la pointe des pieds pour écouter avec lui. La femme hurlait et hurlait et hurlait – puis ils entendirent qu'elle pleurait. Ils levèrent les yeux dans le noir vers l'origine du bruit. L'homme continua de hurler contre la femme. Il avait un accent irlandais. Skinner pencha la tête pour essayer de le comprendre. L'homme hurlait :

Chuis pas là pour entretenir des putes ! Chuis pas là pour entretenir des putes !

La porte de cuisine des Murphy s'ouvrit à la volée et quelqu'un en sortit en courant, hors d'haleine, et claqua la porte latérale de la maison. Au fond du sous-sol, ils entendirent cette personne prendre la fuite dans la rue enneigée.

Leur fille, dit Skinner.

Ils ne bougèrent pas, attentifs à un possible nouvel éclat. Ils entendirent une voix dire :

Avec le loyer ça te fait encore quatre cents dollars par mois d'argent à boire.

Zou Lei demanda de quoi ils parlaient.

C'est ma proprio. Elle le fait dégager.

C'est la dernière chose qu'ils entendirent avant que les voix ne se taisent.

17

Ses crises de larmes n'avaient pas encore commencé, mais ça n'allait pas tarder. L'amour qu'elle lui donnait et dont il avait si peu l'habitude, sembla hâter l'épanchement émotionnel. Les insomnies et l'irritabilité se manifestaient déjà, lui étaient familières. Son amour n'avait rien à voir là-dedans. Mais il cherchait à faire porter la responsabilité à quelque chose ou quelqu'un, ce qui était caractéristique. Il ne comprenait pas le processus qu'il traversait. Il n'était pas diplômé en médecine. Ce n'était pas un processus de guérison. Cette dépression allait en sens inverse. Ce n'était pas une catharsis. Il n'en savait pas assez pour prendre suffisamment peur car sinon, il se serait adressé au département des Anciens Combattants.

Il avait emménagé un samedi. Son sac de couchage et son sac de combat étaient posés par terre dans sa nouvelle chambre. Skinner était assis au bord du lit. Dans sa main, il tenait les clés que Mme Murphy lui avait données. La porte de la chambre qu'il venait d'ouvrir avec ses clés était entrebâillée, et il apercevait les escaliers qui menaient à la rue et à cet après-midi de mars.

Il fit tourner les clés sur un doigt et les rattrapa dans un cliquetis métallique. Il bâilla et se frotta le visage. Il hissa le sac marin sur le bord du lit et se mit à fouiller dedans avec ses affaires qui en sortaient comme le rembourrage d'un siège auto qui aurait pris une balle. Il déposa son jean et ses tee-shirts fripés à côté de lui sur le lit. Puis il sentit le poids dense et substantiel d'un objet en forme de L et le pistolet tomba d'une serviette de l'armée verte et atterrit dans un bruit sourd sur son tas de chaussettes.

Pendant un moment, il fit semblant de ne pas le voir. Il tâta ses vêtements à la recherche de sa trousse de toilette et d'autres articles. Il y avait les comprimés censés l'assommer et l'aider à dormir et il pouvait en prendre un dès à présent, pensa-t-il. Ce serait peut-être la meilleure chose à faire. Ou bien il pouvait sortir. Est-ce qu'il pleuvait ? Il se tourna vers la fenêtre au-dessus de son lit. Apparemment non. Il voyait la grille fichée dans le sol et le ciel gris-blanc au-dessus. Il plissa les yeux. Pas de pluie.

Mais son attention se porta de nouveau sur l'arme. Son pied tressautait. Il entendait le poids des gens qui marchaient sur son plafond. C'était leur maison. Il écouta leurs voix, s'imagina qui était qui, la femme qui présidait dans sa cuisine en train de fumer une Slim de la même couleur que la lumière gris-blanc qui filtrait par la fenêtre.

Il saisit le neuf millimètres, appuya sur le cran de sécurité, et pointa l'arme d'une main vers le mur de la chambre. Sa vue de près vacilla. Il tendit son autre main, plus faible, et la referma sur la crosse pour la stabiliser. Avec son pouce, il enleva la sécurité – à présent, le point rouge était visible. Il crut entendre parler la jeune géante de la maison, un homme qu'il ne connaissait pas, peut-être d'autres, et la voix de fumeuse de la femme. Combien ? Quatre, peut-être. Glisser l'index sur la détente. Exercer une pression. Juste assez pour faire bouger le chien.

Pan, dit-il – et son cœur se mit à battre très fort.

Il eut l'impression d'avoir commis une faute. Retira le doigt de la détente, et le tendit le long du pontet où il était censé se trouver. Remit la sécurité d'un mouvement du pouce. Mais son esprit, lui, n'était plus en sécurité et il n'y avait plus moyen de le faire taire.

PARTIE II

18

Le Blanc ressemblait à un biker avec de longues jambes, comme si, au lieu de se trouver entre ces murs surmontés de barbelés concertina, il aurait dû être bien installé sur un de ces choppers, filant sur l'autoroute, ses longues jambes étendues devant lui, ses bottes calées sur les repose-pieds en chrome. Il avait de fins cheveux bruns et de petits yeux. Sa moustache le faisait ressembler à un loup. Il était pâle et grand et quand il marchait, il levait les pieds à la manière de pistons dans un moteur – monter descendre monter descendre –, le menton toujours levé, un huitième de sang Cherokee, nom de famille, Turner.

Il était dans la cour avec un gang de fantassins qui racontaient qu'on pouvait être transféré n'importe où dans ce goulag, d'État en État, et se retrouver au quartier de sécurité renforcée. Le scandale des abus commis contre les prisonniers d'Abou Ghraib venait de faire l'ouverture des infos sur CNN. Ça disait, vous avez déclaré la guerre à l'État de l'Indiana, on a déclaré la guerre aux États-Unis. Cette organisation est plus importante que les États-Unis. On va loin de chez nous, à quatre mille, cinq mille bornes d'ici. C'est une structure. On est comme Al-Qaïda. Ils nous condamnent à perpète, à deux fois perpète, à perpète sans conditionnelle. L'État détient nos supérieurs dans les quartiers disciplinaires, isolement maximal, zéro contact, vingt-quatre heures sur vingt-quatre, mais c'est eux qui continueront de mener la barque pour ce qui est de la politique, des opérations ou quoi que ce soit d'autre. Décideront de qui doit tomber. L'État nous prend tout, mais on continue d'exister comme par magie.

On contrôle la drogue, on contrôle les individus. On se contrôle nous-mêmes. Les gens ont peur de nous, ici et dehors. On contrôle le trafic de cigarettes, qu'ils ont dit.

Jimmy, qui fumait une cigarette sous le ciel bleu, acquiesça.

Il avait un accent laconique de New York, du Queens. Il n'avait pas toujours été là, il avait commencé sa peine à Rikers. Je me suis préparé à ça, dit-il à son assistante sociale. Je suis passé par là-bas, par Rikers, j'ai fait des courtes peines. J'avais un truc qui ressemblait à une vie. J'ai pas saisi ma chance.

Et ces mauvaises habitudes dont il faut vous méfier ?

La drogue. C'est clair que c'est la drogue.

L'assistante sociale était une femme blonde obèse dont les traits étaient confinés dans un petit espace au centre de son visage.

Je suis pas comme ces autres mecs, lui dit-il et il lui jeta un coup d'œil pour s'assurer que son expression se détendait, se lissait légèrement.

C'est sûr, dit-il.

Il avait été un gamin de quinze ans avec une guitare électrique en travers de son torse pâle et plat, à la démarche de frimeur aux pieds nus, cheveux longs, qui lançait une longue jambe dans un coup de pied, qui grimaçait, faisait des bruits avec sa bouche pendant que sa chaîne hi-fi passait du Led Zeppelin. Il dessinait sur son jean avec des feutres bleus indélébiles, puis enlevait son pantalon et dessinait directement sur ses jambes nues. Quand on lui demandait pourquoi il s'était fait ça, il répondait, parce que c'est de l'art.

Erin dit à ses copines, je sais qu'il a volé ce truc.

Il ne savait pas jouer mais racontait qu'il apprenait tout seul comme les vrais musiciens. Les symboles signifiaient qu'il ne tomberait jamais dans l'alcool comme ses parents.

Jimmy grandit avec une chemise de bûcheron sur le dos, tirant la gueule en silence, ses lèvres scellées surmontées d'un duvet de poils, en attendant que Patrick dise, file-moi la clé à ergot. Alors Jimmy sortait la clé de la boîte à outils rouge et la lui tendait, dans le sous-sol de quelqu'un du quartier, entre la chaudière et les contremarches.

Patrick avait la taille d'un héros. Il ressemblait à un type sorti d'un film sur la Seconde Guerre mondiale. D'abord, il était imposant. Il avait un gros visage comme celui d'un sergent-major, cigare entre les dents. On racontait que dans n'importe quel bar de Belfast, on vous dirait que Patrick Murphy était un sacré, sacré bonhomme. C'était un lanceur. Il avait la main la plus puissante qu'on ait jamais serrée – sa poigne réduisait tout en bouillie, des mains épaisses qui prenaient vie et se transformaient en pierre, générant une force de compression impitoyable. Il devait peser dans les cent dix kilos, et avec ses bottes, encore plus. Fallait pas l'énerver. Sa chevelure en fils de fer noir et gris était peignée en arrière, joliment aplatie, avec juste une petite vague obéissante là où le peigne la formait toujours, une bosse discrète, une banane, mais soignée et bien dégagée autour des oreilles et sur sa nuque rouge brique, ce qui lui donnait un air rétro.

Là-bas, en Irlande du Nord, il avait connu les Troubles, bien sûr, et il avait crevé de faim dans sa jeunesse. Maintenant il était plombier et s'occupait de trucs gérables, tout ça, rien de prétentieux. Quand il rampait au sol pour examiner l'intérieur d'un tuyau, une mèche de cheveux lui tombait sur le front comme Elvis.

À quinze ans, Jimmy se fit tatouer un trèfle sur la main. Mais sa main n'était pas aussi puissante que celle de Patrick. La clé à mollette lui échappait, alors Patrick la lui arrachait et donnait un tour de plus pour déboîter le tuyau.

Une enseignante de Cardozo lui dit devant toute la classe, tu n'es pas inscrit sous le nom de Jimmy Murphy. Je ne sais pas quoi te dire.

Il crut être sur le point de comprendre les paroles mystérieuses d'une chanson, donc il la rejoua encore et encore dans sa petite chambre, regardant dehors par ses petits stores cassés.

La maison était pleine de bibelots, de literie, de tickets à gratter, d'équipements de jardin, et de disques vinyles. Vêtue d'une robe de chambre, sa mère était assise dans le salon orné de rideaux en dentelle, les pieds surélevés.

Pourquoi je suis inscrit sous le nom de Turner ? lui demanda-t-il.

Elle tourna son visage impressionnant vers lui et dit, approche, que je te raconte une petite histoire. Elle était bourrée et l'histoire racontait tout autre chose.

La maison comptait deux maisons. Au premier étage, il y avait les rideaux en dentelle et le film plastique sur le canapé, la cuisine avec sa pendule à coucou au mur et, au-dessus du canapé où était assise sa mère, une image en velours d'Elvis du temps où il était beau. Les saints et les elfes peuplaient le jardin. Un capharnaüm de vêtements et tout un bric-à-brac envahissaient les pièces de l'étage où vivaient sa mère et Erin, au milieu des bouteilles de parfum et de shampoing, cartes de tarot, fers à friser et serviettes hygiéniques, canettes de bière vides, cigarettes et albums photos. S'il ouvrait l'un des tiroirs de la commode cassée, il tombait sur une pile de Polaroid représentant des gens et des situations inconnus, et quand il se regardait dans le miroir, il se demandait à qui il ressemblait. Un barbecue dans les années soixante-dix, le soleil et les champs verdoyants, des motos. Il reconnaissait sa mère parmi les visages en partie coupés par l'appareil, les yeux brillants, brandissant une bière, plus jeune de vingt kilos.

Patrick était plus grand que son vrai père qui avait passé sa vie en prison et mourait à présent du sida à Morristown.

Je vais te donner de l'argent pour aller le voir, si tu veux, lui dit sa mère. Je ne t'en empêcherai pas. Mais ne me demande pas de venir. Sa voix se brisa. Ça, je n'en suis pas capable. Elle pressa une main contre ses yeux et regarda sa paume pour voir s'il y avait des larmes. Elle se souleva dans sa robe de chambre, tee-shirt et short extralarge maintenu par une cordelette et passa du salon à la cuisine pour récupérer la bouteille de whiskey. Après s'en être pris une large rasade, elle s'appuya au comptoir pour se stabiliser et chercha Jimmy du regard. Elle le localisa. Lui ne la regardait pas.

Mon œil, dit-elle, en traçant une ligne sur le côté de son visage d'un doigt. La joue. La mâchoire. Cette dent – elle remonta la lèvre pour montrer sa canine manquante.

Et alors ?

Et alors, tu peux pas me demander de venir avec toi.

Mais si elle insinua que c'était son père, Jerome Turner, qui l'avait frappée, Jimmy s'en souvint différemment. Il se souvint de Patrick qui se battait avec elle ici même dans cette maison à peine trois ans plus tôt. Ils se battaient comme deux ours debout sur leurs pattes arrière, appuyés l'un contre l'autre en se tenant par la tête jusqu'à ce qu'il la fasse tomber.

Ils allaient rénover le sous-sol et le transformer en appartement à louer.

19

Erin disait toujours qu'elle était une prêtresse. Son truc, c'était la magie. Elle dessina l'image d'une femme qui ressemblait à Elvira, enveloppée dans une cape, debout dans le vent sous la lune, un loup à ses côtés. Elle la montra à sa copine et rapporta le verdict, Maria trouve que c'est hyper original. Aucun homme ne peut la toucher, expliqua Erin au sujet de la femme sur le dessin. Parce qu'elle a des pouvoirs, meuf. Et, à l'automne, au coin de Utopia avec ses copines, elle disait, mon père, je m'en bats les couilles. À seize ans, disait-elle, j'arrête de fumer. J'arrête les fêtes. Elle écoutait L7 sur un Walkman. Un an plus tard, elle raconta qu'après, elle irait dans une école d'art pour ses dessins. Elle en parla à un gamin de LaGuardia qui allait au Fashion Institute of Technology. Elle avait un exemplaire du *Chalice and the Blade*. Elle était devenue très grosse et très grande et il y avait des choses qu'elle n'essayait jamais. Je suis la grande prêtresse, disait-elle. Elle ne sortait plus, c'était fini, ça. Un garçon de son entourage avait des soucis avec une autre nana et elle avait été sa confidente. Une fois, elle alluma des bougies et lui dit la bonne aventure dans le noir, les mains du garçon dans les siennes. Elle savait qu'il ne se passerait rien entre eux parce qu'ils devaient respecter leur amitié. Je te buterai si tu laisses cette meuf te suivre comme un clébard, lui dit-elle. Elle évitait Patrick, son père, même quand il était sobre. La télé restait branchée en pleine journée, parlait à sa place pendant qu'elle tournait le dos à son père, la bonne femme du show de Jerry Springer criant, criant, pleurant, et criant, t'es qu'une sale ordure ! Ils couvraient les insultes d'un bip, une série de bips. Jerry disait, oh, wow. Attendez, je ne peux pas vous laisser parler comme ça. Elle faisait semblant d'être absorbée par la magie noire, la magie blanche. Elle croisa Maria par hasard alors qu'elle ne l'avait pas vue depuis un an et entre-temps, cette dernière était devenue mère, avait épousé un pompier, Kevin, et à dix-neuf ans, ils emménageaient dans leur maison. Je sais pas y faire avec les gamins, dit Erin qui portait du noir, pesait autour de cent kilos, ses pieds nus, blancs et froids sur la balance à l'arrière de la maison. Elle vivait dans un silence de plomb, déprimant et tendu, décodait le moindre bruit, celui des chaussures qui se présentaient à la porte, devinait le degré d'ivresse de son père, le degré de colère. Elle était l'amie de sa mère, mais pas sa meilleure amie. Elle l'aidait à installer les statues dans le jardin pour les fêtes. Elle installa le Christ torse nu. Elle allait chercher les sandwichs ou le gâteau sur la 162e Rue si un événement spécial se produisait chez d'autres, si leur vie connaissait un bouleversement. Elle savait ce qui leur arrivait. Cela faisait partie de ses pouvoirs magiques, de son grand art. Un jour, elle dit à son ami, il n'y a pas que la vie sur terre, il existe une autre dimension. D'où tenait-elle cette information ? Quand j'étais plus jeune, j'ai essayé de me tuer. C'est là que je l'ai vu. Elle suspendit un carillon éolien – un cercle en fil de fer, un cercle à l'intérieur d'un cercle – sous l'avant-toit de la maison. Un jour, quand elle était plus jeune, elle rentra du lycée défoncée et quelque chose clochait. Elle était seule. Puis elle s'aperçut que non. Quelqu'un montait du sous-sol. Des pas résonnaient dans les escaliers et elle dit : Qu'est-ce que tu foutais, Jimmy, bordel ? Elle ne vit que le pentagramme qu'il s'était dessiné sur son torse blanc et les longs cheveux qui lui tombaient sur le visage au point qu'il était inexistant. Elle n'était qu'une fille obèse. Son père la traitait de pute. Le rock de son frère tonnait à l'étage. Dehors, les voitures circulaient, elle entendait les moteurs et les cris. Les menaces et les bagarres et puis les coups qu'on ressentait depuis la rue même quand on ne les voyait pas. Les gens se postaient dehors et regardaient vers le haut de la rue. On entendait l'écho des cris, une énergie. Y a du raffut. Parfois, on courait pour voir ou pour porter secours. À l'école, une fois, elle s'était battue avec une fille d'un gang dont tous les membres arboraient la veste des Raiders. Les lumières rouges des ambulances lançaient leur pimpon-pin à travers les fenêtres. De temps en temps, quelqu'un tapait du poing à la porte, disait : Bonjour ? Police. Et elle les entendait entrer pour arrêter l'un d'entre eux, ou prendre la tension de sa mère, lui donner un pack de glace, regarder l'intérieur de sa lèvre avec des gants bleus et une lampe de poche, et dire, vous avez perdu une dent. Sur la plaque décorative en céramique que sa mère avait installée sur le porche on lisait : Inspirez profondément, vous êtes chez vous. La violence obéissait aux cycles lunaires.

Mais son frère sortait de nulle part. Il faillit avoir de graves ennuis, une fois, quand elle était jeune. La plainte n'avait jamais été déposée, mais le bruit courait qu'il s'en était pris à une fille. La fille était une amie d'Erin qui était venue chez eux. Jimmy avait joué de la guitare pour elle, à sa demande, rien de plus. Plus tard, quand Erin entendit ce qu'elle racontait, elle dit, tu mens. Elle racontait à qui voulait l'écouter qu'il l'avait agressée sexuellement. Soi-disant, elle était tellement dévastée qu'elle s'était confiée à son prêtre. Plutôt que d'en référer à la police, le prêtre, par respect des affaires privées de chacun, avait appelé la mère de la fille. Cette dernière avait appelé la mère d'Erin, hurlant et chialant au bout du fil, et maintenant, tout le quartier savait et tout le monde était au courant à l'école. Dans le bureau du prêtre de St Andrews, la victime décrivit le corps de son assaillant. La mère d'Erin dit qu'elle parlerait à Jimmy. Tout ce qu'elle voulait, c'était qu'on le laisse donner sa version des faits, pas l'abandonner à une foule prête à le lyncher. Elle lui parla et fut heureuse de constater que le récit de la fille n'était pas complet. La fille lui avait demandé de retirer sa chemise quand il jouait. Ce qu'elle rapporta à la mère de la fille au téléphone.

La femme arriva devant chez eux en voiture accompagnée de plusieurs hommes et gueula putain de salopard de violeur de merde, et jeta des objets sur leur maison.

J'ai jamais aimé cette fille, dit Erin. Je ne lui ai plus jamais adressé la parole après ça. De toute façon, c'était une grosse pute et j'ai jamais cru ce qu'elle racontait sur Jimmy.

20

Jimmy rejoignit le syndicat, un homme en salopette de caoutchouc, bottes, et casque de la Première Guerre mondiale, qui descendait sous terre pour le compte de la ville. Il reprend le droit chemin, a dit sa mère au bar. L'écusson très élaboré des mineurs représentait des silhouettes humaines dans des galeries souterraines sur plusieurs niveaux vues en coupe. Une même famille pouvait travailler dans un seul site de forage sur plusieurs générations. Au puits, elle donnait un grand-père, un père, un fils. Au bar du Feeney's, Patrick but un shot avec lui.

Bonne chance en bas, gamin.

Ce qui avait commencé comme un motif de célébration devint son quotidien. L'été céda la place à l'automne et Jimmy conduisait une large Buick Skylark d'un doré éteint entre les maisons au revêtement extérieur mal posé et les feuilles en décomposition prises dans des grillages rouillés. Le soleil inopportun se levait et brillait sur son pare-brise tandis qu'il se rendait au travail et en revenait, Led Zeppelin dans les enceintes.

Il avait un certificat en espace confiné. Les gueules noires enfilaient leur salopette dans une caravane basse de plafond dotée de casiers beiges et une affiche de l'Agence pour la sécurité et la santé au travail était scotchée sur le mur couvert d'un papier à imprimé lambrissé, puis la troupe pénétrait dans le grondement sonore. Les machines de forage, qui se déplaçaient sur des rails, coûtaient trente millions de dollars. On sentait la roche être pulvérisée sept fois par seconde. Sous ces fréquences, impossible de différencier une voix irlandaise d'une voix des Caraïbes. Ils déjeunaient sous terre, à la lumière d'une lanterne, les mains noircies de Jimmy laissant des empreintes sur son pain blanc.

Il portait des bagues argentées à tête de mort. Après le travail, la lumière du jour lui faisait mal aux yeux, et il remettait ses bagues, rebranchait Led Zep, une version mystérieuse de la formidable musique souterraine des foreuses chantée dans une autre langue. Le site d'excavation se situait dans Midtown, Manhattan, près du fleuve. Il traversait en voiture le chenal clignotant formé par les haubans du pont et retournait aux grillages rouillés et aux maisons délabrées, au bar où les autocollants du syndicat couvraient les boiseries et où l'accent irlandais était distinct. Et là aussi, de la musique jouait. Quand il entrait, ils lançaient : Jimmy !

Comment va le paternel ? demandaient-ils.

Bien.

Jimmy jouait au Keno.

Il passait de la grotte de forage à l'obscurité tourbeuse du bar. Boire creusait des tunnels dans sa tête qui le menaient à la troisième tombe de la nuit.

Il regarda une vidéo amateur de types qui effectuaient des cascades à moto, les images calées sur du hip-hop de DJ blanc. Ils enchaînaient des roues arrière, des burns, des roues avant. En fond de décor, une épaisse ligne d'arbres. Jimmy plongea la main dans le bol en plastique rempli de Doritos. Le mec dont c'était la maison arriva de la cuisine et s'assit dans son fauteuil et dit à la télé, elle prépare des hot-dogs. Ils regardèrent la vidéo en silence. Sans détacher les yeux de l'écran, Jimmy se frotta les doigts pour en retirer le sel. Un motard casqué fit basculer sa moto, roue arrière en l'air, et passa devant la caméra en équilibre sur la roue avant. En descendant de la bécane, il désigna le logo Wheelz dans le dos de sa veste. C'est naze, dit le mec dont c'était la maison. Dans la cuisine, on entendait une femme qui faisait bouillir de l'eau.

La télé était un objet énorme et lustré de la taille d'un bahut. L'image était très nette et lumineuse. Un écran comme ça coûtait quinze cents dollars, en supposant qu'on avait les moyens. Les trois hommes qui la regardaient étaient Jimmy, un plombier et le mec dont c'était la maison. Le plombier faisait le lien entre les deux autres. À Jimmy, il avait dit pourquoi tu viens pas ? On va glander, s'en fumer un petit… À cet instant, il était assis entre eux, vêtu d'un pull noir et blanc sur une chemise irisée verte, et avait posé sa bière sur la moquette à côté de ses pieds chaussés de Nike.

Un des motards perdit le contrôle, dérapa et sa moto fit une pirouette. Elle lui retomba dessus et glissa sur la piste en pente. Les trois hommes lâchèrent un Wow ! Ça va laisser des traces. Putain. J'en ai mal aux couilles rien qu'à regarder. Hahahahaha.

Où est-ce qu'ils font ça ? demanda le plombier.

Bay Shore. C'est mon pote qui filme. Il gagne de la thune en s'occupant de la promo, un truc comme ça.

La thune que ces mecs se font à Vegas, c'est l'hallu.

Regardez ça. Il va déraper.

Oh bordel.

Hahahahahaha.

Oh bordel, il est super mal tombé, le gars. Le mec est foutu.

Les autres arrivent. Ils le relèvent.

Qu'est-ce que tu dis de ça, Jim-bo ?

Il s'est fait avoir.

Au tour du suivant.

La femme du mec dont c'était la maison apporta un plateau de hot-dogs et le posa sur la table basse derrière eux. Le plombier se retourna et dit merci, beauté.

Il y a de l'assaisonnement, précisa-t-elle.

Elle s'assit sur le canapé derrière la table basse, versa une cuillerée de relish sur un hot-dog, mordit dedans, sa main en coupe en dessous, et mastiqua.

T'en veux un ? dit-elle à l'arrière du crâne du mec.

Non.

C'était la fin de la vidéo. Les mots Strong Island Wheelz défilèrent sur l'écran. Le mec visa la télé avec la télécommande et le match apparut.

C'est qui qui joue ? demanda-t-elle.

Philly, dit-il.

Le plombier dit : Darius Johnson, numéro 44. L'homme le plus rapide de la NFL.

Ouais, mais Capslock le défoncerait.

Pas s'il ne peut pas le toucher, mec.

La femme aux cheveux dressés haut sur le crâne et aux nez et lèvres critiques avait quitté la pièce. Le plombier sortit une flasque de Captain Morgan et ils en burent dans des gobelets. Le mec dont c'était la maison était affalé dans son fauteuil genoux écartés, le plafonnier se reflétant dans ses yeux. Ses vêtements étaient propres, comme sa maison. Son jean, agrémenté d'une boucle à laquelle on pouvait accrocher un marteau, semblait tout juste sorti du lave-linge. S'adressant au plafond, il dit :

Je vais me payer la plus grosse bécane… Ils ont un club là-bas… Faire des tours sur Virginia Beach…

Le plombier expliqua que quand il était dans l'armée de l'air, il aimait bien faire de la moto. Vegas, Lake Havasu. Je rencontrais des tas de meufs, vieux. J'avais des lunettes d'aviateur… Ils me surnommaient CHIPS.

On devrait sortir rouler ensemble. Il a l'air d'un biker.

Il a le look, mon pote Jimmy.

Tout est dans la posture, dit Jimmy.

Bien droit.

Les deux hommes l'observèrent, les paupières tombantes. Il prit un hot-dog sur le plateau avec sa main baguée d'argent, la mâchoire ouverte, et en mordit une moitié. Il se passa la langue sur les dents entre deux mastications, comme un loup dévorant les rations d'un campeur dans la neige au crépuscule.

Ça c'est mon pote Jimmy. Regarde-le. Les hot-dogs n'ont aucune chance. T'inquiète, vieux. Il dira à sa meuf d'en faire d'autres. Hahahahaha.

Il est du syndicat ?

Mon pote est mineur. Il est sur le plus gros chantier de la ville après le Holland Tunnel.

Il y a pas mal de blé à se faire, dans ce business.

Ça se pourrait, dit Jimmy.

Avec l'équipement, tout ça.

Ouais.

Y a sûrement du matos qui doit se faire la malle.

Ça se pourrait.

T'as une idée de ce que ça coûte, une excavatrice ? Un bras ? Le truc qui fait comme un télescope ? Cent mille facile.

Avec des thunes pareilles, tu peux choper n'importe quelle meuf et lui dire que c'est toi le boss.

T'as besoin d'un camion pour pouvoir transporter l'équipement.

Le mec alluma une Newport et croisa les jambes, tibia sur le genou comme s'il voulait dérouler un plan dessus. Indiquant Jimmy, il dit, c'est notre indic. Le plombier dit, on va être riches, mes salauds… Jimmy ralentit ses mouvements au maximum, s'assura de boire sa bière sans bulles de la façon la plus cool possible. À chacune de leurs affirmations, ils prenaient un air lourd de sens. Jimmy répéta très lentement une phrase qu'il avait entendue dans un film : La sécurité, c'est une blague. La sécurité, t'es en train de la regarder, c'est moi. Le plombier jeta un coup d'œil au mec dont c'était la maison comme si c'était effectivement une affirmation lourde de sens. Ça ne les dérangeait pas que la réplique ait été volée à un film, apparemment. Je vois ça, dit le mec. Ils n'entrèrent pas dans les détails. La conversation resta abstraite puis dériva vers ce qu'on pouvait faire avec l'argent d'un casse et ils débattirent des peines encourues en pareil cas. Le plombier leur proposa de fumer un joint. Ils le firent tourner et regardèrent le match. On entendait des voix féminines. C'était la gamine du mec, une petite aux cheveux bruns de sept ou huit ans qu'on ramenait à la maison. Elle évoqua l'odeur bizarre de la fumée et la femme étouffa un rire. Tu peux fermer ? demanda le mec. Elle tira la porte coulissante du salon, et ils l'entendirent dire, ils regardent le match, d'une voix qu'on prend avec un enfant.

Ils ne volèrent jamais de gros engins de construction – pelleteuses ou monte-charges – pour les charger sur la plateforme d'un camion. Quand on arrêta Jimmy, ce fut pour conduite en état d'ébriété. Il avait un ou deux sacs de ciment dans son coffre et un Ryobi qui coûtait six cents dollars. Je n'ai pas élevé un voleur, déclara Mme Murphy. Je sais qu'il a plus de jugeote que ça. Dans le Bronx, la section syndicale reçut un appel à son sujet et dans les bars on raconta qu'il allait se faire dégager. Pendant ce temps, il continua de travailler. Il avait ses soutiens. Garde la tête haute, Jim. Il pénétra dans le bâtiment rectangulaire aux nombreuses fenêtres sur Queens Boulevard près de la barrière de péage de Union, passa le détecteur de métaux et trouva sa salle d'audience.

Son défenseur, un homme sarcastique affublé d'un double menton, ne semblait pas comprendre qu'ils étaient tous les deux irlandais et ce que cela signifiait, ni que Jimmy était syndiqué et ce que cela signifiait. Jimmy se tint à l'extérieur de la salle d'audience et attendit appuyé contre le mur en marbre sale avec les autres personnes jugées qui attendaient elles aussi. L'avocat arriva en retard, après l'appel du dossier, se frayant un chemin dans la foule avec sa mallette, suant et distrait.

Ils m'ont déjà appelé.

Désolé, j'avais une autre affaire en cours. Le juge parle trop. Mais vous n'avez pas besoin de moi aujourd'hui. Ils laissent tomber l'inculpation pour vandalisme, non ?

Quel vandalisme ? C'est pas moi, ça. Moi c'est conduite en état d'ébriété.

L'ébriété, d'accord. Vous êtes Turner. Je croyais que vous étiez Rodriguez. Vous êtes sûr que vous êtes censé être ici ?

Ils regardèrent les noms dans la vitrine.

C'est vous. Entrons. J'ai un autre client ici. Attendez-moi pendant que je vais lui parler.

Le jugement fut reporté à une date ultérieure. Lors de son arrestation suivante, ils lui saisirent sa Skylark et le mirent derrière les barreaux, et il assista à son audience en baskets, sans ses lacets. Dans le tribunal, ils lui donnèrent du Monsieur Turner. Il se tourna vers son avocat, je croyais que vous alliez me sortir de là. Son avocat répondit, personne ne peut vous sortir de là. Vous êtes coupable. Vrai ou faux ? Vous l'avez fait, non ? Oui ou non ? Alors acceptez l'accord et la prochaine fois, prenez un taxi.

Puis ils le ramenèrent au bus après l'avoir fait attendre huit heures dans la cellule de détention à l'arrière du tribunal où l'accès aux toilettes était interdit. Il s'assit en poussant l'individu enchaîné à ses côtés qui le poussa en retour. Ils traversèrent Jackson Heights, regardèrent par les vitres les feux des autres véhicules, les femmes hispaniques qui sortaient du métro. Il regarda l'avant du bus, les agents qui les transportaient, de l'autre côté du grillage, regarda où on les emmenait. Des bâtiments industriels et l'aéroport les encerclaient. Il entendit les bruits d'aspirateurs rugissants que produisaient les réacteurs des avions en les survolant, vit l'ombre d'un appareil foncer sur eux, effectuer un virage dans la descente, et atterrir, et l'eau sombre du fleuve qui coulait à proximité, les lumières braquées sur les grillages dans le crépuscule.

Rikers pouvait vous rendre sourd. Elle le rendit puant. Durant des semaines après sa sortie, il hurla. La prison lui avait fait monter le volume. Par hasard, il se retrouva à échanger quelques mots dans le métro ou la rue avec des hommes qui avaient eux aussi connu cette prison. D'une voix rauque, ils évoquaient en hurlant le raffut et les rixes ou le fait que c'était pire cinq ans plus tôt, avant les réformes. Ils se reconnaissaient à leur manière de s'exprimer en public, dans la queue devant l'entrée discrète de Ozone Park où Jimmy attendait avec les autres détenus capuche de sweat-shirt sur la tête et crachant de la vapeur dans le froid avant de monter à l'étage d'un pas lent pour donner son numéro et obtenir ses cachets, ce qui faisait partie des conditions pour sa libération.

Au coin de la rue, brûlés par le vent, le regard morne, ils disaient : Oh, t'es du syndicat. C'est une fierté, dit Jimmy. T'as drôlement bien réussi, disaient-ils. Tout ce qu'y faut, c'est tenir bon. Tiens bon ! riaient-ils. Ils vivaient dans un refuge à l'écart de Centre Street et faisaient de l'intérim en déchargeant des camions pour des commerçants chinois qui possédaient les magasins de luminaires sur Bowery.

Quand je suis sorti au bout de cinq ans, j'aurais fait n'importe quel boulot, raconta un Portoricain du nom de Cat. J'étais tombé pour homicide. J'ai purgé ma peine, je m'en fous. C'est arrivé parce que je fréquentais une femme. Elle était dominicaine. Les mecs la trouvaient bandante. Avec elle, tout le monde me remarquait. Ce type, c'était un balèze, il l'aimait bien et il était sans arrêt après sa peau. Je suis allé lui parler. Il m'a cassé le nez et ma fierté en a pris un coup. Je suis revenu et j'ai frappé à la porte. Elle a ouvert et j'ai dit, va chercher José, et quand il est apparu, je l'ai accueilli avec un couteau de boucher. Je me suis jeté sur lui et je l'ai planté je sais pas combien de fois. Homicide. Quand j'étais à l'ombre, j'ai pris l'habitude de sauter à la corde, de courir, n'importe quoi pour faire passer le temps. Rikers, t'en penses quoi ?

Ça m'a rien fait.

Quand j'y suis passé, ils étaient en plein procès contre la ville. À cette époque, ça t'aurait fait quelque chose, mec, je te le dis.

Tout ce que je sais c'est que je me suis habitué.

Moi aussi. Mais ça veut rien dire.

Je vais pas devenir quelqu'un d'autre juste pour faire ce qu'on me dit de faire.

Moi non plus, dit Cat. Mais, ces années-là, elles sont perdues.

C'est comme ça.

C'est comme ça. C'est pas pour ça que c'est juste.

Pour se faire justice, il se rendit à Nassau en passant par le Bronx et descendit Webster Avenue. Une fois assez loin, il aperçut une femme seule avec un sac et des bottes noirs. Elle était très grosse, pâle et avait de petits yeux. Elle lui enfila une capote mais il n'y arrivait pas, alors il changea de position. Elle lui adressa un regard plein d'excuses et dit, je peux pas le faire si tu m'étrangles. Il se contenta de la dévisager. OK, mais m'étrangle pas complètement, hein. Ça lui facilita les choses. Laisse tomber. Ne résiste pas. Continue. Sa bague à tête de mort enfoncée dans son cou blanc. Avec ses dents manquantes et sa voix grinçante, cette bonne femme lui rappela beaucoup sa mère, à quatre-vingt-dix kilos au lieu de cent quarante. Elle avait la peau émaillée de bleus, soit parce qu'on la frappait, soit à cause du sida.

Lors de sa troisième incarcération, pour lui éviter une peine de quinze mois ferme, on lui proposa cinq mois d'un programme de réinsertion intensif calqué sur les camps d'entraînement militaire. Sa concubine venait juste de tomber enceinte et on lui mettait une pression considérable pour qu'il prenne la bonne décision.

Il doit accepter et en tirer le plus de profit possible, déclara Mme Murphy. Je regrette juste qu'ils lui aient pas proposé ça la première fois que c'est arrivé, mais non. Patrick lui a jamais appris la discipline. Certains en ont besoin plus que d'autres. Pour le contrôler, faut obtenir son respect, et c'est pour ça que j'avais placé de grands espoirs dans le syndicat.

Dans ce programme, il fallait être réveillé et en uniforme pour le comptage qui avait lieu six fois par jour. Le personnel vous appelait Délinquant. On lui fournit des draps, des serviettes, des chaussettes blanches, un jean, des chemises d'uniforme grises, des oxfords noirs ainsi qu'une cravate noire. En groupe, ils faisaient de la gym et du travail manuel, ponçaient des meubles. Le nombre de rapports disciplinaires était limité, mais il existait une procédure d'appel. Le plus courant était de se faire prendre en train de fumer. Dans la salle de classe, un gamin noir au crâne tressé leva la main et dit au conseiller, je suis ici pour m'en sortir. Puis ils passaient la serpillière dans leur quartier jusqu'à ce que ça sente le détergent, le soleil blanc de l'hiver filtrant par les fenêtres de la cellule, une tranche de ciel visible.

Au bout de deux mois, lors d'une visite, Mme Murphy dit à Jimmy qu'elle le trouvait changé. C'est déjà payant.

Ils nous font courir genre quinze bornes tous les jours.

Il avoua qu'on lui avait déjà collé deux rapports disciplinaires. Ils disent que j'étais pas en uniforme pour l'appel.

C'est un test, dit Mme Murphy. C'est comme ça que tu dois le prendre.

Il était énervé parce que sa femme n'était pas venue.

Sa femme ne se sentait pas bien, lui dit sa mère.

Y a des gens qui doivent venir, qu'ils se sentent bien ou pas.

Je veux pas me mêler de ça. La seule certitude, c'est que tu es ici. Et je vais pas mettre d'huile sur le feu.

Je fais tout ce que je peux ici.

Je sais. Ne mets pas d'huile sur le feu.

Il ne savait pas pourquoi il se donnait du mal, dit-il.

Jim, supplia-t-elle.

Tu aurais pu lui dire de venir.

On a quarante-cinq minutes. On va pas se fâcher. J'aurai bien le temps de pleurer sur le chemin du retour. J'ai déjà pleuré toutes les larmes de mon corps, sourit-elle en exposant sa dent manquante.

À la fin, ils se prirent dans les bras. À la prochaine.

Mais au bout des cinq mois, alors qu'il avait reçu un dernier avertissement, quatre autres détenus et lui roulèrent une cigarette en utilisant une enveloppe destinée au courrier pour leur famille, l'allumèrent avec une tulipe – un tortillon de PQ qu'ils enflammaient en utilisant une pile et un morceau de papier alu – et la fumèrent debout sur des casiers de vestiaire en recrachant la fumée dans une conduite d'aération.

Surpris en violation du règlement, il fut envoyé dans une autre institution pour effectuer la totalité de sa peine et il cacha sa détresse en prétendant que de toute façon, il ne se plaisait pas dans l'autre camp. On voulait faire de moi un gentil petit garçon.

La nouvelle prison était différente. À peine descendus du bus, sept d'entre eux traversèrent la cour en tenue orange, couverture dans les mains, pendant que les détenus les sifflaient. Quelqu'un lança, pas la peine de faire les fiers. Le personnel racontait une chose, les détenus une autre. Là-bas, c'était trafic et compagnie. On n'y produisait pas de gentils petits garçons. Après le test d'urine, ils entrèrent dans le bloc où les détenus en tee-shirt noir étaient assis à des tables carrées disposées en losange. Certains arboraient des perles et des croix. L'un des nouveaux qui était haut comme trois pommes avait tendance à éviter la confrontation, il s'appelait Mayfield. Il avait de grandes oreilles. À Mayfield, ils dirent : T'as l'air inquiet. Tu la connais la meuf, là ? Brittany ? (qui signifiait « lâche »). Jolies oreilles. Joli sourire.

Mayfield les laissa le frapper pour le plaisir et fut incarcéré dans une aile protégée très bruyante où il était difficile de dormir. Il entendit le néant désordonné. Les prisonniers sous traitement qui tournaient en rond, une marche infatigable, et qui répétaient, je tourne et je tourne. Ils ont remplacé mon Dopaquel par de la trazodone. Ça me fait transpirer et frissonner. Mayfield allait vivre dans cet environnement durant les quinze années à venir.

Jimmy resta nerveux jusqu'à ce qu'il se batte. Le personnel se précipita à l'intérieur pour faire cesser la bagarre et lui maintint la tête relevée pendant qu'ils l'évacuaient. Ils le ramenèrent douze heures plus tard et la nervosité le reprit. Il élabora un plan. Le but était de mettre la main sur du tabac ou du café, tout ce qui pouvait lui donner un coup de fouet. Il s'associa avec un ou deux gars de New York qui avaient en commun de ne pas être noirs.

L'un était germano-italien, un jeune homme dont les cheveux couleur souris des champs étaient si clairs qu'on voyait les cicatrices sur son cuir chevelu. C'est quoi ton quartier ? Ils jouaient aux cartes en utilisant les sachets de sucre pris au réfectoire comme jetons. Chuis de là aussi, dit Frankie. À Flushing, on monte sur le ring, c'est pas pour les tapettes. Pourquoi j'ai jamais vu ta gueule ? Et toi, tu montes sur le ring ? C'est quoi ta limite ?

Prêt à se battre une fois de plus, Jimmy se leva. Frankie le prit dans ses bras. Peace, mec. Frankie de Franklin Street, depuis 93 et pour le restant de mes jours. Prépare-toi. On bouffe du nègre toute la journée, dans c'te taule.

*

Il fut de nouveau condamné et cette fois, on l'envoya à Krayville, dans l'Indiana, où il entra par un jour d'été. L'accueil fut bref. Ils ne lui posèrent qu'une question, t'es nazi ou aryen ?

Il donna le nom de sa dernière prison. J'étais avec les Blancs, là-bas.

Puis ils le sortirent dans le vaste préau avec tous les autres détenus et il sentit aussitôt quelque chose de physique, une pression dans l'air, une difficulté à respirer.

Il vit des Blancs en chaussettes blanches et tongs, moustachus et en combinaison rouge, qu'on relâchait du quartier de haute sécurité, qu'on fouillait, qui tiraient la langue, les bras écartés comme le Christ, les yeux blancs avec des pupilles noires et plates comme celles des requins, qu'on promenait en laisse.

Un aryen lui dit :

Hé, bleubite, tu traînes avec nous.

Après l'enregistrement, il emporta son ballot d'affaires et s'agrégea aux Blancs qui parlaient des Mongols.

New York ? Tu peux nous dire où qu'il est, Jimmy Hoffa. En attendant, tu crèches avec nous.

Ils allaient à la cantine ensemble, dans la cour ensemble, ils se déplaçaient comme une unité, postaient des vigiles quand ils s'entraînaient.

Toi, t'es le blanchisseur. Faudra peut-être que tu fasses passer des trucs pour ici. Tu dois nous prouver ta valeur.

Avant toute chose, il apprit qu'il évoluait dans une zone de guerre. Il y avait des tractations politiques et elles se déroulaient en secret – t'es pas autorisé à poser de questions donc t'en poses pas. Dans la cour, ils étalaient leurs serviettes par terre et faisaient des exercices, en cadence avec le gang. Il effectua l'enchaînement squat, step, fente, burpee, le tout en marchant de concert avec une colonne de soldats. Tout le monde devait être prêt. La tension qu'il avait ressentie était constante et réelle. Ils couraient ensemble sous le ciel de l'Indiana, dépassaient le panneau qui disait : Une personne à la fois, monté sur une structure en ciment et brique synthétique lisse, la vitre verte du module paraissant noire dans la journée. Cette institution était construite comme un puzzle, contrôlé depuis un module central par des gars du Midwest doté de voix graves et retentissantes aux inflexions campagnardes.

Le gang enseignait comment poignarder quelqu'un sous les douches gelées, enseignait à ne pas flancher. Leurs entraînements étaient secrets comme celui des moines Shaolin. Jimmy gardait une arme à disposition des Blancs. C'est pas une question de haine, on fait tous partie d'un groupe, c'est tout, disaient-ils en le renvoyant au symbole nazi. C'est la famille. Ils arboraient des idéogrammes chinois sur la poitrine et les paupières qui voulaient dire force, discrétion, honneur. La croix gammée elle-même était un symbole bouddhiste. Elle représentait un fantôme courant dans un champ très ancien. Ils avaient le visage tatoué, le crâne rasé, volaient le ressort en acier de la tondeuse du barbier pour sculpter un poignard dans un bout de métal de leur lit, passaient et repassaient sur les mêmes entailles des dizaines de milliers de fois, une forme de méditation. N'en parle pas, fais-le, disaient ceux qui soulevaient de la fonte et qui en avaient pris pour trente et cinquante-deux ans respectivement, pour vol et vol avec agression à caractère sexuel. L'esprit est une arme. La vision en tunnel entre en jeu. Les gardiens croient qu'ils ont le pouvoir. Ce qu'ils ont c'est le mirador, une illusion. Jimmy reçut ce qu'ils appelaient l'artillerie, à s'enfoncer dans le rectum. Il la transporta jusque dans la cour, la sortit et la cacha dans la terre sous la table de pique-nique.

Quand un incident se produisit dans la cour, une sirène de raid aérien résonna dans toute la prison ainsi que dans les champs et parmi les arbres au-delà des murs. Où que l'on soit, il fallut se mettre aussitôt à terre et écarter les bras. Cinq cents détenus en chaussettes de sport blanches leur montant jusqu'aux genoux s'étalèrent dans la poussière. Les surveillants se précipitèrent vers deux hommes qui en agressaient un troisième. La frénésie est hallucinante – on regarde le type être touché une, deux, trois, quatre fois – il tombe et se relève difficilement, tente de courir et retombe. Prend un coup dans le dos – l'autre attaquant le frappe. Les surveillants les cognent avec des matraques. Le règlement de comptes se poursuit maladroitement au niveau des tables de pique-nique. La victime est toujours en train de se faire poignarder. Un autre surveillant accourt depuis l'autre côté. L'un des hommes s'affale – on voit le couteau lui échapper. Ils en aspergent un de gaz tandis qu'il tente un dernier coup, et il tombe à plat ventre. La victime s'éloigne en rampant, son pull réduit en lambeaux rouges et sa peau visible en dessous comme s'il avait été mordu par un lion.

Il y avait eu la phase où sa mère avait emprunté de l'argent pour payer sa caution et le faire sortir quand il avait affirmé qu'il ne pouvait pas préparer sa défense correctement si on le forçait à attendre son procès en prison. Puis il avait manqué la date d'audience. Pour ça, on confisqua la voiture de sa mère.

Quand on lui posait des questions sur son fils, elle disait qu'elle avait perdu tout espoir. On ne perd pas espoir, nuança-t-elle. Mais c'est facile. Pourquoi est-ce qu'il est en prison ? Au fond, c'est un voleur. En grande partie à cause de la drogue et de l'alcool. Moi aussi, j'ai dû mener des combats – comme tout le monde – mais la drogue, je suis jamais tombée dedans. Et non, je ne pense pas qu'elle devrait être légalisée. Je ne crois pas que ce soit la bonne solution. On a tenté les psys, et puis les centres de désintox, là. C'est à vous briser le cœur. Mais on n'abandonne pas. Il faut qu'il se trouve.

Il fit sauter la partie inférieure de son déodorant et glissa un doigt dans l'espace où il cachait sa boule de papier alu. La boule d'alu avait été pliée et dépliée un grand nombre de fois. Dépliée, on voyait qu'elle contenait une pastille qui ressemblait à une aile de cafard. Son co-dét' possédait une aiguille – un tube minuscule comme le tube d'encre d'un stylo-bille avec une aiguille au bout. Ils accrochèrent leurs couvertures aux barreaux après l'extinction des feux, firent chauffer le produit et se défoncèrent.

Quand il était défoncé, Jimmy hochait la tête les yeux fermés, ses bras blancs tendus couverts de marques, son ventre blanc formant des bourrelets de graisse. Son co-dét', crâne gris rasé et bulbeux qui faisait comme un casque au-dessus de son visage bronzé, était assis le corps avachi, ses baskets fournies par l'État formant un angle bizarre par rapport à ses jambes. Les yeux fermés, son co-dét' lui dit :

À c't'époque de l'année, on avait l'habitude de tuer une demi-douzaine de porcs et les gens venaient de plusieurs kilomètres à la ronde. Ils arrivaient à moto, en camion, par tous les moyens. On avait du moonshine, imbuvable tellement qu'il était fort. À c't'époque, j'avais mes tresses de négro. Mes dents elles s'étaient toutes barrées et à la place, j'avais un râtelier en or, si tu voyes ce que j'veux dire.

Jimmy dit, j'étais le plus grand rocker…

Qu'est-ce tu racontes ?

Un rocker de rock'n'roll… je joue de la guitare.

Mon cousin, il joue tout ce que tu lui mets entre les pattes.

On allait à Nassau… là où t'avais les mecs cool. Y avait, genre, vingt meufs. Et toutes elles m'écoutaient quand je jouais.

Même défoncés, ils ne souriaient pas. Jimmy n'avait pas souri depuis un an. Ce qui s'approchait le plus d'un sourire était une sorte de tolérance à court terme octroyée à la personne qui lui parlait. Puis il s'allongeait, tirait son drap sur lui et restait là comme un sac de linge sale.

À ma sortie, marmonna-t-il, j'apprendrai à jouer pour de vrai.

Plus tard, son co-dét' remarqua (en prenant un air innocent), pendant que tu tripais, t'as raconté que t'allais apprendre à jouer de la guitare.

Je sais jouer, dit Jimmy.

Les aryens étaient des motards, et au moment opportun, Jimmy laissa entendre que lui aussi avait été motard. Pas motard motard, mais il avait fait de la moto à Bay Shore. Il effectuait des figures, des roues arrière, et des roues avant – sur des p'tites bécanes japonaises. Une fois, sa moto s'était retournée, lui était retombée dessus et tout le monde l'avait cru mort. Il en avait chié de douleur, mais il s'était relevé et avait quitté la piste, et là, ils en étaient restés comme deux ronds de flan. Putain ouais, en y repensant, il avait été un vrai motard, en fait. Il avait roulé sur une Harley, un de ces choppers qui tuent sa race avec un guidon haut, et lui, bien assis sur la selle, lunettes sur le nez, les gants, l'autoroute qui filait. Non, il n'avait appartenu à aucune section. Un loup solitaire, voilà ce qu'il était. Attends voir, il était descendu à Virginia Beach, si son souvenir était bon. Il était allé à Vegas où les meufs se sentaient plus dès qu'elles voyaient un mec à moto. Et puis il y avait un autre coin encore – il avait une photo à la maison dans un tiroir –, un champ vert, un barbecue il ne se rappelait pas où, mais il se rappelait le pied qu'il avait pris, la liberté, l'honneur, le bon son et ce que ça avait signifié pour lui.

Les messages codés du gang passaient par le courrier, sur l'intérieur de cartes de vœux, grâce à une encre invisible qui apparaissait entre les mots Je t'aime à la lumière laser. Dehors, les membres du gang repliaient un morceau de tissu sur de l'héroïne black tar et le repassaient jusqu'à rendre la dose aussi fine que du papier. Ils prenaient deux cartes de vœux identiques et les découpaient dans le sens de l'épaisseur avec une lame de rasoir et les réassemblaient pour ne plus former qu'une carte contenant la contrebande. La dose d'un marron translucide valait huit cents dollars dans l'enceinte de la prison.

Son anniversaire arriva et passa durant la saison des pluies, tandis que le personnel surveillait le périmètre de la vaste cour, vêtu de treillis en Gore-Tex, et que les détenus pataugeaient dans la boue pour faire des dips et des tractions en combinaison jaune de mauvais temps. Il ne reçut la carte envoyée par sa mère que trois mois plus tard, après qu'elle avait été ouverte et scannée au laser. Elle ne contenait rien si ce n'est l'image d'un gâteau surmonté de bougies. Pas d'argent avec. On n'a pas trop de sous en ce moment – bisous maman.

En route vers la cantine, ils longèrent une cellule où des serviettes imbibées de sang jonchaient le sol en béton. Des surveillants munis de gants en caoutchouc eux aussi pleins de sang soulevaient un homme aussi jaune que du plastique. Des croûtes et des traînées de sang sur son crâne rasé, des blessures à l'arme blanche d'où sortaient des tubes en caoutchouc comme on en utilise pour siphonner de l'essence, des blessures comme des morsures de requin. On l'avait assassiné avec une épée.

C'est la lose pour tu-sais-qui, dirent-ils en mangeant.

Certains jours, il lui arrivait de dormir vingt heures, mais quand il ouvrait les yeux, c'était toujours le même jour sur le calendrier, la même lumière d'abribus et de salle de bains qui clignotait dans sa cellule, et le vacarme de la prison continuait de lui taper sur le système, les bruits de heurts et les cris, le même vacarme désappointé de la prison.

Une autre lettre interceptée disait ceci :

Tu ne peux pas couler mon pote Zen si tu crois que le canon passait pour un Croisé en mode guerrier dans la grande cabine en pin à glaive.

Après des tentatives de déchiffrage infructueuses, le service de renseignements sur les gangs de la prison l'envoya à la division de cryptographie de Quantico.

Dans cet établissement, le détenu le plus célèbre était un lecteur. Jimmy fit sa connaissance tandis qu'ils étaient dans des cellules séparées mais adjacentes dans un espace octogonal et vitré. Des tatouages lui montaient jusqu'au cou comme un col roulé vert. Il lisait Sun Tzu, Lao Tseu, Machiavel, Miyamoto Musashi, Clausewitz. Je suis un guerrier, un chevalier. J'étudie le Bushido, le code du samouraï. Il était condamné à trois cent trente-trois ans d'emprisonnement. Tu peux aimer le jeu, mais le jeu n'aime personne. Il décrivit le moment où on l'avait acquitté d'un crime pour lequel il avait cru qu'il passerait sa vie en prison, puis celui où on l'avait condamné pour un autre meurtre qu'il avait commis dans la prison du comté alors qu'il attendait que se tienne son premier procès.

Ainsi va la vie, déclara la légende – un homme d'un mètre soixante-dix affublé de lunettes de lecture.

Je me suis placé derrière lui, je l'ai étranglé, je lui ai réglé son compte. Nuque brisée. Quand tu brises la nuque de quelqu'un, tu sens l'os sauter juste là contre ta poitrine. Ça fait pop comme un bouchon ! Après j'ai sorti mon arme et je l'ai planté. À la gorge, au cœur, au foie. Je l'ai bien tailladé.

Vingt-cinq coups de couteau. Il s'est mis à haleter et à convulser. J'ai pris un tuyau et je lui ai défoncé le crâne. Du sang partout.

On a fait un autre truc qui a lancé le mythe dont tu as peut-être entendu parler. Complètement faux. On avait faim après le taf. J'ai fabriqué un réchaud avec un morceau de serviette roulée serrée. On appelait ça une bombe. J'ai allumé la bombe et on a fait griller des sandwichs au fromage sur le corps du gars en l'utilisant comme support. L'histoire a fait le tour de la taule. La rumeur raconte qu'on lui a mangé le cœur. Pure invention.

On avait de sacrés petits diables dans cet établissement. Toute ma vie, je me suis donné à fond pour devenir un cogneur. Ma ligne de conduite, c'était la loyauté. Quand j'ai appris que le gang m'envoyait à la casse, ça m'a fait un choc. Après toute l'énergie que j'avais investie, le travail que j'avais fourni, les ennemis que j'avais butés ? Voilà qu'ils me trahissaient. Mais je ne suis pas un lâche, ça non. Malgré ma terreur, j'ai dit, très bien, j'irai à l'ombre. On m'aurait coincé tôt ou tard de toute façon. Et c'est arrivé. Je me suis fait lacérer le visage. J'ai couru à ma cellule, me suis couvert de café, c'est un vasoconstricteur. Je ne suis pas allé à l'infirmerie parce que sinon, on m'aurait mis sous protection surveillée. Ça m'a pris trois semaines et deux jours, mais j'ai fini par avoir le mec qui m'avait lacéré. Je lui ai proposé une cigarette et j'ai dit, et si on faisait une trêve ? Quand il s'est approché pour prendre la clope, je l'ai visé au cœur. Pour lui, terminado.

Je ne me fais pas d'illusion. Je sais que c'est fini pour moi aussi. Ça va bientôt être mon heure. J'ai choisi cette vie et je l'accepte.

Le code secret utilisé était une version du code Enigma inventé durant la Seconde Guerre mondiale, comme le découvrirent les fédéraux spécialistes de décryptage. Le message, qui provenait d'un individu à l'isolement dans un quartier de surveillance maximale, incitait à tuer des surveillants. L'auteur était sous surveillance vingt-quatre heures sur vingt-quatre, sans contact humain. Son message était un prodige d'ingéniosité.

Dans le quartier principal, le personnel, comme d'habitude, portait des gilets pare-balles et des matraques, leurs clés attachées à leur ceinturon au bout d'une longue chaîne qui pendait de la poche de leur pantalon vert comme chez des skateurs. Parmi eux se trouvaient des femmes en bomber vert estampillé d'écussons dorés, qui évaluaient les hommes en termes animaliers : fort ou faible. Elles avaient une famille, ne se faisaient aucune illusion quant à leur sécurité à l'extérieur de ces murs.

J'évite les zones où il y a des gangs en dehors du travail. Je mets ma vie personnelle de côté quand je suis au travail.

Jimmy releva le pied derrière lui comme un cheval prêt à être ferré pendant qu'ils passaient le détecteur de métaux sur la semelle plate de sa basket fournie par l'État. Ils palpèrent ses vêtements, son sweat-shirt, le short en toile épaisse.

C'est bon, dirent-ils, le doigt pointé.

Ils lui firent à nouveau signe d'avancer et Jimmy rejoignit ce qu'ils appelaient sa famille dans la cour. Il avait l'air d'un bûcheron avec son bonnet en laine. C'était une journée d'hiver et le ciel était d'un bleu stratosphérique. L'expression vide, il observa la cour, se tournant de temps en temps pour regarder par-dessus son épaule, surveillant les types d'autres races qui arrivaient en file indienne et se dirigeaient vers leur camp respectif, sans jamais cesser de se frotter les mains dans ses gants de travail en laine, suivant une conversation laconique et l'air faussement à l'aise.

21

Elle entra dans un magasin qui vendait des maillots de foot en provenance d'Amérique du Sud, une boutique située à côté d'un terrain vague et d'une maison dont le rez-de-chaussée accueillait une église pentecôtiste mais dont les étages avaient été ravagés par un incendie. Le quartier se composait de familles guatémaltèques. Un certain type de graffiti couvrait les camions garés dans ces rues, de même que les portes de garage : des mots, aucune image colorée – des initiales et des chiffres. MS ! MSX3. MS13. GC13. S42 Enculé. R2B. Niños malos. Sur 13. La Colombiana, dont l'enseigne représentait une femme allongée sur le ventre, hanches relevées pour bien mettre en valeur son jean, se trouvait à cinq rues de là. On n'était pas censé voir à l'intérieur du magasin. Un drapeau avec un faucon et les mots Fierté Latina occupait toute la vitrine.

Le fond du magasin recelait des sacs remplis de vêtements d'occasion. L'atmosphère empestait la friture. Un homme qu'elle supposa mexicain mangeait du porc frit dans une barquette en polystyrène. Il avait les cheveux coupés à ras comme à l'armée quand on vous ratiboisait tout, et on avait laissé un duvet plus sombre sur le sommet de son crâne. Il avait des grosses joues de bouddha et une petite moustache bien dessinée. Quand ses lèvres s'entrouvraient, des dents en or apparaissaient.

Elle lui donna cent cinquante dollars qu'il mit dans la poche de sa veste de jogging Adidas rouge. En échange, elle obtint une pièce d'identité du Nebraska au nom de Suzy Lin Hong. Adresse : 1101 North Burdette Street, Omaha, Nebraska 68101. Cheveux : noirs. Yeux : noirs. Taille : un mètre cinquante-six. Date de naissance : 3 mars 1979. On voyait des morceaux d'idéogrammes japonais sur les bords de la photo.

Une semaine après avoir acheté la fausse carte, le *Sing Tao*, *El Diario* et le *Pakistan Times* publièrent un article au sujet d'une descente dans une usine d'abattage à Greely, Caroline du Nord, où le département de l'Immigration et des Douanes avait détenu plus de deux cents travailleurs hispaniques soupçonnés d'infraction aux lois sur l'immigration, les avait séparés de leur famille et les avait envoyés en centre de rétention en Pennsylvanie et au Texas. Zou Lei lut également que les sénateurs américains voulaient que les pièces d'identité deviennent électroniques. Pour avoir un travail, il fallait passer quelque chose appelé E-Verify.

Tu penses que ça peut aller ? demanda Zou Lei en montrant sa carte à une femme qui vendait sans autorisation de la crème de tofu dans un caddie.

Ça devrait.

La femme, qui possédait elle aussi une carte d'un autre État, lui raconta qu'elle avait récemment été arrêtée et avait passé une demi-journée à nettoyer les quais du métro. Elle n'avait pas peur de la police, mais était en rogne après les flics, se plaignait qu'ils compromettaient son gagne-pain.

Je suis victime de discrimination. Je dis au flic, tu fais ton job, laisse-moi faire le mien.

Mais plus tard, un Guyanais musulman que Zou Lei rencontra au nord de Kissena Park lui fit un tout autre récit.

Mal rasé et sa casquette à l'envers, le jeune homme se tenait sur l'herbe morte du parking près de Golden City où il avait livré du riz au jasmin. Son camion était garé sur le parking et il fumait une cigarette.

Tu vois, le mari de ma tante qui vit à Jersey ? Ta petite carte de rien du tout, tu peux l'oublier – lui, il avait la vraie de vraie, la carte verte. Elle était au courrier et en attendant de la recevoir, il avait un papier qu'ils te filent et qui dit que la carte est en route. Les flics lui sont tombés dessus en disant qu'ils cherchaient quelqu'un d'autre, et tant qu'ils étaient là, ils lui ont demandé s'il avait des papiers. Il leur a fait, genre, tu m'étonnes que j'ai des papiers, putain, et il leur a montré le papelard, mais l'immigration l'a quand même coffré et envoyé à la prison du comté de Passaic.

Qu'est-ce qui lui arrive ? demanda Zou Lei.

Ils l'ont détruit. Les gardiens s'en prenaient à tous les Asiatiques, les musulmans, ceux de Trinidad, les Noirs, les basanés, n'importe – tout ce qui ressemblait à un Arabe, parce qu'ils sont trop cons et que ce sont des putains de racistes qui croient que tous ceux qu'ont la peau foncée sont pareils. Ils débarquent avec les chiens à minuit, foutent le boxon dans la cellule, déchirent tes papiers en règle. Mon oncle a une santé fragile et ils l'ont laissé menotté par terre pendant dix-huit heures avant de l'emmener à l'hosto. Ensuite ils l'ont renvoyé en Guyane. Là-bas, c'est pas comme ici. Les gens n'ont rien. Ils ont foutu en l'air sa famille. Les gamins de ma tante ont des emmerdes. Il ne peut pas revenir aux États-Unis. L'avocat leur a dit qu'ils devaient attendre la fin du mandat de George Bush.

Zou Lei demanda où on était en sécurité, d'après lui.

Au Canada ! dit-il en jetant sa cigarette et en exhalant un dernier panache de fumée. Je vis à Ozone Park et il y a beaucoup d'Hindous, beaucoup de gens de Trinidad, mais c'est pas une garantie. Perso, j'ai pas de raison de m'inquiéter, mais il y a des membres de ma famille pour qui c'est compliqué. Je ne sais pas quoi te dire.

Tu crois que je paye trop pour la carte ?

Combien c'était ?

Cent cinquante.

C'est surtout que tout le monde en a une comme celle-là. Les poulets savent qu'elles sont fausses.

Sur un conseil du Guyanais, Zou Lei se rendit dans un mini-centre commercial sur deux niveaux où une bande de malfaiteurs était censée vendre des cartes vertes contrefaites. Une onglerie et une école de taekwondo occupaient le premier étage. Les familles hispaniques y emmenaient leurs enfants pour qu'ils apprennent à se défendre et à garder la tête haute. Elle attendit, appuyée contre la rambarde, essayant de voir comment les choses fonctionnaient pendant que les femmes se faisaient faire des ongles soyeux dans le petit salon de beauté. Une demi-heure s'écoula. Un homme qui travaillait comme rabatteur pour un bar au rez-de-chaussée n'arrêtait pas de la mater à travers ses lunettes de soleil.

Un véhicule du NYPD passa dans la rue, ralentit à leur niveau. Elle eut la sensation qu'elle ne devrait pas se trouver là. Effrayée à l'idée d'être prise pour une prostituée, elle s'en alla. Alors qu'elle descendait les escaliers, le rabatteur lui proposa de boire un verre gratuitement, elle ne voulait pas entrer ? Il fit un geste en direction de la porte ouverte qui donnait sur un espace sombre derrière lui où elle ne voyait rien.

Elle se dit qu'elle reviendrait un autre jour, mais plus tard, elle lut qu'on pouvait être accusé de vol d'identité si on utilisait le numéro de sécurité sociale de quelqu'un d'autre et elle décida que le jeu n'en valait pas la chandelle.

Rien qu'en fraudant dans le métro, on risquait la prison fédérale. Depuis le 11 Septembre, selon son pays d'origine, on pouvait être expulsé au moindre petit délit. Selon le

World Journal, il existait un classement des pays d'origine et des migrants. Zou Lei ne savait pas si elle entrait dans la case Chine, partenaire économique des USA, ou dans celle de la Jamaïque, de la Guyane, du Mexique, de l'Égypte, du Pakistan et de l'Afghanistan.

Les gens racontaient qu'aller à l'école pour apprendre l'anglais était une initiative sûre, qui n'avait que des avantages et qu'on pouvait bien dépenser trente dollars pour ça.

Mais c'est le prix d'un ticket de bus, pensa-t-elle. Le prix d'une nuit d'hôtel au cas où je devrais prendre la route. Par ailleurs, elle pouvait parler l'anglais à volonté avec Skinner, un Américain pur jus, et cela ne lui coûtait pas un cent. Elle rejeta l'idée de prendre des cours. Pour sept dollars, elle acheta un cahier et un dictionnaire chinois-anglais d'occasion intitulé *Le Nouveau Siècle*, et s'efforça d'apprendre toute seule, sans grande conviction. Elle ouvrit le cahier et écrivit dedans tout en sachant qu'elle formait mal les lettres, traçant des formes géométriques auxquelles les Chinois n'avaient jamais pensé. À croire que sa première langue était autre et qu'elle essayait de s'extirper de ces caractères. Si bien qu'elle se limita à quelques mots incohérents sur la première page avant de fourrer le cahier avec un chaton en couverture dans son cabas en plastique.

Avec les sept dollars dépensés, elle aurait pu acheter une livre et demie d'agneau qu'elle aurait bien aimé manger maintenant. Pour que tout ne soit pas perdu, elle se pencha sur le dictionnaire au hasard, tenant les pages en papier bible entre ses doigts calleux, étudia les mots et les fit résonner, fit résonner les définitions étranges, vieillottes ou dépassées – même si elle ne le savait peut-être pas.

Guerrier : homme martial, héros. Amour : deux papillons, don du cœur. Liberté : dépend de soi. Les États-Unis sont un pays libre.

Dans la nuit, elle fit un cauchemar au sujet de Bridgeport et elle appela Skinner le lendemain.

Elle rêva que les agents de l'immigration entraient dans Chinatown au volant de leurs nouveaux fourgons blancs de la Sécurité nationale, arrivaient en masse dans le centre commercial et bouclaient tous les accès, fermaient tout, et passaient les employés au scanner biométrique. Les agents les mettaient en ligne, leur demandaient de lever les bras, scannaient leurs mains et leur rétine. Polo et Sassoon étaient en règle et avaient le droit de partir, mais le scan désignait tous les clandestins : les Mexicains et le groupe de femmes sans papiers. Les agents les faisaient s'allonger sur le ventre. Impossible de fuir, ils allaient la coincer.

Quand elle l'appela, il sembla lointain, mais accepta de la retrouver après le travail.

À la sortie du centre commercial, elle fit un crochet par les toilettes publiques du premier étage et nettoya les traces de nourriture sur son jean, se peigna les cheveux, mit du rouge à lèvres brillant acheté à la boutique Tout-à-quatre-vingt-dix-neuf-cents, enfila sa casquette New York, se retourna et s'observa de dos dans la glace avant de sortir. Quand elle l'aperçut devant Caldor, elle pressa le pas et lui prit le bras.

Comme il ne proposait rien de particulier et qu'elle ne voulait pas se faire inviter à dîner, ils se contentèrent de marcher en regardant les vitrines des monts-de-piété, des magasins de chaussures de sport.

Tu es occupé aujourd'hui ? demanda-t-elle.

Il ne sembla pas entendre la question.

Ils parvinrent aux marchés éclairés par des ampoules dans des cages en fer. Devant les cartons de marchandises, elle pointa du doigt les kakis, les renouées, le ginseng, un fruit de la taille d'une grenade et hérissé de picots dont elle n'arrivait pas à traduire le nom et les yeux de dragon qui ressemblaient à des olives accrochées à de la vigne.

Tu connais celui-là ? Ça s'appelle l'œil de dragon.

Elle fit un signe OK en arrondissant le pouce et l'index, claqua la langue et lui montra son œil.

Longyan. Tu le dis ?

Un Mexicain déchira un carton juste devant lui et elle le sentit sursauter comme s'il avait été électrocuté.

Skinner ?

Ouais. Quoi ?

Ça va ?

Il acquiesça. Il avait l'air en colère, perdu.

Le mot chinois est très dur.

Peut-être que ça lui plairait de voir un vrai marché asiatique. Il sembla d'accord. Elle entra et à un moment donné, alors que tous ceux qui sortaient les bousculaient, il lui lâcha le bras. Elle était seule dans le marché et ne savait pas s'il allait la suivre. Elle prit un pot au hasard sur une étagère. Confiture royale Beijing. Elle le reposa. Elle ne le voyait pas.

Munggo, congee, Tête de taureau. Elle s'enfonça lentement dans les odeurs de produits réfrigérés, de racine, de terre, de produits séchés, voulait traîner devant les étals. Sirop saveur miel, vin vieux du Fujian, sauce au calamar, vinaigre de canne, chair de noix de coco, vinaigre sarap-asim, bouillon de poulet. Un présentoir en métal où des morceaux d'encornets étaient suspendus à des crochets. Du porc séché doux à sept dollars quatre-vingt-dix-neuf. Ils vendaient des boulettes poudreuses de porc séché dans des gobelets en plastique et de la viande pour le déjeuner dans des conserves. Spam, Ma Ling, Vitarroz, saveur fumée. Elle s'accroupit pour regarder les conserves comme si elle était fascinée. Champignons Po-Ku, jacquiers verts, nèfles, litchis, palmier de Palmyre. Des aliments généralement cuisinés avec d'autres.

Sur l'étagère du milieu, le café soluble trois en un OldTown White Coffee, Milo Fuze, et Glow-San Kentucky. Sauce Chiu Chow, gluten de blé, gluten de cacahuète, laitue en saumure et Frentel. Il y avait de la mayonnaise Kewpie, du beurre de cacahuète, et du Kool-Aid. Le beurre de cacahuète Skippy semblait bon et épais. Elle regarda le nombre de calories. Le pot coûtait deux dollars et cinquante-neuf cents.

Pourquoi pas, se dit-elle. Elle hésitait. Elle le reposa.

Il apparut dans l'allée alors qu'elle arrivait aux poissons en conserve. Les sardines piquantes étaient à deux dollars cinquante. Le bocal semblait vide alors elle le reposa.

Il prit un bocal de chanos fumés.

C'est original, dit-il.

Quoi ?

Rien. Ça, mais je sais pas ce que c'est.

C'est du poisson. Tu devrais manger, recommanda-t-elle. Elle était peut-être un peu en colère. C'est plein de nutrition pour le corps, lui dit-elle. Bon pour une longue vie.

Les bouteilles d'huile de cuisson étaient présentées en une pyramide dorée contre un mur, des sacs de vingt kilos de riz sur des palettes. Elle décida de prendre son temps pour le punir un peu. Dans sa tête, elle essaya de calculer le nombre de calories pour un dollar de riz Plumrose. Et elle l'entraîna vers le fond d'une allée pour regarder les ustensiles de cuisine : bouteilles de butane, cuiseurs de riz, ciseaux de cuisine, anti-cafards. Un wok coûtait huit dollars quatre-vingt-dix-neuf. Elle s'accroupit et fouilla l'étagère pour vérifier qu'elle n'était passée à côté de rien. C'était le cas. Le cuiseur le moins cher était à quinze dollars, ce qui était trop.

Ils passèrent devant les vitrines réfrigérées contenant le lait de soja, les poules soie, et le poisson disposé sur de la glace. Il y a tellement à manger, songea-t-elle. Elle n'avait plus tellement faim.

Tu prends quelque chose ? demanda-t-elle, pensant qu'ils pourraient cuisiner divers ingrédients.

Je passe mon tour, dit-il.

Il avait vu une bassine avec un poisson à tentacules couvert d'une écume poisseuse, l'aquarium sale où flottaient de lourdes créatures dans l'eau verte.

En approchant de l'étal du boucher, elle pensa à son père en train de préparer le feu et de tuer l'agneau, et elle reprit Skinner par le bras.

Des bouchers émaciés en tabliers tachés de rose vendaient des gésiers et des pattes de poulet. Skinner regarda entre les rubans du rideau de plastique. On découpait une cage thoracique avec une scie à ruban. De la poussière d'os jaillit et Skinner tressaillit. Les bouchers hurlaient, vous voulez quoi ? Les femmes aux longs cheveux noirs et brillants demandaient des abats. Des petites vieilles réclamaient des panses, l'intérieur comme une éponge, de la couleur exsangue d'un chou. Et que ça saute ! Les bouchers se tenaient sur la pointe des pieds pour les voir. On tendit un rein dans du papier d'emballage par-dessus l'étal.

Zou Lei regarda le prix de l'agneau. Elle hésitait, dit-elle. Elle jeta un coup d'œil à Skinner, vit qu'il regardait ailleurs. Pour elle, il semblait en avoir assez d'être là. Peut-être qu'elle n'en avait pas besoin.

Certains jours, remarqua-t-elle, il la serrait dans ses bras quand elle venait le voir, mais il pouvait aussi bien ouvrir la porte et lui tourner le dos sans un mot, ainsi qu'il le fit un soir, la laissant le suivre dans les escaliers pour le retrouver allongé sur le ventre dans le noir.

Skinner ? Tu joues cache-cache ?

Elle arriva jusqu'à lui à tâtons.

Je peux allumer ?

Il ne dit rien. Elle s'assit sur son lit et lui toucha la jambe. Qu'est-ce qui arrive ?

Il parla dans le matelas et elle ne le comprit pas.

Qu'est-ce que tu dis ?

J'ai dit que j'ai une migraine.

Elle lui frotta la jambe.

Tu bois trop alcool. Tu vas faire la fête, c'est bien. Je ne suis pas jalouse. Mais trop, c'est mauvais. Tu es un homme fort allongé dans le lit. Regarde cet homme fort. Il est paresseux.

Elle s'approcha.

Pendant que tu fais la fête, je fais des exercices que tu vas aimer.

Elle prit sa grosse main lourde et la posa sur sa cuisse, puis elle contracta ses muscles.

Tu sens ?

Il retira la main et se tourna face au mur. Il remonta son tee-shirt Goarmydotcom pour bloquer la lumière.

Elle l'observa de plus près et dit que maintenant elle voyait bien qu'il avait l'air vraiment malade.

Elle préféra rester à ses côtés et lire ses magazines plutôt que de partir. Jusque tard dans la nuit, il régna un profond silence seulement entrecoupé de pages tournées.

Je fais quelque chose qui énerve ? demanda-t-elle.

Non, dit-il.

D'accord, dit-elle. Mais je te préviens, je suis très forte. Même si tu n'es pas gentil avec moi, moi je ne pars pas.

De là où elle venait, un homme et une femme pouvaient vivre loin l'un de l'autre durant de nombreuses années pour des raisons économiques, et ne se voir qu'une ou deux fois par an quand les autorités le leur permettaient.

22

Il passa la voir sur son lieu de travail à onze heures du matin un jour de semaine. Il entra, mais c'était le coup de feu et il fut impossible de lui parler, alors il repartit et fuma une cigarette sur Main Street devant Modell's et Burger King.

Des gens s'étaient réunis sous l'auvent pour attendre le bus, ils fumaient, regardaient la rue, sans but, sans utilité, certains munis de cannes – ces gens que, dans l'armée, ils qualifiaient de prolos de merde, insulte qu'ils utilisaient pour se charrier entre eux parce qu'un très grand nombre de soldats y compris parmi les plus méritants étaient issus des classes les plus pauvres de la société civile. Une femme vêtue d'un bas de jogging rose en tissu éponge beuglait dans son téléphone.

J'irai en taule ! insista-t-elle. Ouais ! Chuis enceinte. Au moins, là, ils me fileront à bouffer… Mais tais-toi, là ! Ferme ta bouche, là ! Ils sont passés où les vingt billets que je t'ai filés ?

Il termina sa cigarette et retourna dans le centre commercial. C'était un immeuble de bureaux investi par les Chinois. Dans son état actuel, il semblait inachevé, construit à la va-vite, comme en transition d'un état à un autre. Il y avait de gros cartons de marchandises éparpillés. Certaines pièces n'avaient qu'une chape de béton et des murs de parpaings à nu, d'autres étaient moquettées, avaient leurs murs peints et des néons en guise d'éclairage. Une pièce servait à entreposer des milliers d'herbes médicinales séchées dans une pagaille de seaux, de bassines, de poubelles, de bols, de tasses, et de tiroirs en bois – récipients en tout genre, tout ce qui pouvait servir de contenant, jusqu'aux enveloppes en papier –, dans la désorganisation la plus totale, l'ensemble entassé là pendant qu'un type de vingt ans chaîne en or au cou mâchait des raviolis wonton la bouche ouverte en regardant un DVD. Le panneau au-dessus de sa tête disait : Optique de mode Cohen. Impossible de différencier le vieux du neuf. Impossible de dire si les articles entraient ou sortaient. Les lieux étaient à la fois en chantier et en voie de démolition. Cet environnement aurait pu lui être familier.

Des personnes âgées, casquette de l'Armée rouge sur le crâne, des gens qui avaient vécu trente ans de guerre et de révolution, déambulaient comme s'ils effectuaient une inspection et approuvaient tout ce qu'ils voyaient.

Skinner releva ses lunettes de soleil et chercha Zou Lei du regard derrière les clients mais ne la vit pas : son comptoir était encore pris d'assaut dans l'aire de restauration. Il tourna donc les talons et se retrouva de nouveau dehors.

Cette fois, il traversa Roosevelt Avenue et passa sous la voie ferrée où se tenaient deux grands Africains, le soleil tombant sur leur visage d'un noir mat et leurs vêtements à l'aspect poussiéreux. Skinner arrivait à l'immeuble où elle avait travaillé en premier, là où il l'avait rencontrée, et il aperçut un essaim d'hommes en train d'observer quelque chose, mains croisées dans le dos. Entre leurs jambes il aperçut de la chair humaine. Il crut qu'ils contemplaient une personne blessée dans la rue, jeta par réflexe un regard circulaire au cas où il obtiendrait plus d'indices : un incendie, une famille poussant des hurlements, criant vengeance. Mais la circulation était normale et fluide devant les restaurants. Il s'avança afin de regarder par-dessus leurs épaules et vit qu'il s'agissait d'une série de photos agrandies posées sur le trottoir.

La première représentait une femme asiatique d'une quarantaine d'années, visage de profil, tenant sa robe remontée pour dévoiler une fesse noircie, avec, en son centre, un abcès profond. Une autre photo montrait un buste de femme. On lui avait enlevé les seins. Sa poitrine ressemblait à des lasagnes. Sur une troisième image, on voyait le drap blanc sur lequel elle était allongée. D'après l'expression de son visage, elle était manifestement morte. Ces femmes avaient une étiquette en chinois attachée au gros orteil. Les jambes de quelqu'un avaient été photographiées pour montrer les ecchymoses. Sur le même cliché, une main brandissait une règle indiquant les dimensions des contusions. Une photo représentait un vêtement épais imbibé de sang sur une plaque de ciment près d'un égout.

Une femme approcha Skinner comme si la force d'un aimant la poussait vers lui et lui demanda de signer la pétition sur son écritoire à pince. Elle avait un regard lumineux et même si sa voix portait peu, elle le regardait dans les yeux d'un air absent et débitait son discours comme un ordinateur impossible à éteindre.

Le criminel des droits de l'homme, dit-elle.

Je ne signe rien.

Quand elle insista, il ajouta :

Je ne vous connais pas. Les photos peuvent être truquées. Il haussa les épaules. Ça fait quoi, quatre cadavres ? J'ai deux cents images comme ça dans mon appareil photo à la maison.

Un homme qui travaillait avec la femme lui dit en chinois d'arrêter de parler à Skinner et elle se tut immédiatement.

Skinner jeta un dernier coup d'œil aux images avant de s'éloigner.

C'est pas mes frères d'armes, pensa-t-il.

À un kiosque qui vendait des magazines avec des top-modèles en couverture, Skinner dit, ben voilà, c'est ça que je cherchais, et un Pakistanais se tourna pour l'observer.

Il fuma la moitié d'une cigarette puis la gratta contre la semelle de sa ranger.

Il traversa Kissena vers un resto miteux qui préparait des plats à emporter et commanda du riz frit au porc. Il y eut un malentendu avec les employés, mais rien qui ne puisse être résolu par un doigt pointé sur le menu, ou du moins le crut-il. Un homme décrocha un quartier de viande dans la vitrine et la découpa avec un hachoir devant Skinner. L'addition fut plus salée que prévue. Porc rôti. Je croyais que j'aurais ça. Vous voyez ce que je montre ?

Ils appelèrent quelqu'un pour s'expliquer. Vous avoir porc rôti. Regardez, il y a deux, vous avez le cher.

Sans déconner, dit Skinner. Je parie que c'était un accident.

Il alla s'asseoir.

Le riz était froid et lardé de graisse qui virait au blanc en se solidifiant. Quand on brûle un cadavre, se souvint-il, la graisse cuit et après, ça fout comme une espèce de cire durcie partout. Sa fourchette sentait le rance. L'odeur réveilla quelque chose en lui et il abandonna son assiette, sortit et pensa que ça passerait avec le froid de l'extérieur, mais deux secondes plus tard, il se plia en deux, pris d'un haut-le-cœur, et vomit une bouchée de grumeaux orange au milieu du trottoir. Les gens le contournèrent et, à bonne distance, l'observèrent. Il retourna à l'intérieur prendre des serviettes en papier pour s'essuyer le visage.

Une fois débarbouillé, il s'essuya les yeux et acheta un soda ailleurs. Il fuma une autre cigarette. Ses mains arrêtèrent de trembler, il s'essuya les yeux et il se sentit à nouveau bien.

Chez un autre marchand de journaux, il chemina vers le fond de la boutique pour regarder les magazines, sans rien voir, les prenant et les reposant sur le présentoir en métal, l'un après l'autre.

Le visage sombre du Pakistanais le suivit comme une antenne parabolique tandis qu'il ressortait.

Vous avez besoin d'aide ?

Pas de la vôtre.

Une fois de plus, il revint au travail de Zou Lei et s'assit à une table dans l'aire de restauration, le visage impassible, son corps immobile et affaissé comme s'il était drogué – à l'exception de son pied qui tressautait, pareil à un moteur sous la table.

Quand elle apparut pour récupérer les plateaux, elle le repéra aussitôt dans la foule grouillante.

Hé ! Je ne vois pas que c'est toi ! Je suis surprise !

C'est pas trop tôt. Il releva ses lunettes de soleil, révélant ses yeux cerclés de noir. Niou-pong-yow. Où t'étais ? Il cligna des yeux dans sa direction comme une personne marchant face au soleil.

Tu te sens mieux aujourd'hui, dit-elle. Il avait été malade la veille. Il allait mieux et c'était bien, dit-elle. Et tu viens me voir. Je suis beaucoup contente. Bienvenu. Bienvenu à mon travail.

Elle nettoya les tables près de lui pour pouvoir lui parler.

Peut-être que ce n'est pas bon travail, dit-elle en se penchant sur une table pour l'essuyer avec son torchon pendant que Skinner la regardait se déplacer. C'étaient tous des immigrés ici – il avait remarqué ? Mais il faut bien que tout le monde fasse un travail, et ça ne devrait pas donner honte. Quand son anglais sera mieux, elle fera autre chose. Elle se réjouissait de le voir, et sa démarche devint sautillante quand elle alla ramasser les plateaux sur les tables et les vida au-dessus de la poubelle avant de les empiler sur son chariot. Après s'être occupée des tables à proximité de Skinner, elle fit le tour des autres à la limite de l'aire de restauration, ramassa les plateaux et revint vers lui.

Elle demanda à quoi Skinner allait s'occuper dans la journée.

La poitrine.

Oh, dit-elle. Ta poitrine ?

Ouais. Poitrine et épaules.

Tu vas à la salle de gym ?

Ouais, il y allait. Il le faut, dit-il.

Moi aussi j'y vais.

Ah oui ?

Pas maintenant. Plus tard ! Bientôt. D'abord, je vais faire des exercices dans mon travail. Ça se voit ? Elle s'accroupit et se releva rapidement, saisit une baguette, adressa un clin d'œil à Skinner et lança la baguette dans un seau.

Il voulait savoir à quelle heure elle terminait pour pouvoir la retrouver.

Tu ne seras pas fatigué ? demanda-t-elle.

Bien sûr que non. C'était hier, ça, pas aujourd'hui.

Elle ne voulait pas l'embêter s'il était fatigué.

Ça me gêne pas. Il voulait la voir.

Elle essuya ses mains gonflées sur son torchon.

Travail terminé à six heures.

Très bien, alors je serai là.

OK.

C'est bon pour toi ?

Oh, c'est excitant. Seulement encore cinq heures.

On ira à la maison.

C'était plus ou moins une question. Il lui jeta un coup d'œil pour voir sa réaction. Elle ne dit pas non.

Après l'avoir regardée pousser son chariot entre les différents comptoirs jusqu'au lave-vaisselle au fond de la cuisine, il prit ses lunettes et se fraya un chemin à travers la foule pour partir. Sa jambe avait cessé de tressauter durant leur conversation, et sa capuche était retombée, révélant sa nuque couturée. Le froid s'était intensifié depuis le matin et les nuages s'étaient amoncelés, si bien qu'il releva sa capuche et se mit à marcher pour avoir chaud, longea des commerces aux devantures condamnées ou installés illégalement dans des bâtiments avec scellés, et continua là où ils jetaient leurs poubelles, dans les escaliers, en dessous du niveau de la rue. Il vit des rouleaux de moquette derrière une porte grillagée à moitié fermée.

Il arriva à un bar, l'un des rares bars de Flushing, et entra. Des jeux d'arcade avaient été installés dans le coin. Un micro-ondes était posé sur un comptoir dans une pièce attenante également meublée de chaises en métal pliantes. Les câbles électriques étaient couverts de poussière. Il y avait des canapés devant un écran géant – un vieux modèle avec les lumières de trois couleurs pareilles à des feux de signalisation qui projettent les images sur l'écran comme pour des diapos. Le bar lui-même se résumait à un comptoir et, derrière, un mur avec des bouteilles d'alcool. Ici, pas de tireuse de bière pression. Ceux qui voulaient de la bière recevaient une canette sortie d'une glacière où attendait également un paquet de hot-dogs. Les lumières étaient éteintes, il flottait une odeur de produit nettoyant pour sanitaires qu'un vieil homme qu'ils appelaient Johnny venait de nettoyer. Quand Johnny avait eu terminé, il était sorti des toilettes avec sa serpillière à la main et avait demandé au barman ce qu'il devait faire d'autre. Le barman lui avait dit, rien, je crois. Le vieil homme rangeait la serpillière quand Skinner entra et réclama à boire.

Le barman lui servit un verre et Skinner le sirota en regardant le basket à la télévision.

Le barman était du genre bavard, et sans y avoir été invité, il se mit à lui raconter une histoire. L'autre nuit, dit-il, il avait dû raccompagner un type chez lui. J'étais bourré aussi, mais il pouvait rien faire, il était aveugle, donc il risquait pas de prendre le volant, mais bon, je me suis dit, allez pourquoi pas. On monte dans ma voiture et je le dépose. Il était quatre heures du mat. Je sors de son garage et voilà que je tombe sur un flic qui venait de filer une prune à quelqu'un pour conduite en état d'ébriété.

Le barman avait fait une pause dans son nettoyage du comptoir pour raconter son anecdote, et il ponctua son récit de grimaces d'étonnement face à ses propres mots. C'était un vendredi, alors avec le week-end, ç'aurait fait longuet, vous voyez. Il aurait fallu attendre au moins lundi ou mardi pour passer enfin devant le juge !

Il gonfla les joues en soufflant comme pour dire, quelle histoire ! Skinner acquiesça quand il le fallait. Dehors, la journée avait viré au gris. Le barman continuait de parler. Il remarqua qu'à son accent, Skinner ne devait pas être du coin. De là, bien sûr, il demanda d'où il venait et il lui fit dire qu'il était vétéran. À ces mots, le barman saisit la bouteille de Parrot Bay et le resservit.

Skinner sentait déjà les effets du premier verre et n'avait pas prévu de boire davantage. Merci, dit-il.

C'est le minimum, dit le barman qui resta planté là pendant une minute, les bras appuyés sur le bar et la tête à moitié baissée, offrant un instant de silence en hommage aux forces armées. Le vieux Johnny avait pris sa place au bar pendant qu'ils parlaient et tenait une canette de Budweiser. Puis il pivota sur son tabouret et remua les lèvres dans un effort pour parler.

Z'étiez là-bas ?

Skinner ne l'entendit pas.

Johnny vous parle, dit le barman.

Il regarda le vieux bouger les lèvres.

Z'étiez là-bas, en Irak ?

Ouais, dit Skinner.

Johnny était dans la marine, dit le barman.

Super. À la vôtre.

J'étais dans la marine. Mais ce que vous vous faites, les gars, c'est… c'est incroyable.

Skinner brandit son verre et le vida. Le barman le remplit de nouveau.

C'est ma tournée, chef.

Sympa de pas oublier, dit Skinner en se frottant le visage. Son genou se mit à faire des bonds.

Ce type est votre ami, dit Johnny. Il prendra soin de vous.

N'importe où dans le monde, cherchez un pub irlandais, dit le barman. Ils vous donneront un coup de main. Et si moi je peux pas vous aider, je connaîtrai quelqu'un qui le pourra. Il afficha l'expression de celui qui fait une confidence.

Johnny tituba vers les toilettes qu'il avait nettoyées, cette fois pour s'y soulager, et pendant son absence, le barman poursuivit ses confidences et expliqua que Johnny aurait dû mourir des années plus tôt. Il devrait plus être de ce monde, dit-il tout bas.

Skinner s'envoya une autre grande lampée et sentit l'alcool le brûler et l'écœurer un peu, puis se diffuser et provoquer ces changements à l'intérieur de son cerveau, la sensation d'un store de magasin qu'on abaisse.

J'ai voyagé dans le monde entier, disait le barman. Brésil, Amsterdam, Chine.

Qu'est-ce que vous faisiez dans tous ces pays ?

Je me tapais des putes.

Sans déconner.

J'ai baisé des putes partout. J'appelle ça effectuer ma tournée mondiale des putes.

Skinner avait du mal à comprendre l'accent irlandais du type et lui fit répéter.

Oh, la tournée. J'ai pigé. Vous faisiez une tournée ! Avec les gens, on sait jamais ce qu'on va découvrir.

Ils se levèrent pour porter un toast formel.

Un autre pour mon pote, dit Skinner en désignant la bière de Johnny. Il serra la main frêle et pleine de taches de rousseur du barman. Je vous en offre une, vieux.

C'est pas de refus, dit le barman.

Une autre heure s'écoula de la sorte. Le barman, qui portait un tee-shirt noir, fit le tour du zinc, le bas du corps vêtu d'un jean noir et les pieds chaussés de grandes chaussures en cuir noir effilées à bout carré, et il sortit, extirpant le briquet attaché à sa ceinture en cuir noir, et alla fumer une cigarette dans ce qui était désormais la rue en pleine nuit, émaillée de feux arrière de véhicules quittant l'autoroute, de gens rentrant du travail, le métro grondant sous le bar. Johnny se pencha loin sur son tabouret pour parler à Skinner. Le sujet de la guerre était revenu sur le tapis.

Les femmes et les enfants, dit le vieil homme d'un ton implorant. Les femmes et les enfants. Je n'arrivais pas à comprendre.

Skinner chercha le barman.

Une autre, vieux.

Autant que vous voulez, mon ami.

La bouteille n'avait pas de bec verseur et Skinner regarda l'alcool clair couler sur les articulations du barman. Puis il but et tenta de regarder le match flou. Les joueurs allaient et venaient en courant comme des hardes de cerfs dans une émission consacrée à la chasse, comme les civils dans un village. Ils fuyaient à travers le terrain, puis s'arrêtaient et humaient l'air. Ils ne savaient jamais qui allait les frapper avec la balle.

Une page de pub, le match était terminé et Skinner se retrouva seul.

Où est-ce qu'il est allé ?

Qui ça, Johnny ?

Ouais, lui.

Il devait rentrer chez lui, mon pote.

Skinner essaya de se lever, tomba de son tabouret et se cogna la tête contre le bar. Son téléphone portable et ses clés glissèrent de sa poche de jean.

Merde, dit le barman. Je pensais que vous autres, vous teniez super bien l'alcool. Je pensais pas que vous aviez bu autant.

Il s'inquiétait que le gérant voie ce qui se passait ou, pire, qu'un flic débarque. En jetant un coup d'œil par-dessus son épaule, il fit le tour du bar et aida Skinner à se relever.

Attendez. Mes clés.

Je les ai, vos clés. Je vais vous mettre sur le chemin.

Tandis que le barman le soutenait jusqu'à la porte, le téléphone de Skinner sonna par terre.

Mon téléphone.

Le barman fit demi-tour et le ramassa.

Allô ? dit-il. Une seconde.

Il tendit le téléphone à Skinner.

Bébé ? Il porta le téléphone à son oreille et entendit sa voix minuscule par-dessus le bruit de la circulation. Ses paupières se fermaient. Zooey ?

Elle lui disait qu'elle ne l'avait pas vu, qu'elle avait attendu, et qu'ensuite elle était rentrée chez elle.

Où t'es, bébé ?

Chez moi.

Je t'attendais, dit-il. J'ai fait que ça.

23

Skinner vida un double et exécuta sa danse sarcastique. Il buvait depuis midi, avait gagné la ville par le métro pour boire dans les bars de Port Authority. Plus tard, il fut incapable de danser. À présent il faisait nuit et la circulation s'écoulait vers le bas de l'avenue dans l'obscurité traversée de lueurs pourpres entre les immeubles.

Il se rendit au club de strip-tease indiqué sur le panneau publicitaire, sans se souvenir comment il avait trouvé son chemin dans le quartier parmi les théâtres et les bars, les néons arc-en-ciel dans les yeux. Les videurs le laissèrent entrer et dans la lumière, la lumière orange, la serveuse qui vint prendre la commande de sa conso obligatoire ne parvint pas à attirer son attention. Elle lui toucha l'épaule. Skinner sursauta. Il la dévisagea, les yeux plissés et accusateurs. À la table voisine, il vit une gamine habillée comme une nonne qui hurlait au-dessus du corps décapité de sa mère.

Quelque chose ne va pas ? demanda-t-elle. Je croyais que vous vouliez fumer.

Les lumières s'éteignirent, les danseuses sortirent et Skinner s'en alla. Il était déconseillé d'un point de vue médical de mélanger le comprimé qu'il avait avalé à de l'alcool. Laisse-moi te prendre dans les bras, dit-il à un type accompagné de deux amis au milieu de Times Square.

Va te faire foutre, sale pédé.

Non, c'est pas ce que je voulais dire. C'est pas ça. Il tendit les bras. Je parlais de te soulever comme au catch. Allez.

Quelqu'un le poussa, il tomba sur la chaussée et un taxi faillit le renverser. Il se releva aussitôt et ne sembla pas entendre que des gens riaient. Il était devant un autre bar, un camion de Con Ed garé à proximité, le compresseur qui tournait.

Finalement, un chauffeur de camion autorisa Skinner à le porter, et ce dernier courut sur la longueur du bloc avec le type sur l'épaule, effectua un squat et revint en courant et enfin, marcha. La vapeur de son souffle s'élevait dans le noir. Le chauffeur ordonna à Skinner de le reposer mais Skinner ne voulait pas. L'homme remua et, du fait de son poids considérable, força Skinner à le mettre à terre.

Je fais cent sept kilos. T'as de la ressource.

Skinner tenta une fois de plus de le soulever, mais le gars l'en empêcha. Il le repoussa. Tout doux. Skinner fit une nouvelle tentative. Une petite escarmouche s'ensuivit et des gars s'interposèrent. Il est fort, répétait sans cesse le chauffeur. Pour un petit salopard comme ça. J'ai pas envie de le tuer. On mit un terme à la bagarre. Skinner disparut, ils l'oublièrent. Du coup, les autres chauffeurs jouèrent à se porter, se soulevant les uns les autres avant de se laisser retomber. Tu pèses combien ? T'en manges combien, des ailes de poulet ?

Skinner retourna au club de strip-tease et, à la porte, le videur lui dit : Enlève ta capuche. Allez, tombe la capuche. La caméra doit pouvoir te voir. Ils refusèrent de le laisser entrer. Il erra devant la porte du club, une silhouette noire à capuche, les videurs qui faisaient semblant de ne pas le voir.

Des histoires commençaient à circuler sur le net – des interviews de femmes de militaires, etc. – concernant les soldats à leur retour, et Skinner les regarda. Il regardait aussi les vidéos téléchargées par des frères d'armes mécontents qui témoignaient de la folie et des mauvaises actions dans lesquelles ils avaient été embarqués.

Un membre de la Garde nationale, ancien acheteur chez Home Depot, avait été envoyé en Irak en tant que logisticien et son convoi avait roulé sur un EEI. À présent, il lui manquait une partie du crâne. Quand il tournait la tête sur le côté, on avait du mal à croire qu'il puisse être encore vivant dans ces conditions. Son nez et ses oreilles avaient disparu. Dans cet entretien, il se rappela une période difficile juste après son huitième passage sur le billard.

J'étais suicidaire parce que je pensais que ma fille aurait peur de moi.

Retenant ses larmes devant la caméra, il levait les mains pour s'essuyer les yeux et on voyait les brûlures roses sur les os de son poignet et un appendice semblable à un doigt en guise de mains.

Parfois, l'interviewé portait une combinaison de prisonnier. Skinner regardait vidéo sur vidéo. Il entendit :

Repérage. Attention accrue. Symptômes. Dès que je vais quelque part, je suis à l'affût des armes.

Autoportrait après la rédaction d'une note de suicide.

Perte d'équilibre. Colère. Troubles du sommeil. Dormir deux heures, rester éveillé quarante-huit heures. Dormir trois heures – etc.

En Irak, je prenais des produits dopants interdits aux États-Unis, et à mon retour, l'armée m'a retiré mes ordonnances. Aucune transition logique. À partir de là, la bouteille a pris le dessus. C'est ma seule amie, je me disais. J'ai eu des problèmes de santé. Je balançais mes clés contre les murs. Je shootais dans les fenêtres. J'ai bousculé ma nana.

Les déclencheurs : une porte qui claque, quelqu'un qui crie. Les aiguillons de la peur.

Isolement. Culpabilité. Je n'arrive pas à m'enlever de la tête l'image de ce môme.

Neuroleptiques, somnifères, tranquillisants.

M16 tatoués sur toute la longueur des bras. A tué son enfant. Sa femme. Dans des night-clubs. Viols sur la base. Il disait je suis un type sympa avec un fusil. Il a mis le chauffeur de taxi dans le coffre de la voiture et l'a brûlé vif en Caroline du Nord.

Personne ne sait ce que traversent les familles. Une psy de l'armée a dit à mon mari qu'elle ne pouvait pas le guérir de ses cauchemars. Alors j'ai appelé son commandant qui m'a rétorqué que l'armée n'avait pas à consoler les chiffes molles. À cette époque, mon mari avait déjà commencé à me frapper et une fois, il avait menacé de me tuer.

Traumatisme crânien. Ils l'ont quand même déployé. Je sais que je ne le récupérerai jamais. Ma fille elle dit, genre, c'est pas mon père.

Je dirais désespéré, perdu, dépressif. Décapitations. Monstre. Rire devant les déchaînements de violence. Jambe explosée.

Je l'ai bousculée. Elle a eu un mouvement de recul. Elle est tombée dans la douche. Quand elle s'est relevée, elle a hurlé. Ses cheveux lui couvraient le visage. Ça m'a rappelé des choses que j'ai vues, des cris de peur d'être attaqué, et j'ai réagi. Je lui ai mis une main sur la bouche. C'est la mère de mes enfants (la voix se brise). Elle ne bougeait plus quand je l'ai lâchée (pleurs).

J'ai essayé de la ranimer, mais elle était partie.

Il sortit d'un bar et essaya de se rappeler où il était. La portière passager d'une berline noire garée le long du trottoir s'ouvrit et quelqu'un l'interpella.

Hé, jeune homme.

Skinner observa le véhicule.

Jeune homme, on a une question à te poser.

Qu'est-ce que vous voulez savoir ?

Approche une seconde.

Pourquoi vous pouvez pas me demander de là où vous êtes ?

Une ombre bougea à l'avant et une voix différente dit, t'es sorti quand, camarade ?

Ah. Salut. Ben, y a pas super longtemps.

Skinner se traîna jusqu'à la voiture.

Le passager était en bomber. Le conducteur, qui portait des lunettes de vue et une casquette des Jets, se pencha vers lui. Les deux hommes étaient armés.

Tu as été déployé ?

Si j'ai été déployé ? Ouais, j'ai été déployé.

T'étais où ? Pas dans le renseignement ?

J'aurais pu si j'avais été plus malin. J'étais dans l'infanterie.

C'est ma famille, dit le conducteur. Il tendit le poing par la portière et ils échangèrent un fist bump.

Hooah, frère.

Hooah, dit Skinner. On lâche rien.

Je t'ai aperçu par là-bas, et j'étais, genre, c'est un de mes gars.

De fait, acquiesça Skinner.

Il trouvait que t'avais l'air perdu, dit le flic en bomber.

Non, ça va.

T'es du coin ?

Non. J'arrive de la base.

T'as un endroit où dormir ?

Ouais ouais. Bien sûr.

Parce que pour beaucoup de gars… c'est dur. Tu sais, ils se retrouvent à commettre des erreurs de jugement quand ils sortent, tu vois ce que je veux dire, quoi.

Ouais.

Ils sont doués pour le combat, mais pas pour la vie civile, quoi.

Skinner acquiesça, tête baissée. Puis il se couvrit les yeux.

Les deux hommes dans la voiture se turent.

Skinner avait du mal à se contrôler. Deux secondes, dit-il. Il se déplaça vers l'arrière de la berline, se racla la gorge et recracha les glaires sur le trottoir, se frotta les yeux et revint.

La vague d'émotion était passée. C'est trop con, dit-il et il se racla de nouveau la gorge.

Monte et raconte-nous.

Non, ça roule.

T'as de la famille ?

Ouais, je veux dire oui. Mais ça va. Je veux dire que j'ai pas besoin que des gens s'inquiètent pour moi, quoi.

Tu dois dépasser tout ça.

Je sais.

S'il y a un problème, tu le règles, on est d'accord ?

Je sais.

Tu sais qui appeler ?

Quoi, genre les vétérans ?

Si t'as un problème, peu importe qui : les vétérans, ta famille, n'importe quelle personne de ton unité, peu importe. Un ami, n'importe. Plutôt que – et j'insiste là-dessus –, plutôt que de boire vingt-quatre heures sur vingt-quatre, par exemple.

Le conducteur le dévisageait, penché vers lui, le cou tendu, les lèvres pincées en une ligne unique, les verres de ses lunettes reflétant la lumière vaporeuse.

OK, dit Skinner. Bien reçu. Merci. Vraiment. Je suis OK.

Il est OK, dit le flic passager. Les cheveux qui lui restaient formaient de longues mèches humides collées à son crâne, et quand il retira sa casquette, certaines se dressèrent. Il acquiesça rapidement dans la direction de Skinner.

Skinner regarda de l'autre côté de Roosevelt.

Je crois que mon bus est là.

Son bus est là. Le manque pas, vieux, dit le passager.

Le conducteur tendit une fois de plus son poing par la portière et il y eut un autre fist bump.

Prends soin de toi, frère.

Hooah, dit Skinner avant de contourner la berline et de traverser l'avenue vers les bus à l'arrêt dans le noir.

24

Il monta à l'étage payer son loyer et trouva l'appartement plein de gens qui buvaient de la bière et mangeaient des sandwichs rapportés de la pizzeria Fratelli.

Mme Murphy parlait à plusieurs personnes en même temps. Elle allumait son briquet, se penchait en arrière et recrachait sa fumée de cigarette loin vers les placards. Elle portait la même blouse d'intérieur en velours que d'habitude et une tasse de café froid attendait à côté d'elle sur la table comme si elle venait de terminer son petit déjeuner. L'une des personnes à qui elle s'adressait était un grand type aux cheveux roux et à la voix de baryton d'un athlète. Il portait un tee-shirt des Jets taille XXL.

Entrez, entrez, dit-elle à Skinner qui entra. Il lui tendit le chèque du loyer et elle posa la tasse de café dessus. Servez-vous une bière.

C'est Brad, d'en bas. Le locataire.

John, dit le gros type pour se présenter. Je suis son beau-fils.

Yo, fit Skinner et il serra la main du gars.

Une dizaine d'autres personnes devaient se trouver dans l'appartement : des femmes du quartier en jogging et créoles aux oreilles, de jeunes hommes qui passaient en revenant du travail, leur sweat-shirt et jean couverts d'une poussière noire d'avoir travaillé le fer, le visage rougi par le froid. Ils s'exprimaient tous avec un accent new-yorkais très marqué qui donnait une inflexion italienne à tout ce qu'ils disaient. Tous n'étaient pas prompts à dire bonjour. Les hommes ne parlaient pas aux gens qu'ils ne connaissaient pas. Le but de cette réunion n'était pas clair. Le gros gars était le beau-fils de Mme Murphy. Il n'avait pas grandi avec elle. Il était le fils que Patrick avait eu avec une autre femme et il jouait dans la NFL.

Skinner décapsula une Michelob, saisit la bouteille par le col dans le crochet formé par son index replié et la souleva pour boire, la lèvre inférieure enroulée autour du goulot. Il arborait une barbe de trois jours et était en chaussettes. Il avait les talons pris dans le revers trop long de son jean, on voyait son caleçon. Il avait avalé un Zoloft une demi-heure plus tôt, ce qui créait une distance entre le monde et lui. La voix grave du joueur de football lui parvint par-delà cette distance.

Il parlait de ses pneus. Il les avait laissés dans le jardin derrière la maison. Un type avait réparé un truc pour la famille, de la plomberie. À force de paroles plus ou moins enjôleuses, il avait obtenu les pneus par Pat qui n'avait pas su combien ils valaient.

Mme Murphy dit, je sais, je les ai vus. Ça fait six mois qu'ils sont là. Ils étaient couverts de boue.

Neufs, ils valaient six cents dollars pièce.

Ils n'étaient pas neufs.

Même vieux, on aurait pu en tirer mille neuf cents, deux mille.

OK. Si tu le dis. Donc t'as fait quoi ?

J'ai appelé le mec. J'ai laissé des messages sur son téléphone. Finalement il me dit qu'il ne les a pas.

Ça je m'en doute. Il les a sûrement vendus.

Ce qui ne m'aide pas beaucoup.

Je sais que ça ne t'aide pas. Elle roula des yeux. Ça ne m'aide pas non plus.

Je sais.

Si je savais ce que Patrick prévoit de faire avant qu'il le fasse, je serais médium. Je ne savais pas ce qu'il fabriquait.

Je sais.

J'espère que toi si.

Ça s'est passé comme ça, voilà. La vie continue, dit le joueur de football.

Espérons-le.

Et sinon, on en est où ?

C'est ce qu'on va savoir bientôt. Pour l'instant, on nous dit avril. Mais le système est tellement nul.

Ça va le faire.

Oui, bon, on verra.

Une femme à la chevelure noire assise à la table à côté de Mme Murphy fumait une cigarette. Elle était recroquevillée sur sa chaise, genoux remontés et les pieds sous elle. Par moments, elle évaluait rapidement les autres du regard puis revenait au cendrier qu'elle partageait avec Mme Murphy. Elle avait une peau jaunâtre, rêche et des pommettes hautes. Elle s'appelait Vicky.

On verra, répéta-t-elle.

Elle se tourna vers Mme Murphy :

C'était qui le type avec qui il a eu des ennuis ?

Un certain Rick.

Rick de Brooklyn ?

Du bar juste à côté.

Ouais. Brooklyn Rick. On parle du même gars.

Si tu le dis.

Super maigre ? Le cul plat ?

Sûrement, dit-elle. Tu le connais ?

Vicky acquiesça et recracha la fumée vers le haut.

Carrément, dit-elle. C'est un voleur.

Bon. Dieu sait pourquoi je l'ai laissé rentrer dans ma maison. En même temps, il a été réglo avec moi.

Il a effectué une très longue peine.

On traîne tous nos casseroles. Tu sais bien. Moi, si je le savais pas, il n'y aurait plus personne dans cette maison pour faire la fête. Tu vois ce que je veux dire, Vicky ? Faut être réaliste. Le gars a soixante balais, des cheveux blancs. Et lui. Mme Murphy baissa la voix et regarda de l'autre côté de la cuisine en direction de son beau-fils qui discutait avec deux petites grosses. T'as vu la taille qu'il fait, lui ?

C'est sûr. C'est sûr.

Quand j'étais plus jeune, j'aurais pu l'arrêter à temps, voleur ou pas.

On connaît la musique.

Il y a tout un passif, Vicky. Je ne vais pas revenir dessus.

Non, oublie.

Mmm. J'attends l'appel.

Quelle heure il est ?

Mme Murphy regarda sur son téléphone portable posé sur la table à côté de son café.

Ça devrait plus tarder.

Skinner finit sa bière et la mit dans l'évier. La bouteille tomba à la renverse. Il lâcha un oups et, posément, la remit debout et regarda si elle allait de nouveau tomber. La femme appelée Vicky s'était levée et avait un pied sur la chaise. Faut que je mange un morceau, dit-elle et elle contourna la table vers le plan de travail et prit la moitié d'un sandwich sur la feuille d'aluminium, qu'elle mit sur une assiette en carton, la laitue déchiquetée qui dépassait. Elle plissa les yeux, jetant un regard en coin vers Skinner.

Dis voir. T'es le pote de Greg ?

C'est qui ?

Le mec qui était là avant toi. Je croyais que c'était ton pote.

Non. Je le connais pas. Je suis pas d'ici.

T'es où, à la fac ?

Non.

Ça te plaît, LaGuardia ? Elle veut y aller.

Vicky indiqua Erin qui se tenait debout avec un pied sur l'autre, sa lourde hanche appuyée contre le plan de travail. Elle portait un tee-shirt trop grand qui recouvrait la partie la plus épaisse de son corps. Elle avait retiré le pain d'un sandwich et elle mangeait le fromage. Elle gardait la tête baissée. Elle affichait une grande sérénité. Elle n'avait prêté aucune attention à Skinner depuis son apparition dans la pièce.

Non, je vais pas à la fac.

Donc, quoi, t'es ici pour le boulot ?

Non, j'essaye de me faire une idée de ce qu'est possible, plutôt.

C'est cool. Tu explores ton univers. Donc en fait tu ne connais personne ici. Et tu dois te demander qui on est tous ?

Je la connais elle et sa fille.

T'as rencontré Pat, le père ?

Je crois pas.

Tu le saurais si c'était le cas. Suffit de lui serrer la main pour le savoir. Il est du genre à t'arracher le bras.

Est-ce qu'il a une espèce d'accent irlandais ?

Patrick Murphy ? Grave.

Alors je l'ai peut-être entendu à travers le plafond.

À travers le plafond ? Ça paraît vraisemblable, dit-elle. C'était lui.

Il jeta un autre coup d'œil à Erin, essayant de mieux observer son visage pour voir si elle avait des bleus, un œil au beurre noir ou des lèvres gonflées.

Et donc, tu viens d'où ?

Pittsburgh.

Je comprends mieux. Je l'entends dans ta voix. Tu parles pas comme un mec de la ville.

Il y a que des péquenauds par chez moi.

Quelqu'un qui les avait entendus parler raconta qu'un gars du quartier, John Gambia, était revenu de son entraînement militaire en parlant comme un péquenaud.

Allez, quoi. Enlève la boue de tes godasses, dit Vicky.

Il prit une autre Michelob. En l'ouvrant, la capsule lui échappa et rebondit sur le lino. L'étoile tatouée sur sa nuque apparut quand il se pencha pour la ramasser.

En pointant John du doigt, elle ajouta, tu sais qu'en fait, ce mec joue pour les Jets.

Super. Perso, je soutiens les Steelers.

Ohoh, dit John.

Non, mais pas d'angoisse, hein.

Skinner essaya de trinquer avec lui mais le joueur de football n'avait pas de bouteille. Il brandit son gros poing et Skinner le heurta avec sa bière.

Tout le monde voulait parler à l'athlète qui, bien que plutôt taiseux, avait quelque chose d'accessible dans ses manières, et il parlait aux uns comme aux autres. En général, il limitait le temps de conversation avec chacun. Skinner le retint pour lui parler de force et d'entraînement. J'ai joué au base-ball au lycée, expliqua Skinner. John se montrait poli. Il reconnut avoir été entraîné à la dure. Les deux semaines de la présaison ont été super difficiles, t'as dû en entendre parler. Il fit mine de s'éloigner. Skinner n'arrêtait pas de le retenir avec des, attends mec.

Squats, développés, tractions, sprints.

On est d'accord, dit John.

Attends, et les power clean, les dips ?

Ouais, c'est bien.

Les dips, c'est les squats pour le haut du corps.

C'est sûr.

Burpees, hit-it's, suicide grips. Six jours par semaine, deux fois par jour.

Sacré programme. Pourquoi tu fais tout ça ?

Skinner se contenta de secouer la tête.

Je ne sais pas.

T'en as fait combien comme ça, mon pote ?

Skinner mit un moment à répondre. Quelqu'un apparut – une femme plus âgée, les cheveux maintenus par un élastique – et salua John en le prenant dans ses bras. Sa voix fut étouffée et la moitié de ce qu'elle dit fut réduit à un murmure.

J'ai pas la même tête d'un jour sur l'autre, ça fait peur, non ?

Elle ajusta son élastique pour redresser l'épi de cheveux blond clair sur son crâne. Le joueur de football se tourna vers elle pour lui parler. Il tourna donc le dos à Skinner.

J'en ai fait un, de programme.

Le joueur de football ne revint pas vers lui.

J'en ai fait un, répéta Skinner plus fort. Un métallurgiste de dix-neuf ans avec une boucle d'oreille argentée et une casquette à réflecteur orange le dévisagea.

La conversation générale se concentra de nouveau sur John Gambia et ce qu'il faisait en Irak. Tout le monde s'accordait à dire qu'il s'en sortait très bien.

À cet instant, le portable de Mme Murphy posé à côté de sa tasse de café sonna. Il joua le refrain de la chanson : *I can't walk out, because I love you too much, baby*. C'était un appel important. Tout le monde se tut. C'est lui, dit-elle. Il veut te parler. Et elle tendit le téléphone à Vicky qui l'emporta dans le couloir. En attendant, la conversation reprit dans la cuisine. Skinner commençait à avoir les paupières lourdes. Il prit sa bouteille vide sur le plan de travail et se frotta le visage. Il les écouta parler de gens qu'il ne connaissait pas. Puis Vicky reparut quelques minutes plus tard et rendit le téléphone à

Mme Murphy. Il veut te parler. Elle se détourna autant que son corps énorme le lui permettait, mais tous les convives entendraient ses paroles. Elle dit :

Qu'est-ce qui ne va pas ?… Quoi ?… C'est le même gardien ?… Tu ne peux pas avoir une autre équipe ?… Bon, écoute-toi… Je sens que tu t'énerves, là… Calme-toi… D'accord. Calme-toi. On va bientôt venir te voir. Tu te calmes, d'accord ?… Très bien. Au revoir.

Fin de l'appel. Elle reposa le téléphone sur la table. Elle tendit la main vers son paquet de Slims.

Comment il va ? demanda John.

Il est perturbé par les horaires d'appels téléphoniques. Il avait pas plus de temps pour parler.

Mais il va bien, sinon.

Ça va.

Erin demanda : Est-ce qu'il a toujours ce problème avec le surveillant, là ?

Mme Murphy lança un regard mauvais à sa fille.

Vicky, qui était à nouveau pelotonnée sur sa chaise comme un chat noir, dit : Ouais, et fit tomber la cendre de sa cigarette dans le cendrier.

Depuis l'autre bout de la pièce, Skinner dit :

De qui vous parlez ?

La question fit planer un silence dans la pièce. Les gens le dévisagèrent, puis regardèrent Mme Murphy pour voir ce qu'elle allait répondre.

Du fond de la cuisine, Erin murmura quelque chose d'une voix chantante qui allait crescendo et qu'il n'était pas nécessaire d'entendre pour comprendre. Le métallurgiste à la boucle d'oreille argentée échangea un regard avec l'un de ses amis.

Mon fils, répondit Mme Murphy.

Quoi, il est en mission ? demanda Skinner. Il fait partie des Army Ranger ?

Vous le confondez avec un autre.

C'est clair, dit quelqu'un. Pas vraiment le genre. Haha, ça, c'est pas pour Jimmy. Pas l'armée. C'est forcément un autre gars. T'imagines Jimmy recevant des ordres ? Non, laisse tomber.

Mais Skinner avait l'impression d'avoir raté un épisode. J'demande juste, il est soldat ?

Il n'est pas dans l'armée. Disons-le comme ça.

Il a merdé.

Les flics ont merdé, moi j'dirais plutôt, dit Vicky en acquiesçant vers sa cigarette.

Il est là où on va quand on a merdé, dit John et il rit. Restons-en là.

Merci, dit Mme Murphy. Et j'aimerais bien que vous arrêtiez de dire des grossièretés dans ma cuisine. Il y eut un rire général. Et puisqu'on en est à tout déballer au premier venu, oui, il est en prison, dans le Nord. On le récupère en avril.

Faudra organiser une autre fête comme aujourd'hui. Que tout le monde vienne.

On marquera le coup. Rendez-moi service : la prochaine fois, apportez de la Guinness et vous pourrez venir. Nouvelle hilarité générale. Elle alluma une cigarette qu'elle fuma, parlant à voix basse à une amie. La gêne était oubliée, semblait-il. Erin examina ce qui restait de nourriture et demanda à sa mère si elle avait mangé. Personne ne demanda si Skinner voulait quelque chose. Il avait descendu trois bières. Mme Murphy dit à sa fille de lui apporter un sandwich. Seulement un bout. Coupe-le-moi.

Skinner était tellement abruti par les médicaments et l'alcool que ses yeux se fermaient tout seuls.

Tu veux voir comment je m'entraîne ? demanda-t-il au footballeur. Tu pourras me dire si c'est bien.

On lui dit : C'est bon, l'expert, une autre fois.

25

Il but une gorgée d'une flasque de Bacardi Torched Cherry et visionna une exécution sur son ordinateur portable. Le corps contracté d'un homme pendant que son bourreau le décapitait à la scie. Deux hommes étaient agenouillés sur lui. Le son était mauvais, et Skinner monta le volume. On entendait les hurlements de la victime. Les minutes passaient. Le film avança. La victime était inanimée depuis trente secondes. Puis ses bourreaux soulevèrent sa tête pour la séparer du corps.

Skinner avala une autre lampée d'alcool. Le son était mauvais parce qu'il y avait du sable dans son portable. Par ailleurs, Skinner n'était plus qu'à soixante pour cent de capacité auditive sur son côté fort, le côté qui tenait son arme. La poussière du champ de bataille vous entrait dans le corps par les poumons et les plaies.

Il regarda des engins explosifs détoner, la déflagration qui soufflait le véhicule, les hommes, la route, et puis le nuage marron qui bouillonnait, se propageait, et on voyait le véhicule plié. Il regarda les gars être touchés par un sniper, tomber sous l'impact. Il regarda un combattant blessé allongé dans la poussière. Une grande flaque de sang rouge imprégnait le sol. Le combattant souleva son AK-47 et les gentils le tuèrent. Les étincelles lui traversèrent le corps de biais : l'épaule, la poitrine. À présent, il ne bougeait plus. Il regarda ses camarades tirer depuis un toit, dix minutes d'une séquence tout en tressautements qui montrait trois ou quatre gars, le M60 secoué par les tirs, les gars qui parlaient, pointaient dans une direction, le M60 qui pivotait, les douilles qui tombaient comme une série de crottes sèches sur fond de death metal.

Il écoutait du cock rock, du thrash metal, des big rock ballads, de la country et de la western – les morceaux qu'ils se passaient durant les combats. Il monta les décibels au maximum, mais avait toujours l'impression de ne rien entendre. Ce n'était pas parce qu'il était sourd, c'était parce qu'après la bataille, aucun son ne ressemblait plus à rien.

Au fond de lui, il savait qu'elle était spéciale. Il l'imaginait allongée sur son lit, la couverture militaire entre ses jambes et en travers de ses hanches nues, comme un serpent vert, et elle qui posait ses yeux de phénix sur lui, un fantasme de combat. Elle était ce qu'il avait ardemment désiré quand il se trouvait là-bas. Quand il avait cru mourir, toute sa douleur s'était condensée dans l'idée de ne jamais avoir de femme aimante à ses côtés. À présent, assis avec la flasque vide à ses pieds sur le lino, il chercha en lui et s'aperçut que sa douleur avait disparu. À ses yeux, le monde était morne et agaçant, et elle était comme n'importe quelle autre femme, se dit-il : elle possédait certaines fonctions. Il avait vu ces fonctions être retournées comme un gant par de puissants explosifs, il savait ce qui se trouvait à l'intérieur des gens, il n'y avait rien à l'intérieur des gens. C'était répugnant. C'était ennuyeux. C'était écœurant, rien de plus.

La perte de cette sensation l'horrifia. Encore une chose qui n'avait plus d'effet sur lui.

Quand j'étais jeune, je rêvais qu'un jour, je serais amoureux de quelqu'un. Que ce rêve n'existe plus, que je ne puisse plus éprouver ce sentiment, ç'a été un vrai coup dur. Ça m'a fait perdre espoir.

Elle prépara la table de cuisson vapeur, augmenta la flamme du gaz, passa la serpillière dans la cuisine, alluma les spots au-dessus du comptoir. Les autres femmes arrivèrent, le bruit commença, elle retourna dans le couloir à l'arrière de la cuisine et vida son seau d'eau sale de la veille dans la poubelle.

En milieu de matinée, elle prit son téléphone. Pas de message. Elle poussa le chariot dans le couloir, accélérant pour franchir les portes qui donnaient sur l'intérieur des cuisines, les entrailles écorchées du comptoir, le rongeur mort sous la table de cuisson vapeur, la masse de clients de l'autre côté, et de nouveau, le mur. Un vieux monsieur maigre en tablier blanc taché de graisse jaune se pencha dans le tunnel, jeta une brassée de cartons vides sur son chemin et elle faillit lui rouler dessus.

Elle passait le jet puissant sur les plateaux avant de les entasser sur le tapis roulant qui entrait dans la machine à laver, un cube d'inox de soixante centimètres cubes connecté par un tube à une poche de liquide nettoyant accrochée au mur. Elle abaissa le levier et fit tourner la machine.

Dans l'aire de restauration, elle se tint au-dessus de gamins en parka North Face, cheveux permanentés et lunettes de soleil sur le nez, en train de jouer avec leur nourriture, et attendit de pouvoir récupérer leurs plateaux. Un gamin de Hong Kong parlait de ces sales boat people et son rire faisait Huhuhuhu.

Allez, laissez-nous manger, là, dit-il à Zou Lei.

Pas correct, dit-elle et elle lui prit son plateau.

Il suivit un jeune homme en veste Front Runner et jean baggy avec caleçon apparent, qui l'emmena dans une rue transversale et dit : File-moi vingt. T'as quoi ? Ils firent un échange, de la main à la main. Puis il alla au kiosque sur Roosevelt et s'acheta un paquet de Dutch Masters. Sur un ton dédaigneux et en prenant un air langoureux d'infinie supériorité, le Pakistanais déposa sa monnaie sur le comptoir, comme si Skinner était un intouchable. Ce dernier ramassa les piécettes et sortit sans un mot.

Sous la voie express, il s'organisa un petit espace pour sortir son sachet et déchiqueter l'un des cigares. Il épousseta le tabac superflu, souffla dessus et les fibres tombèrent sur le carton d'un site de campement, et les bombes aérosol vides qui rouillaient dans des sacs en plastique multicolore.

Puis Skinner remonta la rampe et fuma son joint seul au milieu de nulle part, allant et venant sur la passerelle qui enjambait la voie rapide. À mi-parcours, il passa les doigts à travers le grillage et s'y accrocha. La circulation coulait sous lui. Si on regardait d'un côté, Zou Lei se trouvait par là-bas, au milieu des escaliers de secours. À trois bornes à l'est, c'était là qu'il vivait. Dans cette autre direction, par-delà la lointaine Manhattan polluée, en continuant plus loin, on arrivait aux baraquements de son unité, les gars en centre de rééducation, installés dans les chambrées où on alignait leurs fauteuils roulants et où ils suivaient un entraînement adapté.

Et derrière lui – il se retourna pour regarder de l'autre côté –, là-bas, loin très loin, eh bien, on trouvait la guerre.

Imagine si c'était l'Irak, ici là maintenant, se dit-il. Tu foutrais le feu à toutes ces bagnoles. Il contempla les grappes fluides de la circulation. Ces gens ne peuvent pas s'imaginer. Il tira sur son joint, désormais accroupi, garda la fumée dans ses poumons. Je suis grave défoncé. Si j'étais là-bas, dans ce vaste bac à sable, j'aurais un pote à qui passer mon joint.

Sous l'effet de la drogue, il vit le sable s'étendre à l'infini sur tout le continent. Les palmiers brisés et les bâtiments en terre et les appentis en tôle ondulée et les camions en panne et les dômes, les flèches des mosquées. Il entendit les haut-parleurs branchés par un homme qui pesait dix kilos de moins que lui, mais faisait vingt ans de plus alors qu'ils avaient le même âge, un berger à qui il manquait des doigts. Il entendit la friture et le shofar et les voix qui récitaient, des hommes en djellaba de la couleur du paysage, qui s'agenouillaient de concert, se relevaient, psalmodiaient. Il les voyait comme s'il les observait aux jumelles, eux et la nuit arabique qui tombait. Il voyait le ciel bleu s'obscurcir et sentait les restes humains cuits par le soleil, voyait les silhouettes noires de ses nombreux amis, leur équipement, leurs yeux blancs et leurs sourires très sporadiques. Il goûtait l'odeur des pneus en train de brûler, du haschisch, du produit d'entretien des armes, des animaux, du charbon, du poulet et du riz et du Tabasco. Le poids de l'équipement. Le corps démoli. Toutes les choses dont on se plaignait. Et la chose qui dépassait toutes les autres – la guerre elle-même. La seule, l'unique. On sortait de la base, et chaque fois, on risquait la mort.

Il effectua des sit-ups sur le sol de sa chambre, la poussière collant à son dos. Il sentait la saleté sur lui à la façon dont elle se déposait sur ses cicatrices. Il enfila son jean, ses rangers, son sweat à capuche et sa veste de treillis. Pas de laverie, pas de courses. Assis dans le bus, puis dans le train, sans lire une ligne ni penser ni rien regarder. Simplement suivre le balancement du train dans un virage et à l'entrée d'un tunnel. Le jour couleur suie qui s'étalait sur tout, les rails, les traces de pas partout sur le plancher du wagon. Le carrelage bleu qui disait : Hunter's Point, alors que le métro freinait le long du quai souterrain. Comme les carreaux de l'époque antique qu'il avait vus transpercés par les balles, leurs éclats qui crissaient quand on marchait dessus, qui craquaient et éraflaient les semelles de ses rangers. Éclaboussés de sang. Les matériaux de construction effondrés, éventrés et retournés, les tiges tordues du béton armé. Quand les murs étaient troués ou découpés jusqu'à ne plus tenir debout, les bâtiments en coupe comme des branchies à cause des cavités des parpaings. Les tas de sable qui donnaient une impression bizarre quand on les gravissait parce que quelque chose en dessous glissait ou roulait et n'était pas du sable. La surface était noir oxydé et quand on donnait un coup de pied dedans, l'intérieur était jaune sur les bords comme si on avait tailladé un organe. Les empreintes de pas laissaient ces coupures jaunes dans le sable. Une odeur répugnante montait. Merde ou ordures ou cadavres avec du sable dessus. Il pensa à tout cela.

Il se rendit en ville et ne fit rien. Rentra chez lui et s'allongea sur sa couverture militaire, resta prostré avec sa petite lampe de chevet allumée, ses magazines sur la table en aggloméré, il suffisait de tourner la tête pour voir les images pornographiques, mais il n'en faisait rien. Ses écouteurs et son téléphone portable en vrac avec ses affaires quelque part par terre, le jean, les chaussettes et le treillis entortillés. Ce qui maintenait sa tête surélevée, c'était l'arme enveloppée dans sa serviette. Il entendait les bruits assourdis des gens ou des meubles au-dessus de lui. La fenêtre était un carré noir. Quel jour, quel mois, quelle heure de la nuit ? La seule chose animée de la pièce était la chaudière dans le placard. Il n'y avait rien à manger ni à boire.

Enfin, il se redressa. Puis il fit un effort pour se mettre debout. Resta planté à regarder la pagaille par terre, partit à la recherche d'une ultime ration de l'armée. Il laissa tomber et palpa les poches de sa veste. Un emballage crissa entre ses doigts. Il le sortit, ne découvrit que la tête d'Indien et une matière séchée. Un minuscule bout de viande à l'intérieur. Skinner froissa l'emballage et le laissa flotter jusqu'au sol. Fait chier. Il n'y avait pas d'inspection de chambrée, ici. Pas la peine de sortir voir ce qui restait dans le frigo, mais il y alla quand même, ouvrit la porte – c'était un de ces vieux frigos dotés d'un levier en guise de poignée – et le froid s'échappa dans un sifflement pareil à des voix arabes lui proposant du haschisch, le traitant de chien.

Il retourna dans la chambre, vit les magazines pornos, ses flacons de médicaments. Il fit tomber des comprimés dans sa paume, losange bleu, hexagone blanc, ovale rose. Se les envoya dans le gosier et de retour dans la cuisine, la mâchoire inférieure en avant comme un oiseau, il se pencha pour aspirer de l'eau au robinet.

Où était son téléphone ? Cela lui demanda un effort de le mettre à charger car il n'avait envie que de s'affaler sur sa couverture militaire. Mais si tu n'effectues pas la première tâche, alors la deuxième n'existe pas, et à la troisième, tu meurs. Il se força. Puis il se jeta sur le lit – les pieds à trois centimètres du sol. La couverture qui lui collait à la peau là où elle se souvenait de lui, le corps perdant toujours beaucoup d'eau dans le désert, son ombre imprimée sur le nylon. Sa tête avec un caillou dedans à cause des médicaments. La vision que Brad avait du monde se résumait au vert lisse de la couverture, à l'une de ses mains – il sentait l'autre piégée sous lui –, à la lumière jaune de la lampe, à la table de chevet avec sa série de flacons. Dans le brillant de la couverture rutilante, il devinait la forme d'une jambe appartenant à une femme sublime et un talon aiguille.

L'armée lui avait prescrit des anxiolytiques, des neuroleptiques, et encore autre chose pour l'aider à dormir. Si ces médicaments faisaient barrage à quoi que ce soit, ils ne faisaient pas barrage aux cauchemars.

Il dormait, mais sa tête tournait comme un moteur. Les obus de mortier tombaient à une vitesse de trois cents mètres seconde. Il revécut la déflagration, la bouche ouverte, une lumière rouge derrière les yeux, une sensation neurologique, pas physique, ses tympans qui éclataient, la difficulté à respirer. Il était confus, mais il savait quelque chose.

Dans son lit, il rua et commença à se débattre.

Il essayait de faire quelque chose – cela lui faisait mal aux mains –, il ne savait pas encore quoi parce qu'il était désorienté. Il savait que c'était capital, et il savait qu'il allait échouer. Son cœur était gonflé d'amour et d'angoisse. Il griffait le sable. Il s'entendit hurler le nom de Jake.

Il le palpa, la poitrine était de la toile sur de l'acier, la tête nue. Il ne trouvait pas son visage, juste du sable. Il dut le relever. Il l'attrapa par son harnais, se mit debout et essaya de le soulever.

Chaque homme portait environ quarante kilos d'équipement, et Skinner tenait à peine debout sur ses propres pieds tellement il était épuisé. Il fit un effort, et pendant une seconde, il le leva, mais il n'y avait aucun moyen de le maintenir debout. Son dos ne résista pas et le poids l'entraîna au sol.

Il tomba face contre terre, respira du sable, toussa et le recracha. Développé couché. Ils tendirent les mains l'un vers l'autre. Skinner essaya de retrouver l'équilibre et de retirer sa main. Il ramena ses genoux sous lui. Quelque chose en métal lui mordit le genou et du sable pesait dans son short, comme s'il avait chié dans son froc, ça se balançait entre ses jambes, lourd, ça faisait tomber son short. Sconyers mourait et il tendait la main. Ils s'agrippèrent l'un à l'autre. La sensation du sable rêche et la sensation rêche, tellement vivante et réelle de la main de l'homme réveillèrent Skinner en sursaut – comme si son ami lui avait littéralement saisi la main depuis l'au-delà. Fais-le maintenant, sinon. Ils s'empoignèrent comme deux hommes qui se saluent, il sentait le poids de l'autre, l'énorme poids inamovible de tout leur attirail de combat et tira, et se réveilla dans une position d'effort physique, accroché au bord du matelas, comme s'il allait passer les bras autour et le plier en deux contre les ressorts en fer et s'envelopper dedans. Soulever tout le lit. Arracher la maison à ses fondations.

Il se sentit confus, excité, insomniaque, abruti par les médocs. Il parla à la chambre. Il regarda son téléphone, puis par la fenêtre, écouta la maison. Il était dix-sept heures trente et il n'avait pas dormi. Je ne peux rien faire, pensa-t-il, même pas dormir. Son jet d'urine heurta l'eau des toilettes dans la petite salle de bains étincelante. Il se détourna de son reflet dans le miroir. Il éteignit la lumière d'un coup. Bête et hébété dans le noir, il avait mal à la tête.

Le sol craqua dans l'appartement au-dessus et la porte de Mme Murphy s'ouvrit, puis quelqu'un sortit et descendit les trois marches jusqu'au palier au sommet des escaliers du sous-sol, ouvrit la porte latérale de la maison et s'en alla. La porte claqua. Des bruits de bottes – le poids d'un homme imposant qui partait pour la journée. Skinner aux aguets durant tout ce temps, figé comme s'il était caché en train d'attendre à un poste d'écoute ou avant une embuscade, jusqu'à ce que cette personne (certainement M. Murphy et son accent) monte dans le pick-up et s'éloigne.

S'il avait pu dormir, il l'aurait fait, mais impossible. Il s'habilla machinalement, enfila les mêmes vêtements sales que la veille et que le jour d'avant et que celui encore d'avant, comme s'il vivait sur le champ de bataille. L'arme était bien en vue sur le lit. Il mit le Beretta dans son sac de combat qu'il emporta dehors.

Entre deux rues, il s'arrêta. Est-ce qu'il allait à la salle de sport ? Son épuisement était une chose massive et lourde, et il ne voulait pas porter quoi que ce soit. Il fit demi-tour et revint par le côté de la maison, tête baissée au cas où quelqu'un l'observerait, et se renferma sur lui-même. La serrure cliqueta. Il descendit dans sa chambre et enleva son sac de combat. Je ne bouge pas. Tu ne bouges pas, se dit-il. Tu as raté l'occasion. Il s'effondra sur le lit, un bras sur les yeux. Il prit de courtes inspirations. Ne s'endormit pas. Entendait son cœur comme si c'était celui d'un autre. Finalement, il retira ses rangers. Elles tombèrent par terre. Il ramena l'oreiller sur sa tête et le neuf millimètres glissa entre le matelas et le mur.

Plus tard, il roula sur le côté et toucha ce que l'arme avait abîmé, l'éraflure dans le plâtre. Il passa les doigts dessus et une pluie de fins granules tomba. Le pépiement qui lui parvenait de l'extérieur appartenait aux oiseaux. Un bruit de fond combiné à celui, interminable, d'une bande de scotch longue d'un kilomètre qu'on arrachait à des pneus roulant entre les immeubles et les arbres.

Il pensa se supprimer. Son esprit très calme et silencieux. Pas de chagrin à cet instant. Est-ce que je devrais passer à l'acte maintenant ? En fait, affronter cette idée l'apaisa. Enfin quelque chose qu'il pouvait comprendre. Peu après, cette priorité céda la place à la faim.

La deuxième fois qu'il quitta la maison, il parvint jusqu'à l'arrêt de bus. Le soleil de fin d'hiver s'était levé et brillait sur tous et toutes, les secrétaires médicales maussades, les jeunes mecs à bandeau et casquette de travers, qui séchaient les cours ou se rendaient à un concert dans un garage. Des hommes originaires d'Amérique centrale, la mâchoire forte, qui travaillaient dans le bâtiment, un sac Timberland couvert de poussière sur une épaule. Skinner arriva au Dunkin' Donuts par le métro et commanda un café. La gentille dame indienne avec un losange en or dans le nez dit : Un allongé, mon beau ? Lait, sucre ? Skinner dit, ouais, pourquoi pas ? Elle dit : Pourquoi pas, mon beau ? Vous voulez la formule, un bagel au fromage frais en plus pour quatre-vingt-dix cents ? Oui, d'accord. OK, mon beau, c'est parti. Et il emporta son café sucré brûlant ainsi que son bagel et s'assit sur le dernier haut tabouret de libre le long de la vitrine avec les clodos, et regarda la cohue défiler sous le soleil. La voix indienne qui disait, mon beau ou ma belle. Skinner se réchauffait à l'intérieur. Le rugissement progressif et périodique du métro.

26

Au bout de quatre jours sans nouvelles de lui, sa colère se transforma en autre chose, en une chose comme un poids trop lourd à porter, et elle arrêta de courir.

Elle allait au travail où elle oubliait ce qu'elle faisait. Elle regardait ses mains nettoyer les plateaux et essuyer les tables et se demandait pourquoi elle travaillait. Pendant sa pause, elle se posta sur la plateforme de chargement et regarda au-delà des escaliers de secours.

Sunnie lui dit, tu n'as pas mangé. Tu ne pourras pas bien travailler.

Tu as raison, dit Zou Lei. Elle avait la tête aussi vide que son estomac, et elle afficha un étrange sourire.

Elle rappela le type originaire de Wenzhou qui piratait des DVD, et il lui donna rendez-vous pour lui remettre les derniers films américains qu'il avait enregistrés dans des cinémas de la 42e Rue. Il y avait des films d'arts martiaux et du porno avec des titres comme *Fleur virginale s'est épanouie*. Il lui fournit un autre numéro de téléphone portable, puis il repartit en voiture se mettre à l'abri. Elle emporta son sac à dos rempli de films dans la station de Flushing Main Street où la police de New York avait fouillé les sacs tout le mois, et comme une somnambule, elle passa devant la table des policiers et franchit le tourniquet. Elle les sentit qui la regardaient, et cette brève angoisse lui fit plus de bien que sa solitude.

Elle monta dans le wagon et effectua le trajet le visage collé à la vitre, regarda les toits défiler, les immeubles qui devenaient des maisons, la cime des arbres qui fonçait vers elle, puis disparaissait, les grandes éclaboussures de graffitis.

La voie ferrée lui fit penser à une autoroute, à un camion qui s'approcherait d'une fille sur le bas-côté, sauf que lui, Skinner, ne serait pas à bord.

Puis il surgit de nulle part et elle pensa, Dieu est avec nous.

*

Le livreur entra à reculons en tirant son diable sur le seuil, appuya sa Timberland contre le barreau à la base du diable, saisit le premier carton et le déposa sur les autres. Par effet de levier, le poids fit décoller son autre pied du sol. Il portait un pull à col roulé, des gants et un bonnet de laine à oreillettes de l'Armée rouge. Il descendit la pile de cartons, les laissant chacun tomber dans un claquement tout en récitant : Superior King, coquilles Saint-Jacques, anguilles, oreilles de Judas, lotus, huîtres, huile de sésame, piments, barbus, Maïzena. Il flanqua la facture sur le carton Superior King, sortit un stylo-bille de sous son oreillette, arracha l'exemplaire rose quand tout fut signé. Il fit légèrement basculer la pile de cartons en avant, accrocha le bout de sa chaussure au premier barreau, fit glisser la base du diable de sous le chargement, effectua un demi-tour et s'en alla.

Il descendit la rampe de chargement, envoya rouler son diable à l'arrière de son Isuzu couverte de graffitis. Sa portière claqua, le moteur rugit. Elle entendait tout depuis le couloir. La cabine de la fourgonnette devait sentir les nouilles de plats à emporter. Elle aperçut le véhicule passer sous les escaliers de secours, puis tourner devant le Sheraton. Elle vit le soleil à travers son pare-brise tandis qu'il tressautait sur son siège, manipulant le levier de vitesse, le moteur qui l'ébranlait. Sur le tableau de bord, un carnet de factures ainsi qu'un atlas routier pour trouver son chemin. Chaque jour il se rendait dans un endroit différent, empruntait les ruelles qui partaient de Northern Boulevard, la route de la Soie.

27

Les jours où il arrivait à fonctionner, il s'entraînait dans une salle de gym au-dessus d'un magasin de meubles donnant sur une petite rue. Elle n'était pas loin, mais difficile à trouver. Il y allait en rangers. Ce n'était qu'une pièce au plancher miteux avec des haltères. Elle possédait un plafond à l'ancienne en métal repoussé qui représentait des fleurs et des feuilles et il y emmena Zou Lei.

Ils dépassèrent Kissena Park, le brouillard flottait au-dessus du sol, le losange du terrain de base-ball dans l'obscurité. Il la conduisit par-delà le lycée. Un homme en chaussures de chantier dormait sous l'auvent. Dans le brouillard, elle entendit les oiseaux perchés dans les grands chênes.

Ils remontèrent une ruelle de l'autre côté du cimetière. La rue était bordée d'une balustrade et dessous passait l'autoroute qui allait vers l'est, à Long Island, et les camions la faisaient vibrer. Un alignement de maisons résidentielles, des journaux jaunis et des feuilles mortes amassés contre le bord du trottoir. Sur un mur, un graff montrait un visage affublé de dents de vampire. La salle de sport était située dans un bâtiment en parpaings qui ressemblait à une petite usine avec un rideau de fer en guise de porte et quand on jetait un coup d'œil à l'intérieur, on s'attendait à sentir l'odeur du fluorocarbone et à voir des ouvriers masqués peindre des voitures.

Ils franchirent l'entrée en ciment et grimpèrent les marches couvertes de caoutchouc, mettant chacun les pieds dans les crachats qui constellaient l'escalier. Skinner marcha dedans le premier avec ses rangers, puis Zou Lei, qui le suivait, avec ses baskets Closeout City. Ils entendaient déjà les haltères s'entrechoquer et le hip-hop pulser.

Ils entrèrent et s'inscrivirent au comptoir en bois où un panneau indiquait : Cotisation exigée. Il y avait un mixeur sur une étagère derrière et des compléments alimentaires American Bodybuilder Nitro Speed Stack, Cellmass, Animal Pack, Crea Force, Isopure et Rage. Une photo de Bernie Cole signée faisant de la pub pour la bande de soutien élastique Valeo destinée au poignet était accrochée au-dessus du téléphone payant, à côté des tarifs.

C'était la première fois qu'elle allait dans une salle de gym américaine, dit-elle. Elle insista pour payer ses cinq dollars elle-même.

Au sol, un petit gars avec un clou d'oreille prit trois inspirations comme s'il était sur le point de plonger dans une eau glacée et souleva une paire d'haltères au-dessus de sa poitrine. Il les souleva cinq fois et demie tandis que ses amis se tenaient autour de lui, prêts à récupérer les poids si nécessaire. Vas-y ! l'encourageaient-ils. Il raidit les bras. Six ! dirent-ils. C'est bon ! Il fit retomber les haltères qui heurtèrent le sol en caoutchouc dans un grand bruit sourd – Zou Lei se tourna en l'entendant – qui fit trembler toute la salle, des cloisons de plâtre jusqu'au plafond métallique. Quand l'homme se releva d'un bond, ses amis le félicitèrent. Il pointa quelqu'un du doigt comme les athlètes désignent leurs fans dans les gradins, et lui lança un clin d'œil. Il portait un jean ainsi qu'une gourmette en or.

Skinner lui demanda si elle voulait de l'aide, mais elle lui dit de ne pas s'inquiéter, elle savait quoi faire : elle avait apporté ses pages de magazine. Comme elle insistait, Skinner se lança dans ses propres exercices, et elle navigua entre les culturistes en grosses chaussures, chaînes en or, bas de jogging et bandeau pour aller chercher des haltères en rapport avec sa force. Le présentoir rouillé courait tout le long du mur de Placo et lui arrivait aux genoux comme des range-vélos. Elle trouva des haltères de quatre kilos et demi et se mit à faire des fentes.

Les gars déambulaient devant elle, la gênaient dans son mouvement, leur dos large sous son nez, leur poitrine gonflée, bras tendus sur les côtés. Quand ils la remarquèrent, ils réagirent comme du bétail hésitant au milieu d'une route face à un camion ralenti en train de klaxonner.

Elle s'installa dans un coin éloigné entre le vieux Body Masters universel et une fenêtre couverte de peinture autour du climatiseur.

Elle avait repris ses fentes quand Skinner vint voir comment elle se débrouillait, l'ayant aperçue dans le coin. Tout baigne ?

Je baigne.

T'es bien, là ?

OK. Ça me plaît. Je dois m'habituer.

Il voulut voir l'article de magazine.

Elle lui tendit les pages douces comme du lin à force d'avoir été pliées et dépliées. Il passa en revue les images de la série de Miss Fitness.

C'est ce que tu veux faire ?

C'est trop de monde, je crois.

Non, on peut le faire, dit-il. Tu vas avoir ta séance. Viens.

Il l'emmena d'abord au banc des squats, libre parce que les autres gars travaillaient surtout le haut du corps. Il lui installa la barre et lui montra comment se mettre et comment soulever la barre du présentoir pour la ramener vers ses épaules.

Ils évaluèrent ensemble le poids qui lui convenait. Quand elle fut prête, il la fit reculer et se tint derrière elle, les bras sous les siens pour la soutenir.

OK, dit-il ; elle s'accroupit et il s'accroupit avec elle. Elle s'accroupit très vite de façon militaire, comme un robot, qui ne cédait rien à la barre d'haltères ni aux pressions exercées sur ses articulations.

Tu peux ralentir, tu sais. Deux secondes accroupie, une seconde debout. Les pieds bien ancrés dans le sol quand tu te relèves. Les yeux au plafond. Un-Deux.

Quand elle s'accroupit la fois suivante, elle le fit lentement, ce qui rendit le mouvement plus difficile, et elle rit. Tu t'en sors bien, dit-il. Elle commença à avoir chaud, le frottement de son jogging bleu marine qui murmurait entre eux. Elle sentit Skinner derrière elle, ses bras lui effleurant la cage thoracique comme s'il allait lui prendre les seins en coupe. L'exercice devint très exigeant pour ses jambes et son cœur. Le plus important était d'arriver à déplier les jambes. Quand elle eut peur de s'accroupir une fois de plus, elle émit un son désespéré qui voulait dire, j'arrête.

Ils marchèrent ensemble comme deux personnes équipées de prothèses orthopédiques, et remirent la barre sur son support. Puis elle gémit aaiiii et voulut s'effondrer.

Il changea le poids sur la barre, glissa de gros disques dessus, souleva la barre, recula et s'accroupit. Les disques s'entrechoquaient à chaque mouvement comme des assiettes dans un placard au passage d'un train. Lui n'avait pas besoin de soutien. Jamais elle ne pourrait soulever autant. Au milieu de sa série, il fit une pause, inspira avant de s'accroupir. Une fois accroupi, il força sur ses fesses comme s'il était constipé et essayait de s'obliger à déféquer. Puis il parvint à se redresser. Elle le regardait. Son visage virait au rouge, il haletait.

Elle ne pensait pas qu'il pourrait effectuer un autre de ces mouvements. Il s'accroupit de nouveau et quand il essaya de se relever, son dos s'arrondit. Le pensant en difficulté, elle se précipita pour l'aider. La barre d'haltères pesait cent kilos. Elle sentit le cœur de Skinner battre dans tout son dos et son corps trembler tandis qu'elle s'efforçait de l'aider. Il grogna aaargh et se redressa. Elle ignorait totalement si elle l'avait aidé. Il s'avança pour fixer la barre et s'en détourna aussitôt comme si elle le rendait malade.

Merci, dit-il, sa poitrine se soulevant et le visage couvert de sueur.

Il enleva son sweat-shirt trempé, le lança par terre et boita vers le côté du support pour retirer les disques avant la série de Zou Lei. En dessous, son tee-shirt Jack Daniel's N° 7 était trempé à tordre. Ses bras épais et tatoués ruisselaient. Le voir ainsi renforça sa détermination.

Elle cala la barre sur ses épaules, se mit en position et s'accroupit, se préparant à la douleur avant même qu'elle ne se réveille. À la dernière répétition du mouvement, elle fut incapable de se relever et il dut la soulever en la prenant sous les bras. Elle hurla.

La douleur la mettait en colère et elle s'éloigna en affichant un air digne. Puis elle revint, sérieuse, prête à le soutenir à son tour. Il chargea la barre posément, et elle l'aida.

Ils arrivèrent au bout de leur programme, Skinner ouvrant la voie. Il faisait tout ce qu'elle faisait, série après série, même si c'était un programme de femme. Quand ils avaient besoin de connaître la suite, ils jetaient un coup d'œil aux pages de magazine, des gouttes de sueur leur tombaient dessus et les pages se déchiquetaient entre leurs mains, puis, tête baissée, il conduisait Zou Lei à l'équipement suivant. Elle lui emboîtait le pas, contournant les autres hommes, un V de transpiration sur le devant de son tee-shirt, à croire qu'elle avait pelleté du sable toute la journée.

Les types les remarquèrent et dirent, pas d'autre façon de s'y prendre. À fond sinon rien. Ils échangèrent un fist bump avec Skinner, tenant dans leur propre poing l'éponge, le papier de verre ou tout autre moyen artisanal qui leur permettaient de bien avoir les haltères en main.

Pour terminer, ils effectuèrent des flutter kicks. Allongés par terre, Zou Lei et lui battaient des jambes comme des soldats marchant au pas de l'oie. À cinquante, les pieds de Zou Lei retombèrent au sol. Cent, dit-il. Non, dit-elle. Mais elle releva de nouveau les jambes. Ils reprirent et comptèrent ensemble, psalmodiant comme toute personne dans une salle de gym. À cent, ils laissèrent leurs pieds retomber. Elle grogna et se tint le ventre. Quand ils se mirent debout, ils laissèrent des traces de transpiration de la forme de leur corps. L'intensité de l'exercice fit penser de drôles de choses à Zou Lei.

Ils se reposèrent dans les escaliers du fond, là où étaient entreposés les échelles et tout un bric-à-brac. Des seaux de plâtre, des cartons, des rouleaux de peinture bloquaient la sortie de secours au bas des marches. Skinner avait acheté des boissons protéinées MuscleTech à la vanille. Aspirer le liquide épais dans la paille revenait là aussi à faire de l'exercice et se muscler le cou. Elle tapota l'épaule solide et mouillée de Skinner à travers son sweat-shirt.

Tu me donnes une bonne séance d'entraînement aujourd'hui.

Il tendit la main et lui pinça une fesse.

Ça va être fatigué, avec tous ces exercices.

Aaii, cria-t-elle mais elle se pencha en avant pour qu'il sente mieux ses muscles.

Quelqu'un descendit les escaliers du fond à la recherche de la sortie et Skinner retira sa main jusqu'à ce que l'autre comprenne qu'il ne pouvait pas s'en aller par là.

C'est de l'autre côté, vieux, lui dit Skinner.

Quand ils furent à nouveau seuls :

Tu laisses pousser les cheveux, dit-elle et elle caressa son crâne mouillé. Ses cheveux sombres et hirsutes se dressaient sur sa tête, semblaient irradier de lui. Elle prit une poignée de cheveux et il la laissa balancer sa tête d'un côté et de l'autre. Trop de cheveux.

Tu les aimes courts ?

Oui. Elle caressa sa barbe de trois jours. Tu es un tellement bon professeur aujourd'hui. Tu veux plus être soldat ?

Nan, dit-il. À son tour, il se frotta le visage. J'en ai marre de l'armée. Je vais me laisser pousser les cheveux jusqu'à la raie du cul. Je vais me laisser pousser une barbe jusque-là. T'en penses quoi ? Il leva la main au niveau de sa taille.

Elle dit, peut-être plus long c'est mieux.

Et là, t'en penses quoi, jusqu'aux genoux ?

Mieux.

Et je vais m'acheter une djellaba, aussi.

Une djellaba ?

Ouais, comme une grande robe. Et un turban.

Oh ! dit-elle. Tu dois avoir un turban.

Je sais, dit-il. Je devrais. Vais me mettre à prier cinq fois par jour. Tu connais, ça.

Oh oui, dit-elle.

Je vais prier – il porta la main à son visage comme s'il faisait ses ablutions avec le verbe de Dieu ou l'eau de Dieu, et dit : Allahu akbar.

Bien, dit-elle. Très bien. Qu'est-ce que tu fais encore ?

Eh ben, j'irai me faire exploser, quelle question. J'irai dans un Dunkin' Donuts, je me ferai exploser, et tuer, quoi, au moins six bozos. Ça sera le bordel niveau circulation pendant au moins trois quarts d'heure. Les gens seront en retard au boulot. Et ensuite, bien sûr, j'irai au paradis récupérer mes soixante-dix-sept vierges en récompense. Sauf que ça m'intéresse pas les vierges. Je demanderai des grosses chaudasses à la place.

Tu seras très occupé au paradis, dit-elle. Je peux rendre visite ou tu es très occupé avec les chaudasses ?

Nan, mais ça serait cool de rester en contact, tu vois, dit-il. Enfin, si ça te dérange pas de faire la queue ?

Je sais attendre. Je crois que ça vaut la peine. Parce que je suis mieux que les autres soixante-dix-sept. Je crois que quand tu me vois, tu me choisis.

C'est clair.

Vraiment ?

Ouais.

Elle tira sur sa paille et finit sa boisson protéinée qui glouglouta et crépita au fond du verre. Elle balançait un pied en regardant devant elle, son jogging et ses sous-vêtements trempés et de plus en plus froids. Il posa la main sur sa jambe souple, bien galbée, puissante et nue sous la fine couche de polyester. Il sentit les muscles se contracter par groupes indépendants chaque fois qu'elle pliait le genou.

Ils avaient les paumes brunies par la rouille sur les barres. Malgré ses cals aux mains, Zou Lei s'était arraché la peau en effectuant les soulevés de terre. Il tint sa paume moite dans la sienne, la déplia puis la referma. Il sentait le métal, la saleté et la sueur sur la main de Zou Lei qui formaient une espèce de colle entre eux.

Dans l'après-midi, ils se rendirent à Jackson Heights où se trouvaient les bordels. La rue ne proposait que des bars à hôtesses, et des hommes originaires d'Amérique centrale étaient assis ivres morts aux tables, capuche sur la tête, dormant sur leurs bras croisés, accrochés à leur bouteille comme à une rambarde pour s'aider à se relever. Skinner lui raconta que la nuit, les tréteaux devant les étals de fruits se déplaçaient tout seuls – un truc à te foutre la trouille de ta vie quand tu le vois à deux heures du mat – et ce semblant d'activité paranormale était dû à la personne qui dormait dessous.

Les hommes qui dormaient dans le parc des Amériques avaient un visage noirci qui tirait sur le violacé. Ils avaient la peau plissée et couturée. Ils dormaient à même le béton, sans chaussures, des filets d'urine partaient de leur corps, les cheveux piqués de feuilles et de brindilles.

Une Mazda aux jantes argentées tourna au coin de la rue et s'éloigna sous l'ombre étirée du métro aérien. Jusqu'au bout du pâté de maisons, des Guatémaltèques cuisinaient un mélange de cervelle grise, de saucisse noire et d'épis de maïs dans leur camion alimenté par un générateur, les femmes en tablier et casquette brandissaient des pinces, arrangeant un cercle de têtes de cochon transformées en masques de cuir à force de rôtir, des trous noirs à la place des yeux, là où la cuisson les avait fait disparaître. Une odeur d'entrailles animalières.

Ils expliquèrent à Zou Lei qu'ils avaient de la chèvre, elle acheta un taco et le mangea, la graisse chaude lui dégoulinant sur la main et elle lécha les bouts d'oignon et de coriandre collés à ses doigts, goûta la rouille restée sur sa peau.

Pendant qu'elle attendait dans le parc, il se rendit chez un barbier où une centaine de portraits de Latinos arborant un dégradé étaient exposés dans la vitrine et il demanda une coupe militaire, une bande de cheveux très courts sur le sommet du crâne et le reste très dégagé sur les côtés. Pour dix dollars, on pouvait avoir une coupe César, iroquoise ou dégradée. Le barbier était installé sur la 85e Rue à côté de la boutique Nathaly Mariages. Le barbier était un jeune Hispanique, plus jeune que Skinner avec un large visage blanc. Il avait un petit clou pointu planté dans le menton. Les hommes en casquette Snapback qui traînaient dans l'échoppe envoyaient des textos sur leur téléphone portable. La musique en espagnol jouait à plein volume si bien que les percussions transperçaient les tympans des clients. Skinner pencha la tête en avant sous la pression de la tondeuse et le gamin lui rasa l'arrière du crâne.

Quand il eut terminé, il leva un miroir de poche derrière Skinner.

Vous voulez de l'alcool dessus pour éviter les boutons ?

Skinner dit, allez-y, et le gamin lui arrosa le cuir chevelu d'un alcool froid avant de lui tapoter et de lui masser la peau pour le faire pénétrer.

Ça va vachement vous brûler.

J'ai récupéré mes oreilles. Ça va plaire à ma copine.

Le barbier lui demanda si sa copine était mexicaine.

Non.

Vous êtes blanc pourtant, non ?

Ouais.

Elle est quoi, votre copine ? Blanche aussi ?

Elle est chinoise.

Sans blague ? Comment ça se fait que vous sortez pas avec une black ? Vous voulez pas vous salir ?

Le barbier lâcha un de ses éclats de rire de gamin et ils se tapèrent dans la main.

Il se tourna vers Skinner. Ça fera dix billets, mec, dit-il. Skinner vérifia que la coupe était égale, puis il sortit son portefeuille et le paya.

Quand elle le vit, elle lança : Shuaige ! Beau gosse ! et lui frotta l'arrière du crâne comme l'avait fait le barbier.

Ils étaient si fatigués qu'il leur fut difficile de grimper les marches jusqu'au métro. Le train de la ligne 7 arriva et ils montèrent dans un wagon sale et jonché de journaux. Elle s'assit et lui s'installa sur le côté pour mettre les pieds sur le siège d'à côté et il posa la tête sur les genoux de Zou Lei, ferma les yeux. Elle lui caressa le front. Ils se parlaient par-dessus le rugissement du métro. Quoi ? demanda-t-elle. Elle se pencha pour l'entendre et respira sa tête imprégnée d'alcool.

Rentre à la maison avec moi.

Elle caressa son crâne rasé.

Tu veux bien ?

Elle acquiesça, baissant les yeux vers lui.

De plus en plus de gens montaient dans le wagon autour d'eux tandis que le train avançait sur la ligne. Ils transportaient de la nourriture, un rouleau de feuilles parcheminées comme celles du maïs, comme des mues desséchées de serpents à sonnette. À travers leurs sacs on pouvait lire les mots Maïs Aztec. Tout le monde s'assit autour d'eux, serrés contre Zou Lei, encastrés dans les pieds de Skinner. Il se décala pour leur laisser de la place, pour ne pas leur marcher dessus. Zou Lei lui caressa les oreilles. Le train les berçait. Ils somnolèrent, les jambes des passagers se heurtant aux leurs. D'autres personnes somnolaient elles aussi, des croix tatouées sur les articulations, le prénom Serena en italique à l'intérieur du poignet d'une femme enceinte.

Ils retournèrent chez lui, il se montra très gentil, et elle s'endormit contre lui pendant qu'il fumait une Marlboro et quand la nuit tomba, elle ne voulut pas partir.

Elle était allongée à moitié sur lui, une jambe sur celle de Skinner. Il avait passé un bras autour d'elle et elle avait le visage emboîté comme une pièce de puzzle dans le creux de son cou. Quand il la serra encore un peu contre lui, son dos suivit avec souplesse et elle se cambra, les seins écrasés contre son torse. Il baissa les yeux et vit les muscles fermes de son fessier saillir sous le triangle de son short rose.

Elle lui demanda si ça ne le dérangeait pas qu'elle reste et, en écrasant sa cigarette, il lui dit non, bien sûr. Il fit même une plaisanterie à ce sujet, se demanda si ça voulait dire qu'il était un maquereau.

Elle le remercia.

Ça t'a plu, la salle de sport ?

J'adore. C'est une bonne journée aujourd'hui. Tu es trop gentil aujourd'hui.

Ça devrait toujours être comme aujourd'hui.

Elle était d'accord.

À partir de maintenant, on va faire ça tous les jours.

Oui, ça me plaît. Imagine un peu comme ce serait bien si c'était le cas, songea-t-elle.

Il avait avalé ses comprimés et elle sentit que sous elle, il entrait dans un autre état de conscience.

Tous les jours, dit-il.

Le silence régnait dans la maison, la lampe de chevet était allumée, c'était une nuit de fin d'hiver.

Elle sentit la planète se déplacer à travers le cosmos. Le cosmos ressemblait un peu à la steppe sibérienne et la planète Terre était le cavalier qui la parcourait. Ce cavalier allait vers le sud par la forêt de mélèzes où ses ancêtres morts vivaient et chassaient les rennes. Le cavalier continuait vers le sud à cheval en direction des prairies infinies. Elle voyageait derrière lui, et pendant le trajet, elle vit de petites fleurs surgir de la terre beige. Il portait un masque en bois affublé d'un lourd bec pour pouvoir se transformer en faucon et trouver le chemin. Ils étaient sur le point de descendre dans une vallée. Ils y trouveraient de verts pâturages, des pommiers remplis de nuées d'oiseaux, chantant.

Quelque chose la réveilla au milieu de la nuit. Elle ouvrit les yeux. Elle regardait les dalles de plafond mouchetées. La maison était silencieuse, mais elle avait l'impression qu'un bruit l'avait extirpée du sommeil. Elle jeta un regard circulaire. La lumière de la lampe de chevet jaune était faible à travers l'abat-jour couleur parchemin. Le mur d'en face semblait granuleux dans la pénombre. Elle regarda pour voir si la porte était fermée, le bouton du verrou enfoncé. La porte du placard était ouverte et la chaudière visible.

Quelque chose lui fit tourner la tête vers Skinner. Elle tendit la main pour le toucher et constata qu'il avait le dos trempé.

Le coton lui collait à la peau. Où qu'elle le touche, il était froid et moite. La couverture militaire sous eux aussi était humide.

Une sensation d'étrangeté émanait de son corps, comme s'il ne la connaissait pas. Quand elle parlait, il lui répondait, mais elle percevait bien qu'il n'était pas là avec elle. Elle lui demanda : Skinner, tu sais où tu es ? et il répondit : Ouais, je vais bien. Mais à son ton, elle comprit qu'il n'était pas réveillé et elle eut peur de dire autre chose.

Il émit des bruits de suffocation dans son sommeil. Elle réalisa qu'il sanglotait. Elle le regarda avec étonnement.

Que s'est-il passé ? la supplia-t-il. Qu'est-ce qui s'est passé ? Mon Dieu, pourquoi est-ce que c'est arrivé ?

Elle voulait le réconforter, mais elle eut la prémonition qu'il se retournerait d'un coup et la frapperait si elle le touchait.

Tout va bien, il ne se passe rien, lui dit-elle.

Il acquiesça les yeux fermés, et elle crut qu'il était conscient et l'avait entendue. Elle lui ouvrit le poing pour qu'il lâche la couverture qu'elle remonta sur lui. Elle se blottit derrière lui, le cœur battant et observa son dos. Elle se calma progressivement parce qu'elle sentit que lui aussi se détendait, et elle s'endormit.

Elle se réveilla de nouveau et la pièce n'avait pas l'air d'avoir changé durant la nuit. La lumière était toujours allumée, mais quand Zou Lei leva les yeux vers la fenêtre, elle vit filtrer une aube bleu-gris.

Elle se hissa au-dessus de lui pour sortir du lit, s'efforça de ne pas le réveiller et lui jeta un coup d'œil. Ses cheveux bruns coupés court, les parois blanches autour de ses oreilles, les boutons sur son crâne. Le tatouage vert délavé sur son cou cicatrisé. La peau abîmée du front. Le visage à la barbe de trois jours. Sa bouche ouverte contre l'oreiller. Il avait pris un autre comprimé, et à cet instant, il ressemblait à un toxico affalé sur le bas-côté d'une route, allongé sur la colline près de la mosquée de Kashgar.

Elle ouvrit la porte pour écouter l'étrange maison et, n'entendant rien, elle traversa le sous-sol plongé dans l'obscurité en direction de la salle de bains et alluma la lumière. Les murs bleu roi apparurent d'un coup. Elle s'enferma et entassa ses quelques vêtements sur ses baskets avant de prendre une douche. C'était une salle de bains très propre et rien n'indiquait la présence de quelqu'un à l'exception du tube d'Aquafresh recroquevillé dans le lavabo. Quand elle eut fini, elle remit tout comme elle l'avait trouvé, aligna le tapis de bain, essuya ses empreintes de pieds, plia la serviette de Skinner sur la poignée fixée à la paroi en verre dépoli de la douche. Elle redressa la serviette, les coins au même niveau, lissa les plis. Dessus, on lisait : Camp Manhattan, Koweït, en capitales noires. Elle enfila son bas de jogging, agrafa son soutien-gorge, ouvrit la porte pour laisser évacuer la vapeur, démêla ses cheveux mouillés. Elle dit au revoir, jeune homme, quand elle partit pour le travail mais il ne répondit pas, cavalant toujours sur la steppe.

Elle l'appela dans l'après-midi. Il ne décrocha pas. Elle laissa un message pour le remercier une fois de plus. Son corps était si douloureux qu'elle avait du mal à marcher. Je ne peux pas me dépêcher au travail. Elle lui dit qu'elle le verrait plus tard.

Elle rappela ce soir-là, mais il était très déprimé et toutes ses réponses manquaient de naturel. Elle insista malgré tout. Je suis dans ton lit la nuit dernière, lui dit-elle. Quelque chose ne va pas.

Il se tut.

Tu pleures beaucoup dans la nuit.

Si tu le dis.

Je suis à côté de toi et j'entends. Je suis là, donc je sais.

OK. Et alors ?

Alors, je te dis, je sais que ça va mal. Je veux que tu fasses quelque chose pour ça. Il se passe quoi ?

Je ne sais pas.

Qu'est-ce que c'est ?

Il ne voulait pas répondre.

Je veux aider cette chose, quoi qu'il se passe.

Tu ne peux rien faire.

C'est la guerre ?

Ouais.

Tu as besoin quelqu'un t'aide.

Elle rinça les gouttes de Coca séchées sur sa tasse Subway, la remplit d'eau du robinet et la lui apporta pour qu'il puisse prendre ses comprimés. Il y avait quatre flacons, mais elle en avait vu un cinquième. Elle le repéra par terre entre une des roulettes du lit et le mur, et s'en saisit. Il la remercia.

C'est ce que je prends pour dormir.

Il avala son hexagone bleu sous la supervision de Zou Lei. Elle portait son jean et son sweat Hollister. Elle avait fourré ses sous-vêtements noirs en dentelle dans sa poche arrière. Quand il eut avalé son médicament, elle lui prit la tasse et alla la poser dans la cuisine.

Pousse-toi, lui dit-elle pour qu'elle puisse s'asseoir. Il s'exécuta et la regarda qui examinait chaque flacon à la lumière de la lampe, étudiant les dénominations chimiques – Zoloft, Ambien, Seroquel. Elle essaya de lire les dosages en anglais. Bleu, rose, jaune, blanc, rouge, répéta-t-elle afin de les mémoriser.

C'est ce qu'ils m'ont donné. Tu y connais quelque chose ?

On devrait les garder avec attention. Pas de désordre.

Pour que je ne prenne pas le mauvais par accident.

On met tout dans un seul endroit, maintenant. Si tu en prends un, tu le remets.

Promis.

S'il voulait s'allonger, il devait d'abord mettre ses rangers comme il fallait à côté de son lit et garder son sac de combat à portée de main. Ensuite, elle avait le droit de se hisser par-dessus lui pour atteindre l'autre côté du lit et le serrer dans ses bras pour qu'il sache où elle était.

Elle lui caressa l'oreille. Tu peux raconter ton rêve, dit-elle.

Devant son insistance, il lui révéla, si ce n'est ses rêves, ses symptômes.

Tu as remarqué que je suis distrait, que mes yeux font comme ça ? Il lui montra ses yeux. Regarde la paupière droite. Tu vois comment elle tressaute ?

Elle ne voyait pas.

Tu vois que je ne peux pas m'empêcher de regarder par là ?

Ça, elle s'en rendit compte. Il n'arrêtait pas de regarder par-dessus la tête de Zou Lei, côté faible, côté fort, en direction de la porte qui menait dans le monde où les voitures étaient partout, se rapprochaient toujours, s'approchaient de lui et de ses frères d'armes aux barrages routiers en sacs de sable.

L'angoisse chronique, elle comprenait.

Les phares qui me foncent dessus, la foule, dès que j'entends le haut-parleur dans le métro, dit-il. Les nids-de-poule sur la chaussée. Les portières de voiture. Tu sais comment ça fait le bruit d'une balle de fusil ? Est-ce qu'une guêpe a déjà volé tout près de ton oreille ?

Ils entrèrent les mots Soldat + malade sur son ordinateur portable. À l'écran, un homme en pull à col V leur parla devant la bibliothèque d'un bureau bien éclairé. Skinner alluma une Marlboro et écouta avec Zou Lei. La vidéo s'arrêta, se figea. Le réseau était mauvais. Il tendit la main, appuya sur une touche et la cendre de sa cigarette tomba sur le clavier où elle rejoignit le sable. Ce truc est naze, putain, dit-il. La vidéo chargeait, ils devaient attendre. Elle repartit et Zou Lei regarda. Il se leva et finit sa cigarette dans l'autre pièce.

T'as vu comment je m'énerve quand j'essaye d'être gentil ?

Quelque chose a secoué ton esprit. C'est peut-être un bleu dans la tête.

28

Chaque fois que Sunnie avait besoin de faire une pause, Zou Lei s'était arrangée avec elle pour prendre sa place en cuisine. Souvent, elle disait simplement à Sunnie, tu as besoin d'une pause, ma sœur. Sunnie riait, indécise, et disait, pas vraiment.

Si si. Tu ne devrais pas travailler si dur. Voilà un bol de soupe.

Mon Dieu. Mais je suis déjà rassasiée. Tu veux t'entraîner au menu, c'est ça ?

Oui, je dois m'entraîner.

Bon, OK. Tu es sûre que tu comprends les commandes ?

Si je m'entraîne, je comprendrai. La dinde est à part.

Bon, j'imagine que dans ce cas, ça va, et du moment que ça ne dérange pas Sassoon.

Elle n'est pas là, dit Zou Lei en lui prenant la grande cuiller des mains. Je m'en occupe. Si tu veux, tu peux rester à côté près de la théière et boire ta soupe et comme ça, s'il y a une urgence, je pourrai te demander et tout se passera bien. En toute tranquillité.

Bon, d'accord.

Tu es la coach, et tu m'entraînes. Je veux que tu me montres absolument toutes mes erreurs.

Je ne suis le professeur de personne, sourit timidement Sunnie en prenant place près de la citerne d'eau.

Tu m'aides, dit Zou Lei.

Tu es efficace, disait Sunnie.

Angela, qui avait assisté à la scène, dit, est-ce que quelqu'un sait ce que tu fais ?

Sunnie la dévisagea, très inquiète. Elle était en train de changer d'avis, mais Zou Lei s'accrocha à la grande cuiller.

Tu t'occupes de ta caisse, dit Zou Lei à Angela, on s'occupe de ça.

Il l'appela à quatre heures du matin et se mit à parler, sa voix sortant du téléphone comme une fourmi bruyante et le voisin de Zou Lei soupira à travers la cloison. Une seconde, murmura-t-elle. Elle prit son pull, trouva ses sandales et sortit sur le porche. Le ciel était d'une teinte un peu moins sombre que le parc derrière la station-service de l'autre côté du boulevard, les lampadaires projetant leur lueur étrange sur le trottoir. Il disait qu'il n'arrivait pas à dormir. Elle accepta de le retrouver au McDonald's.

Sur le chemin, les rideaux baissés des magasins étaient couverts de graffitis qu'on ne voyait jamais en journée et elle se dit qu'ils ressemblaient à un millier de paupières tatouées. Les chaises étaient retournées sur les tables pour faciliter le lessivage du sol.

Skinner arriva dix minutes plus tard, quasi invisible à cause de sa capuche noire. Il se montra d'une politesse presque formelle, la remercia d'être venue, les yeux cachés.

J'ai besoin d'un soda, si ça ne te dérange pas d'attendre deux secondes.

Ça va, dit-elle.

Il lui apporta un œuf au bacon ainsi qu'un biscuit au fromage, puis lui raconta quelque chose qui se transforma en récit sur l'Irak et elle arrêta de manger. Il avait les coudes posés sur les genoux, tenait son gobelet sous la table, s'exprimait à voix basse pendant qu'elle écoutait, penchée vers lui, assise de biais en amazone sur sa chaise, sa veste qui lui remontait dans le dos, dévoilant sa peau nue. Toutes les dix secondes, Skinner jetait un coup d'œil alentour, à droite et à gauche avant de revenir à Zou Lei. Il but une gorgée de son soda.

Il avait du mal à gérer sa bouche pâteuse, son mal de crâne, les souvenirs de son ami explosé, les morceaux de corps pleuvant sur son casque.

On était à peu près à ça l'un de l'autre, dit-il en pointant la poubelle contre le mur qui était grise et verte avec un bord noir. Il y avait un gobelet de crème glacée par terre qui n'avait pas atterri dans la poubelle. Le couvercle ne pouvait pas fermer et les ordures débordaient. Il expliqua ce qu'était un tir de mortier. Ça fait comme ça. Il dessina un arc avec son doigt. Donc, il était là. Et boom, il a été touché. Je suis allé le récupérer. On s'est retrouvés à l'hôpital ici.

Il se lança dans une grande digression sur l'hôpital, puis il dit :

Je ne sais pas pourquoi je n'arrivais pas à le soulever.

Elle le regarda essayer de parler.

J'ai l'impression qu'au fond de moi, je sais que j'aurais pu faire mieux.

Elle lui tendit sa serviette et il se moucha.

Comme si je l'avais laissé mourir.

Il s'essuya les yeux qui se remplirent à nouveau de larmes.

Ils parlèrent jusqu'à ce que les employés du service de jour commencent à affluer. Une Blanche avec un filet sur les cheveux apparut pour retourner les chaises et un homme originaire d'Amérique centrale assez vieux pour être son père prit une pelle, ramassa le gobelet de crème glacée et changea le sac-poubelle. On voyait les gens longer la devanture dans l'obscurité. Un Noir en salopette matelassée Delta Airlines et lunettes de vue entra et s'acheta un jus d'orange avant de prendre la direction de LaGuardia. Le ciel s'éclaircissait. Ils s'installèrent sur une banquette, il passa un bras autour d'elle et elle s'appuya contre lui. Le fast-food se remplit et devint plus bruyant. Des mères chinoises entrèrent en hurlant sur leurs enfants dans le dialecte teochew, les portant sur le dos comme d'autres mères dans le tiers-monde.

Elle voulait un Shamrock Shake, et il lui en offrit un. Il lui demanda comment ça se passait à son travail.

Anbu jiuban. Ça veut dire tu fais le job comme ça : elle fit semblant d'avancer d'un pas, puis d'un autre.

Pas à pas, dit-elle. Le scotch qu'elle utilisait pour faire tenir ses baskets se décollait au talon.

Il lui demanda si elle voulait autre chose, et elle répondit que non, ça lui suffisait largement. Elle aspira son milk-shake vert menthe, ses joues se creusèrent et elle sourit.

Ils étaient assis sous le panneau Réservé aux clients du premier étage où les gens venaient s'asseoir pendant des heures avec leurs sacs plastique, et où flottait ce qui ressemblait à des odeurs corporelles. Un jeune junkie black dormait la bouche ouverte dans le coin, dévoilant ses dents jaunes. De la musique pop passait en sourdine. Les toilettes n'étaient accessibles qu'avec un jeton, mais le mécanisme étant cassé, tout le monde pouvait y aller.

Shangmian you zhengce, xiamian you duice. Le leader a une politique, mais ceux en dessous en ont une autre. Le leader il croit qu'il dirige, mais il n'a que deux yeux. Deux yeux, ça peut pas surveiller vingt personnes.

Si ma boss hurle sur moi, je fais comme ça – et elle lui montra ce qu'elle ferait si on lui criait dessus : elle leva une main pour faire dévier la force du cri.

Elle très en colère quand j'utilise ce pouvoir parce qu'elle peut rien faire.

Il ne comprenait pas pour quelles raisons les gens voudraient lui hurler dessus.

Pour n'importe quelle petite chose. Une graine de sésame. Un petit fil. Tire le fil, et c'est tout le tapis qui s'en va.

Il y a beaucoup des groupes ethniques différents en Chine et c'est vrai, tous ils ne s'entendent pas toujours bien. Là où je travaille avant et où on se connaît toi et moi, la boss était de Malaisie. Ici, du Guangzhou, de Hong Kong. Les employés sont de Zhangzhou, Quanzhou, Wenzhou, Fuzhou, Guangdong, Guangxi, de beaucoup d'endroits. Mexique, Sinaloa. Les hommes m'appellent chiquita. Des Guatémaltèques. Ces gens ils arrivent après un très long voyage. Tout le monde a besoin de ce boulot pour venir ici. Même les Arabes. Même les terroristes.

Un Mexicain à la peau sombre avec du sang indien dans les veines, vêtu d'un pantalon, d'une veste de moto, de belles chaussures et d'une casquette rouge des Yankees était assis avec ses filles et sa femme à la table d'à côté. Dehors, en face, on voyait l'enseigne du Foot Locker qui jouxtait la pizzeria Barone. Skinner avait les pieds bien à plat sur le carrelage gris et regardait Zou Lei consciencieusement.

Elle avait vécu un moment très dur peu de temps auparavant, expliqua-t-elle. Je crois que ma vie est terminée, mais quelque chose me sauve. Est-ce qu'il sait quoi ? C'est la fin, je me dis. Mais en fait, c'est le début.

Tu dois continuer d'avoir l'espoir pour nous deux, lui dit-elle, parce que peut-être une bonne chose arrive.

29

La mère de Jimmy ne vint pas le chercher. Il monta dans un bus Greyhound à Krayville qui le conduisit au Port Authority de Manhattan après une série d'arrêts, un trajet de vingt heures. On s'inquiétait qu'il n'arrive pas, qu'il descende quelque part et dévie de son cours.

Il arriva à vingt-trois heures passées. Mme Murphy était toujours debout dans la cuisine, regardant son téléphone portable toutes les deux secondes. Erin étudiait la valeur nutritive d'une brique de soupe. La cuisine sentait le foie et les oignons que le père, Patrick, avait cuisinés plus tôt. Il avait laissé la poêle tremper au fond de l'évier. Des particules grises flottaient dans l'eau. Le père n'était pas là.

Puis Erin entendit du bruit, dit, c'est lui ! et alla ouvrir. Jimmy, son frère, le fils de sa mère, entra dans la maison : un inconnu à l'odeur inconnue, sale, extrêmement bizarre et silencieux comme si une chose énorme et terrible lui paralysait les cordes vocales. Il entra et portait des vêtements qu'il n'avait pas mis depuis les années quatre-vingt-dix. On entendait Erin lui parler dans le vestibule. La porte de l'appartement s'ouvrit, Jimmy apparut. Il était là – un homme imposant dans le sillage d'Erin, un carton dans les bras comme une espèce de pénitence supplémentaire.

Elle va flipper, dit Erin. Regarde qui est là.

Mme Murphy tendit les bras et dit, viens là. Jimmy posa son carton par terre et alla vers elle, se pencha et la serra contre lui. Salut, m'man.

Arrivé devant chez lui, il avait cru qu'on ne le laisserait pas entrer. Apparemment, il s'imaginait qu'on le jetterait peut-être à la rue.

Il prit une chaise à la table de la cuisine, et parce qu'il ne parlait pas, sa mère et sa demi-sœur discutèrent de ce qu'il pourrait manger, si Fratelli était encore ouvert à cette heure tardive, et pourquoi elles n'avaient rien commandé.

Il ne dit rien.

C'est bon, calme-toi. Il vient juste d'arriver, Erin. Il est pas obligé de parler.

Je vais prendre une cigarette.

Mme Murphy poussa son paquet sur la table. Tiens, dit-elle et il extirpa une longue cigarette de femme et l'alluma. Il fuma par petites bouffées, tenant la cigarette en coupe, cachée dans sa grande main.

J'ai jamais vu un mec fumer une Slim de façon aussi macho, remarqua Erin.

Peu à peu, il se mit à parler, la voix si rauque et râpeuse qu'on avait l'impression que ses cordes vocales se traînaient sur du béton. Ce qu'il avait à dire n'avait rien à voir avec la vie ordinaire. Il raconta que le règlement du Greyhound qu'il avait pris pour venir en ville était mal pensé et appliqué de manière injuste. Il avait vu les autorités ridiculisées dans leurs gares routières par des gens vendant du sexe et de la drogue.

Finalement, Erin les laissa, remonta les escaliers doucement sur ses grosses jambes blanches.

Légèrement amusé, il accepta une bière comme s'il trouvait pittoresque qu'on lui offre quelque chose gratuitement, même si cela venait de sa mère. Il but sa bière, content de lui, à croire qu'il avait gagné un prix, pendant qu'ils poursuivaient leur conversation.

Elle avait eu l'impression quand il était entré qu'il sentait l'alcool. Il admit avoir descendu une bière dans le bus. Le gars à côté de moi était alcoolo. Ils m'ont placé à côté et il m'a offert ma première bière en dix ans. Qu'est-ce que j'allais faire ?

Un vieux regard familier passa entre la mère et le fils.

Très tard dans la nuit, il avoua à sa mère, j'ai l'impression de pas être prêt à être dehors. Elle entendit son aveu et lui dit que tout irait bien. Elle lui rapporta ce qu'une vieille connaissance avait dit sur le fait de recommencer sa vie après de nombreuses années derrière les barreaux, que la peur finit par disparaître.

Et ce truc, aussi, tout le monde qu'a un téléphone portable, maintenant. J'ai jamais eu ça. Quand je suis parti, les seuls à avoir des portables c'était les dealers. J'imagine que c'est ce que j'aurais dû faire. J'aurais dû refourguer un peu de came, mais je l'ai jamais fait. Si j'en avais vendu comme ils ont dit que j'avais fait, j'aurais eu plus de trucs. Maintenant, même ces putains de blacks de quinze balais peuvent plus se la péter.

Bon, dit-elle enfin. Ils allèrent se coucher et elle se hissa difficilement, la table s'inclinant et se soulevant sous la pression de sa main.

Elle lui dit qu'il pouvait monter dans son ancienne chambre.

Jimmy répondit qu'il pensait s'installer dans le sous-sol. Sa mère lui expliqua que le sous-sol était loué.

C'est du blé facile. J'aimerais bien qu'on me file du fric comme ça.

Il ramassa son carton et monta l'escalier étroit vers l'étage désordonné où se trouvait sa chambre. Elle n'avait pas changé, les stores cassés et la nuit qui filtrait par la fenêtre. Ils avaient laissé la panière de linge par terre. Il s'approcha de son placard dont la porte coulissante en bois creux s'ouvrait grâce à une coquille fixée dessus et qui servait de poignée. Elle s'était délogée de son rail et pendait de travers. Il trouva les photos d'anciens amis, de lui, un ado maigrichon en train de faire un geste bizarre avec son bras, le signe d'un gang, en 1992. Son casque de chantier couvert d'autocollants n'avait pas bougé. Drapeau américain. Trèfle irlandais. Zoso. Il trouva une guitare électrique aux cordes cassées.

Les posters se décrochaient des murs. Il ferma la porte et une affiche tomba, le verso blanc et vide. Avant de le cacher, il ouvrit son carton de la prison et regarda à l'intérieur : des lettres, des cartes, un exemplaire du *Biker Hors-la-loi*, une soupe instantanée Lipton, les Psaumes, un miroir de rasage, un boxer short donné à la prison par la Corrections Corporation of America, une brique de jus de fruit Capri-Sun, un vieux magazine de heavy metal, un bandana rouge de cow-boy.

Incapable de dormir, il descendit et alluma la télé dans la pièce de devant.

Dans le sous-sol, Skinner entendit la télévision et le bruit produit par un individu imposant, un inconnu en mouvement.

Il prit une douche au milieu des bouteilles de shampoing qui appartenaient à chacun des membres de la maisonnée sauf à lui. Par habitude, il passa très peu de temps sous l'eau, se mouilla à peine – y entra, en sortit et retourna à sa chambre où il s'habilla dans la foulée. Il se peigna avec soin, se regarda sous tous les angles dans le miroir de rasage en aluminium.

Un cri du rez-de-chaussée :

Jimmy ! Maman veut savoir si tu peux descendre.

Il descendit et les laissa lui préparer des œufs. Pendant qu'ils cuisaient, sa mère, au lieu de lui demander ce qu'il prévoyait de faire, voulut qu'il jette un coup d'œil à la porte d'un placard de la cuisine, au gond. Jimmy se déplaça, il se leva de table et déplaça son poids – celui de son corps, le poids grave de ses yeux, sa barbe mouillée après la douche, le poids de sa peau blanche humide sous sa chemise en tissu écossais – vers l'autre bout de la pièce pour examiner le gond en question.

Y a rien qui cloche.

Tu peux le réparer ?

Il ne dit pas oui tout de suite.

C'est juste une vis, dit-il.

Il rappellerait aux gens toutes les responsabilités qu'il avait endossées pour eux, y compris celles qu'on ne lui avait jamais demandé d'endosser, mais aussi les choses qu'il faisait ou qu'il allait bientôt faire pour eux – ou les choses qu'il devait faire pour d'autres membres de la famille ou pour d'autres gens encore qui n'avaient rien à voir avec eux, pour d'autres entités, comme le gouvernement – simplement des choses qu'il devrait faire – laissant entendre qu'il essayait d'aider tout le monde aussi vite que possible – non pas que ça ne lui ferait pas plaisir de s'y plier – mais si les gens pouvaient juste attendre leur tour, parce que non seulement ils s'imposaient à lui, mais en plus, ils empiétaient sur ses droits. Jimmy s'était engagé auprès de beaucoup de monde, il fallait bien comprendre ça. Et il essayait de se montrer équitable envers tout un chacun. Le camion de Patrick : seul Jimmy avait l'oreille assez fine pour entendre qu'il y avait un problème avec le roulement de la roue avant. Le carrelage de la salle de bains était une autre affaire. Le prenez pas mal, mais c'te maison n'avait pas été trop bien entretenue durant son absence. Il ne voulait pas être lourd, mais sa chambre, s'il était censé y habiter, s'était transformée en panière à linge sale. Il se devait à lui-même de la rendre vivable. Le placard, il s'en occuperait quand il aurait le temps.

Il afficha un sourire compréhensif parce qu'il comprenait ce qui se passait. Personne ne prévoyait de le dédommager pour tout le travail qu'il prévoyait de faire. C'était comme ça. Très bien. Mais il y avait des trucs de base qu'il devait faire pour lui-même, et l'État ne lui avait pas donné d'argent pour s'acheter des vêtements ou des articles de toilette. L'État l'avait foutu dehors d'un coup de pied au cul. Et il était un peu trop tôt pour commencer à envisager de faire de nouveaux coups, à moins de vouloir être aussitôt chopé en infraction. Bref, il avait besoin de vingt billets pour aller faire des courses. Il savait qu'elle les avait. Il lui prendrait tout ce dont elle aurait besoin par la même occasion.

Quand il fut parti, Mme Murphy dit, il faut qu'il retourne voir les gars du syndicat. Ils le reprendront. Ils ont leurs propres codes. Ils ne se basent pas sur une condamnation. Ses crimes ne sont pas assez graves pour qu'ils lui tournent complètement le dos. Il est doué, quand il veut bien se bouger. Il a deux options : soit le syndicat, soit il bosse avec Patrick. Mais Patrick, je vois pas trop. Ces temps-ci, il n'a pas assez de boulot pour deux, pas tous les jours. Avec Patrick, c'est y en a ou y en a pas. Et là, c'est un truc à double tranchant, avec du bon et du pas bon. Jim a besoin d'être cadré au quotidien comme avec le syndicat. Les autres gars le traitaient bien quand ils bossaient sur le forage ensemble. Il enchaînait ses services grâce à ça. Tu sais, il me disait, m'man, j'étais là à tous mes services. Je passe ma vie à disparaître. Je sais, que je lui dis, je me souviens. Il avait l'habitude de se cacher quand Patrick l'appelait. Il faisait semblant de pas être à la maison alors qu'il était là. Il séchait les cours, presque une tradition, dans cette famille. Un jour, dans l'après-midi, j'ai entendu un bruit – il était dans le sous-sol. Tu nous as pas entendus appeler ? je dis. Et lui il m'a fait, si, mais m'man, je veux pas aller avec lui, avec Patrick.

Je dis, tu sais qu'il va te foutre une sacrée raclée. Non, pas cette fois. Et là j'ai eu droit à une castagne pas possible dans ma cuisine. Patrick lui a filé la branlée de sa vie.

Mais quand il était au forage, il ne manquait aucun service. Une fois qu'il entrait dans la caravane et enfilait sa ceinture d'outils, c'était bon, il avait pas besoin de plus. Il a toujours respecté ça. Il allait au travail, revenait pour boire un coup au Feeney's, rentrait à la maison. Il s'amusait, mais il y avait une limite à pas dépasser. Il disait qu'il la connaissait. Il savait qu'il devait être prêt pour le service suivant, alors il avait pris l'habitude de se freiner. Faut qu'il retrouve cette limite.

Dans la soirée, Jimmy revint et personne ne mentionna l'argent ou ce qu'il avait fait durant tout ce temps. Il s'assit sur un des canapés du salon pour regarder la télé. Je vais te prendre le câble, dit-il à sa mère. En prison, ils regardaient les émissions de bouffe, la téléréalité avec les célébrités, la téléréalité où qu'ils construisent une baraque en entier et où tu vois les travaux avancer et les différents métiers, le machin qu'est monté comme un puzzle. Il avait adoré ça.

Au fait, tiens. Il posa une cartouche de Slim sur la table de la cuisine – une cartouche complète – qui coûtait beaucoup plus que les vingt dollars qu'elle lui avait donnés.

Tu essayes de me tuer ? dit-elle en gloussant. Va falloir que je les cache. Elle pivota progressivement sur sa chaise et chercha un tiroir où cacher les cigarettes.

30

Je suis allée dans une prison, murmura-t-elle.

Toi ? Pour quoi ?

Je suis immigrée sans papiers dans ce pays. Elle le regarda. Tu ne sais pas ?

Non. Tu ne me l'as jamais dit.

Je le suis. Pas de visa. Pas de papiers.

Et tu as été arrêtée pour ça ?

Oui.

Comment tu es arrivée ici ?

Je passe en fraude par la frontière.

Quelle frontière ?

Mexique. D'abord j'arrive au Mexique par l'Asie du Sud-Est ensuite je prends un camion.

Elle lui raconta le trajet qui l'avait conduite à Archer, dans le Sud, puis dans les autres villes de la côte Est. Dans le Connecticut, la police l'avait arrêtée un soir alors qu'elle sortait d'un magasin où elle voulait s'acheter à manger, un soda.

Ils t'ont donné combien ?

Trois mois.

Merde.

Oui. Mais c'est le problème, ils ne me disent pas. Je ne sais pas si c'est trois mois. Personne ne me dit quand je peux sortir, donc je ne sais rien du tout. Des gens disent que je peux rester là un an, certains disent plus longtemps.

Ils ne t'ont rien dit ?

Non, je reste juste en prison pour attendre, et je ne sais rien.

Là, il était choqué. Ils ont allongé ta peine comme ils ont allongé mon temps de service, c'est comme moi ! C'est le truc le plus dégueulasse qu'on puisse faire à quelqu'un…

Elle était d'accord. Et elle avait beaucoup de mal à supporter l'enfermement. Je crois ça me fait perdre la tête, donc j'ai peur de cette police. Vraiment c'est pour ça que je suis venue dans le Queens, parce qu'ici il y a beaucoup d'étrangers, et je crois les flics peuvent pas nous chercher.

Qu'est-ce qui se passerait si tu te faisais arrêter par les flics ? Tu retournerais en taule ?

Je ne sais pas. Peut-être quelque chose de mauvais pour moi.

C'est quoi le pire qu'ils puissent faire ?

Je vais en prison ou je suis renvoyée en Chine.

Il y a un moyen de l'empêcher ?

Je ne sais pas. Peut-être que je peux voir un avocat, demander l'asile. Je pense avant le 11 Septembre c'est plus facile que maintenant.

Est-ce qu'ils savent que tu es musulmane ? Les flics le savent ?

Non. Je ne crois pas. Pas beaucoup de gens savent qui sont les Ouïghours. Je pense juste que n'importe quel type de personne, pour rester aux USA ce n'est pas facile aujourd'hui.

Du coup, ça veut dire quoi, tu dois juste vivre sans savoir ce qui va t'arriver ?

Je crois. Elle soupira. Elle leva les mains et les abattit sur ses cuisses. Rien que je peux faire.

Skinner semblait affolé. À la suggestion de Zou Lei, ils sortirent profiter de l'agréable soleil de printemps d'un blanc doré et se promenèrent au milieu des maisons de la 40th Road où il leur sembla que c'était une journée comme une autre et que leurs peurs étaient exagérées. Mais plus tard, de retour au sous-sol, alors que la lumière dorée était traversée d'ombres, Skinner devint très contrarié et refusa de parler. Après que Zou Lei l'eut amadoué pour savoir ce qui n'allait pas, il dit, je dois arrêter de tout foirer. Je ne peux pas te laisser être expulsée.

Il se rappela un poste de contrôle sur la route de la Syrie. Des réfugiés de Bagdad affluaient vers le nord dans l'espoir de fuir la guerre civile. Suite à un arrangement politique, les policiers irakiens contrôlaient le poste avec des soldats américains qui n'étaient là qu'en soutien. En pratique, cela voulait dire que la police irakienne, que diverses mafias avaient infiltrée, pouvait faire ce qu'elle voulait. Des GIs se plaignirent que les policiers extorquaient des sommes exorbitantes à tous ceux qui n'appartenaient pas à la tribu des Zafir. D'autres racontaient que ces policiers renvoyaient les chiites en leur disant d'un ton moqueur de retourner dans leur village pour qu'ils se fassent tuer par les escadrons de la mort sunnites.

Skinner vit un policier irakien entraîner une jeune fille vers le bord de la route pour l'interroger, fouiller son sac, exiger de savoir pourquoi elle voyageait seule. Elle était très jeune, environ douze ans. Sa famille avait été tuée à Bagdad. Un GI dit au type de la laisser tranquille. L'Irakien insista, elle n'avait pas le droit de voyager sans mari.

L'Irakien la prit par la main et l'emmena à l'écart de la route où le terrain descendait en pente vers un oued caché à la vue de tous. Dans le labyrinthe de collines brunes se trouvaient une série de bâtiments abandonnés au toit défoncé dont ils se servaient parfois comme latrines.

J'ai vu qu'elle avait peur.

On l'a signalé à notre premier sergent qui nous a ordonné de ne rien faire. On n'a jamais revu la fillette. Quand j'ai recroisé l'Irakien, c'était deux jours plus tard et je lui ai demandé où elle était. Il m'a demandé si je m'inquiétais pour les chiens. C'était une mauvaise fille, une Baasiste, une ennemie de l'Amérique, donc il lui avait trouvé un mari.

Le plus évident serait que Zou Lei et Skinner cherchent ensemble une solution, dit-elle. Ils devaient combiner leurs forces pour s'aider à régler leurs problèmes respectifs.

Elle parvint à le faire parler de manière constructive des actions qu'ils devraient entreprendre. Surtout, il ne fallait pas s'appesantir sur les souvenirs tristes du passé. Ce fut la première d'une longue liste de discussions similaires durant laquelle ils formèrent des projets pour l'avenir. Le bon côté, dit-elle, c'était qu'elle l'avait rencontré et qu'ils pouvaient constituer leur propre armée, une unité de deux personnes qui mènerait ces combats difficiles que représentaient la guérison de Skinner et la régularisation de Zou Lei.

31

Jim. Si tu viens, alors aboule.

Il était cinq heures et la maison était plongée dans le noir à l'exception de la cuisine en bas où la lumière était allumée, et Patrick se tenait là, avec de petits yeux et ses cheveux mouillés peignés en arrière, vêtu d'une chemise en tissu écossais, d'une veste à losanges brodés, et d'un pantalon Dickies ou imitation Dickies - bref, un pantalon de concierge –, sans la marque, ses vêtements délavés et plats, le bouffant du duvet disparu, comme écrasés par l'homme qui les portait. Il était plus impressionnant que son accoutrement. Il parlait à son volume habituel malgré l'heure. L'effet était péremptoire.

Dans sa chambre, Jim renversa sa lampe en cherchant ce qu'il voulait mettre, jura et redressa la lampe, mais elle tomba de nouveau.

Mme Murphy apparut en bas des escaliers, des bigoudis sur la tête.

Il arrive. Il va descendre. Est-ce que mes deux hommes prendront du café ?

Patrick dit quelque chose d'irlandais.

Laisse-lui une minute.

Jimmy descendit sans se presser, ne se sentant plus du tout dépassé par son beau-père. Quatre seaux de plâtre ainsi qu'un niveau jaune d'un mètre vingt attendaient dans la cuisine d'être transportés au camion. La maison craqua pendant que les deux grands hommes transportaient le matériel. Mme Murphy retourna se coucher.

Depuis le sous-sol, Skinner entendit le pick-up prendre vie dans un toussotement et s'éloigner.

M. Murphy et Jimmy ne discutèrent pas de ce que ça faisait d'être libre après une longue période d'incarcération. Ils roulèrent sous les lampadaires encore allumés de la 40th Road. Patrick déclara qu'il ne voulait pas écouter de jungle. C'est pas là-bas que t'as chopé ce genre de goût musical, si ? Non, dit Jimmy doucement. Alors allume la radio. Ils tombèrent sur une émission d'antenne libre où le présentateur défendait le droit du gouvernement à recourir à la torture.

Mesdames et messieurs, il ne s'agit pas de torture. Les positions de stress ne sont pas de la torture. C'est sans comparaison avec toutes les horreurs que ces gens font subir à d'autres depuis des milliers d'années. Décapitations, lynchages, bûchers, coups de fouet, personnes enterrées vivantes ou écorchées, et ainsi de suite. Les cruautés infligées à leurs coreligionnaires. Peut-être que les libéraux verraient les choses d'un autre œil s'ils avaient perdu quelqu'un le 11 septembre : un père bien-aimé, un mari, une épouse, un fils ou une fille. Prenons un appel. Bonjour, Ed, on vous écoute.

Salut, c'était juste pour dire que j'adore votre émission.

Merci bien, c'est gentil.

Mon frère a participé à l'opération Enduring Freedom, donc il sait tous les mensonges qu'on nous fourre maintenant sous le nez, comment les médias transforment ce que eux ils font, genre, construire une école, sauf que ça, les médias, ils le montrent pas. Ils parlent que des trucs moches. On voit que ça. Et du coup, les gens, je sais pas pourquoi, ils s'engouffrent dans tout le battage médiatique autour d'un tueur d'enfants.

On donne de l'eau potable à des petits Irakiens et on devient tueur d'enfants.

L'auditeur et le présentateur rirent d'exaspération.

Je sais bien, Ed. On vit une époque où, apparemment, c'est vieux jeu d'aimer son pays. Mais j'en profite pour vous remercier, vous et votre frère. Dieu vous bénisse pour les services rendus. On est très reconnaissant aux hommes et aux femmes courageux qui portent l'uniforme. Et l'ironie, Ed, c'est que ces hommes et ces femmes courageux comme votre frère vont dans ce pays abandonné de Dieu, qu'ils se sont portés volontaires pour y aller, et pendant ce temps, il y a des gens ici même qui ont le, le – bref, qui les critiquent. Alors qu'ils n'ont aucun droit de le faire. Ils ne sont pas là-bas, eux. Les militaires solutionnent les problèmes et ces pantouflards de libéraux les critiquent. Non, mais on marche sur la tête, là.

C'est clair.

Merci, Ed. Avec nous à l'antenne, John, de Maspeth.

Ils se rendirent chez un marchand de matériaux sur College Point Boulevard à côté d'un Dunkin' Donuts.

Tu as le temps d'aller te chercher quelque chose, dit Patrick en descendant de voiture. Son beau-fils de trente-deux ans déclina, resta sur le siège passager. Jimmy prenait sur lui. Il n'était pas content, manifestement. Mais il ne se plaignait pas. Il faudrait le supplier pour savoir ce qu'il avait mal pris. Il faudrait lui tirer les vers du nez. Patrick n'en ferait rien. Patrick fit la queue au Dunkin' Donuts, dépassant tout le monde en hauteur et en largeur, y compris le réparateur portoricain jeune et musclé avec les avant-bras tatoués et le brillant à l'oreille. Il était la silhouette qu'on remarquait en premier à travers la vitrine. Mais Jimmy l'avait chassé. Moqueur, Jimmy passait au crible le contenu de la boîte à gants. Les tickets de parking, les reçus, carte grise avec le nom complet en trois parties de Patrick. Elle était expirée. C'est pas vrai, peut-être ? Il sourit. Il vérifia la date. On était quel jour ? Il tourna la clé sur le contact et la radio s'alluma. Tel un technicien, un artisan, un musicien, Jimmy se concentra sur les fréquences de radio, tourna le bouton, les régla. Les stations avaient changé. S'il n'y avait pas de Deep Purple, il devrait au moins y avoir du Elvis. Frankie Valli jouait quand Patrick revint et Jimmy affinait le réglage. Il était distrait. Il ne leva pas les yeux. Patrick posa les gobelets de café sur le tableau de bord, des petits. Il y avait une offre spéciale qui proposait deux donuts dans un sac en papier sulfurisé qui crissait. Jimmy prit ce qu'on lui donnait. Il se montrerait tolérant tout au long de l'exercice, dans ce camion miteux, et même si son beau-père refusait de lui mettre deux dollars dans la poigne par peur qu'ils soient dépensés pour autre chose que du café. Le temps était venu de s'affirmer.

Où on va aujourd'hui ? voulut-il savoir.

Des crabes énormes avaient replié leurs longues pattes articulées d'araignées dans les aquariums en exposition dans la vitrine du restaurant Favor Taste. Sur une parcelle de terrain où on faisait du recyclage au nom de Andy Metal, un homme protégé par un masque anti-poussière lança un morceau d'aluminium au sommet d'une montagne de débris métalliques.

Panneau de ciment PermaBase, mortier pour joints prêt à gâcher Super-Tek, bardage en PVC Vision-Pro, ciment Lehigh Portland, équerre, tuyau UPC sans collecteur. Le tout laissé sans surveillance, remarqua Jimmy.

Des gamins d'à peine un mètre soixante à la peau sombre et boucle à l'oreille passèrent. L'un d'eux portait des baskets montantes siglées Nike.

Les légumes Gold Fields. Les sacs de linge sale North Shore dont le fond étaient noircis de graisse, empilés devant l'entrée arrière d'un restaurant où les garçons de cuisine étaient assis sur le béton.

Les femmes traversaient le boulevard perchées sur des talons hauts, marchant comme si elles étaient malades, comme si on les avait vendues comme esclaves geishas.

Jimmy les regarda.

L'affluence de Chinois. La démarche traînante, distraite, lobotomisée, comme des attardés, comme si, enfants, on les avait forcés à ingérer des pesticides. Les femmes aux yeux bridés maléfiques, leur visage de méchante belle-mère. Un visage pincé, fou ou tourmenté, le front plissé, se débattant contre un éternel problème, incapables de réfléchir, bloquées par une chose logée dans le cerveau au-dessus des yeux. Elles étaient enceintes. Elles avançaient derrière une poussette, tenaient un enfant par la main, entraînaient une colonne d'enfants sur le trottoir.

Un panneau au-dessus d'une porte sale proposait : Bain minceur, Peeling au diamant, Peeling anti-acné, Peeling doux, Massage.

Il apporta un évier dans la maison de quelqu'un et le maintint en place pendant que Patrick serrait les bagues en dessous. Ils déposèrent une larme de silicone entre la faïence et le mur. Patrick ouvrit le robinet et l'eau coula, heurta l'évier et partit dans le tuyau d'évacuation.

Sur la route du retour, Jimmy déclara qu'il voyait bien que la famille avait réussi à trouver du blé pour rénover le sous-sol alors que sa chambre à lui avait toujours des trous dans les murs. Mais il comprenait – clin d'œil de connivence. Il aurait fait la même chose. C'était l'occasion de se faire un peu de thune.

Jimmy ne le dit pas à Patrick – il faisait attention à qui il en parlait – mais un jour où Erin et quelques-uns de ses amis traînaient à la maison, quand le sujet de la guerre arriva sur le tapis, Jimmy expliqua que c'était une arnaque.

Genre comment ?

Comme pour tout. Pour l'argent.

Genre tu crois qu'ils en tirent profit ?

Jimmy, les yeux plissés, en train de boire une bière, grimaça, une expression qui voulait dire bien sûr que oui, c'était tellement évident, fallait être débile pour penser le contraire. Ce qui le dégoûtait, ce n'était pas le profit, mais la naïveté de la question.

L'un d'eux raconta qu'il connaissait quelqu'un qui, parce qu'il avait fait le Vietnam, savait comment ça faisait quand des avions se fracassaient contre des immeubles et ça avait pas fait pareil le 11 septembre, les avions n'avaient pas été totalement pulvérisés comme ils auraient dû. À la place, on avait retrouvé des morceaux de fuselage. Ce qui prouvait qu'on ne leur racontait pas la vérité ! Tu crois que le 11 Septembre, c'était un coup monté de l'intérieur ?

C'est sûr.

J'hallucine, dirent-ils en chœur, entre effroi et ravissement.

Voilà comment Skinner rencontra Jimmy :

Skinner s'était aperçu qu'une nouvelle personne avait pris ses quartiers dans la maison. Une voix inconnue lui était parvenue à travers le plafond, celle d'un homme sans accent irlandais. Pour lui, cet homme n'était qu'une série de pas, un poids se déplaçant au-dessus de lui. Il ignorait qui il était.

Il se rendit à la bodega au coin de la rue où arrivaient les voies ferrées. La bodega vendait des narguilés alignés dans la vitrine comme les fusils d'un arsenal. Skinner acheta un paquet de Camel. Un liseré bleu cernait le paquet comme une volute de fumée pour indiquer la saveur mentholée. Il empocha les cigarettes et sortit en fumer une, le regard rivé sur Northern Boulevard. Quelqu'un avait suspendu une veste sur un horodateur cassé. Quand il eut terminé, il prit le chemin du retour. Il longea les maisons de style hollandais et la rangée d'arbres encore dénudés sous le ciel chargé de pluie.

Il approchait du bar irlandais où un type en tenue de combat urbain noire – jean trop large, Timberland, gilet et casquette comme celle des SWAT – portait une chaîne enroulée autour des articulations et tenait un pitbull tigré en laisse.

Un grand type surgit dans la rue à grands pas, avec l'énergie d'un homme sur le point d'abattre une forêt entière à lui tout seul. Il bondissait comme sur ressorts, ses longs cheveux qui se balançaient dans son dos, sa tête haute affichant les petites lignes dessinées par sa bouche et ses yeux. Il mesurait plus d'un mètre quatre-vingts, devait peser cent kilos. Sa barbe lui donnait un air de motard des années soixante-dix. Skinner fut frappé par un détail inhabituel : il portait un bandana rouge noué autour de la cuisse. Il entra dans le bar, donna sa cigarette allumée au propriétaire du pitbull qui la prit sans un mot, sans doute pour la lui garder le temps qu'il revienne.

Ce soir-là, quand Skinner sortit pour rejoindre Zou Lei sur Sanford Avenue, une silhouette attira son attention. C'était un homme au loin qui remontait l'avenue entre les arbres – à environ six cents mètres dans la tombée du jour – presque hors de portée d'un M16 –, mais impossible de ne pas remarquer sa démarche. C'était l'homme du bar, et c'était la deuxième fois que Skinner le voyait en une journée.

Puis un soir vers la fin de la première semaine d'avril, Skinner le vit une troisième fois alors qu'il rentrait chez lui. À ce moment-là, le Long Island Rail Road venait de passer en rugissant à travers les arbres qui commençaient tout juste à bourgeonner. Le raffut avait fait tressaillir Skinner et quand il leva les yeux, l'homme apparut qui longeait une maison blanche. Il devançait légèrement Skinner qui le reconnut et l'observa du coin de l'œil. Ils traversèrent la 158e Rue en même temps et leur chemin convergea peu à peu vers l'allée des Murphy. Il devint évident qu'ils allaient tous les deux au même endroit. Aucun ne parla. L'homme entra le premier et Skinner le suivit.

À l'intérieur, Skinner l'entendrait parler à Erin, l'entendrait monter à l'étage où ses pas deviendraient les pas qui lui étaient désormais familiers, et il comprit qui il était dans la famille : c'était le fils de Mme Murphy, il vivait là, il était le poids qui pesait sur le plancher au-dessus.

Avant cela, alors qu'ils négociaient leur entrée et cette soudaine proximité, Skinner eut l'occasion de le voir de près pour la première fois. Ce fut une observation indirecte, l'impression d'un inconnu dans l'obscurité d'une entrée, une présence de grande taille au-dessus de lui sur le palier.

Le type lui avait laissé la porte ouverte, mais ne l'avait pas tenue.

Merci pour la porte, dit Skinner, et l'homme le regarda comme si la plus petite plaisanterie était inconcevable là d'où il venait.

32

Zou Lei dit à Sassoon qu'elle remplacerait Zhang Zhuojin dimanche du moment qu'on lui payait les heures supplémentaires. Elle prit la précaution de lui demander si les heures supplémentaires seraient comptabilisées. Sassoon rejeta ses interrogations avec irritation, mais ce dimanche-là, Zhang Zhuojin se présenta comme si de rien n'était et Zou Lei se demanda laquelle des deux serait payée. Elle tenta de convaincre Zhuojin de rentrer chez elle, mais cette dernière refusa et suggéra que Zou Lei voulait lui jouer un sale tour.

Zou Lei inscrivit leurs deux noms dans la même case horaire, précisa, nous sommes là toutes les deux, et dessina une flèche vers leurs noms.

Elle demanda à Zhuojin si cela la dérangeait de la laisser gérer la table de cuisson vapeur.

Je ne te contrôle pas, dit Zhuojin.

Les clients se firent rares cet après-midi-là et les patrons étaient absents, mais cela n'empêchait pas un certain stress inexplicable de planer. Pendant que Zou Lei cuisinait, elle entendait Zhuojin au fond qui faisait s'entrechoquer les marmites sous le lent goutte-à-goutte de la pop taïwanaise diffusée par les enceintes fixées au plafond. Elle prétendit qu'elle devait préparer quarante litres de soupe, un plat qu'ils ne vendaient pas, autant que Zou Lei le sache. Il n'y eut qu'un seul client entre deux et quatre heures de l'après-midi et il demanda du yuk haam, de la viande hachée. Zhuojin comprit ce qu'il voulait et insista pour qu'on le lui prépare. À l'heure de la débauche, elle arriva en courant du fond en portant une marmite fumante, les veines de sa gorge ressortant sur les tendons et vida son contenu dans un seau de légumes en saumure. Une bouffée de chaleur s'éleva le long de la porte du frigo en inox. Zou Lei dit à Zhuojin qu'elle n'était pas obligée de porter une marmite aussi lourde toute seule. Elle aurait pu se brûler. En regardant dans le seau, elle vit le liquide qui continuait de tourbillonner, des bouts d'une matière noire qu'elle prit pour de la peau de poisson qui tournait dans le fond.

Le barman roux se montra réservé quand Skinner entra. Après l'avoir vu boire devant lui, il se détendit, quasiment comme si c'était lui qui avait bu. Quand Skinner entama son deuxième verre de Parrot Bay, le barman vint vers lui et, soudain joyeux, se mit à lui raconter ses problèmes avec les femmes.

J'ai fait la connerie de lui donner mon vrai nom. Jette un œil à l'annuaire. Tu verras que ça manque pas de Chin ou de Kim mais que des McIntyre, à Flushing, y en a plus des masses. Tu sais combien y en a ? Un seul. Et ouais, c'est moi. Donc bref, elle m'appelle : Est-ce que je suis bien chez John McIntyre ? Et vas-y que je te balance tout le baratin à la con.

Il fit semblant de tenir le combiné loin de son oreille, les yeux exorbités.

Jamais donner son vrai nom. Première règle avec les femmes.

Ma copine est chinoise aussi, dit Skinner.

Ben tu ferais mieux de lui dire que tu t'appelles Kim ou je te souhaite bien de la chance.

Elle va être expulsée.

Alors pas de souci, à supposer qu'elle te fait des soucis.

Elle me fait pas de soucis. Je veux qu'elle reste. C'est le gouvernement qui veut me l'enlever.

Ils ont lancé les procédures ?

Je ne sais pas ce qu'ils font.

Il y a un truc appelé rétention et expulsion. Moi aussi je suis un immigré alors j'en connais un rayon. Ils envoient quelqu'un en rétention administrative et dans la foulée, ils lancent la procédure d'expulsion. D'abord, faudra qu'elle se fasse arrêter par les services de l'immigration ou plutôt, maintenant, par les mecs de la Sécurité nationale.

S'ils font une connerie pareille, marmonna Skinner, je brûle le putain de drapeau de ce putain de pays et je me torche le cul avec.

Donc elle te plaît et tu veux qu'elle reste ? Est-ce que tu l'aimes assez pour l'épouser ?

Skinner regarda dans son verre et dit, ouais.

Alors pourquoi tu l'épouses pas ? T'es citoyen américain, non ? Parce que, dans l'armée, on sait jamais, y a des types qu'ont même pas la nationalité, mais toi si, pas vrai ? Si un citoyen épouse quelqu'un d'un autre pays, on peut faire venir la personne. T'as pas entendu parler des épouses russes vendues par correspondance ? Demande-lui, si tu veux le faire. Bien sûr, je dis pas que tu as envie de te marier. Moi, je pourrais jamais me marier. J'aime les enchaîner. Elles me fatiguent vite et faut que j'aille voir ailleurs. Mais si tu veux garder la tienne ici et que ça te dérange pas, épouse-la. Même si la Sécurité nationale va t'en faire voir de toutes les couleurs, j'imagine. Mais ils auront plus de mal à la dégager.

La porte du fond était ouverte et le vieil homme de la marine qui aurait dû être mort apparaissait à moitié dans l'embrasure pendant qu'il sortait les ordures. En même temps que le bruit des poubelles qui raclaient le béton, on l'entendait parler de façon inintelligible. John McIntyre, qui, curieusement, semblait comprendre son charabia, lui répondit.

Skinner en profita pour aller au centre commercial de Flushing, son téléphone collé à l'oreille, et appeler Zou Lei.

Quand elle sortit dans le crépuscule pourpre après son service, il l'attendait. Ils mangèrent des parts de pizza tandis que s'allumaient les lampadaires, passèrent devant la station-service et se promenèrent le long du fleuve.

Elle était si émue qu'elle n'ouvrit pas la bouche pendant plus d'un kilomètre.

À quoi tu penses ?

Tu as un grand cœur, Skinner !

Il était content de la voir heureuse.

Juste dire que tu vas m'épouser, c'est incroyable.

Ils allaient vers le nord, dans la direction de College Point où le fleuve s'élargissait et où les bâtiments se faisaient moins hauts et plus rares. Devant eux, une autoroute surélevée se dressait solitairement au-dessus d'un terrain vague. Le vent se renforça.

Aujourd'hui je sais ce que c'est un vrai Américain, dit-elle.

Elle inspira profondément, embrassa du regard tout l'espace, les lumières distantes de l'autre côté des eaux sombres. Elle n'en revenait pas de sa chance. Combien la vie la surprenait. Elle le regarda dans le noir avec une complicité renouvelée.

Je vais arrêter de fumer, lui dit-il.

Sur le devant de la maison, des stores blancs et des rideaux de dentelle couvraient les fenêtres. Dans le jardin de derrière, du bois de construction pourrissait à côté d'un seau de ciment à prise rapide en train de rouiller. La maison s'élevait sur plusieurs étages, environ trois. Il y avait trop de fenêtres pour toutes les voir. Celles des étages supérieurs étaient des carrés gris qui reflétaient le gris du ciel et de l'asphalte. Les toitures tombaient comme des langues pendantes, des morceaux de la couverture manquaient, le goudron visible en dessous.

De la laine de verre jaune et des gaines argentées gonflées de pluie s'échappaient par une fenêtre du grenier.

Quand elle fit le tour de la maison, d'autres fenêtres la surplombaient. Zou Lei se tenait à l'oblique par rapport à elles, si bien qu'il était impossible de voir à travers. La nuit, il arrivait qu'une ou deux restent allumées. La fenêtre la plus proche à sa droite quand elle se tenait devant la porte donnait dans leur cuisine. Par cette fenêtre, elle pouvait les entendre parler à voix basse et parfois quand elle frappait, les voix se taisaient, puis reprenaient quand Skinner montait du sous-sol pour lui ouvrir. Le plus souvent, au lieu de toquer à la porte, elle l'appelait sur son téléphone pour le prévenir qu'elle était dehors. Elle n'avait jamais sonné. Elle supposait qu'ils entendaient Skinner monter et ouvrir à un visiteur.

Durant tout l'hiver, elle s'était efforcée de ne pas se montrer. Pas une fois elle n'était tombée nez à nez avec l'un des occupants de la maison. Lui rendre visite était devenu la routine ; pour elle, désormais, aller et venir allait de soi.

Progressivement, l'ensemble de la maison s'était réduit à une seule personne, à lui. Poser les yeux sur la maison revenait à le voir lui, et son regard sur elle-même changeait en fonction de l'état de leur relation : s'ils s'entendaient bien, elle se sentait heureuse, et s'ils se disputaient, elle était déprimée. Si elle avait toujours évité de croiser les Américains, elle n'avait jamais eu peur d'entrer dans leur maison.

Par un après-midi de ce printemps-là, alors qu'elle se tenait à la porte après avoir frappé, elle pensa entendre quelqu'un s'approcher de la fenêtre de la cuisine et la regarder, puis faire une remarque la concernant à une autre personne qui se trouvait dans la pièce.

C'est qui qu'est dehors ?

Je vais voir. Une bridée. T'as commandé de la bouffe chinoise ?

C'est pas nous. Ça doit être le locataire.

33

Se marier était une merveilleuse idée, dit-elle, mais ce ne serait ni simple ni facile. Cela coûterait sans doute de l'argent, entre l'avocat et l'achat d'une alliance. Et l'épouser ne serait peut-être pas suffisant en soi pour lui permettre de rester légalement dans le pays. Ils auraient peut-être à franchir beaucoup d'obstacles légaux et pratiques. C'est pourquoi elle insistait pour qu'il y réfléchisse à deux fois. En plus, dit-elle, il était encore jeune et pourrait le regretter plus tard. Elle ne voulait pas profiter de lui…

Je ne vois pas pourquoi ça ne marcherait pas, dit-il.

Elle avait simplement peur que ça soit beaucoup d'efforts pour lui alors qu'il avait déjà un combat à mener. Et si je te fais porter mes problèmes ? Peut-être qu'on devrait attendre.

Attendre n'avait aucun sens, d'après lui. Quand on veut faire quelque chose, mieux vaut le faire tout de suite parce qu'on ne sait jamais ce que l'avenir nous réserve.

Un dimanche matin, Skinner et elle remontèrent Main Street vers Franklin Avenue en passant devant le marché. Presque arrivés au sommet de la colline, vers les derniers étals de marchandises, Zou Lei eut le regard attiré par un assortiment de baquets. Ces derniers étaient entreposés devant un magasin à l'enseigne invisible. Elle dit à Skinner qu'elle voulait voir quelque chose, s'approcha et constata que les baquets en question contenaient des produits séchés pareils à des pruneaux. Sur un carton, il était écrit en chinois : Mélange de six sortes de dattes. Des étagères de fortune posées sur des parpaings accueillaient des lilas, des graines de lotus, des cacahuètes bouillies, des tubes de Darlie Double Action 2 Mint Powers, et du savon Fan Medicated.

Qu'est-ce que tu regardes ? demanda-t-il en approchant. Elle porta une main en visière et regarda dans la vitrine.

Je crois que c'est la médecine chinoise.

La médecine chinoise ?

Oui. C'est ça.

Elle se tourna vers lui. Skinner, je crois on peut entrer. On peut chercher s'il y a quelque chose pour t'aider. Ça peut guérir beaucoup de choses que la médecine occidentale ne peut pas.

Elle le prit par le coude.

Ah bon, dit-il. OK.

Tu peux entrer ?

Oui, d'accord.

Ça dérange pas ?

Non.

Ils entrèrent et l'endroit embaumait le gingembre. Un îlot débordant de produits séchés s'élevait au centre du magasin : des animaux qui ressemblaient à des plantes, des plantes qui ressemblaient à des animaux, des feuilles de corne, des cartilages, des os comme des pousses d'arbres, du bois ou des racines. Les murs étaient tapissés de boîtes de médicaments comme chez Duane Reade, sauf que ces médicaments étaient d'un genre différent. Ils vendaient des emplâtres Gu Pi. Il y avait des rangées de bocaux d'apothicaire contenant des ormeaux derrière le comptoir. Un gigantesque meuble de rangement aux tiroirs étiquetés couvrait le mur du fond comme le catalogue sur fiche d'une bibliothèque ou le coffre-fort d'une banque.

Trois hommes en veste de costume s'activaient derrière le comptoir, négociaient en chinois avec un groupe de clients. Les hommes brandissaient des téléphones portables et avaient des clés attachées à leur ceinture. L'un d'eux – un homme au crâne dégarni et lunettes – dit, moins dix pour cent – dix –, et fit une croix avec ses deux index pour indiquer le caractère chinois qui désignait le chiffre dix.

Un autre homme qui observait la négociation se tourna et regarda Skinner et Zou Lei. Ses yeux passèrent sur Skinner et il demanda à Zou Lei, qu'est-ce que vous voulez ?

Je suis venue avec mon ami pour qu'on lui donne des médicaments. Il a souffert d'un choc. Un choc grave.

Mais l'homme leva aussitôt un doigt pour l'arrêter. Il ne savait pas de quoi elle parlait, il faudrait qu'elle s'adresse à M. Jia. Il l'indiqua d'un mouvement du menton, puis il tourna les talons, les mains dans le dos, et s'éloigna vers une autre partie du comptoir.

Elle fit un tour du magasin, passa devant les produits pour améliorer la performance sexuelle dans la vitrine du fond : Dure pendant dix jours, Grosse fourmi noire, Roi du quartier, Fouet allemand. Elle ne leur trouva rien de remarquable et Skinner ne les vit pas.

Skinner prit une poignée de bonbons emballés dans du papier argenté sur un plateau de l'îlot central.

Tu crois qu'ils sont bons ?

Peut-être, dit-elle.

Il flaira le bonbon à travers l'emballage. Sens ça, dit-il. C'est quoi ?

Elle chercha le mot. Un morceau de carton découpé avait été planté sur le plateau et disait : Bonbons au gingembre de l'Arbre d'or. Les caractères avaient été élégamment tracés avec un marqueur pointu.

C'est le gingembre.

Est-ce que j'en prends ?

Je crois on a besoin de trouver quelque chose qui aide, pas juste avec un bon goût.

T'as raison. Il laissa retomber les bonbons sur le plateau. C'est juste que je sais pas ce que soignent tous ces trucs.

Je ne sais pas non plus, mais on peut chercher.

Elle se mit à examiner chaque produit sur les étagères, à les examiner, les retourner, les remettre : patch antidouleur Dacon, pansement pour les pieds, graines de sorgho biologique, infusion d'agripaume, Vita-Rein, Vita-Héros (performance sexuelle), baie d'aubépine, supplément de racine d'isatis, infusion de feuilles d'abrus, infusion de goyave tibétaine, graines d'herbe à chapelets frites (Larme-de-Job).

Il y avait une affiche sur le mur à la diagonale des bocaux d'apothicaire montrant une femme à la peau très blanche tenant le panneau OK d'une main de porcelaine aux doigts effilés. Elle vous observait à travers le O de OK. En chinois ça disait : Quand votre cycle menstruel va bien, tout va bien. Elle adressait également un clin d'œil.

Comme les autres clients s'en allaient, Zou Lei retourna au comptoir pour parler à M. Jia, à présent disponible.

Que veut-elle ? demanda M. Jia à son associé par-dessus ses lunettes.

Elle va vous le dire elle-même.

Je vais vous dire.

Alors. Dites-moi ! dit M. Jia à Zou Lei par-dessus ses lunettes.

Il garda le menton baissé et la dévisagea avec une expression amusée comme si la situation était comique et qu'il pouvait à peine se retenir de rire.

Je suis venue avec mon ami pour avoir des médicaments, dit-elle et elle expliqua les problèmes de Skinner. Je ne sais pas comment les appeler. Il était soldat en Irak. Il a subi trop de chocs là-bas. Des bombes explosaient tout le temps. Les bombes explosaient à la chaîne tout près de ses oreilles. Il a souffert d'un choc. Lui-même est très courageux, mais il est angoissé. Il boit trop.

Il a été blessé ?

Oui, il a été blessé. Une blessure dans le dos. Mais il a aussi subi un traumatisme crânien.

M. Jia fit signe à Skinner d'approcher. Laissez voir votre bras. Vous pouvez retrousser la manche. Mais Skinner trouva plus facile d'enlever complètement son sweat à capuche. M. Jia regarda les autres hommes et dit, le jeune Américain a de très gros muscles, il ne peut pas remonter sa manche. Et tous sourirent. En anglais, il dit à Skinner :

Vous êtes homme fort. Bien !

Il saisit le bras de Skinner et prit son pouls durant quinze secondes. Puis il lui demanda d'ouvrir la bouche et de tirer la langue. Il avança la main comme s'il allait lui toucher la langue et Skinner tressaillit.

Regardez-moi ça ! Voilà un soldat qui prend peur facilement ! dit-il aux autres hommes.

Et en anglais : Pas vous inquiéter. Je ne touche pas. Je regarde.

M. Jia plissa les yeux derrière ses lunettes en voyant la langue de Skinner.

Je comprends. Je vous dis. Vous avez une maladie. Le corps interne fonctionne mal. Il appela ses associés et dit à Zou Lei d'observer elle aussi. Vous voyez ? Il tendit une fois de plus la main vers le visage de Skinner qui cligna des yeux. Vous voyez cette réaction ? C'est ça le problème. Un soldat normal n'aurait pas peur d'une main. Il la bloquerait. Au lieu de quoi, il tressaille. Son pouls accélère, le signe d'un état de choc.

Ah oui, on voit ça, répliquèrent les associés. C'est très clair. Ses réactions ne sont pas normales.

Vous le voyez aussi ? demanda M. Jia à Zou Lei.

Vous avez été touché ! cria-t-il à Skinner. Presque comme coup de poing. Piuyaa ! Il frappa dans ses mains, Skinner cligna des yeux. Affecte le corps, affecte l'esprit. Pas d'équilibre. Vrai ? Un jour heureux, un jour triste.

Le pharmacien mima un petit enfant triste poussant des ouin ouin et se frottant les yeux avec ses poings.

Vrai ?

Skinner se contenta de les dévisager, mais Zou Lei abonda dans le sens de M. Jia qui afficha un large sourire.

Il demanda à ses associés de lui apporter du Wushihuang Premium, une boîte orange de la taille d'une bouteille de vodka. Il leur montra le sceau doré sur la boîte, s'assura que Zou Lei lise : Marque nationale de Chine.

Redonne équilibre, dit-il. Regardez. Vous lisez. Il pointa les ingrédients : Polygonatum pur, Chrysanthemum coronarium, Angelica sinensis, Scutellaria barbata. Pur, souligna-t-il – le seul mot qu'il essaya de dire.

Cette pureté justifiait le prix de cinquante-neuf dollars quatre-vingt-dix-neuf, expliqua-t-il.

Elle hésita et lui demanda s'il comprenait le problème de Skinner. Elle voulut lui décrire une fois de plus les symptômes pour s'assurer qu'il n'y avait pas d'erreur.

Les symptômes ont bien une cause, non ? Alors on doit traiter la cause, pas le symptôme. C'est ce qui rend la médecine chinoise supérieure à la médecine occidentale. Mettre un pansement sur une maladie ne la guérit pas. La maladie est toujours présente. On doit traiter l'intérieur. Son déséquilibre est à l'intérieur. Ce médicament agit sur l'intérieur. Vous avez entendu parler des cellules, non ? Les cellules du corps, oui ? Ce médicament cible puissamment les cellules. Il guérit les cellules. Et à votre avis, il se passe quoi ? Le corps guérit, bien sûr. Réparer les cellules, c'est réparer tout le corps.

Et pour son problème avec l'alcool ?

Ça. Il pointa la Scutellaria dans les ingrédients. Élimine les toxines, dit-il.

Il souffre psychologiquement.

Il est schizophrène ?

Non. Il est triste.

Si son corps se sent mieux, son esprit se sent mieux. Comme il a glorieusement servi son pays, je vous fais dix pour cent.

Elle allait lui poser une autre question, mais de nouveaux clients franchirent la porte et M. Jia contourna le comptoir pour les accueillir. Ils étaient chinois et lui annonçaient déjà ce qu'ils voulaient.

Qu'est-ce qu'il a dit ?

Il dit qu'il fait un prix pour toi.

Ensemble ils contemplèrent la boîte orange estampillée d'une écriture dorée.

Comment c'est censé se prendre ? C'est comme le MET-Rx, tu le mélanges à du jus de fruit ?

Elle lut les indications bilingues sur la boîte.

Tu fais un thé.

Du thé ?

Tu devras acheter une casserole pour faire bouillir l'eau.

Je pourrais en emprunter une aux voisins. Tu crois que je devrais le prendre ?

Elle pensait à la vieille expression : quel genre de médicament me vendez-vous dans votre gourde ? Elle ne lui dit pas qu'elle ne faisait pas confiance au pharmacien, mais fit remarquer que le traitement coûtait cher.

Ce n'est que de l'argent.

Il voulait essayer quelque chose pour voir si ça marchait.

Alors peut-être oui, dit-elle. Après tout, elle aussi.

L'un des associés vint vers eux et prit la carte de crédit de Skinner. Zou Lei précisa que le pharmacien leur avait fait dix pour cent. Mais l'homme lui répondit que la ristourne n'était valable que pour un paiement en liquide. Avec la TVA, la note, qu'il leur montra s'élevait à soixante-cinq dollars. Il mit la boîte dans un sac en plastique qu'il laissa sur le comptoir et s'éloigna avec le ticket de caisse.

À midi, il plut et ils s'abritèrent sous l'échafaudage où ils avaient mangé des shaokao. L'ondée passa, le soleil reparut et ils gravirent la colline au bas de laquelle partait la rue. Ils franchirent Elder Avenue et entrèrent dans le parc. La chaussée mouillée était séchée par le soleil. Tout près, elle vit un ensemble de bâtiments : l'hôpital Booth Memorial. Sous un arbre, une femme d'âge moyen interprétait un opéra chinois. Ils traversèrent le terrain aux herbes hautes où Zou Lei avait couru tout l'hiver, le sol creusé d'ornières à cause des engins de construction. La femme pressa les doigts les uns contre les autres et fit tourner ses poignets d'une façon qui rappellerait toujours la danse ouïghoure à Zou Lei. En s'approchant, ils entendirent les tonalités dissonantes de son chant. Ils se rendirent sur les terrains de handball déserts. Une balle de tennis macérait dans une flaque et Zou Lei la ramassa. Elle se tourna vers Skinner qui l'observait, le sac en plastique contenant son remède pendant au bout de son bras. La silhouette de la ville se dessinait derrière eux.

Qu'est-ce qui ne va pas ?

Rien.

Tu veux jouer ?

Non, dit-il.

Elle lui donna la balle et il la lança. Elle heurta le ciment et laissa une marque humide.

34

Jimmy était au Feeney's où ça jouait au Keno, au Boardwalk. Si tu tenais un bout de métal, t'aurais plus de chance de te prendre la foudre, hurla Rick. Cette machine crache pas de thune. Pas de chance ? Zéro chance. Ils chantèrent *Dust in the Wind* en chœur. Une odeur d'herbe arrivait de quelque part, quelqu'un s'en grillait un.

Tiens-toi un peu. On dirait Mick Jagger défoncé à l'héro, dit Gladys à Rick.

Des autocollants à côté du jukebox disaient : J'♥ les Feux Rouges. Syndicaliste et fier de l'être. Chauffagistes Section 683. boireavecbob.com – le type a grave pété un câble !!! Grutiers. Ascensoristes. New York et sa région. Ciel, ma Guinness.

Ray, qui portait un short en jean et des baskets blanches, allait mettre un morceau au jukebox quand un homme aux cheveux rêches et emmêlés se traîna à sa suite.

Tu peux mettre du rock ?

T'inquiète. Va t'asseoir.

Hier quelqu'un a essayé de me couper les cheveux, marmonna-t-il.

Hein ? Allez, va t'asseoir.

L'homme retourna au bar toujours en traînant les pieds et essaya de remonter sur son tabouret, mais fut distrait par les femmes. Il se traîna jusqu'à elles et marmonna.

Je comprends rien à c'qui raconte. Tu sais quoi ? Retourne à ta place et apprends à parler.

Le jukebox continuait de jouer et Gladys, au visage émacié et masculin, Rose ainsi qu'une troisième femme à la chevelure blanche qui avait posé son sac à main sur le bar, se mirent à chanter. Heartbeat ! C'est du lourd ! Monte le son, chéri ! Elles récitèrent les paroles : ces lèvres qui touchaient les tiennes si tendrement.

Le poivrot s'écarta de Jimmy qui se tenait entre deux tabourets vides, assis là, trop grand, colossal et muet.

Ray retourna derrière le bar et croisa le regard de Jimmy. Une autre ? Jimmy répondit en acquiesçant des yeux.

Absolut, c'est ça ? Absolut Blue. Il le servit et rangea la bouteille sous le miroir, des photos de gens en train de boire au bar étaient coincées dans le cadre.

Un gars à petite moustache, lunettes de soleil sur le crâne et chemise à manches courtes sur le dos, franchit la porte en souriant et effectua quelques pas de danse. Il dansa jusqu'au bar en tapant dans la main de tout le monde et lança, dis voir, tu me servirais une pinte ? Il vit Jimmy et il dit, Jim. Ça roule ? Il lui parla à voix basse, Jimmy silencieux, immobile, regardant droit devant, l'autre collé à son oreille, tout excité.

Tu les as vus passer, les faux billets de vingt ? On les voit partout. Ils sont magnifiques et s'écoulent hyper facilement.

Rosy hurlait, la base d'une relation c'est la loyauté ! Si t'as pas la loyauté, t'as que dalle !

Tu veux arrêter de taper sur le bar ? dit Gladys.

Elles explosèrent de rire.

C'est qui le mec le plus bête de ce bar ?

Toi, Rick.

T'as ben raison.

Quelle est la différence entre les hamburgers de White Castle et un filet mignon ?

Attends, je bouffe du steak tous les soirs, moi. Et si je peux pas me le payer, je le vole.

Jimmy s'approcha de la conduite d'aération au fond où on fumait de la dope, et pendant son absence, le peintre en bâtiment murmura à Ray :

T'as vu ? Il est plus pareil.

Pas facile de rentrer après ça, j'imagine.

Dix ans.

Ray changea de sujet, éteignit les lumières de la table de billard. Le peintre en bâtiment fit quelques pas de danse jusqu'à Gladys, Rosy et la troisième femme.

Salut mes jolies.

Allez, sois sympa, là, disait Rick à la machine, son cul plat moulé dans un jean bleu foncé sur le tabouret, la colonne vertébrale arrondie et ses Nike blanches accrochées aux barreaux. Je vais te soulever cette saloperie de machine et te la balancer dehors, moi, tu vas voir. Je te lui pisserai dessus. Elle te filerait pas un kopeck même si on la défonçait à coups de batte. Cette machine elle veut pas cracher de blé. Rick appuya sur le bouton, encore et encore. J'appelle pas ça gagner, là. C'est de la merde. J'aimerais lui foutre un coup de batte. Il enfonça le bouton. Aaargh. Je jure que je rejouerai jamais là-dessus. J'avais un bon jeu, là. J'ai vu des tas de trucs pourris dans ma vie, mais celle-ci, c'est la plus énorme. Cette machine t'envoie pas un seul os à ronger. Elle m'a avalé soixante-cinq billets. Quand même t'es censé au moins avoir un peu de quoi te calmer. Je vais lui faire cracher son cash, à c'te saloperie. Et après, ce sera fini, la course à l'échalote. Putain, mec. Il appuya sur le bouton. Il appuya sur le bouton. Tu m'donnes rien, là ! Salauds d'escrocs. Je vais crever sur place. Je vais rester sur le carreau.

Jimmy sortit fumer dans la rue auprès de John Foley, sa montre en or et son pull sans manches. Emmett, penché en avant, négligé, ondulant et larges d'épaules, dit, si tu venais chez moi, je planquerais tous les trucs de valeur ! et Jimmy le regarda, mais Emmett parlait à quelqu'un d'autre, à Stan, un homme à la carrure impressionnante avec une coupe militaire et des lunettes carrées à monture noire, une cravate et une chemise grise qu'il portait par-dessus son pantalon comme s'il sortait d'un boulot dans le télémarketing.

C'est la Section 8, dit Stan. Il vivait avec des Haïtiens à Bensonhurst. Dans Flatbush. Si je peux éviter, je mets pas les pieds à Brooklyn. Je fais gaffe à ce que j'achète à Brooklyn.

Dans le bar, Rick tournait autour de la table de billard. Allume la lumière. Je veux bronzer. J'avais une chaîne trop belle, dit-il au peintre en bâtiment qui disposait des bijoux sur la table de billard pour les lui montrer. Soixante-cinq grammes. Je l'ai mise au clou. Et là, au mont-de-piété, ils me disent qu'ils vont la vendre. Après, j'oublie. Un an plus tard, ma mère me demande, elle est où ma chaîne ? Tu as perdu ma chaîne. Elle coûte cent soixante-quinze dollars. Je lui dis, qu'est-ce tu racontes, tu déconnes ? Le prix de l'or a vachement monté.

Emmett retourna à l'intérieur et palpa les chaînes, les faisant glisser d'une main à l'autre et les étalant sur ses doigts pour les voir à la lumière que Ray avait rallumée.

On a acheté Manhattan aux Indiens pour moins que ça.

T'as eu ça où ? demanda Emmett et il rit de son rire qui mettait mal à l'aise.

C'est quoi déjà, ton nom ? Tu bosses pour le procureur, là ? T'es flic ou quoi ?

Rick sortit un rouleau de cash, des billets de cent. Allez, tiens : prends cinq cents. Il jeta l'argent sur la table de billard.

Le peintre en bâtiment remisa ses bijoux dans un bandana, regarda par-dessus son épaule, replia le foulard et le rangea.

C'est qui le gars le plus fort du bar ?

Toi, Rick.

Dans la rue, Stan, qui arrivait de l'Alaska en passant par la Caroline du Nord, racontait à Jimmy les quatre-vingt-dix jours qu'on chope automatiquement à Orlando. J'étais allongé sur un banc et il y avait une bouteille à côté – c'était pas la mienne. Le plus grand bâtiment d'Orlando c'est la prison. On a privatisé la prison, dans ce pays.

Le quartier a changé, dit Jimmy.

Les Chinois, ils profitent de nos libertés religieuses. Pourquoi t'as besoin de treize églises sur un seul pâté de maisons ?

Il avait bu des boilermakers avec Pat Murphy à l'époque. C'était sa boisson, à ton papa. Un homme fait pour le boilermaker. Hé, Gladys, Gladdie. Quand est-ce que t'as vu Pat pour la dernière fois ?

Pat ? Patrick Murphy ? Je l'ai vu à St Andrews. C'est son gamin juste là. Ben mince, il était juste là.

Il est ici. Je suis en train de lui parler.

Ah, au temps pour moi. Salut. Je croyais que t'étais là. Ça roule ? Jimmy ! Allez, viens me voir un peu ?

Elle le serra dans ses bras noueux, Gladys, son débardeur noir, son grand nez et son visage de goule. T'as du feu ? Et donc, dit-elle en recrachant la fumée, quand j'ai su qu't'étais rentré, j'ai dit putain, c'est pas trop tôt.

Jimmy recracha lui aussi un panache de fumée, acquiesça dans sa direction, jeta un coup d'œil vers la rue.

C'est un quartier sympa, mais on se fait tout racheter.

Skinner dormait dans sa chambre quand un bruit le réveilla. Il était onze heures du matin et à part ça, la maison était silencieuse. Une lumière grise diffuse et sans ombres filtrait entre les barreaux de la fenêtre. Il s'était endormi quatre heures plus tôt et son dernier souvenir remontait aux oiseaux pépiant dans l'aube. Le bruit se répéta alors Skinner se leva, ouvrit la porte et tomba sur Jimmy qui regardait sous son évier.

Encore toi, pensa-t-il.

Il passa derrière lui pour atteindre le frigo et prit une bière. Aucun d'eux ne parla dans la cuisine de quatre mètres cinquante par trois. Les épaules voûtées de l'autre et ses cheveux longs bougeaient sous l'évier. Skinner retourna dans sa chambre et mit ses écouteurs. Il allait tout oublier en regardant le mur. Il allait rester comme ça des heures, gérer la dépression.

L'évier n'avait aucun problème, dit-il plus tard. Pourquoi foutre le bordel comme ça ?

Et il écrasa sa canette vide qu'il laissa tomber par terre.

Le temps passant, il remarqua qu'à l'occasion, aux heures creuses de la journée, quand il n'y avait personne dans la maison, il entendait des bruits étouffés provenant de quelque part au-dessus de lui, possiblement du palier. Ils étaient subtils et discrets, de sorte qu'il n'y prêtait pas trop attention, mais ils continuaient, et leur lieu d'origine semblait se déplacer jusqu'à ce que Skinner pense qu'ils venaient du sous-sol. Mais ils pouvaient aussi bien être le fruit de son imagination. Skinner était souvent trop déprimé pour se lever et vérifier. Il avait l'impression que la méfloquine lui faisait entendre des choses. Tout ça était très vague et ne ferait sens que plus tard.

35

Elle apprenait le cantonais parce qu'il le fallait. Gwat voulait dire os et riz de rivière signifiait nouilles glissantes, tubercule de nénuphar, viande grasse et parures de porc. Elle saluait Rambo en cantonais et il faisait semblant de ne pas l'entendre, lui disait de lessiver le sol. Elle apprit à dire Hougeng, merveilleux. Hougeng ! disait-elle en allant chercher le balai à franges. Elle le répétait chaque fois qu'on lui attribuait une tâche. Elle le rabâcha.

Elle prit place dans la cuisine sans demander la permission et se mit à servir au milieu du coup de feu. Elle sentit Sassoon l'observer pendant qu'elle versait de la vinaigrette Archipel sur la laitue d'un client. Elle entassa du riz à côté de la viande baignant dans sa sauce marron gélatineuse et tendit l'assiette par-dessus le comptoir.

En son for intérieur, elle se croyait plus chinoise que les autres parce que l'armée était l'essence de la nation et qu'elle restait en position repos derrière la ligne de service pendant que les autres se vautraient et envoyaient des textos sur leur téléphone, mais la Chine était une grande nation.

La sauce satay, à base d'oignons, d'ail, de krill et de sauce soja, se prononçait sa-dé dans leur dialecte.

Elle entendit Angela dire à son ami qu'il devrait se trouver un job d'été au restaurant. L'ami en question était un grand jeune homme de Hong Kong qui, au lycée, avait été dans la classe de la sœur d'Angela, à Jamaica, dans le Queens. Le boss le prendrait sur sa simple recommandation, affirma Angela. Il y a beaucoup de place ici. Daifong voulait dire place. C'était un mot que Zou Lei comprenait.

Cela faisait des années qu'elle survivait en étant entourée de gens qu'elle n'aimait pas ni ne comprenait. Ses collègues croyaient que les Noirs avaient un gros pénis dysfonctionnel, comme des dragons dans les superstitions du Sud. Elle apprit qu'ils les appelaient jiekwans.

Elle ne comprit pas un client - ce qu'il disait sonnait bizarrement, avec les *f* et les *h* intervertis - et elle se pencha au-dessus du comptoir pour lui demander tout bas s'il parlait la langue commune.

En plein milieu du coup de feu, Sunnie arriva en trombe et Sassoon dit à Zou Lei, tu peux partir.

Hahaha, dit Angela. Si tu voyais ta tête.

Quand elle quitta le centre commercial dans la soirée, les trottoirs étaient inondés de gens qui descendaient de bus, sortaient du métro à chaque arrivée de rame rugissante, remontaient par vagues dans la rue. Après un long service, elle était submergée par un grand sentiment de désorientation et devait refaire connaissance avec le monde environnant. Les étals du marché fléchissaient sous le poids des marchandises arrivées du Sinaloa dans la nuit. L'argent qu'elle avait économisé se trouvait dans sa poche de hanche - le seul intérêt qu'il y avait à travailler soixante heures par semaine en cuisine. Elle sentait le rouleau de billets à travers le tissu fin de sa poche, en contact avec ses sous-vêtements, sa peau. Le fin tracé de sa progression dans le monde.

Elle alla le voir, pensant évoquer leurs projets, mais dès qu'elle posa les yeux sur lui, l'inquiétude la gagna. La chambre empestait la sueur et la cigarette. Il était assis depuis des heures à ne faire strictement rien.

Je ne pense pas que c'est bien, dit-elle.

Moi si, répondit-il en regardant sur le côté et en contractant la mâchoire.

Elle était installée sur un coin du lit – le seul endroit où elle puisse s'asseoir – en jean et tee-shirt déchiré. Elle sentait les traits de son visage vieillir en sa présence, les rides qui se creusaient autour de sa bouche. Elle l'observait un moment, sans savoir quoi dire.

L'été sera là. Le soleil brillera, dit-elle, et elle posa sa main décolorée et calleuse sur le pied blanc, nu et moite de Skinner.

Il ne répondit pas.

Viens marcher avec moi.

Skinner prit ses Marlboro sur la table de chevet, secoua le paquet, et glissa une cigarette entre ses lèvres.

Pas envie.

Il était musclé et tatoué, mais son tee-shirt était remonté, son ventre faisait un bourrelet de graisse et même les parties à jamais bronzées de son corps prenaient la couleur de la fumée de cigarette.

Skinner.

Quoi ?

Tu as avalé les médicaments ?

Oui. J'ai même bu cette saloperie chinoise, deux tasses et ça ne fait rien. Rien n'agit.

Ils restèrent silencieux un moment après cette déclaration.

Je ne vais pas laisser tomber, dit-elle finalement. Toi oui ? Elle lui toucha de nouveau le pied. Je crois que tu m'as promis. Tu te souviens ?

Et si – l'idée lui vint d'un coup – il continuait d'avancer, à la manière militaire, comme s'il n'avait aucun problème ?

Je pense que tu peux avoir le travail.

Il était assis sur le lit, une jambe tendue, l'autre repliée, son gros bras orné de lettres gothiques posé sur son genou, la cigarette qui se consumait entre ses doigts. Le caleçon de Skinner bâillait et elle apercevait ses parties génitales. Il ne lui répondit pas. Il tira sur sa cigarette, le front plissé, et recracha la fumée, la regarda s'élever, tint la cigarette sur le côté pendant qu'elle se consumait et il souffla dessus, fit rougeoyer la braise comme s'il avait l'intention de l'utiliser pour démarrer un grand feu qui serait capital dans leur survie même si elle ne le comprenait pas encore.

Je pense que tu obtiens un travail, Skinner, répéta-t-elle. Je pense que c'est bien. Elle lui donna des raisons, lui dit que c'était sain pour le corps de sortir, de bouger, et sain aussi pour le cœur, même si ce qu'elle essayait en fait de dire, c'est que c'était sain pour l'esprit, pour son esprit.

Comme il ne lui répondait pas, elle se demanda si elle n'avait pas blessé sa fierté masculine par ses paroles. Au cas où, elle s'excusa. Shuwozhiyan. Je suis désolée. Mais je te dis les choses franches. Parfois l'homme écoute la femme.

Comme il ne réagissait toujours pas, elle le dévisagea, attendit qu'il ouvre la bouche.

Nishengqima ? Tu es en colère ? Skinner ?

Elle essaya de croiser son regard, ses yeux cernés de noir, mais il ne cessait de se détourner.

Elle se mit à chantonner.

Il lui dit de la fermer.

Cela lui coupa le souffle. Elle se leva, quitta la pièce et alla dans la cuisine, se posta devant l'évier. Il entendit l'eau couler. Puis il entendit du mouvement, une porte qui se fermait et peu après, il s'aperçut qu'elle était partie, avait quitté le sous-sol.

*

Quand il voulait un autre verre, Jimmy faisait le tour du comptoir et se servait. Il se décrivait comme un partenaire silencieux du bar, commandant des verres pour des amis et lançant que c'était la tournée du patron. Je déconne seulement avec les gens bien, dit-il.

Un biker entra, retira ses lunettes de soleil et dit, Turner, c'est ça ? On était en taule ensemble, non ?

Ils se serrèrent la main à la façon Viking, en s'agrippant l'avant-bras.

Voilà quelqu'un de bien, dit-il au bar après un ou deux verres. C'est là que tu traînes ? Je vais ramener les copains.

T'as du matos ?

Ils allèrent dans le coin où se trouvait la conduite d'aération et il fit tomber des pilules rouges dans la pogne de Jimmy et rit de ses yeux bleu pâle en le voyant les gober, ses lunettes remontées sur son front brûlé par le soleil. Il avait une veste en cuir avec des manches à franges et une patte de lapin pendait à sa ceinture avec ses clés. De la manière la plus doucereuse qui soit, il dit, désolé, vieux, mais il faudra me les payer un jour. Il s'excusa même pour ça.

Mais c'est pas un problème, dit Jimmy. Business is business. Ils s'éloignèrent de la conduite d'aération en prenant des airs cachottiers – le motard remit ses lunettes de soleil – et Jimmy dit à Ray, si quelqu'un me cherche, je ne suis pas là. Ils sortirent par devant et parlèrent en toute confidence à côté de la moto de l'homme. Il fuma un cigarillo et puis grimpa sur sa bécane, la chevaucha et montra comment il roulait avec. Puis Jimmy monta dessus à son tour, la démarra d'un coup de kick et la fit rugir. Après quoi ils retournèrent à l'intérieur en se tapant sur l'épaule et Jimmy fit un geste à Ray pour qu'il serve un verre à son ami.

Sur ton ardoise ? demanda Ray.

Jimmy fit semblant de ne pas l'entendre.

Sur la tienne, dit le biker à Ray.

Je pense pas, non.

Il m'a dit que le patron régalait.

Jimmy est doué en affaires, dit Gladys. Hein, Ray ?

Du moment que quelqu'un paye, dit Ray qui remplit alors le verre.

Gladys passa un bras autour du cou de Jimmy. Les épaules de ce dernier se contractèrent, mal à l'aise.

Hé yo, Ray, tu trouves pas qu'on fait un joli couple ? Hé Ray, tu m'en remets un, chéri ?

Elle lâcha Jimmy et s'assit sur un tabouret à l'angle du bar.

Et du côté de Vicky, quoi de neuf ?

Mon gosse est entre de bonnes mains. C'est tout ce qui compte.

Mais Jimmy laissa ensuite entendre qu'il en voulait à Vicky à propos de quelque chose qui s'était passé durant son absence. Elle essayait de le lui cacher, mais bien sûr, il avait fini par tout découvrir. Il connaissait des tas de gens, ses sources de renseignements étaient nombreuses. Elle ne savait pas qu'il savait. C'était idiot de la part de Vicky. En soi, il se fichait de ce qu'elle avait fait. Mais qu'elle pense pouvoir s'en tirer en lui mentant, ça, ça l'énervait.

Tu m'étonnes, dit la troisième femme, une autre Vickie.

Elle apprendra.

Faut tenir parole.

Elle sait ce qu'elle doit faire en tant que mère. C'est le plus important.

Et sinon, ajouta-t-il, il allait récupérer une télé par Rick – si Rick se décollait un jour de la machine de Keno et remplissait ses obligations. Il installerait le câble dans le sous-sol chez sa mère.

Les pilules faisaient effet. Il allait recouvrir le mur de ses œuvres, dit-il, des dragons de trois mètres de haut. Ce serait son nouveau QG. Il suffirait d'appuyer sur la télécommande pour que de la musique fasse trembler le sol. Il pourrait improviser en bas sur sa guitare et ses entreprises artistiques serviraient de couverture aux coups qu'ils monteraient. Ceux qui viendraient le voir seraient triés sur le volet.

Autrement dit, la mère de ton gamin sera pas invitée.

Pas de flics, pas de gens pas fiables, pas de balances. Pas de toxicos. Pas de salopes à deux chattes.

T'es un malin, toi, dit Gladys.

*

Quand ils se disputaient, Zou Lei en était pratiquement paralysée de tristesse, mais à l'intérieur. À l'extérieur, son corps continuait de s'activer : elle avançait, allait au travail. Elle serrait les cordons de son tablier, ajustait le logo sur la visière entre ses deux yeux comme si c'était important. À l'intérieur, elle se disait, je suis seule. Je suis seule depuis mon enfance. Les traits de son visage se tordaient à cette pensée. Je vais mourir, dit-elle, en colère. Elle avait mal à la tête. L'endroit d'où émergeaient ces pensées semblait déformé par la pression. Elle était si seule.

Une fois, alors qu'ils étaient chez lui, il s'en prit à elle et lui dit qu'elle n'avait aucun droit de se revendiquer comme son amie, alors elle pouvait laisser tomber tout de suite, elle ne le méritait pas, pour qui elle se prenait, bordel, etc.

Elle s'en alla sangloter sur un terrain de basket où jouait un groupe de garçons. En ouïghour elle cria, je sais que je ne vais pas y arriver ! Je suis si triste ! – et les surfaces bétonnées renvoyèrent l'écho de ses pleurs.

Elle se dit que quand ce sentiment deviendrait insupportable, elle se mettrait simplement à marcher, elle partirait et ne s'arrêterait pas tant qu'elle n'aurait pas traversé le continent ou qu'un événement ne la transforme en fantôme.

Il dut la rappeler plusieurs jours de suite pour parvenir à une réconciliation. Elle ne voulait pas le voir et restait distante.

Elle disait des choses comme, je sais je ne dois pas perdre mon temps avec toi. Tu es trop jeune.

S'il te plaît. S'il te plaît, je t'en prie, répondait-il.

Il la retrouva sur le parking à la sortie du travail, la mâchoire rougie par la lame du rasoir, les cheveux encore mouillés, la poitrine qui sentait le gel déodorant pour le sport. Le soir venait de tomber et ils ne s'étaient pas vus depuis presque une semaine. Elle l'accompagna chez lui. Quand elle se dévêtit, sous son uniforme de travail, elle portait de la lingerie en dentelle noire qu'elle avait achetée pour lui dans un magasin hispanique sur Junction Boulevard.

L'amour est difficile, dit-elle. Tu dois entraîner le garçon. Comme un chien. Plus gros le chien, plus il faut le frapper.

Fais-toi plaisir, dit-il. Je devrais me punir moi-même.

Il avait braqué son arme sur sa tempe devant le miroir de la salle de bains, mais il ne le lui dit pas.

Il jurait qu'ils ne se disputeraient plus, mais les tensions réapparaissaient. Au lieu de retomber, sa colère ne fit qu'empirer, se déversa dans la rue, il prit à partie des conducteurs de taxi et d'autres inconnus. Ils en parlèrent comme de l'élément prioritaire à changer dans son comportement.

Quand ils se rabibochaient, elle éprouvait un sentiment puissant de bien-être. L'impression de son immortalité lui revenait comme la sève dans une plante. À chaque fois, elle reprenait goût à la vie et ils faisaient des projets d'avenir. Cela prenait la forme d'un fantasme. Il oublierait la guerre. Il arrêterait de tout foirer. Elle obtiendrait sa carte verte. Au mois d'août, il serait capable de soulever cent trente kilos de fonte. Ils passaient quelques heures agréables de ce genre et puis les crispations resurgissaient.

Avec le temps, elle se mit à chercher les signes de son changement d'humeur. Elle se prépara progressivement à ce qu'on lui retire son bonheur. Plus la vie devenait terrible, plus elle avait besoin d'être heureuse avec lui.

36

Les deux hommes descendirent les escaliers du sous-sol, le sous-sol de leur propre maison, et réveillèrent le locataire à sept heures et demie du matin. On jette un coup d'œil à la chaudière, annonça Patrick. Skinner leur ouvrit en caleçon et rangers. Il leva à peine les yeux vers eux, lâcha un OK, je m'en fous d'un geste du bras et les deux hommes entrèrent. Skinner retourna au lit et surfa sur Internet. Ils ouvrirent le placard et se parlèrent. Jimmy prit le seau de sous le robinet de la chaudière, alla vider l'eau couleur rouille dans la cuvette des toilettes et tira la chasse pendant que Patrick vérifiait les tuyaux. Ils remirent le seau à sa place. Ils firent couler de l'eau bouillante pendant une minute jusqu'à ce que Patrick déclare que c'était suffisant pour enlever la pression, puis ils s'en allèrent sans dire un mot à Skinner qui était allongé sur le côté, immobile. Cigarettes et canettes traînaient partout dans la chambre. Un magazine porno était bien en vue, un gros point d'exclamation rose, le point en forme d'étoile couvrant l'entrejambe d'une femme. Un bonbon à sucer ! Il foutait le bordel dans la pièce. Ça sentait la marijuana.

Sa paie avait baissé depuis la dernière fois alors même qu'elle avait effectué plus d'heures. Elle apporta son enveloppe au bureau du fond.

Mais c'est la petite Zou qui est là. Qu'est-ce qu'elle veut la petite Zou ? Ta paie ne te convient pas ? Fais-moi voir.

Il tendit sa longue main. Elle lui donna l'enveloppe et il regarda à l'intérieur.

Pourquoi tu dis que ta paie n'est pas correcte ?

Ce n'est pas assez, ce n'est pas possible. Et les heures supplémentaires ? Travailler plus, c'est pour ça que je suis venue ici. Mais il devait bien y avoir quelque chose – essayait-elle de dire – qu'elle puisse faire. Travailler dur ne lui posait pas de problème.

Il la laissa vider son sac.

Est-ce que la petite Zou veut bien me laisser parler ? Tu as appris le menu ? Tu ne le connais pas. Sassoon m'a dit que tu ne le connaissais pas. Pourquoi ? Première chose. Il y en a deux. La deuxième, l'étape suivante, c'est le service au comptoir. En société, il y a une première étape, une autre et puis encore une autre – dans l'ordre. Mouvement souple de sa grande main lisse aux ongles longs. Ce n'est pas le chaos. Il rit, pourquoi tu ne comprends pas ça ? Je suis ici, il le lui montra, les doigts comme un grappin. Je suis arrivé à la dernière étape avant le sommet de la montagne – le ciel – le paradis ! Tu crois que c'est déjà une réalité ? Non. Ça ne marche pas comme ça. La réalité, c'est une chose après l'autre. On gagne un peu d'argent aujourd'hui, beaucoup demain.

Elle n'était pas d'accord, expliqua qu'elle avait travaillé au comptoir mais que Sassoon n'arrêtait pas de la renvoyer derrière.

C'était quel jour ?

Le jour où j'ai travaillé au comptoir ?

Oui. Le jour et l'heure. Je vérifierai avec Sassoon.

Elle fut incapable de lui donner les dates précises où elle avait travaillé au comptoir. Je sais qu'il y a eu un dimanche. Zhuojin était là.

Zhuojin n'est pas manager, répliqua-t-il.

Qu'est-ce que vous voulez de moi ? M'arnaquer ?

Je découvre que la petite Zou n'a pas vraiment l'attitude militaire. L'attitude militaire, c'est : Oui, chef ! Obéir aux ordres quoi qu'il arrive. Vrai ? Ne pas poser de questions. Question, question, j'ai une question – comme Angela. Ça n'est pas digne d'une jeune femme traditionnelle.

J'ai vraiment suivi un entraînement militaire.

Oh, je vois. Et quel entraînement militaire était-ce ? J'ai peut-être mal compris.

La porte de Mme Murphy s'ouvrit et elle appela en bas.

Skinner ? Vous pouvez monter une minute ?

Il alla dans la cuisine où elle était assise derrière sa table, l'examina, sa cigarette allumée à la main.

J'ai du courrier pour vous.

Il y avait une lettre du département de la Défense. Il la prit sur la table.

J'ai entendu dire que c'était la pagaille en bas. C'est vrai ?

Non, seulement ma chambre.

La chambre est en pagaille ?

C'est pas de la pagaille. C'est du désordre. Il suffit que je range.

Moi on m'a dit que c'était pire que ça.

Qu'est-ce qu'on vous a dit ?

Que la chambre est dans un sale état. Que des canettes de bière traînent partout par terre et que ça sent l'herbe. Vous pouvez m'expliquer un peu ?

Vous expliquer quoi ?

M'expliquer pourquoi vous consommer de la drogue dans cette maison.

Pas moi.

Pas vous ?

Non, dit-il. Non. Impossible. Je suis clean et sobre.

Je connais la chanson.

Non, c'est vrai. Il retira sa chemise et se tourna sans prêter attention à Mme Murphy qui lui demandait d'arrêter. Regardez, dit-il. Une ligne de gros furoncles rouges répartis de manière homogène laissée par les agrafes chirurgicales formait une sorte de rail en travers de la cicatrice chéloïdienne qui lui barrait la cage thoracique avant de s'affiner en marques pourpres plus haut sur ses épaules et d'être à moitié camouflée par son tatouage. Vous voyez ça ? Je prends des analgésiques pour ça.

Elle leva la main. Faites-moi plaisir, remettez votre chemise.

Il continua de plaider son cas en s'efforçant de se rhabiller.

Cette conversation ne va nulle part. Je vous avais prévenu.

Il acquiesça vigoureusement.

C'est un avertissement.

Bien reçu.

Plus tard, elle dit à Erin, il a de la chance que l'avertissement soit venu de moi. D'après ce que je sais, il a des magazines de cul en bas. Patrick l'aurait foutu dehors.

Des magazines de cul ?

Par terre, ouverts sur des photos obscènes de gens nus. Et il a des pilules, ne pas oublier les pilules. Dieu merci, je ne peux pas descendre pour voir ça de mes propres yeux. C'est Jimmy qui m'a dit pour l'odeur d'herbe. Tellement forte qu'il était défoncé rien qu'en mettant les pieds dans la pièce. Il m'a dit, m'man, je me suis payé un fixe rien qu'en entrant.

Les deux femmes se regardèrent.

Ouais, exactement ce que j'ai pensé. S'il le remarque, ça doit être bon signe. Bref, voilà ce qui se passe en bas.

Mais quand on y pense, ajouta-t-elle, y a du bon là-dedans.

Et c'est quoi ?

Quand on pense à qui me l'a dit.

Comment ça ?

Que ça vienne de Jim. Vaut mieux ça plutôt que de ne rien dire et de se faire un pote avec qui fumer en bas. C'est ce qu'il aurait fait il y a dix ans.

Il portait un tee-shirt de civil marron aux manches déchirées et il passait le balai. Elle voyait son bronzage de l'armée qui s'estompait à mi-biceps. Il approchait le balai léger en plastique de la pelle en essayant de débarrasser le lino de la poussière qui se prenait dans les poils du balai. Il avait ramassé ses vêtements, refait ses sacs, et le soleil lui parvenait entre les barreaux de la fenêtre.

Il jeta le contenu de la pelle dans un sac-poubelle ouvert dans un coin. Il déposa pelle et balai contre le mur. Quasiment tout ce qui avait été éparpillé dans la chambre était rangé dans ses deux sacs – le sac marin et le sac de combat. Elle remarqua aussi que la fenêtre était ouverte. Est-ce qu'il faisait le ménage de printemps ?

Jour de grandes manœuvres.

Je pense que tu vas quelque part.

Non. Je nettoie, c'est tout.

C'est très propre.

Tu trouves ?

Tu es doué, dit-elle. Mais je pense que tu vas quelque part.

Je ne vais nulle part.

Je sais que je dois aller quelque part. Quelque part loin. Je sais toujours.

Tu veux dire en Chine ?

Je ne sais pas. Peut-être je vais plus loin. Peut-être en Amérique. Rencontrer un homme. Un homme qui a le tatouage sur un bras, le tatouage du drapeau américain. Un homme qui balaye par terre.

Ils s'allongèrent sur la couverture militaire pour se reposer, pas pour faire l'amour.

Je remettais mes sacs en ordre, lui dit-il.

Il lui montra ce qu'il voulait dire, se leva et passa les sacs sur ses épaules pendant qu'elle le regardait depuis le lit. Le jour déclinait et il se mit à faire froid dans la pièce. Ainsi chargé, Skinner resta planté là durant plusieurs minutes. Elle se leva à son tour et le rejoignit. Elle passa les bras autour de son cou, s'approcha et il la souleva contre lui. Il porta ses affaires et Zou Lei aussi longtemps que possible pendant que tombait le jour.

Impossible de prouver qu'il était arrivé quoi que ce soit à son magazine hormis le fait qu'il n'arrivait pas à mettre la main dessus. La dernière fois qu'il l'avait vu, il était soit sur sa table de chevet, soit aux chiottes. Il oubliait souvent de fermer sa chambre à clé, y compris quand il y laissait son Beretta et il serait donc facile de le lui prendre. D'un autre côté, il avait tout aussi bien pu le mettre ailleurs. La seule certitude : il ne l'avait plus. C'était un magazine de hard, ou avait été, avant qu'il ne disparaisse.

Il défit ses sacs pour le chercher en se demandant s'il était fou. En sortant ses vêtements de son sac marin, il sentit l'odeur de l'herbe. Il regarda ses pilules et tenta de se rappeler s'il en avait trop pris, si ça avait influé sur son esprit, s'il avait un trou de mémoire. Il trouva un autre sachet rempli de médicaments sur ordonnance dont il avait oublié l'existence et le posa sur sa table de chevet.

Il tomba sur la lettre du département de la Défense que Mme Murphy lui avait donnée et l'ouvrit enfin pour la lire. L'ordre des médecins de l'armée avait décrété que son traumatisme psychologique était sans lien avec la guerre et que son traitement ne serait plus pris en charge.

Allez vous faire foutre, bande d'enculés de médecins de l'armée de merde.

Il tourna en rond dans le sous-sol pendant un long moment en les traitant tous d'enculés, parlant tout haut et sans s'arrêter, ramassant des vêtements avant de les reposer. Il cherchait quelque chose mais il ne savait plus quoi.

T'es pas venu travailler.

Je sais. J'étais occupé.

C'est ça, ouais.

T'es pas obligé de me croire.

Je ne te crois pas.

Jimmy haussa les épaules. Patrick plissa les yeux. Il but une gorgée.

T'es sur quel coup ?

De quoi tu parles ?

T'es occupé, je te demande sur quel coup t'es puisqu'y a des putains d'occupations qui te retiennent.

Système D.

Quoi ? C'est quoi ça ?

La débrouille, quoi. Le système D.

C'est ça que tu pratiques à une heure et demie de l'après-midi, le système D ?

Peut-être bien. Et toi, t'es là pour quoi ?

Pas tes oignons.

Il est une heure et demie de l'après-midi. Pourquoi t'es là ?

J'ai réparé les toilettes d'une dame pendant que tu dormais, c'est pour ça que je suis là.

Je dormais pas.

Tu dormais comme un con.

Faut que tu vérifies tes infos.

Tu dormais ou tu faisais des conneries.

Ni l'un ni l'autre. Vérifie tes infos.

Redis-moi de vérifier mes infos et tu vas voir.

Si tu le dis.

T'as raison, c'est moi qui l'dis. Et pis aussi, tu ferais mieux de t'adapter ou de dégager.

De dégager ou quoi ?

Et de virer ce sourire de merde de ta gueule. Tu vas dégager vite fait. Loin de ma maison.

C'est pas ta maison.

Putain que si.

C'est pas ton nom qu'y a sur les papiers.

Je vais te foutre dehors.

Vas-y.

Je vais l'faire, et tu vas voir ce que tu vas voir.

Bois un coup avant. Pour prendre des forces.

Je vais t'en foutre un dans le cul, de coup. À ton âge, j'en bouffais dix, des mecs comme toi ! Vingt ! Sale petit merdeux, va.

À cet instant, le barman et d'autres types s'interposèrent entre Patrick et son beau-fils. Hé ! Hé ! hurlaient-ils et Patrick jura qu'il tuerait à coups de botte le prochain qui le touchait. Jimmy lui sourit.

Fais gaffe à ton palpitant. T'es tout rouge, là.

T'es qu'un sale putain de nègre. T'es qu'une merde, tu l'as toujours été. T'as rien appris de tout le temps que t'as passé à l'ombre. T'es toujours rien qu'un sale nègre.

Jimmy se leva, cette fois il ne souriait plus, mais les clients du bar finirent par le convaincre de partir.

C'est toi le plus fort de toute façon, dirent-ils.

Skinner rêva et voilà ce qu'il vit :

La maison, le sous-sol pourpre. Les escaliers moquettés qui descendent dans le sous-sol. Quelqu'un est devant la porte de

Skinner, quelqu'un est dans le sous-sol. Il voit ce type imposant se déplacer dans sa cuisine. Le type ne lui dit rien.

Plus haut dans la maison : la porte d'entrée, les draps sur les meubles comme dans une morgue. Les endroits invisibles de la maison.

L'arrière de la maison : des objets entassés très haut. Il y a des bibelots et des outils de jardin. Si on ouvre la porte, il se heurte à un lit – un matelas sur des parpaings, il y a du linge empilé dans toute la pièce, un panier d'osier, tout l'espace au sol est encombré. Il y a un réveil cassé. La moustiquaire tombe de la fenêtre. Elle est déchirée et dans la pièce.

On monte à l'étage. D'abord : le couloir. Le couloir qui part de la cuisine couleur moutarde. Tous les équipements : la cuisinière, le frigo, sont couleur moutarde. Ils sont vieux, des années quatre-vingt. Les placards sont des années soixante-dix. Il y a une horloge avec un coucou, il y a des choses en bois fixées aux murs, il y a des draps sur les canapés et les fauteuils. Quelqu'un est-il allongé là sous un drap ? Personne ne sort par la porte principale : nous ne passons pas par là. Il y a des objets suspendus à l'avant-toit sur le devant de la maison. Les carillons éoliens suspendus à côté de la jeune fille de la maison d'un mètre quatre-vingts.

On dirait qu'il y a des photos sur les murs du couloir, de vieilles photos. Peut-être que non. Peut-être que les murs sont nus. Le couloir est bleu.

37

La chaleur arrivait. Elle croyait qu'elle savait à quoi s'attendre. Dans la ville, l'été serait célébré par les gens de toutes les nations. Les gens en maraude après le travail, mécontents. Les voyous surfant le long des voitures, essoufflés. Fouillant les poubelles et jetant des bouteilles dans la rue. Des immigrés travaillant, travaillant sans relâche, regardant passer ceux qui ont des jours de congé, du temps pour eux, tandis que pour eux-mêmes, rien. S'efforçant de rester cool. Des familles avec cinq jeunes enfants allant au Dunkin' Donuts pour profiter d'une soirée ensemble dans l'air conditionné. Les sols jonchés de détritus, les hommes bizarres et seuls lisant les journaux. Des chauffeurs de taxi et des individus dysfonctionnels assis derrière la vitrine du Tropical ouvert toute la nuit. Des types mal en point affublés de casquette au drapeau portoricain parlant aux serveuses, leur tapant dans la main en disant, tu finis à quelle heure ? Des filles hispaniques avec du sang indien, du sang d'esclave, lavant les sols à trois heures du matin. Des Caribéens lançant, on nous a fait venir d'Inde comme esclaves. On s'est unis avec les Noirs et on a dégagé les Anglais. Maintenant on écoute du dubstep. Moi je vais vous dire où c'est qu'c'est chaud bouillant. Où c'est qu'on fait vraiment la teuf. Où c'est qu'on peut se faire dévaliser, planter, bousculer, vider les poches et baiser, là sur la 109e vers Far Rockaway. Là où y a personne pour vous plaindre si vous êtes dans la merde.

Les gens originaires de Wenzhou seront assis dehors sur des chaises pliantes, en pyjama, sur Crommelin Street, parleront sur les marches, s'éventeront dans la nuit miroitante. Les femmes seront enceintes et continueront quand même de sortir les poubelles, de ramasser les sacs pour le recyclage, d'économiser de petites poignées de monnaie, de faire de petits investissements qui, comme les enfants, deviendront grands.

Mais pour l'instant, il faudra gérer la canicule – tous autant que nous sommes et d'où que l'on vienne.

Une gamine de dix-sept ans tenant un pitbull en laisse aura une mèche de cheveux lui tombant sur le front, les jambes nues, portera un short court et moulant, du mascara, et elle regardera Zou Lei avec haine parce qu'elle fait tourner la tête des hommes quand elle passe sous le métro aérien. Parce que Zou Lei aura découvert qu'on peut vraiment acheter un short sur la 103e pour un dollar quatre-vingt-dix-neuf et que les filles de toutes les nationalités peuvent porter des shorts, y compris elle.

Les gens essaieront de lui vendre un maximum de choses. Ils ont besoin de cet argent, mais elle aussi. Un Sud-Américain aux yeux bleus, en maillot de foot, qui ne parle pas anglais essaiera de lui vendre une montre sur Corona Avenue, mais elle ne l'achètera pas. À la fin de la saison, ce sera dans sa nature d'aller ailleurs. Six à neuf mois quelque part, pas plus. Les graffitis sur les rochers où rugissent les trains du LIRR près de chez Skinner disent GLCS. Pocos Pero Locos. Il y a un cœur peint à la bombe et les mots : Brazalhax y Soldado. Elle s'imagine partir avec Skinner l'automne venu.

Ils embauchèrent un nouveau gamin, un ami d'Angela qui était allé à Cardozo, et Polo s'émerveilla que ce dernier comprenne tout du premier coup, qu'il s'y connaisse aussi en informatique, qu'il soit si talentueux à dix-sept ans. Le jeune homme s'appelait Monroe. Sassoon le mit au service alors même qu'il se montrait revêche et ouvertement grossier avec elle. Il parlait fort et on l'entendait toujours. Il se plaignait sans cesse et disait, ce job pue la merde. Les gens l'aimaient beaucoup parce qu'il était beau.

Sur l'organigramme, le nom de Monroe remplaça celui de Zou Lei. On lui avait donné l'un des après-midi où elle travaillait. Elle demanda à Sassoon quel impact cela aurait sur sa paye. Sassoon répondit qu'elle ne s'occupait pas des salaires, seulement des heures. Cette question concernait Polo, et Polo n'était pas disponible. Zou Lei rétorqua que c'était bien pratique. D'autres employés, craignant que Sassoon perde son calme, intervinrent. Ils dirent à Zou Lei de ne pas s'inquiéter pour son argent, que le patron n'allait pas la voler. Ils lui dirent qu'elle était jalouse du jeune homme talentueux.

Allez, c'est bon. Ça sert à rien d'être jalouse.

Sortie du travail plus tôt, Zou Lei découvrit qu'il pleuvait, la pluie tombant si drue qu'elle devenait blanche en s'écrasant sur l'asphalte. Elle courut sur quatre pâtés de maisons, sa veste remontée sur la tête et s'abrita sous l'échafaudage devant le Foot Locker, l'aluminium produisant un tambourinement au-dessus de sa tête, et elle regarda les baskets sur les socles peints à la Lucite. De l'eau sortait par les trous dans ses baskets quand elle entra dans le magasin où tournait l'air conditionné. La sono passait du hip-hop. Le dos de sa veste en jean était trempé. Elle l'enleva, la plia sur son bras et prit une paire de chaussures de course pour femme Nike si légères qu'elle sentait à peine leur poids. Quand elle voulut en essayer une, elle s'aperçut qu'elle était ancrée au mur par un câble antivol en plastique. Elle examina d'autres Nike ainsi qu'une paire d'Asics et regarda les prix.

Sous sa veste, elle ne portait que le chemisier de son uniforme et on voyait que sous le tissu orange, elle avait froid à cause de l'air conditionné. Elle rejeta ses cheveux sombres et mouillés en arrière et saisit une Reebok Mountaineer qui était à moins cinquante pour cent, et inspecta les semelles neuves et bien dessinées.

Au prochain salaire ou à celui d'après. Quelque chose comme ça. Elle balançait les hanches au rythme de la musique. Il allait cesser de pleuvoir et le soleil brillerait de nouveau sur elle pendant qu'elle transpirerait, courant vers l'horizon comme un chameau.

Quand l'averse prit fin, elle reposa la Reebok et remonta la colline. En passant devant les bouches d'égout, elle entendit l'eau chuter pareille à une cataracte.

Quand elle arriva chez elle, l'appartement d'immigrés sentait le torchon humide et elle découvrit que toutes leurs chaussures avaient été empilées devant sa porte en accordéon. La télé était allumée dans l'un des autres cagibis et la locataire, une femme trapue, se trouvait dans le couloir avec le balai à franges et se dirigeait vers la kitchenette, repoussant les saletés au sol. À travers la fenêtre ouverte de la cuisine, elle vit qu'il se remettait à pleuvoir.

Alors que Zou Lei allait vers son cagibi, les deux femmes se cognèrent au niveau des hanches. Elle se protégea du manche du balai. La femme ne regardait pas. Seule la télévision parlait, pas elles – et en mandarin standard. La femme lessiva le couloir jusqu'à ce qu'il rende une odeur de latrines chinoises.

Le tas de chaussures s'éboula quand Zou Lei ouvrit la porte en accordéon et les repoussa du bout du pied.

Taper dedans fait encore plus de désordre, dit la femme.

Elles sont censées être où ? demanda Zou Lei.

Peu importe. Aligne-les.

Elles alignèrent les chaussures par paires. Zou Lei se lava les mains après avec le savon liquide dont elle avait toujours cru qu'il appartenait à tout le monde.

Chacun ses produits, dit la femme. C'est ça la civilisation.

38

Un type s'enduisait le poitrail de lotion pour bébé devant la bibliothèque, devant la table des Falun Gong où étaient étalées les photos des atrocités commises. Son torse portait des cicatrices roses récentes, des marques de coups de couteau.

Yo, comment va, Jimmy Irish ?

Jimmy répondit à son salut avec affabilité et on aurait pu croire que c'était à cause du soleil qui brillait par cette première journée de la saison chaude, celle où on respire l'odeur du béton et de l'herbe qui pousse dans les lézardes du trottoir, ou la lotion pour bébé et le beurre de noix de coco et le Cool Water de Davidoff et l'huile africaine dans la foule du métro et le Diorissimo sur les chemisiers des femmes. Impossible de deviner que Jimmy venait d'apprendre que sa concubine Vicky était partie avec leur gamin et avait emménagé à Bayonne. Il voulut prendre la voiture de sa mère pour aller à leur recherche. Sa mère le prévint qu'il retournerait en prison s'il le faisait.

Le type se tapotait le corps avec de la lotion pour bébé : les bras, le ventre, la poitrine. Ils regardèrent les écolières chinoises passer avec des oursons en porte-clés suspendus à leurs sacs à dos.

Yo, ça roule ? Vous avez quel âge ?

Il brancha la fonction haut-parleur de son téléphone portable et mit une chanson d'amour de la Motown. J'ai besoin de toi, susurrait un homme, tellement besoin de toi.

Deux autres types se tenaient là : Frankie et un quatrième gars qui beuglait au sujet des immigrés, bras écartés, hurlant à tue-tête, reculant vers le bord du trottoir puis revenant en courant, faisant volte-face et envoyant un coup de poing dans le vide, mimant ce qui s'était passé lors de sa bagarre à la station-service.

Y sont trop nombreux ! hurlait-il en brandissant sa canette de Bud Light.

Frankie, avec ses cheveux mouillés peignés en arrière, marcel rouge sur son gros bide et bas de jogging gris, disait : C'te bâtard m'a réveillé à cinq heures et demie, chéri.

Il était tôt et les rideaux de certains magasins étaient encore baissés, sauf à la bodega gérée par un Pakistanais spécialisé dans le loto. Le bus du casino attendait près de la bodega et les Chinois, les mains derrière le dos comme Deng Xiaoping passant les rizières du Sud en revue, attendaient de pouvoir monter à bord. Le quatrième gars était planté au milieu du trottoir face à la procession de Chinois qui remontait la rue vers le bus, tous chargés de cartons, en route pour le travail.

Ils arrivent, dit-il. Il but une petite gorgée de bière, rejeta la tête en arrière, s'envoyant de la bière au visage avant de regarder à nouveau les passants, d'essuyer la mousse sur ses lèvres.

Une femme d'origine chinoise vêtue d'un chemisier en dentelle et d'une jupe noire apparut dans la rue perchée sur des chaussures à talons ornées de petits nœuds.

Ça roule, poulette ? Tu vas bosser ? Regarde comment qu'elle est bien fringuée, s'est faite toute belle.

Elle va branler des mecs toute la journée.

Son mari est trop con.

Plus de Similac. Plus de Pampers. Plus d'eau. Faut que quelqu'un leur dise.

Leur dire quoi, chéri ?

Leur dire qu'ils sont trop nombreux.

Le type couvert de lotion voulut taxer une cigarette à Jimmy qui répliqua, c'est ma dernière.

Le quatrième gars se trimbalait des tonnes de cigarettes. Il avait deux paquets – des marques chinoises dans des paquets rouges avec du doré, Jinlongmingpai Xiangyan – qu'il n'arrêtait pas de sortir de ses poches, qu'il ouvrait et refermait, pour finalement sortir des cigarettes qu'il se mettait derrière les oreilles, entre les lèvres, les proposait aux autres gars.

Prends-en une. Prends-en une. Prends-en une, mon pote, dit-il. On est blancs, nous. Vas-y. Vas-y, dit le quatrième gars, tendant d'autres cigarettes ramollies que le gars en mal de bronzage prit entre ses doigts pleins d'huile minérale et qu'il posa à côté de lui sur le granit taché.

Regarde tout ce qu'il m'a donné !

Donne-m'en une, lui ordonna Jimmy. Donnes-en aussi une à Frank.

Les prends pas toutes.

File-moi du feu. Allume-la-moi.

Ils fumèrent leur cigarette et celui qui prenait le soleil releva le bout de la sienne entre ses lèvres comme si c'était une érection pendant qu'il matait les femmes.

Bravo ! s'exclama-t-il à l'adresse de l'une d'elles et il applaudit.

Le quatrième prit sa Bud Light posée sur le trottoir et but une gorgée de bière. On est tous des Blancs, des Américains. C'est pas mon truc, ces conneries. Ce qui est à moi est à toi, frère. Ce qui est à moi est à toi. Regarde-moi. Ce qui est à moi est à toi.

Ouais eh ben c'qu'est à moi, c'est pas à toi, dit Jimmy au quatrième gars qui ne se laissa pas démonter et fit comme s'il n'avait rien entendu. Il s'était déjà remis à déblatérer sur la station-service. Et cette fois, il hurlait pour de bon, son cou devint tout rouge à force de gueuler comme un putois, racontant qu'il ne pouvait pas tous les combattre. Il portait un maillot de foot marron estampillé du numéro 25 sur une chemise blanche, un short kaki sans ceinture qui n'arrêtait pas de tomber et qu'il devait sans cesse rouler pour le maintenir plus serré. Il avait les avant-bras couverts de coupures. Les mains sales. Il racontait comment il avait passé son temps à glisser pendant la bagarre, bagarre tout en coups de pied, de poing et corps à corps, jusqu'à ce qu'ils le mettent à terre, et il rejoua la scène en se jetant au sol avant de bondir à nouveau sur ses pieds, les genoux cagneux le temps d'un instant, comme un môme, puis bondissant en lançant des coups de pied en l'air, ses baskets frôlant le visage des autres à trois centimètres. Jimmy bâilla.

Ils avaient fumé du crack toute la nuit, dit Frankie. Avec des joints, chéri.

Jimmy gratta le trèfle à quatre feuilles sur sa main.

Mais j'arrêtais pas de glisser ! Le sol, il était trop glissant pour que j'arrive à me battre avec eux.

Y avait de l'Armor All par terre, c'est ça ? demanda Frankie. Du truc pour nettoyer les bagnoles.

Ouais. Fallait que je m'écarte, dit le quatrième gars qui recula sur le trottoir vers la jardinière et le bus chinois en attente. J'avais besoin de m'écarter pour avoir de l'espace. Moi quand j'ai de l'espace après je m'en fous s'ils sont dix. Je m'en branle. Je m'en branle parce que je peux tous les défoncer. Là je les défonce tous.

Il se versa de la bière dans le gosier et se pencha, sans cesser de boire à sa canette bleue, versant la bière ailleurs que dans son gosier, arrosant la jardinière avec, puis il laissa tomber la canette qu'il écrasa avec sa basket, s'éloigna, écarta les bras et hurla, putain j'vais tous les buter.

Les Chinois tournèrent la tête.

Ils croisèrent des gens qu'ils connaissaient et les gens qu'ils connaissaient les croisèrent. Un passager les héla depuis la cabine d'un camion de livraison couvert de graffitis, le haut du véhicule barré d'une estafilade due au non-respect d'une hauteur limitée, et colmatée avec des sacs-poubelle.

Guado ! hurlèrent-ils vers l'autre côté du carrefour. Le quatrième gars courut vers l'homme, grimpa sur la marche et lui parla à travers la vitre jusqu'à ce que le feu passe au vert, puis revint en courant à travers la circulation.

Frankie était sorti depuis un moment. Il avait fait des séjours réguliers en prison. C'est ce connard qui m'a fait boucler. Trente jours sur l'île ! Il avait été sauvé après la mort de sa mère. Le 9/9/99. Cancer du colon, chéri. Chéri d'amour. Mais il vivait toujours là, à deux pas des Penjabis dans les petites barres d'immeubles sur Blossom. Ses tatouages disaient : 777. Jean 3, 15 Un autre tatouage montrait sa peau déchiquetée par des griffes qui semblaient sortir de lui, comme s'il avait un tigre à l'intérieur du corps. Ses mains étaient rosies par des croûtes, à croire qu'il souffrait de psoriasis, mais c'était à force de se battre. Il gardait le pied sur un sac en plastique noir par terre. Il se baissa et en extirpa une bouteille d'Arizona Iced Tea, cracha sur la capsule, l'essuya. Retira la capsule et but. En proposa aux autres. Elle est propre.

Donc ça fait tout ce temps que t'es sorti, dit Jimmy comme si c'était quelque chose de bien.

Je suis allé sur le site du World Trade Center après le 11 septembre quand ça fumait encore, gros. À part la météo, y a rien qui change.

Le quatrième gars se remit à parler de sa bagarre à la station-service. Voilà ce qu'on va faire. On va là-bas. Sur Kissena près de chez moi. Ces salauds d'étrangers. T'as des papiers ? T'es ici légalement. OK, d'accord. Seulement cette fois je viendrai pas les mains vides. Il leur montra ce qui était arrivé, ce qui arriverait la prochaine fois et manifestement, c'était un athlète-né malgré ce qu'il s'était fait. Parce que ces Mexicains allaient le planter. Il fonça et pressa son poing contre le ventre de Jimmy. Lui, c'était un mec de la cité ultrarapide. Mais c'est là que je vise les yeux, la gorge. Je peux faire la peau de quelqu'un même sans couteau. Juste avec mon coude. Il recula et revint en lançant son poing avant de l'arrêter net. Frankie et Jimmy le remarquaient à peine, riaient. Il se collait à eux, tête contre tête, insistait pour se faire entendre, répétait regarde, regarde, regarde. C'est ça que je ferai. Je me trouverai un tuyau. Un joli tuyau. Un démonte-pneu ! intervint Frankie. Ouais, comme ça. Tu sais que tu peux foutre un coup dans la gueule de quelqu'un avec un tuyau. Je me lèverai tôt et j'irai faire une descente là-bas.

Frankie l'appelait Charlie. C'est quoi ton deuxième prénom ? James, nan ? C-J ! Ton nom de famille c'est French, non ? Charlie avec un C comme Caïd, c'est ça ? Il rit et lança un clin d'œil à Jimmy qui ne leur prêtait pas attention, examinant la cigarette qui se consumait jusqu'au trèfle à quatre feuilles tatoué entre ses articulations abîmées.

Charlie sortit à nouveau ses deux paquets de cigarettes chinoises. Il donnerait sa chemise. Il glissa une autre cigarette derrière son oreille. En montrant comment il s'était battu, à force de gesticulations, il avait lâché la clope qu'il fumait et elle était tombée sur le trottoir mouillé à ses pieds, alors il la ramassa et se remit à tirer dessus.

Fallait que je sorte. C'était trop petit. Fallait que je sorte là où qu'y avait de la place. Mon vieux leur aurait balancé une boîte de tabac à chiquer et les aurait touchés en plein dans la face. Une boîte de Copenhagen. Je veux retourner là-bas aujourd'hui. Je devrais demander à parler au gérant de la station-service et lui latter la gueule. Là, avec mon poing. Avec un pavé. Ce serait le truc logique à faire. Ça réglerait le problème, non ? Ou peut-être pas. Je sais pas.

Mais t'as tout renversé leur bouffe, aussi, dit Frankie.

Nan. Enfin, ouais, j'avais la haine. J'ai renversé sa bouffe. Pas la sienne. À un autre. Le gros qu'a un putain de râtelier en or. Si j'avais un flingue, je le buterais. J'en aurais buté sept. Si j'y retourne, y aura sept macchabées. Quatorze. J'aurai peut-être une chance. La légitime défense, c'est un droit. Mais pour un Blanc, un citoyen ? Il tapa dans ses mains pour appuyer son propos. Qu'est-ce qu'y vont faire les flics ? Y vont m'écouter, moi, un Blanc ? Un vétéran ?

Il avait des dents légèrement de travers. Un cou rouge. Les cheveux grisonnants dans un dégradé militaire.

Tu veux dire par rapport à un immigré ?

Ben ouais ! Évidemment. Il joignit les mains comme si elles étaient menottées. Il s'éloigna à grands pas et revint. Je passerai un long moment à l'ombre. Un long moment, cette fois. Y aura les MS-13, les Mexicains. Les Chinois. J'ai moins confiance en eux que dans les blacks. Enfin, peut-être pas quand même. Pas forcément. J'irai voir direct les aryens. Sieg Heil. Chuis de leur côté. Un pur. Les aryens. Le White Power. Je vais devoir me farcir la zonzon avec des putains de membres du MS-13 – il les imita qui faisaient les cornes du diable avec les doigts, priant Jésus les mains tournées vers le bas, Jésus sauve-moi – il les imita avec dégoût. Sortez de là, putain… Y z'en parlent pas du truc qu'est arrivé, de ce qu'y z'ont fait à une meuf, ils lui ont défoncé la chatte et le trou du cul avec un tuyau. Ils l'ont tuée, une pauvre petite Chinoise. Ça les Mexicains y le racontent pas. Ben non. Y a des gens, ils méritent pas de vivre.

Un passant qui grattait un ticket de loto à la sortie de la bodega attira son attention parce qu'il le crut mexicain. Mais il se retint et dit, ah non, il est turc. Charlie se colla sous le nez de Jimmy et dit : Faut que je te raconte une histoire de Turc. Un Turc, s'il répare ta bagnole, tu devras retourner le voir le lendemain. Il aura foiré un truc. Un Indien, y se contentera de te voler…

Frankie déclara, j'ai eu que deux bagnoles dans ma vie et c'était un minivan et une Nissan Maxima de 91. Je l'ai toujours.

Je me sens envahi ! Elles sont trop nombreuses. Elles arrivent.

Les dames adeptes du Falun Gong en jogging blanc et rouge arrivaient du parc où elles faisaient tourner la roue du Dharma, une pratique pour laquelle on les aurait persécutées en Chine. Charlie bloqua le passage d'une grand-mère bouddhiste toute ratatinée d'environ soixante-dix ans. Elle faisait un pas dans une direction, lui aussi. Il se mit à danser et s'approcha d'elle en dansant, ondulant du bassin. Elle rit. Très bien, dit-il et il la laissa passer.

Regarde-moi c'te bâtard.

Jimmy cracha sur le trottoir.

Il est défoncé, putain. L'homme au torse marqué de coups de couteau qui prenait le soleil monta le son sur son téléphone.

Danse, gros ! lança Frankie.

Charlie dansa derrière un Chinois qui arrivait de la bodega, un homme à lunettes, la poitrine creuse et les épaules tombantes, qui, sentant ce qui se passait derrière lui, se tourna, et éclata de rire, dévoilant des dents affreuses, et pointa un doigt au bout d'un bras blanc pâteux, comme pour dire à Charlie où il devait aller. Comme pour lui dire de prendre le bus. Ils restèrent ainsi un moment à se sourire et Charlie lui tapa dans la main. Les gens souriaient. Après quoi, l'homme aux épaules tombantes trotta jusqu'aux autres Chinois arborant des pochettes pleines de monnaie pour collecter l'argent des tickets de bus, et entama une conversation avec eux.

Charlie revint vers les gars et leur demanda quand ouvrait le caviste. Dans cinq minutes, lui répondit Frankie. Charlie rétorqua, t'as dit ça y a vingt minutes. Il aida un Chinois à porter un carton au bout de la rue en lui demandant, c'est lourd ? s'empara du carton et ajouta, ah non, ça va. Puis il prit ses jambes à son cou en lançant : Salut ! Mais il finit par rapporter le carton en déclarant, allez, j'aurais pas fait ça.

Il a un problème d'hyperactivité, dit Frankie. Il a le cerveau trop énergique ou un truc comme ça. Il a fait l'Afghanistan. C'est comme ça qu'il a atterri en prison. Sa femme le trompait. Il les a foutus en l'air et les a balancés par une fenêtre. Il a pris deux ans.

J'ai été huit ans dans l'armée. Non, deux ans, huit mois et quinze jours. J'ai fait trois ans de taule.

T'as fait deux ans, gros.

C'est vrai, deux ans. On m'a poignardé. Tiré dessus. C'est bon, j'ai tout vu. Mais je me suis encore retrouvé au trou.

Et tu m'as fait tomber avec toi, gros.

Frankie pencha la tête vers ses épaules comme un boxeur qui se chauffe les muscles du cou avant d'échanger des coups de poing.

Charlie retroussa la manche de son tee-shirt et plia son bras blanc pour montrer son tatouage de l'armée à Jimmy. Il avait été infirmier en Irak. Frankie dit, montre-lui l'autre truc, gros. Charlie releva le devant de son tee-shirt et baissa son short kaki jusqu'à ses poils pubiens et exhiba la cicatrice sur sa hanche.

T'as un aimant ? Tout ce que je veux c'est jarreter ce métal de mon corps.

Regarde ça, dit Frankie. Hé Charlie, ça venait d'où ? Tu t'es fait tirer dessus, ou c'était quoi ?

Y me faudrait un aimant pour l'enlever.

C'était à cause de quoi, gros ?

Un EEI.

En Irak, c'est ça ?

Quand il entendit le mot Irak, Charlie fit un bond de côté. Il ne voulait pas que quelqu'un le touche. Frankie posa une main sur son épaule et Charlie regarda la main sur son épaule, à croire qu'il se sentait sali par ce geste de compassion.

C'est quoi le problème, Charlie le Caïd ?

Il fit volte-face et s'éloigna, filant comme si un événement terrible s'était produit.

Frankie adressa un clin d'œil à Jimmy qui affichait un sourire sarcastique.

Le caviste ouvrait et ils y allèrent, laissant celui qui prenait le soleil et hochait la tête en rythme avec sa musique, musique qui sonnait comme si la fréquence passait mal. Il arborait sur son bras brillant de lotion un tatouage sans le moindre détail fait durant son incarcération et représentant la silhouette d'un animal.

Charlie revenait avec la jolie jeune femme sino-américaine aux cheveux courts qui tenait le magasin de vins et spiritueux. Il lui proposait de l'aide pour ouvrir sa boutique et elle disait, ça va aller, merci. Il voulut soulever la poignée du rideau de fer avant qu'elle l'ait déverrouillée. Attendez, dit-elle. Une fois le rideau remonté, il émit un bruit de consternation et lui montra ses mains à présent noires de saleté. Vous pouvez vous les laver là-bas, dit-elle en désignant la bodega.

Un black avec une main en écharpe arriva devant le magasin de vins et échangea un fist bump avec Frankie de son poing valide. Il avait une cicatrice sur l'œil gauche, en travers de la paupière, portait une chemise bleue à rayures horizontales, devait peser pas loin de cent kilos et tourner autour des quarante-cinq, cinquante ans. Charlie s'approcha pour lui serrer la main et le type dit, wow, ducon, pas ma mauvaise main.

Ils buvaient à présent de la vodka Georgi à une bouteille en plastique transparent, et Charlie en remit une couche sur la bagarre à la station-service.

Putain, je vais en entendre parler toute la journée ou quoi ? demanda Frankie. Putain, heureusement qu'ils avaient jamais été en taule ensemble. Charlie avait été incarcéré à Long Island. Sa femme était une salope. Renee. Et donc t'as balancé cette conne par la fenêtre, c'est ça ?

T'étais où ? demanda Charlie. Il se tourna vers Jimmy. Ce mec était introuvable. Moi j'étais minoritaire face aux autres et lui était pas là.

Des fois, y a des pertes, dit Jimmy.

Frankie se couvrit la bouche pour rire.

Ouais, ça j'en ai perdu, dit Charlie et il se lança dans une autre histoire. J'ai participé à un combat pendant l'expo internationale. J'avais quinze balais ! Quinze balais. J'ai combattu Ramirez. Tu vois c'est qui ? J'ai jamais perdu. J'ai fait cent vingt, deux cents combats. Au premier round je l'ai envoyé au tapis. Au deuxième il y a eu un compte debout. Au troisième, il était hors combat. Son nom c'était Ramirez. Tu sais c'était quoi le nom de l'arbitre ? Ramirez. Match nul ils ont dit.

Et t'en parles encore ?

Ça me lâche pas. Mon père il a jamais mis un pied à aucun de mes combats…

Oh, mon petit papa ! se moqua Frankie.

Nan, mais regarde-moi, dit Charlie. Chuis un loser. Il se frappa la tête avec la bouteille en plastique.

Dis-lui que c'est un loser à se foutre des coups avec une bouteille en plastoc.

Charlie alla s'asseoir pendant quelques minutes sur une boîte aux lettres au coin de la rue.

Regarde-le. L'est au bout du rouleau. À fumer toute la nuit... T'es au bout du rouleau, gros ?

Sous le soleil, la température avait augmenté. Charlie secoua la tête dans leur direction, apparemment fatigué, ou simplement incapable de parler. Il retira le maillot de foot qu'il portait par-dessus son tee-shirt blanc, et donna l'impression de se reposer. Quelques minutes plus tard, il revint en buvant à la bouteille, de nouveau remonté. Ils se regardèrent les uns les autres, s'examinèrent à la recherche d'un sujet de conversation. Frankie avait une cicatrice sur le visage.

Mon vieux avait le VIH. Je suis allé le voir à l'hosto et t'avais cette bande de bâtards qui disaient le touche pas, tu vas choper le sida. J'ai dit, vous êtes qu'une bande de bâtards complètement teubés. Je me suis battu avec eux. Y en a un qu'avait une lame de rasoir et je me suis fait taillader.

Frankie arracha la vodka des mains de Charlie, la termina et la balança, et la bouteille en plastique rebondit par terre. Il pencha la tête entre ses épaules comme s'il allait de nouveau se bagarrer.

Pas la peine de m'enfumer, enculé ! hurla-t-il. Et mon pote Kenny le Cador de Flushing, mon voisin au bas de la rue ?

C'est une question de respect, insista Charlie.

On s'en branle, dit Jimmy.

Charlie insista, nan, mais regarde-moi. Il colla son visage contre celui de Jimmy qui le repoussa. Il recula d'un pas vacillant puis revint. C'est qu'une question de respect de base, dit-il. Sa gueule, son visage, sa peau et sa gorge rouge puaient la vodka et les cigarettes. Il décrivit comment les flics avaient débarqué chez lui et demandé à entendre sa femme jouer du violon. Elle était connue dans tout le quartier. Ils m'ont suivi à travers tout le parc vers les deux immeubles qu'y a là-bas, tu sais lesquels que c'est ? et j'avais à peine franchi la ligne du comté qu'y m'ont arrêté. Tu l'crois, ça ? Quatorze flics sont venus chez moi, et avant de repartir, ils lui ont demandé de jouer du piano. Le flic avait posé la main dans le dos de ma meuf et disait : Tout va bien se passer. Allez, allez. Charlie regardait droit dans les yeux de Jimmy dans l'attente d'une réaction. Le piano, dit-il. Et après, ils ont tous pris le café dans ma baraque. Ma meuf était en chemise de nuit. Ils sont pas censés faire ça.

Il était dans ma maison ! Ma maison ! hurla Charlie. Son cou s'élargit.

Passionnant, dit Jimmy.

Le flic m'a dit, elle est pas mal ta femme. Elle sent bon, sa chatte ? Moi, j'étais menotté. Je lui ai mis un coup de boule. Juste là. Ils m'ont tabassé dehors. J'étais en chaise roulante après.

Ils t'ont bien foutu en l'air, gros, dit Frankie.

Ma mère chialait. J'y voyais que dalle.

Il se cogna la tête contre un mur pendant que les deux autres observaient.

Plus fort, lui dit Frankie. Charlie se cogna une fois de plus le front contre le granit, ça rendait un son de noix de coco. T'as des amphèt ? Des champis ? De la mescaline ? Du PCP ? J'veux fracasser ce mur avec mon crâne.

J'ai de l'herbe.

Nan, l'herbe ça l'fait pas.

Ils traversèrent l'avenue et s'assirent près d'une épicerie penjabie, près de la palissade au soleil.

On est que trois mecs blancs. T'es blanc, non ? On est des dinosaures, fils. On en fait plus des comme nous, chéri.

Tu crois que je suis quoi ? demanda Jimmy. Frankie évita son regard. Jimmy écrasa sa cigarette sous la botte en raclant bien l'asphalte.

Charlie parlait du bus du casino, racontait qu'il allait à Foxwoods, expliquait ce qu'ils donnaient. Ils te filent un coupon pour le bœuf flambé et trente dollars pour pouvoir jouer. C'est pas mal. Z'en dites quoi, on y va ? Allez. J'vous ai convaincu, les gars.

Tu m'as rien du tout, dit Jimmy.

Mais si, allez.

Il avait laissé son maillot sur la palissade et Frankie hurla : Chuis sa baby-sitter à plein temps. Ramasse ton maillot. Il a perdu un téléphone à deux cent cinquante dollars.

Je t'ai convaincu, insista Charlie.

Range ton fric. T'as un loyer à payer, gros !

Coulant un regard vers Jim, Frank déclara qu'il rentrait chez lui se rouler un joint. Il se mit debout en plein soleil, son bas de jogging retroussé au-dessus de ses gros mollets. T'as besoin de faire un régime, enculé, dit Jimmy qui ne se levait pas pour l'accompagner. Je sais, gros. Frankie traîna encore une minute. Jimmy fit semblant de trouver Charlie intéressant. Charlie parlait toujours du respect de base.

Frankie tourna au coin de la rue comme pour s'en aller, mais quelques secondes plus tard, il reparut, attrapa le maillot sur la palissade et s'enfuit en courant.

Charlie sprinta pour le rattraper, Frankie s'arrêta, et bombant le torse, ils se heurtèrent l'un à l'autre comme s'ils étaient en position de défense au basket, se menaçant, se susurrant des paroles sous le nez l'un de l'autre : Vas-y, là. Vas-y, là. Vas-y, là. J'ai pas peur de toi, insista Charlie qui se tenait sur la pointe des pieds devant son adversaire plus grand.

Le maillot fut jeté à terre et Frankie cracha dessus. Tu veux pas me filer ton maillot, mais t'es prêt à le laisser là en attendant qu'un négro l'prenne.

Charlie ramassa son maillot.

On va dans le jardin. Je veux me battre avec toi.

J'ai pas peur de toi.

L'affrontement dura encore trois ou quatre minutes. Ils allaient et venaient. Jimmy observa la rue, guettant les flics.

Va te faire foutre, j'ai pas peur de toi, reprit Charlie en s'éloignant, dépassé par la masse musculaire de l'autre. Il alla donner un coup de pied dans un arbre, jeta son maillot, pivota pour repousser Frankie, lança : Va te faire foutre ! puis il revint parce qu'il avait pensé à autre chose :

Et profite bien des cigarettes que je t'ai achetées.

Compte sur moi.

Merci de m'avoir couvert. Merci pour ça, quand je t'ai acheté les clopes. Merci de ton aide.

Hé, sourit Frankie. T'aider ? Plutôt crever.

Profite bien des clopes.

Je vais les fumer.

Va te faire foutre. Loser ! T'es qu'un loser. Sieg Heil.

Va prêcher ta putain de Bible ailleurs ! Rentre chez toi te branler ! Je te parlerai plus jamais, dit Charlie en prenant la tangente. Frankie le suivit en hurlant Yo ! et Charlie revint vers lui et, dans la rue où passaient des Indiennes poussant des caddies, ils continuèrent de s'engueuler.

Puis Charlie s'approcha de Jimmy appuyé contre la vieille palissade, les yeux fermés, le visage levé vers le soleil du matin, un pied replié en arrière, les bras écartés accrochés à la palissade, comme Jésus crucifié, le bandana autour de la tête en guise de couronne d'épines.

Il a un problème avec la came, dit Charlie. C'est un tox. La came passe avant tout le reste.

Alors trouve une solution pour régler ça, se moqua Jimmy.

Frankie l'entendit.

Trouver une solution pour quoi ? demanda-t-il.

Demande à ton pote.

C'est à toi que je parle, bouffon.

Et moi je te dis de demander à ton pote.

Et moi je te pose la question.

Jimmy émit un son plein de dérision. Il gérait la situation un peu différemment des deux autres. Je ne m'excite pas comme vous, les gros durs, dit-il de sa voix rauque. Frankie et lui se rapprochaient, mais ils ne se repoussèrent pas à coups de torse bombé. À un moment donné, Frankie lui fit face et Jimmy le défia : Vas-y. Touche-moi. Je t'enterre direct. Il s'exprimait d'une voix monocorde pendant que Frankie vitupérait. Jimmy le coupa.

Tout le monde s'en branle de tes trucs. Vous deux, là, je vais vous laisser avec vos putains de Chinetoques et vos histoires de merde.

Tu déconnes.

Et toi tu débloques. Jimmy imita une marionnette parlante en agitant la main avec le trèfle à quatre feuilles.

Frankie se défendit, dit que Jimmy n'était pas le seul connard à avoir fait de la taule. On s'est rencontrés là-bas, gamin. Il sous-entendit que Jimmy abusait et s'immisçait entre son pote Charlie et lui. Lui, aujourd'hui, il avait seulement voulu aller à la plage. Ils auraient pu aller à Rockaway. Il en appela à Charlie James, tendit ses bras couverts de chiffres tatoués et ses mains sales. Sans parler qu'il changerait pas d'avis, chéri.

Nan, mais tu changes de sujet.

Quoi ?

T'as un problème, passe à l'action.

Frankie voulait qu'on le comprenne.

J'ai rien à te donner. Tu passes à l'action ou tu passes pas à l'action, dit Jimmy. Ouais, il avait pris dix ans. Pour lui, autant dire perpète. Alors c'est bon, là. Tout le monde s'en branle. Moi aussi.

39

Elle prit le métro vers East Broadway à Manhattan, où les avocats spécialisés dans les questions d'immigration ainsi que les services dédiés à l'emploi et au logement semblaient plus nombreux qu'à Flushing. Cela s'expliquait par le fait que la communauté chinoise d'East Broadway s'était essentiellement développée à partir de l'immigration illégale en provenance de Fuzhou. Elle monta un escalier au bas duquel une femme faisait bouillir des cacahuètes dans un chaudron électrique et, à l'étage, erra dans un labyrinthe de bureaux occupés par différentes entreprises. Un panneau au-dessus d'une porte disait : Li le comptable ; au bout du couloir se trouvait le studio de tatouage Dragon Noir Corps Bleu. Derrière une vitre, un tatoueur d'une trentaine d'années traçait le contour d'un dessin sur le gros bras d'un jeune homme torse nu. Le bourdonnement continu du dermographe s'entendait à travers la vitre.

D'autres entreprises n'indiquaient pas leur nom, seulement une colonne de puces typographiques avec les services proposés : Assurance, Registre des mariages, Divorce, Logement social, Mutuelle, Passeport sans certificat de naissance, Visa H1, Envoyer un bébé en Chine. Une employée qui travaillait seule derrière un ordinateur dans l'un des bureaux, laissée sans surveillance par ses patrons, expliqua à Zou Lei qu'il ne s'agissait pas de vrais avocats et qu'ils ne pouvaient fournir tous les services proposés dans la liste ; Zou Lei ferait mieux d'aller voir un véritable avocat, ils ne manquaient pas dans le quartier.

Suivant ce conseil, Zou Lei redescendit dans la rue. Les immeubles étaient construits les uns sur les autres, pareils à des livres sur une étagère surchargée. La plaque d'un cabinet d'avocats dépassait comme l'étiquette d'un intercalaire. Elle était fixée sur un bâtiment moderne coincé entre deux immeubles d'habitation. Elle pénétra dans le vestibule couvert de miroirs sous les caméras de surveillance. Un anneau vert émeraude s'alluma autour du bouton d'appel quand elle appuya dessus. La porte d'ascenseur s'ouvrit et elle vit que l'intérieur était lambrissé d'un bois sombre qui rappelait ces salons où les magnats de Hong Kong buvaient du cognac dans les films, une autre caméra de sécurité était accrochée au plafond. Elle l'emprunta pour monter au bureau de l'avocat au deuxième étage, trois mètres qu'elle aurait grimpés plus vite s'il y avait eu des escaliers. L'ascenseur se déplaçait lentement à cause du bois coûteux qui couvrait ses parois. Elle parvint à une réception en forme de polygone avec du marbre au sol.

Ils ont fait rentrer un palais dans ce petit immeuble, se dit-elle.

Il n'y avait personne à l'accueil. À travers une cloison de verre, elle vit des femmes travailler à une rangée de bureaux en métal lourd. En plus des ordinateurs et des téléphones, les bureaux ployaient sous des piles de dossiers. Le cabinet était très demandé ; les femmes ne s'arrêtaient pas de travailler, enregistraient des informations, répondaient au téléphone, tendaient des dossiers à d'autres femmes qui arrivaient d'autres pièces. Il régnait le même degré de tension que dans un fast-food à l'heure de pointe. Mais à l'inverse d'un lieu de restauration, le silence prédominait. La seule exception était une discussion entre une employée et une cliente venue chercher conseil, une femme aux épaules tombantes en chemisier Izod.

Zou Lei s'appuya contre la cloison de verre et regarda de l'autre côté pendant plusieurs secondes. Comme personne ne semblait la voir, elle entra et observa la rangée de bureaux pour voir s'il y avait quelqu'un de disponible. Une jeune femme en jean à poches multiples demanda : Que voulez-vous ?

Je veux faire l'immigration.

Vous avez un dossier chez nous ?

Zou Lei n'était pas sûre de savoir quelle réponse donner.

Donc vous voulez vous inscrire ?

Je ne sais pas. Je crois que je peux parler à un avocat.

Il ne peut pas vous recevoir maintenant.

Zou Lei demanda quand il serait disponible.

La femme raccrocha son téléphone, se leva, raccompagna Zou Lei à la réception où elle la fit asseoir dans un des trois fauteuils courbes en bois de rose et toqua à la porte de l'avocat pour lui demander dans un murmure quasi inaudible quand il aurait une minute. La voix de l'homme répondit dans un quart d'heure. Elle ferma la porte et dit dans un quart d'heure à Zou Lei, puis retourna dans le bureau des secrétaires.

Zou Lei examina les diplômes aux murs. L'avocat était reconnu par le bureau du maire et par l'Amoy Freemason Society de New York. Une œuvre calligraphique représentant des chevaux bondissants, métaphore évoquant le talent de l'avocat, et la pluie de printemps, évoquant à son tour la gratitude du peintre, était encadrée. Sur le bureau de l'accueil se trouvait une petite pile de cartes de visite imprimées sur un papier lourd qui énumérait toutes les langues parlées dans le cabinet. L'homme poursuivait sa conversation en anglais de l'autre côté de la porte.

Au bout d'une minute, elle retourna voir la jeune femme pour savoir combien cela lui coûterait de parler à l'avocat.

Sans un mot, cette dernière interrompit ce qu'elle était en train de faire, retourna à la porte et murmura de nouveau.

Zou Lei entendit le mot cantonais qui voulait dire cent. La jeune femme rapporta à Zou Lei que le montant s'élevait à cent dollars.

Cela inquiéta Zou Lei car c'était une grosse somme. Combien de temps lui accorderait-il pour cent dollars ? Pourrait-elle lui parler moins longtemps pour moins d'argent ?

La jeune femme tourna les talons, retourna à la porte et murmura une fois de plus.

L'avocat finit par sortir de son bureau. C'était un homme d'une taille exceptionnelle en chemise blanche Brooks Brothers assortie d'une cravate rayée rouge et bleu marine, et avec de longs oxfords noirs aux pieds qui cliquetaient sur le sol en marbre. Il portait un anneau en or serti d'un diamant à son petit doigt. Il semblait capable de faire pivoter ses pieds sur cent quatre-vingts degrés – autrement dit, il avait les genoux souples, pareils aux roues des caddies de supermarché qui peuvent tourner sur elles-mêmes. Il se dépêcha de sortir et se planta au milieu de la pièce et dit, oui, bonjour. Si je comprends bien, vous n'avez pas les moyens de payer cent dollars ? Il lui demanda en quoi il pouvait l'aider.

Avant qu'elle puisse répondre, la fille revint et les coupa. Zou Lei attendit pendant que l'avocat suivait la jeune femme et lui expliquait comment gérer la classification d'un dossier immobilier. Il revint parler avec Zou Lei. Elle ne savait pas par quel bout prendre ce qui l'amenait dans ce cabinet. Il la coupa : Combien vous voulez dépenser ?

Elle essaya de deviner quoi répondre.

Trente dollars.

Très bien. Elle vous fera une facture. Je vous reparle dès que j'aurai terminé.

Il fila dans son bureau dont il ferma la porte derrière lui et se remit à parler anglais. Il n'y avait pas de fenêtres dans la pièce, juste une pendule. Une autre porte s'ouvrit et un

Américain coiffé d'une kippa dit au revoir aux femmes du bureau qui ne lui prêtèrent pas attention.

Dites à Alvin que je m'en vais, ajouta-t-il.

Il appela l'ascenseur, attendit et lorsque les portes s'ouvrirent, deux Chinois aux airs de livreurs sortirent de la cabine et allèrent s'asseoir dans les deux autres fauteuils en bois de rose, posèrent leur sac plastique entre leurs pieds et lurent le *Sing Tao*. Le coude de l'homme à côté d'elle s'enfonçait dans son bras. Elle se pencha sur le côté et sentit son portefeuille contre sa hanche.

Elle retourna dans le bureau et retint l'attention d'une autre secrétaire, plus âgée, une femme guindée aux cheveux raides avec des lunettes et affublée d'une acné douloureuse à voir. Zou Lei devina qu'elle était du continent et s'adressa à elle en mandarin.

Je suis censée parler à l'avocat, mais cette jeune femme ne lui a jamais dit de quoi je voulais lui parler, alors j'aimerais bien savoir si c'est utile de le voir ou si je vais dépenser trente dollars pour rien.

Pourquoi voulez-vous le voir ?

Pour obtenir des papiers. Je ne veux pas être prise.

Par les services d'immigration ?

Oui, par l'immigration. J'ai déjà été prise une fois et c'est affreux.

La femme la laissa s'asseoir sur le siège à côté de son bureau. Elles se parlèrent en mandarin.

Vous avez un dossier ?

Non. C'est la première fois que je viens voir un avocat.

Comment êtes-vous arrivée dans ce pays ? Vous aviez un visa ?

Non, aucun visa.

Comment êtes-vous arrivée ? Vous…

Je suis entrée clandestinement.

Par le Mexique ? En camion ?

Oui, en camion.

Ils vous ont arrêtée, mais quand ils vous ont laissée sortir, ils ont dû vous donner un papier. Vous l'avez ?

Je crois.

Faites-moi voir.

Non, je ne l'ai pas sur moi. Il est à la maison.

Revenez avec, ça aidera quand on fera une demande. Vous voulez enregistrer une demande ?

OK. Oui. Je prends tout ce qui est possible. Je ne sais pas ce qui est possible pour l'instant. Mais j'aimerais bien rester dans ce pays. Un Américain voudrait m'épouser. En fait, c'est ça que je veux savoir. Est-ce que je peux me marier avec lui si je n'ai pas de pièce d'identité ?

L'avocat sortit de son bureau pour déposer un dossier dans une bannette en métal, vit Zou Lei et dit, vous ne voulez plus me parler, finalement ? OK. Il demanda à la secrétaire le dossier du 285 Broadway et retourna dans son bureau.

Vous devriez vous marier tout de suite pour accélérer votre demande, dit la femme à Zou Lei.

Est-ce que je peux le faire sans pièce d'identité ?

Il est américain ?

Oui, soldat.

Et il est citoyen américain ?

Oui. Il est citoyen.

Alors allez à l'état civil et vérifiez. Ils vous diront ce dont ils ont besoin. Mais je vous conseille de le faire le plus vite possible et de revenir quand vous serez mariée. Alors nous pourrons ouvrir un dossier.

Elle expliqua à Zou Lei qu'il lui faudrait rentrer en Chine pour passer un entretien et obtenir un visa. Sa demande pouvait traîner durant une durée indéterminée et être refusée, ce qui la retiendrait en Chine.

Zou Lei voulut savoir si elle pouvait rentrer sans son passeport. La femme lui indiqua qu'il était possible de demander un passeport au consulat de Chine, mais que c'était risqué parce que, dit-elle, je crois qu'ils font des vérifications, ce qui peut faciliter une expulsion.

Elle fit écho aux peurs de Zou Lei en déclarant qu'il était très facile de se faire arrêter, ce qu'elle devait éviter à tout prix car depuis le 11 Septembre, ce genre d'arrestation pouvait conduire au pire.

Puis elle sembla se contredire en suggérant que Zou Lei n'aurait jamais besoin de retourner en Chine. Elle révéla que l'interprétation des lois s'était beaucoup élargie et que les réactions du gouvernement étaient devenues imprévisibles. Les choses seraient peut-être plus simples à l'avenir.

Elles ne discutèrent pas plus de trois minutes – la femme parlait rapidement et sans afficher la moindre expression, les yeux cachés derrière ses lunettes – et puis, comme si une minuterie était arrivée au bout de sa course, elle se tut et redirigea son attention vers son ordinateur. Le téléphone sonna, elle décrocha, dit, oui, je m'en occupe, et raccrocha.

Merci de votre aide, dit Zou Lei. Est-ce que vous avez une carte ?

La femme lui tendit une carte, mais Zou Lei s'aperçut qu'il s'agissait de la même qu'à l'accueil : celle du cabinet.

Alors qu'elle partait, l'avocat reparut et lui adressa quelques mots tout en rangeant un nouveau dossier dans la bannette. Je vous ai entendue. Si vous vous mariez, il vaudrait mieux que ce soit une véritable union ou vous risquez de gros ennuis. Ça, je peux vous le dire pour rien. Conseil gratis.

Elle ne comprit pas ce qu'il voulait dire. Qu'est-ce que vous entendez par là ? Nous sommes peut-être des gens ordinaires, mais nos sentiments sont sincères.

40

En sortant du cabinet de l'avocat, elle rentra directement à Flushing voir Skinner. Pendant qu'ils parlaient, il alla ouvrir le frigo. Il resta planté là une demi-minute en regardant l'intérieur, sans dire un mot.

Qu'est-ce qu'il y a ?

Regarde.

Il y avait un pack de six dans le frigo posé sur l'étagère crasseuse.

C'est de la bière.

Ouaip.

Elle ne comprenait pas où était le problème. Il fit le tour du sous-sol, jeta un coup d'œil dans la poubelle, repoussa ses chemises, regarda en dessous, sous le lit tandis que Zou Lei l'observait, étonnée par son comportement. Il revint à la cuisine, ouvrit puis referma les placards. Il finit par s'appuyer contre le plan de travail avec une expression qui disait qu'il venait de comprendre quelque chose, et que ça ne lui faisait pas plaisir.

Elle lui demanda quel était le problème. Il secoua la tête.

Rien. Des conneries.

Qu'avait-il perdu ?

J'avais deux packs de six là-dedans.

Et alors ?
Y en a plus qu'un.
Tu l'as bu ?
Nan.
Tu es sûr ?
Ouaip. Il montra la poubelle. Pas de canettes vides.
Quelqu'un l'a pris ?
Affirmatif.
Qui ?
Je sais qui.
Qui ?
Il alluma une cigarette.
Le mec qui vit au-dessus.

Elle ne savait pas de qui il parlait et supposa qu'il s'agissait de l'homme qu'ils entendaient hurler sur sa fille.

L'évocation d'un problème avec le propriétaire de Skinner ébranla ses projets. Skinner et elle venaient de parler de sa discussion au cabinet de l'avocat qui, au bout du compte, était liée à tout le reste, y compris à leur lieu de vie. Elle avait cru qu'elle pourrait emménager avec lui ici.

Qu'est-ce que tu vas faire ?

Il secoua la tête comme si ça ne valait pas la peine d'en discuter. Il prit une des six bières qui restaient dans le freezer et la posa sur la table, et pendant une minute, regarda l'humidité perler le long de la canette froide. Est-ce qu'il n'allait pas fermer la porte du freezer ? Ah si. Il tira sur sa cigarette, ferma la porte et revint à l'avocat pour changer de sujet.

Skinner aperçut Jimmy dans la foule sur le quai de la ligne 7 à la station de la 42ᵉ Rue. À ce moment-là, il se moquait du vol de la bière, ou bien s'imaginait que ça lui était égal. Il aurait simplement dit bonjour. Un grand nombre de gens qui rentraient du travail les séparait. Il le perdit de vue dans le wagon bondé et, en descendant au terminus de la ligne, il ne le vit pas. Arrivé chez lui, il écouta les Murphy à travers leurs murs. Une espèce de peur familière se propagea en lui, sans doute déclenchée par cette écoute attentive. Il fut à deux doigts de se présenter chez eux pour expliquer à la mère de Jimmy comment son esprit fonctionnait.

Sur la 162e Rue, il observa la porte verte du bar qui semblait trop petite pour l'homme tel qu'il se le représentait. Il entra au Leiser's Liquors, sous son auvent jaune, et se choisit une bouteille de rhum. Ils vendaient des vins et des alcools forts asiatiques, le signe d'un changement dans le quartier. Il paya avec sa carte. Le caissier la passa dans la machine et Skinner sentit la friction, le tiraillement entre le plastique et l'aimant tandis qu'il aspirait son argent de la banque située à un kilomètre et demi de là. Zou Lei longeait cette succursale tous les jours en allant travailler. Il n'avait pas vérifié l'état de son compte depuis des semaines. Lui resterait-il quelque chose pour elle ?

Ou partagerait-elle tout ce qu'il avait, la cigarette, le bidon d'eau chaude, la condamnation qui avait été prononcée contre ses camarades et lui lorsqu'ils s'étaient retrouvés allongés dans le sable mêlé d'ordures, tête baissée, à couvert ?

Il but dans le sous-sol jusqu'à dix heures du soir et ressortit. Jake avait partagé ça avec lui, pensa-t-il. L'ivresse fit disparaître les Mexicains devant leur maison. Quand il faillit se cogner à eux, ils le traitèrent de cabrón. L'alcool avait englouti une grande partie de sa conscience et pourtant, ce n'était pas assez.

Il perçut vaguement un groupe de jeunes gens grands et baraqués qui sortaient du marchand de tabac. Un Portoricain en débardeur retira la cellophane d'un cigare avant de le coincer derrière son oreille. En rentrant chez lui, après avoir acheté du Gatorade, Skinner les vit boire au goulot de bouteilles dissimulées dans des sacs en papier devant le Jardin Chinois.

Malgré son hébétude, il reconnut depuis l'autre côté de la rue que le plus grand était Jimmy.

Guado donna un petit coup de coude dans le bras de Jimmy. Tu vois ce débile ?

Skinner cracha par terre comme ils lui avaient craché dessus quand ils l'avaient traité de bouffon.

Le lendemain au réveil, il découvrit une boulette sur une marche de ses escaliers. C'était un emballage de chewing-gum et il ne lui appartenait pas. Le chewing-gum mâché était dedans.

Voilà qu'il balance des merdes dans mon escalier, ce connard.

Il ramassa la boulette et la jeta sur le palier des Murphy.

Plusieurs fois au cours des semaines suivantes, quand il rentrait après une absence, il s'apercevait qu'on avait déplacé une chaise de cuisine ou qu'une porte de placard était ouverte.

À la même époque, un jour où il descendait 40th Road, des jeunes postés devant une épicerie au coin de la rue se mirent à hurler : Hé ! Tu vas où ?

Il s'aperçut que l'un d'eux était du quartier. Dans son souvenir, il l'avait vu taxer une cigarette à Jimmy. Il poursuivit sa route et l'un d'eux hurla :

J'croyais que t'étais un vrai dur ! Reviens, quoi, et ainsi de suite. J'croyais que tu voulais te battre avec mon pote !

Dans l'appartement de sa propriétaire, il n'avait jamais aucun contact avec Jimmy ; tous les deux se comportaient comme si de rien n'était. Il le vit dans une rue de Flushing. Avec toute cette foule, il ne se passa rien. Mais le trottoir le long des bâtiments ocre sur Sanford Avenue était étroit. Une nuit, Skinner vit que Jimmy venait vers lui et il savait qu'il ne s'écarterait pas. Il avait le Beretta neuf millimètres dans son sac à dos de l'armée. Zou Lei et lui avaient prévu de sortir, alors il changea de trottoir.

*

Alors que Zou Lei approchait de la maison, la porte s'ouvrit et un homme avec de longues jambes en sortit. Il portait un bandana sur la tête et les extrémités du foulard lui encadraient le visage comme si elles faisaient partie de sa chevelure et de sa barbe, comme si ses cheveux étaient constitués de lambeaux de tissu.

Sans réfléchir, elle s'arrêta net et baissa la tête, dissimulant son visage sous la visière de sa casquette, dévia de son cours pour faire croire qu'elle allait ailleurs, effectuant de tout petits pas pour gagner du temps, presque en surplace pour garder ses distances jusqu'à ce qu'il s'en aille. Elle sentit qu'il la regardait, et sentit aussi quand son regard se détourna.

Il finit par s'éloigner et elle l'observa pendant qu'il traversait la rue d'une démarche bondissante et disparaissait au croisement suivant. Elle se demanda s'il pouvait la voir même sans la regarder, s'il avait des yeux derrière la tête. Il semblait savoir qu'elle reviendrait sur ses pas et entrerait dans la maison qu'il venait de quitter. Il faisait semblant de regarder ailleurs, mais ils étaient les deux seules personnes dans la rue.

Si une fille marche seule dans la steppe et qu'elle ne voit rien d'autre qu'un point unique qui se déplace au loin, alors le point la voit aussi. Cerf, homme, loup.

*

À trois heures du matin, l'avenue était plongée dans le noir hormis une maison où une radiation de basse intensité filtrait par une fenêtre, une lueur ambiguë d'un rose tirant sur le violet qui émanait de derrière des rideaux en dentelle blanche, une lampe de chevet laissée allumée dans la chambre d'une femme.

L'avenue était déserte, large, son néant invitait à la parcourir de long en large, dans tous les sens, y compris dans ses ténèbres latérales. Un mur perméable de maisons et de magasins dont les chaperons et les parapets envoyaient des ombres sur le ciel. Un supermarché géant près de l'autoroute. À l'autre bout, les voies d'un métro aérien et des barres d'immeubles. Les espaces sombres derrière les voies. Des fougères noires qui poussaient entre les maisons pour se gorger de la fumée chaude produite par les pots d'échappement sur l'autoroute.

Passant inaperçu au milieu des autres véhicules sombres et silencieux alignés le long des trottoirs, un pick-up était garé près de la maison qui luisait faiblement.

Une berline noire quitta l'autoroute Van Wyck, s'arrêta un instant au feu rouge clignotant près du supermarché et tourna dans l'avenue. Elle passa devant le parking avec ses hautes enceintes et les bennes à ordures le long du *diner* dont l'enseigne proposait des Steaks – Côtelettes – Fruits de mer, longea les fournisseurs de matériaux de construction indiqués par des panneaux en chinois et s'arrêta entre deux rues.

Une femme asiatique descendit de la berline : énorme sac à main, jupe courte, talons hauts, un gros animal tatoué sur le haut de la cuisse. Elle sortit son briquet et s'alluma une cigarette. La voiture dotée d'une grande antenne radio qui l'avait déposée repartit. En équilibre sur ses talons, elle traversa l'avenue déserte et se dirigea vers la maison dont la fenêtre émettait la même longueur d'onde violette que sa robe dos nu.

Alors qu'elle contournait le pick-up, elle sursauta, et ses talons se mirent à heurter l'asphalte dans une rafale de pas rapides. Elle avait vu l'homme au volant, la barbe autour de sa bouche, son poing orné de bagues sur le volant, assis là, l'épiant après avoir épié la maison. Elle jeta sa cigarette et, avant de se diriger à grands pas vers la maison, lui lança un regard haineux.

41

Ils prirent le métro depuis le Queens jusqu'à Canal Street à Manhattan. Le wagon était plein de vendeurs à la sauvette africains, de Bangladais et de Chinois qui vendaient des tee-shirts I Love New York et de fausses Rolex. De là, ils se dirigèrent vers les bâtiments administratifs de la ville. Les grands et gros immeubles en granit occupaient un grand nombre de rues. Les portes des tribunaux jugeant les affaires pénales et familiales faisaient quatre étages de haut et une foule attendait dehors pour passer les détecteurs de métaux. Ils traversèrent la rue et longèrent une place où se dressait une sculpture moderne, puis passèrent devant le bâtiment de la Cour suprême. Sur le côté, ils aperçurent des barricades en béton et autres fortifications, ainsi que des guérites. Ces rues étaient inaccessibles. Elles faisaient de grands canyons bétonnés. Ils passèrent devant des touristes et des avocats d'un genre différent, vêtus d'un costume en tissu crépon ou d'un grand chapeau à bord plat et rond agrémenté d'un ruban de soie ou d'autres styles encore. Ils avaient l'air déguisés avec leurs lunettes à monture dorée et leurs chapeaux de paille. Un vendeur ambulant proposait du café et des muffins au coin de la rue. Ils virent des paramilitaires, casque sur la tête et gilet estampillé du nom de leur unité sur le dos, en bottes montantes et pantalon bouffant, qui buvaient du café et parlaient avec d'autres vigiles en blazer et aux cheveux en brosse. Puis apparut le bâtiment officiel suivant, cette fois à colonnade. Ils marchèrent derrière les colonnes qui elles aussi s'élevaient sur plusieurs étages et ils virent des cours dallées, des portes en laiton, des pigeons et de vieilles bittes d'amarrage en pierre reliées par des chaînes d'ancre remontant à l'époque où la ville était un port maritime.

Quand ils voulurent entrer, un vigile leur dit, je peux vous aider ?

Son collègue et lui portaient des gilets pare-balles et des coupe-vent de la police. Le deuxième flic était hispanique et se tenait debout les bottes plantées au sol, jambes bien écartées.

Skinner dit, je cherche l'endroit où on se marie.

Ce n'est pas ici. Il lui donna la bonne adresse, mais trop rapidement pour être compris.

C'est où ?

À deux rues d'ici dans cette direction. Comme ça vous aurez encore cinq minutes pour y réfléchir.

C'est tout réfléchi.

Alors tant mieux.

Bonne journée, monsieur.

C'est tout réfléchi. Je n'ai pas besoin d'y réfléchir.

Les deux flics concentrèrent leur attention sur Skinner d'une manière qui suggérait un niveau d'intérêt potentiellement plus élevé. Entre leurs fusils et leur équipement, ils faisaient au moins cent trente kilos de plus que lui.

Passez une bonne journée, répétèrent-ils.

Skinner rejoignit Zou Lei qui l'attendait au bout de la cour, hors de vue.

Tu n'es pas obligé de te battre avec eux.

Elle marchait et il la suivit. Ils retournèrent sur la place avec la sculpture et les grands tribunaux à colonnade. Les touristes blaguaient en néerlandais et en italien, et malgré leurs voix, le silence de la place était assourdissant, un lieu entouré de rues vides et de sentinelles qui buvaient du café.

Ils apprirent qu'on les avait envoyés vers le bâtiment où se trouvaient également les tribunaux des affaires pénales. Un vendeur de hot-dogs se tenait au coin de la rue où des hommes en costume – des mariés et des avocats de la défense – mangeaient des bretzels. Le bureau de l'état civil était situé dans l'aile sud. La porte en laiton était ouverte et un couple interracial la franchit en courant : une jeune femme qui soulevait sa robe de mariée et un homme noir en costume à rayures très moulant au niveau des cuisses. Elle avait une fleur blanche accrochée dans ses cheveux blonds. Skinner avança et attrapa la lourde porte avant qu'elle ne se referme et la tint à Zou Lei qui entra, vêtue de son jean.

Le sol en granit du hall avait une couleur de terre rouge et les lampes à abat-jour donnaient l'impression que l'espace était éclairé à la bougie. On voyait pendre une corde en velours, comme dans un club. Ils firent la queue derrière un grand groupe d'Hispaniques avec une mariée en robe rose plus grande que sa mère. Quelqu'un brandissait un appareil photo équipé d'un flash de professionnel. Le plafond voûté renvoyait l'écho des pas et des rires. Le frère et le père portaient des costumes noirs formels ainsi que des bottes de cowboy. Zou Lei et Skinner ne dirent pas un mot. Elle jeta un coup d'œil par-delà le bureau d'information. Plus loin dans la salle, des groupes de mariés s'inscrivaient sur des terminaux numériques pour obtenir un contrat de mariage. Le bureau d'information était tenu par un homme d'origine asiatique, un diplômé de l'université qui parlait un anglais sans accent.

Quand ce fut leur tour, Zou Lei et Skinner s'approchèrent du comptoir et Zou Lei demanda ce qu'il fallait faire pour se marier. Le jeune homme déposa une fiche d'informations devant eux et la tourna dans leur sens pour qu'ils puissent lire.

Vous venez avec votre passeport, votre permis de conduire, puis vous allez au guichet faire une demande de contrat de mariage et ensuite, vous payez les frais afférents. Une fois le formulaire imprimé, vous pouvez revenir et passer devant le juge dans les vingt-quatre heures, sauf si vous êtes militaire en service actif, auquel cas ça peut être plus rapide.

Zou Lei se pencha sur le comptoir et se prit la tête pour étudier les questions de la fiche. Le jeune homme regarda la queue derrière elle.

Si vous avez besoin de réfléchir, vous pouvez attendre à côté.

Laissez-lui une seconde, dit Skinner. On aura peut-être une question.

Vous êtes le futur marié ?

Ouais.

Et s'il y a problème avec la pièce d'identité ? demanda Zou Lei.

Vous avez un passeport ?

Peut-être, mais je veux utiliser une pièce d'identité pas de cet État.

C'est bien aussi.

Je vais réfléchir.

L'employé reprit la fiche d'informations.

Elle en a besoin, dit Skinner.

Il lui rendit la fiche.

Désolé. Est-ce que je peux vous renseigner sur autre chose ?

Zou Lei dit non et Skinner et elle s'éloignèrent du comptoir. Derrière le Metropolitan Detention Center se trouvait un parc et à travers la clôture aux barreaux en pointe on apercevait les enseignes des garants et des vieux saloons mal en point aux fenêtres noircies. Elle sortit sa carte d'identité, la frotta avec le pouce et la regarda. Skinner était assis sur un banc vert et fumait une Marlboro et contemplait de vieux Chinois qui jouaient au mah-jong au milieu des pigeons.

Si elle remplissait un contrat de mariage sous une fausse identité et un alias, le mariage serait-il valide d'un point de vue légal ? Elle retourna au cabinet de l'avocat pour demander à l'employée qui parlait mandarin. La femme lui conseilla de se marier en utilisant son vrai nom. Mais comment faire ? La femme lui dit qu'elle pouvait aller au bureau des permis de conduire pour en demander un de l'État de New York. Elle avait oublié les détails de la situation dans laquelle se trouvait Zou Lei qui lui rappela qu'elle n'avait pas de papiers. La femme répondit qu'elle se souvenait, maintenant. Les employées du cabinet étaient très occupées. Elle dit à Zou Lei de revenir plus tard.

Zou Lei retourna au bureau des services municipaux afin de savoir quels étaient les papiers nécessaires pour obtenir une carte d'identité et attendit de parler au préposé. Il l'avait sans doute mal comprise. Il écrivit une adresse sur un bout de papier blanc et la lui tendit. Zou Lei sortit rapidement et réalisa qu'elle ne savait à quoi servait l'adresse.

Skinner, sous médicaments, déprimé, et nihiliste, était avachi dans sa chambre du sous-sol à regarder sur son ordinateur portable des EEI exploser, des Irakiens se faire tirer dessus et s'écrouler mollement, le monde se finir une personne à la fois. La file d'attente avançait, se raccourcissait, ce serait bientôt son tour.

Au travail, on lui retira de nouveau des heures. Quand elle manquait d'occupation, ce qui arrivait régulièrement, elle traînait dans le couloir du fond qui reliait les cuisines, et discutait avec les Mexicains, Tomas et Miguel. Elle s'essuyait les mains, allait à la table de découpe, passait l'après-midi à faire des dumplings et à écosser des mange-tout ou à laver la vaisselle. Le service, c'était fini pour elle.

S'ils continuaient de lui enlever des heures, il lui faudrait à nouveau ramasser des canettes, comme elle l'avait fait pour survivre dans les terrains vagues de la Chine centrale.

Elle s'octroya une pause pipi pour lire les annonces.

Permis de conduire professionnel, $Opportunité$, réparateur Mac, contacter Miss Chen, bafouillage d'anglais exigé. Vêtements, Bayshine, mode petites jeunes filles, modeleur, Cantonais de préférence. Recherche d'un CAO junior, offre sérieuse. Nounou Brooklyn, Dératiseur Paradis, femme de ménage, don d'ovocytes, masseuse.

Le lendemain en fin de matinée, elle se rendit au parc et se mit à courir tout en réfléchissant à ce qu'il fallait qu'elle fasse. Parvenue aux terrains de basket, elle n'eut pas de raison de s'arrêter. Elle franchit les grillages qui délimitaient les terrains et poursuivit sa course dans le soleil étincelant, accéléra le pas. Elle ne travaillait pas ce jour-là. L'herbe et les arbres ainsi que l'atmosphère gorgée de pots d'échappement retenaient la chaleur. Elle traversa une route où seule était garée la cabine d'un camion. On aurait dit le résultat d'une mutation, une tête posée sur des roues dont l'étrangeté se remarquait d'autant plus maintenant qu'elle s'était détachée pour échapper au reste du camion. Les espaces verts continuaient de l'autre côté de la route pour devenir un golf, ainsi qu'elle put le voir entre les arbres sur sa droite. Le soleil était de plus en plus haut. Elle passa au-dessus d'une autoroute et traversa la cour d'une usine, des torchons raides de graisse séchée sur l'asphalte. Elle se dirigea vers les immeubles qui lui rappelaient ses montagnes. Elle ne pensait plus à lui. La sueur coulait à grosses gouttes sur son corps, trempant son tee-shirt au niveau de sa poitrine. Une pièce de tissu en forme de selle était cousue sur le fond de son short en jean comme si elle montait un cheval ruisselant. Midi approchait. Les barres d'immeubles étaient beaucoup plus loin qu'elle ne l'avait cru. À l'endroit où disparaissait l'herbe, elle regarda autour d'elle dans le soleil éblouissant. Elle s'arrêta. Ses chaussettes étaient trempées. Elle retira son tee-shirt et le secoua. Les déchets qui jonchaient le sol étaient en train de se fondre dedans. Les hauts immeubles qui ressemblaient à des montagnes n'étaient que des logements sociaux, silencieux dans la chaleur cliquetante. Ils n'étaient rien d'autre.

PARTIE III

42

Jimmy était dehors sur Roosevelt Avenue, marchant à grands pas dans l'ombre du métro aérien, ses chevalets et ses piliers, ses rivets et ses graffitis, ses camions vendant têtes de cochon, cervelles et abats, les voix mexicaines et le ronron des groupes électrogènes. Dans les ruelles qui débouchaient sur l'artère principale, les immigrés pouvaient se faire couper les cheveux ou acheter de la musique de chez eux. Ils vendaient des jeans et de la lingerie et des téléphones portables et aussi des chaussures à talons hauts et des pipes en verre et des romans espagnols dans la rue, un homme moustachu agrippant une femme aux cheveux de jais par les hanches, plongeant la main dans le décolleté de sa chemise de paysanne. Les mannequins, cul proéminent et seins en obus, se tenaient sur la pointe des pieds, affublés d'épaisses perruques noires et de lunettes supersoniques. Chaque porte ouvrait sur un bar, un bar mal éclairé. De la musique forte parvenait de l'intérieur, comme s'il s'y tenait la plus grande fiesta du monde. Mais si on regardait au-delà de la musique, on découvrait une salle lumières éteintes et trois ou quatre bonhommes cheveux hirsutes, tête penchée au-dessus d'une table encombrée d'un nombre astronomique de grosses bouteilles de bière, un tableau de migrants se bourrant la gueule dans une gare routière.

Ça sentait le poulet frit, les frites et le maïs grillé. Il y avait aussi un chantier de construction – la ville creusait dans la rue. Les klaxons résonnaient, et le moteur d'une voiture moche et pourrie ronflait au milieu des autres. Ses occupants arboraient tous la casquette rouge et noire des Bulls, des nattes, des débardeurs blancs, des mâles boutonneux à gros biceps tatoués. Les filles obèses étaient habillées comme les garçons, elles hurlaient, yo, tourne à gauche, gros, et le conducteur plein d'acné se penchait sur le volant, gesticulait et beuglait, dégage, négro, à l'attention d'un autre véhicule. Des gants de boxe marqués du drapeau portoricain pendaient au rétroviseur et la voiture, remplie des corps imposants de ces jeunes obèses, filait sur ses jantes à bas coût qui faisaient penser à des jouets.

Une femme habitée par le Saint-Esprit brandissait la Bible et prêchait dans un micro au milieu d'un îlot sous les voies, débitant une litanie interminable, ininterrompue et de plus en plus rapide, de plus en plus forte pour atteindre un apogée assourdissant et violent qui sortait de ses enceintes.

Il se fraya un chemin dans la foule de la 85e Rue. Un Chinois en pantalon gris, chaîne en or et pull en col V s'inclinait sur un parcmètre. Alors que Jimmy s'approchait, l'homme croisa son regard et demanda, massage ? Il pointa deux femmes asiatiques qui faisaient le pied de grue plus loin sur le trottoir. Jimmy les approcha. L'une d'elles ressemblait à une fermière au visage boutonneux vieilli par le climat, un sac à main en bandoulière et coiffée d'un chapeau mou de la forme d'un abat-jour pour se protéger du soleil. L'autre était maquillée, portait un tee-shirt par-dessus des seins gros comme des pamplemousses. Sa lourde chevelure noire et très soyeuse était attachée en chignon à l'arrière du crâne.

Toi, dit Jimmy. Celle avec le tee-shirt sourit et dit, oh oui, et le conduisit à une porte. Elle frôlait la cinquantaine et faisait semblant d'être ivre. Il la suivit dans l'escalier bas de plafond qui menait à une destination unique, un appartement où les lumières étaient éteintes et la porte toujours ouverte. Elle avait un large fessier plat et le fond de son jean était cousu de sequins. Dans les escaliers, elle jeta un regard par-dessus son épaule pour s'assurer qu'il venait toujours. Elle lui lança un sourire complice. Ils arrivèrent dans l'appartement.

Il y faisait chaud : plus chaud que toute la chaleur accumulée par cette journée d'été. À croire qu'ils avaient aussi allumé un radiateur : une chaleur effrayante, comme si on risquait de ne pas en sortir vivant. Pas d'air frais. L'air ambiant avait déjà été utilisé et respiré, ce qui rappelait l'atmosphère de la prison. Il y pensa immédiatement. L'odeur et la texture de l'air provenaient de la nourriture et du corps des gens et d'autres choses qui n'étaient jamais aérés ni renouvelés, mais re-respirés. L'air avait un poids et une pression qui, par conséquent, différaient de l'air extérieur. Il flottait une forte odeur de ramen bouillis et de lotion pour le corps. S'il y avait des fenêtres, elles étaient scellées et couvertes de peinture. L'appartement était un labyrinthe étroit où il faisait nuit noire et qui s'assombrissait au fur et à mesure qu'on pénétrait plus avant. Elle suivit une lueur rouge au fond d'un tunnel et Jimmy lui emboîta le pas. La lueur rouge arrivait de derrière un rideau qu'elle tira sur le côté. Jimmy faisait deux fois sa taille. Elle le regarda et sourit. Baissant la tête, il s'avança dans un compartiment éclairé par une ampoule rouge. Il y avait à peine assez de place pour la table de massage et lui. Une ouverture avait été pratiquée dans la table pour permettre au client d'y caler son visage et de respirer quand il était allongé sur le ventre.

Combien ?

Elle lui donna son prix. Il sortit l'argent qu'elle ne quitta pas des yeux jusqu'à ce qu'il le lui tende. Elle plia les billets et disparut.

Il retira son tee-shirt, un tee-shirt XXXL au logo délavé d'une marque d'outil imprimé en travers du tissu moucheté, et se mit à nu. Il ressemblait à un gros insecte blanc dont on épluche l'exosquelette pour exposer les rouages des muscles et des masses de chair blanche qui n'avaient encore jamais pris l'air. Il retira son jean, dénuda ses longues jambes.

Et il se tenait debout dans la lueur rouge, entièrement nu à l'exception du bandana sur son crâne et regardait le rideau. Il chaussa ses lunettes de soleil et se positionna face à la porte, jambes écartées et menton relevé comme s'il voulait bronzer à cette lumière rouge.

Tel un lanceur sur son monticule, il se lécha trois doigts, tendit la main et joua avec l'extrémité de son pénis non circoncis.

Elle reparut dans le compartiment, des chaussons roses duveteux aux pieds et les bras chargés de serviettes et de draps.

Non, non, non, s'exclama-t-elle. Tu t'allonges.

Son poing plein de bagues atteignit la femme à la bouche.

Le coup la projeta contre le mur où elle se cogna la tête. Elle lâcha les serviettes et les draps. Ses yeux roulèrent dans leurs orbites et elle s'effondra par terre. Ses genoux cédèrent, elle se couvrit le visage et lâcha un cri empreint de souffrance.

Jimmy s'approcha et la frappa de nouveau.

Oh ! hurla-t-elle. Non ! Elle rampa vers un coin de la pièce. La pince qui retenait ses cheveux s'était ouverte et pendait, accrochée à des mèches.

Elle tenta de se cacher. Il faillit lui casser un bras en le lui tordant dans le dos. Elle poussa un cri. Ces sons n'avaient nulle part où aller. Il frappa l'arrière de son crâne. Puis lui envoya un crochet au visage. Oh ! hurla-t-elle et elle fondit en larmes. Il la repoussa pour l'obliger à lui faire face, cala son dos contre le mur, lui tint les mains éloignées du visage et la frappa encore.

Montre-moi ta tête.

Elle tressaillit et il lui tordit à nouveau les mains.

Je te casserai le bras.

OK. OK. OK. Je ne fais rien.

Montre-moi ta tête.

Non, supplia-t-elle.

Elle ne pouvait pas se retenir de se protéger. Elle avait trop peur, mais il la corrigea. Il s'acharna sur elle jusqu'à obtenir ce qu'il voulait.

Pourquoi ? Pourquoi ? dit-elle. La question était posée calmement. Mais elle fut posée à l'aveugle parce que des hématomes bleus gonflaient ses yeux.

Elle lui fit une fellation. Puis elle enleva ses vêtements, ses sous-vêtements et monta sur la table. Il la sodomisa et ensuite, comme il insistait, elle lui refit une fellation. Il s'y prenait de façon à lui faire le plus de mal possible. On aurait dit le bruit d'un moteur en accélération quand il la pénétrait. Elle hurla dans une serviette. Ses mouvements rappelaient le bruit d'un boxeur donnant des coups violents dans un sac de sable avec des gants mouillés. Il cambra le dos. Il fit une pause, expira pour reprendre haleine, les flancs couverts de sueur dans la pièce surchauffée. On aurait dit un homme sur un enfant. La tête de l'enfant était momifiée. Puis il entra dans une nouvelle phase frénétique. La femme fut prise d'un haut-le-cœur et vomit sur la serviette dans laquelle il lui maintenait le visage. Elle avait mangé des ramens.

Je t'ai contaminée, lui dit-il alors en remettant son jean.

Elle était à moitié pliée en deux et son visage n'avait plus rien d'humain. Elle semblait porter un masque lisse, brillant, bosselé, épais et dépourvu d'yeux, la fente des paupières tout humide.

Le VIH, dit-il. Tu ferais mieux de te faire dépister.

Tu pues, ajouta-t-il.

Il restait en lui un goût d'inachevé. Le mal et la folie régnaient dans la pièce. Sans doute irait-il jusqu'au bout.

Il prit l'argent dans la poche de jean de la fille, son téléphone portable, sa pièce d'identité. Il lui tapota la tête. Souris, dit-il. Elle ne réagit pas.

Toi pas appeler police, reprit-il en mauvais anglais pour qu'elle comprenne. Il s'aperçut qu'un piston venait de s'activer dans son cerveau : pour cette fois, il n'irait pas plus loin. Il quitta la pièce rouge et ses pas s'éloignèrent dans le couloir.

La femme chancela sur place. Cinq minutes s'écoulèrent. Elle l'avait entendu partir. Elle essaya de parler, émit un son, elle avait la voix rauque. Dans la pièce surchauffée, elle tremblait autant que si elle avait été nue dans un paysage enneigé. Elle passa le rideau et s'engagea dans le couloir, marchant dans le noir sur des dalles de lino cassées, avançant à tâtons.

Dans la rue, c'était l'après-midi et Jimmy acheta un hot-dog à un carrefour très animé sous le métro aérien, au milieu des Hispaniques et des Bangladais qui vendaient des guides spirituels, des planches anatomiques, des novelas, des tapisseries aztèques pleines de jeunes filles, de guerriers et d'aigles avec le slogan Chicano et Fier. Il n'enleva pas ses lunettes de soleil. Il se trouvait à une dizaine de blocs de l'agression qu'il avait commise et se sentait en sécurité. Affichant une expression neutre, il observa la rue en mangeant à côté du vendeur de hot-dogs. Le croisement embaumait la barbe à papa. Il était noyé sous une mer de gens sortant du métro, des mères latinas qui s'engueulaient avec leurs filles sur l'argent qu'elles pouvaient se permettre de dépenser.

Il s'aperçut qu'il avait les doigts tachés et crut d'abord que c'était le ketchup, mais il les renifla et comprit que cela remontait au moment où il avait enfoncé ses doigts en elle.

Serviette, dit-il.

Il entra dans un bar, un trou noir dans la rue, acheta une bière avec l'argent de la femme, se rendit à la salle de bains, baissa son jean et regarda les croûtes de sang sur son entrejambe. Il sortit la carte d'identité et lut le nom. Li, Chiao-Yee, Vickie. L'hologramme était bizarre, et l'adresse indiquait Elmhust au lieu d'Elmhurst. La photo montrait quelqu'un d'autre, une femme plus jeune aux cheveux plus courts et à l'expression sérieuse. Il jeta la carte dans la poubelle.

Après une autre bière, il monta dans un taxi et revint par le chemin qu'il avait emprunté, guettant le moindre signe d'agitation. Et il se passait bien quelque chose : il y avait un attroupement à un coin de l'avenue, mais il ne voyait pas ce qui l'avait provoqué. Les gens regardaient un bâtiment au toit couvert de graffitis où une enseigne proposant des massages pendait à la fenêtre. Il crut qu'il s'agissait du lieu de l'agression. Il entrevit l'uniforme d'un flic qui parlait précipitamment dans une radio qu'il tenait sur le côté de son visage. Le policier, un jeune homme, portait le regard au-delà des gens. Il se comportait comme quelqu'un de concentré sur la tâche à accomplir. Le taxi accéléra avant que le feu ne passe au rouge et laissa le reste de la circulation derrière lui. Le nœud de tension se situait là-bas. La voiture semblait avancer plus facilement à présent, le métro aérien comme des échelles suspendues au-dessus d'eux. Ils attaquèrent le pont qui descendait dans le Chinatown de Flushing. Ils sortirent dans East Flushing, les cités ghettoïsées pleines de tags en espagnol, les maisons décrépites des Irlandais.

Jimmy descendit du taxi et rentra dans sa maison à trois étages. Sa mère était au téléphone. Elle posa la main sur le combiné. Je commande des sandwichs mixtes, dit-elle. T'en veux un ?

J'aimerais bien, dit-il.

Alors prends-en.

J'aimerais bien, mais non.

C'est moi qui offre, Jim.

*

Jimmy traîna dans la rue brûlante, acheta des brochettes à des Chinois, s'installa près des tables des Falun Gong, les laissa tenter de le convaincre tout en examinant leurs photos médicales. Il croisa des connaissances et ils partagèrent une bière avec lui. L'un d'eux dit, si j'entendais parler d'un coup, je l'accepterais. Jimmy mordit dans la viande, sa mâchoire comme la gueule d'un chien.

Je suis sur un coup.

C'est quoi ?

Je peux pas te dire.

Les militants bouddhistes des droits de l'homme distribuaient des brochures qui montraient un être asexué avec un cercle lumineux au niveau de l'abdomen : la roue du Dharma. Ils portaient de longues visières et de grandes lunettes de soleil. Une affiche représentait un entassement de gens et de vélos. Leurs chemises blanches étaient trempées de sang et le sol était couvert d'éclaboussures et de coulures de sang. Quelqu'un qui n'avait pas encore été tué tentait de se mettre debout – le cliché avait saisi l'instant où il se relevait difficilement. Il avait été pris dans une obscurité granuleuse. On voyait un ciel urbain flou et violet et des faisceaux lumineux traversaient la place à caractère soviétique. La brochure demandait, pourquoi l'Armée populaire de libération n'attaque-t-elle que le peuple chinois ?

Jimmy tourna la tête pour écouter la musique en provenance de la rue, ses cheveux longs mal coiffés volèrent autour de son visage et il fit semblant de jouer de la guitare.

Son camarade regardait les photos d'une femme allongée sur une table en acier. Elle semblait se reposer tranquillement sur un drap blanc, les yeux gonflés et fermés, comme des œufs. Les autres photos montraient ses blessures en gros plan. Elles exposaient son corps sur toute sa longueur et se terminaient aux doigts de pied auxquels était attachée une étiquette.

Une autre photo, plus ancienne, la montrait qui posait devant des pins parasols, en robe d'été, et faisant des V de la victoire les mains levées. La légende disait en chinois : Wen Fengyu, étudiante en sylviculture à l'université polytechnique du Hebei en vacances au palais d'été de Pékin en 1994 juste après avoir découvert la grande voie du Falun Gong.

C'est quoi ces conneries ? voulut savoir son ami.

Étonnamment, Jimmy fut capable de lui répondre. C'est comme ça qu'elle est morte. Il désigna les membres du Falun Gong avec leurs lunettes. Ils m'ont raconté ce qu'ils ont fait pour la tuer. Ils ont leurs règles, leurs différents clans. Les Chinois, les Japonais, ça varie selon à qui t'as affaire. Ils sont organisés. Les types aux tables juste là, ils ont une mission particulière. Ils ramassent des donations pour pouvoir lancer une autre vague de criminalité. File-moi une gorgée.

Les bagues en métal à ses doigts heurtèrent la bouteille quand il s'en saisit pour boire.

Chaque fois qu'un de leurs membres se fait buter, ils mettent une photo. Comme celle-là. Je la connaissais. Elle travaillait dans le coin.

Où ça ?

À côté.

Elle faisait quoi ?

Qu'est-ce tu crois ? Elle bossait dans un salon de massage sur 41st Road. Elles font toutes ça. Elles gèrent les trafics d'ici. Drogue, armes, filles, tout ce que tu veux, dit Jimmy. Et ils l'avaient à l'œil. Tu peux croire qu'ils étaient au courant de tout ce qu'elle fabriquait.

Il précisa ensuite qu'elle ne s'était rendu compte du danger qu'à la dernière seconde. C'est un pro qu'a fait ça, autrement, elle se serait jamais fait avoir, affirma-t-il. Il but une autre gorgée. Puis encore une autre. Il dit :

Elle s'est crue maligne. Quand ils l'ont chopée, elle a dit, j'avoue, vous êtes doués. Sauf qu'elle avait un joli cul. Il a fallu qu'elle le partage. Vous m'avez eue, je dois accepter les règles. Alors ils ont dit, OK, si c'est ce que tu veux. Bref, ils l'ont baisée. Jusque-là, tout était normal. C'était légitime. Vous m'avez eue à la loyale. En tant que femme et vu sa position, elle savait qu'elle avait des devoirs. En même temps, elle avait un côté vénéneux. Allez, qu'elle leur a dit, je vais pas appeler les flics. Laissez-moi partir. Elle va chercher son sac à main, mais elle le trouve pas. Pourquoi elle trouve plus ses fringues ? Parce qu'y a nulle part où aller. Tout ça, c'est hyper clandestin. Donc à partir de là, elle garde l'œil ouvert. C'est là qu'elle capte que si elle tombe, c'est qu'elle a fait un truc qu'a pas plu, alors elle essaye de s'en sortir en les baratinant parce qu'elle s'en est toujours sortie comme ça avant. Sauf que là, ça marche plus. Le type, il arrête de gober les conneries sur comment elle a une vie dure, et tout. Il dit, voilà ce qu'on va faire. Pour chacun de tes mensonges, tu vas t'en prendre une. Il la tabasse comme aucun homme l'a jamais tabassée. Elle hurle et beugle pendant, chais pas, peut-être deux jours. À la fin, il lui tend un miroir et c'est un cadavre ambulant. Elle ne marchera plus jamais. Elle n'aura jamais de gamin. Elle réclama sa mère en hurlant sa race. Maman maman maman s'il te plaît ne me tue pas. Il lui annonce la bonne nouvelle. Tu sortiras jamais d'ici. Et ses yeux étaient gros comme ça. Elle le supplie en lui proposant de le sucer. Nan. Tu la veux ? Nan. Et ça tu le veux ? Nan. Tu partiras pas d'ici. Tu vas crever et tu vas pas te marrer. Chiale tout ce que tu veux. Jimmy leva sa main ornée de ses bagues à tête de mort et appuya les doigts au coin de ses yeux pour suivre le chemin des larmes à venir. Tout le monde se fout de tes pauvres yeux marron. Pour elle, c'était terminé, et elle arrivait pas à y croire.

43

De retour au travail, elle découvrit qu'elle ne figurait pas sur l'organigramme – Monroe le lycéen lui avait pris sa place –, si bien qu'elle quitta le centre commercial en milieu de matinée et se rendit sur la 158e Rue. Avant d'y arriver, elle appela Skinner mais ne parvint pas à le joindre.

Elle frappa à la fenêtre du sous-sol. Skinner ! murmura-t-elle. Il était autour de onze heures du matin.

L'homme qu'elle avait déjà aperçu lui ouvrit la porte et elle comprit que c'était le fils de la propriétaire. Elle avait couru, il faisait très chaud et elle avait les joues rouges. Son tee-shirt, acheté dans un bac de vêtements d'occasion sur Junction Boulevard, avait les mots Mains Pleines imprimés sur la poitrine. L'homme la regarda et lui dit :

Il est pas là.

Mais elle n'avait pas dit qui elle cherchait.

L'homme lui demanda si elle voulait entrer quand même.

Elle tourna les talons, marcha sur plusieurs rues, et comme Skinner restait injoignable, elle retourna sur Main Street et erra dans le parc qui longeait Elder Avenue.

Sur East Broadway, elle entra dans l'agence pour l'emploi appelé l'Éventail Significatif de Fuzhou – traduction littérale de ce qui était en fait un jeu de mots en chinois autour de l'idée de bienfaisance – et attendit de parler à quelqu'un derrière l'espèce de vieux guichet de gare. Autour d'elle, des hommes en chaussettes blanches et pantalon de serveur parlaient dans leur téléphone et débattaient de salaires mensuels. Un homme hurla dans son portable : Deux mille quatre cents. Mais le cuisinier est malhonnête ! Un panneau disait : Interdiction de cracher par terre. Vous avez reçu une carte gratuite de Fuzhou et de son littoral. Une offre d'emploi coûtait trente-cinq dollars. Les options étaient maître queux, cuisinier principal, serveur au guichet à emporter, livreur, caissier, divers et nourrice allaitante. Il était également possible d'obtenir une carte de sécurité sociale sans certificat de naissance. C'était écrit en chinois sur le mur à côté de la loi sur le salaire minimum imprimé en anglais.

Quand son tour arriva, la femme qui lui parla à travers le morceau de Plexiglas découpé lui expliqua qu'elle avait des postes à pourvoir dans un certain nombre d'États.

Je ne peux pas quitter cet État, dit Zou Lei. Je vais réfléchir.

Elle sortit, s'acheta le quotidien chinois et appela un numéro trouvé dans les petites annonces, mais ne comprit rien à ce qu'on lui racontait à l'autre bout du fil. Chaque appel lui retirait des minutes sur son forfait. Elle raccrocha, passa un deuxième appel, puis un troisième. Il était tard dans l'après-midi et son estomac avait brûlé jusqu'à la dernière calorie. Elle acheta un rouleau de rousang à soixante-quinze cents. J'en prends deux, dit-elle. Elle emporta la viande dans ses manchons de papier sulfurisé et la mangea sur les marches à côté des stands qui vendaient des calamars fumés et du courbine jaune, l'antique fleuriste avec ses portes rouge sombre et les salles en sous-sol dédiées au mah-jong.

Juste après les barres d'immeubles au bout du parc, près des tours, elle croisa des petits musulmans qui jouaient dans la rue. Ils jouaient dans les jets d'eau, se partageaient un vélo, faisaient des batailles d'eau. Elle plongea les mains dans l'eau et s'aspergea le visage. Un groupe d'hommes en salopette réparaient une voiture. Elle marcha sur le tuyau d'air comprimé en passant devant leur garage qui sentait les chiffons imprégnés d'huile, les muscles de ses jambes contractés d'avoir couru. L'asphalte brillait et elle vit des arcs-en-ciel dans la rue. Des petites filles la tête couverte d'un foulard comme de petites nonnes, se tenaient sur un escalier de secours et faisaient semblant d'être en prison. Elles vidèrent un verre d'eau sur un petit garçon qui l'esquiva et détala en hurlant. Elle longea des chariots élévateurs garés devant des hangars qui appartenaient à des ferrailleurs. Un panneau rouillé au-dessus d'un magasin arborait un drapeau vert ainsi qu'un croissant de lune désignant l'Islam. Le panneau était couvert de saletés. Trois hommes originaires d'Amérique centrale portant de petits sacs à dos en toile apparurent en poussant sur le trottoir un caddie chargé d'un long morceau d'aluminium qui avait fait partie d'un lampadaire. Ils entrèrent dans un hangar pour que l'objet soit pesé.

Puis elle aperçut une station-service dont le toit était couvert de centaines de petits drapeaux américains, du genre qu'on agite pendant les défilés. Il n'y avait plus de place sur le toit, alors le gérant de la station-service avait mis d'autres drapeaux sur le toit d'à côté, ce qui faisait deux niveaux, créant un radeau de deux étages rouge, blanc et bleu, résultat d'un millier d'allers-retours sur l'échelle pour installer ces décorations.

Elle arriva devant une vitrine remplie de photos de nomades pachtounes. Sur ces photos, les femmes étaient installées sur des dossiers harnachés au dos de chameaux. Une autre photo montrait des hommes à cheval jouant au polo sur un champ marron, un champ qui partait à l'infini jusqu'aux montagnes, de véritables montagnes qui, dans le lointain géographique, permettaient de voir les coutures et les différentes composantes de la terre. Les hommes aux airs de Mongols en costume turquoise, rouge et noir jouaient au polo avec la carcasse d'un veau, entourés par une énorme frange de spectateurs. Ces nomades semblaient sortir d'un autre monde. On aurait dit à la fois des africains et des blancs, enveloppés dans leurs longues tuniques raides comme celles du kabuki et leurs couvertures. Leur tête était également couverte par un pan de couverture. Trois d'entre eux étaient des femmes et une petite fille qui paraissait aussi grande et sévère que les hommes enturbannés. Derrière eux se dressaient des tentes en peau de chameau.

Dans la vitrine, l'épicier avait affiché une licence au nom de Tesha Noor, Épicerie et boucherie Ramzy, et un poster énumérait les quatre-vingt-dix-neuf noms d'Allah, le Préservateur, le Dernier, Celui qui retient et rétracte ou encore Celui qui donne la mesure de toute chose. Et en bas de la vitre, maintenue contre le verre par une boîte de pois chiches Cortas, une brochure froissée du NYPD qui disait : En cas de suspicion terroriste, et le numéro à appeler.

La porte étant ouverte, elle franchit le seuil et longea une allée approvisionnée en huile Sultan, en pyramides de pains et de riz, en barriques de pistaches et d'amandes. Au fond de la boutique, elle trouva le propriétaire qui découpait de la viande derrière un comptoir de boucherie où s'étalaient des côtelettes de mouton, des gigots, des cervelles, et des intestins gris. Il portait une calotte blanche pareille à un petit gâteau posé sur sa tête ainsi qu'un gilet brodé et une chemise sans col. C'était un petit homme râblé. Son visage blanc et charnu était aussi rond qu'un pain. Quand il la vit, il posa son couteau et s'essuya les mains sur son tablier.

Je peux vous aider ?

Yahshimusiz, dit-elle.

Oh, sourit-il en essuyant une fois de plus ses mains mouillées et musclées. Yahshimusiz. Vous parlez un peu différent de moi.

Je suis ouïghoure.

Je suis ouzbek.

Il descendait d'une tribu ouzbek d'Afghanistan, d'Akcha. Vingt ans de guerre, presque trente. Il faut s'imaginer les prés verdoyants et les petits arbres comme des plumets vus de loin avec un serpentin de brouillard qui se faufile entre les collines, une unique habitation isolée au toit plat et en briques de terre comme un pueblo de montagne. Sa famille vivait de l'autre côté de la rivière, de l'autre côté de la frontière lourdement protégée avec ses murs en béton et ses clôtures électrifiées. Ils étaient de Boukhara, une ville qu'il ne connaissait pas mais qui le rendait fier. Il traça en l'air le contour de la grande mosquée en mosaïque.

On joue au buzkashi. On monte à cheval – très bel animal. Quand il va fort, c'est comme le tonnerre. Il mima une course à cheval. Désignant un lieu lointain, il dit, dans l'Est, c'est les montagnes comme vous n'avez jamais vu.

Vous parlez de quoi, vous pensez ? C'est chez moi ! lui dit Zou Lei. Oui ! Quand j'étais petite, ma mère racontait les histoires et je regardais ces montagnes. Peut-être à deux cent cinquante kilomètres. Je pense que je peux aller vers elles, toujours. Le ciel là-bas est le plus bleu, plus bleu que j'aie jamais vu.

Et les gens sont bien aussi, dit-il. Croyez-le. Les gens ont un cœur. Le boucher évoqua leur hospitalité et la façon dont ils recevaient leurs invités.

Même celui il n'a rien, il est généreux.

Oui, parce que si vous êtes mon invité, je vous protège. Vous êtes dans ma maison. Vous êtes en sécurité.

Vous donnez votre parole.

Parce que je suis un homme, je fais attention à mon honneur.

Depuis combien de temps vivait-il en Amérique ? lui demanda Zou Lei. Comment avait-il fait pour réussir à avoir son propre magasin ?

Quinze ans, répondit Tesha. Regardez, dit-il en brandissant un morceau de viande. Belle, fraîche à cent pour cent.

Ils regardèrent la viande avec admiration.

Avait-il envie de rentrer en Afghanistan, parfois ? demanda-t-elle.

Je ne peux pas.

À cause de la guerre ?

À cause de la guerre. Personne ne peut y aller. J'ai ma femme. Je ne peux pas y aller. Même si je vais seul, je ne peux pas. C'est très mauvais. Vous ne pouvez pas croire ce qui se passe. Si je vous dis, vous ne croyez pas. Je ne veux pas vous dire ce que je sais, ce que j'ai vu avec mes yeux. Ça vous donne envie de ne plus voir jamais, de vous enlever vos yeux. Je ne peux pas en parler.

C'est des montagnes très belles.

C'est un très beau pays, mon amie, mais vous ne pouvez pas aller là-bas. Peut-être vous savez. D'où vous venez ? Chine ? Donc peut-être vous ne savez pas. Vous connaissez George Bush ? Il veut tuer tout le monde. Les Américains tuent tout le monde. Il tue plus que l'autre, ben Laden. C'est ce qu'il fait avec nous. Toute ma vie, j'aime Amérique, pourquoi vous croyez je suis ici. Maintenant Bush arrive et – le boucher leva brusquement un bras – il fait comme ça, jette à la poubelle, il fait une poubelle. Il n'est pas obligé de faire ça. Ben Laden fait la merde avec mon pays, mais maintenant l'Amérique arrive.

Je vous dis, moi, ce qui arrive, continua-t-il. Vous voyez celui-là, la station-service sur le chemin pour ici ? Celle avec les drapeaux. Il était gentil, un homme bien. Un musulman, d'accord ? Il est là depuis longtemps comme moi. Après le 11 Septembre, un jour, il disparaît. Envolé. Parti. Avant, je le voyais tout le temps. Maintenant, je vois son fils, un fils gentil. Pourquoi je ne vois pas ton papa ? Mon papa est parti. Comment ça parti ? Parti, il dit. Je crois qu'ils l'ont pris. Des gens ils ont dit qu'il monte dans une voiture. Pendant deux ans, disparu.

Il ne faut pas me dire ça.

C'est la Sécurité nationale. C'est arrivé juste ici. La famille a mis des photos, tout ce qu'elle pouvait. Ça les tue. Ils ont le visage effondré. Et vous savez où il est ? Tout le temps il est ici dans le Queens. Personne ne peut le voir et il est ici, juste à côté à Queensboro Plaza. Ils ont un immeuble on dirait la poste. Au moment où la famille apprend ça, ils le mettent dans une autre prison au Texas. Cinq ans. Quand la famille dit, d'accord, allons au tribunal – vous pensez qu'il a fait quelque chose ? Non. On va le garder. Non, on va l'envoyer au Moyen-Orient.

Cinq ans, répéta Zou Lei. Je ne sais pas si je peux survivre. Quand j'étais en prison, c'était très dur pour moi.

Ils vous attrapent pour quoi ?

Pour l'immigration.

Grâce à Dieu Tout-Puissant ils vous laissent sortir.

Oui, Dieu merci. Maintenant j'essaye de réparer mon identité.

Vous n'avez pas la…

Non. Je dois résoudre le problème, dit-elle. Et elle se mit à lui raconter ses soucis puisqu'il avait envie de l'écouter. Je ne peux pas gagner de l'argent. Je dois payer un avocat. L'avocat coûte plus d'argent encore. C'est mauvais pour moi.

C'est quoi votre travail ?

Restaurant.

Restaurant chinois ?

Oui. Elle versa quelques larmes pendant qu'elle parlait, s'essuya les yeux. Mon patron il prend l'argent.

Tesha soupira en l'écoutant, saisi d'un sentiment d'impuissance. J'aimerais que ma femme est là. Sarah ! Sauf que sa femme ne la comprendrait pas car elle parlait tadjik. Sa femme assistait aux prières du vendredi.

Qui est votre patron, qu'est-ce qu'il est ? Musulman ? Chinois ? Sans vous offenser, mais les Chinois – j'ai beaucoup de clients chinois, donc je dois être prudent –, mais les Chinois sont froids.

Je sais, dit-elle. Pour eux, tout c'est un business.

Il lui donna du pain, insista pour qu'elle le prenne malgré ses refus et regretta une fois de plus l'absence de sa femme. Il avait aussi du yaourt, si elle le voulait et lui désigna le petit frigo sombre où il le gardait. Pour le pain, il avait le grand comme en Afghanistan, et aussi le petit, comme ça, comme de la pita turque. Tout ce dont vous avez besoin.

Et une autre chose – c'était important : beaucoup de gens venaient à son magasin, dit-il. Ici dans la porte, il avait un panneau où ils mettaient des messages s'ils avaient besoin d'aide. Vous pouvez proposer des échanges, dit-il. Vous pouvez laisser un mot et demander de l'aide.

Il avait installé une étagère en carton, du genre qui se plie comme une boîte et qu'on pose au sol, remplie de cartes de visite et de journaux gratuits. Il lui dit de prendre la carte d'un avocat spécialisé dans les questions d'immigration. Rahmat, dit-elle, en prenant une carte en même temps que son pain. Et il avait ça aussi – et il pointa une pile de petits journaux pliés écrits en ourdou et en chinois.

Ma femme fait des samsas. Elle coupe les ingrédients très fin comme ça – et il effectua un mouvement de hachoir avec la main dans sa paume. Très beau. Presque comme à la maison. Vous devez essayer. Si vous avez le temps, revenez.

Sa femme entra par la porte du fond et Tesha lui parla en tadjik. La femme contourna le comptoir dans sa robe en polyester noir pour apporter un verre d'eau à Zou Lei. Au même moment, un client entra et le boucher dut s'occuper de lui et c'est ainsi que la conversation avec Zou Lei prit fin. Il mit la main sur son cœur et lui dit de revenir.

Rahmat, dit-elle.

Sa femme Sarah eut une idée, la prit par la main et l'emmena dans la rue brûlante jusqu'à une maison à côté d'un immeuble aux ouvertures condamnées, les mauvaises herbes poussant entre les planches. Elle entraîna Zou Lei vers la porte au-delà de laquelle on apercevait une salle dotée d'un tapis rectangulaire, des chaussures et des sandales entassées sur son seuil. Une poubelle maintenait l'entrée ouverte. Des hommes en tunique et pantalon arrivant d'un peu partout convergeaient vers les lieux. En voyant leur barbe, Zou Lei comprit qu'il s'agissait d'une mosquée. Un homme entra, retira ses sandales et alla se joindre aux autres, agenouillés devant le drapeau noir et le dais.

La femme du boucher la confia à un homme et lui souhaita le meilleur. L'homme la guida vers l'entrée réservée aux femmes, une entrée séparée dans ce qui faisait penser à une maison résidentielle, et lui dit de descendre au sous-sol. Zou Lei entra, vit un escalier ainsi qu'un autre tas de chaussures et sentit une lourde odeur de désodorisant. Par une porte, elle aperçut les hommes qui pénétraient dans la mosquée au rez-de-chaussée. Elle retira ses baskets et descendit les escaliers vers le sous-sol.

Il s'agissait d'une pièce rectangulaire sans fenêtres décorée de guirlandes de fleurs en plastique et de gigantesques drapeaux noirs imprimés de lettres dorées. À une extrémité de la pièce étaient installés une tringle de rideau de douche et des câbles. On avait vissé des projecteurs au plafond, comme si les lieux servaient à tourner des vidéos, mais les projecteurs étaient éteints. Les femmes avaient pris place sur des tapis au sol, jambes repliées, comme des biches, face à un téléviseur posé sur un dais brodé de sequins. La télé diffusait en direct les images de ce qui se déroulait dans la salle de prière des hommes à l'étage.

On lui dit d'aller dans la salle de bains pour se purifier. Elle fut observée depuis le seuil pendant qu'elle se lavait les mains avec le savon liquide poisseux. Une femme drapée de noir lui dit, vos pieds aussi. Zou Lei, qui avait soif après sa course, but au robinet. Vos pieds, insista la femme, son voile bordé de fils argentés. Zou Lei mit un pied dans le lavabo et le lava.

Quand elle eut fini, on lui indiqua qu'elle pouvait prendre place avec les autres, alors elle alla s'asseoir sur la moquette au fond, derrière l'assemblée. Elle s'assit, un genou replié, son visage hâlé et ses mollets nus et dorés, les gouttes de sueur brillant sur son front, l'entrejambe de ses leggings en jean humide, et elle attendit.

La moquette se divisait en rectangles et chacune avait le sien. Au premier étage, la salle se remplissait d'hommes que l'on entendait à travers le plafond tandis qu'ils s'alignaient les uns à côté des autres. Ils distribuaient des chapelets en plastique ainsi que des pierres rondes et plates, pierre qu'on plaçait devant soi dans le rectangle où l'on s'asseyait. Les femmes regardaient ce qui se passait à la télévision, la caméra braquée sur le visage d'un homme en turban noir sous un projecteur. Il se leva et la télé montra les hommes qui se levaient à leur tour. Les femmes se levèrent aussi et Zou Lei les imita. Quelqu'un se mit à chanter à l'étage et elle regarda l'arrière du crâne de cette personne pendant qu'il chantait en direction des bannières noires.

Allahu akbar ! lancèrent en chœur les fidèles sur les deux étages. Allahu akbar, dit Zou Lei.

Le chant s'arrêta et le mollah se retourna. C'était un homme de taille moyenne, la soixantaine, avec un visage de Gremlin à barbe blanche qui rappelait la tête bronzée d'une figurine emballée dans du papier blanc. Grattements et bruits sourds sortirent d'un micro. L'homme discourut pendant plusieurs minutes, agitant les mains, pliant les doigts, brandissant parfois l'index au cours du prêche. À chaque main il portait une bague sertie d'une grosse pierre ovale.

Louange à Allah, à son Nom, au nom du Prophète, et au clan du Prophète de l'apparent et du caché. Car il ne faut pas douter qu'il existe bien une lutte du Bien contre le Mal. Par conséquent, faites ce qui est bien et rejetez ce qui est mal (loué soit Allah). La science dans la bouche de l'incroyant (créé par le feu, celui qui s'exclut des créatures de Dieu) est trompeuse. Celui qui utilise de faux noms, par leur nombre sera dénoncé. La numérologie vraie est une preuve devant moi, comme je suis une preuve devant Lui (l'Être Suprême). Ibn Al-Nawawi, troisième signe. Ainsi, la Science de la Vertu est utilisée pour apprendre la Vérité vraie (Gloire à tous). Mais quand on soustrait la juste foi à la vie quotidienne, zéro moins un égale l'infini négatif et de là, toute existence est bannie. Le croyant (soyez tous bénis) qui a le souci du jour du jugement vivra trois cent soixante-quinze ans sur la Terre et dix mille huit cents ans dans les Cieux (Gloire à Allah, selon les mots du croyant), sa rétribution sera d'or. La Connaissance induit la Vie. L'Ignorance, elle, induit la Mort qui affecte tout ce qui est vivant, y compris l'inanimé (qui n'aura alors plus d'existence possible). Sourate V, verset 37. Ainsi la Vie est-elle donnée ou reprise en fonction de la Théorie du Nombre (la Science du Nombre, béni soit l'Imam du Temps), découverte il y a plus de sept cents ans avant les ordinateurs modernes. Les quatre-vingt-dix-neuf noms du Très-Haut étaient répertoriés avant l'avènement des moyens modernes. Le soulagement sera accordé dans le temps à venir, dont le nombre d'années a été évalué à trois millions.

Quand il eut fini, le mollah se tourna et les chants reprirent, le chanteur récitant des versets rapidement pendant plusieurs minutes, sa voix hésitant dans les notes difficiles, prononçant des centaines et des centaines de mots habilement et rapidement sans se tromper. Puis le mollah reprit la parole et donna le rythme pour la prière. Dieu est grand ! vagit une femme comme si elle avait été sous hypnose. Elles approchèrent les mains de leur visage, semblèrent y lire comme dans un livre, puis les reposèrent et se penchèrent en avant. Tout le bâtiment tomba à genoux et les femmes posèrent la tête sur la moquette face au téléviseur. Elles pressèrent le front contre leur pierre de prière. Zou Lei fit de même.

Alors qu'elle levait la tête entre deux inclinations, elle remarqua une énorme sculpture représentant une main accrochée en hauteur sur le mur. Elle était couverte de guirlandes de fleurs en plastique et un œil se trouvait au centre de la paume.

À la fin de la prière, les femmes se tournèrent les unes vers les autres pour se prendre la main. Une femme prit celle de Zou Lei et l'enferma entre les siennes comme s'il s'agissait d'un poisson, puis les retira d'un geste glissant. Après quoi elles se touchèrent la poitrine au niveau du cœur. Puis elles lui désignèrent leur bouche de leurs doigts sombres pour l'inviter à manger avec elles.

Elles déroulèrent un morceau de toile cirée à motif de faux bois et quelqu'un passa des assiettes en plastique ainsi que des gobelets d'eau, mais pas de couverts. La toile cirée représentait leur table. Assieds-toi, dirent-elles à Zou Lei. Elle s'assit en tailleur, ses leggings encore humide à cause de la transpiration. Il y avait une marmite en aluminium remplie de curry de lentilles. Elles découpèrent le pain plat en plusieurs morceaux et s'en servirent pour manger les lentilles.

Pendant qu'elles mangeaient, un homme en salwar kameez entra dans le sous-sol chargé d'une autre marmite dans laquelle les femmes déposèrent de l'argent, le remplissant de dollars.

Je n'ai pas l'argent, mentit Zou Lei.

Pas grave, dirent les femmes. Plus de nourriture ?

L'une d'elles lui découpa un pain et mit les morceaux sur son assiette. Elles la regardèrent siffler son verre d'eau. Zou Lei ramassa les dernières lentilles de son assiette et se lécha les doigts. Bon, dit-elle. Elles remplirent de nouveau son gobelet.

Merci.

Non, lui dit-on. Bimsallah.

Bimsallah, répéta-t-elle.

Bien, dirent les femmes.

Elles voulaient savoir ce qu'elle était. Tu es quoi, femme du Népal ?

Après le repas, elle suivit les autres à l'étage pour récupérer ses chaussures. On avait parlé d'elle au mollah. Elle l'aperçut par la porte qui la regardait et acquiesçait pendant qu'un homme la pointait du doigt. L'homme portait des lunettes ainsi qu'une djellaba à travers laquelle on devinait l'ombre blanche de son maillot de corps. Une fois dehors, l'homme l'approcha en tenant un Coran.

Puis-je vous poser une question ? Pourquoi êtes-vous venue ici avec les bras et les chevilles découvertes ?

Quelqu'un a dit que je dois venir ici.

Je vois. Vous voulez apprendre notre foi. Connaissez-vous l'Islam ? C'est la vraie foi. La seule. Quand nous parlons du Dieu unique, il s'agit d'Allah. Vous vous sentez sans doute mieux après la prière. Vous vous sentez sans doute rafraîchie. Vous n'êtes pas d'accord ? Et il lâcha un rire pareil à celui d'un hôtelier en train d'accueillir un client fortuné.

Donc ! Tout cela est nouveau pour vous, mais très important. Cependant, il y a une chose que vous devez savoir : chez nous, il faut vous couvrir les bras, les jambes et la tête. Ensuite, vous pourrez venir suivre notre enseignement. Je vous donnerai un livre à étudier. Ensuite je vous convertirai. Vous avez un téléphone portable ? Je peux vous donner mon numéro de téléphone.

Les paroles de l'imam, je ne comprends rien, lui dit Zou Lei.

Ce n'est pas votre langue, c'est très difficile, je le sais, mais ce n'est pas un problème. Je vais vous remettre un livre en anglais. Je vous aiderai personnellement dans votre cheminement vers Dieu.

D'accord, d'accord, dit-elle mais elle ne lui donna pas son numéro. La sueur, à présent séchée, avait laissé des traces salées sur ses tempes et jusque sur ses cuisses. Elle avait les cheveux raidis et elle les repoussa d'une main, puis mordit dans le pain que Tesha le boucher lui avait donné.

Ma mère, elle était musulmane, dit-elle en mâchant. Je connais Dieu, mais c'est trop de règles.

Non, non, non. Vous avez tort, la corrigea-t-il. Non, non, non. Vous vous trompez complètement en disant cela. Je vais vous raconter quelque chose au sujet de Dieu. Il est pareil à l'ombre d'un arbre par une chaude journée. Comment dire ? C'est comme si le soleil vous brûlait la peau et que vous étiez très mal à l'aise. Vous avez soif et vous aimeriez avoir de bonnes choses à boire. Et tout ce que vous avez à faire est d'ouvrir cette porte et entrer où il fait bon et frais. Ça, c'est Dieu.

En revanche, poursuivit-il, vous ne pourrez pas recevoir toutes ces belles choses si vous menez une vie dépravée, si vous péchez, si vous faites ce que vous voulez. Il est évident qu'il faut mener une vie convenable et obéir à la loi. Il désigna le panneau bilingue arabe-anglais qui surmontait l'entrée de la mosquée et qu'il lut à haute voix à son intention. Cela disait : Préparation à la vie dans l'au-delà.

Il étudia sa réaction. Elle jeta un coup d'œil dans sa direction, plissant les fines lignes blanches autour de ses yeux qui s'étaient creusées à force de travailler au soleil, et ce depuis l'âge de six ans.

J'ai long trajet jusqu'à la maison, dit-elle et elle s'apprêta à partir.

Je comprends, vous devez partir, dit-il et il tapota son Coran. Ne faites pas attendre votre mari.

Tandis qu'elle s'éloignait, il l'incita à revenir le dimanche suivant si elle le pouvait, à deux heures, un autre repas serait organisé et il serait là.

Les gamins du quartier jouaient encore avec leurs tee-shirts mouillés, courant à travers la gerbe d'eau qui jaillissait d'une bouche incendie. Une voiture passa et le reflet du soleil sur le pare-brise laissa une empreinte sur la rétine de Zou Lei, une forme quand elle clignait des yeux. Elle avait terminé son pain et son estomac lui paraissait lourd, ses jambes raides. Elle n'avait plus envie de courir, mais elle avait une longue route pour rentrer et elle ignorait s'il y avait un bus.

Un gamin avec une grosse voix tenta de l'entraîner dans un jeu avec ses amis.

Je dois rentrer, chez moi c'est loin.

Loin comment ? demanda le garçon qui voulut courir à ses côtés.

Plus de trente kilomètres.

Il ralentit, abandonna la course.

Vous parcourez tout ça tous les jours ? lança-t-il.

Au revoir, dit-elle en agitant la main.

Il devait avoir autour de onze ans, Zou Lei lui avait fait forte impression et, les yeux écarquillés, il ne put s'empêcher de la suivre du regard.

Fight the Power ! hurla-t-il à sa suite.

44

Il était deux heures et quelque du matin et Skinner était sur la ligne 7. Quand la rame freina, ses jambes glissèrent sur le côté du siège. Il perdait son jean et les semelles de ses rangers en râpaient les revers. Sa canette vide lui échappa des mains et roula vers l'autre côté du wagon. Elle fut stoppée par la basket d'un Mexicain qui la retint comme un ballon de football avant de shooter dedans. Les passagers dormaient ou lisaient la Bible. La rame tanguait sur les rails, puis les portes s'ouvrirent brutalement et la chaleur des quais s'engouffra à l'intérieur, on voyait le nom des stations biffé de graffitis. Skinner se réveilla avec l'envie de vomir. Il descendit du train, s'effondra à moitié en passant le tourniquet, et vomit sur le palier du grand escalier. Il descendit jusqu'à la rue en s'accrochant à la rampe.

Arrivé en bas, il s'enfonça un doigt dans la gorge et vomit de nouveau. Il enjamba ses vomissures et avança d'un pas chancelant, passa près d'une poubelle renversée dans la rue. Les auvents des boutiques étaient tous en espagnol. Il avait dû croire qu'il reconnaissait les immeubles en parpaings sous les voies, avait dû croire que c'était le bar où Zou Lei et lui étaient allés boire un verre ensemble le premier soir. C'était un hangar fermé. Il posa la main sur le bâtiment comme pour qu'il reste en place ou pour s'empêcher de le quitter.

Mais il finit par s'éloigner du métro aérien, erra dans des ruelles qui coupaient les pâtés de maisons en diagonale. Les escaliers de secours pendaient des bâtiments sales pareils aux éclairs d'un orage. Il passa devant des primeurs, rideau baissé et produits hors de vue, les tréteaux en bois qui ne portaient rien enchaînés au mur. Derrière eux, des hommes dormaient, dans un état comateux à force de boire, enveloppés dans des couvertures, allongés sur du carton. Quelqu'un grogna. Dans le parc des Amériques, Skinner vit peut-être un homme se déplacer comme un zombie dans l'obscurité.

Une basse fréquence rythmée lui parvenait de quelque part. De loin, on aurait dit de la musique roumaine.

Il s'accrocha au grillage qui délimitait le parc et urina. Il y eut des cris et un homme arriva en courant dans la rue déserte, ses chaussures en cuir battant le sol, et il tourna à l'angle d'une maison délabrée. Plusieurs secondes plus tard, un autre homme arriva à sa poursuite, courant très vite pour un type de sa corpulence, et tourna à son tour. Skinner, qui urinait toujours, les regarda passer. Le poursuivant était armé d'un couteau de cuisine avec une lame de vingt-cinq centimètres. Les ténèbres entre les maisons où ils avaient disparu ne lui renvoyèrent aucun son.

La basse fréquence sortait d'un pick-up arrêté au point mort. Il était garé devant un club à la fenêtre obstruée. Skinner entra. Un bain de lumière bleue. Des gens se tenaient dans les coins, affublés de chapeaux et de bottes de cow-boys. Un homme obèse avec un tee-shirt extralarge des Dodgers de L.A. sur le dos regarda Skinner avec des yeux drogués. Skinner lui renvoya son regard et l'homme acquiesça en retour. C'était tellement formel que ça aurait pu passer pour de la moquerie. Une boule à facettes tournait au-dessus de leur tête. Une femme se leva de sa table près de la porte et voulut lui parler en espagnol. Skinner dit, je sais pas. Il s'affala sur une chaise à une table. La femme se rendit au bar et revint avec une Coronita décapsulée. Il lui donna ce qu'il avait sur lui, quatre dollars. Elle apporta les billets au bar et les montra à la femme derrière le comptoir qui avait un visage de troll, des gros seins maternels et, oui, ça irait.

À la table voisine, aucune femme, seulement des hommes. Ils lui tournaient le dos. Un homme au corps aussi long qu'une panthère en plein bond s'adressait aux autres penché en avant, leur parlait en ponctuant ses paroles de gestes, gesticulant de sa main tatouée aux longs doigts. Un bandana propret, plié et repassé, pendait à sa ceinture. Tous les hommes avaient des cheveux courts à la coupe nette. Certains avaient le crâne rasé et tatoué. Skinner aperçut un scorpion sur la joue de l'un d'eux. Ils portaient des vêtements propres, des baskets simples et propres à bouts ronds. Le même bandana plié et repassé pendait à toutes les poches.

Quand celui qui parlait eut terminé, il se carra dans sa chaise et posa le bras sur la table de Skinner. Skinner regarda le bras sur sa table. Il releva une forte odeur de déodorant ou de lessive qu'il ne connaissait pas. L'homme semblait avoir conscience de la présence de Skinner. Il semblait maintenir son visage de profil pour observer Skinner du coin de l'œil. Puis il tourna la tête pour de bon afin de l'observer. De face, hormis les yeux, l'homme avait le visage noirci par l'encre de ses tatouages. Une croix sur le front, une tête de mort cornue avec lettres gothiques, des scorpions, des toiles d'araignée, des feuilles, des épines et des spirales pareilles à des tornades autour des yeux. Il la jouait beau gosse sûr de lui.

Alors, on se change les idées ?

Je me bourre la gueule.

Comme tout le monde. Tout le monde y se bourre la gueule. Mais là c'est différent, non ?

C'est-à-dire ?

Ben toi. Toi t'es pas comme tout le monde. T'es d'où ?

Pennsylvanie.

Où ça ?

Pennsylvanie.

Mais qu'est-ce tu fous ici si t'es de Pennsylvanie ?

Je me mets minable.

Qué ? demanda un autre type à la table du jeune homme. La réponse de Skinner fut traduite en espagnol. Dans la lumière bleue, quelqu'un d'autre, quelqu'un à la lèvre et à l'arête du nez tatouées, dévisagea Skinner.

Quoi d'autre ?

Rien.

Son interlocuteur en pull blanc fit pencher une fois de plus sa chaise vers l'avant et pendant plusieurs minutes, ils n'échangèrent pas un mot, donnant à Skinner le loisir d'observer le dos tout en longueur de l'homme.

Mec. Hé, mec.

Skinner donna un petit coup dans l'épaule de l'homme avec sa Coronita. Le visage tatoué se retourna vers lui.

Tu viens d'où, putain ?

Qu'est-ce t'en as à foutre ?

Plus tard, l'homme leva la main pour faire venir l'une des femmes de petite taille et lui parla sur un ton imposant – à la cadence de son élocution on devinait qu'il lui parlait sans la regarder. Elle prit les billets pliés proprement, aussi bien pliés que leurs bandanas, entre les longs doigts de l'homme et revint quelques instants plus tard avec une nouvelle tournée de bières et de citrons.

Hé, mec. Hé, l'enculé. Tu veux savoir d'où je viens ?

Je sais d'où t'es.

C'est ça, ouais. Je viens d'Irak.

Qu'est-ce qu'est arrivé à la Pennsylvanie ?

À toi de me dire. Et ton visage, il lui est arrivé quoi ?

Quoi ? Qué ? demandaient les autres.

Les tatouages à la con, là. C'est pour quoi ?

C'est comme la religion. Pour lui – l'interlocuteur pointa le plafond dans le noir. Et pour lui aussi – il pointa le sol.

C'est qui qu'est en bas ?

Tu le sais très bien. Tout le monde sait.

Skinner tangua et l'homme le repoussa du coude.

Fais gaffe, carnal.

Hé. Hé, mec.

Skinner garda la main tendue jusqu'à ce que le type la lui serre et s'en débarrasse. Skinner essaya de serrer la main des autres à la table. Ils le fixèrent du regard et aucun ne bougea. Quelqu'un lui dit de s'asseoir correctement, putain, avant qu'il se fasse mal. Le débilos veut se faire remarquer.

T'es un IC ? demanda l'interlocuteur en souriant. Un indic ?

Je suis le mec qui a le pouvoir d'appuyer sur la détente, dit Skinner.

Les yeux du gars remuèrent : les blancs qui paraissaient bleus dans la lumière bleue bougèrent dans leurs orbites au milieu de son visage ornementé. Le dernier échange dont Skinner se souviendrait avant de se retrouver à errer dans Flushing Meadows Park se déroula à peu près ainsi :

T'as tué des gens ?

Quelques-uns.

Lesquels ?

L'ennemi. Les Irakiens.

Y en avait avec qui c'était marrant ?

Un ou deux. On avait l'habitude de jouer au jeu du poulet avec eux. Comme cette fois avec ces deux idiots, là, dans une maison. Notre traducteur leur dit de sortir, que c'est OK. Et dès qu'ils mettent le nez dehors, on les allume et ils retournent à l'intérieur à toute blinde. Le traducteur se fout de leur gueule. Il leur dit, qu'est-ce que vous avez fait ? Vous deviez porter une arme. Eux, ils jurent sur Allah que non, ils n'ont pas d'arme. Donc le traducteur leur dit, OK, je vais parler aux Américains pour vous. Il le fait, et après, bon, j'ai parlé aux Américains, maintenant vous pouvez sortir. Mais cette fois, qu'il leur dit, vous devez chanter une chanson. Il leur apprend une chanson, là, en plein milieu du champ de bataille. Et eux, ils se cachent derrière ce bout de mur et ils chantent. Et l'autre leur fait, genre, ça va pas, vous chantez faux. Les États-Unis d'Amérique sont pas venus jusqu'à ce pays de merde pour entendre une bande d'enculés chanter faux. Il les fait recommencer. Finalement, ils sortent. Avec le traducteur qui leur dit de s'appliquer comme si c'était *American Idol*. Il leur hurle dessus, vous êtes jugés. Mais c'est bon, c'est cool. Ils sortent, jusque-là, tout va bien, ils chantent. C'est cool. Et puis boom, on tire sur un des mecs. Il reste plus que son pote. Le traducteur dit au gars, ton poto, y avait un truc qu'il chantait mal. Maintenant tu chantes tout seul. Tu joues toutes tes billes, là. À toi de voir si tu veux en chier. Il chante tout le putain de truc, et on applaudit.

Une fois, on a ramassé une tête sur le champ de bataille et on l'a fait porter par quelqu'un. Mon sergent l'a posée entre les jambes d'un cadavre. Il lui a fait cligner de l'œil. On a fait des trucs vraiment dégueulasses à des cadavres. Genre les mettre assis, comme dans *Week-end chez Bernie*, avec des lunettes de soleil. Ou les mettre dans des positions de baise et monter un film. Tout ce que tu veux. On les déguisait. On jouait à catcher avec. On faisait des body slam avec des macchabées en sacs mortuaires. On a buté leurs putains de chameaux chaque fois qu'on a pu. On a buté leurs ânes. Je crois que j'ai ri à des trucs inimaginables.

T'as eu des emmerdes ? demanda l'homme tatoué.

Non. Dès qu'on butait quelqu'un qu'on n'aurait pas dû, si besoin, on laissait une arme ou du câble sur le cadavre.

T'es futé, toi.

Moins futé qu'expérimenté. Ça oui, peut-être.

Mais la chanson, elle faisait comment ?

Je la chante pas.

Je crois qu'on en a une dans le même genre dans mon pays. La façon dont on la chante, on appelle ça la chanson des mariés. Tu dis à une femme qu'elle a deux possibilités : soit tu m'aimes juste ce soir, soit tu épouses mon fusil et il t'aimera à jamais.

Il retroussa son pull blanc propret et montra à Skinner le tatouage sur son avant-bras.

C'est quoi ?

Elle se fait baiser. Bien profond. Avec un sac en plastique sur la tête.

Skinner rit. T'es trop con.

Le bel homme rit aussi. Tu vois ? Tu ris. Autant en profiter.

C'est qui derrière elle ?

Un squelette braquait un pistolet sur la tête de la femme en train de s'asphyxier.

C'est l'homme le plus attentionné qu'elle connaîtra jamais.

45

Est-ce que tu es vraiment ici pour moi ? demanda-t-elle à Skinner.

Qu'est-ce que tu veux de plus ?

J'ai l'impression que tout c'est mon problème.

Elle fut troublée de voir qu'il prit ces mots sans réagir, sans protester.

Je ne sais pas quoi faire, si je peux me marier avec toi, si c'est encore plus de problèmes alors je ne sais pas. J'essaye de savoir, c'est OK, mais il y a personne que je peux demander. Tout coûte de l'argent…

Tu veux dire que tout ça, c'est qu'une question de fric ?

Non, ce n'est pas l'argent…

Après toutes les fois où je t'ai invitée ?

Non, ce n'est pas l'argent ! L'argent ça m'inquiète, mais c'est une petite chose à côté d'autres choses.

Elle fondit en larmes au milieu de sa phrase, s'essuya le visage et s'efforça de poursuivre.

Quelque chose d'autre est plus important, je sais. Je ne veux rien demander de toi, de personne, je préfère être seule que de prendre avantage de toi. Je m'inquiète pour toi tout le temps. Je vois que tu restes à l'intérieur dans la chambre et j'ai peur. Ce qui t'arrive, je ne sais pas. Donc j'essaye de t'apporter aussi des choses. Je ne peux pas faire beaucoup à cause de l'argent. Si j'avais un moyen, je t'emmènerais à l'hôpital, Skinner. Je te donnerais tout ce que j'ai, parce que si je te perds, je sens que je perds tout.

Elle ne cessait d'essuyer les larmes sur son visage pour pouvoir continuer de parler.

Et tu me fais mal, Skinner. Tu me fais tellement mal. Tu me jettes, me laisses dans la rue et tu t'enfuis. Et tu n'appelles pas, pas pendant deux ou trois jours. Tu ne penses pas à ça ! Tu ne dis même jamais pardon. Pourquoi ? Parce que tu n'es pas obligé, parce que je suis musulmane, immigrée ? Donc tu ne me respectes pas ? Si c'était ta mère, tu la laisserais comme ça ? Je me donne à toi. À toi peut-être ce n'est rien, une fille comme ce sale magazine que tu lis, une personne de merde. C'est vrai ?

Non ! dit-il. C'est pas vrai. Je n'ai jamais pensé ça de toi. Je ne t'ai jamais traitée comme de la merde.

Tu dis, se marier, d'accord, ça compte pas si on le fait ou pas, tu t'en moques.

Te traiter comme de la merde ? répéta-t-il en plissant les yeux en direction du mur du sous-sol. Je ne t'ai jamais traitée comme de la merde, jamais. Je t'interdis de dire que j'ai fait ça. Tu veux qu'on en parle, parce que je m'y connais un peu dans le domaine et je t'ai jamais traitée comme de la merde, pas moi. J'ai vu quelques personnes se faire traiter comme de la merde et ça ressemble pas à ça. Rien à voir. Je dirais même que t'es plutôt bien traitée. Qu'on en est encore super loin. Et je suis désolé si je ne suis pas parfait. Je suis désolé si j'ai foutu en l'air tes projets samedi dernier quand, une fois de plus, je t'ai invitée à déjeuner. Y a plein de trucs que j'ai faits de travers. J'imagine que ça aussi, c'était une connerie de ma part. Va falloir l'ajouter à toutes mes autres fautes. Désolé que t'aies rencontré un raté. Désolé de pas correspondre à ton idée d'un parfait chais pas quoi. Ouais, chuis vraiment désolé. Vas-y, dis ce que t'attends de moi. Ordonne-moi de t'épouser tout comme il faut.

Elle se frotta le visage dans le creux de son coude, marmonna, je ne veux pas te parler.

Putain, dit-il, hé ben. Il se mordit la lèvre, secoua la tête. Chais pas… Mais tu vas me parler. Je n'accepte pas que tu me traites de connard ici comme ça. Dans ma chambre. Dans mon pays. Le pays pour lequel je me suis battu. Et toi, tu faisais quoi pendant ce temps-là ? Tu passais la frontière illégalement ? Ouais. J'ai une dette envers toi. Ici. Laisse-moi voir combien j'ai sur moi.

Il saisit son portefeuille sur la table de chevet et le lança à travers la pièce. L'objet atteignit la poitrine de Zou Lei et tomba par terre. Elle se leva aussitôt pour partir.

Attends ! dit-il, et il bondit pour essayer de l'arrêter. Elle perdit la tête à force de se démener contre lui, donna des coups de pied. Il la prit par la taille et la ramena vers le lit. Non ! cria-t-elle. Ils tombèrent. Attends, attends, attends, je suis désolé, lui répétait-il à l'oreille, l'écrasant de tout son poids dans le matelas. Elle lui donna un coup de tête sur le côté, se débattit sous lui et le frappa de nouveau à la tête. Il s'allongea sur elle, voulut lui maintenir les bras de force. Elle lui donna un coup de genou dans le dos. Il grimaça. Elle le regarda à travers ses cheveux hirsutes, le visage paniqué et désespéré, couvert de sueur et de larmes. Ils se contemplèrent. Elle lui donna un autre coup de genou dans le dos où elle lui avait déjà fait mal la première fois.

Vas-y. Défoule-toi.

Elle le cogna encore.

Il fronça les sourcils.

J'espère ça fait mal, espèce de salaud. Tu me TRAITES ? hurla-t-elle. Tu me TRAITES ? Sini sikey kot ghuy. Elle regimba et envoya son poing vers le visage de Skinner. Tu ne sais pas combien tu auras peur. Je t'arrache un œil. Je suis désolé, dit-il. Elle se moqua de lui et s'agita dans tous les sens dans un effort pour le frapper.

S'il te plaît, arrête de te battre, dit-il.

Je te déteste.

Ça me va. Je ne veux pas que l'un de nous se blesse.

Je te déteste. Tu m'avais mais plus maintenant. Maintenant tu es tout seul. Lâche-moi.

Il la lâcha.

Elle se leva et rajusta son tee-shirt et son pantalon, se recoiffa. Il lui demanda ce qu'elle faisait. Elle le lui dit, c'était fini – entre eux, voulait-elle dire.

Zooey, s'il te plaît.

Elle l'ignora, regarda vers la porte qu'elle allait franchir et demanda à Skinner de la laisser passer. Ses supplications ne l'émurent pas. C'était vraiment terminé.

Skinner dit, j'y crois pas. Je ne savais pas que ça arriverait aujourd'hui. Il y avait des trémolos dans sa voix redevenue calme.

Tu as ce que tu veux.

C'est pas ça que je voulais.

Puisqu'il ne pouvait pas la faire changer d'avis, il fallait qu'elle sache une chose avant de partir. Il s'écarta de la porte. Je ne t'arrête pas – tu peux partir quand tu veux –, je vais juste te montrer quelque chose.

Elle le regarda prendre son sac de combat, s'asseoir, ouvrir le sac, enfoncer la main dedans et la ressortir en tenant un lourd revolver de l'armée. Le cerveau de Zou Lei mit une seconde de plus à intégrer qu'il s'agissait d'une arme.

N'aie pas peur, dit-il en pointant l'arme sur son crâne.

Skinner, non !

C'est bon. Ne bouge pas. Tu es bien où tu es. Écoute. Je veux que tu saches quelque chose. Je suis – tout son visage se fripa et les larmes ruisselèrent sur ses joues. Il fit une pause. Je suis nul. Je suis nul. Je suis nul, putain. Je suis nul, putain. Je veux mourir. Personne ne le sait. Je suis désolé. Vraiment. Il fit une autre pause. Je ne peux pas te dire à quel point je suis désolé. Tu mérites mieux. Mais il faut que tu saches que tu étais tout pour moi. Tu peux partir maintenant. Il ferma les yeux et inspira.

Skinner, je viens vers toi. Ne fais rien. Juste prends le calme. Je te touche le bras. C'est ma main. Je suis amie.

En se faisant la plus délicate possible, comme si elle saisissait un rossignol dans l'une des histoires de sa mère, elle posa les mains sur son bras et éloigna doucement l'arme de sa tête. Elle dut ouvrir ses doigts un par un pour qu'il lâche la crosse, lui prit l'arme et la posa dans un coin aussi loin que possible.

Ils restèrent allongés enlacés sur son lit pendant un long moment.

Je dis une prière à Dieu pour nous.

Merci. Passe-lui le bonjour pour moi.

Plus tard, il lui demanda si elle voulait toujours le quitter, et elle secoua la tête.

Alors Dieu doit exister, finalement.

Je ne sais pas que tu as une arme.

Je sais.

Peut-être que tu peux enlever les balles.

Il se leva et déchargea le revolver et le rangea.

On devrait peut-être manger quelque chose.

Je ne veux pas tu achètes encore à manger pour moi. Ce n'est pas juste.

C'était pas ce que je voulais dire, Zooey. Est-ce que tu voudrais bien partager ce repas avec moi, s'il te plaît ?

Peut-être on devrait faire autre chose.

Ah. D'accord. T'es sûre ?

Oui. Elle tendit les bras vers lui. Mais quand ils voulurent faire l'amour, il eut des difficultés ; il ne bandait pas assez pour la pénétrer.

C'est OK. C'est OK.

Non, ça l'est pas.

Si c'est OK. Je t'aide.

Enfin, il y arriva. Quand il eut joui, ils étaient tous les deux en sueur et avaient chaud, et des saletés du matelas s'étaient collées à leurs genoux. Il était soulagé d'avoir finalement réussi à faire l'amour, mais cela lui avait pris beaucoup de temps. Il lui demanda comment elle se sentait et elle répondit qu'elle était bien. Elle allait prendre une douche. La nuit leur était tombée dessus pendant qu'ils s'étaient agités sur le lit. La chambre semblait remplie de fumée. Ce n'était que ses yeux, une solitude. Un lieu sur terre sans électricité. Une nature faite de décombres. Il alluma la lampe de chevet comme si c'était un feu de camp orange pour repousser les bêtes sauvages. Les murs d'un violet qui rappelait un harem apparurent et il était de nouveau dans le Queens où cette même couleur avait été choisie par ses propriétaires.

Juste un truc, c'est que tu ferais mieux de t'habiller quand tu sors de la chambre. Il pourrait y avoir quelqu'un ici.

Quelqu'un dans le sous-sol ?

Il y a ce mec qui descend, parfois. On sait jamais.

Okay.

Habituée à traiter tout ce qui se situait hors des limites de l'endroit où elle dormait comme un espace public, elle ne prêta pas plus d'attention à cette remarque, agit en conséquence, et sortit de la chambre entièrement habillée en emportant la serviette Camp Manhattan.

Après s'être douchée, rhabillée et avoir brossé ses cheveux mouillés, il l'emmena manger une pizza chez Fratelli. Pendant le repas, il tendit la main par-dessus la table orange, essayant de saisir quelque chose de Zou Lei. La nuit paraissait particulièrement sombre. Il choisit son coude. Elle se servait de ses deux mains pour tenir le morceau de pizza triangulaire qui n'arrêtait pas de plier au milieu, comme un cadavre qu'on transporterait jusqu'à un hélicoptère. Il lui tint le coude, regarda sa poitrine se soulever tandis qu'elle accomplissait les fonctions basiques de la vie – respirer, manger.

C'est à cause des médocs.

Je sais. Tu es un jeune homme fort.

Aujourd'hui tout était bizarre.

La douleur douce et vive annonçant une crise de larmes venait une fois de plus de se faire sentir au niveau de sa gorge et de ses yeux. Il baissa la tête, jeta un coup d'œil de biais vers son reflet dans les miroirs étroits et verticaux qui couvraient le mur de la pizzeria. On aurait cru que quelqu'un lui avait vaporisé du répulsif anti-cafards dans les yeux, provoquant une réaction allergique. Il pensa aux membranes de muqueuses rougies et irritées après la friction du sexe.

Est-ce que tu as remarqué quelque chose quand nous étions… ?

Tu es fatigué, c'est tout.

Non, je veux dire, est-ce que tu as remarqué quelque chose ? Est-ce que tu as entendu quelque chose ?

J'entends juste le bruit qu'on fait.

Rien d'autre ?

Quoi ?

Comme quelque chose à l'extérieur de la chambre.

Elle leva les yeux vers le plafond, le ventilateur, fouillant dans sa mémoire.

J'entends un bruit. Je crois comme quelque chose qui tombe par terre. Tu penses que quelqu'un est là ?

Apparemment, oui. Elle demanda qui aurait pu faire une chose pareille, d'après lui. Skinner demanda si elle se souvenait de ses affaires qui avaient disparu – un magazine, des médicaments, son pack de bières ? Il soupçonnait le gars de le voler, mais aussi de l'espionner. Skinner savait qu'il descendait dans le sous-sol parce qu'il l'avait vu sous l'évier.

Il est entré dans ma chambre pour réparer la chaudière. Et juste après, Mme Murphy se plaint au sujet de ma chambre. Tu te souviens de la fois où j'ai fait le ménage à fond ? C'était à cause de lui. Bref, je sais qu'il descend, qu'il a tout vu. Quand je sors et que je reviens, il y a toujours un truc qui a changé de place, comme s'il avait été en bas. Et ça n'était jamais arrivé avant lui. Tout ça a commencé après son arrivée. L'autre jour, je l'ai vu ici et c'est comme s'il y avait je sais pas quoi entre nous. Comme s'il allait se passer quelque chose.

Pourquoi il te fait ça ?

Je sais pas c'est quoi son problème. Tu l'as déjà vu, ce mec ? Il est du genre très costaud, hyper grand, c'est limite s'il fait pas boing boing quand il marche tellement il est monté sur ressorts, à croire qu'il est prêt à tuer quelqu'un. Il a une barbichette comme ça, là.

Oui, dit-elle. Je le connais.

Vraiment ?

Un jour je viens pour te voir et tu n'es pas là. Il ouvre la porte. Je crois que c'est lui.

Vraiment ? T'es sérieuse ? T'es sûre que c'était lui ?

Elle dit qu'elle en avait l'impression, oui.

Qu'est-ce qu'il t'a dit ?

Il essaye de m'inviter à l'intérieur.

Qu'est-ce que t'as fait ?

Je dis non. Je m'en vais. Mais il essaye de me convaincre.

Il t'a draguée ?

Peut-être oui, je crois. Skinner grimaça. Mais elle dit à Skinner que cela ne signifiait rien pour elle. Ce n'était pas la première fois qu'un homme tentait de lui parler à Flushing. Beaucoup d'hommes tentent de piéger les femmes.

Comme qui ?

Il y a ce garçon qui m'appelle M'man. C'est très drôle. Je crois, tu appelles ta mère ?

C'était quoi, un black ?

Il est noir. Hé, M'man ! il a dit.

Qu'est-ce que t'as répondu ?

Que je dois y aller.

C'était où, sur Main Street ?

Oui, dans Chinatown. Il n'arrive rien. Je crois qu'il me regarde juste pendant que je passe. Il dit des choses, M'man, comme s'il appelle sa mère.

Bon, en même temps, je peux comprendre. C'est normal, vu comment t'es foutue, et tout.

Elle lui demanda s'il se sentait bien, et il répondit qu'il était juste fatigué.

À leur retour, ils vacillèrent une fois de plus au bord de la tristesse. Il lui demanda s'ils pouvaient s'allonger sur le lit et se serrer dans les bras jusqu'à ce qu'elle doive partir. Ils restèrent enlacés pendant un assez long moment, la lampe de chevet toujours allumée pour le réconfort. Est-ce que tu m'aimes ? demanda-t-il. Elle dit qu'elle ne serait pas dans son lit avec lui si elle ne l'aimait pas. Sa mâchoire se contracta, il plissa les yeux et un frémissement de larmes roula le long de son nez, un mince filet qui sécha en soixante secondes. Elle lui tint la tête, lui massa la nuque là où se terminait sa coupe de cheveux.

Je t'aime, dit-il.

Elle ne répondit pas et il se demanda si ces mots sonnaient aussi creux pour elle que pour lui. Il lui caressa le dos et la hanche. Rien de ce qu'il pourrait dire n'égalerait la courbure de sa hanche.

Tu es le seul homme qui a le droit de me toucher.

C'est vrai, dit-il. À onze heures, il se redressa d'un coup et dit, attends-moi une seconde. Il attrapa ses rangers, lui dit de ne pas bouger. Reste ici, je veux vérifier quelque chose. Avant de sortir, il prit l'arme puis il monta à l'étage en courant, la laissant apeurée et confuse.

Il cavala autour de la maison et parvint dans l'allée sur laquelle donnait la fenêtre à barreaux de sa chambre. Elle se mit debout sur le lit et murmura, qu'est-ce que tu fais ?

Je regarde notre vie privée. Est-ce que tu me vois là-haut ?

Non. Presque pas.

D'accord. Deux secondes. Je reviens.

Il fit de nouveau le tour de la maison. Elle l'entendit rentrer, verrouiller la porte, puis redescendre l'escalier bruyamment à cause de ses rangers et passa les lieux au peigne fin : la salle de bains, la cuisine, le placard jusque dans les moindres recoins.

Il se passe quoi ?

J'ai entendu quelque chose.

Elle lui demanda de ranger l'arme, s'il te plaît. Une fois de plus, elle était dans tous ses états.

Je suis sûr d'avoir entendu quelque chose dehors. Avec la lampe de chevet allumée, c'est pas bon. On voit tout de là-haut.

46

Le trajet était long et elle avait deux changements pour arriver dans le Bronx. Les Blancs descendirent, les Noirs et les Hispaniques montèrent et ne bougèrent plus. Le train se remplit, devint noir d'un monde noir, et embauma la sueur à l'huile de noix de coco et l'encens à la cerise. Sur Westchester Avenue, elle prit un bus vers l'est pour Soundview. Le bus emprunta une avenue à huit voies surplombée par une cité dont l'échelle réduisait les êtres humains à néant. Elle appuya sur le bouton et descendit. Chacune de ces tours ressemblait à un navire planté dans le sol et s'élevant dans le ciel, rongé par la rouille, et Zou Lei en compta vingt. Elle demanda son chemin à une Haïtienne qui avait mis ses chaussures du dimanche. Y a qu'à prendre le passage souterrain, dit-elle. Le visage de la femme était marqué de cicatrices profondes. Un escalier en béton descendait une colline poussiéreuse vers de petits immeubles à toit plat, des chariots élévateurs dans la rue. Arrivée en bas, elle trouva l'adresse qu'elle cherchait, une usine.

Il y avait des barreaux aux fenêtres et des robes déchirées accrochées aux barreaux pour boucher la vue. Des bouts de tissus déchiquetés étaient noués de toutes parts, aux grilles et aux grillages, la poignée de la porte couverte de graffitis en espagnol. Il y avait des mots écrits au feutre sur les murs à l'intérieur. Cherchant un accès, elle pénétra dans un couloir qui faisait penser à une glissière destinée au bétail dont l'extrémité était fermée par une porte grillagée. Sur les dalles du plafond, elle vit les mots : Viva Ei. Il n'y avait pas moyen d'entrer – la porte était verrouillée. À travers les trous dans le grillage, elle entendit les ventilateurs ronronner et les machines tourner et elle vit les cartons, les tas de tissus de différentes couleurs et les femmes assises aux tables. De retour à l'extérieur, elle passa un portique d'accès provisoire par lequel on apercevait l'intérieur du bâtiment, mais là aussi, tout était cadenassé. Un homme affamé à la peau cancéreuse mangée par le soleil comme celle d'un travailleur agricole scotchait des cartons, découpait le scotch avec un rasoir dont le manche était enveloppé de scotch. Il ne lui jeta pas un regard quand elle demanda comment entrer.

Elle tourna au coin du bâtiment et tomba sur une autre entrée munie de barreaux qu'on avait laissée entrouverte. Le plâtre des murs était couvert de mots chinois écrits au feutre. On y lisait : Le numéro de téléphone de cette usine est – les chiffres étaient raturés, mais d'autres étaient inscrits, ainsi que des noms et des messages en chinois. À l'extérieur d'une alcôve, sous les tuyaux, quelqu'un avait écrit : Défécation interdite ou vous serez responsable du nettoyage.

Elle enjamba des cartons empilés à côté des disjoncteurs, une copie de la loi sur le salaire minimum scotchée sur les briques, le ronronnement se fit plus fort, et elle vit des rangées et des rangées de tables, les femmes dos à l'entrée qui travaillaient pieds nus, appuyant sur leur pédale, maniant le levier à l'aide du genou. La radio de quelqu'un était allumée et on l'entendait à peine dans le murmure envahissant des ventilateurs. Les machines à coudre cliquetaient comme des télégraphes. Tout au fond de la salle, sous les poutres, à côté des planches à repasser matelassées utilisées pour aplatir les vêtements avant de les ranger dans les cartons, il y avait des piles de cartons vides et autre bric-à-brac, de vieilles machines, des chaises en métal avec des bouts de tissus pourris noués autour comme des foulards trempés, et encore des vêtements enfournés dans des sacs en toile, propriété des services postaux.

L'usine sentait le vieux bois et le carton. Il y avait du carton par terre sous les pieds nus des couturières pour absorber l'huile des machines à coudre Juki étouffant déjà sous la poussière, des filaments de tissu rouge porte-bonheur attachés aux fuseaux des bobines.

Environ dix-sept femmes étaient au travail, quelques-unes âgées d'une vingtaine ou d'une trentaine d'années tandis que la majorité paraissaient plus vieilles. Elles étaient nombreuses à porter des lunettes. Elles ne levèrent pas la tête à son arrivée, gardant les yeux rivés sur leur ouvrage, le dos rond, l'armature de leur soutien-gorge ressortant sur le rond de leur dos. Il faisait très chaud et elles avaient opté pour des chemisiers en rayonne sans manches ou les tee-shirts. Zou Lei les vit devenir grises.

L'une de ces femmes parmi les plus jeunes se leva pour aller au frigo sale, apparemment pour jeter un œil à son déjeuner dans un sac en plastique rouge, et son tee-shirt arborait le dessin de quelqu'un dormant à côté de la légende suivante : Réveille-toi à tes risques et périls. Elle portait un short qui lui arrivait aux genoux comme Zou Lei, était très mince, avait une peau presque rouge ainsi qu'un menton en avant et des cheveux courts hirsutes, trébuchant à chaque pas dans ses sandales en plastique. Elle alla aux toilettes où il était interdit de déféquer et en ressortit avec une serviette en papier humidifiée qu'elle passa sur ses bras maigres pour se rafraîchir devant un ventilateur. Elle échangea un regard rapide avec Zou Lei et fit un geste, parla, fit un geste, à peine audible par-dessus le ventilateur, et dit :

Derrière toi, l'homme. Va le voir.

Zou Lei se tourna et vit un homme penché en arrière dans un fauteuil de bureau, les pieds sur la table devant lui, un cuiseur de riz à côté. Des images découpées de candidates de Miss Asie en maillot de bain étaient scotchées sur les briques du mur qui se dressait derrière lui. Les femmes à la peau blanche posaient en maillot une pièce, une main au niveau de leur coiffure des années soixante, l'autre sur la hanche. L'homme portait un jean tellement usé jusqu'à la corde qu'il en était presque irisé.

Il regarda Zou Lei de biais et prit un appel sur son téléphone portable. Quand il raccrocha, il se leva et palpa ses poches à la recherche d'un briquet, prit un paquet de cigarettes White Cotton sur le bureau, en coinça une entre ses lèvres, se palpa de nouveau les hanches en quête d'un briquet, retira la cigarette de sa bouche et se traîna vers une pièce qui servait de bureau, ses longs bras ballants le long de son torse comme du linge mouillé, comme si, dans cette chaleur, le moindre mouvement représentait un effort.

Elle le suivit dans le bureau qui se résumait à un petit appentis et où il faisait un froid glacial. Un climatiseur réglé à quinze degrés soufflait un air frigorifique dans cet espace de la taille d'un placard. L'homme soupira et fit tourner son briquet dans sa main, le tapota sur la table et le fit pivoter entre ses doigts. L'ongle de son auriculaire était long et pointu. Pas une fois il ne la regarda dans les yeux. Ils étaient entourés de cartons remplis d'étiquettes de marques connues à coudre sur les vêtements et de bacs pleins de pièces pour les machines à coudre, aiguilles, bobines Pegasus, boulons, courroies de ventilateurs, jerricanes d'huile de moteur, bobines de fil noir, blanc, bleu et brillant, d'un fax dont les petites lumières vertes clignotaient et d'un mini-frigo. Il parlait le cantonais de Toisan ; le mandarin ne l'arrangeait pas. Elle dit oui à tout, y compris à ce qu'elle ne comprenait pas. Elle garda sa formation militaire pour elle.

Il demanda : Vous êtes couturière ?

Bien sûr, dit-elle.

Il semblait s'en moquer. Il lui montra les différents départements qu'il dirigeait : Lak gwat. Il passa à l'anglais, agacé qu'elle ne comprenne pas. Moelle. Ourlet bébé. Reliure. Perle. Cinquante cents la pièce. Peut-être dix cents. Ça dépend. Le département différent gagne gros lot. Parfois, le travail toute la nuit s'il doit rendre commande.

Il n'y avait pas de jours de congé. Si elle ne venait pas, elle ne gagnait rien, point barre.

Des questions ?

Elle n'avait pas de question à lui poser. Aucune parole définitive ne fut prononcée qui lui indiquait si elle était embauchée ou pas, ou si elle viendrait au travail le lendemain. La question ne fut jamais posée et ne reçut aucune réponse. La conversation prit fin quand elle réalisa qu'il n'ajouterait rien de plus.

Il se passa une dernière chose. Alors qu'elle essayait de quitter le bâtiment, elle vit un homme fermer le portail avec une chaîne de vélo, piégeant tous ceux qui se trouvaient à l'intérieur, et elle ne put réprimer un hurlement : Hé ! Vous faites quoi ? Je pars !

L'homme, d'un certain âge, le genre célibataire en maillot de corps, le genre qui connaissait la rengaine et que ça ne dérangeait pas, lui lança un regard amusé et rusé.

On se calme. L'autre porte est ouverte par là, dit-il.

*

Je voulais vous parler de quelque chose, Skinner.

À quel sujet ?

Une prostituée de Flushing est venue vous voir ici.

Comment ça ? Quand ?

Je ne suis pas sûre de la date.

Attendez. Je suis un peu embêté. Je ne connais aucune prostituée à Flushing. J'essaye de réfléchir, mais je ne vois pas de qui il peut s'agir. Elle était asiatique ?

Je ne sais pas. Mon fils a dit qu'il lui a parlé.

Et il la connaît comment ?

Mon fils a dit qu'il l'avait déjà vue à Flushing.

Vous dites qu'il l'avait déjà vue ?

C'est ça. Il l'avait déjà vue. Et elle venait ici pour vous voir.

Skinner ne sut quoi répondre.

Je me suis dit que je devais vous prévenir.

Allongé sur son lit, il rêva que quelqu'un était posté devant sa fenêtre en combinaison de protection chimique et diffusait du gaz sarin dans le sous-sol, le produit se répandant jusque dans son lit, entrant dans ses poumons à chaque respiration, et qu'au moment où il se réveillait, il était déjà trop tard pour être sauvé. Il rêva qu'il s'injectait en vain deux piqûres d'atropine. La silhouette à présent en tenue de camouflage verte descendait dans le sous-sol, le visage protégé par une capuche et un masque à gaz, et emmenait Zou Lei dans l'autre pièce où Skinner ne pouvait pas voir ce qui se passait. Il mourait, paralysé. Il l'entendait hurler et entendait qu'on donnait des coups sur la table. Puis on la ramenait dans la chambre, la tête pendante. La silhouette la chevauchait comme une chèvre, maintenue à quatre pattes, puis se mettait à l'étrangler avec un tuyau d'arrosage. La scène dura un long moment, ponctuée par des pauses durant lesquelles Zou Lei dit, entre autres, non. Quand elle suffoqua, son visage vira au pourpre et ses jambes se raidirent. Skinner fondit en larmes dans son sommeil. Arrêtez, sanglota-t-il. Ne lui faites pas ça.

Il regarda l'homme appliquer une pression sur sa trachée jusqu'à ce qu'elle arrête de convulser, et continua bien au-delà du nécessaire, glissant un manche à balai dans le garrot pour le tordre. L'homme serra ainsi pendant plusieurs minutes. La personnalité de Zou Lei, la femme qu'elle avait été avaient disparu depuis longtemps. Le garrot avait provoqué un gonflement de la tête. Elle n'avait jamais affiché cette expression grimaçante auparavant, du temps où elle était elle-même.

*

Alors que Jimmy était avec sa clique, il vit Skinner approcher et attendit qu'il soit à proximité. Guado était prêt à dire ou à faire quelque chose. Le but était que Skinner continue de se poser des questions. Ils diraient peut-être des trucs sympas. Bonne journée, vieux. Ou bien ils diraient un truc tout bas et ce n'est qu'un bloc plus loin que l'autre comprendrait que c'était une insulte. Des fois, un mot suffisait. Son cerveau le déplierait pendant qu'il marchait. Ou alors, on lui ferait comprendre qu'on l'évaluait, et si l'autre montrait la plus petite des réactions, contractait les épaules ou raidissait un peu sa démarche, alors quelqu'un gueulerait, tu me cherches, là, putain ! en prenant un air de taré.

Skinner approcha et Guado murmura, t'es qu'une merde. Puis plus fort : Quoi de neuf, mon pote !

Rien, répondit Skinner.

Jimmy : P'tit enculé de suceur de bite. Puis Jimmy observa le visage de Skinner pendant qu'il continuait de marcher.

Il était tout à fait exact que Jimmy avait en sa possession quelques articles qui ne lui appartenaient pas, dont un numéro de *Hustler* acheté dans le magasin d'une base militaire, la boutique en question jouxtant la pharmacie où on allait chercher ses Zoloft, Ambien, Valium, rispéridone et ses neuroleptiques.

L'une des nanas ressemblait vaguement à Zou Lei dans le sens où elle était brune pareil, menue pareil, même si celle-ci paraissait plus ou moins peinte à l'aérographe. Quoi qu'il en soit, elle n'avait pas entendu ses pas dans les escaliers du sous-sol pendant qu'elle se préparait. D'après les bruits qu'elle faisait, il crut qu'elle était sans instruction et qu'elle venait d'une famille ouvrière. Une très belle dame très féminine provoquant une excitation exotique. Son petit ami le vétéran n'était qu'un connard.

Une fois, le gamin avait voulu s'opposer à lui, si on peut dire. Jimmy rôdait autour du sous-sol et cette tête de nœud était sorti de sa chambre pour venir se plaindre et lui dire, genre, je sais que tu m'as piqué des trucs.

Mais bien sûr, c'était que de la gueule, comme Jimmy s'en était douté, donc il ne s'était pas privé de faire d'autres choses, des sortes de petits tests, comme des jeux, pour lui faire sentir que s'il arrivait pas à les encaisser, il devrait pas crécher là. Même ta meuf tu la baises comme un manche.

Sur les marches des escaliers, Skinner trouva une carte de visite pour un service d'escorte. On y lisait : Visites à domicile uniquement, ainsi qu'un numéro de téléphone à Flushing, New York, à côté de la photo d'une Asiatique bronzée en string imprimé de palmiers noir et blanc. Pour sexe parfait, ça disait.

Skinner la garda comme preuve, la rangea dans son sac de combat en se disant, quand j'en aurai fini avec cet enfoiré, je la leur montrerai.

47

Pendant plusieurs jours, autour du 4 juillet, alors que Monroe accompagnait sa famille qu'il méprisait à des pique-niques où ils mangeaient du rôti de porc, on la laissa travailler au comptoir de service. À un moment de l'après-midi, elle se mit à avoir mal aux pieds à force de rester tout le temps debout et regarda l'heure, hanche saillante, gagnée par l'ennui dans son jean moulant et son chemisier d'uniforme toujours sale et incrustée de nourriture. Elle enfonça la louche dans le riz, la retourna et jeta un coup d'œil par-dessus le comptoir, à peine consciente du rugissement monotone des clients qui passaient leurs commandes en chinois, des plateaux qui s'entrechoquaient, du vacarme de la cuisine et de la pop sirupeuse. Seule sa situation difficile existait à ses yeux. Elle revint une fois de plus sur les différents éléments de sa vie : Skinner, les papiers, les flics, le mariage, l'avocat, l'argent, le boulot, la maison, Skinner, sa maladie, l'argent. Chaque planète sur son orbite offrait une nouvelle inconnue. La nuit, elle allumait le ventilateur dans son cagibi étouffant en contreplaqué et elle n'arrivait à s'endormir qu'aux premières heures du jour, quand il faisait plus frais. Elle avait mal à la tête. Périodiquement, le jour ou la nuit, une crise d'angoisse la saisissait. Et si quelqu'un la mettait à nouveau derrière les barreaux, simplement parce qu'il pensait que c'était son job ? Puis elle se représentait la cellule. Elle essayait de respirer et de réfléchir à ce qu'elle pouvait faire. Tu t'efforceras au moins de faire quelque chose, se dit-elle. Tu iras te marier avec Skinner. Mais est-ce que je ne devrais pas d'abord me faire faire une carte d'identité avec mon vrai nom ? Une vraie carte ? Ce qui réintroduisait le problème d'une arrestation potentielle. Ou le risque de se faire voler ou arnaquer. Et l'argent. L'argent. Elle n'avait plus d'argent. Si je ne peux pas payer le loyer, que se passera-t-il ? Elle leva le pied, attrapa la semelle de sa basket pour s'étirer la cuisse et un tremblement comme ceux qu'on voit sur le flanc d'un cheval lui parcourut la jambe.

Surtout, elle voulait agir en gardant le contrôle. Elle voulait éviter toute solution impliquant de retourner dans une administration. Ça n'était pas réaliste, mais elle espérait tout réduire au simple test physique qu'était la fuite.

Ce soir-là, elle vit Skinner et quand il la retrouva, il était en pleine crise paranoïaque, faisait les cent pas dans les ombres du coucher de soleil au coin de la rue. Les bâtiments en face des voies ferrées projetaient des murs d'obscurité sur l'avenue. Il la salua en jetant un regard circulaire sur la rue vide, les voies ferrées, les caches de snipers aux fenêtres, les toits, remontant son jean dépourvu de ceinture et disant viens, on rentre. Ensuite, il fit le tour du sous-sol pour sécuriser le périmètre, regarda dans la salle de bains, passa la tête dans le coin-cuisine, ouvrit son unique placard et examina la chaudière.

À sa plus grande horreur, Zou Lei vit qu'il avait l'arme au poing et elle lui dit de la reposer ou elle partirait.

Il avait pris quelque chose qui le mettait dans tous ses états, se dit-elle.

Il ne faut pas s'énerver, dit-elle, et prendre la bonne décision. Elle avait décidé, lui dit-elle, que s'il était toujours partant, le mariage était sans doute la meilleure solution pour éliminer le risque d'une expulsion et que, du coup, ils ne devraient pas attendre trop longtemps pour agir. Qu'en pensait-il ?

Il était à fond pour. Au taquet. Allons-y maintenant. On ne sait jamais de quoi demain sera fait.

Elle lui fit remarquer que c'était impossible, que l'état civil serait fermé.

Alors on ira demain. On ne sait jamais de quoi après-demain sera fait. Ou après-après-demain. Ou encore après ça. Il fallait agir vite. Lui aussi avait un plan. Tu veux l'entendre ? J'ai décidé d'y retourner !

Où ça ?

À ton avis ? En Irak, dans le bac à sable. C'est fini pour moi, ici. Toutes ces idées barrées que j'ai eues. Tous les problèmes. Avant, j'étais un soldat hypra performant. Faut que j'y retourne. Et je sais que quand j'y serai, ce sera vraiment mieux pour tout le monde, plutôt que de me prendre la tête là-dessus à cinq mille bornes de distance.

Il lui raconta que durant sa première fusillade, il n'avait jamais connu une telle excitation, avant ou après.

Il lui expliqua qu'il voulait se faire embaucher dans une société militaire privée. Il gagnerait cent quarante mille dollars en une année. Tous leurs problèmes seraient résolus, dit-il.

Le lendemain, Sassoon était de retour au travail et Zou Lei fut de nouveau consignée à la plonge. Comme d'habitude, elle fit le bilan de la situation. Aujourd'hui, on était vendredi. Elle passerait à l'action et irait se marier avec Skinner à la première heure lundi matin même si elle devait rater une journée de travail pour ça. C'était sa priorité absolue. Les frais du mariage s'élevaient à quarante dollars. Elle devait payer son loyer, une centaine de dollars la semaine, chaque lundi ; elle aurait donc besoin de cent quarante dollars pour lundi, plus vingt pour se nourrir. Elle ne recevrait pas sa paye avant le vendredi suivant.

Elle ne savait pas combien elle recevrait – elle s'attendait à ce qu'on la roule – mais du moment qu'elle avait assez pour vivre et qu'il lui restait assez pour ouvrir un dossier auprès de l'avocat, elle pourrait ensuite se concentrer sur la recherche d'un nouveau boulot. Elle en trouverait dans un autre État – il fallait aller là où se trouvait le travail. Pourrait-elle faire des allers-retours pour voir son avocat et pour le tribunal ? Non, pensa-t-elle. Elle devait rester ici. Elle chercherait un autre boulot dans un restaurant en ville. L'argent ne serait pas un problème si Skinner arrivait à gagner cent quarante mille dollars, mais ça n'arriverait pas. Il prenait de la cocaïne et des amphétamines, se dit-elle. Peut-être qu'elle pourrait le pousser à investir dans un chariot de marchand de rue pour qu'ils travaillent ensemble et vendent des shaokao ici à Flushing. Le chariot coûtait dix mille dollars. Ils pourraient obtenir une licence à son nom à lui. Elle s'imaginait déjà travaillant ensemble au sommet de la colline, vivant dans leur propre appartement avec un frigo et une télé. Elle ferait en sorte de le maintenir toujours propre ! Et ensemble, ils iraient à la salle de sport.

Zhang Zhuojin vint trouver Zou Lei à onze heures trente et lui dit : Tu devrais parler à quelqu'un. Ce garçon prend ta place.

Elle alla vérifier l'emploi du temps. Toutes ses journées avaient disparu.

Au déjeuner, la clandestine aborda le sujet.

Tu ferais mieux de demander justice au boss.

Va lui dire une phrase de justice.

Lui parler. Elle devrait, non ?

Elle avait encore l'espoir. Le boss l'apprécie.

Le boss l'apprécie elle, et Sassoon aime le garçon.

Un vieux léopard qui piège un jeune lynx.

Parle à Polo. Secoue tes branches fleuries pour lui.

Zou Lei alla parler à Sassoon. Le lycéen se tenait à côté en train de rire avec Angela. Qu'est-ce que tu veux ? demanda Sassoon et les autres se tournèrent pour écouter. Zou Lei dit, rien. J'oublie.

Elle vola un bout de steak et le mangea discrètement dans le couloir du fond où arrivaient les livraisons et où les Mexicains découpaient les légumes.

Chinita ! Cuál es tu comida preferida ?

Adiós, leur dit-elle et elle leur serra la main après avoir terminé de manger et s'être essuyé les mains sur la serviette dans laquelle elle avait tenu le steak.

Welbe posa son couteau et lui prit la main. Où vas-tu aller ? demanda-t-il en espagnol. En anglais : Où ? Il sourit en direction des différents endroits potentiels au-delà de ces murs – une croix gravée sur une de ses dents de devant. Elle remarqua qu'elle était un poil plus grande que lui.

Je vais trouver, dit-elle.

Il rêvassait dans son sous-sol. Il était conscient de la présence de la vie même si elle n'était pas directement audible à travers la structure des bâtiments. Il était conscient. Au-delà des bardeaux, des tuiles, de la couverture, du béton armé, du gypse, du sapin de Douglas et du papier, des gens respiraient, regardaient la télé, désiraient vivre. Ils avaient des constantes, une tension artérielle, un pouls. Passez un faisceau lumineux devant leurs yeux et leurs pupilles se contracteront, à moins que ces personnes n'aient subi un traumatisme crânien ou ne soient en état de choc.

Ils étaient bien à l'abri pour l'instant, mais si une fusillade éclatait dans leur rue à cet instant – et Skinner voyait déjà les traceurs tressauter au-dessus de sa tête, ce bruit furieux de bouchon qui saute, des bouchons comme des balles de golf en feu qui s'agrafent dans les carrosseries, le verre qui explose –, on les entendrait hurler pour que ça s'arrête. Le matin, on voyait le sang sur les murs fendus de partout. On les voyait sortir en clignant des yeux, ensemble, trier les objets coupants, le bois et le métal, parler de ce qu'il fallait faire. Groupés, ils n'avaient pas dormi.

Son rêve évolua. Les échanges de tirs avaient cessé. Il marchait dans les décombres d'une rue, le verre crissant sous ses bottes. Le sang se mélangeait au verre, parfois brillant et rouge vif, presque orange dans l'air. Il vit l'intérieur d'une voiture éclaboussé de chair. Rien d'humain ne subsistait. Ce qui avait été fait à ces corps ne pouvait pas être réparé. Ils avaient été déchiquetés par des mains géantes, écrasés, écartelés, remplis de gaz, perforés, brûlés, éparpillés dans l'espace. Un membre reposait sur un siège – bras ou jambe, impossible à dire. Il vit des vêtements. Un tas d'organes, un foie en habits rouges. Une vertèbre sur le siège passager. À force d'éclatement, toute chose avait été libérée de son identité – chemise, pantalon, ou tunique – homme ou femme –, impossible de les différencier de touffes de cheveux humides.

Les véhicules aussi avaient été transformés, la chaleur ayant dessiné des arcs-en-ciel dans la peinture des carrosseries. Au-delà des voitures, il vit des trous béants dans les bâtiments, dans les devantures, des tunnels qui menaient à l'intérieur, du verre brisé, des baskets flambant neuves dans la rue.

Il n'était pas seul. Il y avait un cratère dans le trottoir. Il se baissa et plongea un bras dedans, attrapa les mains de l'occupant au fond du puits et l'en sortit. Son corps était facile à soulever – Skinner avait la force nécessaire. C'était son ami, enfin. Ils partagèrent une cigarette.

Le magasin d'à côté était un Dunkin' Donuts. Ils entrèrent, balayèrent le verre du bout de leurs rangers, contournèrent le cadavre de la femme avachie derrière le comptoir et se servirent parmi les donuts disposés dans la vitrine.

Ils étaient affamés.

Fais gaffe, gros.

Sconyers retira un bout de verre du donut de Skinner avant qu'il morde dedans.

Il y a du café ?

Ils trouvèrent du lait chocolaté dans un frigo. Puis ils se choisirent une banquette au fond où s'asseoir et posèrent leurs armes sur la table.

Un sacré beau butin.

C'est clair, mec.

Skinner mit les pieds sur la table, croisés au niveau des chevilles. L'extrémité de ses rangers avait viré au brun à cause du sang séché. Il les tapota l'une contre l'autre.

Chuis content que tu sois pas mort, gros. Tout est cool, maintenant, dit-il.

L'ami de Skinner avait changé depuis la dernière fois où il l'avait vu. Dans le rêve, les tatouages colorés qui avaient toujours orné les bras de Sconyers s'étaient apparemment étendus pour monter jusqu'à sa gorge et lui couvrir le visage de spirales, de scorpions et d'épines noires.

*

Après avoir quitté le centre commercial, elle se rendit au Foot Locker et demanda à voir une paire d'Asics. Le vendeur qui s'occupait d'elle était à ce point silencieux et muet qu'elle faillit croire qu'il ne parlait pas anglais, ou qu'il parlait un autre dialecte. En fait, il n'acceptait de s'adresser qu'à un groupe restreint de personnes – d'autres Noirs avec qui il était ami. Il la regarda sans la voir quand elle demanda s'ils avaient la pointure en dessous. Puis son visage s'anima quand une fille sortit de la réserve et poussa un cri de joie. Il répondit par un autre cri, éclata de rire et fit une blague complice. Il lui dit de s'accrocher, et s'éloigna.

Zou Lei essaya les chaussures et effectua quelques sauts sur la pointe des pieds. Elles lui donnaient l'impression d'être montée sur ressorts. Elle marcha d'un pas léger sur la moquette.

Le vendeur revint. Dès qu'elle ouvrait la bouche, il faisait semblant d'être déconcerté. Qu'est-ce qui s'est passé ? demanda-t-il, pour dire, qu'est-ce que vous avez dit ?

Combien, la remise ?

Il n'était pas sûr.

Elle voulut demander s'il y avait besoin d'avoir un numéro de sécurité sociale pour travailler ici.

Ouais, dit-il, et il emporta la boîte de chaussures à la caisse.

Elle paya en liquide, tendit un billet de cent à la jeune caissière. Zou Lei recevait son salaire en liquide, généralement en billets de cent et de cinquante. La jeune femme à la peau très sombre vérolée par l'acné, qui arborait un tissage à base de cheveux chinois aussi noirs que soyeux, s'empara du billet. Puis elle sembla oublier ce qu'elle était en train de faire. Elle ne savait pas comment enregistrer la vente. Elle appela, c'est moins combien sur celles-ci ? Personne ne lui répondit. Elle claqua la langue. Le blanc de ses yeux roula en direction des garçons et elle murmura, font chier.

Une fille moins timide hurla, yo ! Malik !

Quoi ?

Elle te pose une question. Réponds.

Malik dit, aucune idée.

Pendant tout ce temps, le billet de cent dollars n'avait pas quitté la main de la jeune femme et Zou Lei ne le quittait pas non plus des yeux.

Un responsable arriva – un homme plus gros que tous les autres – un type en surpoids, mal rasé, visage affaissé, épaules tombantes comme si tout son corps fondait vers sa taille, et même ses traits avaient été affectés, paupières elles aussi tombantes, coins de la bouche tombants, l'image même de tristesse –, mais ses lèvres s'exprimèrent avec la courtoisie de l'homme d'affaires chevronné, sur un ton des plus entrepreneuriaux. Il expliqua quoi faire à la jeune femme. Les cent dollars allèrent dans le tiroir-caisse. La jeune femme déposa la monnaie sur le comptoir. Zou Lei la compta. La jeune femme dit, client suivant.

Zou Lei sortit avec les baskets aux pieds. C'était une sensation merveilleuse, de confort et de légèreté, mais dès qu'elle se retrouva sur le trottoir, elle voulut retourner dans le magasin et demander à être remboursée.

Tu es bête. Tu es tellement bête.

48

Elle crut qu'il l'emmenait manger un morceau et à cet instant, elle songea qu'elle n'avait jamais été aussi soulagée de le voir. Ils longèrent le Sheraton de LaGuardia, le parking, une boîte de nuit appelée Karaoké Le Bout du Monde, un jeu de mots en chinois, une blague autour du fait que la Terre est vaste.

Elle voulait savoir où ils allaient, mais il ne dit rien.

Ils parvinrent à un bloc de bâtiments de trois étages et d'escaliers de secours en fer noir. Un service d'escortes avait des bureaux au dernier étage. L'un des immeubles avait été condamné par les autorités de la ville. Au sous-sol, des immigrés se retrouvaient pour jouer au mah-jong, pour l'amitié, pour nouer des partenariats, faire des affaires. Ils déposèrent des offrandes dans un brasero. Ils brûlèrent une voiture – une BMW violette de la taille d'une boîte à chaussures qu'ils avaient achetée dans un temple taoïste. La spécialité de ce temple était d'aider les gens à obtenir ce qu'ils désiraient dans leur prochaine réincarnation. Ils attisèrent les braises de la BMW avec un tisonnier et ils lurent l'avenir.

Skinner ouvrit une porte en bois marquée d'une tache sombre.

Entre.

Elle entra dans le club les bras croisés.

Bois.

Je ne bois pas.

Pourquoi ?

Je n'ai pas besoin. Je crois que je dois faire une décision.

Tu peux boire un verre. Depuis quand ça interfère avec une prise de décision ?

Elle était assise sur le tabouret et ressemblait à une statue. Une certaine acrimonie s'était insinuée entre eux. Elle descendit du tabouret et partit.

Skinner la rattrapa sur Main Street, lui saisit le coude pour qu'elle se retourne.

Qu'est-ce que tu fais ?

Il s'efforçait de contenir sa colère.

Je pars.

Pour quoi faire ?

Tu n'as pas besoin de moi.

Comment ça, j'ai pas besoin de toi ?

Elle croisa les bras et détourna le regard, refusant d'en dire davantage. La nuit tombait. Il lui demanda ce qu'il avait fait de mal. Elle ne dit rien. Il en fut réduit à la contempler de profil. Elle avait la mâchoire contractée. D'abord, il avait éprouvé de la colère. Le silence de Zou Lei avait eu un effet sur lui et il se mit à l'aiguillonner, à l'insulter dans la rue. C'est quoi ton problème, dis-moi. Il se mit à respirer fort, dans l'attente qu'elle parle. Il enrageait. T'es tellement parfaite, putain. Explique-moi juste pourquoi ton avis devrait m'intéresser.

Il haussa le ton.

Dis-moi ce que t'as fait. Pourquoi je devrais m'en préoccuper.

Zou Lei cligna des yeux, mais resta silencieuse.

Un Chinois, remarquant qu'ils se disputaient, les observa.

T'es trop bien pour me parler, maintenant ?

Pour ne pas faire de mal à Zou Lei, Skinner recula d'un pas. Il avait peur d'être près d'elle quand il perdrait la tête. Il attendait qu'elle dise quelque chose – arrête-moi, pensa-t-il – mais elle n'en fit rien et il partit en vrille.

Oh ! hurla-t-il. Oh ! Regarde-moi, espèce de salope ! Il avait le visage à trois centimètres du sien. Je t'ai traitée comme un être humain !

Elle tressaillit. Dans toute la rue, les gens les regardaient.

Il se retourna et marcha droit sur un ouvrier du bâtiment qui portait un turban et lui donna un coup d'épaule. L'homme fut projeté un pas en arrière.

Relax, mon pote !

T'as un problème ? Hein ? T'as un problème ?

Le sikh jura et jeta sa scie dans son camion.

De jeunes blacks pointèrent la scène du doigt à leurs amis, souriant en silence.

Skinner, en route vers nulle part, voguant sur Roosevelt, donna un coup de pied dans une planche de contreplaqué appuyée contre le grillage du parking, ce qui envoya un profond écho réverbérant dans la rue.

Il aurait bien été capable de briser une vitre et de se faire coffrer.

Une boule d'énergie le dépassa – Zou Lei – et lui bloqua le passage. Il souffrit de voir le regard qu'elle portait sur lui. Visiblement, elle étouffait. Elle se mit à cracher des mots, à se les arracher du corps. Il ne comprenait rien et réalisa qu'elle parlait une autre langue.

Je comprends pas ce que tu dis.

Je comprends pas ce que tu dis, se moqua-t-elle.

Le temps qu'il cligne des yeux, elle avait déjà remonté la moitié de la rue.

Attends une minute, dit Skinner, et il s'élança à sa suite.

Elle se mit à courir.

Skinner partit à sa poursuite, pensant qu'il la rejoindrait en dix foulées.

Mais plutôt que de se laisser rattraper, Zou Lei accéléra, et en quelques secondes, ils affrontaient une chaleur mortelle et elle menait la course. Elle le conduisit vers la cité, les grues, l'eau. Quelques personnes dispersées arrivaient dans l'autre sens, et tous s'écartèrent de l'énergie que dégageaient les deux coureurs, Zou Lei légère et bondissante, Skinner derrière elle, ses rangers battant le pavé.

Elle tourna dans une rue et s'engouffra entre la cité à gauche et l'eau invisible à droite. Elle passa sous un grand pont en pierre qui enjambait l'avenue, puis l'entraîna jusqu'au sommet de la colline, abandonnant les barres d'immeubles derrière eux ainsi que les ténèbres du canal imperceptible. Sur la droite, de l'autre côté du large boulevard, se dressèrent une rangée de maisons à deux étages, puis, éclairés par des lampes de sodium qui les rendaient blancs comme neige, des entrepôts en tôle ondulée grands comme des hangars d'avions. Le grossiste en libre-service. À gauche, ils longeaient des vitrines de magasins, certaines éclairées, d'autres non. Zou Lei filait à travers les carrés de lumière et d'obscurité, et Skinner suivait.

Il commença à ressentir les effets du rythme de la course dans son corps. Tous les symptômes apparurent. Il respira plus difficilement, ses jambes devinrent lourdes, son sang s'épaissit, caramélisa comme du sucre dans une poêle brûlante et se transforma en acide. L'impression de se noyer lentement l'envahit, il prit conscience qu'il ne rattraperait pas Zou Lei. Il entendait ses rangers heurter le sol tandis qu'il s'efforçait de tenir la cadence.

Il leva la tête pour voir si Zou Lei fatiguait. À travers la sueur qui lui piquait les yeux, sa vision qui tressautait à cause de la course, il s'aperçut qu'elle se déplaçait avec légèreté et la vivacité d'un fouet.

Les hangars s'élevaient quelque part derrière. Le terrain changeait. Elle lui fit traverser le parking d'un *diner*. Il entrevit des mots floutés : Steaks – Côtelettes – Fruits de mer, qui tournèrent dans son esprit comme un chant assourdi jusqu'à ce qu'il les oublie dans son combat pour garder le rythme. Après le *diner* s'ouvraient des étendues d'une obscurité plus vaste, plus bleue, qu'il ne parvenait pas à interpréter et il tenta de deviner où Zou Lei le conduisait, mais il n'arrivait pas à réfléchir et arrêta d'essayer.

Elle va super vite, putain, se dit-il.

Ils traversaient une zone où l'asphalte avait été arraché du boulevard et il se dit, fais gaffe à pas tomber dans un trou – mais il ne suivit pas son propre conseil, incapable de faire autre chose qu'avancer, vacillant au bord d'une douleur à peine supportable, déjà chanceux de ne pas se déboîter la cheville après un faux pas.

Ils couraient à présent sous les échafaudages sous un passage de poutres et de contreplaqué. Elle sortit du tunnel en bois avant lui et il la perdit de vue pendant plusieurs secondes, puis il en sortit à son tour et l'aperçut de nouveau, une femme courant pareille à une ombre sur le champ plus grand de l'obscurité.

Ils étaient loin des lumières des magasins. Ils étaient sur une route bétonnée, une route qui se hissait hors des ténèbres, les phares qui s'élançaient sur la rampe d'accès par éclats, comme des balles traçantes. Elle progressa péniblement sur le trottoir défoncé et tourna brusquement dans la route déserte. Skinner devinait des arbres, les petits drapeaux pâles de papiers d'emballage pris au piège dans un grillage, un terrain. Une planche émit un craquement sous sa semelle, puis une fois la route traversée, il sentit qu'il courait sur de la terre.

Cette fois, il risquait vraiment de la perdre car le terrain était plongé dans le noir. Tout en courant, il scanna les environs du regard à la recherche d'une silhouette ou d'un mouvement, et, ne voyant rien, poursuivit son chemin à l'aveugle. Il sentit ses jambes ralentir parce qu'il ne voyait plus Zou Lei et qu'il était perdu. Mais il continua d'avancer, non plus dans l'espoir de la rattraper mais juste pour ne pas la perdre complètement – pour rester avec elle et la suivre et la retrouver à la toute fin, peu importe où.

Sa vision nocturne s'habitua suffisamment à l'environnement pour voir la nature sans cesse changeante du terrain où atterrissaient ses bottes, l'herbe sèche par terre. Il sombra dans le bourdonnement, oublieux de l'enchaînement des pas et du combat pour ne pas perdre son équipe. Quand il se sentait ralentir, il obligeait ses jambes à accélérer. Mais il ne voyait toujours pas.

De temps en temps, il levait les yeux. Saturé d'une sombre énergie, le ciel luisait comme un écran de télévision après son extinction. De part et d'autre, il vit des lumières distantes et des immeubles. Il courait dans un espace infini. Il trébucha mais évita la chute. Un juron lui coûterait trop. Ne serait-ce que penser quoi dire lui coûterait trop. Il n'était plus connecté à son affreuse respiration. En levant une fois de plus la tête, il vit des lumières en vapeur d'ambre à travers les arbres. Puis il aperçut une silhouette de la taille d'un petit bâton qui migrait latéralement sur la lueur ambrée et il sut que c'était elle. Il souffla sur la sueur qui perlait à ses lèvres. Le petit bâton disparut puis émergea de nouveau, se détachant de la tache d'encre formée par un arbre, la lumière scintillant comme du mercure autour des branches.

Les maisons apparurent progressivement entre les arbres, une rue que baignait le spectre des lumières. Il ne vit pas de grille, mais découvrit qu'il y en avait une en apercevant sa silhouette bondir et rester suspendue au-dessus de la terre obscure. Puis il cligna des yeux et elle était dans la rue au milieu des maisons. Ne voulant pas la perdre de nouveau, il avança à pas lourds et rapides jusqu'à ce que la barrière apparaisse, comme un objet remontant à la surface de l'eau. Il se heurta à la grille et l'escalada, le maillage en fer résonnant et crissant.

Il retomba sur la chaussée sans se casser la cheville, son pouls encore plus élevé après cette varappe. La rue en rejoignait une autre et formait un T. Il mit ses pas dans ceux de Zou Lei, le visage, les coudes, les poignets, le menton, le nez – chaque élément en saillie de son corps –, dégoulinant de sueur.

À la limite du déséquilibre, il avança en donnant de la bande sur un long ruban de route qui descendait la colline et en remontait une autre entre des flaques d'ombre et de lumière d'un violet tirant sur la couleur pêche. Deux points rebondissaient : les talons de ses chaussures de course. À partir de là, le cerveau de Skinner reconstitua la silhouette de Zou Lei. Une silhouette qui empruntait à pas réguliers le ruban de route devant lui.

Il la poursuivit jusqu'à l'hypnose. La route n'en finissait pas de longer des maisons silencieuses et rien ne pouvait l'arracher à cette course-rêve. Le paysage changeait par phases. Le ghetto reculait. Les pelouses s'agrandissaient. Pendant un moment, environ deux ou trois kilomètres, il vit de grandes haies aux formes noires ainsi que des mini-manoirs. Il n'y avait pas de trottoir. Personne de l'extérieur n'était censé venir ici. Puis les pelouses cédèrent du terrain jusqu'à faire la taille d'un timbre-poste. Les graffitis reparurent – sur le côté d'une groceria. Ces images réverbéraient sur lui comme s'il était soûl. Un pick-up au point mort. Un mec en chemise sans manches sortant de la groceria avec un pack de six remarqua Skinner, fit le lien avec la fille qui était passée en courant une seconde plus tôt et se demanda s'il s'agissait d'une espèce de pervers qui voulait du mal à la fille.

Sentant qu'il perdait la volonté de courir, Skinner entama des négociations avec lui-même. Vingt minutes depuis le parc. Cinq kilomètres. Il repoussa la douleur. Elle reparut. Encore cinq minutes. Reviens dans cinq minutes. La douleur se rappelait à lui tous les quelques mètres. Il la repoussa. Allez, dit-il. La douleur était de plus en plus intense. Bordel, elle a encore dû accélérer. Je tiendrai encore cinq minutes. Il s'entendit siffler plus fort sous le rythme éreintant de la course.

De ce point ici à ce point là-bas, pensa-t-il en choisissant une maison dans son champ visuel. Il oublia laquelle c'était. Il en vint à négocier seconde après seconde, sa fierté lui échappant. Tout en lui cédait, chaque organe. Il avait perdu sa vigilance. Son épaule heurta le rétroviseur latéral d'une fourgonnette. S'il y avait eu un EEI devant lui, il aurait marché dessus. Dévier de son cours lui aurait coûté trop de souffrance. Ses jambes le lâchaient. Il ne pouvait plus que courir en ligne droite et à présent, même ça, il ne le contrôlait plus.

Arrivée au bout de la rue, Zou Lei tourna et cela eut raison de lui. Il n'arrivait plus à courir, il lui fallait boiter. S'efforcer de continuer à bouger. Reste avec elle. Il traîna les pieds. Il s'obligea à courir à petites foulées jusqu'à l'angle de la rue.

Elle était là, mains sur les hanches, le visage ruisselant de transpiration, qui tournait en rond sur la chaussée.

Skinner s'approcha d'elle et même cette courte distance lui parut une traversée interminable, ce qui lui donna tout loisir de se demander si, une fois face à face, elle serait une étrangère pour lui puisque tout au long de la course elle n'avait été qu'une silhouette lointaine et anonyme.

Attends, dit-il.

Il clopina vers elle. Attends. Attends, dit-il. Je peux te parler ? Il essora son tee-shirt et un demi-litre de transpiration éclaboussa le goudron. Tout ce que j'ai dit, je le pensais pas.

Rien de ce que j'ai dit, ajouta-t-il.

Je ne suis pas stupide.

Bébé ?

Elle fit une pause au milieu de ses cent pas et se pencha pour se toucher les doigts de pied. Arrière de jean moulant, vue anatomique. En se redressant, elle projeta sa chevelure mouillée dans son dos. Elle fit un son de corde qui claque. Il ne se souvenait pas du tout pourquoi il s'était mis en colère. Il était vivant, son cœur battait encore.

De la vapeur s'élevait de leur corps dans la lumière brumeuse.

49

Il ne cessa de s'excuser auprès d'elle. Elle ne lui dit pas grand-chose hormis qu'elle était fatiguée et qu'elle avait besoin d'eau. Ils s'arrêtèrent à une bodega sur la 41st Road et elle attendit dehors pendant qu'il entrait. Engourdie après son marathon, elle se demanda si elle devait le planter là, mais elle n'en était pas capable.

Il revint avec de l'eau, et en renversa par terre dans sa hâte d'ouvrir la bouteille pour Zou Lei, comme si elle était la victime d'un accident dont il devait s'occuper, et elle lui prit la bouteille des mains, but le litre entier et réalisa en buvant qu'elle en voudrait toujours plus.

Tu vas faire le retour avec moi ?

Passe devant, je te suis, répondit-il.

Ils retournèrent chez Skinner, les filets de sueur qui se figeaient, se transformaient en un sirop grumeleux, les tendons des cuisses qui se raidissaient, la peau irritée qui commençait à les brûler dans leurs vêtements trempés, le corps qui exsudait une vive puanteur de cétone. Elle sentit l'adrénaline refluer. Une fois à l'intérieur, elle lui demanda si elle pouvait utiliser la douche et il lui dit que oui, bien sûr.

Depuis la salle de bains, elle l'entendit commander une pizza.

Quand elle sortit, Skinner lui prêta un de ses tee-shirts et elle s'assit sur le bord du matelas, ses cheveux mouillés sentant le shampoing, ses jambes nues croisées, le tee-shirt la faisant ressembler à une femme en robe courte en train d'observer vaguement son entourage pendant une fête. La pizza fut livrée, Skinner ouvrit la boîte pour Zou Lei et la tint sur ses genoux.

Elle lui dit de manger aussi.

Tu m'as tellement fait cavaler que j'en ai les couilles qui ramassent la poussière.

Oui ?

Je vais pas te mentir. Tu m'as rétamé. Je cours pas autant que je devrais. Et les clopes me bouffent les poumons.

Tu as dit souvent que tu dois arrêter.

Ouais, j'ai dit ça.

Oui. Tu dis beaucoup de choses.

J'étais sincère.

Bien sûr tu étais sincère.

Mais quand même, je t'ai pas lâchée, alors que c'était horrible.

Parce que tu sens la culpabilité, peut-être, parce que tu hurles sur moi.

Ouais, c'est exactement ça. Je me sens coupable. Je ne voulais pas faire ce que j'ai fait.

Peut-être je ne voulais pas aller en prison, mais j'y vais. C'est beaucoup de choses que je ne voulais pas faire. C'est la vie. Je crois que la chose numéro un pour moi, c'est un travail. Peut-être dans un autre État. J'ai un job qui inclut une chambre, le repas.

Il repoussa la boîte de pizza et s'agenouilla devant elle.

Attends, comment ça ?

Non, Skinner, je n'ai pas la haine de toi, mais je dois faire ma vie.

Zooey, écoute-moi.

Elle n'avait pas envie d'écouter. Il lui dit qu'elle n'était pas obligée de partir. Elle ne comprenait pas : il lui donnerait tout. Quand elle répondit qu'elle n'accepterait pas ce tout qu'il lui offrait, il l'obligea encore à l'écouter, insistant pour qu'elle revienne sur son refus. Il ne céderait pas ; enfin, elle l'écouta. Il la prit par les hanches et la secoua légèrement jusqu'à ce qu'elle finisse par baisser les yeux vers lui.

Je vais t'expliquer ce que ça veut dire, tout. J'ai de l'argent à la banque, Zooey. Il déposa son portefeuille à ses pieds. C'est le solde de ma prime. Je te le donne. Voilà les clés de ma chambre. Je peux dormir à la belle étoile. Je m'en fous, mais toi, il te faut un toit au-dessus de la tête. Je te le donne. Voilà, quand je dis tout, c'est tout. Il posa les clés à côté du portefeuille par terre. Je veux dire toute la pizza, le frigo et ce qui se trouve dedans, tout. Mes cigarettes, dit-il. Mon ordinateur portable. Je veux que tu aies tout ce que je peux te donner. J'ai pas d'autre plan. On se mariera demain. On ira voir l'avocat. Voilà ce que j'entends par « tout ». Écoute – il jeta un regard circulaire sur la pièce à la recherche des Asics de Zou Lei. Il les saisit d'une main comme un vendeur de chaussures. Avocat. Il les mit à côté du portefeuille et des clés. Il prit ses rangers. Mariage. Il les posa avec les baskets et lui dit de regarder le schéma d'objets qu'il lui présentait.

Il y a des trucs dont je suis incapable, alors laisse-moi au moins faire ce dont je suis capable.

De l'argent, les clés d'une chambre, un contrat légal à l'efficacité incertaine : une liste courte mais significative. Elle ignorait s'il valait mieux refuser ou accepter ce tout dont il était si prompt à se défaire. Et que gardait-il pour lui ? Ses médicaments, son arme cachée quelque part au milieu de ses affaires militaires rangées dans un coin ? Il restait encore beaucoup d'espace vide sur le lino noir entre ses pieds.

Il toucha de nouveau le portefeuille.

J'ai plusieurs milliers de dollars en banque. J'ai commencé avec dix. J'aimerais tout avoir là pour te le donner.

Je ne peux pas accepter.

Bien sûr que si, tu peux.

Il sortit sa carte bancaire et voulut l'obliger à la prendre, répéta plusieurs fois le code. Elle lui dit d'arrêter, tendit la main pour caresser sa barbe de trois jours où sa sueur avait séché en laissant des traces salées.

D'accord, dit-il. Mais souviens-t'en.

Soudain, elle eut les larmes aux yeux et détourna le regard.

Je me souviendrai, dit-elle. Puis elle lui dit : Range la carte comme il faut ou elle se perd.

Je vais le faire, mais dis-moi que tu ne me hais pas.

Il glissa la carte dans sa chaussure.

Je ne hais personne.

Tu me hais ?

Non.

Il la rejoignit sur le lit.

Attends.

Elle déplaça la boîte de pizza.

Ils étaient allongés tous les deux dans le lit et une fois de plus avant de s'endormir, il lui demanda si tout allait bien. Je sens ton cœur battre comme si tu étais inquiète. Tu n'es pas inquiète, si ?

Non.

La situation n'est pas si affreuse.

Je sais.

Bisou de bonne nuit, dit-il.

Elle l'embrassa.

Ils dormirent enlacés.

Tandis que l'aube jetait ses premiers rayons dans le sous-sol, ils devinrent visibles l'un à l'autre. Ils étaient allongés face à face, fronts collés, les genoux qui se touchaient presque, comme deux apostrophes.

La lumière s'intensifia peu à peu dans le silence, passant du gris au rose à l'or. La douce lumière dorée du soleil et les ombres des feuilles virevoltantes s'étendaient de l'autre côté du lit et du corps des dormeurs et des murs, faisant de la chambre une clairière au milieu d'une forêt, belle et assourdie. Elle dut voir cette image. Elle rêva qu'ils couraient dans la forêt.

50

À sept heures ce matin-là, un samedi matin, il se réveilla et sa première découverte fut qu'il n'avait pas changé depuis la veille. Il constata : le corps allongé recourbé contre lui était un poids insupportable qui ne lui inspirait aucun sentiment. En dehors du fait qu'elle représentait un fardeau. Qu'elle l'irritait. Il ne voulait pas être réveillé. Le bruit faible d'un voisin qui parlait dans la rue calme le fit enrager. Le mélange de soleil et d'ombres feuillues sur les murs de sa chambre, qu'un autre observateur aurait trouvé apaisant et charmant, lui faisait penser à des décombres, à un monde de ruines et d'angoisse dont on ne pouvait se protéger par un simple mur, que lui-même était incapable d'affronter et où personne ne pourrait être en sécurité. Il était épuisé, avait mal à la tête et n'arrivait pas à mettre en ordre ses pensées pour savoir quel médicament prendre afin de survivre à cette matinée.

Clairement, il était dans une mauvaise posture : impossible de laisser Zou Lei voir dans quel état d'esprit il était. Si elle perdait foi en lui, s'il sentait ses reproches, s'ils se disputaient… son instinct de préservation lui conseilla d'éviter cela à tout prix.

Il passa une heure à échafauder des plans, comme s'il était en poste d'observation et que l'ennemi était proche. Ayant une conscience aiguë de ce qui pouvait arriver si les choses tournaient mal avec Zou Lei, il parvint à s'imposer la discipline nécessaire.

Il détourna le visage avant de bouger. Elle ouvrit les yeux et demanda s'il se levait.

Il pressa sa grande main sur ses yeux pour qu'elle ne le voie pas.

Dors.

OK.

Je veux juste m'entraîner.

Tu es pas fatigué ? Tu es formidable.

Je t'ai dit, je change pour le meilleur.

Il lui pressa la main sur le visage une fois de plus et lui dit de se reposer.

Ferme les yeux.

Merci, dit-elle.

Il laça ses rangers, ramassa son portefeuille et ses clés, tous les éléments de la petite scène de la veille au soir dont il avait désormais l'impression qu'on la lui avait extorquée par de faux prétextes, parce qu'en regardant les choses froidement, il ne pensait pas devoir quoi que ce soit à quiconque n'ayant pas partagé sa guerre.

Je reviens dans une heure ou deux.

Elle se redressa sur un coude.

Je t'attends ici, Skinner, dit-elle.

Une fois dans la rue, l'image de Zou Lei qui le regardait, seule dans ce sous-sol, le frappa par sa solitude. Mais pour l'instant, il se débattait avec son agacement. Il faillit lui dire, au fait, l'arme est dans le coin. Si quelqu'un vient, bute-le.

Ces mots auraient tout détruit entre eux s'il les avait prononcés, il le savait, mais il put à peine se retenir. Pour ne plus avoir à la regarder, il s'affaira à verrouiller la porte de la chambre pour qu'elle soit plus ou moins en sécurité pendant son absence.

Dans la chaleur lourde, il se rendit au parc situé sur Elder Avenue. Sur Browne, des femmes originaires d'Amérique centrale portaient sur l'épaule des sacs de linge aussi gros qu'elles, se les traînaient le long des devantures de magasins, chacune pareille à un carré béant, la porte entrouverte pour faire entrer l'air, un plateau perforé sur le mur muni de crochets pour les produits à quatre-vingt-dix-neuf cents, une armoire réfrigérée et embuée pour les boissons au fond, et baignant dans l'eau, des bouteilles d'Olde English de deux litres, un ventilateur en marche, les lumières éteintes pour économiser l'électricité. Les bodegas organisaient des lotos, acceptaient la carte d'aide alimentaire aux femmes et aux enfants. Dans la laverie automatique, on voyait le plastique se décoller des murs, les machines à laver qui tournaient sans fin et une Chinoise en pyjama armée d'un balai en plastique qui déplaçait les chaises. À côté, un homme aux cheveux blancs était assis seul dans l'espace sombre qui faisait office de bar, la porte du fond ouverte pour laisser entrer l'air. On voyait sa silhouette se découper sur le panorama rectangulaire qui montrait l'allée de derrière et les poubelles. Il ne bougeait pas d'un iota, comme si se trouver face à de l'alcool lui avait ôté toute capacité de mouvement.

Un groupe de femmes aux longs pieds marron se disputaient sur le trottoir devant l'épicerie équipée de poteaux cylindriques remplis de ciment pour qu'on ne puisse pas voler les caddies. Elles se chamaillaient en ourdou à propos d'un sac de riz et des bons de nourriture. Skinner les contourna avec souplesse, se faufilant entre elles et les poteaux, et gravit une rampe qui conduisait à l'intérieur des bâtiments. Il y avait des grillages et des plantes qui grimpaient sur les murs en béton surmontés d'autres grillages, des bennes à ordures en contrebas. Au centre, les terrains de sport étaient cernés par des immeubles en briques marron, pleins de recoins et d'allées, des caméras braquées sur ces lieux de passage.

Un groupe d'hommes jouaient une partie de basket silencieuse sur un demi-terrain, seuls les sons du ballon et de leurs pas pressés heurtant les briques et l'asphalte étaient audibles. D'autres types traînaient dans l'enclos grillagé des terrains de handball et parlaient, fumaient. Quelqu'un tenait une bouteille dans un sac en papier. L'odeur de l'herbe flottait au-dessus des courts.

Chuis grave défoncé, là, dit quelqu'un.

Cool, reste comme t'es, dit un autre.

On dépassait largement les trente degrés et les températures allaient encore grimper. Skinner passa une main derrière sa tête, les idéogrammes chinois s'étirèrent sur son triceps. Il tendit la main et attrapa la barre d'exercice et y resta suspendu, sentant tout le poids de son corps jusqu'à ses bottes, prit une inspiration rapide et entama une série de tractions.

Le panneau de basket résonna dans un bruit métallique quand un ballon le heurta. Skinner encore suspendu, ses bras sans plus de force, leva les yeux vers la barre, avala une nouvelle goulée d'air et effectua une autre traction.

Entre les séries, Skinner tournait en rond sous les barres, s'essuyait le visage avec son tee-shirt noir. Ses avant-bras paraissaient plus gros que ses mollets. Les joueurs de basket faisaient une pause. Tu veux jouer ? demandaient-ils quand ils voulaient qu'on les remplace. Skinner les vit se rendre sur le terrain de hand où un homme doté de lunettes aux verres jaunes vendait des boissons qu'il sortait d'une glacière posée sur un chariot à quatre roues. Ensuite, ils s'asseyaient contre le mur et regardaient le match se poursuivre sans eux, le graffiti au-dessus de leur tête disait : En souvenir de P. Gupta Celt One St.

Skinner boita le long de la ligne de touche, les doigts gonflés et repliés à cause des tractions, ses cheveux courts et noirs aplatis sur son crâne comme s'il avait plongé la tête dans une rivière, et il pénétra sur le terrain de hand. À la seconde où il se glissait à travers le trou du grillage rouillé, le gars en lunettes jaunes se leva et l'interpella, ça roule ? L'homme avait plus de quarante ans, faisait la même taille que Skinner et portait un grand short de madras et des baskets Closeout City. On pouvait voir ses tatouages autour des yeux à travers ses lunettes. De quoi t'as besoin ? Il fit sauter le couvercle de la glacière, montra les bouteilles de Gatorade qui flottaient dans la glace en train de fondre. J'ai du bleu et du rouge.

Skinner vit qu'il restait un Red Bull et dit qu'il prendrait ça.

Il est pour toi, mec.

Skinner le décapsula et but, une flamme de sueur dessinée à l'envers sur la poitrine.

Rafraîchis-toi, dit le vendeur. Fait hyper chaud aujourd'hui. Il empocha l'argent de Skinner dans son short qui lui descendait aux genoux. Skinner fut pris d'un haut-le-cœur et s'éloigna.

Le vendeur et les jeunes, quelques-uns perchés sur des vélos, se remirent à parler. Certains venaient d'autres quartiers et ils en firent le sujet de leur discussion.

C'était pas possible de faire ce que je fais maintenant. Pas là d'où que je viens, dit le vendeur. L'est de New York. Pinkerton Avenue. T'avais les blacks qui te tombaient dessus pour te piquer le peu que t'avais. Il attrapa la jambe de son short pour montrer comment ils s'y prenaient pour voler le fric. On était les derniers des derniers, le ghetto dans l'ghetto.

Un homme noir affublé de lunettes rondes à verres très épais et en débardeur dit, faut trop faire gaffe avec ces trucs à la con. La bouteille dans le sac de papier était posée sur le goudron près de ses pieds dans leurs chaussures du dimanche.

Son pantalon était déboutonné et seul l'os de sa hanche le maintenait en place. C'est mon cousin. Moi et lui on est ici, ça fait douze ans.

Ici, c'est Disneyland, dit le vendeur.

Disneyland, ouais, mon pote. Serre-moi la pogne, mec.

L'homme noir se pencha comme un extraterrestre, tendit un long bras tordu. Le vendeur lui serra la main avant de l'envoyer valser sans regarder l'homme.

Je connaissais que la violence, dit le vendeur. Blessures par balles, blessures à l'arme blanche. Il montra ses bras, son torse. Bien sûr, il avait fait de la taule, même s'il ne voulait pas en parler. Ses tatouages parlaient pour lui. Il retira ses lunettes teintées et exhiba son visage aux jeunes gars. Il était écrit sales cons sur ses paupières. C'est comme ça que je vois les choses. On lisait les lettres BK pour Brooklyn sur son visage. Un autre Brooklyn écrit en entier sur son cou. Une étoile entre les yeux. Une larme noire sur la joue. Maintenant, chuis ici et je fais profil bas. J'ai trouvé la religion. Je fais profil bas jour après jour, j'essaye de gagner ma croûte.

Son soi-disant cousin but une gorgée et dit, c'est pas courant. Le profil bas. Serre-moi la pogne, mec. Sa main flotta comme une raie manta au bout de son bras enveloppé de veines jusqu'à ce que quelqu'un la lui serre. Mais écoute, écoute, reprit-il. J'vais te dire, moi. Le fric et la famille, ça se mélange pas. Il brandit un paquet de Dunhill aux regards de tous. Vous voyez le genre de clopes que je fume, donc vous savez que je dis rien que la vérité.

Skinner faisait des pompes, ses rangers appuyées sur un rebord. Quand il eut terminé, il eut du mal à se relever. Il s'assit et ne bougea pas pendant un bon moment, resta en bas d'un toboggan, son menton dégoulinant de sueur, son regard rivé sur les gouttes de sueur qui tombaient entre ses doigts.

Quand il leva les yeux, il vit un pitbull, un animal merveilleux et puissant à la peau tendue et brillante sur des muscles striés, qui entraînait son maître à travers le terrain. Le maître marchait penché en arrière, tenant l'épaisse laisse en cuir enroulée autour de son poing. L'animal tourna sa gueule obscène vers Skinner qui l'observa avec curiosité tandis qu'il haletait dans sa direction, des choses roses pendant de sa mâchoire ouverte.

Dans cette chaleur, le temps lui avait échappé. Skinner regarda son téléphone dont l'écran était embué et fronça les sourcils, perplexe. Il emprunta la rampe d'accès d'un pas boiteux et, les yeux plissés, il regarda le flot incessant des voitures, les toits bas. Le soleil éclaira tout et le béton lui fit mal aux yeux.

T'es là ? demanda-t-il dans le téléphone. Il était tombé sur la boîte vocale de Zou Lei. Fais-moi payer, dit-il au répondeur.

Il s'engagea dans Sanford Avenue, passa devant des graffitis qui faisaient référence aux rues du quartier et aux gens qui y vivaient, Dek 142 St Love Trouble CSNR. Dans certaines cours d'immeubles il apercevait des jouets en plastique, des balançoires et tout un bric-à-brac, des cônes de signalisation routière, des engins de construction parce que des gens dirigeaient des entreprises d'aménagement paysager et qu'ils vivaient là. Il crut qu'elle le rappellerait avant qu'il ait parcouru dix blocs. Il entendit des marteaux et une scie. Une voiture en provenance de Nassau County d'où sortait du R & B le doubla. Les réjouissances du samedi soir commençaient dès l'après-midi, ça se sentait.

Au bout d'une petite rue, il vit des hommes ramper par une ouverture dans une maison abandonnée, pillant l'intérieur et jetant du bois pourri dans une camionnette.

Comme elle ne l'avait toujours pas contacté alors qu'il arrivait dans sa rue, il se dit, elle doit être sous la douche. La maison avait toujours la même apparence, les trois niveaux de toiture qui se déroulaient comme des langues sales séparant chaque étage. De là où il se trouvait, il vit l'appentis à l'arrière, la fenêtre du grenier garni de laine de verre gris-jaune. Il contourna le Jésus décoloré devant la maison et entra. Descendant les escaliers à petites foulées, il l'appela : Zou Lei.

Quelque chose le fit s'arrêter pour tendre l'oreille. Personne ne répondit. Zooey, répéta-t-il. Mais il comprit qu'il était seul.

Il descendit les escaliers et alluma la lumière de la salle de bains, jeta un coup d'œil à l'intérieur et la trouva vide. Il passa la tête dans la cuisine, regarda en bas, en haut, à droite, à gauche. Il n'y avait personne, juste les placards, l'évier et le frigo. La porte de la chambre était fermée. Zooey ? dit-il. Il l'ouvrit avec sa clé. Sa chambre était vide – elle n'était pas là. Il contempla le lit, le dernier endroit où il l'avait vue.

C'est quoi ce bordel ? se demanda-t-il. Quelque chose clochait dans cette chambre. Le lit était de biais par rapport au mur et sa couverture militaire était par terre.

Il retourna dehors et regarda des deux côtés de la rue, ne voyant rien hormis des kilomètres de maisons et de voitures alignées. Un million de choses pouvaient expliquer son absence, se dit-il. À tous les coups, ce serait celle à laquelle il n'aurait jamais pensé. Il retourna en bas et composa le numéro de Zou Lei sur son portable, adossé au mur, le front pressé contre son biceps en sueur, attendant que ça sonne.

Le satellite le connecta et, une seconde plus tard, il entendit retentir la sonnerie d'un autre portable. L'objet se trouvait dans le sous-sol. Il se laissa guider par les notes émises dans la chambre. Elles provenaient de quelque part près de la table de chevet. Il s'agenouilla, regarda sous la table et vit le sac-banane. La sonnerie venait de là. Il attrapa le sac, l'ouvrit avec brusquerie et trouva le téléphone portable, son propre nom clignotant sur l'écran.

Le sac contenait toutes les possessions de Zou Lei – son portefeuille, son argent, la clé de la maison. Il fouilla le sac, ce qu'il n'avait jamais fait auparavant, mais toutes ces affaires appartenaient bien à Zou Lei. Ses mains tremblaient, mais ce n'était que son corps qui lui jouait des tours. Il les approcha de nouveau du sac et tenta de faire glisser la fermeture éclair. Il entendait ses doigts qui maniaient les objets maladroitement, incapables de contrôler le moindre geste minutieux. Il n'arrivait à rien. Quand il déposa le sac sur la table, aucune des affaires ne tenait dedans comme elle aurait dû. Elles gonflaient le tissu comme de mauvaises conclusions.

Elle va bien, dit-il. Ressaisis-toi. Dans dix secondes, elle va passer la porte.

Il reprit ses recherches dans le sous-sol, cette fois de manière plus systématique, prêt à tout mettre en pièces, à éventrer le matelas et à renverser les tiroirs.

Il retourna dans les escaliers pour voir si quelque chose aurait pu tomber. Il passa la main sur les coutures faites à la machine. Il ne trouva rien. Aucun petit mot ni message. Rien ne lui abîma les doigts, pas de bris de verre. Il alla une fois de plus dans la salle de bains, ouvrit la porte en verre dépoli et examina la cabine de douche, même s'il avait bien vu à travers la vitre qu'aucun corps recroquevillé ne s'y trouvait. Personne n'avait utilisé les toilettes. Il ouvrit tous les placards de la cuisine et regarda à l'intérieur du frigo, en vain. Il vérifia l'espace entre le frigo et le mur, dans la brèche où les moutons de poussière s'amassaient à cause de l'électricité. Dans la chambre, il ouvrit la porte de la penderie et inspecta les tuyaux de cuivre et la chaudière avec ses écailles de rouille.

Il fit volte-face et regarda une fois de plus le lit dont la vision l'affecta plus que tout le reste autour de lui. À croire que quelqu'un avait donné un coup dedans. Il imagina une personne prise d'une violente crise de nerfs – pas Zou Lei, mais quelqu'un d'autre. Pourtant personne ne s'était trouvé là avec elle. Son esprit s'empressa d'imaginer le pire, et il se sentit faible et pris d'un haut-le-cœur.

En s'approchant de plus près, il vit clairement que le cadre du lit avait été éloigné du mur.

Il le remit en place. Le lit était composé d'un matelas une place sur une structure en métal en deux parties pour pouvoir ajuster la largeur, et facile à déplacer. Les roues réintégrèrent les marques dans le lino où elles avaient toujours été.

Il se baissa et jeta un coup d'œil sous le lit. Il aperçut une chaussette roulée en boule et un vieil emballage de préservatif. Pour une raison ou une autre, la boîte à pizza avait atterri sous le lit. Quand il l'examina, il eut l'impression qu'on avait marché en plein dessus, un détail qui le troubla car cela ne ressemblait pas à Zou Lei.

Il prit la couverture militaire qu'il palpa. Puis il l'approcha de son visage et la flaira. La secoua. Rien n'en tomba. Il se mit à la tâter centimètre par centimètre. Son cœur battait la chamade et il ne savait pas pourquoi. Il regarda le matelas. Le toucha. Elle s'était allongée là.

Il resta à genoux, en attendant de savoir ce qu'il allait faire ensuite. Mais il était surtout perplexe.

Il remit la couverture sur le lit, un réflexe domestique précédant l'instant où il allait se lever et c'est ainsi qu'il découvrit ses chaussures. Tirer sur la couverture verte revint à lever le rideau sur une surprise. Son cerveau avait prévu de voir des carreaux de lino. Il tomba sur une paire d'Asics pour femme flambant neuve, agrémentée d'un liseré phosphorescent couleur pêche. C'était les baskets de Zou Lei et, pendant une fraction de seconde, il eut l'impression d'avoir déniché un œuf de Pâques. Il éprouva un sentiment éclair de satisfaction. Mais très vite, il réalisa ce qu'impliquait cette trouvaille.

Pourquoi est-ce que je regarde les chaussures de quelqu'un, alors même qu'elle n'est pas là ?

Il ne pouvait se tourner vers personne pour dire, c'est ça la guerre, ce sont des choses qui arrivent.

Il inspira longuement et difficilement par le nez, redressa le torse comme un asthmatique essayant de repousser une crise.

Les services d'immigration ? Jimmy ? De toute façon, c'est cet enculé.

Il composa les premiers numéros des secours tout en fonçant à travers la pièce, renversant tout sur son passage, sortant son matériel, son couteau de combat, et, les lèvres blanches, il jeta des coups d'œil vers le plafond. Par crainte de ce que les flics pourraient lui faire dire, il ne passa jamais l'appel. Il aurait voulu parler à Jake et lui dire, je suis assis chez moi dans le sous-sol, mon arme au poing, et je vais monter à l'étage buter le type qui vit au-dessus de moi. Qu'est-ce que je dois faire ?

Je n'en sais rien. Je n'en sais rien. Ça n'est pas possible.

Il avait les mains moites. Il s'intima l'ordre de se calmer. Puis il dissimula les armes. Il n'avait pas assez confiance en lui pour prendre la bonne décision alors il sortit de la chambre et verrouilla la porte pour s'interdire l'accès à son revolver. Puis il grimpa les escaliers jusqu'à l'appartement des Murphy et frappa à leur porte.

De l'autre côté, il entendit des voix se taire. Il attendit à l'ombre de l'alcôve que quelqu'un lui réponde. Sa propriétaire parla.

Qui c'est ? C'est vous Skinner ? Entrez, c'est ouvert.

Elle était assise à sa place habituelle, vêtue de sa combinaison habituelle, une Slim éteinte dans une main et un briquet dans l'autre. Elle était en train de dire :

Dès le départ, je lui ai dit qu'ils lui laisseraient jamais l'endroit en entier. Les hommes l'ont toute la semaine et ils vont pas l'abandonner comme ça. Je lui ai dit fais ça chez toi.

De l'autre côté de la cuisine, habillée de noir, Erin ne salua pas Skinner. À sa mère, elle répondit :

Sa maison n'est pas assez grande.

Si, avec le jardin. Et y a intérêt de toute façon. Parce que je te le dis, moi, elle l'aura pas, la salle. Bonjour, Skinner.

Jusqu'à ce qu'elle ouvre la bouche, il n'avait pas su ce qu'il allait dire. Sa voix se brisa, sa gorge produisant une musique étrange : Est-ce que votre fils est à la maison ?

Est-ce que mon fils est à la maison ? Jimmy ?

Il est là ?

Peut-être, dit Mme Murphy. Qu'est-ce que vous lui voulez ?

J'ai besoin de lui parler.

De quoi vous avez besoin de lui parler ?

J'ai juste besoin de lui parler.

Vous avez besoin de lui parler.

Ouais. J'ai besoin de lui parler. Et j'ai besoin de lui parler maintenant.

Erin émit un gloussement moqueur.

Vous voulez me dire de quoi il s'agit, s'il vous plaît ?

Je sais pas. J'allais vous demander la même chose, madame Murphy. Je sais pas si lui a quelque chose à me dire ou si vous, vous avez quelque chose à me dire. Est-ce qu'il s'est passé quelque chose ici pendant mon absence ?

Il se serait passé quoi ?

Je sais pas. Je veux qu'on me le dise.

Ils se dévisagèrent. Elle allait lui dire de sortir de chez elle.

Ji-mmy ! hurla Erin.

Non, la retint Mme Murphy.

Laisse-le régler ça. S'il veut tellement lui parler, t'as qu'à les laisser parler.

Jimmy, ne descends pas ! hurla Mme Murphy.

C'est quoi le problème ? demanda Erin. Laisse-le. Si c'est ce qu'il veut. Tu veux lui parler, non ? Il est là.

Jimmy entra dans la cuisine en provenance du couloir bleuâtre avec ses rangées de vieilles photos encadrées. Il se déplaçait nonchalamment, les bras se balançant le long du corps. À l'extrémité d'un bras, les bagues à ses doigts, et elles semblaient peser leur poids. Il évalua la situation dans la pièce.

Quoi ? dit Jimmy en haussant son menton barbu.

Skinner le regarda avec aversion.

Qu'est-ce que tu lui as fait ?

Quoi ? demanda Jimmy.

L'un d'eux – peut-être les deux – avança d'un pas, et une seconde plus tard, ils se battaient.

Jimmy ! aboya Mme Murphy.

Cela ne rimait à rien de se faire frapper. Skinner tomba au sol et se releva difficilement. Il y eut des dégâts, il entendit un fracas d'argenterie. Il était terrifié. Ils se ruèrent l'un sur l'autre. Ils s'écharpaient par terre et la famille hurlait et Skinner, écrasé, ne pouvait pas respirer. Une main se libéra et il reçut un coup de poing dans la tête. Son crâne heurta le sol et l'argenterie tressauta. Il prit un autre coup. Jimmy l'écrasait avec son avant-bras pour essayer de lui casser le nez. La peau de cet homme sur son visage. Ils se traînaient par terre en laissant des traces de sang à cause de son nez blessé et les essuyaient avec leurs jambes. L'autre utilisait son propre tee-shirt pour étouffer Skinner. Il s'assit, prit un coup et cligna des yeux. Il libéra ses jambes et commença à frapper à son tour. Sa chemise se déchira. Ils se levèrent, quelque chose tomba, se brisa. Il haletait, la force avait déserté son corps, mais il tenta un coup de poing. Il en reçut un au visage. Pauvre con, va, se moqua Jimmy en le cognant encore, et Skinner se plia en deux. Ils reculèrent en même temps et Skinner marcha sur un tiroir en bois cassé, glissa et une fourchette fila sur le sol de sous son pied.

Bousille-lui la gueule, à ce connard ! hurla la fille de sa voix suraiguë.

Ne détruisez pas ma putain de cuisine ! Emmène-le dehors !

Ils tombèrent à nouveau et s'agrippèrent, se griffant le visage, Skinner repoussant le menton de Jimmy. Sa joue sentit le cœur de Jimmy qui battait dans sa grosse poitrine échauffée. Bloqués par une clé de nuque, ils respirèrent, leur cage thoracique se soulevant et retombant, ils se reposèrent un instant. Skinner prit de longues inspirations irrégulières de coureur de collines, s'efforçant de se remettre debout. Il perdait son short et on voyait son caleçon.

Mme Murphy était au téléphone et attendait que quelqu'un décroche à l'autre bout du fil. C'est ça ! dit-elle. Ils vont m'envoyer ce petit con en prison.

Allô, police ? J'ai besoin que quelqu'un vienne chez moi, dit-elle. Un homme est en train d'agresser mon fils.

La bagarre se poursuivit jusqu'à ce que Skinner perde toute envie de se battre. Il avait été éjecté dehors, et à présent, il faisait les cent pas dans l'allée, son tee-shirt Army Strong déchiré, des marques rouges autour du cou et du sang qui coulait à flots de son nez, son poignet taché là où il s'était essuyé. Il gardait les yeux rivés au sol. Jimmy tourna les talons et rentra chez lui. Skinner remonta son short.

Erin s'était postée à l'entrée pour le surveiller. Je garde un œil sur lui, lança-t-elle à l'intention des deux autres dans la maison. S'il tente le moindre truc, mon frère l'enverra à l'hosto.

Elle le ridiculisait.

On verra ce que diront les flics quand ils débarqueront, dit-elle à Skinner. Et que t'en prendras plein la gueule.

Skinner cracha du sang.

Je t'emmerde, salope.

Il parlait d'une voix haute et tremblante.

Pourquoi t'es encore là ? Pourquoi tu te casses pas ?

Et quoi, vous laisser toutes mes affaires ?

Alors que t'as foutu le boxon dans notre maison ? Tu sais, mon frère, il va pas te lâcher. Tu ferais mieux de quitter la ville.

Skinner s'essuya le visage avec son tee-shirt déchiré.

La police remonta l'allée derrière lui.

Bonjour monsieur, bel après-midi. Vous habitez ici ? Venez me voir par ici. Est-ce que je pourrais voir des papiers d'identité ? Vous vous êtes battu avec quelqu'un ? Un gamin qui vit ici ? Où vivez-vous ? Pourquoi vous êtes-vous battu ?

La radio de la police était bruyante. Skinner pointa la maison du doigt et essaya de parler, mais un torrent de phrases parsemées du mot putain lui sortit de la bouche. Allez-y doucement, dirent-ils. On se calme. Erin l'observa de la porte. Il est dingue. Il fout la trouille à tout le monde.

Un flic qui ressemblait à un entraîneur de foot de lycée, les bras couverts de poils frisés lui dit, et si on s'installait à l'intérieur, hein ? et il fit avancer Erin. Après avoir remonté ses lunettes de soleil sur son front, il passa la porte des Murphy d'un pas lent et précautionneux et suivit Erin. Et l'autre gars, où est-il ? Il est ici ?

Dans l'allée, la police palpait les poches du short de Skinner.

Ils n'arrêtent pas de dire que je suis dingue. Mais la folie, ils savent pas ce que c'est.

Quatre flics formaient un demi-cercle autour de lui.

Dernière chance, dit l'un d'eux.

Skinner grinça des dents.

Ils le mirent à terre, un genou sur sa colonne vertébrale, là où le shrapnel l'avait ravagé, et lui passèrent les menottes.

Tu vas te calmer maintenant ?

Ils glissèrent une matraque entre ses avant-bras et ses omoplates et le firent avancer dans la rue. Quelqu'un ouvrit une portière.

Je l'ai. Arrête de te débattre.

Je me débats pas !

Ils le firent asseoir sur la banquette arrière et verrouillèrent le véhicule.

Le gamin est costaud.

On le coffre ?

Va voir d'abord ce qui se passe à l'intérieur.

Il était désormais assis dans une voiture de patrouille dotée d'un grillage séparant l'avant de l'arrière, et il tourna la tête, regarda autour de lui, ses yeux sombres et douloureux scrutant l'extérieur comme un cheval paniqué, s'évertuant à comprendre ce qui se tramait. Il se pencha en avant malgré ses mains entravées et s'essuya le nez sur son genou, expulsant une bulle de sang qu'il étala sur sa jambe.

Environ dix minutes plus tard, les flics sortirent, montèrent dans le véhicule, et se parlèrent sans faire attention à Skinner. Il leur demanda s'il allait en prison. L'un d'eux regarda dans le rétroviseur.

C'est là que tu vas, oui.

Et l'autre ?

Quoi, l'autre ?

Skinner se cogna la tête contre la vitre. Ils lui dirent ce qui se passerait s'il la cassait.

OK, dit-il en regardant ses genoux.

51

Ils le conduisirent à Chinatown. Il garda la tête baissée durant tout le trajet. Il écouta la radio de la police. Il sentit le monde défiler de l'autre côté des vitres et il ne voulait pas le voir. Dans la rue, on se préparait à profiter de ce samedi soir. Il entendait les voitures qui faisaient rugir leur moteur et la musique. Les menottes lui cisaillaient l'os du poignet droit. Aux feux de signalisation, il sentit que les piétons le regardaient. Au milieu d'un groupe en débardeur blanc et afro, un homme l'observa avec cynisme en fumant une cigarette. La voiture de police tourna dans une rue bondée qui menait au-delà des marchés de fruits. Skinner entendit parler chinois. Il sentit le soleil se coucher sans le voir.

Ils se garèrent dans une rue qu'il ne reconnut pas. L'odeur de la nourriture chinoise était si alléchante qu'il demanda aux flics s'ils pouvaient lui donner quelque chose à manger. L'un des agents lui répondit qu'il s'en occuperait, mais c'était juste pour que Skinner soit coopératif. Aucun des policiers ne lui adressa le moindre regard. L'un d'eux le tenait par le coude, les mains gantées de cuir noir, l'autre – un homme aux cheveux blonds en léger surpoids – passa devant et voulut jeter son gobelet en plastique transparent qui avait contenu un café frappé du Dunkin' Donuts. La poubelle à l'entrée du poste de police débordait et il dut poser son gobelet avec précaution au sommet des déchets en espérant que la pyramide ne s'effondre pas. Puis il se remit en route, tint la porte aux autres et le premier flic poussa Skinner à l'intérieur avant de lui faire passer le tourniquet.

Un téléphone sonna, une femme qui avait la même voix que sa proprio décrocha. Il vit le bureau surélevé et les hommes d'un mètre quatre-vingts en uniforme bleu foncé qui se tenaient derrière et le regardaient entrer. Un drapeau américain à franges dorées se dressait dans le coin.

Les flics qui l'avaient arrêté relevèrent leurs lunettes sur le front et tendirent leur paperasse à l'agent de l'autre côté du bureau – un jeune gars pas bien différent de beaucoup de gars d'un mètre quatre-vingts en uniforme. Il mâchonnait un sandwich. Il posa son sandwich et se frotta les mains pour en faire tomber les grains de seigle et parla par-dessus la tête de Skinner.

C'est quoi ?

L'agression.

Skinner ne bougea pas, les mains toujours dans le dos pendant qu'on le qualifiait de prisonnier et qu'on le tenait avec des gants. Des hommes souffrant de gros coups de soleil entrèrent, sacs de gym à la main, pour commencer leur service, et quelqu'un lança, hé, Mikey, c'était comment la mer ? Un petit mec avec une coupe en brosse grise et aux yeux de raton laveur sans ses lunettes répondit, je te raconterai plus tard, et il gravit les escaliers d'un pas traînant, passant devant les affiches d'enlèvements d'enfants. Les agents vérifièrent qu'il n'y avait pas de mandat d'arrêt contre Skinner. Skinner secoua la tête.

Je vous ai dit que non. Je vous ai dit que j'ai rien à faire ici.

Ouvre la bouche, lui ordonna l'agent le plus âgé – un grand homme avec une moustache en brosse et un bourrelet de graisse au niveau de la nuque. Fais comme si tu étais chez le médecin.

On mit son portefeuille dans une enveloppe en papier kraft que le type derrière le comptoir fit tomber dans un tiroir. On lui prit ses lacets. Il baissa les yeux, rentra le ventre pendant qu'ils coupaient la ficelle qui maintenait son short avec un couteau Spyderco. Le partenaire du gros flic, le blond pâle en léger surpoids et aux bras doux, fit claquer la lame en la repliant et dit, c'est par là qu'on va. Skinner le suivit sur le sol carrelé, ses rangers délacées flip-flapant à chaque pas. Il vit les escaliers, une porte en acier bosselé, un panneau Port d'arme interdit au-delà de cette limite. Le flic lui tint la porte et Skinner entra dans la salle d'arrêt. Il vit les bancs ocre jaune dans les cellules grillagées, la peinture cloquée sur le cadenas. On lui retira les menottes. Deux lignes rouges lui marquaient la peau du poignet. Le flic ouvrit la porte de la cellule à l'aide d'un jeu de clés dorées et lui dit de s'asseoir. Ne vous allongez pas. Skinner entra, la porte se referma d'un coup derrière lui, et les structures métalliques vibrèrent.

Depuis sa cellule, il voyait tout ce qui se passait de l'autre côté du maillage noir de la grille. Le miroir convexe au plafond montrait une scène immobile et déformée – néon et carrelage couleur d'olives en boîte. Même quand il bougeait, quand il se pliait en deux et posait la tête sur ses genoux, ses mouvements ne se reflétaient jamais dans la glace. Ni quand il levait la tête vers le plafond jaune et qu'il lui adressait un putain dans un soupir. Rien ne bougeait hormis l'horloge. Une affiche au mur affirmait, si tu te cames, tu te crames.

Une heure plus tard, la porte s'ouvrit et le flic blond reparut pour le laisser sortir. Il dit à Skinner où se tenir et quoi regarder et prit un cliché anthropométrique depuis l'autre bout de la pièce d'un clic de souris exactement comme pour le permis de conduire. Il lui prit ses empreintes digitales. Le flic maintint chaque doigt de Skinner sur la plaque en verre d'un scanner type photocopieuse et elles apparurent sur l'écran de l'ordinateur à côté de son portrait transpirant.

Je vais rester ici combien de temps ?

Ça peut être deux heures, tout dépend de ce qui va se passer. On a la paperasse, les trucs qu'il faut qu'on fasse, les trucs que le procureur doit faire. Bref, ça varie.

Non, je veux dire combien je vais prendre ?

Ça dépend. Tu as des antécédents ?

Un trouble à l'ordre public.

Qui remonte à quand ?

À avant l'armée. Il y a longtemps.

Tu étais soldat ?

Ouais.

T'es vétéran ?

Ouais.

Irak ?

Ouais. Trois missions. C'est mon tee-shirt de là-bas. Je croyais qu'on pouvait lire ce qu'il y a d'écrit dessus. Et c'est mon shrapnel.

Oh, merde.

Trois mille mètres seconde, mec. Pneumothorax. Écoute, ce putain de connard de merde de fils de pute avec qui je me battais. Faut que tu m'écoutes. Cet enculé, c'est la merde à tous les étages. C'est lui qui devrait être ici, putain. Il sort de taule, putain.

Son nom ?

Jimmy. Jimmy gros bâtard Murphy.

Tu sais pour quoi il était en prison ? C'était la drogue ?

À cause de sa salope de mère pour ce que j'en sais. Ce type est malade.

Ouais, j'avais pigé. Retourne à l'intérieur. Gaffe à la porte.

Le flic l'enferma de nouveau.

Je suis Brad, mec. Comment tu t'appelles ?

C'est écrit sur mon uniforme. O'Donnell.

Le flic lui dit de rester tranquille et sortit de la salle d'arrêt. Trois heures plus tard, Skinner regardait encore la porte à travers les fils croisés de la grille en attendant que revienne l'agent. Skinner était adossé à la cage, ses bras autour de la taille, se tenant l'estomac, affamé. Il ne bougeait pas, comme un animal qui économise son énergie, en partie camouflé par le maillage en acier. L'oreille tendue vers le reste du poste de police de l'autre côté de la porte, il entendit un téléphone portable jouer quelques portées de Billy Joel.

Des flics en civil entrèrent avec une personne en état d'arrestation, un jeune homme de petite taille au visage aussi fripé que celui d'un métayer de quarante ans, en caleçon et trébuchant, son pantalon sur les chevilles. Ils ouvrirent la cellule de détention et l'y firent entrer toujours menotté. C'est ça, faites les gros durs, là, dit-il d'une voix à la fois haute et grave comme s'il avait une anche de clarinette dans la poitrine. Il s'assit au milieu du banc, genoux écartés, et leva ses deux mains menottées pour adresser un doigt d'honneur aux flics. Vous l'voyez çui-là ? La cellule se remplit de jeunes blacks entre treize et dix-huit ans qui faisaient des signes de la main à la police en hurlant. Le plus jeune avait une afro en pointes, comme une étoile. L'un d'eux lança, yo, les keufs, là, chpeux poser une question. Il avait le pénis à l'air. Skinner murmura, eh merde, et détourna le regard. Ils essayèrent d'attirer son attention en donnant des petits coups dans le bout de ses rangers avec leurs Jordan délacées. Il sentait leur odeur. L'un d'eux colla un genou contre le sien et Skinner fit semblant de ne pas le remarquer. Il se déplaça et posa sa tête dans sa main pour faire passer le temps en attendant que les flics leur apportent à manger, ferma les yeux et écouta :

Des mecs de Glenmore. Et donc t'as l'aut' négro, là, y déboule vers nous et y sort son gun. Et genre, y se met à nous envoyer la sauce. Pan ! Pan ! Pan ! Et t'as la cité 8. Ils se mettent à tirer aussi. Y l'ont buté. Tu vois où c'qu'il est le supermarché Pioneer, là. J'connais trop bien. Avant, ils l'appelaient la cité 8. Mon gamin il a failli en choper une dans le bide si j'm'étais pas baissé. C'était vers Howard. C'est là qu'y crèchent, mes grands-parents. C'est un chef de gang. Il était à Rikers. Y s'est jeté sur un autre gars et l'a fumé. C'était horrible, gros. Font ça tout le temps, les mecs. Il a pris une bastos à la jambe, aux deux jambes. Sa tronche, genre, elle était toute pleine de sang, là. Il m'a foutu un coup avec sa botte. J'pouvais pas bouger tellement que l'autre taré y tapait fort. Mon tonton il est descendu. Moi j'étais tout gonflé de partout, là. Bouddha il est descendu. C'était horrible, frère. Presque deux jours plus tard, l'été, genre, je sais où il est allé. Il est revenu, en fait. La batte de base-ball s'est cassée en deux, quoi. Je lui filais des grosses lattes dans la face. Et t'as Bouddha qui disait, genre, arrête, là. Faut que tu rentres chez toi, là. Y me sont tombés dessus. Mais je lui ai tabassé sa race, à l'autre bouffon. Et la pétasse de Bouddha, là. Elle a essayé de me prendre ma bague, gros. C'était la deuxième fois qu'elle essayait. On a bousillé la table basse, frère. On a envoyé l'aut' connard sur la table basse et le gars l'a planté. Chlac. À la poitrine, là.

Un flic en civil au look de petit rappeur blanc, musclé, et vêtu d'un maillot de base-ball, short en jean et casquette de base-ball enfoncée sur les yeux entra et appela Skinner.

Ici, dit Skinner.

Sors. Il ouvrit la porte de la cellule. Juste toi. Reste assis, dit-il à un jeune.

Mais ma mère elle m'attend.

Skinner s'avança.

Tafiole de blanco.

T'as le droit de sortir de la case prison gratos. Le type avec qui tu t'es foutu sur la gueule est fiché, ça joue en ta faveur.

Merci ! hurla-t-il. L'agressivité résonnait dans sa voix.

Remercie l'agent qui t'a arrêté.

Le flic tendit à Skinner un formulaire à signer puis arracha les copies blanche et jaune pour les lui remettre.

C'est la date de ton passage au tribunal.

C'est tout ?

À moins que tu veuilles rester.

Skinner récupéra ses affaires à l'entrée. Il prit son enveloppe sans un mot, franchit le tourniquet, puis la porte pour retrouver l'air chaud de la nuit, le bruit soudain jaillissant des rues vers le ciel pourpre.

Il s'assit sur le trottoir pour relacer ses rangers. Il avait le corps très raide et eut du mal à se relever, dut s'aider des mains et se mettre à quatre pattes comme une personne atteinte de myopathie.

Et maintenant, qu'est-ce que je fais, putain ? se demanda-t-il d'un air suppliant.

Les voitures roulaient vite près de lui et leurs feux arrière s'imprimaient sur sa rétine. Sa citation à comparaître, qu'il avait pliée, s'échappa de sa poche et il la ramassa. En se redressant il s'aperçut qu'il était face au parking. Chinatown était de l'autre côté. On y va, se dit-il et il se mit en marche. Quand il pensa à se retourner pour regarder le poste de police, il se trouvait déjà à plusieurs blocs de là après avoir descendu la colline au milieu des néons de Roosevelt Avenue. Elle sera là, se dit-il. Il avait roulé sa convocation et la tordait pour en faire un tortillon entre ses mains, laissant l'empreinte de ses paumes sur le papier.

En chemin, il s'arrêta au McDonald's et enfourna un hamburger qu'il mangea debout. Le Coca lui arracha un grognement et il marmonna, bordel. Il emporta la boisson avec lui, pressant le pas, et quand il ne resta plus que des glaçons, il lança le gobelet dans une poubelle devant un magasin de fournitures comme si c'était une balle de base-ball. Il se faufila à travers la foule, retira son tee-shirt en même temps qu'il marchait, s'essuya le visage, s'essuya le ketchup qu'il avait sur les mains, exposant son corps blanc couvert de tatouages à la lumière des phares.

Le pâté de maisons qui conduisait à la voie rapide semblait se dérouler sur des kilomètres. Il aurait couru, mais ses jambes ne pouvaient que marcher vite. Il examina les fenêtres auxquelles était suspendu du linge sur les maisons toutes identiques à façade de brique, identifiant ce qu'il pensait être l'appartement de Zou Lei, à la recherche d'une lumière. Elle serait là et le prendrait dans ses bras dès qu'elle le verrait.

Il effectua les dix derniers mètres jusqu'à sa porte en courant et se mit à frapper à la porte.

Zou Lei ! appela-t-il. Il recula et leva les yeux vers les fenêtres. Il hurla de nouveau son nom. Personne ne répondit. Il entendit une voix chinoise derrière les murs. Ce n'était pas elle. Il tapa de nouveau à la porte. Y a quelqu'un ? hurla-t-il.

Finalement, quelqu'un apparut à la fenêtre du deuxième étage. Depuis la rue, il ne voyait que l'ombre d'une tête.

Zou Lei ! Tu peux aller la chercher ?

Quoi ?

Est-ce que tu peux aller chercher ma copine ? Je te la décris. Elle fait un peu moins d'un mètre soixante. Chinoise. Elle vit ici.

Personne ici.

T'as pas vérifié. Je te demande d'aller voir.

Pas ici.

Va voir pour moi. Frappe à sa porte.

L'ombre disparut, Skinner crut, au début, que c'était pour aller vérifier, mais les minutes passant, il sut que l'homme ne reviendrait pas.

Hé ! lança-t-il.

Il n'y eut pas de réponse.

Répondez-moi !

Il hurlait à sa propre attention dans la rue, au milieu des poubelles, des barres de protection en fer forgé, des chemises, des pantalons et des soutiens-gorge sur les cordes à linge, du silence général.

52

Quand il remua à côté d'elle, elle se réveilla immédiatement. Elle passa d'une course folle dans la forêt de ses rêves à Skinner qui l'enjambait et enfilait son slip de sport. Elle le regarda mettre un short de basket, lacer ses bottes, se déplacer dans la chambre et ramasser ses affaires comme s'il devait aller quelque part.

Elle essaya de comprendre ce qu'il faisait.

Avait-il un rendez-vous de prévu ? se demanda-t-elle, quelque chose qu'il avait oublié de mentionner quand il s'était agenouillé à ses pieds la nuit précédente et lui avait renouvelé son attachement ?

Peut-être devina-t-elle une incohérence entre l'idée qu'il veuille lui donner tout ce qu'il possédait et le fait qu'il quitte la maison à cet instant sans qu'elle puisse voir son visage.

Elle voulait lui raconter son rêve, lui raconter qu'elle avait rêvé d'eux en train de courir ensemble. Mais elle eut peur qu'il refuse de l'entendre, alors elle garda le silence. Elle lui dit de bien s'entraîner.

Il prit les clés et ferma la porte – ces clés qu'il lui avait promises symboliquement la veille –, l'abandonnant dans sa chambre.

La chambre se situait sous le niveau de la rue. Le lit sur lequel elle était allongée était plus bas que le trottoir. Le soleil filtrait par une fenêtre à barreaux au-dessus de sa tête. Le sous-sol abritait la chaudière silencieuse, des câbles en cuivre et des tuyaux destinés à la cuisine et la salle de bains, tout ceci étant enterré dans le sol. L'eau qui était consommée dans toute la maison coulait par une conduite jusqu'aux égouts creusés dans la pierre sous elle. Le lino avait été posé plus de dix ans plus tôt et la colle qui le maintenait à la chape de béton s'était désagrégée. Les plaques glissaient de biais quand on marchait dessus, mettant au jour le béton et faisant remonter l'humidité du sol. C'était une chambre miteuse et bizarre, pensa-t-elle, et ça l'ennuyait de s'y retrouver seule. Elle se demanda pourquoi quelqu'un voudrait peindre des murs dans un violet criard de maison close à moins d'avoir envie d'y tourner des films pornos.

Elle essaya de se rendormir, mais tous les détails et les contingences menaçantes de sa situation finirent par envahir son esprit. Tâchant de contrôler son angoisse, elle se leva, agrafa son soutien-gorge et trouva les vêtements avec lesquels elle avait couru.

Alors qu'elle mettait son short, elle perçut les mouvements des gens à l'étage. Il s'agissait de l'agitation ordinaire de ceux qui se réunissent et sortent en même temps de la maison. Elle entendit brièvement une femme parler fort tandis que la porte de l'appartement s'ouvrait et se fermait, les voix étouffées dans la rue.

Elle n'aimait pas être coincée ici à attendre Skinner. Elle pensa l'appeler, regarda l'heure et vit qu'il était dix heures. Elle commençait à avoir faim et songea à aller voir dans le frigo.

Le bruit des voitures lui arrivait faiblement. L'isolation de la pièce était troublante, à quel point elle absorbait les sons.

À dix heures, elle s'inquiéta qu'il ne l'ait toujours pas appelée. Elle se rassit sur le lit et somnola ou plutôt sombra dans un épisode cataleptique. Elle oublia l'idée de manger. Elle devenait très triste.

Il l'avait quittée sans lui faire l'amour.

Je suis seule, n'arrêtait-elle pas de se répéter. Je suis seule. Je suis seule. Je suis seule. Seule. Seule. La Mort. La mort. Seule.

Tu as déjà connu ça, se dit-elle.

Elle se fit peur, imagina que la porte était peut-être fermée de l'extérieur ? Et si l'homme qu'elle aimait était un étranger ? Et si cette chambre était une cellule d'isolement et qu'elle n'en sortait plus jamais ?

Elle se leva dans la pièce ensoleillée et s'organisa. Pour ne plus penser à Skinner, pour contenir ses pensées le concernant, elle fourra son téléphone portable au fond de son sac-banane qu'elle posa sur la table de nuit. Elle lissa ses cheveux, les attacha et partit à la recherche de ses chaussettes. C'est à cet instant qu'elle entendit un son venant du sous-sol mais dont elle crut qu'il provenait de l'extérieur.

Il lui manquait quelque chose et elle s'aperçut qu'il s'agissait de ses baskets. Elle avait les cheveux encore emmêlés et prit un peigne pour se coiffer pendant qu'elle regardait par terre. Elle entendit un autre bruit et se figea, le peigne à la main.

Le temps d'une minute, elle se demanda si c'était Skinner qui revenait.

Skinner ? demanda-t-elle.

Pas de réponse.

Elle abaissa le peigne.

Debout dans la chambre, elle sentit une présence s'approcher de la porte. La sensation était si puissante qu'elle crut presque voir une ombre en forme d'homme à travers le bois. Les poils de sa nuque se dressèrent. Elle resta immobile. Elle se dit que son imagination lui jouait peut-être un tour.

Une voix masculine parla à travers la porte.

Toujours immobile, elle prit peur.

On tourna légèrement le bouton de porte.

Ouvre, dit l'homme.

À cause du ton péremptoire, elle songea que c'était la police.

Elle jeta un coup d'œil à son sac-banane sur la table de chevet, qui contenait son argent, sa clé, et depuis peu, son téléphone portable – les affaires qu'elle ne pouvait pas perdre. Elle ne voyait pas ses Asics cachées sous la boîte de pizza et, prise de panique, elle n'arrivait plus à se souvenir de l'endroit où elles étaient.

L'homme prononça une autre phrase comme s'il avait la bouche pleine, comme s'il avait la langue épaisse, pâteuse.

Elle lança : Mon copain dort, revenez après !

Elle entendit les clés.

La serrure cliqueta. Alors que la porte s'entrebâillait, elle hurla : Non ! et se précipita pour la fermer.

En voyant son visage, elle sut ce qui allait arriver et elle eut le cœur au bord des lèvres. Il la repoussa, les deux mains sur sa poitrine. Sa force la projeta en arrière sur le lit.

À la seconde où son dos heurta le lit, elle se redressa aussitôt et l'esquiva. Le temps que le corps élancé et comme sur ressort de Jimmy réagisse, Zou Lei gravissait déjà les escaliers du sous-sol quatre à quatre, ouvrait la porte à la volée et courait pieds nus dans la rue.

Et tout à coup, elle était sur l'avenue et ne savait pas quelle distance elle avait parcourue. Elle avait le soleil dans les yeux, les voitures roulaient et elle ne sentait pas la douleur dans ses talons sur le ciment, juste l'impact de chaque foulée.

Elle ralentit sa course à un rythme de marche affolée. Elle haletait. Elle fit demi-tour et reprit son chemin, prête à courir de nouveau. Quelque chose en elle voulait rire. Elle s'arrêta et scruta l'avenue derrière elle pour voir si quelqu'un la suivait, mais il n'y avait personne.

Dieu du Ciel Dieu du Ciel, pensa-t-elle.

Oh, Dieu du Ciel.

Il lui était difficile de voir les panneaux. Elle reconnut Kissena quand elle fut dessus, le trottoir lui brûlait la plante des pieds et elle s'escrima à éviter de marcher sur des bris de verre.

Et maintenant, quoi ? Elle avait abandonné toutes ses affaires derrière elle.

Dieu du Ciel, qu'est-il arrivé ?

Dans un magasin Tout-à-quatre-vingt-dix-neuf-cents, elle supplia une femme affublée d'une visière en ombrelle de lui donner une paire de claquettes pour la douche. Une passante entendit Zou Lei et lui tendit un dollar. C'était une femme mince d'une quarantaine d'années au regard lumineux, le genre de femme qui, en Chine, finissait en prison. Je suis bouddhiste, elle sourit. Zou Lei la remercia et fit sauter le caoutchouc qui maintenait les claquettes ensemble et glissa ses pieds noircis dedans.

Elle regarda autour d'elle, cherchant quoi faire. La bouddhiste avait disparu dans la foule des têtes à chevelure noire, les chemises à manches courtes en rayonne, les jouets en plastique et les gadgets bruyants, les accords d'une musique de plus en plus forte, les voix enregistrées et sirupeuses de femmes qui disaient achetez-en un, le deuxième est gratuit. Un homme maigre coupait des cannes à sucre avec un couteau, les longues pelures vertes tombant à ses pieds.

Elle traversa Main Street et descendit la colline vers la voie rapide. Arrivée chez elle, elle voulut ouvrir la porte, mais elle était fermée. Pendant un moment, elle fit les cent pas bras croisés. Ce n'était pas tant qu'elle voulait entrer. Mais elle aurait voulu que Skinner soit là. Elle tourna en rond, soupira et se mordit les lèvres. Qu'est-ce que je pourrais bien faire ? Elle releva la tête. Elle s'obligerait à attendre. Quand il la trouverait partie, il viendrait forcément ici.

Fatiguée de tourner en rond, elle s'accroupit très bas, à la manière des Asiatiques, épiant tous ceux qui approchaient de la maison depuis l'arrière de voitures garées là, sa main abîmée par le travail sur la tête, ses pieds noircis pressés contre le trottoir brûlant, les orteils repliés sur ses claquettes. Un souffle d'air passa sur son visage. Elle gardait la bouche entrouverte et ses yeux marron étaient rivés sur les arbres au bout de la rue, surveillant le moindre mouvement.

Le soleil se déplaçait. En fin d'après-midi, des gens qui travaillaient aussi les samedis apparurent entre les arbres et descendirent la rue vers leur maison. Une heure supplémentaire s'écoula. Elle s'obligea à attendre. L'un des milliers d'immigrés célibataires en jean et tee-shirt arriva sur la colline en traînant son ombre derrière lui, tête baissée. Ses vêtements et ses mains étaient couverts de peinture et de plâtre. Ils se connaissaient de vue, elle avait bu son Sunkist. Ils échangèrent un regard. Il dut forcément voir sa détresse. Elle le regarda qui décidait, juste avant de rentrer chez lui, que cela ne le concernait pas.

Quand elle ne supporta plus de rester immobile, elle leva un pied, puis l'autre, comme si elle voulait uriner. Les bras croisés, elle remonta en toute hâte un chemin bétonné à travers une mer de fougères et de mauvaises herbes qui avait poussé haut grâce à la chaleur et se tint au bord du boulevard, plissant les yeux vers l'horizon. Il n'y avait pas plus de trois centimètres de ciel nocturne entre le toit de la station-service et le soleil orange.

Elle se fixa la règle suivante : quand tu te diras qu'il ne reviendra pas et que tu seras sur le point de baisser les bras, alors attends encore un peu, et tu seras récompensée, c'est à ce moment qu'il reparaîtra.

53

C'était la nuit. Les camions fonçaient en rugissant sur l'autoroute et le vacarme se réverbérait jusqu'à elle, les appels d'air explosifs envoyant un souffle bruyant entre les maisons. Elle s'était mise en marche à la tombée du jour, quand les couleurs du ciel avaient viré au-dessus des nuages fragmentés, après avoir baissé les bras, puis montré encore un peu de ténacité, mais sans recevoir la moindre récompense, et ce à deux reprises. Tout ce qu'elle savait, c'est qu'on l'avait abandonnée. Elle était désespérée et ne supportait plus de penser. Elle ne savait pas ce qu'elle faisait. Elle s'en irait, s'en irait simplement et continuerait d'avancer jusqu'à la fin du monde ou jusqu'à sa propre fin.

Elle avait réussi à monter dans un wagon sans payer, et se faisait à présent transporter par le bruit hypnotique. À Manhattan, ils s'engouffrèrent sous terre, les Blancs descendirent, et le métro repartit vers Brooklyn. L'air conditionné gouttait sur les sièges gris, sur les Antillais et les Africains. Un policier passait la tête dehors à chaque arrêt.

Au terminus, la voie se terminait et une autre rame attendait sur les rails adjacents. La foule descendit et elle aussi. Les flics changèrent de rame. Les murs étaient couverts d'une peinture industrielle beige. Ils dégageaient une odeur de sanitaires. Les Jamaïcains montaient les marches en ciment pendant qu'elle-même les descendait. De petits enfants minces en habits bon marché les suivaient. Il y avait de l'eau sur le trottoir et Zou Lei perçut cette fois une odeur d'égout. Elle vit les fenêtres d'appartements au-dessus de restaurants et de magasins discount. Les effluves de friture lui arrivèrent d'un coup. Les voitures traversaient le carrefour, un chenal de néons verts et violets aux teintes douces, de la musique en sortait. Un Cholo affamé au crâne rasé conduisait une voiture dorée. Ils arrivaient d'ailleurs, cherchaient à s'amuser. On apercevait leur visage sérieux, les différents types de musique dans chaque voiture, leurs amis coiffés de leur casquette de base-ball qui se laissaient conduire installés sur la banquette arrière. Quelqu'un klaxonna pour fêter ça. Une vieille Cadillac conduite par un homme seul s'arrêta au feu. Il écoutait une musique exubérante et il chantait par-dessus : We can get it bumping ! À ouam les chagasses ! Ses phares étaient éteints. Zou Lei traversa devant lui et prit Liberty Avenue.

Elle passa devant le restaurant Bon Espoir, le bar lounge Les Étincelles, un jeune homme debout sur un vélo slalomant dans la rue, sa casquette noire de travers et une cigarette derrière l'oreille. Sur son tee-shirt était écrit Dealer. Elle passa devant des sans-abri glaneurs, les cheveux humides d'un gris acier froid, gants et pantalon de jogging, fouillant dans les ordures. Ils étaient indiens, ils se connaissaient. Ils firent une pause et se consultèrent au sujet du meilleur endroit où glaner, et l'un d'eux s'en alla, tirant son caddie derrière lui. Une femme marcha aux côtés de Zou Lei comme un zombie, la joue et la mâchoire barrées d'une cicatrice de brûlure. Elle passa devant le restaurant Dabar Halal, avec une marquise verte et un éclairage blanc et des chauffeurs de taxi qui mangeaient à même leur plateau.

Tandis qu'elle s'éloignait du carrefour, la rue s'assombrit. En jetant un regard en arrière, elle aperçut le gyrophare rouge d'une voiture de police clignoter au milieu de la circulation, envoyant sa lueur sur les petites maisons d'où sortait du reggae. Devant elle se dressait une mosquée non éclairée derrière un parking enguirlandé de petits drapeaux triangulaires dans l'ombre. Au-dessus des lignes téléphoniques, une lune grosse comme une pièce de dix cents. Elle mit cap à l'est, direction Freeport. Les voitures apparaissaient brutalement sur la route avec ses étals de fruits tous les huit cents mètres. Le reste des magasins étaient fermés. Elle vit une affiche pour un marabout scotché sur le mur d'un immeuble. Même si elle ne s'arrêta pas pour tenter de la déchiffrer, la publicité disait : Annule la Magie Noire. Sur l'image, le visage levé du marabout était peint en rouge et jaune. Elle passa devant des églises installées dans des boutiques condamnées, surplombées par le feuillage des arbres massifs qui poussaient derrière. Une enseigne délavée au-dessus de sa tête annonçait les Sept Couronnes de la Gloire. Un homme approchait capuche sur la tête, barbe, short, chaussettes pareilles à des bandes molletières, il s'était harnaché avec des fils à linge pour tirer un caddie chargé de sacs-poubelle comme une caravane. Une voiture noire passa en grondant : Une nation… sous la protection Dieu… des blacks des vrais… ramassent le paquet. Des femmes qui se préparaient pour une fête dans une camionnette garée là sortaient du maquillage de leur sac à main et se le prêtaient. Les rues devinrent irrégulières, découpées en triangles. Elle arriva au niveau de bus garés le long du terre-plein central, de voitures abandonnées sur le trottoir. Une Crown Victoria en piteux état, portières arrachées, siège arrière passé devant, le toit comprimé comme un sandwich et le pare-brise explosé sur la chaussée, lui bloquait le passage et elle dut la contourner. Elle évita les voitures qui venaient dans sa direction.

Les garages automobiles faisaient leur apparition. Elle vit un Domino's. Le livreur en chemise bleue et rouge descendit de son véhicule en portant un sac à pizza isotherme.

Sur quatre cents mètres, il n'y eut rien, puis elle croisa quelqu'un. Elle vit deux jeunes en pantalon de concierge assis sur un porche à moitié caché par une haie en train d'ouvrir une bouteille. Ensuite, elle atteignit la vallée de lumière d'une station-service où un jeune gars, la peau aussi noire que son tee-shirt, faisait le plein d'une Elantra cabossée. Un distributeur de boissons était hérissé de fil barbelé. Elle traversa une voie rapide en ayant l'impression que le reste de l'Amérique, la vaste route bétonnée renvoyait écho sur écho. De retour dans la rue, elle passa devant d'autres voitures garées, deux femmes assises à l'avant d'une de ces voitures en train d'écrire des textos, des Hispaniques, peut-être. L'une d'elles portait des lunettes sur son long nez. Elle passa devant le Club Jouvay à côté d'un magasin de fournitures en maçonnerie, la musique se réverbérant à travers le toit.

Même à cette heure tardive un samedi soir, on voyait toujours des gens ici et là qui se débattaient avec des sacs de linge, des sacs-poubelle pleins de vêtements, peut-être dans le cadre d'un déménagement ou d'un travail quelconque. Elle vit quatre femmes assises en rond sur des voitures dans la nuit brûlante qui n'avaient apparemment pas d'autre occupation que de discuter. Un homme ivre originaire d'Amérique centrale se dirigeait vers elles, allait et venait en courant d'un pas vacillant sur le trottoir. Elles avaient des cheveux courts comme certaines lesbiennes. Une des grosses femmes se leva de l'embrasure de la porte où elle s'était assise avec ses copines. L'homme la regarda sans dire un mot, puis poursuivit sa route en trébuchant comme s'il avait décidé que ça ne servait à rien. Hé, papito, reviens ! appela la femme. Laisse-le partir, dirent ses amies. La femme dit, non. J'ai besoin de fric. Afuera, appela-t-elle fortement d'une voix plaisante. Papi, ven aquí !

Zou Lei passa entre eux, persévérant face aux voitures qui filaient à proximité, malgré le trottoir et l'heure de la nuit, même si elle savait qu'elle aurait dû s'arrêter des kilomètres plus tôt et que son comportement était insensé. Elle ne pouvait pas s'arrêter. Vingt minutes plus tard, elle fut prise d'un vertige violent quand tout la rattrapa d'un coup. Elle fut soudain frappée par la faim, comme si quelque chose s'était débranché en elle, et elle ne savait pas quoi faire. Elle se tenait dans l'obscurité au coin d'une rue, bien après les bars lounge et les vendeurs de viande grillée et les débits de boissons, devant un terrain vierge servant de dépôt de récupération. L'avenue elle-même s'était transformée en voie rapide, les voitures qui roulaient à toute vitesse, leur passage qui soulevait la poussière des graviers, les caniveaux gorgés d'eau et d'ordures. La seule chose qui séparait ses pieds du trottoir était ses claquettes de douche. Rien ne la retenait là-bas si elle décidait de faire demi-tour. Elle n'avait rien dans le ventre. Ici, elle avait l'air d'une prostituée. Ses poches étaient vides et elle avait peur.

Une large voiture décorée de petits ailerons au-dessus des feux arrière s'extirpa de la circulation et se rangea le long du trottoir. Les gens dans la voiture étaient un couple de Noirs. Une fourgonnette du NYPD se gara derrière. Zou Lei eut peur de rester là et avança. La lumière était allumée dans la fourgonnette de police et elle vit l'un des agents, du gel dans les cheveux, jeter un coup d'œil vers elle tandis qu'il tapait des informations sur un clavier monté sur le tableau de bord. Dans sa tête, elle s'entraîna à dire : Mon ami il vit au bout de la rue. Je sors pour le pain. Je me perds. Je suis très désolée.

Qu'arriverait-il si elle racontait ce qui lui était arrivé aujourd'hui ? Si je n'avais pas eu de chance, peut-être que je ne serais pas ici. Elle avait pu s'enfuir, mais avait perdu son argent, sa carte d'identité, son téléphone, et même ses chaussures.

Le policier dirait, tout ça était peut-être vrai, mais pour l'instant, ce que je vois c'est une femme sans pièce d'identité, et jusqu'à ce qu'on puisse confirmer que vous êtes bien celle que vous prétendez être, on va pas vous lâcher.

Après quoi il la menotterait et la ferait monter dans la fourgonnette. T'en penses quoi ? demanderait son partenaire en ouvrant son registre. Ils dresseraient un PV pour prostitution parce que c'était la routine et la colleraient dans une cellule dans l'est de New York.

Avoir frôlé une arrestation lui fit oublier sa faim et lui donna l'énergie de sortir de la peur, si bien qu'elle parcourut encore plusieurs kilomètres à travers la nuit avant de se souvenir une fois de plus qu'elle était fatiguée.

Les lumières clignotantes blanche, rouge et orange de la fourgonnette disparurent, la route vira et elle passa devant des silos de sable et de gravier, la pente d'une bande transporteuse qui ressortait sur le ciel, des camions toupie à la queue-leu-leu comme des éléphants derrière une barrière. Une allée jonchée de carcasses de voitures comprimées et de verre. Casse Auto Côte Est. Il y avait un terrain noir au fond duquel se trouvaient des projecteurs puissants à la lumière aveuglante, même à près d'un kilomètre de distance. Un compresseur tournait. De temps en temps, passait une voiture en provenance de Long Island où s'entassaient de jeunes hommes qui n'appartenaient pas à des gangs, mais étaient simplement pauvres. Les femmes, elles, étaient seules au volant, envoyaient des textos, se rendaient à une fête. D'autres voitures encore, tout juste vendues, les caractéristiques du véhicule encore écrites au feutre blanc sur les vitres : À vendre, kilométrage. Les mauvaises herbes poussaient haut sur le terre-plein. Les maisons faisaient penser aux resserres dans les campagnes. Elle vit des fougères. On aurait dit une aire de stationnement pour routiers, à l'écart de l'autoroute vers le sud. Les arbres sur le parking prenaient des libertés.

Elle passa devant une laverie automatique incendiée, l'église de L'Approfondissement de la Vie par la Bible, vit une femme noire de grande taille au physique tout en retenue, au maintien étudié, en pantalon, qui tourna dans une rue transversale vers les rythmes sourds d'une musique, l'air digne et fataliste.

Les bâtiments incendiés se multiplièrent jusqu'à ce que l'environnement dans son ensemble dégage une impression de mort et de vide. Un rideau de fer avait été peint par un graffeur, et le dessin représentait les pyramides et les pharaons d'Égypte pareils à de gigantesques nuages orageux au-dessus de la silhouette de New York où les tours jumelles étaient encore debout. On pouvait lire : La Civilisation est née en Afrique. Entrez à vos risques et périls. Mais ces derniers mots faisaient référence à une boutique qui avait été dévastée et pillée. On le voyait à travers les trous dans la brique. Plus loin, les basses d'une musique lui parvinrent de derrière les maisons, de ce qui faisait penser au fond d'un puits caché derrière des squats abandonnés et incendiés, des amas de canapés et de matelas près de porches sombres vers lesquels on craignait de porter le regard. Les pâtés de maisons avaient disparu et le chaos continuait sur de grandes distances. En tournant à l'angle de bâtiments, elle vit certaines scènes se dérouler derrière des arbres, des silhouettes lointaines et silencieuses en tee-shirt blanc qui fourmillaient autour d'une voiture dont toutes les portières étaient ouvertes. Tous portaient un article rouge, que ce soit un short ou une casquette. Il régnait cette atmosphère des quartiers où les étrangers vivaient les uns parmi les autres, se volaient les uns les autres, devinaient qui serait le prochain sur la liste. La route suivait un parc tout gris dans la lumière morne, et pas le moindre bruit ne sortait des maisons au fond. Elle entendit une série de coups de feu. Un homme barbu marchant d'un pas tranquille dans la rue souleva sa chemise pour toucher son ventre plat et la remarqua comme on remarque de l'argent tombé par terre. Il lança un regard circulaire, sans doute pour voir si quelqu'un l'accompagnait. Le bus de Freeport passa à vive allure et elle aurait bien aimé monter dedans, mais il ne s'arrêta pas.

Craignant d'aller plus avant, elle tourna vers le nord et la route l'emmena près des treilles, des crickets et des grilles blanches comme dans le bayou. C'était aussi un ghetto. Elle passa devant des bars d'un étage à l'éclairage bleu et un grand videur jamaïcain en veste pastel et chaussures en crocodile. Elle traversa Mexico Street et Murdoch Avenue. Les voitures étaient parées pour la sortie du samedi soir, agrémentées de phares à la configuration inhabituelle, doublés, et elles filaient dans les rues, effectuaient des virages brusques, en quête d'une fête, s'engageant bruyamment dans des ruelles. L'une d'elles rugit soudain, esquiva une jeep, et fonça comme dans une course de dragsters, vrombissant à la manière d'une moto dans le lointain. Elle passa devant des affiches à l'entrée d'églises lancées dans une guerre spirituelle. Les gens sortaient des boîtes de nuit habillés comme des petits jeunes. La chaleur était devenue plus supportable. Il y avait des moustiques. Dans les rues, l'ambiance était plus calme. Il y avait beaucoup de place entre chaque voiture garée. Elle vit une maison porte ouverte et une télé tellement grande à l'intérieur qu'elle semblait l'inviter à entrer, mais elle ne vit personne. Elle entendit une clim tourner. Passant sous le métro aérien, elle entendit des criquets dans les broussailles. De l'autre côté, un panneau publicitaire au milieu des herbes montrait des femmes en robe bustier qui trinquaient à sa santé avec de la vodka, les yeux fermés, le rire aux lèvres.

Dans un jardin, un bouquet de panneaux faits main avec des planches de bois et des draps attira son attention : Il ne faut rien fumer. Alcool = Abus, Abattement, Âme damnée. Chaque mot commençant par un A. Fumer = Faute, Faiblesse, Flammes de l'enfer. Ceux qui réussissent portent des Adidas. Un drapeau de l'État du Texas pendait au porche. Il y avait écrit Temple sur le toit.

Cet ensemble détourna son attention. Elle avança dans la rue sans regarder, une voiture surgit de nulle part et faillit la renverser. Quand elle fit demi-tour pour récupérer sa chaussure, les feux de signalisation se mirent à tanguer et elle dut faire un effort pour ne pas perdre l'équilibre. Elle était ivre de fatigue et prise de vertige. Elle se sentait bizarre, mais cette sensation s'évanouissait dès qu'elle se remettait à bouger. Elle effectua un pas et tout alla bien. En revanche, elle était incapable de réfléchir. La lune ressemblait à un feu de signalisation, et elle eut du mal à se rappeler que cette lune était dans le ciel et non sur terre avec elle.

Elle se dirigea vers le nord par Woodhill, marcha à travers des toiles d'araignée et entendit des criquets. Maisons sombres et silencieuses, les lignes haute tension. Dans le ciel, un jet privé tonna. Le plus grand arbre qu'elle ait jamais vu la surplombait. Les feuilles bruissaient, un bruit de commencement, de quelque chose en train de frémir et de bouillonner. Puis un bus – un neuf, propre, à hydrogène et équipé de climatisation, éclairé comme une navette d'aéroport – étouffa le bruissement des feuillages sous le ronronnement égal et ferme de son moteur.

Puis elle traversa une avenue sans panneaux, des fêtards faisaient demi-tour en voiture. Cambria Heights Academy. Une fois de plus, des coups de feu au loin.

Dans une rue sombre, elle vit une lumière : un intérieur bleu morne aperçu par une fenêtre ouverte et si isolé qu'on se disait qu'un crime pourrait y être commis. Quelqu'un lui dit salut depuis une voiture. Une boîte aux lettres au nom de Khan. Des drapeaux d'Asie du Sud plantés dans le sol comme des plumes d'oie.

Elle parvint à Hillside Avenue et observa un immeuble au sommet orné d'un bandeau bleu au néon. Un SDF avec une barbe de prophète et des gants chirurgicaux apparut en tirant un caddie et ramassa une bouteille en plastique dans le caniveau. Elle passa devant des immeubles en briques, des murs bicolores. Une brise fraîche soufflait. L'avenue s'étirait sur des kilomètres dans les deux directions. La faim la déprimait et des points flottaient devant ses yeux. Elle continua vers l'est. Une ambulance ou une voiture de police roula vers elle en silence, pas de sirène, uniquement des lumières qui clignotaient comme des cierges magiques.

Elle se dit, le tout est de rester éveillée jusqu'au matin et ensuite, de trouver un endroit où manger quelque chose. Puis elle se souvint qu'elle n'avait pas un cent sur elle.

Une voiture s'arrêta au feu, la musique à fond, et elle fit semblant de ne pas entendre ce que les jeunes hommes à casquette lui hurlèrent.

Elle longea un immeuble en briques couleur saumon qui abritait un centre communautaire musulman. L'avenue s'élargit, devint plus homogène et divisée par un terre-plein central un peu plus loin. Un bus passa, il était orange et arborait un N pour Nassau plutôt qu'un Q pour Queens. Elle longea une grande station-service à l'éclairage vif couverte de drapeaux comme si elle célébrait encore sa grande inauguration. Le toit était plus bas que celui des stations-service du désert de l'Ouest où les Chinois les construisent si haut qu'elles ressemblent à des araignées perchées sur des pattes télescopiques. De grands arbres surplombaient celle-ci.

Zou Lei était entrée dans la boutique d'une autre station-service et regardait les allées de biscuits, de lait et de chips dans un état de transe, incapable de se rappeler comment elle avait atterri là. Des hommes à la lèvre inférieure tombante en chemise de costume et pantalon entraient et sortaient, s'achetaient un café et le *Punjab Times*, puis retournaient à leur taxi. L'horloge murale indiquait trois heures du matin. Elle eut le sentiment que le temps avait fait un bond en avant.

Un jeune homme aux cheveux bouclés et à l'air honnête, dévoué et prêt à se sacrifier se tenait très droit derrière le comptoir qui servait les chauffeurs de taxi. Il avait un cou mince, des poils sur la gorge et de grands yeux marron. À chaque chauffeur qui passait à la caisse, il adressait un sincère bimsallah. Elle lui demanda si elle pouvait avoir un verre d'eau.

Servez-vous je vous en prie, dit-il. Je vais vous montrer.

Il sortit de sa cage de verre et lui ouvrit les placards, lui tendit un gobelet. Ici c'est l'eau chaude – il pointa le levier rouge sur la cafetière. L'épuisement assaillait Zou Lei par vagues. Elle crut rêver. Je n'ai pas d'argent, dit-elle tout haut. Apparemment, il ne l'entendit pas. Quand il retourna à la caisse, elle se plaça de sorte qu'il ne voie pas ce qu'elle faisait et se versa du café avec du lait. Elle mit un sachet de sucre dedans, vida son gobelet jusqu'à la dernière goutte marron du fond, et se servit à nouveau. Elle but, le dos toujours tourné. Elle l'entendit encaisser quelqu'un. Elle examina un paquet de Twinkies, leva les yeux vers le miroir et le reposa. Un autre chauffeur entra. Elle saisit les Twinkies et s'apprêta à partir. L'homme la regarda partir.

Je vais chercher l'argent, dit-elle. C'est OK ?

OK, dit-il en baissant les paupières.

Elle emporta la nourriture et mangea dès qu'elle fut dehors avant de s'endormir plusieurs minutes, affalée sur le trottoir.

Aussitôt, elle rêva. Des impressions de couleur, d'agitation, de voix la saisirent, mais elle ne vit aucune des scènes habituelles ni aucun des humains que l'on croise au quotidien quand nous sommes éveillés. Elle avait l'impression que son esprit était trempé à tordre d'images et qu'il se débattait. Elle avait l'impression d'avoir la tête dans un sac et qu'elle dégringolait d'une montagne avant de heurter des sapins.

Elle était assise là, baignée par les lumières ambrées, à moitié avachie sur le trottoir près de l'avenue à huit voies, jambes tendues devant elle. Ses pieds et ses chevilles étaient noirs de saleté. Elle avait les voûtes plantaires collées aux semelles de ses claquettes de piscine. Les callosités sur ses pieds étaient jaunes et noires. Ces dernières formaient des cloques sous la peau. Elle avait la bouche ouverte. Elle commença à glisser sur le côté et se réveilla en sursaut.

Elle voyait flou et ne se souvenait pas d'où elle était. Quand elle regardait autour d'elle, elle ne voyait que des étendues noires et violettes traversées par des rais de lumière et entendait les sons océaniques de la circulation au loin. Elle s'assoupit à nouveau, puis redressa la tête, effrayée à l'idée qu'un flic la découvre. Cette fois, elle s'obligea à garder les yeux ouverts. Elle n'arrivait pas à réfléchir. Sa seule certitude était qu'elle devait continuer à marcher jusqu'au lever du jour. Elle se força à se lever, et ce fut difficile. À la seconde où ses pieds durent porter le poids de son corps, elle grimaça. Elle vacilla, suante et sale, et baissa les yeux vers ses pieds. Ses talons étaient couverts d'hématomes à force d'avoir foulé le sol sans protection. Les minuscules gravillons incrustés dans sa peau lui coupaient le souffle de douleur à chaque pas. Elle clopina vers le trottoir près de la machine à air comprimé, s'assit et examina les dégâts. Elle retira ses claquettes, s'épousseta les pieds. La peau était devenue aussi collante que de la glu, comme si la friction avait fait fondre le caoutchouc de ses chaussures. Elle s'aperçut que les lanières lui avaient entaillé la chair. Entre ses orteils, elle vit un cercle rouge à vif là où le plastique l'avait coupée. À se palper ainsi, elle eut l'impression de se salir les mains. Les claquettes tombaient en quenouille. Les semelles étaient aplaties. Elle s'occupa d'un pied, puis de l'autre, prit mille précautions en se rechaussant et se releva.

Elle rajusta son short en tirant dessus. Après s'être repérée, elle essaya de se souvenir par où elle était arrivée avant de s'arrêter et, une fois dans la bonne direction, elle reprit la route, lentement, le corps raidi.

Pendant un moment, elle se déplaça dans un état semi-comateux et ne perçut qu'à moitié les éléments qu'elle croisait. Francis Lewis Boulevard. L'aire de jeux Belle-Aire. Une femme noire aussi mince qu'une Africaine aux cheveux teints en blond rôdait sur un terre-plein central. Le jet d'un arroseur fouettait l'herbe. La porte des toilettes publiques était ouverte, offrant le lavabo et la cuvette à la vue de tous. Dans une explosion de hip-hop, deux voitures passèrent à proximité. Elle dépassa la bretelle d'accès à la Grand Central Parkway. Elle dépassa le Satya Sanatan Dharma Mandir, un lieu de culte. Une grille en fer aux pointes acérées. L'hôpital psychiatrique Creedmoor – les bâtiments placés bizarrement les uns par rapport aux autres, une grille en fer laissée ouverte. Elle vit les mauvaises herbes surgir du goudron pareil à des carrés de rizière. Les lieux semblaient abandonnés. Une flottille d'ambulances. Un pan de grille enfoncé par une voiture. Sous les lumières au mercure, elle aperçut une ombre qui ne lui appartenait pas et elle se tourna pour voir qui la suivait, mais il n'y avait personne.

Durant ce qui lui parut des kilomètres, elle avança le long de vieux immeubles d'habitation avec des pelouses et des affiches abîmées pour le jeu *Fallout Shelter*. Girish Bulsara, Médecin. Épicerie Bala Ji. Apna Baza, Libre service de gros. Boucherie halal Patel. De grandes étendues entre chaque. Un camion de tacos mexicains qui servait deux travailleurs. Des graffitis sur le boîtier de feux de signalisation : NW$. La Cross Island Parkway.

Le paysage se modifia. La route se scinda et bifurqua vers le nord. Elle passa devant un lycée de banlieue propret. Elle vit une pelouse noire bien tondue et des poteaux de but sur un terrain de football américain. Elle vit des pommes de pin sur l'asphalte. La route était large et plate et propre et il y régnait une immobilité quasi totale. L'air était frais, c'était agréable. Elle entendit chanter des grillons.

Elle marchait depuis longtemps, et à un moment donné, elle se réveilla complètement. Croyant que le jour se levait, elle regarda le ciel, mais rien ne vint confirmer son impression : il faisait encore nuit, le ciel indigo tirait sur le noir et elle vit les nuages. Peu importait l'heure, elle avait l'esprit clair et affûté, et se sentait bien dans son corps. Ses jambes s'étaient réchauffées et ne lui faisaient plus mal. Ses pieds eux non plus n'étaient plus douloureux. Elle ne sentait plus que le rythme de la marche et la pression quand elle posait un pied par terre, mais sans souffrance. Un camion-benne était garé devant une maison, et en regardant à gauche, elle vit un mur de forêt. Elle était capable de continuer comme ça pendant des kilomètres, elle savait donc qu'elle tiendrait jusqu'au matin.

Elle entendait les voitures arriver avant de les voir. Le son allait crescendo jusqu'au passage du véhicule, et après, Zou Lei regardait les feux arrière s'éloigner. Avec le temps, elle se demanda si quelqu'un était parti à sa recherche. Chaque fois qu'une voiture apparaissait, le bruit de plus en plus fort créait un sentiment de suspens qui s'étirait ensuite dans le silence durant lequel elle attendait d'entendre le suivant.

Et si à la prochaine voiture, c'est Skinner ?

Une Malibu blanche fila sans s'arrêter et poursuivit sa route dans une flaque de lumière qui s'étendait sur la route noire entre les maisons et le ciel nocturne.

Non, non, bien sûr ce n'était pas lui. Il n'est pas ici, se dit-elle. Il n'a pas de voiture. Elle le retrouverait plus loin. Il lui faudrait encore tenir la nuit. Demain matin, au lever du soleil – là, elle le verrait. Il lui faudrait parcourir une très longue route, mais si elle s'appliquait et ne cédait pas, alors elle serait récompensée. Mais pour que cela fonctionne, il faudrait vraiment repousser ses limites. Il lui faudrait continuer d'avancer encore un long, long moment. Cette fois, tu vas devoir te servir de tes jambes pour de bon, se dit-elle. Ce ne serait pas facile. Il n'apparaîtrait pas comme ça. Il lui faudrait parvenir jusqu'aux montagnes. Et là, enfin, il apparaîtrait.

Petit à petit, elle échafauda un plan pour faire durer le chemin assez longtemps. Elle pousserait au maximum vers l'est jusqu'au moment qu'elle jugerait opportun, puis elle bifurquerait vers le nord dès que possible et, enfin, elle reviendrait sur ses pas. Elle se rendrait chez lui à pied, et quand la porte s'ouvrirait, Skinner se tiendrait sur le seuil. Il ouvrirait la porte avec des yeux inquiets en la voyant, puis il se détendrait et Zou Lei aurait le cœur libéré d'un grand poids. Elle imagina le soulagement et la joie de le prendre dans ses bras sur le pas de sa porte. Ce qui lui donna envie d'être avec lui à cet instant. Bientôt, se dit-elle. Il lui fallait retenir son cœur, comme s'il avait des ailes et qu'il voulait s'envoler de sa poitrine. Elle écrasa un moustique sur sa jambe au moment où elle passait devant des pompes funèbres à colonnade blanche délimitées par des haies taillées surmontées d'un panneau lumineux pareil à celui d'un motel disant : Que votre journée soit bénie, suivi d'un nom dans une écriture fleurie. Elle passa devant le distributeur de glaçons d'une station-service avec des arbres derrière. Des voix lui arrivèrent de l'endroit où quelqu'un faisait le plein. Elle sentait l'essence mais ne voyait pas la personne.

À un peu plus d'un kilomètre de là environ, elle passa devant un commerce de proximité éclairé comme en plein jour et silencieux, puis arriva à un parking qui aurait pu accueillir un stade devant un supermarché Stop & Shop, l'asphalte gondolé et les caddies abandonnés au petit bonheur la chance.

Un panneau d'affichage numérique planté devant la Valley National Bank indiquait 4:59, 21 °C. Elle décida que c'était le signe qu'elle attendait. Il est temps de changer de cap, se dit-elle.

À l'angle suivant, elle tourna à gauche, longea l'arrière d'une galerie commerçante, l'air chargé du bourdonnement émis par les machines de réfrigération au niveau de la plateforme de chargement et des bennes à ordures, et se dirigea vers le nord.

Elle marchait sur une plus petite route, il n'y avait pas du tout de lumière, mais du silence et l'atmosphère dégageait une impression de campagne. La route était bordée de haies plus grandes qu'elle, si bien qu'elle avançait le long d'un mur sombre. Des résidences secondaires auraient pu se trouver de l'autre côté. Elle les apercevait de temps en temps. Certains arbres se dressaient encore au-dessus des haies et des maisons. Le trottoir était étroit et il n'était pas toujours évident de marcher dessus, parfois impossible, et il lui fallait descendre sur la chaussée et elle levait les yeux vers les cimes pour voir si l'aube arrivait. La lune flottait au-dessus de son œil gauche. Elle passa devant un hôpital. Un abribus éclairé. Une pelouse molle et sombre, des haies, un mât. Une chapelle blanche. Les différents pavillons de l'hôpital numérotés comme les pistes d'un aéroport avec des caissons lumineux, 1A, 2C, etc. Il y avait des parterres de fleurs, le bourdonnement de la ventilation. Des arroseurs se mirent à cliqueter et à tourner sur l'herbe. Ils lui mouillèrent les jambes.

Le ciel à l'est se composait de formes lumineuses derrière les nuages en pièces de puzzle. Une camionnette passa à toute allure près d'elle et provoqua une bourrasque. Elle emprunta un pont en pierre au-dessus d'une route à plusieurs voies bordée d'espaces verts et vit son ombre projetée sur le panneau Interdiction d'entrer planté sur une rampe d'accès et destiné aux voitures. Elle vit l'étoile du matin. Le centre juif de Lakeville. Une école Montessori. Elle retrouva un trottoir – un mince ruban goudronné entre l'herbe et la clôture. Le ciel avait changé. L'aube se levait. La lumière bleu-gris du petit matin tombait sur tout – sur elle aussi. Les arbres et leur feuillage se découpaient en gerbes de feuilles sur le ciel. Elle traversa une forêt enveloppée de plantes grimpantes, de saules, de plantes effondrées, de barbes de feuilles, le visage gigantesque de vieux hommes barbus confectionné en feuilles. Elle déchira une autre toile d'araignée, vit même l'araignée à la lueur d'un lampadaire. Elle était très grosse : au moins six centimètres. Elle tissait ses toiles entre les poteaux téléphoniques. Elle respirait l'odeur de la terre.

Parce que le bas-côté était accidenté, elle marcha dans le sable et le gravier entre la pelouse mal entretenue et la ligne blanche. L'odeur des arbres et de l'herbe était très forte. Celle du pin aussi. Elle devait remonter très vite sur le bas-côté herbeux quand arrivaient des voitures, et elle perdit ses claquettes. Son pied glissa et elle en cassa une. Son pied en sortit. Elle la remit, les oiseaux lançaient leur appel autour d'elle.

Il y avait des arbres partout. Un chêne portait des nuages de feuilles. Il y avait des cascades de lierre et des clôtures en bois qui dessinaient des zigzags. Dans le brouillard, la lune semblait un minuscule soleil. À l'est, elle vit du rose très pâle sur les nuages et du bleu pâle dans le ciel dégagé. Le rose s'intensifiait. La lumière changeait du tout au tout. Elle vit la route et elle-même dans le bleu atténué du jour.

Arrivée à hauteur d'une autoroute, Zou Lei trouva que l'asphalte sentait l'huile et les pneus vulcanisés. Un panneau indiquait : West 495 New York. Dans les buissons, un autre panneau signalait : Est 495 Riverhead. Elle avait devant elle un panorama vaste et coloré du ciel à l'aube. Les nuages grossissaient en traînées vaporeuses, certains arrondis comme le ventre luisant d'un poisson, comme s'ils étaient consolidés par des arêtes. Ces nuages attrapaient la lumière du soleil qui était encore invisible. On aurait dit des radiographies – cotonneux, les uns sur les autres, transparents.

Elle passa sous l'autoroute où la température ambiante était plus chaude, comme dans une habitation. Quand elle ressortit du tunnel, la nouvelle journée était encore plus belle.

La route était dangereuse ; elle ne voyait pas ce qui arrivait vers elle et dut changer de côté à cause du virage. Elle marcha près d'un golf, déchira une série de toiles d'araignée qui se collèrent à ses cheveux et dont elle dut se débarrasser. Elle avait l'impression d'être la première à fouler cette terre vierge. Quatre hommes bien nourris en short de lycra, chaussures à crampons et casque de protection filaient sur leurs vélos poids plume, produisant une espèce de murmure. Elle suivit la pente désormais ascendante de la route. Un peu plus loin, elle vit un réservoir d'eau gargantuesque monté sur pieds. Un écureuil perché sur les lignes haute tension. La Dolce Vita de Leonardo. Une allée circulaire. Statues romaines. Des bureaux sur trois étages. Chirurgie laser Vincent Jacone. Des soucis, des fleurs, un panier de basket. Un camion vert sapin avec une pelle à neige jaune. Une dépanneuse : Appalachian. Elle reconnut des odeurs de pneus, d'essence. Vit un restaurant incendié : Bombay Palace. Les arbres étaient bien plus grands que les bâtiments, des conifères pour certains. La caserne de pompiers de Manhasset était installée dans un bâtiment à l'architecture hollandaise. C'était un charmant début de journée ensoleillée. Au sommet de la colline, elle parvint à un croisement avec une grande route. Elle respirait. Elle constata qu'elle avait atteint Northern Boulevard à Grand Neck.

54

Il grimpa la colline et quand il émergea des arbres et du groupement d'immeubles, il longea le parking jouxtant ce qui avait été un drugstore, les éclats de verre scintillant sur l'asphalte à la lumière ambrée des lampadaires. En face, il aperçut un magasin de vins et spiritueux et il entra. La boutique formait un tunnel étroit. Il n'y avait pas de porte. On entrait, c'est tout, et les bouteilles arrivaient jusqu'au plafond. On y vendait du whiskey McIvor dans un coffret cadeau et du vin Mr Boston.

La femme asiatique derrière la vitre en Plexiglas était là depuis les années quatre-vingt, c'était quelqu'un d'aimable, un peu comme une maman. Ses grandes paupières se haussaient souplement vers son front que ne barrait aucun sourcil et lui donnaient l'air d'être toujours surprise et ravie de vous voir.

Laquelle ? sourit-elle en brandissant différentes bouteilles de Bacardi. Skinner tapota le verre. Celle-ci.

Trois vieux noirs en bonnet entrèrent, cigarette à la bouche, et l'un d'eux lança, cet enculé veut du Chivas. De qui tu parles, là ? De Softee ? Et Skinner repartit en emportant sa bouteille et tourna au croisement suivant.

Il remonta la rue en cherchant un endroit où boire. Des immeubles d'habitation en briques brunes occupaient les petites rues, une véranda à chaque étage, une mer de fougères dans les allées. Il se renfonça dans une cachette en forme de U créée par trois bâtiments, ouvrit la bouteille et se mit à boire.

Cinq minutes plus tard, un groupe d'hommes se rassembla autour d'une Lincoln garée en double file. Skinner posa la bouteille, songeant qu'il pouvait s'agir de flics en civil. Il se leva et remonta le bloc. Au coin de rue suivant, il y avait d'autres magasins qui vendaient de l'alcool, des restaurants chinois, salvadoriens, des laveries automatiques et un bar. Il entra dans la bodega à l'angle pour acheter des cigarettes. Filez-m'en juste une. Vous les vendez à l'unité ? Tout un paquet ça me projette trop loin dans l'avenir, j'y arrive pas. Sous le store jaune, il alluma sa cigarette et s'assit sur le trottoir avec, la tenant coincée entre ses doigts esquintés par la bagarre, et se concentra sur la fumée, la petite braise rouge, les vapeurs de goudron dans ses narines, sa gorge.

Quand il eut terminé sa cigarette, il se leva et traversa l'avenue qui semblait grise à la lumière des lampadaires et s'engagea dans l'une des rues parallèles aux voies ferrées – Franklin ou une autre, mais il se moquait de savoir laquelle. Après plusieurs minutes de marche, il s'arrêta dans un coin sombre, ressortit sa bouteille et se mit à boire comme si c'était de l'eau de source. Il en descendit la moitié, environ vingt-cinq centilitres, en moins de cinq minutes. Quand l'alcool se mêla à son système sanguin, il chancela – impossible de tenir droit. Mais ça ne lui suffisait pas. Il but le reste et perdit connaissance.

Toujours inconscient, il se fraya un chemin jusqu'à un chantier de construction quelque part au bout d'un cul-de-sac. Il arracha le ruban qui reliait les barres d'armature devant la maison et posa le pied sur du ciment humide. La maison était recouverte de panneaux de protection jaunes. Il donna un coup de pied dans du contreplaqué censé empêcher les gens d'entrer et tomba sur des gravats à l'endroit où les ouvriers avaient défoncé la vieille dalle de béton. Il souleva certains de ces débris et les transporta dehors jusqu'à ce qu'il n'ait plus la force de les porter et qu'il les lâche. Il éparpilla une série de caillasses de plus de cinquante kilos sur l'asphalte.

À dégager, dit-il tout haut en s'éloignant à petites foulées, les mains blanchies par la poussière de béton, les articulations en sang.

Il n'avait pas du tout conscience de ce qu'il faisait, de sa course à travers le quartier ni de se cacher, de s'abriter derrière les camionnettes de paysagistes. Toujours en plein black-out, il suivit un panneau qui le ramena chez lui et se réveilla alors qu'il était au coin de la 158ᵉ Rue, dans un tel état d'ébriété qu'il ne se rendait plus compte qu'il vivait là. Il croyait être là pour Zou Lei, qu'elle l'attendait. Il pensait la retrouver debout sur ses jambes puissantes, ses nouvelles chaussures aux pieds, prête à partir courir avec lui. Mais elle n'était pas là.

Des baskets miteuses avaient été suspendues aux lignes haute tension comme du gibier. Il se concentra sur les statues dans le jardin des Murphy. Il se rappela qu'on l'avait arrêté ici même dans l'après-midi. La maison n'était pas forcément déserte – il voyait une lumière allumée. Quelqu'un était peut-être là, derrière les épaisseurs de bois et d'aluminium, de Placoplatre et de fibre de verre.

Skinner avança d'un pas trébuchant et mit le cap sur la maison jusqu'à ce que la grille qui lui arrivait à la taille l'arrête. Les poubelles sur le trottoir attirèrent son attention. Il se pencha sur l'une d'elles comme s'il allait vomir dedans. Mais il n'était pas malade. Il regardait à l'intérieur. Au bout d'une minute, il y plongea la main et son poing en sortit une toile vert camouflage qu'il considéra sans comprendre.

Il tira sur le tissu comme si c'était un mouchoir de soie extirpé d'un chapeau de magicien et le laissa tomber au sol. Ses pensées et ses actions passaient de l'ivresse à la lucidité comme si une roue tournait en lui et qu'une partie de sa personne était ranimée à chaque révolution. Entre-temps, il avait été obligé de reconnaître sa couverture militaire. Il marmonna quelque chose, le regard fixé dessus.

Puis il souleva la poubelle et la retourna, déversant son contenu sur la chaussée, et ses affaires tombèrent en une pluie d'ordures. Tout en sortit – des jeans, la veste de camouflage, les canettes de bière, les vêtements qu'il avait payés cher, son sac de couchage de l'armée avec son drapeau américain en écusson, ses magazines. Ses affaires étaient imbibées de poulet à l'odeur rance. Il lâcha la poubelle et elle roula dans la rue. La puanteur l'atteignit d'un coup. Des mouches s'envolèrent et se cognèrent à son visage.

Certaines choses n'avaient pas été jetées. Il sentit leur absence. Pas d'ordinateur portable ni de téléphone. Il chercha à tâtons dans la boue et sous un mauvais éclairage, trouva une basket, mais elle était à Zou Lei, pas à lui, et il la lâcha.

Puis ses mains tombèrent sur un objet qui lui fit un certain effet, alors il le tâta un peu mieux pour s'assurer de ce que c'était, le serra, palpa ce qu'il renfermait. Il avait trouvé son sac de combat. Il palpa la masse de son arme en forme de L. Elle était bien là. Il émit un cri de joie. Alors que les mouches continuaient de l'agacer, il sortit l'arme de son sac.

Il se leva, et après un regard circulaire, il remonta l'allée des Murphy. Il tira sur la culasse et réarma pour chambrer une nouvelle cartouche. Dans son état d'ébriété, il étudia le revolver de près dans un effort pour déterminer s'il allait fonctionner. Une fois de plus, il jeta un regard circulaire à la rue, et ne voyant rien d'autre que le tourbillon de lumières, il appuya sur la sonnette.

Vingt secondes s'écoulèrent. Des voix à peine audibles émanaient de quelque part à l'intérieur de la maison. Puis il entendit des bruits de pas sourds dans les escaliers moquettés du vestibule. Il mit sa main armée derrière son dos et attendit face au judas comme un fiancé apportant des fleurs. Son pouce enleva le cran de sécurité. Les lattes du parquet craquèrent et la silhouette de Jimmy se forma derrière la porte.

Tu ferais mieux de te casser.

Il y a des trucs qui manquent dans mes affaires.

Pas de réponse.

Écoute, dit Skinner dont l'ivresse s'entendait dans sa voix, soit tu continues de faire le con et je vais faire en sorte que la maisonnée ferme pas l'œil de la nuit. Soit tu la joues sympa et tu me rends mon ordinateur.

Le silence dura une, deux, trois, quatre, cinq secondes.

Le loquet sauta d'un coup. Skinner prit une longue inspiration. La porte s'ouvrit. Il fit un pas et braqua l'arme sur le visage de Jimmy.

Jimmy ferma la porte à toute volée et Skinner la retint d'un coup de pied. Jimmy fonça dans les escaliers et franchit la porte de la cuisine. Skinner se rattrapa à l'encadrement de la porte, retrouva son équilibre et se lança à sa poursuite dans l'appartement. Jimmy avait traversé la cuisine et remontait le tunnel du couloir bleu. Il empoigna la rampe et s'élança dans les escaliers. Skinner fila à travers la cuisine, un éclat jaune moutarde dans son champ de vision. Ses rangers heurtèrent le lino. Un pas de plus et il était dans le couloir. Jimmy avait disparu. Encore un pas et il était au bout du tunnel, les ombres rétrécissaient son champ visuel comme des œillères. Il saisit la rampe et bondit dans les escaliers. Deux mètres plus haut, Jimmy grimpait lui aussi les marches à toute pompe, pliant les jambes pour un meilleur appui, à la manière d'un montagnard. Skinner pointa l'arme sur le dos de Jimmy et tira.

La première déflagration rappela un pneu trop gonflé qui explose dans un espace clos. Skinner n'entendit rien. Il n'entendit pas le cri. Une photo tomba du mur en faux bois sur le palier. Jimmy courut dans une pièce. Skinner le talonna et, arrivé dans la chambre, il appuya une fois de plus sur la détente. Le coup de feu émit un bruit sec. Il tira sur la culasse. Une douille fut éjectée et atterrit sur la moquette. Il braqua l'arme vers l'intérieur de la chambre, plissa les yeux et appuya.

Cette nouvelle déflagration ébranla les fondations en Isorel. Skinner entra dans la pièce. Il vit une chaîne stéréo, une affiche au mur. La lampe était allumée. Les stores vénitiens étaient de travers. Jimmy était à moitié derrière le lit, ses longues jambes habillées d'un jean, étendues. Sa poitrine se soulevait et retombait.

Skinner pointa l'arme sur lui et lui donna un coup dans le pied.

La tête de Jimmy se tourna sur le côté par terre et sa mâchoire remua.

Casse-toi.

Quoi ?

Casse-toi, mec.

Dans une minute, répondit Skinner. Il se baissa et colla le canon sur le crâne de Jimmy. Ce dernier avait des cheveux bruns soyeux d'une teinte plus claire que les siens.

Tu le sens, ça.

Fais pas ça, mec.

Écoute-moi. Je ne sais pas ce que tu as fait.

J'lui ai rien fait, mec.

C'est ça, je vais te croire.

C'est vrai, dit Jimmy.

Skinner recula l'arme de trois centimètres et la tête de Jimmy tressauta. Le lit fut repoussé du mur. La douille se retrouva sur les draps. La lampe tomba et projeta un cône de lumière de biais sur le mur en plâtre blanc.

Skinner fit quelques pas en arrière à travers un voile invisible de fumée produite par la poudre, clignant des yeux à la vue du corps-pantin au sol dans cette lumière bizarre. Il s'éloigna de ce que la lumière montrait. Ses oreilles sifflaient. Il n'y avait pas d'autre source de lumière. Cet étage de la maison était plongé dans l'obscurité, la véritable obscurité dans laquelle les gens vivaient, et plus on s'enfonçait loin, plus il faisait noir. Il perçut l'odeur de leur maison et vit leur linge par terre.

Elle dit, au secours, aidez-moi, quelqu'un est en train de tirer dans ma maison !

Parlez moins vite, dit l'opérateur, Ne raccrochez pas.

Erin s'était précipitée dehors, à l'écart de la maison et elle hyperventilait.

Je suis morte de trouille, putain, haleta-t-elle.

Skinner descendit les escaliers à pas lourds et braquait son arme sur tout ce qu'il croisait. Il ne vit personne. Alors qu'il passait devant les escaliers du sous-sol, il fut tenté d'appeler Zou Lei une fois de plus au cas où elle répondrait, mais il ne supportait pas de s'entendre. Il pensa descendre la chercher en bas encore une fois, mais il savait que s'il ne la trouvait pas, il se tuerait, et donc il décida de vider les lieux.

Il émergea par la porte latérale, pressa le pas dans l'allée et se dirigea rapidement vers le bout de la rue en affichant un air innocent, piétinant ses propres affaires, à peine conscient qu'elles lui appartenaient.

Arrivé à l'angle de la rue, il se mit à courir à petites foulées parce qu'il venait d'entendre des sirènes.

Ces sirènes s'entendaient distinctement, aucun doute possible.

Il traversa l'avenue éclairée de vapeur en direction de l'obscurité des arbres, des voies ferrées et des rochers.

Un petit homme robuste qui marchait de l'autre côté de l'avenue s'arrêta en voyant Skinner surgir de nulle part qui courait vers lui et il recula en levant les mains.

Skinner le dépassa sans même un regard, l'arme projetée au bout de son avant-bras épais, les tibias comme des manches à balai enfilés dans ses rangers, les soulevant et les reposant, courant, de plus en plus épuisé, ses mouvements mal coordonnés faisant penser qu'il allait trébucher et tomber. L'arrière de son tee-shirt trempé claquait contre sa peau, sa tête avec sa coupe à ras tournée sur le côté vers les sirènes lancées en pleine course et les étincelles rouges et bleues qui apparaissaient plus bas sur l'avenue.

Après le passage de Skinner, l'homme baissa les bras et s'écarta de l'espace sombre couvert par les arbres noirs où Skinner avait disparu.

Le bruit des sirènes s'intensifia jusqu'à produire des ondes de choc hurlantes, puis les moteurs se firent entendre et la chaussée goudronnée vibra tandis que les voitures de police se rapprochaient le long d'une ligne parabolique entre les arbres plantés à intervalles réguliers. Le premier véhicule apparut en quelques secondes, sa sirène électrique assourdissante, et tourna dans la 158e Rue. Une autre voiture de police fonça dans le noir aussi vite que l'éclair, en provenance de Bayside. Suivis d'autres. Les gyrophares rouges lançaient leur pimpon sur les maisons et le visage de l'homme qui les regardait défiler.

Les véhicules de police envahirent la rue et furent bientôt trop nombreux pour s'y engager tous, si bien qu'ils se garèrent sur l'avenue. Les agents couraient jusque sur la scène de crime, l'équipement à leur ceinture qui tressautait, la main sur leur holster. On entendait le cliquetis de leurs clés. D'autres marchaient avec détermination.

Ils sont combien ? hurla quelqu'un. Est-ce que vous les avez vus partir ?

Loin de l'épicentre, les Mexicains observaient la scène depuis le pas de leur porte, le visage silencieux pris dans la lueur rouge qui alternait avec l'obscurité.

Un flic expérimenté et grisonnant remarqua l'homme qui se tenait sur le trottoir de l'avenue côté voies ferrées.

Vous avez vu quelque chose ?

Sí, acquiesça l'homme, et il pointa les voies.

55

La police déplaça ses véhicules pour laisser passer les secours.

La maison est sécurisée ! Venez ! hurlaient-ils.

Mais à l'étage, Jimmy avait été retrouvé avec du tissu cérébral à l'extérieur de sa boîte crânienne. En croisant les ambulanciers qui montaient les escaliers, les flics dirent, y a plus rien à faire.

Sûr ?

Sûr comme dans sûr et certain.

Ils firent demi-tour et repartirent.

Pour Jimmy, on appela les lieutenants. Des hommes à l'air distingué arrivèrent en costume et feutre rond. L'un d'eux avait un mouchoir couleur lavande dans sa poche de veste. Ils grimpèrent jusqu'à la chambre.

Jimmy avait été tué face au sol. L'un des enquêteurs voulut qu'on retourne le corps pour l'examiner. On prit une photo numérique.

Si le cadavre appartenait à un homme, il semblait avoir été combiné à une autre forme de vie, croisé avec un genre de végétal. Une tige lui poussait du crâne comme si sa tête avait été abandonnée dans un champ et qu'avec les années, un arbre avait poussé à l'intérieur. En fait, la tige en question avait atteint ces quelques centimètres en un millième de seconde. Elle se divisait et s'enroulait sur elle-même comme un serpentin explosé, comme des ongles qu'on aurait laissés pousser en spirale pendant des décennies.

Alors comme ça, on a mangé des dim sum ? lança le lieutenant en voyant la matière blanche et visqueuse amalgamée au sang et qui ressemblait aux nouilles gélatineuses servies comme encas par les Cantonais.

En bas, un petit jeune plein de zèle découvrit Mme Murphy effondrée sur le sol de sa chambre. Encore capable de parler, elle demanda si son fils était mort. Les agents essayèrent de lui tirer le plus d'informations possible. Les ambulanciers revinrent et en voyant que ses mains devenaient bleues, ils déchirèrent l'emballage d'un défibrillateur pour faire repartir son cœur. Ils l'emmenèrent sur un brancard mais à cause de son poids, il fut très compliqué de la sortir de la maison et elle fit un autre arrêt cardiaque dans l'ambulance avant même qu'ils aient eu le temps de repartir. Peu après, les enquêteurs consultaient leurs notes dehors et discutaient quand la fourgonnette réfrigérée fit son apparition, et trois hommes noirs à forte carrure en salopette et bottes de caoutchouc montèrent à l'étage pour mettre le corps de Jimmy dans un sac mortuaire.

La mère entend la sonnette. Le fils va ouvrir. Elle les entend parler, mais pas ce qu'ils disent. Ensuite des coups de feu. Elle les entend qui courent dans la maison.

C'est le témoignage de la mère ?

De la mère, oui. Elle était dans sa chambre et comme elle a eu peur de sortir, elle ne peut identifier personne. Elle appelle son fils, pas de réponse. Mais elle prétend savoir qui l'a tué.

Le locataire du sous-sol.

C'est ça. Ils ont eu une altercation plus tôt.

Mais la mère est décédée.

C'est ça, malheureusement, elle est décédée.

Et la fille, elle pourrait l'identifier ?

C'est ce qu'elle dit.

Erin était dans la rue, entourée des voisins du quartier, beaucoup d'inconnus, des étrangers. Un flic voulut lui parler mais elle s'éloigna de lui en hurlant. Elle était au téléphone, elle sanglotait, elle était au centre de toutes les questions que les gens se posaient, elle était hystérique. La fille de Barbara Gambia, une adolescente blonde aux épaules larges avec une queue-de-cheval, se fraya un chemin entre les badauds, s'élança dans l'obscurité rouge en appelant Erin ! et tenta de la serrer dans ses bras.

Erin lui tourna le dos et cria, un connard vient de foutre ma vie en l'air ! Et mon père s'intéresse même pas assez à nous pour être là ! Tous les autres sont morts !

Skinner grimpa deux mètres à travers les roches, puis se mit à genoux et effectua le reste de la montée à tâtons, envoyant une pluie de terre et de graviers qui retomba sur le trottoir. Dès qu'il le put, il bondit sur ses pieds et chargea à travers un écran de brindilles cassantes, débouchant dans une ruelle qui suivait les voies de chemin de fer et courut aussi vite que possible. Le bruit de ses rangers et sa bouche aspirant l'air noyaient le reste.

Il se trouvait dans un espace étroit entre l'arrière de plusieurs vieux immeubles de six étages en briques reliés les uns aux autres et un mur de soutènement en béton qui longeait les voies. Il y faisait si noir qu'il finit par perdre son sens de l'orientation. Il aurait pu se cogner au pignon d'un immeuble et tirer un coup de feu par mégarde.

Sur l'avenue, les sirènes produisaient leurs cris stridents et projetaient des éclairs de lumière rouge sur les arbres et les ordures dans les brèches entre les bâtiments.

Il s'arrêta, à bout de souffle, paniqué, et regarda les intervalles dans les reflets rouges. L'allée paraissait protégée, mais ne l'était pas. Il était dans un lieu avec trop de lignes droites. La police new-yorkaise n'aurait plus qu'à braquer le faisceau de leurs lampes torches par là pour le surprendre.

À croupetons, il fonça vers le mur de soutènement, posa l'arme au sommet, l'escalada, reprit son arme et se mit à courir au bord des rails, dans la boue et les feuilles, contournant les plantes grimpantes et s'accrochant aux arbres pour ne pas perdre l'équilibre.

Il tomba sur un grillage anticyclone qui le séparait des voies. Le maillage s'était détaché de la barre horizontale qui le maintenait droit et qui s'affaissa quand Skinner voulut l'escalader. Incapable de se hisser en haut du grillage d'une seule main, il vérifia que le cran de sécurité était bien mis et jeta l'arme de l'autre côté. Le Beretta atterrit sur le gravier et Skinner reprit son ascension. Trois branches vinrent le gêner. Il voulut attraper un câble, mais un barbillon se planta dans sa paume. Il retira vivement sa main. Se tenant à la seule force de ses bras, il passa la jambe par-dessus le fil barbelé, ficha le bout sa botte dans un losange du maillage, et passa son autre jambe. Son short se prit dans le grillage, mais il réussit à s'en dégager. Il toucha terre et tomba sur les fesses. Le revolver était à côté d'une traverse. Il le ramassa et reprit son chemin, devinant les rails non loin, les arbres et le ciel aux différentes nuances d'ombre.

Il se dit :

Je pourrais partir, balancer le flingue. Personne ne sait où je suis. Je pourrais simplement partir. Retourner m'engager. Acheter un billet d'avion pour l'Irak. Me faire embaucher dans une société militaire privée. Je pourrais faire n'importe quoi, me casser, reprendre les choses où je les ai laissées. Ils viendront jamais me chercher là-bas. J'irai les trouver ce soir, et je leur dirai, je suis là pour m'engager, mon commandant, tout ce que je sais faire c'est me battre, mon commandant, et j'ai pas d'attaches.

Il regarda la nuit autour de lui et eut l'impression que la guerre et la liberté qu'elle représentait potentiellement se situaient à la frontière de son champ visuel, pile de l'autre côté, comme la banlieue pour une ville.

Moins d'un kilomètre plus loin, les voies plongeaient sous terre. Des murs nus, penchés pour créer un profond chenal en forme de V au centre duquel il avançait, s'élevèrent de part et d'autre de lui alors que des immeubles de douze étages se dressaient encore plus haut au-dessus de ces murs. Le ciel avait pris ses distances, et la vue que Skinner en avait s'était rétrécie. Un peu plus loin, un pont enjambait les voies, et Skinner entendit les voitures rouler dessus. Il n'entendit pas les sirènes de la police. Devant lui, les voies s'engouffraient dans un tunnel, un trou noir plein de néant.

Il leva les yeux vers le pont où roulaient les voitures et l'éclairage des magasins invisibles. Il voyait le halo d'un néon en chinois dans l'air. Ils travaillaient tard le samedi soir, faisant frire des ailes de poulet et préparant des frites pour ceux qui sortaient des bars, les couples qui rentraient chez eux ouvrir une barquette en polystyrène dans le noir, partager quelque chose de chaud.

Il lui met un doigt dans la bouche et elle lèche le ketchup qui est dessus, la fenêtre ouverte pour rafraîchir la pièce, les bruits de la rue qui flottent jusqu'à eux pendant qu'elle étend ses jambes devant elle.

Elle se transforma en Irakienne allongée sur le dos dans un fossé, genoux écartés comme si elle accouchait des mouches qui la dévoraient ou du rire de sa section. Les images de la guerre s'envolèrent de son cerveau et s'assemblèrent comme une série de textos dans le vide noir et infini du tunnel. Chaque scène l'horrifiait et lui donnait la nausée. Elles culminèrent avec le visage de Jimmy pressé contre le sol, le Beretta pointé sur son crâne, sa bouche suppliant qu'on ne le tue pas, le sens des mots parvenant jusqu'à Skinner, la décision de tirer quand même, la tête qui tressautait et le sang qui lui coulait par la bouche et le nez. Le corps était un homme en plastique. Il se transforma en robinet et le sang ne cessa de lui couler de la bouche et du nez, comme si c'était son unique fonction. Le sang inanimé coulait à flots, tel le jet d'un tuyau. Il avait l'air plein de vitalité, alors que le corps était mort. Le cadavre aveugle tressaillit comme s'il allait se lever. Il avait les yeux d'un zombie atteint de lésions cérébrales ou d'une personne attardée mentale, pareils à ceux d'un soldat à l'hôpital après un traumatisme crânien causé par un EEI.

Le sang coula à haut débit durant environ dix secondes. Des morceaux de cervelle furent évacués avec l'écume. La bouche était ouverte mais ne respirait pas. Le cadavre cessa d'être parcouru de tressaillements. La source de la bouche se tarit, mais pas celle du nez. Puis, il ne resta plus qu'un filet, puis plus une goutte et le corps allongé se tint aussi immobile qu'une personne endormie.

Il s'était demandé, ça va ? Je t'ai fait mal ? Tu te reposes, en fait ? Tu veux que j'appelle un médecin ?

Tu veux que j'appelle ta mère ? Ou une femme dont tu es proche ? Quelqu'un que tu ne veuilles surtout pas quitter ?

Ou est-ce qu'elle aussi est déjà partie ? Est-ce qu'elle est partie en courant ? Dans ce cas, tu ferais mieux de partir à sa poursuite et de ne pas la perdre de vue sur les avenues et à travers les parcs. Tu ferais mieux de te préparer à une course de longue haleine qui te fera suer sang et eau, te purifiera et te mettra en condition pour un nouveau départ. Alors bois donc de l'eau, mon ami, beaucoup d'eau.

Le pont, réalisa-t-il, conduisait au parc où il s'était entraîné ce matin-là et qui se situait à moins de deux ou trois blocs du poste de police de Union Street où il avait passé l'après-midi. S'il essayait ce chemin pour aller la chercher dans Chinatown, une voiture de patrouille le verrait et alors, il savait à quoi ressemblerait son avenir. Jeune homme de vingt-trois ans émotionnellement instable qui n'a pas été plus loin que le lycée, défavorisé par de piètres états de service, toujours vêtu de son short de basket, il se tenait au bord d'un gouffre à trois kilomètres du lieu où il avait tué un civil. Quoi qu'il puisse se passer désormais, il l'avait perdue et jamais il ne la reverrait.

Les murs en forme de V étaient couverts de graffitis peints à la bombe, à peine visibles, comme une procession d'éléphants dans la nuit. Ils avaient écrit MS-13 en lettres arcboutées de plus de quatre mètres de haut. Même chose derrière lui, un hurlement géant répétait son hurlement encore et encore sur des kilomètres par le chemin qu'il venait d'emprunter. Il entendit le cri sauvage et sinistre des combattants qui, ayant vaincu ses dernières défenses, fondent sur la ville.

L'entrée du tunnel était d'un noir absolu et il y pénétra, le gravier crissant sous ses bottes. Le graffiti était toujours là, mais il ne voyait plus que la nuit totale, le sol qu'il foulait lui aussi dissimulé. Il s'arrêta de marcher et le crissement s'arrêta.

Même submergé par le chagrin, il était loin d'être innocent. Il avait troqué Zou Lei contre autre chose, et s'il en éprouvait du regret, sa capacité au regret était entamée. C'était le prix à payer pour le cadeau que Sconyers et lui avaient reçu. Ils avaient découvert qu'on pouvait tout détruire, après quoi, ils avaient effectivement tout détruit. Ils avaient aussi découvert à quoi ressemblait cette destruction. Tout le reste avait disparu. Elle avait disparu. Il ne lui restait plus que ce savoir, mais c'était un savoir considérable. Même les yeux fermés à cause des sanglots, il savait ce qu'il trouverait dans le tunnel.

Il enleva le cran de sécurité, braqua l'arme sur sa tempe, prit une inspiration comme s'il voulait se lancer dans une nouvelle série d'exercices, et, se répétant qu'il n'y avait qu'une seule façon pour lui de la revoir, il appuya sur la détente.

Je regrette. Je ne peux pas te dire à quel point je regrette.

Dans la nuit noire du tunnel, une boule de lumière blanche explosa à côté de sa tête, entourée d'un anneau bleu. Son crâne rebondit et son corps tomba à terre, les genoux près du visage, dans une séquence ultrarapide. Son bras fut projeté sur le côté par le recul et l'arme chuta.

Il mourut en deux minutes, les différentes parties de son organisme cessant de fonctionner l'une après l'autre. Son cœur s'arrêta de battre. Il émit un bruit proche d'une suffocation ou d'un soupir que personne n'entendit. Elle ne lui apparut pas ni ne lui prit la main. Cinq minutes plus tard, sa température corporelle était tombée à trente-cinq degrés et continua de baisser toute la nuit jusqu'à devenir aussi froide que le gravier sur lequel son corps était étendu.

56

Elle n'avait plus envie de marcher, mais avançait quand même. Elle avait l'estomac vide et son énergie s'était complètement envolée. Ses jambes refusaient de se mouvoir. Au cours de la nuit, elle avait dû parcourir pas loin de cinquante kilomètres, peut-être plus. Elle ne savait pas jusqu'où elle devait aller, seulement qu'il fallait suivre une ligne droite. La route descendait une colline vers des herbes marécageuses et remontait vers une bretelle d'autoroute, les panneaux reflétant le soleil doré : JFK-Belmont Aqueduct, Throgs Neck Bridge. Les voir lui était pénible, le pont suspendu s'élevant au-dessus de l'herbe au loin, pâle sur le ciel bleu – le simple fait de voir la vie de loin lui était devenu difficile. Elle clopina lentement, à un rythme de trois kilomètres heure tandis que le soleil gagnait trois autres centimètres de hauteur derrière son oreille. Elle avait les pieds meurtris et craignait de les examiner. Si elle s'arrêtait pour se reposer, elle ne pourrait peut-être plus repartir. Les voitures roulaient près d'elle presque silencieusement. C'était un dimanche matin calme. Les quatre-quatre attendaient au feu et personne ne traversait le carrefour. Elle était seule à marcher dans la rue. Les voitures attendaient au feu et elle s'en rapprocha, se déplaçant douloureusement, et, avant de pouvoir les atteindre, le feu passa au vert et elles redémarrèrent, alors elle continua de boiter dans ce silence temporaire, longeant des magasins coréens, des concessionnaires autos, des showrooms. Tout était fermé et dans les maisons blanches dilapidées le long des ruelles, des gens dormaient. Ou bien se levaient en silence et prenaient du lait dans le frigo, le visage fripé de sommeil. Mais sans panique. Ils pouvaient s'asseoir dans leur cuisine et boire du café. Ils avaient un toit jaunissant au-dessus de leur tête, un ventilateur électrique, une douche, un boulot qui reprenait lundi, l'épicerie dans l'après-midi. Elle imagina un steak bien rouge dans une barquette plastique au rayon frais de l'épicerie, la viande tendre et froide, la graisse durcie sous ses doigts. On lui retirait de sa propre graisse – elle sentait qu'on la lui prenait – pour opérer ses jambes. Je dois me reposer. Elle s'appuya à un horodateur. De gros véhicules passaient dans un sifflement sous le soleil de Northern Boulevard. Il y avait des restaurants grecs, un centre des impôts, des cabinets d'avocats et des arrêts de bus, une plaque d'ombre très bas sous les marquises, et au coin, une église coréenne aussi grande qu'une colline. Derrière elle, le ciel était bleu et moucheté de nuages, le soleil émettait une lueur blanche. Les jambes de son ombre disparaissaient. Elle regarda plus haut sur le boulevard, là où Skinner vivait, quelque part après toutes ces boutiques fermées, ces toits bas qui continuaient sans fin dans le lointain inhabité, et elle se remit en route. Un trait nuageux était posé sur l'horizon, et elle avança vers lui.

Ses claquettes se cassèrent quand elle descendit d'un trottoir élevé. Utopia Parkway. Comme elle ne pouvait pas les remettre, elle tenta de les maintenir attachées d'une autre façon – si seulement elle avait de la ficelle – mais sans succès. Elle voulut marcher en tenant la lanière entre ses orteils, mais cela rendait chaque pas plus difficile. Elle jeta les claquettes dans la rue et marcha sans, repliant les orteils pour empêcher ses ampoules de toucher le sol. Le trottoir allait lui arracher la peau. Elle aurait besoin de se faire soigner. Ses traits étaient tirés. Elle avait le bord extérieur des pieds déchiqueté et noir. Elle baissa les yeux, vit couler le pus. Elle arriva au début d'une nouvelle rue : elle partait de Northern Boulevard en diagonale pareille à une rivière, il s'agissait de Sanford Avenue – au milieu des bâtiments délabrés, un funérarium surmonté d'idéogrammes coréens, les bancs d'un parc, des arbrisseaux, des éclats de verre et les voitures garées là comme des pierres posées sur les berges d'un fleuve. Deux cents mètres plus loin, le métro aérien enjambait le boulevard au-dessus d'un kiosque à journaux et d'un étal de fleuriste. Le graffiti sur le métal : DEN RIP.

Tu y es arrivée, dit-elle et elle continua de marcher sans faire attention à la douleur. Elle chercha un faucon dans le ciel, ou un avion, peut-être, et vit des pigeons. Elle vit en s'approchant qu'ils faisaient leur nid sous les tréteaux. Elle mit ses pieds ensanglantés dans du guano blanc et éprouva une sensation de fraîcheur et d'humidité. Elle arrivait à présent au niveau du ciel gris qu'elle avait aperçu. Il faisait chaud et il allait pleuvoir. Sur une planche, quelqu'un avait écrit : Nous fabriquons vos couronnes et bouquets funéraires. Le Food Mart vendait des Cigares de qualité supérieure. Le Café Steve's. La pizzeria Fratelli. La supérette 7 sur 7. Nous acceptons les tickets d'aide alimentaire. Les gens dormaient dans les appartements situés au-dessus, fenêtres ouvertes dans des bâtiments carrés en briques, des pigeons perchés sur les stores déchirés. Bière Soda Loto. Fermes Milk Barn. Crèmerie Traiteur Épicerie. Cartes téléphoniques. Cartes de transport. Une pub décolorée par le soleil pour les chips Boar. Le restaurant La Nouvelle Asie, depuis 1989, l'année de Tienanmen. Des camionnettes d'employés des espaces verts. Une rangée de magasins condamnés, incendiés. La plaque qui disait Victor

Han, Architectes. Le graffiti sur les planches : Blunts. Le *t* dessiné avec des cornes du diable. Va mourir 666. Leiser, caviste. Un sweat-shirt attaché autour d'un horodateur. CSNR. Romer. Grosse Bite Baise Toute la Journée. MS-X3. Sur les planches, le permis de construire indiquait Entreprise Hua Fong. Feeney's Tavern : deux tortues vertes et une petite porte verte, au numéro 2401.

Elle descendit Sanford Avenue, passa devant une maison abandonnée sur laquelle la police avait posé des scellés, mais qui restait possiblement occupée malgré tout, le revêtement couvert de suie et de graffitis, le jardin grouillant de mauvaises herbes. Des Mexicains attendaient le bus. Entre les cités de quatre étages s'étalait une mer de mauvaises herbes, d'herbes hautes, de pneus, de cônes de signalisation, une grosse pièce d'équipement de construction, les maisons disposées en quinconce, l'ensemble qui se délitait. Au numéro suivant, d'autres Mexicains réparaient la portière d'une Impala couleur or métallisé en sale état. Il y avait le train de Long Island. Sur les rochers, les graffitis disaient : GLCS. Pocos Pero Locos. Un cœur, Brazalhax y Soldado.

Sur le trottoir, elle vit les ordures joncher le sol et l'équipement militaire. Un long ruban jaune de scène de crime s'étirait dans l'allée. Elle reconnut certains de ses habits mélangés à ceux de Skinner. Elle se planta devant la porte des Murphy et frappa. C'était une matinée en ville. On entendait aussi bien les oiseaux que les voitures. Le train de Port Washington rugit à travers les arbres de l'autre côté de l'avenue pendant qu'elle attendait. Elle rejeta ses cheveux en arrière et se prépara à parler anglais.

La fille ouvrit la porte, les yeux rouges. J'peux vous aider ?

Zou Lei essaya de demander où était Skinner.

Et il était quoi pour vous ? demanda la fille.

Et vous êtes qui, d'abord ?

Ouais, pardon, mais je pourrais avoir une pièce d'identité au cas où les flics voudraient vous parler ?

Zou Quoi ?

OK, merci beaucoup.

Je leur donnerai une description de vous.

Skinner ? Le connard qui vivait ici ? J'en sais rien, de ce qui lui est arrivé.

Épilogue

Elle découvrit un désert plus vaste que tout ce qu'elle avait connu auparavant. Elle devait être une grande exploratrice. Il s'agissait d'un territoire entièrement aride et du genre le plus inhospitalier qui soit. Des formations géologiques. Pas d'eau potable. Il faudrait sans doute plus d'une vie pour le traverser, estima-t-elle. Plus de temps qu'elle n'en avait à sa disposition quoi qu'il arrive. Comme un explorateur de l'espace, se dit-elle. Mais elle s'y était aventurée, alors elle continuait sa traversée selon un mode de vie nomade qui lui était naturel. Elle ne s'attendait à rien sinon à croiser les tombes d'autres migrants, leur corps à moitié enterré entre les souches d'arbres déchiquetées. Cette étendue de pays était si gigantesque qu'elle n'avait aucun espoir de rencontrer qui que ce soit de sa connaissance, ni sa mère ni son père. Les silhouettes qu'elle apercevait étaient trop petites pour être reconnues. Personne ne lança, ma fille, je me souviens de toi. Où vas-tu ? Viens donc partager notre repas.

Rien de tel sur cette terre vaine.

Elle descendit d'un bus Greyhound dans un lieu où le soleil vous oblige à fermer les yeux. Elle mit sa casquette – le coton bleu marine délavé était brûlant – pour offrir à ses yeux assez d'ombre afin de voir où elle allait. Elle marcha parmi des Mexicains en jean et chapeau de paille, des femmes aux larges hanches et gros seins, les paupières maquillées comme Cléopâtre, qui transportaient des sacs de vêtements, des jouets d'enfants, du riz. Elles grimpaient parfois dans des voitures conduites par des membres de leur famille à l'air menaçant venus les chercher dans le désert.

Cette fois, elle était arrivée par le Queens où elle s'était faufilée sous le cordon de sécurité de la police et avait tenté de récupérer la couverture de Skinner ou ne serait-ce que quelques-unes de leurs affaires dans les ordures. Elle n'avait pas pensé une seconde à l'argent. Elle cherchait seulement à retrouver un lien avec lui. Mais c'est comme ça qu'elle tomba sur sa paire d'Asics et sur la carte de crédit qu'elle découvrit en voulant enfoncer son pied meurtri dans la basket droite.

Elle réalisa qu'elle se souvenait du code. Après avoir retiré deux cents dollars, elle s'acheta des nouilles frites de Singapour, prit un taxi qui la conduisit aux urgences et mangea ses nouilles en regardant une émission de téléréalité jusqu'à ce qu'une infirmière l'appelle sous le faux nom qu'elle avait donné pour examiner ses pieds.

Ça fait peur à voir. Comment vous êtes-vous fait ça ?

Zou Lei quitta l'hôpital quelques heures plus tard, les pieds bandés et un paquet d'ampoules d'antibiotiques sous le bras, et prit un autre taxi pour Crommelin Street.

Au cours des dix jours suivants, sa casquette toujours très enfoncée sur le crâne, elle retourna au distributeur ATM sur des béquilles, retira autant d'argent qu'elle pouvait chaque jour, jusqu'à vider le compte de Skinner.

Une fois guérie et débarrassée de ses béquilles, elle prit son cabas, laissa sa clé à l'un des locataires de Har et se rendit à Port Authority où elle acheta un ticket de bus pour Phoenix, Arizona.

À Phoenix, elle travailla dans un fast-food chinois installé dans une petite galerie marchande sur un étage. L'extérieur du bâtiment consistait en une coquille de béton pulvérisé sur du polystyrène, technique utilisée pour sculpter les arches et autres motifs architecturaux du Sud-Ouest américain. Ce faux stuc était ensuite peint couleur argile. L'effet rendu était efficace et léger si ce n'est vraiment plaisant à l'œil, avec la conséquence imprévue qu'on pouvait passer le pied à travers n'importe quel bâtiment de son choix.

Elle fut même tentée de voir si elle pouvait envoyer son patron dans le décor quand il la vira parce qu'elle lui avait donné un faux numéro de sécurité sociale. C'était sa première expérience avec un patron américain blanc dans un restaurant chinois. Elle avait trouvé ses remarques sur les immigrés qu'il appelait Vous autres, exaspérantes. Elle le trouvait également beaucoup trop fier d'avoir découvert son délit par les moyens de E-Verify, son nouveau jouet préféré. Mais ce qui fit monter en elle des bouffées de violence, c'est quand il menaça de la dénoncer à la Sécurité nationale.

Vous faites ça et je vous donne beaucoup de problèmes. Je connais des gens que vous ne voulez pas connaître. Vous me mettez en prison ? Je vous mets dans la tombe. Vous réfléchissez bien à ça.

Depuis Skinner, elle regardait les hommes et se demandait : A-t-il déjà tué quelqu'un ? Lui a-t-on déjà tiré dessus ?

Elle exerça tous les boulots qu'elle put trouver et s'y rendait à pied ou en stop, empruntant les bas-côtés des longues routes vallonnées pendant que le soleil doré, un événement d'une immobilité galactique, se déversait dans le désert nocturne encore froid et bleu. Toutes les trente secondes, un pick-up Ford F-Series passait en trombe près d'elle, un orage cinétique et un reproche adressé à toute personne non motorisée. Pendant un temps, elle prit le bus qui parcourait le centre-ville vers une usine produisant du polystyrène de construction, imprégnant ses vêtements et ses poumons d'une odeur de brûlé, âcre et industrielle.

On la voyait aller à pied dans les parkings devant les magasins gigantesques, propres et spacieux, aussi courtois qu'hostiles. Dans le Grand Ouest, tout était à double tranchant.

Elle acheta un magazine de musculation au supermarché Fry.

Dans un ranch de chevaux où elle effectuait des travaux manuels à la journée et récurait les écuries, elle rencontra un nouveau genre d'Américain, un cow-boy du Dakota du Nord venu en Arizona pour fréquenter une propriétaire de ranch qu'il avait rencontrée sur Internet. Il portait un Stetson, une cravate ficelle de cow-boy à bouts argentés et un foulard en soie noire autour du cou, par-dessus sa chemise en jean.

Je t'ai vue travailler, dit-il. Tu es mexicaine ou indienne ?

Tout ça et plus. Je suis ouïghoure.

Il faudra m'expliquer ce que c'est.

Et quand elle le lui eut dit, il répondit qu'il trouvait ça fascinant. Sa famille aussi était venue de loin. Nous, les Grissom, on est arrivés dans le Dakota en 1890. Henry Grissom s'est battu durant la guerre de Sécession. Il a emmené tout le monde avec lui depuis le Tennessee. Ils fabriquaient leur propre whiskey. C'était une de leurs activités et ils se débrouillaient drôlement bien. Après, ils ont migré vers l'ouest et ont monté leur ranch. Ils ont construit l'exploitation dans les Black Hills et elle existe toujours. J'y ai travaillé toute ma vie. Ce sont mes fils qui la font tourner, maintenant.

Il y a des filles ou des femmes qui travaillent là-bas ?

On en a une. Elle s'en sort très bien et on l'apprécie beaucoup.

Quand il sut pourquoi Zou Lei avait été virée de son dernier boulot en date, il ajouta qu'à son avis, le gouvernement se mêlait de trop de choses qui ne le concernaient pas.

Tout n'est pas mauvais, poursuivit-il, mais il y a trop de réglementations et ça fait plus de mal que de bien.

Il lui donna l'adresse mail du ranch – eh oui, ils avaient Internet – et l'incita à contacter son fils. Ou à simplement se rendre là-bas quand ça lui chanterait. Si tu travailles là-bas comme tu le fais ici, ils te prendront. Le travail ne manque pas. C'est dur. Et il fait assez froid. Mais il y a des gens à qui ça plaît vraiment.

Elle lui serra la main et il baissa son chapeau.

Il avait le style d'un homme à la fois honnête et indépendant, qui sait ce qu'il a à faire.

Elle se fit reconduire chez elle en camion avec un groupe de travailleurs mexicains.

Elle mangea de la carne asada, de la purée de haricot, du riz jaune et picante, s'exprimant désormais plus souvent en espagnol qu'en chinois. Con todo, dit-elle aux Mexicaines du relais routier. Pour un petit café, on disait un chico.

Naranja fresca ha muchas vitaminas.

Plus loin sur la route, le Circle K vendait une feuille de chou appelée *Pinal County Slammer* dans lequel s'affichaient les clichés anthropométriques de tous les délinquants derrière les barreaux à ce moment-là. Des Amérindiennes maussades aux cheveux sales, des skinheads fous, des cow-boys à l'air sombre, des itinérants qui avaient travaillé dans tout le pays, des conserveries de l'Alaska jusqu'aux camps de bûcherons de Californie en passant par les élevages porcins de Caroline du Sud et qui avaient été arrêtés dans tous les États entre.

Elle s'était fait un emploi du temps strict, se couchait et se levait tôt. Elle ne traînait pas dehors, comme d'autres, à chercher l'amour.

Tard un samedi soir, alors qu'elle dormait depuis plusieurs heures, elle fut réveillée par un pick-up garé devant la fenêtre de sa caravane d'où sortait une chanson d'amour. Elle leva la tête et en entendant la mélodie, cette douleur tout en douceur la transperça et elle porta la main à sa bouche et pleura.

Dans la journée, elle lui disait qu'elle ne lui pardonnait rien – qu'elle ne lui pardonnait pas de l'avoir abandonnée dans ce monde. Bien sûr, disait-elle quand il lui répondait. Tu avais tes raisons. C'est ce que j'ai cru comprendre.

Skinner, disait-elle, je me nourris correctement. Et regarde ça : tu vois ce soleil ? Cette chaleur ? Je suis là. Je regarde par-dessus le toit de l'usine et j'aperçois les Superstition Mountains. Je m'en sors bien, non ? Regarde dans ma poche : tu vois ? C'est du liquide. Je suis pauvrissime, on me paye au lance-pierres. Pour l'instant, ton argent me permet de manger de la viande. Quand il n'y en aura plus, je serai bonne pour le riz aux haricots jusqu'à ce que mort s'ensuive. Mais tu ne trouves pas que j'ai l'air heureuse, Skinner ? Que j'ai l'air bien ?

Dans la soirée, elle marcha en direction de la galerie marchande, un sac Adidas sur l'épaule, et franchit la porte en verre verte d'une salle de sport. Il y avait l'air conditionné et des serviettes blanches propres mises à disposition et qu'elle volait à chacun de ses passages. Les athlètes de l'Arizona State University, des culturistes et du personnel militaire s'entraînaient là, en même temps qu'une poignée de personnes du troisième âge, de mamans, d'excentriques et d'habitués bossant dans le bâtiment, la vente au détail ou le télémarketing. La salle possédait une flottille de tapis roulants et une cathédrale couvertes de miroirs d'haltères Olympic.

Elle se rendit aux vestiaires, enleva ses bottes poussiéreuses et son jean, son tee-shirt qui sentait les chevaux et les jeta dans un casier. Une vie entière de dur labeur avait donné à ses mains épaisses et calleuses, et, depuis son arrivée dans l'Ouest, à ses avant-bras et à son visage, un bronzage rouge sombre. Son visage affichait un air farouche. Elle semblait plus âgée qu'elle n'était, s'était épaissie au niveau des os de la mâchoire et des muscles des tempes. Mais quand elle se tenait nue devant la glace, elle ressemblait à Diane sur la frise d'un temple.

Elle ouvrit son sac de gym et en sortit son corsaire en lycra ainsi que ses Asics, de vieilles traces de sang subsistant à l'intérieur, et s'habilla.

Elle mit ses écouteurs, verrouilla son casier, se rendit à la salle des haltères, passant devant le comptoir qui servait des smoothies et l'armoire réfrigérée contenant des bouteilles d'Isopure vertes, orange, violettes et rouges, pareilles à des joyaux liquides – quarante grammes de protéines, zéro glucides, la couleur et la saveur des pommes, des melons, des raisins et des prunes, toute la richesse que des pauvres gens avaient récoltée dans les vergers. Toutes les protéines nécessaires à un culturiste, obtenues plus rapidement et plus sainement que par le sacrifice d'un agneau. Il suffisait de laisser la bouteille en verre à la consigne et quelqu'un d'autre s'occupait du remboursement. Il n'y avait qu'à avaler son festin. Comme dans l'histoire du paradis lointain de son enfance, le festin proposé dans cette vallée-ci offrait tout ce qu'on voulait du moment qu'on se moquait de l'arrière-goût chimique.

Elle ne parla à personne en s'approchant de la cage à squat, la musique de son iPod dans les oreilles comme si elle recevait des instructions du leader commandant une équipe de snipers : elle se déplaçait avec concentration. Et même si l'un des hommes solitaires qui s'entraînaient avait voulu lui parler, il aurait hésité à déranger cette femme déterminée. Elle chargea l'haltère avec précaution, soulevant les disques couverts de caoutchouc et les glissant de chaque côté de l'épais cylindre.

De sous le bord de sa casquette, elle surveillait le poids. Cela faisait beaucoup pour elle.

Mais on ne sait jamais, elle quitterait peut-être la ville le soir même. Elle envoya un coup de poing dans la paume de son autre main. C'est peut-être ta dernière chance.

Un faucon survola le toit goudronné de la salle de gym, plana au-dessus de la vallée de Phoenix, se posa sur un promontoire dans les montagnes et attendit qu'elle le rattrape. À l'instant où elle le rejoignait, l'oiseau s'envola de son perchoir et regagna les airs, la conduisant vers le bruit faible mais grandissant des voix.

Elle plaça les épaules sous la barre, adressa une prière à Skinner et s'apprêta à se relever.

COMPOSITION ET MISE EN PAGES
NORD COMPO À VILLENEUVE-D'ASCQ

Achevé d'imprimer par CPI Bussière
à Saint-Amand-Montrond
en septembre 2016

N° d'impression : 2025628
Dépôt légal : août 2016
Imprimé en France